AGRIPA VASCONCELOS

A Vida em Flor de
Dona Beja

ROMANCE DO CICLO DO
POVOAMENTO NAS MINAS GERAIS

PREFÁCIO DE
MAITÊ PROENÇA

ITATIAIA

CONHEÇA NOSSO LIVROS ACESSANDO AQUI!

Copyright desta obra © IBC - Instituto Brasileiro De Cultura, 2024

Reservados todos os direitos desta produção, pela lei 9.610 de 19.2.1998.

1ª Impressão 2024

Presidente: Paulo Roberto Houch
MTB 0083982/SP

Coordenação Editorial: Priscilla Sipans
Coordenação de Arte: Rubens Martim (capa)
Produção Editorial: Eliana S. Nogueira
Diagramação: Angela Cordoni Houck
Ilustrações: Yara Tupynambá
Revisão: Cláudia Rajão

Vendas: Tel.: (11) 3393-7727 (comercial2@editoraonline.com.br)

Foi feito o depósito legal.
Impresso na China

www.instagram.com/agripavasconcelosescritor
www.facebook.com/agripavasconcelosescritor

Dados Internacionais de Catalogação na Publicação (CIP)
de acordo com ISBD

V331v	Vasconcelos, Agripa
	A Vida em Flor de Dona Beja / Agripa Vasconcelos. – Barueri : Editora Itatiaia, 2024.
	448 p. ; 15,1cm x 23cm.
	ISBN: 978-65-5470-029-0
	1. Literatura brasileira. I. Título.
2023-3723	CDD 869.8992
	CDU 821.134.3(81)

Elaborado por Vagner Rodolfo da Silva - CRB-8/9410

IBC — Instituto Brasileiro de Cultura LTDA
CNPJ 04.207.648/0001-94
Avenida Juruá, 762 — Alphaville Industrial
CEP. 06455-010 — Barueri/SP
www.editoraonline.com.br

SUMÁRIO

PREFÁCIO 5
QUEM ESCREVEU ESTE ROMANCE 9
I — O GARIMPO DO DESEMBOQUE 11
II — DIABO NO CORPO..24
III — OS PEREGRINOS...35
IV — TENGO-TENGO..46
V — URUBU-DO-BREJO..65
VI — O BAILE DO OUVIDOR..84
VII — SANGUE NA TERRA...98
VIII — O PALÁCIO DE PARACATU..107
IX — O REGRESSO..146
X — AS ÁGUAS DE HEBE...166
XI — PINDORAMA..178
XII — O RIO LETES...224
XIII — O MONSTRO DE OLHOS VERDES 245
XIV — O RABO-DE-TATU...272
XV — A IRA DE NÊMESIS..297
XVI — A BOFETADA..324
XVII — AS SANDÁLIAS DE S. PAULO..340
XVIII —ESTRELA VÉSPER...362
XIX — A MULHER DOS SETE DEMÔNIOS...408
ELUCIDÁRIO..436

PREFÁCIO

Dona Beja, com sua coragem e sentido de liberdade, virou lenda no interior de Minas, onde viveu e de onde nunca saiu, ainda que tenha extrapolado as fronteiras de sua região através do imaginário popular. Foi nas suas asas que a polêmica figura chegou até os dias de hoje. A menina provinciana, dos rincões do sertão, se tornou senhora refinada, de gostos e modos apurados. Beija, como também é chamada, foi contemporânea da Marquesa de Santos, amante de Dom Pedro, mas jamais pisou na corte. Se o tivesse feito, é provável que o imperador houvesse se deixado seduzir pelos encantos com que a provocante mineira gostava de enfeitiçar homens de poder.

A Vida em Flor de Dona Beja, é um romance histórico, em que Agripa Vasconcelos, escritor narrador, nos traz fatos da época com precisão de datas e descrições detalhadas de ocorrências do século 19. Como narrador, Agripa comenta e critica, levando o leitor pela mão num vai e vem ativo entre presente, passado e futuro. Dona Beja é o centro da narrativa.

Em 1986 tive a honra de interpretar o personagem Beija, numa novela da então, Rede Manchete. Era uma escolha fortuita para a dramaturgia do Brasil. Havia um monopólio da TV Globo com suas novelas de alta qualidade, e a Manchete chegava para inaugurar novo mercado para os trabalhadores das artes cênicas. Exibir a vida de um personagem histórico do quilate de uma Maria Antonieta ou uma Lucrécia Borgia, mas brasileira, num veículo popular como a televisão, seria um feito de grande relevância.

Fazê-lo em formato de telenovela — gênero amado pelo povo — num país desmemoriado como é o nosso, seria a cartada de gênio idealizada por Adolfo Bloch, proprietário da emissora recém-criada. Para construir o enredo, o autor Wilson Aguiar Filho, com supervisão dos escritores Carlos Heitor Cony e Thomas Leonardos, se baseou em relatos de personagens ainda vivos na ocasião, que tiveram suas vidas de alguma forma entrecruzadas por aquela de Beja. Mas, sobre tudo, Aguiar se utilizou dos saborosos elementos contidos neste romance de Agripa Vasconcelos, cujo texto entrelaça o relato biográfico de Dona Beja com a história do povoamento de Minas Gerais. Romance e história se ocupam de um material comum com a arte, preenchendo os vazios que a história não soube registrar.

Beja era uma linda criança inocente que se transformou em prostituta de luxo. O destino quis assim. Além da proclamada beleza física, a ambiguidade é talvez o seu traço mais marcante: manda matar quem mais amou, vive uma sexualidade libertina desafiando convenções de seu tempo, mas cria as filhas com respeito às regras, não gosta da gente negra por ter assistido ao massacre de seu avô pelas mãos de dois escravizados, mas sua única amiga e companheira é uma escravizada.

Beja teve seu último parente vivo assassinado, e foi sequestrada para servir aos caprichos de um homem público, enviado da corte, que após se lambuzar com seus atrativos juvenis, descarta-a. Ela retorna de Paracatu para sua vila de Araxá, e para os preconceitos dos que, tendo lhe conhecido criança, agora criticam e invejam sua condição. É uma mulher com um trauma e passa a usar do erotismo para afrontar a sociedade e se vingar dos homens. Um trecho:

"É então que Beja aparece, fria, espectral. Caminha vagarosa para o menino, contempla-o calada, face a face. Um brilho tigrino chispa dos seus grandes olhos verdes, mais verdes ainda. É aí que a prostituta,

PREFÁCIO

em súbito frenesi, o abraça com fúria, beija-lhe a cabeça, as faces, os olhos, a boca ensanguentada. Seus lábios têm gula, absorvem a carne ferida. Seus braços o envolvem, diabólicos. Depois encara o bagaço de homem, olha-o nos olhos, bem de perto e, num grito bestial de histerismo, dá-lhe uma bofetada no rosto. Larga-o, recua com espanto. Seu penteador branco está manchado de sangue, tem sangue nos braços, nas faces, na boca satisfeita do cio de porca."

Divirta-se!

Maitê Proença
*Escritora, dramaturga e atriz brasileira,
tendo atuado em mais de sessenta telenovelas,
filmes e peças de teatro.*

E te vesti de bordadura, e te calcei com pele de texugo, e te cingi de linho fino, e te cobri de seda.
E te ornei de enfeites, e te pus braceletes nas mãos e um colar à roda do teu pescoço.
E te pus uma joia na testa, e pendentes nas orelhas, e uma coroa de glórias na cabeça.
E assim foste ornada de ouro e prata, e o teu vestido foi de linho fino, e de seda e borbadura.

Ezequiel 16:10-13

QUEM ESCREVEU ESTE ROMANCE...

Quem escreveu este romance foi a própria vida em flor de D. Beja.

A vida de Ana Jacinta de S. José foi estudada por muitos anos, obrigando-me a várias viagens para colher informações fidedignas. A tradição, que é também história, foi depurada de lendas, comuns à figura de seu tope. Ouvi os anciãos que a conheceram na Diamantina do Bagagem e, entre eles, um escravo que trabalhou em seus garimpos.
As lendas inverossímeis foram desprezadas.
Todos os nomes, datas e lugares são, em rigor, exatos. Os cômodos de suas casas, que percorri várias vezes, em Paracatu, Araxá e Estrela do Sul, são descritos com veracidade.
Os honestos descendentes de Ana Jacinta são os que menos informam sobre sua passagem pelo mundo, o que é compreensível.
Os fatos em geral aqui aflorados foram ouvidos de mais de um informante, e os muitos episódios da época são rigorosamente verdadeiros.
Uns poucos nomes de indivíduos então importantes nas Minas Gerais, aparecem com parônimos, por viverem ainda pessoas de seu sangue, e pela escabrosidade dos fatos em que se envolveram.
D. Beja é ainda viva na terra montanhesa, como nos dias de sua mocidade radiosa.
Aqui ela se mostra como viveu, no esplendor da carne vencedora e na prematura renúncia ao mundo, quando ainda cheia de encantos que fizeram da menina do sertão uma Rainha de incontestável fascínio.
Seus amores vividos com luxuoso escândalo e salpicados de sangue serviram, ao menos, para nos dar 94.500 quilômetros quadrados de terra, o Triângulo Mineiro, então usurpados pelo Capitão-General D. Joam Manoel de Melo, Capitão-Mor das Batalhas dos Exércitos Reais e Governador da Capitania de Goiás.
Seu palácio de Araxá, hoje amparado pelo Serviço de Patrimônio Histórico e Artístico Nacional, *atesta-lhe a opulência.*
Mas o desvairamento do viver de D. Beja é que lhe mantém, no país de coisas efêmeras, a lembrança que vai ficando eterna, através das maledicências da História.
Eterna, porque D. Beja vence as eras, pela coragem de suas atitudes indomáveis e pela graça quase divina de sua beleza.
Muitas palavras gravadas em maiúsculas obedecem ao gosto do tempo.

A.V.

I
O GARIMPO DO DESEMBOQUE

O país é o mais lavado dos ares e por isso muito fresco.

Pe. Leandro Rabelo Peixoto de Castro Carta ao Dr. José Teixeira de Vasconcelos, Governador da Província de Minas Gerais, 1827.

O primeiro homem branco a pisar, em 1663, a terra abençoada do Sertão do Novo Sul[1] foi o bandeirante paulista Lourenço Castanho Tacques. Partindo de Embaú, levou sua bandeira até ao vale paracatuense e às divisas goianas.

O que incendiava as mentes paulistas e portuguesas era a febre de metais preciosos, índios e pedras coradas.

O ouro chamava. O bugre chamava. As pedras coloridas brilhavam como um pedaço luzente de céu encravado na terra, fascinando todas as ambições.

A espantosa riqueza das minas de Golconda, na Índia, alvoroçava a ambição mineira dos povoadores de terras mal conhecidas.

A atoarda do ouro no Sertão dos Goitacás alvoroçava Portugal, e repetidas ordens do Reino armavam mateiros da Capitania de S. Vicente, criada em 1534, de acordo com o Tratado de Tordesilhas.

Os mateiros reuniam gente: peões, índios amansados, padres, escravos africanos, aventureiros, traficantes, entendidos de metais. Índios amansados, porque o preamento do bugre era um dos fitos dessas bandeiras atrevidas.

Os bravos paulistas eram gulosos de escravos índios que valiam ouro e se vendiam a um mil réis, na Vila de Piratininga, em São Vicente. A abundância da mercadoria desvalorizava o tapuitinga, já comerciado a três mil réis na volta das primeiras monções que penetraram a terra.

Continuavam a obra iniciada por Vicente Pinzon que, em 1500, ao chegar ao *Mar Dulce*, aprisionou 36 aborígines do Amazonas para os vender na Espanha. Foi o primeiro predador do bugre brasileiro.

Escravizavam os aborígenes porque eram considerados animais, entre os negros africanos e os macacos. Não eram homens, mas bestas.

Tanto era assim que os primeiros bandeirantes sustentavam seus cães de guerra com a carne do índio, sem que isso fosse crime ou pelo menos pecado.

Foi em vão que o Papa Júlio III, em 1537, pela bula *Veritas Ipsa*, reconheceu nos índios verdadeiros homens, suscetíveis de fé.

---

1. Sertão do Novo Sul, Sertão Grande, Sertão do Sul, Geral Grande, Sertão da Farinha Podre eram nomes do que se chamaria, em 1884, Triângulo Mineiro.

Os paulistas e portugueses espostejavam o bugre como se fazia ao tapir, à onça e aos caititus...

A matula heterogênea partia... Em roda do Chefe seguiam capangas, brigões, escopeteiros, vagabundos e carregadores de bruacas de víveres, caminhando sem bússola, pelo rumo das estrelas, farejando montanhas, vadeando rios ainda sem nome.

A turba excitada pelos próprios boatos, notícias verídicas ou mentiras e sonhos delirantes, varava mato, padecia fome, batia, aprisionando, os gentios que lhes cortavam os passos; caminhava...

Traziam balanças, cordoalha, alviões e sondas de pau, peneiras, bateias. Marchavam a pé, falquejavam canoas, montavam raros cavalos peninsulares — não importa: furavam as brenhas, feridos, sujos, barbudos, com os olhos na miragem do ouro da aluvião, nas pepitas, nas betas, nos veios das pedras e principalmente nos índios.

O armador dessas legiões de homens corajosos era o Chefe, vontade de ferro, corpo bravo, coração cem por cento. Além de financiador, se impunha como comandante, prático, juiz, autoridade sem benevolência. Precisava impor suas prerrogativas, garantir a ordem. Sua mão pesada impunha a disciplina, fazia a Lei da bandeira, senhor de baraço e cutelo.

Animava os descoroçoados, punia os covardes, esmagava as rebeliões com sangue-frio, as algemas e o cânhamo da forca. As bandeiras sucediam-se, apressadas; não esperavam mais as numerosas multidões: largavam com quem pudesse marchar, mal equipadas, faltas até de peões e desfalcadas de fiéis-guias. Já no tempo do Governo Geral de Tomé de Souza, índios falavam em montanhas do vale do S. Francisco, morros de itajubá, de pedras amarelas (seria ouro!) e pedras finas, verdes como esmeraldas.

Corriam notícias de esmeraldas, que havia uma serra *resplandecente* delas... Ontem arrancavam buscando índios e ouro, agora as pedras verdes!

Ainda no governo de Tomé de Souza, partindo de Porto Seguro, pisou na Terra Goitacá a primeira bandeira de conquista de Jorge Dias, composta de doze homens e do padre Aspilcueta Navarro, da Companhia de Jesus. Chega depois Sebastião Fernandes Tourinho, entrando pelo rio Doce, enchendo as mãos de pedras verdes... Vem Francisco Bruzza Espinosa, o grande *língua*. Vem Antônio Dias Adorno, vem Matias Cardoso de Almeida.

Um dia, a buzina rouca de um peão uiva ao lado de um homem de prol, que empunha grande bandeira. Acorreu povo. Fernão Dias Paes Leme larga para o sertão. Vem pela picada de Antônio Rodrigues Arzão, Marcos Antônio de Azeredo Coutinho, Antônio Dias de Oliveira, Sebastião Marinho, João Pereira Botafogo, D. Francisco de Souza, Agostinho Barbalho, Vasco Rodrigues Caldas, Martim Carvalho, Braz Cubas, Martins Correia de Sá, João de Araújo, Miguel Garcia, Gabriel de Lara... foram muitos!

Todos esses ásperos capitães remexeram a terra, fuçaram os riachos, revolveram grupiaras, afundaram catas...

Foram florescendo os primeiros arraiais, os acampamentos bandeirantes... Ibituruna, Santana do Paraopeba, Sumidouro, Baependi, Itacambira, Morrinhos, Olhos-d'Água, Montes Claros, Sabará, Conquista...

Em 1714, na lavra de S. Pedro, do ribeirão do Machado, no Arraial de Nossa Senhora da Conceição do Serro Frio, ao norte das Minas do Ouro, D. Violante de Souza, ao tentar partir um cristal que estava a seus pés, não o conseguiu. Levou-o a seu marido Francisco Machado da Silva, que o deu de presente a Luís Botelho de Queirós. Lapidada a pedra, verificaram com assombro que era diamante!

As minas de ouro possuíam diamantes, muitos diamantes! Ciente desse fato, Bernardo da Fonseca Lobo, que lavrava no ribeirão de Morrinhos, no Arraial do Tijuco, envia amostras desses diamantes para a Metrópole e pede mercês, pede alvíssaras pela atordoante descoberta. Chegaram com urgência as mercês, as honrosas alvíssaras d'El-Rei. Ele recebia mercês de Foro de Fidalgo da Casa Real, com o posto de Capitão-Mor da Vila do Príncipe, Superintendente Geral das Minas do Serro Frio, da Alcaiadaria-Mor do mesmo distrito e Tabelião, além do Hábito de Jesus Cristo!

A notícia do achado reboou na Corte Portuguesa como um trovão.

Pediram mais amostras, muitas amostras. Chegaram, em voragem, ordens formais: veio o imposto sobre a extração, a ordem de espionagem sobre o desvio; a Coroa estendia as garras, a Coroa queria todos os diamantes acima de 20 quilates. O Reino entrou a delirar em avisos, alvarás, ordens-régias. As entradas quintuplicaram, Portugal assanhou-se na doida usura das minas da Colônia.

S. Vicente enlouquecia. O surto diamantino arrancava o cascalho dos rios, as lavras se escancaravam por todo o chão cataguás. Os diamantes das Minas Gerais dominavam todas as conversas dos fidalgos, tirando o sono às mulheres. A ânsia de enriquecer por mágica extinguia o sossego dos lares, multiplicava planos de aventura das *Mil e Uma Noites*. O ouro sufocava o Reino e à notícia dos diamantes tresvariavam todos nos salões de Lisboa Ocidental. A terra estava apossada. Saíam milhares de arrobas de ouro, diamantes, águas-marinhas, *turmalinas*, prata, platina. O ouro preto, misturado à prata, o ouro branco ainda de formação incompleta, o ouro podre quebradiço, o ouro leve em pepitas e o ouro grosso em grãos empurravam a terra para cima, como tumbas de batatas!

A ambição das datas derramava sangue, os ladrões se alvoroçavam, o meretrício supurava na boca das minas. Ninguém plantava, havia fome no sertão mineiro, visto que os gêneros vinham de S. Vicente, nas tropas demoradas. Ninguém tinha calma de esperar a germinação das sementes, pois o ouro estava à vista e os diamantes eram de dar com os pés.

Partindo calculado, na sofreguidão geral, foi que o invicto paulista Lourenço Castanho Tacques, pioneiro destemeroso, chegou, na dura jornada, às terras de Paracatu. Havia nas Minas Gerais 38 tribos de índios sem contato com o resto do mundo.

Foi ele quem primeiro palmilhou, como civilizado, o planalto do oeste do Sertão do Sul, sendo também o primeiro que falou dos índios Araxás, que dominavam o imenso território entre o rio Quebra-Anzol e o rio das Abelhas. Essa indiada, vivendo nos vastos palmares do planalto, tinha mel, peixes, caças, frutos silvestres e palmitos à mão. Isolados das tribos confrontantes — gente intratável, os araxás aprenderam com os bichos o uso de certos alimentos: com a anta, a comer o inhame; com a perdiz, o amendoim; com a onça, a devorar a mandioca; com o rato, a roer o milho.

Era na época seu andaia o rijo Bambuí, chefe de cerne, companheiro leal na guerra e na paz. O morubixaba resumia a nobreza de sua raça e se extremava em guardar a terra contra os inimigos de qualquer cor. Transigia porém com os quilombolas concentrados na região, porque eles também odiavam os brancos. Entendiam-se, cruzavam o sangue, pelo demorado contato de vizinhos, sempre na estacada em que repeliam a ambição do estrangeiro.

Seus perigosos rivais, gente cruel, eram os Caiapós, mais para o norte, nas terras goianas. A estes índios os portugueses chamavam Bilreiros, por andarem armados de bordunas de pau-ferro. Os Tupis os chamavam Ubirajaras. Corriam os sertões da Bahia, Mato Grosso, Goiás e Minas.

Foi então que o ousado paulista Bartolomeu Bueno da Silva e seu primo João Leite Bueno partiram com escravaria de pretos e índios de Sabarabuçú, de que Bartolomeu era senhor, para afrontar um desconhecido Sertão Grande, atingindo os Guaiás, em assombrosa marcha que foi a primeira picada aberta nessa altura do território mineiro.

Bartolomeu Bueno da Silva, filho do carpinteiro Bartolomeu, de S. Vicente, ganhou o apelido de *Anhanguera*, ao realizar a estrada estupenda.

Nunca se extinguiu no Brasil a fama da Mina dos Martírios. É possível que ela é que levasse o Anhanguera a entrar o sertão, varando o Geral Grande em busca desse mito.

Nas nascentes do rio Paranatinga, consoante o roteiro de um vago Manoel Correia, estava a Serra dos Martírios, onde o ouro era de empatar a marcha. O esplendor dessa mina atingira Portugal, e todo o Brasil estava convencido de sua realidade. Foram na matulagem de *Anhanguera*, Manoel de Campos e seu filho Antônio Pires de Campos, além do primogênito do sertanista, com apenas 12 anos, e que seria, no futuro, o "segundo Anhanguera".

Bartolomeu Bueno da Silva trouxe, como comprovante de sua entrada, 8.000 oitavas de ouro e um olho furado.

Voltava roto, doente, envelhecido, não envilecido. Voltava vencedor!

O nome da Mina dos Martírios se prende ao fato de haver nas pedras rampadas de uma lapa da Serra dos Martírios, coroa, lança e cravos da Paixão de Jesus. Seria natural esse alto ou baixo-relevo? Para muitos aquilo era obra de mãos humanas, de um povo desaparecido.

Essa viagem de abertura de caminho se fez por território desconhecido do branco e atravessou os domínios dos índios Araxás e Caiapós.

Aberta a precária estrada das Minas do Ouro para Goiás, pela bravura serena do grande *Anhanguera*, o Guarda-Mor Feliciano Cardoso de Camargo e seu primo Estanislau de Toledo, uma tarde, ao escurecer, acamparam, com as pequenas famílias, a um quilômetro do rio das Abelhas. Desgalharam-se do picadão e estavam ali para tentar a sorte.

Sob uma árvore, estenderam no chão couros de bois, arriaram a bagagem das três mulas de cangalha.

Fizeram fogo, a chaleira começou a ferver na tripeça para o primeiro café. As famílias, extenuadas da marcha pelos trilhos de bugre, deitaram-se, caladas.

Na manhã seguinte, Feliciano fincou, ajudado pelo escravo, os esteios para o primeiro rancho de varas, colmando-o de sapé. O fogo, batido pelo vento, cozinhava ao ar livre o feijão amargo das bruacas. Depois de pronto o abrigo, sempre com o escravo, o chefe tomou do carumbé, da alavanca de madeira e de um lençol de baeta. Desceram ao rio, com a esperança nos olhos. Provaram a terra, com a língua; lavaram punhados de areia do rio. À tarde, apuraram algumas oitavas de ouro fino.

O rio das Abelhas era aurífero! A escassa esperança crescia, o sonho não mentira.

O escravo então ergueu, também nas folgas, seu rancho. Não tardou a aparecer um escravo fugido, pedindo trabalho, à custa de comida. Fez também sua ligeira morada, dormindo no chão, sobre capins do geral.

Em breve levantaram um mastro no terreiro, com estampa encardida de Nossa Senhora do Desterro. As crianças brincavam. O filho mais velho de Feliciano era feio e enfezado. O aspecto do seu corpo, de tão seco, parecia quebradiço.

A mulher lavava e cosia roupas sujas e velhas, ajudava na gamelagem do ouro impregnado de baeta, estendido por estacas na raseira. Os homens arrancavam piçarra, amontoavam barro para ser lavado.

Continuavam a aparecer fugitivos e geralistas, capangueiros, pedindo para catar pepitas. Novos ranchos se alteram na desolada solidão do tabuleiro. Começava uma vida nova, sob chefia do descobridor do garimpo. Uma tarde, ao terminar o trabalho, Feliciano Cardoso, vendo de longe o arraialejo, sorriu às casas de taipa, reunidas pela audácia de todos. O marulho das águas, descendo, carregadas de areias de ouro, embevecia-o.

Estava fundado o triste arraial do Tabuleiro.

O arraial florescia na fartura do ouro em pó. Crescera, com a adição de outras casinholas; chegavam entrantes, cheirando ouro no ar. A sociedade, solidária na ambição e no sossego do ermo, trabalhava, ampliava-se. Rezava à noite, de joelhos, o terço, diante de uma casa de palhas que era sua capela.

O clima corava as crianças, nasciam filhos de garimpeiros, o arraial se povoava. As frágeis edificações imitavam ruas; havia trabalho, a alegria secava as lágrimas antigas.

Mas um dia os homens, das lavras, ouviram gritos, urros, clamores de socorro. Vozes altas de desespero atroavam nos ares. Largaram, atônitos, os instrumentos. Correram, vendo já labaredas soltas subirem lambendo o teto das casas, crescendo entre o fumaréu das fogueiras. Crianças gritavam.

— Acode!! Aco...

Na aldeia, pulavam, corriam homens nus, gritando. Negros com fachos acesos queimavam o capim dos toldos. Os moradores não lograram chegar no largo do povoado. Iam caindo às flechas; os garimpeiros viam logo as cabeças esborrachadas pelos tacapes. Caiu o escravo do mateiro; tombou, com uma acha na mão, Feliciano Cardoso. Mulheres desgrenhadas disparavam bacamartes, sem pontaria. Esgoelavam, loucas, procurando fugir com os filhos. Morriam pouco adiante.

Bugres Araxás e quilombolas atacavam o arraial. Estavam mortos meninos, mulheres. Algumas, no terror, fugiam para o mato, escondendo-se nas moitas. O ataque de surpresa matara quase todos, inclusive os homens.

Estava arrasado o Tabuleiro e os paus roliços dos ranchos fumegavam nas cinzas.

Comandava o ataque o índio Mau. Fora o primeiro a pisar no povoado, brandindo, aos berros, a massa brutal. Encheram a aldeola como um açude arrebentado, de chofre, em cachões, ululando.

Mau voltou glorioso, guerreiro abalizado de sua gente, mas de nada lhe serviu a valentia. Catuíra, por quem se apaixonara, ia casar com Iboapi.

A data das núpcias fora fixada pelo andaia, pai da noiva. Na véspera das bodas, quando começaram as festas, Mau, no despeito humilhante, ofendido no brio, sentiu que sua presença à festa não era para um valente de sua fibra. Fugiu para o mato, subiu a Serra das Alpercatas, escondendo-se na selva.

Por que o andaia negara a mão de sua filha ao valoroso Mau, sempre primeiro na vanguarda dos ataques de sua gente? Era comandante respeitado... Não fora ele quem chefiara os índios no trucidamento do bandeirante mineiro Batista Maciel, que ameaçava os Araxás? Nas Festas da Fartura chegava com imensos balaios de cará, macaxeira, feijão, favas, inhames e amendoim de sua roça, para provar que era macho.

Não comeu jamais carne de preguiça, mas bebia sangue de canguçus, para ter coragem...

Vencera a prova da zora, carregando a correr, por duas léguas, enorme tora de buriti: estava pois apto ao casamento da aldeia, podia sustentar mulher. Por que não o deixaram casar com a filha do cacique?

Catuíra era tão graciosa que nunca falou com uma visita de seus parentes, cara a cara: conversava sempre de costas para o interlocutor, o que era sinal de sua antiga nobreza. Ainda trazia no tornozelo esquerdo o xpiçá, amarrilho que lhe denunciava a virgindade. E fora obrigada a se casar, sem amor, com o desenxabido Iboapi!

Agora, Mau, na floresta, fugira para não assistir às festas do casamento. Do morro distante, na noite quente ele ouvia, da mata-virgem, amornada pelo mormaço do ar parado, seus irmãos de raça tocarem os uatapis, chamando os ventos. As vozes roucas das buzinas de chifre acordavam os ecos nas grotas e assustavam o silêncio da floresta.

No outro dia, ao descer para a aguada, percebeu tropel de cavalos. Escutou, com o ouvido no chão, ouviu depois bem claro o barulho dos cascos se aproximando. Escondeu-se, com o arco estendido, à espreita.

Era um troço de dragões do 1.º Regimento de Cavalaria do Rio das Mortes, que ocupava a terra dos Araxás. Comandava-o o Capitão de Campo Inácio Correia Pamplona, homem corajoso, cumprindo missão do Capitão-General Governador das Minas Gerais.

Quando passavam por um capão grosso na barriga da Serra das Alpercatas, uma praça viu alguém:

— Bugrel!

A tropa estacou, entrando em forma, preparada com os mosquetes. Sacaram-se as colubrinas. A mando do Comandante, o língua chamou o caboclo à fala, gritando:
— Irmão, quero falar!
E mais alto:
— É de paz!
Os Dragões cercaram o índio que, sozinho, não reagiu. Pamplona, severo, para o Capitão-Ajudante:
— Prenda o negro!
E em seguida para o *língua*:
— Apalpe o bugre!
Mau foi amarrado com as mãos para as costas, firmes nas cordas.
Pamplona ordenou ao intérprete:
— Pergunte o nome!
O homem temperou falas com o outro, tudo nas perguntas do Comandante.
— Qual seu nome?
— Mau!
— Seu chefe está nervoso com os brancos?
Mau respondeu, desempenado:
— Krenhouh jissa kiju jak jemes! (Capitão Grande está brabo!)
Pamplona ordenou:
— Pergunte se me quer levar para atacar a tribo.
Perguntou e Mau, cerrando os dentes:
— Hen-hen! (Sim!)
Pamplona:
— Indague se tem respeito pelo chefe, lá dele.
À pergunta:
— Tang-erangue! (Raiva!)
O militar ordenou:
— Inquira se tem medo dele.
Pronto, respondeu:
— Amenuk! (Não!)
— Pergunte quem é ele — este bugre, na tribo.
Mau, orgulhoso, respondeu:
— Gni-maiokône! (Guerreiro valoroso!)
— Pergunte se quer ir com a tropa atacar a taba.
Altivo e disposto, Mau falou, decidido:
— Mu-katinhan! (Para diante, vamos!)
Foi, aí, desamarrado das cordas.
Pamplona esperou o começo da tarde para soltar a matilha. Quando a tropa rompeu a marcha para enfrentar o grande Bambuí, Mau seguiu de perto ao lado do comandante. Seu rosto frio, de máscara impassível, dizia que ele

estava deliberado a extinguir, de uma vez, toda a sua raça. Ia dar, vingativo, ao poderoso andaia dos Araxás o presente de noivado de sua filha Catuíra.

Comandava uma emboscada contra os irmãos de nobre sangue, em que morreria quase toda sua gente; ia dar boa lição de pusilanimidade a seu agora chefe Pamplona, o abominável futuro traidor dos Conjurados de Vila Rica de Albuquerque. Um ia trocar a vida dos Araxás pela covarde desforra, o outro iria delatar os comparsas da Inconfidência pela Comenda da Ordem de Cristo, honras e dinheiro.

Atacaram a indiada, de surpresa, no dia das bodas, com 400 Dragões equestres.

Na matança, tombaram fulminados pelos clavinotes reinóis o acatado andaia Bambuí, Catuíra e Iboapi. Morreram quase todos os índios; da carnagem pouco sobrou. Um pugilo deles fugiu (era a primeira vez que fugiam) para o Morro da Mesa, sem poder ao menos apanhar as flechas, massas e zarabatanas. As bocas de fogo, espadas e patas de cavalos fizeram o seu ofício.

À noite, do topo do Morro da Mesa, foi em vão que uma inúbia triste conclamou os até então invictos guerreiros. A tribo estava extinta. Ninguém respondia com outra inúbia ao chamado geral.

Acabou-se a tribo. Felizmente para as gerações futuras, ninguém mais soube notícias de Mau. É possível que haja sentado praça no Regimento Montado de seu provecto discípulo e senhor, dignos um do outro. Os afins se atraem. Como o sangue puxa, os traidores se entendem.

Por seu ato de bravura, o Capitão-de-Campo Pamplona foi graduado em Mestre-de-Campo Regente da Conquista do Campo Grande para dominar ladrões, matadores foragidos, facinorosos e quilombolas que abundavam pelo sertão nas eras de 1766. Seu êxito sobre os Araxás valeu-lhe a confiança de El-Rei. Era pouco. Mais tarde, por outro ato de bravura — denunciar companheiros — pediria a El-Rei os dízimos e o usufruto da Freguesia do Termo de S. Bento de Tamanduá. Chegou, porém, depois do infame Joaquim Silvério dos Reis... Mau e Pamplona se aparelhavam, tão iguais como duas gotas d'água. Fizeram-se amigos.

Bem dizia um forro, escapo do arraial do Tabuleiro:

— Pra quem gosta de mulato — catinga é cheiro.

Desembaraçado o sertão dos Araxás, o caminho de *Anhanguera* enxameou de traficantes farejadores de ouro. Tempos depois de queimado o lugarejo do Tabuleiro, os sobreviventes e outros profissionais do garimpo, subindo o rio das Abelhas, provando o barro com bateias de pau e baetas, começaram a plantar ranchos na margem, a poucas braças do rio.

Acampavam, levaram famílias, tomaram posse da barranca. Chegaram outros, tendo por guia Agostinho Nunes de Abreu. Eram Tomás Calassa, Manoel José Torres, Manoel Alves Gondim, cujos ranchos serviram para

Intendência do aposseado. Também o Padre Gaspar Alves Gondim chegara como encarregado da assistência religiosa dos que iam viver na terreola.

Fundara-se o triste Arraial das Abelhas. Quando Governador Interino de Minas, o Capitão-General Martinho de Mendonça Pina e Proença mandou o fiel-guia Urbano do Couto romper e tornar transitável a velha picada para Goiás, aberta pelo *Anhanguera*, encurtando-a de 120 léguas. Já florescia o garimpo do Arraial das Abelhas. A região era motivo de altercações graves entre os governos de Minas e Goiás, cada qual justificando sua posse. Ora, quando o Sertão do Novo Sul já era da Capitania das Minas Gerais, Goiás nem era Capitania!

Para solucionar o conflito, encontraram-se, por parte de Minas, o General Mestre-de-Campo Inácio Correia Pamplona, promovido por bravura contra os Araxás, e o Sargento-Mor Alvaro José Xavier, por parte de Goiás, que serenaram os ânimos. Reconheceram ser de Minas o vasto território, como era de pleno direito.

Nessa época saíram de lá para devassar o Sertão de Farinha Podre, dominado agora em constantes correrias pelos Caiapós[2], os entrantes Januário Luís da Silva, Pedro Gonçalves da Silva, José Gonçalves Eleno, Manoel Francisco e Manoel Bernardes Ferreira. Havia no caminho de Goiás o grave empecilho dos Caiapós, fechando as minas de Cuiabá à exploração dos paulistas. Não era para qualquer conquistador a arrancada através da mataria, poder dobrar a cerviz do "safado Caiapó", como fez o desabusado *Diabo Velho*. Não era só o bandeirante que fazia a conquista, mas o faiscador e o fazendeiro, arraigado à terra.

A barreira das guerrilhas do bugre goiano vedava as entradas, a não ser que, para forçá-la, se jogasse com a morte. Passou tempo até que o aborígene permitisse a estada dos civilizados, nas belas plagas dominadas pelos donos legítimos da terra.

Os escassos núcleos de temerários ou viviam isolados e em vigilância, ou caíam às flechas de quem defendia o que era seu.

Nas Minas Gerais arrasaram os Araxás a ferro e a fogo. Nessa emergência foi que o Capitão-General Governador de Goiás, Luís da Cunha Menezes, não seguiu o exemplo de seu colega das Minas. Havia em seu Regimento de Caçadores um soldado, Luís, que chegara nas arrojadas bandeiras paulistas. Deu-lhe alguns índios mansos e um *língua*, mandando-o chamar os Caiapós à civilização. Quando Luís regressou trazendo uns poucos índios, entre eles vinha uma criança que o então Governador D. José de Almeida e Vasconcelos Soberal e Carvalho batizou. Deu-lhe a Aldeia Maria para residência, aldeia a que puseram o nome de sua Sereníssima e Piedosa Soberana. Como

---

2. Caiapós — salteadores do mato.

o Governador fosse, em Portugal, Barão de Mossamedes, fez questão de que a menina se chamasse Damiana de Mossamedes.

Essa jovem viria a se casar com o anspeçada Manoel da Cruz, do Batalhão 29.º de linha de S. João del-Rei de Vila Boa de Goiás, Capital da Província.

Fugindo da Aldeia Maria os poucos aborígines que vieram com o militar, Damiana da Cunha de Mossamedes foi ter com eles no mato, como missionária da paz. Ao entrar na Aldeia, com centenas deles, foi recebida com festas triunfais. Toda a população foi para a rua ver de perto o gentio bárbaro e sua pacificadora. O canhão roqueiro troa, em homenagem à dama que vencera toda uma tribo, o que não fizeram sucessivas expedições sanguinolentas. Outras entradas que ela fez no sertão de Camapuã tiveram igual êxito, sendo que o Padre Manoel Camelo Pinto batizou os pagãos. Às vezes, o índio se levantava de novo nos tabuleiros goianos. Várias bandeiras que tentavam varar os campos esbarravam na muralha das armas do caboclo Caiapó, como certa vez em que, revoltados, atravessaram o Araguaia, surgindo diante do arraial do Rio Claro, depredando-o. Nesses dias aflitivos quem salva S. João de El-Rei da Vila Boa de Goiás dos temidos assaltos é Damiana. Em ofício, o Comandante do 29.º de linha José Antônio agradecia, em nome de Sua Majestade o Imperador, tantos serviços — pedindo que Damiana aconselhasse os seus a deixarem livre o caminho das tropas para o comércio intraprovincial.

No seu rancho da Aldeia Maria visitou-a Saint-Hilaire em suas viagens às fontes do rio de S. Francisco. Quando a senhora voltava de sua derradeira excursão para arrebanhar índios, chegou alquebrada, apoiando-se em ombros alheios. Foram vê-la o Governador da Província, Marechal Miguel Lino de Morais, e o Comandante das Armas.

Pacificou os de seu sangue mas combaliu a própria carne. Morreu quando tentava domesticar os Coroados do Tombador, mulher que valera pelo Exército de linha e as artimanhas de tantos Governadores sem escrúpulos. A neta do Cacique valeu por todos e colaborava como nenhum, na limpeza da estrada batida para o tráfego das tropas, permitindo as excursões do comércio.

O núcleo inicial da colonização do Sertão Grande se originou no Arraial das Abelhas, depois Desemboque. O fluxo dos aventureiros e os garimpos do Rio das Velhas foi garantido pelo extermínio dos Araxás e pacificação dos Caiapós, aquele pela brutalidade de uma carnagem, esta pela palavra de humilde missionária.

Em torno do Desemboque nasciam aldeias, entre elas as de S. Domingos, Farinha Podre, S. José do Tijuco, Nossa Senhora da Abadia de Água Suja, Arraial da Ventania, Brejo Alegre, Vila de Nossa Senhora da Saúde de Poços de Caldas, S. Bento de Tamanduá, S. Pedro de Alcântara, Nossa Senhora do Patrocínio do Salitre, S. Pedro de Uberabinha, Diamantina da Bagagem, Confusão... Havia já no século XVII notícias dos diamantes do rio da Bagagem, que agora empolgava e atraía ondas de faiscadores fracassados em outras lavras distantes, famílias de forros, soldados de baixa, clérigos, cabotinos, meretrizes e mariolas para o Oeste Mineiro.

Quando a garimpagem ficou mais cara com o aprofundamento das catas, os campos opulentos apontavam o caminho da lavoura e da criação de gado.

Surgiam por todo o sertão fazendas iniciais, rebanhos humildes cresciam, encorpavam para riqueza futura. Aquela terra não era apenas mineira, servia para os milagres das sementes e era favorável à indústria do pastoreio.

O Padre Leandro Rabelo Peixoto de Castro, superior da Imperial Casa de Nossa Senhora Mãe dos Homens, em Campo Belo, confessa ao regressar de uma desobrigada pelo Sertão de Farinha Podre, que viu talvez o mais fértil território da América.

Viu folhas de fumo com cinco palmos, raízes de mandioca de cinco meses de planta, maiores que as de seis anos em outras terras; bananeiras frutificando aos seis meses de planta, em cachos de cento e sessenta bananas. Viu um algodoeiro em que um homem subiu, até à altura de quatorze palmos, com apanha de oito arrobas de pluma. Saboreou ananases de palmo e meio e melancias crescidas à toa, pelo campo.

Um amigo do Padre Leandro troçou, ao ouvir-lhe falar sobre esse algodoeiro:

— Senhor Padre, Vossa Reverendíssima sapecou, ao falar de tal planta...

— Não sapequei não, filho. Eu sou um sacerdote e não ficava bem falar que fora eu, em pessoa, quem subiu por ele. Mas fui eu mesmo. Vá à Farinha Podre que não se arrependerá; aquilo é um paraíso.

O Desemboque prosperava, fervilhando da vaza derramada de outras betas.

Nos eternos pródromos da arranchação predominava a lei dos mais truculentos, pois não havia justiça instalada no degredo daqueles condenados por vontade própria. Com o afastamento do gentio, a população flibusteira da garimpagem se regalava pelas reiúnas polveiras 58, 44 e 320. Ali falavam com maior eloquência o trabuco do curiboca e a pedreira do forro.

O rio das Abelhas, que vai desembocar no Paranaíba, abrigava o primeiro povoado estável do Sertão Geral, sustentado pela ambição do ouro. Foi descoberto e fundado por mineiros que lhe devassaram o sertão. Quando o Governador Marquês de S. João da Palma nomeou o Sargento-Mor Antônio Eustáquio da Silva Oliveira, Regente do Sertão de Farinha Podre e Curador dos Índios, este, com geralistas, dependentes e pessoal de guerra, fez entrada até o Ribeirão da Prata, atravessando o Porto da Espinha, no Rio Grande, garantindo a posse mansueta do território, para Minas. Lembraram tarde de curar dos índios...

Na excursão do Sargento-Mor, o matuleiro Antônio Rodrigues da Costa foi assaltado por uma onça-pintada, que avançou faminta sobre o seu cavalo, segurando-o com garras e dentes. Antônio não pôde gritar nem brandir a espada, e apenas afastara o bicho, ferindo-o com estocadas de sua catana. A primitiva ronda do mato, com o perigo do gentio brabo e dos astutos quilombolas, era menos selvagem, menos bárbara que a vida do Desemboque, entre facínoras, ladrões de estrada, jogadores, escondidos da força. Numa das batidas pelas savanas, o Sargento-Mor levou o Vigário do Desemboque, Hermógenes Casemiro de Araújo Bronswith, que o viu distribuir imensas posses de terras fecundas, em troco de pequenos favores. Uma dessas glebas, compreendendo duzentos alqueires de matas virgens e boas águas, foi vendida pelo Curador dos Índios ao geralista Pedro Gonçalves da Silva, que faleceu aos 114 anos, por um casal de leitões.

Apesar da assistência de um sacerdote, o Desemboque ainda estava entregue a esbórnias e licenciosidades sujas. Além da crápula, da beberrice e do roubo descarado, havia a prostituição. Mulheres sem laia, das que acompanhavam a retaguarda dos exércitos, chegavam dia a dia, para seus negócios da carne.

A proporção que o ouro aparecia, elas também. O Sargento-Mor não tinha pulso de chefe, no arraial onde assistia. A uma observação do Padre, expunha seu caráter:

— Aos que furtam castigo. Aos que jogam, não. Como curar as doenças da rafameia, nos alcouces? Sei que há de tudo aqui. As fregas estão caindo aos pedaços, não há físicos de ervas, nem físicos de lancetas, nem barbeiros sangradores para as curar. Os índios mansos dão raízes, aprendidas nas pajelanças lá deles.

E com cara de nojo:

— Tudo fede, tudo se arrasa. Além dos mais vícios, além das mazelas do catarro-podre e das feridas de choro, além das úlceras de Moçambique, o xenhenhém. Parece que o mundo vem abaixo. Não bastam as bexigas-doidas, as cobras, os olhos-grandes, a praga contagiosa das mulheres da vida; inventam mais vícios!

O Padre estava abatido, mas reagia:

— Sargento-Mor, mas há as *Ordenações do Reino*, tudo está previsto.

— Qual *Ordenações*! *Ordenações* aqui são a tala, o bacamarte, o tronco, a coxia!

Morriam vítimas do gálico, a bouba matava, a carneirada matava, polca invadia as catas, derrubando gente a cuspir sangue. Quando passava um físico para desobriga de saúde no Arraial, matava mais que a peste.

E o povo não esmorecia, lutava bichado, não podendo andar, caindo aos pedaços. Só o ouro empurrava para diante aqueles espectros trêmulos. Porque o delírio era geral, a ambição era o único remédio eficaz. Podiam morrer, mas sufocados no ouro em pó. O ouro valia mais que a vida.

As mãos rudes, sujas de terra, encardidas no barro, ajudavam a completar os Quintos de cem arrobas obrigatórias, anuais, de ouro, que faziam a fortuna temporária de Portugal e a definitiva riqueza da Inglaterra.

O Reino, desvairado pelos montões de ouro, pelos milhares de arrobas de ouro puro, não sabia guardá-lo, deixava-o cair das mãos. Nossos diamantes, pedras coradas e pau-brasil solidificavam a preponderância britânica. Com essas riquezas se defenderia de Napoleão no Bloqueio Continental. Foi o ouro da terra do degredo, arca da Colônia portuguesa, que estabilizou o Império Britânico.

Foi o ouro do rio das Abelhas que mais tarde ergueria a igreja de pedra do Desemboque. Foi seu ouro que levantou nas torres dessa igreja o maior e mais sonoro sino dos templos do Brasil[3]. Ouvia-se a cinco léguas, porque o rio das Abelhas, passando rente do povoado, conduziu som a tão longa distância. Desemboque foi a célula das futuras cidades do Oeste mineiro. A descoberta de suas pepitas e a grandeza adquirida com a fenomenal estrada homérica de *Anhanguera* para as minas goianas espalharam, deram fama, foram o toque de reunir da gente aventurosa dos paulistas de prol, capitães de bandeira — gente que fez o Brasil.

II
DIABO NO CORPO

O alvará régio de D. João IV, que firmou as divisas entre Minas Gerais e Goiás, estabeleceu uma linha que, partindo de Norte-Sul, da Guarda dos Arrependidos, coincidisse com a Serra de Lourenço Castanho, rio São Marcos, Desemboque e Rio Grande.

O fisco, por seus arbitrários agentes, pisoteava o povo cobrando a capitação, a condução do ouro, as entradas na terra. O Quinto era o pesadelo dos mineiros que viviam das lavras de ouro. A cobrança desse imposto incidia, se negada ou protelada, sobre a própria vida do devedor, ou quando menos, no seu desterro por 10 anos para Angola. Se faltosos, mesmo sem extrair o metal, pagavam no tronco de ferro, nesse caso apenas por estarem registrados como contribuintes.

Não havia fundição de ferro em Portugal para fabrico desses troncos. O material era importado da Suécia ou da Espanha.

A tentativa de fornos em Portugal não deu certo. O criado em Figueiró dos Vinhos não alcançou produção vantajosa, e apagou-se. No Brasil, em 1590, Afonso Sardinha construiu um forno para fundição em Biraçoiaba, sertão de Sorocaba, onde descobrira minério próprio, mas depois de várias complicações, essa tentativa deu em nada.

---

3. Está hoje na cidade de S. Paulo.

A VIDA EM FLOR DE DONA BEJA

Para os sonegadores do Quinto havia prisão, sem prazo para soltura, e em casos, o degredo era para toda a vida. Houve quem fosse enforcado mesmo sem dever, por simplíssima denúncia aos cérberos de El-Rei Magnânimo.

Ser suspeito era pior do que ser criminoso de extravio. Quando criminoso, era certo o degredo por 10 anos para Angola, e *ser suspeito* era ficar isolado dos mais, para sempre seguido por *sombra*. Se falasse com alguém, essa pessoa era presa, ouvida longamente; purgava o *crime* nas masmorras, ficava também suspeito de conivência. Se viajava, era seguido por matilha que inquiria a todos com quem negociasse. Por isso ninguém queria ao menos cumprimentar um suspeito: ouviam os vizinhos, os companheiros de seus filhos, mesmo os pequeninos. O pior é que não havia meios de provar que não era extraviador. Nessa desesperante situação, vendo fechadas as portas à sua passagem, ele ficava como um leproso naquele tempo — sem liberdade de locomoção, embora senhor dessa liberdade. Uma denúncia, mesmo de desafeto do denunciado, determinava essas secretas investigações: se nada houvesse provado, o denunciado perdia por Lei todas as terras de sesmarias e as demarcações de terrenos auríferos ou diamantinos!

O direito da arrecadação não pesava apenas sobre a fazenda individual do devedor e sobre sua vida: os bens dos parentes respondiam também por ela, mesmo dos parentes afastados. A liberdade era o menos. Seus haveres pouco importavam. O ruim é que, mesmo depois da pena infamante da forca, seus descendentes eram responsáveis pelo débito, mesmo sem herança!

A cobrança do Quinto queria dizer: tirar, à força, a quinta parte do ouro extraído, para as arcas reais. O imposto de capitação era ainda mais oneroso: cada escravo pagava quatro mil-réis anuais, além da taxa de importação de cada africano chegado em navios negreiros. Essas arrecadações não eram tão só cobrança: eram violento furto, roubo descarado, inominável execução a ferro e a fogo.

Em 1745, D. João V conseguiu do Papa Benedito XIV a criação das prelazias de Goiás e Mato Grosso, pela bula *Candor lucis, eternae*, em que foram fixadas as divisas de Mato Grosso, São Paulo, Rio e Mariana, sendo que a prelazia de Goiás abrangeu os velhos julgados de Araxá e Desemboque, mineiros. Com pretexto sibilino da divisão eclesiástica, o governo de Goiás começou a alegar o *uti possidetis* do território do Sertão de Farinha Podre.

A pretensão de Goiás originou-se da não convocação dos eleitores do Rio Verde para certa eleição em Paracatu, pois os políticos desse lugar sabiam que os eleitores eram contrários a certo candidato.

Goiás mais tarde alegou essa tramoia política tão banal, como tácito reconhecimento de Minas aos direitos goianos. Em 1750, o Governador D. Marcos de Noronha declarara, esclarecendo, que o julgado de Paracatu pertencia a Minas e tanto era exato que, por alvará 20 de outubro de 1789, foi elevado a Vila, com o título de Paracatu do Príncipe.

Havia no Sertão de Farinha Podre um português de tino incrível para contrabando e arrasadora ambição: era o Padre Felix José Soares, apelidado o *Pequenino*.

O sertão mineiro estava inçado de criminosos foragidos, desordeiros, vagabundos e ladrões de caminho, a começar da Serra de Jaguamimbaba, todos em comunicação com quilombos de negros fugidos, entre os quais os do Canalho e do Ambrósio. Essa choldra se valia do contrabando grosso, do extravio do ouro, dificultando a doação obrigatória das 100 arrobas de ouro a Sua Majestade. Estavam desatentos ao vigor das Leis Positivas. Era o Visconde de Barbacena, Capitão-General Governador das Minas Gerais e não via com bons olhos as constantes incursões do Capitão-General Governador de Goiás por terras mineiras, até 200 léguas de S. João del-Rei de Vila Boa de Goiás, capital goiana. Esse turbulento Governador, Capitão-General D. Joam Manoel de Melo, desrespeitando as Leis das Capitanias, mandou um Destacamento de Pedestres, escória militar, para o Arraial do Rio das Abelhas fazer registros, apresentar-se como Delegado do Juiz das Demarcações, medi-las, tudo dentro do Registro das Minas, pisando nas provisões do Augusto Senhor D. João V. Essas provisões já haviam sido publicadas a rufo de caixas, nos bandos de 1738, por toda a Capitania de Minas, pelos então Governadores Martinho de Mendonça e Pina e Proença e Gomes Freire de Andrade, Conde de Bobadela, quando nem Goiás era ainda Capitania, pois ainda estava unida à das Minas, e sujeita às Leis das Capitanias do governo mineiro. As minas de ouro, metal, foram descobertas por Manoel Borba Gato, chegando na bandeira de Fernão Dias Pais Leme, e Manoel Pedroso de Barros, aquele considerado o pioneiro, o mais importante e respeitado pelo povo como verdadeiro descobridor.

Afluiu gente aos borbotões para os descobertos e a rivalidade entre nacionais portugueses fez com que estes elegessem a Manoel Nunes Viana para seu Governador, por ser o mais valoroso para abalar a audácia dos paulistas, numerosíssimos no sertão.

Os paulistas chamavam os portugueses de forasteiros ou emboabas e os emboabas odiavam os paulistas. Por ordem de Sua Majestade, D. Fernando Mascarenhas de Alencastro, nobre de sua graça, foi ao sertão *sossegar* os brigões, mas Nunes Viana o recebeu em ordem de batalha, no sítio de Congonhas, perto da Vila Real de Nossa Senhora do Pilar de Ouro Preto. O General regressou, vencido. Não se animou a enfrentar o apotestado chefe emboaba.

Foi nomeado então Antônio de Albuquerque Coelho de Carvalho para Governador de Minas, com o fim de pacificar os guerrilheiros.

Em face da atitude de D. Luís de Mascarenhas, Governador de Goiás, o Governador mineiro, Conde de Bobadela, mandou o Dr. Tomás Ribeiro de Barros Rego, Ouvidor da Comarca do Rio das Mortes, dividir as duas Capitanias, confirmando a linha de Norte-Sul, até tocar a Capitania de São Paulo. O General Mestre-de-Campo Inácio Correia Pamplona voltou de novo, por isso, ao sertão que ele já inundara de sangue; voltou agora para dar caça aos bandidos, libertinos, revoltosos, mariolas e fugidos das galés.

Foi então que teve início, no *geral*, já povoado de gente áspera, a pregação incendiária do Padre Felix. Com a notícia de que Pamplona dera por finda sua segunda missão, julgando pacificada a Capitania, começaram a voltar às grupiaras os facinorosos e escravos fujões que o assassino do andaia Bambuí dissera estarem em paz. Ao correr por toda Capitania o boato verídico de que os Quintos, com o afloramento do ouro das Gerais, renderam naquele ano 150 arrobas para El-Rei, entraram para o barro centenas de sujeitos famintos do metal. Era tão arraigado o desvio que a polícia discricionária dos polvos reinóis se tornou draconiana, sem conseguir pelo menos diminuí-lo. O escravo era assombroso na prestidigitação de mudar ouro de bateia em ouro de escamoteio. O bateeiro não agia mais por hábito e sim pelo vício inextirpável de roubar do senhor, roubar do amigo, roubar do Rei. Era simples passe de mágica, feito por todos, tirar 1 oitava de 100, 1 diamante, de 50.

O *Pequenino* agia...

Miudinho, chocho como criança de sete meses, era irrequieto vasculhador da vida alheia. Interessava-se, furão, por todas as questiúnculas dos conhecidos, como eminente, consumado intrigante de tranças sutis. Metia-se pela vida dos casais felizes lançando cizânia, separava amantes incitando ciúmes sem razão de ser. Sabedor de segredos e, *pour-cause*, era para ele uma delícia semear dúvidas, a dúvida que flagela o coração dos homens.

Não havia entre a gente rude do Sertão de Farinha Podre cristão mais mexeriqueiro, tudo feito com autoridade sacerdotal.

Estava dentro de todo diz que diz, metia o bedelho em negócio dos outros fuçando a roupa suja dos lares.

Alguns aventureiros, já vítimas de suas unhas, falavam ao vê-lo em segredinhos com um e outro:

— Esse Padre é um perigo! Parece taturana, onde encosta queima como fogo.

Na agitada e misteriosa mobilidade de intrigante corria garimpos, terreolas, aldeias, ranchos de fazendas de pau a pique. Metia-se nas transações dos outros, dava opiniões que ninguém pedia, era um sugeridor de maldades. Mestre consumado, especialista notável de assuntos de infração, de insignificâncias do Regulamento das Minas e de suas possíveis penalidades, estava em todas as questões. Conhecia miudamente as *Ordenações do Reino*, gostava de discorrer sobre a Mesa de Consciência de Lisboa, a terrível espiã do Santo Ofício que, por nonada, condenava inocentes e puritanos, por suspeitas quase sempre infundadas.

Padre Felix parecia observador autorizado da Santa Inquisição. Sendo fraco, era o Sansão da maledicência; mesmo pequeno — o Golias do fuxico. Cheio de artimanhas, só não era covarde nas parolagens, mas pusilânime diante dos poderosos. Como Atlas, sustentava um mundo de embondos nos ombros de raquítico de nascença. Sua língua era tão respeitada como a de S. João Crisóstomo, sendo que para o mal. Tinha boca-doce para elogiar os grandes na presença, mas na ausência deles sua baba era puro caldo de malaguetas. Com vitríolo de conversas moles mascarava a face dos inimigos, em gilvazes indeléveis.

Para o *Pequenino*, a própria hóstia do sacrifício era uma pataca branca. Seria capaz de arrebatar um pedaço de pão, da boca de um mendigo doente. Talvez desejasse morrer como o triúnviro Crasso, com a garganta entupida de ouro do Rei Herodes. Palmilhava todo o *geral* agourando igual à Cassandra e dando a beber venenos doces, como Locusta. Não viajava para pregar o bem: era o missionário da desunião, revoltava os homens contra o Rei e o Rei contra Deus. Seu corpinho enquijilado parecia não ter sangue nas veias, mas a peçonha da boca das cascavéis. Useiro de falcatruas, vezeiro de tranquibérnias, dele falou um dragão a quem ameaçara acusar a Rainha como cristão-novo:

— Esse Padre pode ser de Deus, mas tem o diabo no corpo.

Tudo isso porque era o mais perigoso contrabandista do Sertão do Novo Sul. Manipulador de contrabando grosso, cabeça de motim para furtar o fisco, ninguém o apanhara no desvio, era finíssimo.

Padre Felix se desentendera, pelo ânimo atrabiliário, com o Bispo de Mariana praticando desatinos que violavam as Leis Canônicas.

Por ordem do Cabido de Mariana, o Sargento-Mor Manoel Gondim fardou-se, vistoso, de oficial Comandante do Destacamento de Dragões do Arraial das Abelhas, e acompanhado de cinco Dragões, apareceu na casa do Padre Felix. Formalizou-se, a 10 passos, bateu continência, apresentando-se altaneiro:

— Sargento-Mor das Batalhas dos Exércitos Reais!

E com a mão conservada em sentido, na aba do quepe:

— Reverendíssimo Senhor Padre Felix José Soares, por ordem do Cabido de Mariana e em nome da Augusta e Poderosa Senhora, a Rainha D. Maria I, sua senhoria está preso.

Padre Felix, estatelado de surpresa, murmurou, pálido, mas disposto:

— Entrego-me.

O Sargento-Mor cumpria ordens:

— Por ordem do Excelentíssimo Capitão-General Luís Diogo Lobo da Silva, sua senhoria Padre Felix José Soares será recolhido, sob escolta, à Vila Real de Nossa Senhora do Pilar de Ouro Preto, capital da Província das Minas Gerais!

O Padre Felix ratificou-lhe as palavras:

— Estou à disposição do Senhor Sargento-Mor das Batalhas Reais, Manoel Gondim.

O Sargento-Mor fez um sinal e o preso tomou a frente dos dragões formados, seguindo para a Intendência.

A notícia rebarbativa correu logo por todas as casas, lavras e descobertos. Um tropeiro acampado perto boquejou:

— Padre Felix está preso, com sentinela à vista!

O forro João Alves já sabia:

— Foi por ordem do Capitão-General Luís Diogo Lobo da Silva!

Preso, na sala da Intendência diante de duas baionetas enormes, como se usavam, luzindo a seus olhos, o *Pequenino* mexia a língua de boca-larga, afetando bom humor:

— Ora, o Padre Felix na prisão...

Ria-se, fingindo achar graça, a esfregar as mãos secas:

— Os cristãos-novos de Mariana metem um padre na masmorra! Na masmorra estou na pedra, como um facinoroso, como negro fugido!

Suas risadas ferinas escandalizavam os amigos e os próprios Dragões da sentinela. O vigário Gaspar Alves Gondim, homem sorumbático, foi visitá-lo:

— Padre Felix, sua prisão acabrunhou-me assaz. Procure-se conter... seja mais razoável...

O *Pequenino* pulou, como sauim espantado:

— Ora, Padre Gondim! Isto é grandeza! Será que desejam me desterrar para Angola? Para Bailungo? Para Cassunga? Ou querem me arvorar na forca? Não seja ingênuo, Padre Gondim...

O vigário estava horrorizado com aquelas palavras:

— Não diga dislates, Padre Felix! Vossa mercê é um sacerdote...

O preso estava radiante de verve:

— Padre Gondim, como cadeia, por que não? Quem governa é ainda o Marquês de Pombal... Vou ser o novo Marquês de Távora... Hum... hum... Temos no Sertão de Farinha Podre um outro Padre Malagrida...

O vigário ficava cada vez mais escandalizado, fungando seu fedorento rolão:

— Pelo amor das Cinco Chagas, tenha calma, Padre Felix!

Ele ergueu-se, elétrico, vivo como azougue:

— Façam comigo o que foi de uso no alvorecer do Cristianismo, façam bem feita a carniçaria de minha carne! Piquem meus olhos com agulhas, cegando-me aos poucos, como Caio Máximo fez a Probo, em Anazarbs, na Sicília. Venham com açoite, botem-me nos cavaletes, rasguem meu corpo com unhas de ferro, como fizeram com Cipriano, o Mágico. Preguem-me na cruz, enterrem em minhas entranhas brasas vivas, joguem sobre mim chumbo derretido, arranquem os dentes, cortem-me a língua, prendam-me por um pé, de cabeça para baixo, carreguem-me de cadeias brutas, açoitem-me com nervos de boi, assem-me nas grelhas bem temperadas, quebrem-me os ossos, joguem-me às feras das arenas pagãs, que todos esses martírios cairão sobre mim como um orvalho embalsamado!...

Sentou-se de novo, consertando a batina:

— Tudo isso já fizeram com os mártires dos tempos de Trajano: como eles, no fim dessas brutalidades, cantarei aleluias!

O pobre vigário Gondim só teve tempo de fazer o sinal da cruz, retirando-se, calado.

Lá fora, no adro da Igreja, encontrou-se com o Sargento-Mor:

— Meu vigário, dizem por aí que o Reverendíssimo preso tem o diabo no corpo...

Gondim olhou o militar nos olhos vermelhos e, muito baixo:

— Não sei... não sei, mas o Padre está fora dos eixos. Há qualquer coisa sobrenatural na cabeça de meu pobre colega...

O sargento estava impressionado:

— Mas o senhor acredita nisso?

— Se acredito? Acredito. Tenho vivido muito, o bastante para crer em tudo. Quando Duarte Coelho, Donatário de Pernambuco, estava em guerra com os pagãos, só venceu o copioso bugre com o auxílio do Padre do Ouro, apelido de certo padre que por lá apareceu, e era nigromante. Dizia-se mineiro, conhecedor de minas, que localizava com os olhos. Sendo ele mandado ao sertão com trinta homens de guerra e duzentos índios mansos flecheiros, ao chegar na primeira aldeia assombrou a todos. Pedindo um frangão, depenou-o e desfolhou um ramo: cada pena e cada folha arrancadas por suas mãos, se transformaram em outros tantos diabos, vomitando fogo pela boca. Era só amarrar os índios brabos em revolta, macho ou fêmea, e ir pondo nas canoas. Sabedor da fama desse feiticeiro, depois que ele ajudara a vencer o aborígine, El-Rei D. Sebastião, o Desejado, mandou prendê-lo, seguindo para o Reino pela frota real. El-Rei desejava levá-lo na guerra ao turco e talvez se o fizesse não desaparecesse, para lástima do mundo, esmagado pelos mouros em Alcácer-Quibir. Quando a frota chegou a Cabo Verde, o Padre do Ouro sumiu da prisão! Ninguém mais soube dele.

Padre Gondim falou, misterioso, segredando mais de perto no ouvido do Sargento-Mor:

— O *Pequenino* pode ser nigromante, pode... O demônio tem muita força!...

Preso e vigiado, o Padre Felix comediava suas palhaçadas contra mundo, diabo e carne. O refrão de suas pantomimas era que havia no *geral* a reprodução do caso Malagrida.

Referia-se ao crime infame de Pombal mandando enforcar o santo jesuíta, fato que encheu de horror ao próprio Voltaire.

Na sala da Intendência, o detido dava espetáculo público, divertindo a população apavorada. Nos intervalos, assoviava alto, coisas de improviso, sem pés nem cabeça. Não perdera a fome e tudo reclamava, intolerante.

No nono dia da detenção o Sargento-Mor o procurou:

— O Senhor Capitão-General Comandante manda vos dar liberdade, Padre Felix. Espera que vossa senhoria agora se contenha, pois falar como braveja pode vos ser mau.

Numa continência brusca:

— A prisão está relaxada!

O Padre *Pequenino* saiu lampeiro como entrara. Leve, airoso, não mostrava nem um vinco na testa, por temor ou raiva.

No outro dia recomeçava os cochichos. A língua solta não tivera medo da cadeia. Não diminuíra de vibrar, destramelada. Já então a patuleia de especuladores, vendilhões, piratas, contrabandistas e safardanas de oportunidade voltava ao povoado. A polícia afrouxara os garrões e a praga dos extraviadores brotava de novo, sem medo do violento Pamplona, que Deus conservasse longe.

Como os Quintos estivessem atrasados já de dois anos, desde 1762, falavam com pânico no recurso da derrama.

A derrama!

Todos os impostos cobrados em dobro, de uma vez, sem justificação, pela sanha desumana dos leguleios reinóis, nas mãos tiranas dos executores de El--Rei, garantidos pelos Dragões e, pior ainda, pela brutalidade dos Voluntários Reais que eram os mastins desalmados da Coroa! Falar em derrama era falar no dilúvio, em mil vulcões vomitando lama, no próprio terremoto de Lisboa!

Pois o Padre Felix começou a alertar o povo contra o absurdo extremo da cobrança dos impostos... Descrevia a tragédia de sua execução, a dureza perversa da Lei, sem portas falsas para fuga, sem recurso e sem perdão.

Todos os espíritos, feridos na carne viva, estavam aptos a acolher soluções radicais contra o ultraje da medida. A pregação do Pequenino tinha receptividade em todos os párias a serem eviscerados pela vermelha grosseria dos meirinhos.

O Capitão-General mandara prendê-lo, a pedido do Cabido de Mariana, para amedrontá-lo, amordaçá-lo. Foi pior. Viajou, semeando prédicas espinhosas contra as ordens régias, contra os alvarás, procurando adesões, exagerando os atos da tirania. Falava pelos cotovelos, mas acabou convencendo a quase todos, nos garimpos.

Como sabia que o Sertão de Farinha Podre era de Minas Gerais havia trinta anos, concebeu o plano luciferino pelo qual se livraria da vigilância dos superiores da cidade de Nossa Senhora do Carmo e da fiscalização tributária do Reino.

As forças do Exército Português eram político-marciais, verdadeira polícia de opressão e pirataria.

O Padre não falava sem conhecimento da coisa, não murmurava em vão sem saber da verdade, pois a derrama veio, violentíssima, em 1767 e 1768!

Antes de ser proclamada pelos bandos, a toque de tambores, *Pequenino* espalhou que a derrama só atingiria Minas Gerais, ficando isenta de tal execução a Capitania de Goiás!

E num milagre espaventoso, digno do diabo, levou à Vila de S. João de El-Rei da Vila Boa de Goiás 120 habitantes do Arraial das Abelhas, e os apresentou ao Capitão-General Governador goiano, como gente que lhe ajuda a fazer a descoberta do ouro do Arraial do Rio das Abelhas que ele Padre Felix havia fundado!...

O Governador D. Joam, que não gostava das Minas Gerais, mandou imediatamente despejar a população mineira do referido Arraial, que não aderira ao *Pequenino*! Escorraçou a precária justiça local, toda a guarda militar de Minas e seu Comandante Sargento-Mor, o Vigário, o Vigário Gondim e o resto...

Ato contínuo, obteve de Maria a Louca[4] urgente alvará, criando o Julgado de Nossa Senhora do Desterro das Cabeceiras do Rio das Velhas do Desemboque, passando assim todo o Sertão do Novo Sul a pertencer, por força de Lei, à Capitania de Goiás! Minas perdia assim, canônica e juridicamente, 94.500 quilômetros quadrados de terra, por trinta anos reconhecidas como legítimas da Capitania das Minas Gerais e já demarcadas, antes de Goiás ser Capitania, quando ainda o solo goiano era pertencente a Minas!

O Padre Felix, por miserável questiúncula com o Cabido da Cidade de Nossa Senhora do Carmo, derrogara antigas portarias, regulamentos e demarcações feitos pelos Capitães-Generais Governadores das Minas, com poderes hábeis para tanto. Mostrou que tinha cabeça para maquinações infernais, não dando importância às autoridades mineiras, clero, nobreza e povo.

Instalando-se o Julgado, em 1766, Padre Felix fez o que sempre desejou: vingar-se do Bispo e mostrar quem era. Passou a régulo do território usurpado e por esse prêmio viu-se, por nomeação, vigário da Capela do Senhor Bom Jesus, erigida pelos fundadores do Arraial das Abelhas, com licença do Bispo da Cidade de Nossa Senhora do Carmo e da Vara...

Essa capela não era a de Nossa Senhora do Desterro, a primeira do lugar, mas a segunda, erguida por votos de faiscadores enriquecidos, por bambúrrio, no Rio das Abelhas.

Estando o sertão livre dos Araxás e de alguns quilombos, expandia-se a criação dos rebanhos. Os Governadores das Minas e agora de Goiás nas terras roubadas, distribuíam sesmarias a mancheias.

O Governador Luís Diogo Lobo da Silva concedeu 250; D. José Luís de Menezes Abranches de Castelo Branco e Noronha, Conde de Valadares, 275; o Coronel Antônio Carlos Furtado de Mendonça, 27... A terra ia sendo retalhada

---

4. D. Maria I, Rainha de Portugal, Princesa de Algarves.

em maquias para quem requeresse ou para quem favorecesse as tranquibérnias dos dignos Governadores.

Quando chegou a derrama... o incêndio, o pesadelo de toda Capitania das Minas... Quando chegou a derrama, os oficiais do fisco português caíram sobre o povo indefeso; o bando sinistro dos meirinhos veio como uma nuvem de milhafres, de vampiros sugadores de sangue sobre a população assombrada. Mas, irrisão, a derrama não atingiu apenas a Capitania de Minas e também toda a Colônia, onde houvesse ouro descoberto... O polvo abraçou também Cuiabá e Goiás... Minas era o celeiro das arcas portuguesas; com o nosso ouro cunhavam-se *lisboninias* do nobre metal, para pagamento das tropas, magistratura, funcionários, professores volantes... Também Cuiabá produzia ouro, ainda discreto, as minas goianas começavam a derramar também ouro. Ali chegou a derrama, com as garras sangrentas e a corda da forca suspensa, à vista de todos...

Partiu a comitiva do saque dos meirinhos protegidos pelos Voluntários Reais, para pesar o ouro das catas do Rio das Abelhas.

Expulsos do agora Julgado de Nossa Senhora do Desterro das Cabeceiras do Rio das Velhas do Desemboque, pela Companhia de Infantaria de Pedestres as autoridades da Igreja, força militar e inimigos do Padre Felix seguiram para a Parada da Laje para atingirem a Vila de Nossa Senhora da Conceição do Rio das Mortes. Essa Companhia de Dragões goianos era composta de pés-rapados, pretos e mulatos sem disciplina, borra militar, ao contrário da Companhia de Dragões de Cavalaria de Minas, onde só se admitiam brancos. No primeiro pouso da estrada onde os expulsos pernoitaram, Padre Gondim e o Sargento-Mor conversavam a sós, numa pedra, perto do rancho. Na noite escura ouviam-se canguçus rondando os retirantes. Seus urros cavos assombravam os peregrinos. Acenderam fogueiras no campo, em frente do arranchamento, para espantá-las.

O Padre estava abatido:

— Os Guaicurus acreditavam que as almas dos malvados são compelidas a reencarnar nas feras do mato. Sendo assim a alma do Padre *Pequenino* pode reencarnar em raposa...

E balançando a cabeça, com melancolia:

— É isso, Sargento-Mor, acabou-se o nosso Arraial das Abelhas... Mudou até de nome... fomos botados fora.

— É, meu vigário, Deus assim quis.

O vigário sorriu, com tristeza:

— Deus assim quis, fala o senhor. Eu digo: assim quis o Sargento-Mor Manoel Gondim...

O militar pôs assustado a mão aberta no peito:

— Eu, Reverendo?!

— Sim, o senhor. O senhor teve preso o autor dessa complicação toda... é acostumado a lavrar atos de resistência de facinorosos...

O Sargento caiu em si:

— É verdade, a culpa é minha... Aquela peste! Exato que eu podia ser mais rigoroso, mais claro de ideias!

O Padre deplorava:

— Agora, fomos tocados, expulsos, jogados longe... Esse miserável talvez não tenha o talento contundente de um Pombal, mas possui a matreirice de Richelieu. Diplomata astucioso, não sabe brilhar nas salas faustosas, dizer coisas belas, ler os livros fesceninos: seu batente de trabalho é a boca das minas e a conversa fiada ao pé do ouvido.

O militar esquentava-se:

— Ah, cachorro, se te apanho agora que te entendo, sem a força do Capitão-General D. Joam... O senhor tem razão: estou habituado a abater homens e deixei fugir o sacripanta, ele que merecia ser garroteado pela bestialidade pombalina!

— Matou nosso arraial para fazer, com folga, seu contrabando. Homem de fôlego de sete gatos, sabe roubar também com as unhas do gato.

— Venceu os Governadores, o Rei D. José I, D. Maria I... D. Maria I Nossa Senhora Sereníssima queria? Ele não queria. Fez-se-lhe a vontade caprichosa.

Gondim, amargurado:

— Seu golpe de morte no Cabido da Cidade de Nossa Senhora do Carmo não foi de um sacerdote, mas de palhaço calejado de golpes cínicos. Enfim... vamos viver nossa vida em outras plagas... estou velho e só desejo morrer em paz.

Começou a chover, peneirado.

— Vamos sair do sereno, Sargento. Vamos esquecer os pecados alheios. Parece que vai chover muito.

E mudando de tom:

— Não esperemos justiça... Ele afundou na lama a Coroa, cujo preço foi o sangue dos valentes dos campos de Ourique, de Montes Claros e Aljubarrota, onde foi erguida pelas lanças do Mestre de Aviz e, em Valverde, pela coragem bravia de um Condestável! Hoje, empurra-a com um pé, o demônio da savana...

Em 1770, a Aldeola de S. Domingos dos Araxás erguia com lentidão, no planalto, os tetos de taipa das casas humildes.

A pobre terreola ficou incluída na Sesmaria do Barreiro, concedida pela Sereníssima Rainha D. Maria I a Alexandre Gondim e irmão. A sesmaria era de 60 alqueires e foi mais tarde doada pelos concessionários ao futuro Julgado de Araxá. Depois de muitas andanças de lunático perigoso, o nome do Padre Felix desaparece por encanto das crônicas de antanho, dos palimpsestos do século XVIII. Vendo as coisas pretas, julgou melhor pôr-se ao fresco. Pulou, de lado, o pulo difícil também dos gatos, desapareceu... Disseram que fugiu para a Vila Risonha de Santo Antônio da Manga de São Romão, lá embaixo, no São Francisco, mandando matar o feitor Barba Seca, pelo caminho.

O mal que imaginou fazer à Capitania de Minas estava feito: representou bem, ficou riquíssimo, era seu melhor sonho. Antes de ser vaiado, o comediante mambembe saiu de cena, respeitável no seu descaramento.

O Sertão do Novo Sul, escamoteado das Minas Gerais por força do direito pertencia agora à Capitania de Goiás. Quem teve razão foi o meganha acusado por ele como cristão-novo: o trem fedia a enxofre e tinha pés de chibarro. Da maneira pela qual furtava acabou por burlar a prepotente linhagem divina da Casa de Bragança, obra de seus olhos de gavião, nariz de bode e apurado faro de hiena. Como veio, não se sabe de onde, passou sem se saber para onde foi. Ajuntara montes de ouro, isto é: ficara livre e poderoso.

Boquejaram que fugiu, com receio do Bispo, quem não temeu a própria Rainha. Não teve medo da onça, quanto mais da sombra desse bicho...

III
OS PEREGRINOS

Era quase noite quando uns peregrinos chegaram ao rancho de tropas do subúrbio de Santa Rita, no Arraial de S. Domingos. O velho apeou-se primeiro, depondo antes no chão a neta de 5 anos que viajava numa almofada, na cabeça de sua jereba. Ajudou depois a descer a uma senhora ainda moça.

A menina, com as pernas entorpecidas por cinco dias de marcha, estava com sono.

O ancião ajudou a arriar as canastras de duas mulas de carga. Formando um couro com seu ponche, deitou a neta. A tropa enlameada resfolegava faminta, procurando touças de capim aos lados do rancho.

O viajante, velho teso, alto e espadaúdo, alisava as barbas alvas, enquanto o escravo desarriava os animais de sela. Depois, colocou o arreiame sob a coberta com os suadouros para cima, apanhando a raspadeira. O velho colocara os embornais com milho no focinho dos bichos e com um canivete rombo, de folha larga, começou a destacar as cascas de velhas pisaduras no lombo de um macho.

Feito isso, falou pela primeira vez:

— Moisés! Toma conta do rancho. Vou procurar hospedaria.

E subiu apressado a rampa, em procura do arraial que começava ali, no rancho de desarreio. A senhora, sentada, em silêncio ao lado da filha (era sua filha), enxugava o rosto do suor poeirento e, com calma, começou a passar um pente pelos cabelos castanhos. A filha adormecera.

Moisés raspou a tropa, que se afastava, bufando alto, a retouçar o capim-do-campo. Quebrou gravetos para o fogo do café. Arrumou a tripeça de ferro, pondo água a ferver, e acendeu um cigarro furtivo, impossível de fumar na presença do senhor.

Quando este voltou, sempre digno até no andar, o escravo serviu o café nos coités encardidos pelo uso.

Acordou a neta, que bebeu, calada, a infusão. Depois de umas ordens ao escravo sobre a bagagem, tomou com delicadeza a pequena, que encostou no ombro.

Chamou, áspero, a filha:

— Vamos!

Subiram para o centro da aldeia. Já anoitecera. Ainda era tempo das chuvas grandes, mas a noite, muito limpa, exibia na porcelana antiga do céu lavadas estrelas fúlguras.

O grupo entrou numa hospedaria, casa humilde de telhas vãs.

Veio o jantar. A neta comeu cansada e a moça amargava, em sua perpétua mudez, visível tristeza. Comiam calados.

Terminado o jantar, o velho foi buscar a bagagem, levando um carregador. Instalados, a dona da pensão afeiçoou-se logo à pequena.

— Como se chama, bem?

Não respondeu. A mãe, por ela:

— Ana...

A proprietária insistia, alisando-lhe os cabelos:

— Tem o nome pequenino como você mesmo. Tem o nome da mãe de Nossa Senhora.

A moça justificava, sorrindo, a timidez da filha:

— É muito matuta diante de estranhos. Em casa, conosco, é viva e buliçosa.

A dona da casa voltava:

— Que idade tem você, Aninha?

Aí ela se desatou:

— Cinco anos.

— Muito bem; você é muito bonita e vamos ficar amigas.

A mãe se comovia com as delicadas palavras à filha. A nova amiga de Ana adivinhou a razão de sua quietude:

— Está cansada, com sono. É melhor deitá-la.

Quando o avô se desfez da bagagem, entrou no quarto para beijar a neta, que dormia. A filha pediu a bênção, recolhendo-se.

Ele foi para a sala, onde conversavam dois hóspedes. O pretexto de um torrado que o velho tomava fez a apresentação dos três. Os outros provaram o pó.

— O senhor mesmo é que fabrica, amigo?

— Este não. Fabrico, mas um menos cheiroso. Este é fábrica de minha terra.

— De onde é o senhor?

— Sou natural de Formiga-Grande. Morava, ao vir para aqui, em Nossa Senhora do Carmo de Pains, distrito.

O interlocutor:

— Ah, Nossa Senhora do Carmo de Pains, já ouvi falar.

O ancião, inquiridor:

— Não esteve lá...

— Não, senhor; conheço apenas por ouvir falar. Falam muito de suas terras, da mata de Pains.

— São terras boas. Terras afamadas para tudo. São, aliás, terras de matas que o senhor fala.

— São muito grandes?

— Quase todo o distrito é de matas. Muitas matas de madeiras de lei, muito procuradas!

— O senhor morava na roça?

O velho pigarreou, cruzando as pernas:

— Morava e não morava. Tínhamos uma fazenda quase na sede do distrito. Meia légua...

— Plantava ou criava?

— As duas coisas. Tinha lavoura e um pouco de criação.

— E essa zona é boa para criar?

— É das melhores. Tem o defeito de embernar muito o gado. As matas...

— E as matas são virgens?

— Matas virgens. Há poucas derrubadas, o distrito ainda tem pouca gente...

Sob a claridade do lampião acamaradavam-se, em conversa cordial.

O novo amigo alongava-se:

— Trouxe também a família...

— Sim, senhor, trouxe a família, que é pequena: filha e neta.

— Quer dizer que é viúvo.

— Sim, sou viúvo, infelizmente. Minha mulher morreu há cinco anos.

O outro comentou, sentindo-se penalizado, como se monologasse:

— Pois eu também sou viúvo e tenho oito filhos. Não há nada pior na vida de um homem que a viuvez, quando há filhos. Eu sempre digo: Antes viver preso do que ficar viúvo com filhos.

O velho suspirou:

— É muito triste! Vivi casado 25 anos, só tive uma filha, que aqui está, assim mesmo nascida anos depois de casado. Minha filha está com 25 anos, feitos.

— Seu genro não veio...

O ancião descruzou as pernas, com visível mal-estar:

— Também não tenho mais genro.

Agitava-se porque ia mentir, contra seu hábito:

— Minha filha também é viúva...

— Enviuvou cedo!

— Enviuvou.
— E que idade tem o senhor?
— Eu tenho 65 anos graças a Deus. Casei com 35 e a mulher com 20.
O companheiro de pensão era perguntador:
— E seu genro com que idade morreu?
— Com 40... Morreu moço, umas febres...

Um homem como João (era o seu nome) não mentia nunca, mas, por pundonor, era obrigado a torcer a verdade ali, entre estranhos.

Sua filha nunca fora casada e aquela inverdade que dissera levava-lhe sangue ao rosto que ardia, queimando.

O outro viúvo sabia o que era perder a esposa.

— Pois é o que lhe digo: viuvez é mais morte para quem fica do casal, do que para quem morre.

João suspirou, só para ele:

— É verdade. A gente fica tão isolado no mundo que, não fossem os apegos de filhos... a gente pedia a Deus para nos levar também. Vivi em paz com a defunta e a morte dela foi um fracasso para mim.

E de olhos baixos:

— A velhice está aí. A gente se prende aos hábitos, que também são vícios. Eu, pelo menos, perdi parte da coragem de trabalhar, viver. Costumo dizer aos amigos que os sofrimentos matam mais do que as doenças. Se eu fosse moço, não casava mais depois da viuvez. A gente casa uma vez na vida. Precisa as cinzas de quem morreu. Mas acho que o homem enviuvado cedo não tendo filhos, deve de novo se casar. Para homem de responsabilidade, ficar viúvo é o mesmo que cair no escuro, num buraco bem fundo que não foi pressentido.

— O senhor tem razão...
— O senhor é moço...
— Não, tenho 50 anos e nunca vi tanta coisa certa como em suas palavras. Se não tivesse filhos era capaz de me matar...
— Isto não, porque a vida é de Deus Todo Poderoso. A vida não é nossa, temo-la apenas emprestada por ele. Suicidar é jogar fora um objeto que está emprestado conosco e somos responsáveis por ele. Ninguém pode brincar com a alma, que é uma coisa séria.

Eram 9 horas e chegavam outros hóspedes para dormir. D. Arminda levou à sala o café noturno, café simples.

Procurava se familiarizar com João:

— Gostei muito da Aninha, meu senhor. É muito linda, muito simpática...
— Obrigado, dona. Minha netinha... Dizem que os avós são corujas: pois seja, eu também acho a neta bonita!
— Brinquei com ela que seu nome é do tamanho dela: Ana...

João, sorridente, cofiava com a mão direita as grandes barbas mal tratadas:

— O nome dela é até grande: Ana Jacinta de São José...

— O nome, todo, é maior do que ela...
— Mas a senhora não sabe que a netinha tem um apelido...
Ela parou, com a bandeja nas mãos:
— Apelido? Qual é?
— Beja...
— Ah, pois amanhã não quero mais saber a não ser do apelido! Beja...
O novo amigo de João bocejava:
— Por que o apelido de Beja?
— Esse apelido de minha neta vem de pequenina. Corria, pulava, pegava em minhas barbas, apanhava as flores todas que encontrava por perto. Um dia eu lhe falei: Você não pode ver flor que não corra logo para cheirar e trazer para casa. Você parece um beija-flor. Comecei a chamar a neta de beija-flor e os de casa também. Depois passou a ser chamada somente de Beja[5].
E sorrindo, delicado:
— Todos conhecem Beja e ninguém sabe que é Ana...
O sonolento, distraído, sem disposição para mais prosa:
— É engraçadinha.
O avô babava-se:
— Veio cansada. Trouxe-a na cabeça da sela. Não tem costume de viajar e é, por isso, acanhada. Logo que tenha liberdade com as pessoas aqui, o senhor verá que foguete é minha neta.
Todos estavam sonolentos, menos João, sempre vivo, pronto. A conversa morria na moleza dos primeiros cochilos. Houve um silêncio e, para despertar:
— O senhor está de passagem?
João esclareceu:
— Vim ver se me arrancho por aqui. Tenho boas informações e vendi os possuídos em Nossa Senhora do Carmo de Pains, para recomeçar a vida longe de minha terra.
O companheiro do outro viúvo, até então calado, sentenciou:
— É bom mudar de terra. Eu gosto de mudar de terra. Nova terra, vida nova.
João resistia:
— Acho que os velhos não devem mudar: eu mudei...
Mostrou-se indeciso para o resto:
— ... arrancando pedaços da minha carne. À força.
O aparteante com as mãos nos bolsos, esticando as pernas:
— Ora, toda terra é nossa terra. O lugar em que vivemos em paz é que devemos amar. A cabeça da gente é às vezes como os morros cheios de neblina. Na madrugada de minhas tristezas estou precisando de um pé-de-vento para levar as neblinas, que me fazem ficar abatido.

---

[5]. É em verdade pronúncia comum entre os mineiros: beja-flor. Entre gente inculta essa transformação gramatical é de uso corrente. Consiste em síncope, queda de letra no vocábulo.

O viúvo dos oito filhos sorriu, conhecedor das dores humanas:
— Isso é falta da *velha*, meu amigo...
— É; pode ser.
Ergueu-se, esquecido do tempo. Consultou o pesado relógio de prata:
— Quase 10 horas. Vou ver se descanso. Boa noite para os senhores.
Ambos responderam, corteses. João, afastando-se, sempre digno, para seu quarto, vizinho do da filha, despiu-se e apagou a luz.
A noite fria do planalto araxano obrigava a cobertores de lã de carneiro, tecidos no Arraial.
João não dormiu logo. Às 11 horas, ventos estabanados uivavam nos oitões da casa, ventos que trouxeram chuva repentina. As goteiras despejavam água no chão batido da rua.
O coração do velho apertava, sentia frio. Ouvia os coqueiros do quintal, remexidos pelos ventos, o barulho triste das palmas reagindo às rajadas do chuveiro. O ruído das goteiras foi-lhe sossegando as preocupações, sentiu a cama amansando-lhe o corpo dolorido. Adormeceu.

Às 5 horas foi ao rancho, ver a tropa.
Bebeu o café do Moisés e parou em frente do rancho, olhando o dia clarear.
Aparecia à direita a Serra das Alpercatas, sem pontas pétreas, boleada em suaves elevações. À esquerda, o Morro da Mesa ainda pouco visível sob nevoeiros errantes.
Bem perto, depois de ribeirão Santa Rita, no fim da rampa, frio, escuro, o pau-da-forca se erguia patente de encontro ao cascalho da colina. Perto dele o velho óleo vermelho abria a saia verde da copa redonda, tecida de folhas miúdas muito juntas. Esse óleo se confundia com o pau-da-forca, dois postes altos de aroeira, ligados em cima por uma trava. Dali pendia, quando preciso, a corda na ponta de que morreram há tempos dois escravos. Foi a única safra do absolutismo sinistro, em S. Domingos.
Em frente, longe, corria o córrego Chorão, entre extensos palmares penteados por ventos desabridos. Os campos gordos do geral provavam que eram ricos, pois os animais amanheceram de barriga cheia.
Ia clareando aos poucos e uma luz amarelada espanava as derradeiras penumbras da noite.
Eram aqueles os campos do planalto. As árvores eram as mesmas de Nossa Senhora do Carmo de Pains, robustas e esgalhadas, sombreando o chão gordo.
Regressou devagar, olhos embebidos na paisagem farta dilatada para horizontes alegres.
O casario ainda modesto, mal alinhado, guardava lugar para os palácios do futuro.
Na porta da hospedaria, animais de viagem comiam, nos embornais sujos. É que os amigos da véspera iam partir. Um deles saudou, expansivo, o ancião:

— Bom dia, amigo. É madrugador!
— Com o louvor de Deus! Sou madrugador por hábito. Em minha terra às 4 horas já tomava café.
O viúvo viajante:
— Que tal é o lugarejo?
— Pelo que vi, parece bom; terras férteis: eu venho de terras ricas, mas este planalto é uma beleza!
— As águas daqui são muito finas...
— É o que temos de mau em Formiga-Grande. São salobras, como todas as águas de boas terras.
— Mas aqui os terrenos são bons, dizem, e as águas — não há melhores.
João, de olhos faiscando vida:
— É um privilégio de S. Domingos!
A dona da pensão, que os ouvia, aparteou orgulhosa:
— A prova que o clima daqui é especial é este ar leve, fácil de respirar, e os ventos, os centenários que vivem aqui. Em S. Domingos viver 100 anos é a coisa mais fácil...
Entraram para o café. Já na mesa, João quis saber particularidades dos viajantes:
— O senhor de onde é?
— Sou natural de Farinha Podre. Venho da Vila do Príncipe, onde tenho um filho. Viajo agora e aguardo suas ordens.
— Que Deus o leve em santa paz!
Nisto Beja chegou à porta, friorenta, em seu capotinho de lã.
— Vô, bença?
Estendeu a mãozinha. O avô beijou-a na testa, no pescoço.
João voltou-se para os outros.
— Aqui está a razão única de minha vida, senhores!
Empurrou a menina, de manso, para a frente:
— Cumprimenta os amigos, Beja.
Ela, parecendo ensaiada para delicadeza:
— Bom dia!
O viúvo de Farinha Podre:
— Bom dia, Beja. Como você é bonita, você é uma gracinha.
E para o avô:
— Que cabelos mais lindos! O senhor tem razão, sua netinha é uma estampa...
D. Arminda chegou com a bandeja, que depôs na mesa grande. E satisfeita, falando para João:
— Beja agora é minha amiga...
Dirigindo-se aos mais:
— Vejam que olhos lindos ela tem... São verdes, grandes, fulgurantes!

O homem de Farinha Podre, como pai:
— Que Deus a crie!
João, desconsoladamente vaidoso:
— Amém. É tudo que me resta da vida...

Os viajantes partiram, na rota de Farinha Podre. João alugara pasto para os animais e procurava se ambientar em palestras com gente do arraial sobre a compra de fazendola, pois tendo pouco recurso não almejava fazenda de encher os olhos. Porque era salvado de um incêndio, incêndio, da morte da esposa, a serena D. Nhanhá. Sofreu, porém, se possível, paixão maior: Maria, sua filha, ainda solteira, apareceu grávida. A esposa ainda vivia, flagelada de males sempre crescentes. João, severo lutador, homem de sangue limpo, incapaz de mentir, não sabia ainda do acontecido.

A educação da mulher, em Minas do século passado, era tão rigorosa que as filhas não tinham liberdade de conversar na mesa dos pais. Viviam mais com as escravas que com as próprias mães.

Quando essas mães-pretas eram africanas, possuíam lealdade incorruptível; boas conselheiras, e amavam as sinhazinhas. A mestiçagem perverteu esse sentimento e as escravas mulatas eram cínicas, sensuais e falsas. A educação sexual das mocinhas era ministrada por essa gente. Cresciam na moral das escravas e, desde meninas, presenciavam a vida reservada dessas mães-de--criação e os homens por quem se apaixonavam. As mães legítimas não permitiam a menor palavra relativa à maternidade, em presença das filhas. Quando mocinhas, o noivo quase sempre pedia uma donzela em casamento pelas notícias do seu tipo, ou porque a sabia viva em determinada casa. Contratavam casamento de criaturas que se desconheciam e só vinham a conhecer no pé do altar. As jovens cresciam incultas, apenas com os preceitos de cega obediência. Não discutiam as deliberações dos pais.

Certa vez, uma jovem da Vila de Nossa Senhora da Piedade de Pitangui ficou noiva sem conhecer nem de vista o pretendente. Encontraram-se, por chocante acaso, na residência de uma tia da noiva e conseguiram trocar algumas palavras. Faltavam oito dias para o casamento. O rapaz não conseguira ver nem os pés da noiva, mesmo calçados, pois a larga saia os ocultava.

— Deixe-me ver ao menos a ponta de seus pés...

Como resposta, rubra de pejo, a noiva puxou mais para baixo a barra da saia comprida.

Ora, quando Maria, grávida, não podia mais ocultar seu estado, a mãe trancou-se com ela num quarto, exigindo a confissão, em frente da Imagem de Nossa Senhora.

Maria, chorando, não respondeu às perguntas da mãe.

Não pôde saber qual o namorado da filha, quem seria o pai de seu futuro neto!

Só ameaça gravíssima de contar tudo ao esposo, o que seria caso difícil de saber-se o fim, amoleceu o coração da moça.

— Minha filha, você está grávida?

Como única resposta, a mãe viu a jovem balançar a cabeça, dizendo sim. Desse instante para a frente, Maria se tornou para sempre condenada às vistas da pobre mãe. Estava em desterro na própria família, cometera erro tão grande que infamava todos os parentes. Perdera, com aquele balancear afirmativo de cabeça, todas as prerrogativas de unigênita do casal: comparava-se a uma leprosa, desonrara a virtude espartana da mãe e ia matar o pai, com certeza.

A esposa de João recorreu a beberagens que sabia fazer; deu à filha para engolir coisas infames; recorreu a práticas de africanos, com garrafadas imundas. Tudo em vão. A gravidez aumentava, a carne amadurecia o fruto, dava-lhe forças, vida.

A doença agravou-se-lhe com aquele desastre e a fazendeira teve o extremo cuidado de ocultar aquilo ao marido. A mãe de Maria pouco deixava a cama, chorando. O esposo não sabia mais que fazer: procurara boticários, entendidos, curiosos. Viajara mesmo até longe, em busca de recursos. Tudo fora perdido. A esposa minguava, morria aos poucos. A filha, quando de passagem ou a chamado, aparecia ao pai, toda espantada, não lhe dera notar o estado.

Uma tarde surgiu gente na fazenda do Major João. Como pedissem pousada, ele recebeu o hóspede, escoteiro, que viajava para a Vila da Borda do Campo. Ceiou e, na sala, bebendo o café da hospitalidade, logo se entenderam os dois velhos.

Quando soube da situação de D. Nhanhá, doente há tanto tempo, compadecido, prometeu trazer na sua volta um remédio de boticário muito aprovado lá. O Major não sabia como agradecer. Falava trespassado:

— Meu amigo, este ano de 1799 vai terminando para mim, como ano fatídico. Imagine o amigo que sou casado há muitos anos e nunca vivi tão atormentado como agora. A mulher não resiste mais: não dorme senão madornas, não se alimenta — geme. Apenas geme. Só fala se lhe perguntam. Já confessou e quer ser ungida, o que está nos casos. Se ela morrer, fico com a filha única solteira, louvado seja Deus. Minha mulher tem tanta certeza de seu fim que mandou já fazer seu balandrau para enterrar. Comprei o pano, o mais pobre (ela pediu assim), mandou cortar o hábito, discutiu com a costureira as medidas (mangas bem estiradas), e a mortalha está pronta. O senhor sabe, estou velho e esta serenidade da esposa me feriu fundo no coração!

Fez uma pausa pesada. E enxugou os olhos no lenço ramado:

— Ora, estou velho e não tenho parentes aqui, nem os tem a mulher. Somos paulistas, menos a filha, que é de Formiga-Grande. Estou para o que Deus determinar. Minha doente não quer mais remédio, diz que seu remédio morrer. Quando tem agonias, dolorosas agonias, bebe um chá de folhas de maracujá, é só.

O viajante ouvia, tristonho:

— Pois dentro de poucos dias eu lhe trago as mezinhas. U'a mão lava outra. Deus há de fazer com que tudo se resolva pelo melhor.

Na manhã seguinte, o hóspede partiu.

Maria pernoitava no quarto da mãe. Naquela noite, bem tarde, João ouviu gemidos. Foi ver o que era, certo de que a esposa piorara. Não era ela que gemia.

— A filha está com câmaras de sangue, João.

As escravas davam-lhe escalda-pés, apunham-lhe na barriga da perna um sinapismo de casca de laranja.

— Mais esta, pensou o velho, retirando-se.

A esposa, engelhada, encolhida na cama, sob rumas de cobertores, agarrava-se a um terço com as mãos trêmulas. Rezava não para si: para a filha.

João voltou ao quarto, estava desorientado:

— Vou à Formiga-Grande buscar remédio para a filha.

D. Nhanhá sentiu-se aliviada com aquela solicitude:

— Vai, João, e que Deus o leve e traga.

Pela madrugada chegavam as drogas. Não valeram. O Major, desassossegado, para não ouvir os gemidos, saiu para os arredores andando à toa. Voltando à varanda, ainda ouvia os gemidos espaçados, mal contidos, de Maria. Extenuado pelos dissabores, deitou-se na espreguiçadeira e adormeceu, vencido. Ainda não amanhecia quando acordou com gritos agudos de criança. Correu ao quarto. A esposa, de joelhos, abriu-lhe os braços, prendendo-lhe às pernas:

— João, vou morrer! Meu último pedido é que você perdoe de coração nossa filha infeliz!

Amoleceu os braços, numa síncope.

A indignação que borbulhava no coração do velho mudou-se, num milagre, em compaixão pelas doentes. A esposa não ouvia muito bem mais. O velho abaixou-se sobre ela:

— Nossa filha está perdoada. Deus te perdoe, minha filha!

Estava de pé, estático, entre a filha e a esposa. Maria, que tapava com um pano os olhos, estendeu o braço, tomando a mão do pai que beijou, sôfrega. O velho, como resposta, alisou com a mão tremente o rosto da filha. Chorava, sem soluços, pela água escorrendo dos olhos frios. A criança choramingava, enquanto as escravas compunham o quarto. D. Nhanhá parecia dormir, mas não dormia; gemendo, num letargo, procurava ar, para não morrer.

João, ao chegar à varanda, caiu em soluços largos e sacudidos. Depois, se acalmando:

— Estou viúvo, vencido e desonrado!

Aquele varão digno, extremado em honra, capaz de matar a filha se soubesse da sua gravidez; homem que era um lobo para defender seu lar, estava dobrado pelo vagido de uma criança. Sentia ondas de sangue escaldante queimar-lhe o rosto pálido. Falava sozinho e, em face dos acontecimentos, suspirava amiúde:

—Estou viúvo, vencido e desonrado!

Uma criança apenas nascida comandava o bravo lutador, tomava conta das trincheiras de defesa de uma família onde a honradez humilde não dava quartel a nenhum ato contra a moral.

Pela manhã, D. Nhanhá despertou da prostração, vivificada. Sorriu para a menina. Sentou-se na cama, tomou a neta nos braços, beijou-a no rosto, expansiva na sua franqueza de agonizante perpétua. Mandou chamar o marido, recebendo-o como antes, cheia de júbilo:

— Olha, João: A nossa neta vai se chamar Ana; é sua afilhada e de Nossa Senhora e é quem vai ficar em meu lugar, nesta casa.

O velho sorriu, surpreso com a melhora da esposa. Não queria acreditar.

Nhanhá melhor, sem dores, feliz...

Saiu do quarto, abobado, chorando e rindo, leso...

D. Nhanhá passou o dia animada, distribuindo ordens, conversando como sã! O marido iluminou-se, com a esperança renascida. Entrava e saía no quarto de sua velha, espantado ao vê-la enfaixar a neta, conversar com ela, embalando-a nos braços. Era um milagre, pensava. A casa alvoroçou-se como em dias felizes e seu coração tornou-se leve, desabafado. Assim passava o dia da chegada de Ana.

A mancha que lhe adviera com o parto da filha dava lugar ao júbilo celeste do chorinho da neta. Sim, era milagre, tornava a pensar: D. Nhanhá, que ele julgava em artigo de morte, estava sã, ria!

À tarde, quando apartava os bezerros, foi chamado por gritos de uma escrava. Correu de novo ao quarto: sua mulher agonizava, com a vela na mão. Fora de repente. Entregando a neta a uma escrava, empalideceu, tombou de costas sobre as almofadas. João ajoelhou- se, chamando-a:

— Nhanhá, minha mulher! É João, seu marido! Sou eu!

Ela gargalhava um catarro úmido, tinha os olhos abertos, vidrados. A respiração vinha aos arrancos, a custo.

— Nhanhá, pelo amor de Deus! É seu marido.

Todos se ajoelharam, rezando alto. A agonizante parara de respirar. Sua escrava preferida trouxe um espelho, que lhe encostou na boca. Não ficou embaçado. João disparou a soluçar como doido.

D. Nhanhá morrera.

Cinco anos depois estava com a neta Beja e a filha na hospedaria de S. Domingos do Araxá. Vendera tudo em Nossa Senhora do Carmo de Pains. Ia recomeçar a vida, aos 65 anos. A neta era sua própria sombra. Homem correto até à minúcia da honradez, tinha preocupação do crédito; não precisava assinar documentos, sua palavra era o documento.

Nunca falhou nos seus tratos nem chegou depois de qualquer hora marcada. Saindo de Formiga-Grande, nada ficou a dever mas recebeu também o que era seu. Sua última dívida, pagou-a. Era uma novilha que prometera ao Divino para sua festa do Espírito Santo. Não admitia diminuições à sua pessoa. Jamais falava mal de alguém e o que falasse provava.

Agora ali, com recursos medíocres, resolveu alugar por 10 anos uma fazenda que visitara. Preocupava-se em deixar filha e neta, sem ser pesadas a ninguém.

Cristão supersticioso, cheio de fé implícita, obediente a tudo que fosse da Divina Vontade, ele também renascia do inconformismo de sua situação de homem derrotado no duro caráter.

Num sábado, dia de sorte, mudou-se para a fazenda de Sobrado, a duas léguas de S. Domingos.

Tinha 10 anos para trabalhar nas fecundas terras arrendadas. Aos 70, calculava, podia morrer em calma. Sua saúde de ferro ainda aguentava o corpo enxuto e firme, nesse esforço para vencer a última etapa da vida, trabalhando.

Desceu sobre João, Maria e Beja uma cortina de silêncio.

A terra, um gado comprado lá, animais de serviço e o escravo Moisés, que viera com ele, eram o seu começo no planalto araxano. A terra do planalto da Serra do Espinhaço, de maravilhosa fecundidade, os ares lavados de chuvas pontuais, as águas finas e frias, além do sossego retirado da fazenda, eram penhor de sua grande confiança. Ele próprio reconhecia:

— Deus deu tudo a este rincão. Não falta nada para o homem ser feliz em S. Domingos do Araxá. A terra dá vida, Deus dá a saúde; compete ao homem fazer o resto.

Chegaram ao sobrado na manhã de sol, quando Deus sorria no azul-claro do céu. Cantavam pássaros. Oscilavam ao vento as palmeiras nativas e um cheiro bom de mato errava pelos caminhos. O calor do chão generoso germinava as sementes. As raízes bebiam a seiva fecundante da terra dos Araxás. Cantavam águas transparentes nos ribeirões ligeiros. A fartura se abria para todas as bocas.

João sentia-se estuante de indômita coragem. Maria estava com o coração desanuviado.

Beja... Beja sorria.

IV
TENGO-TENGO

O cativeiro não era apenas vergonhoso: era, antes de tudo, uma indignidade.

Considerados oficialmente como gado, aos escravos não era dado viver, mas se aniquilar com doenças, fome, relho e trabalho duro. Desde que chegou à Capitania de Pernambuco, em 1534, uma leva de cativos importados pelo

Donatário Duarte Coelho, só aumentou em toda Colônia essa mancha social, comum aliás entre outros povos.

Pelo tempo das entradas nas Minas Gerais, esse território, ainda ligado a S. Vicente, possuía em suas lavras e povoados 29.100 escravos. Laboravam em S. Domingos do Araxá 4.366, em Paracatu, 2.638 e na Bagagem, 2.963 escravos. Essa escravaria mourejava em todas as catas, nos ásperos desmontes, nos serviços mais vis. Só lhes permitiam casamento com ambição das crias, dos *fôlegos vivos*.

Emparedados na sufocação da senzala, comendo couve e angu, que fazer? O único pensamento do escravo era a liberdade. Como se a liberdade fosse palavra que pudesse andar em sua boca...

Que competia a esses enterrados vivos senão quebrar os grilhões e afrontar a morte? Fugir.

Foi assim que o cativo Espartaco reuniu nas grutas do Vesúvio sua gente armada, fugida das senzalas de Roma. Resistiu dois anos, vitorioso, às legiões romanas.

No Brasil-Colônia esses párias de Deus inventaram os mocambos. Nas Minas do Ouro esses negros fugidos, não podendo subsistir isolados no sertão perigoso, associavam-se em magote, para socorro comum.

Nasceram os quilombos, que eram a reação mais humana em favor da própria liberdade. O zumbi Gangazuma, nos Palmares alagoanos, ameaçou as instituições do tempo nos belos covis da Serra da Barriga. Não tolerando mais trabalhos e sangrentos castigos, um negro fugia levando outro vizinho, irmão de igual sorte. Iam para o mato, aquilombavam-se. Para comer, além de frutos silvestres, armavam laços para prender aves, mundéus para esmigalhar bichos. Arrancavam raízes, túberas-do-brejo. Com a notícia daquela fuga, outros iam ter com eles. No sossego apreensivo do mato se escondiam agora alguns infelizes. Sem surpresa, aparecia mais gente... iam se amparando, protegendo, com bravura homicida.

Dentro de um ano o mocambo pululava de fujões. Se o número de quilombolas era maior, escolhiam um ponto estratégico, pouco acessível ao branco, fortificavam-se com altas cercas de paus roliços. Cavavam fundos valos na terra. Improvisavam pilões, com os instrumentos levados, fugindo.

Todo o território do Sertão dos Cataguás ficou inçado de cativos, fugidos de senzalas, eitos, gupiaras, derrubadas e da pequena lavoura das fazendas ainda em formação. Quando se sentiam garantidos plantavam milho e mandioca em pequena escala, pois seu tempo era pouco para vigiar a própria liberdade. Da grimpa das árvores alterosas, do cabeço dos morros, seus espias varejavam os arredores, atentas vedetas de olhos percucientes. Aprenderam com o gentio a escutar na terra, colando o ouvido no chão, percebendo o passo distante dos cavalos ou dos Dragões em diligência. O que havia na ideia dos negros, antes do expediente da fuga, era sempre a rebelião de muito sangue; essa revolta do escravo explodindo provocava morticínios para vingar revoltantes injustiças e pirraças de sinhás. Matavam e fugiam. Sendo periclitante a vida do criminoso escondido, às vezes acabavam caçados e a forca era, nesses casos, trivial.

Ora, partir cadeias não é só arrebentar ferros mas possuir a valentia da revolta, o ânimo da fuga. Era também jogar a vida, pois a cara ou coroa ali significava morte ou liberdade.

A fuga era regresso à vida nativa, das terras da África. O quilombo reabilitava o homem na sua natureza instintiva, recalcada pelos frios preconceitos senhoriais: ali as forças se dilatavam, em explosões da carne indomável. O negro tinha direitos. A pessoa humana se via restabelecida nos direitos da carne, das atitudes, da personalidade. Podiam amar, ser amados, considerar os filhos coisa sua e, o que é mais importante — enquadrar a espécie, os descendentes, no clima de liberdade, sob seus chefes, é claro. *Sub lege-libertas*.

Os exemplos vivos de Gangazuma e de seus parceiros Gangamusa, João Tapuia, Gaspar e Camuanga representavam para eles o código da liberdade, caminho certo de uma recuperação completa e sem covardia.

Mas essa gente não se bastava em caça e pesca e roças. Começava a dilatar seu domínio, em batidas por fazendas, arraiais, lavras de ouro e diamantes. Iam libertar companheiros e roubar para viver. Esse atrevimento indignava mais os senhores de escravos do que a perda dos já aquilombados. Não eram gente sem disciplina; procuravam imitar portugueses e paulistas: roubavam, matavam e, se fracos, fugiam.

Em vista das numerosíssimas fugas de escravos, a questão da propriedade de negros ficou muito grave. Nessa altura o Conde de Assumar expôs a situação, com sombrias cores, à Coroa. Foi então criado o Corpo de Capitães-do-Mato, com severo regulamento. Competia ao Capitão-do-Mato cobrar: 4 oitavas de ouro por negro aprisionado a uma légua da casa do senhor; a mais de uma légua, 4 oitavas; de 4 a 8 dias de jornada, 16 oitavas; 25 oitavas por uma cabeça, quando fosse mais distante. Se encontrassem mais de 4 negros habitando choças e com pilão para arroz, cobravam 28 oitavas, cada cabeça. Depois de presos os fugidos e trancados no tronco, eram chamados os donos.

Os Capitães-do-Mato tinham 15 dias para apresentarem os capturados. Os Capitães-Mores das Estradas superintendiam os Capitães-do-Mato mas o lucro das apreensões era destes.

Nem sempre esses desabusados caçadores de negros fugidos eram felizes: Caíam às vezes em emboscadas, fojos. Havia o perigo de enfrentar corjas de pretos armados de foices e porretes: aí o recurso era matar os fujões a trabuco. Isso era considerado um direito natural de defesa, e não constituía crime. Pois nem esse arrocho evitou a fuga de escravos.

Começou a prevalecer curioso alvará com força discricionária de Lei: Marcar, na espádua, com ferro em brasa, com um F (fujão) todo negro encontrado em mocambo. No caso de fugir de novo, o Capitão-do-Mato era obrigado a cortar a orelha esquerda do reincidente. A reação da negrada a tais violências foi mais corajosa. Não se sabe como, todos os cativos das Minas Gerais acordaram num levante geral, para afogar os senhores num dilúvio de sangue. Ficou acertado o plano, foi miudamente discutido: matariam sem piedade, num dia já escolhido, brancos, mulatos, e meninos, só excetuando as mulheres! A ordem era ninguém ter medo e, se não matassem a todos, como esperavam, morreriam combatendo como na República dos Palmares. Não havia chefe, todos eram chefes. Fizeram planos secretíssimos e o levante seria geral e, vencedores, extinguiriam a escravidão, pois todos os negros agiriam com o máximo de truculência.

Acontece que houve um delator. O Senado da Câmara de Vila Rica de Ouro Preto avisou às Câmaras de Vila Real de Nossa Senhora da Conceição de Sabará, Vila de Nossa Senhora da Conceição do Rio das Mortes e Cidade de Nossa Senhora do Carmo de Mariana alertando-as do perigo daquela sedição formal.

Os escravos queriam se levantar em massa, os negros aspiravam governar as Minas! Ligeiros próprios galoparam avisando todas as Câmaras; foi cientificado o Bispo, a fim de se não abrirem as igrejas na *noite santa* de 15 de abril de 1756, data fixada de pedra e cal para o assombroso motim.

O Capitão-General Conde de Bobadela, Governador das Minas, mandou chamar o bruto paulista Sargento-Mor Bartolomeu Bueno do Prado, perseguidor dos negros fugidos desde o Rio das Mortes até o Rio Grande, na estrada de S. Paulo para Goiás:

— Sargento-Mor, vou lhe cometer grave missão, da qual só pode sair bem um leal vassalo de Sua Alteza Real D. José I!

Entregou-lhe um envelope fechado com obreias. Era um prego, para ser lido já na estrada.

Bobadela estava cheio de horror.

— É uma carta de prego, que lerá reservado já em caminho e para ser cumprida sem vacilação!

Bartolomeu Bueno do Prado partiu...

Levou enorme récua de peões, Dragões, voluntários de guerra que eram provados facínoras, compondo 7 Companhias em ordem militar.

Alguns meses depois, ao regressar, o Capitão-Mor ofereceu ao Governador, Conde de Bobadela, seu honroso botim de guerra: 3.900 pares de orelhas de negros que matara nos quilombos ou onde os topasse!

Sete mil e oitocentas orelhas humanas, cortadas por ordem do Conde de Bobadela!

Essas drásticas providências valiam pouco, para sossegar os negros inflamados contra os brancos. Desde 1718 o Capitão-General, Governador D. Pedro de Almeida, Conde de Assumar, oficiara a respeito ao Rei de Portugal, em linguagem saborosa: "Pela ordem cuja cópia remeto inclusa foi V. Mag. servido declarar a meu antecessor Dom Bras Bar. da Silvr^a, que a Aldea de que tinha dado conta mandar estabelecer para dar Remédio aos incultos negros fugidos que andavão juntos em Mocambos ou Quilombos, se não devia formar dos Indios dispersos e que pertencessem a administração de outras Aldeas, as quais os devia mandar recolher, e como exatidão desta ordem os ditos Indios se devião restituir as Aldeas, a que pertencião assim o observou o dito meu antecessor e se seguiu ficar sem estabelecimento Aldea intentada por que como não havia outros Indios, que a pudesse habitar, ficou frustada a tenção do dito meu antecessor, e por consequência Sem Remédio os danos que cauzão os Quilombos, Sobre que lhe parece dizer a V. Mag. que sem embargo de que eu tenho procurado dar toda possível providência a este mal, Como os negros fogidos são muitos, cada dia estão Rebentando por diversos pontos e confiadamente se atrevem não só a enfestar as estradas e os que andam por elas, mas aos que Habitão nos Sítios e Rossas ainda visinhos as Vila, levando lhe de casa não só ouro e mantimentos mas couzas de menos importância e mais volume, por que para tudo toma lugar o seu atrevimento, juntando se em quadrilhas de vinte e trinta e quarenta armados e defendidos das armas, com que fogem os seus Senhores e que apanhão os passageiros, e parece-lhe de tanta importância esta matéria que dela pode depender a conservação ou Ruina deste pais, e assim deve V. Mag. mandar pondera-la mui Seriamente, e aplicar-lhe com maior brevidade Remédio mais adequado; e prevenindo El Rey Christianissimo este damno no paiz de Messycipy e na Luiziana ambos desta America instituio Leis especiais para aquele país intitulados Codice negra e entre várias outras para bom regimem dos negros todo o que foge lhe cortão a perna direita e lhe põem uma de pau para servir a seu Senhor em algum exercício, contradiz que caindo algum negro em pena de morte para que não deixe de se castigar e o Senhor não perca o preço por que o comprou por todos os moradores da freguesia se Reparte o valor do negro para o pagarem ao dito Senhor e com isto eles mesmos os vem entregar à Justiça, cujo inconveniente tenho aqui experimentado varias vezes que estima mais um Senhor ocultar um negro malfeitor que prende-lo pela Justiça, para não Haver quem lhe Recupere aquela perda: El Rey de Castela observa em Panama, e Suponho que em todos os domínios da Sua America ter um oficial a que chamamos Alcayde Provincial o qual he obrigado a continuadamente a gente nos matos em havendo notícias de negros fogidos, ou Levantados, e tem jurisdição para castigar até com pena de morte os negros, e mulatos que a merecerem e que ele prende pela gente que trás nos matos e isto se entende fora dos muros das praças ou cidades, e costuma este mandá-los enforcar nas mesmas paragens em que São colhidos e tem por prêmio deste trabalho, e da despesa que faz dar lhe o Senhor de cada negro fogido que colhe Sincoenta patacas, e metade de todo o Gênero de contrabando que apreende por Ser também obrigado a viajar estes des caminhos, cujos exemplos aponto V. Mag. para como tão que Seja Servido ver quanto os Outros Príncipes entenderão que era grave esta matéria aplicando-lhe Remédios Violentos, precisos a hua canalha tão indomita, e V. Mag. de ser Servido mandar atender neste particular com toda a circunspecção, porque vejo mui inclinada a negraria deste Governo a termos aqui alguma Semelhante aos Palmares de Pernambuco em que depois Sucedendo aqui o mesmo (o que Deus não queria) para grande despesa a fazenda de V. Mag. a extinguilo, e he precizo que V. Mag. me ordene quanto antes Se Se hade continuar em pagar da Sua Real fazenda as pessoas que arriscando a Sua Vida vão aos matos atacar os ditos negros facinorosos e Salteadores — Deus guarde a Real pessoa de V. Mag. muitos anos. — Vila do Carmo 13 de Julho de 1718 — Conde D. Pedro de Almeyda".

Em consequência de tal confusão, brancos oprimidos, escravos revoltados, foi que apareceu no Sertão do Novo Sul o quilombo do Tengo-Tengo de que era Rei, com todos os poderes, o negro fugido Ambrósio.

O Tengo-Tengo estava localizado na chapada da Serra da Canastra entre os rios Grande e das Abelhas, entre a Serra das Guaritas e o Sul do Chapadão da Zagaia.

Começava nas cabeceiras do córrego Chumbado, afluente do ribeirão do Quilombo. Era distante 3 léguas do Arraial de Nossa Senhora do Desterro das Cabeceiras do Rio das Abelhas do Desemboque.

Ambrósio fora escravo do Capitão da Cavalaria Auxiliar da Vila de Nossa Senhora da Conceição do Rio das Mortes, Antonio João de Oliveira. Foi atraindo e aceitando pretos fugidos, de ambos os sexos, e por vinte anos reinou, com a Corte organizada à maneira dos soberanos da África, de onde viera nos navios negreiros. Ambrósio, majestade, tinha seus ministros, oficiais de ligação, comandantes da força, ajudantes de ordem e conselheiros velhos. Não falavam com o Rei, sem interposição dos seus ajudantes. Comia em mesa separada, só admitindo seus maiorais quando convidados para os jantares regados de aguardente trazida de longe, pelas escoltas de reconhecimento. Seu suntuoso harém era florido de mulheres roubadas em todo Sertão de Farinha Podre e ostentava sultanas de várias idades. Como todo soberano que se preza, possuía a favorita, cuja carapinha salientava a nobreza de uma coroa real. Seus músicos eram escolhidos e além dos instrumentos típicos, caxambus, atabales, malacachacas, tipis e tamborins, havia marimbas melancólicas e violas da geração de crioulos mozombos.

Possuía bailadeiras, jovens treinadas a desanuviar as tristezas do soba.

Suas cantoras tinham a voz dolente, repassada do banzo que umedecia os olhos de quase todos. Os emissários de suas ordens eram corredores incomparáveis. Diárias comunicações com os pontos fortificados do campo eram medidas por ele, com experiente atenção.

O Tengo-Tengo compreendia 30 alqueires de terra cercada de imensos valos reforçados, pelo lado de dentro, por altas estacadas de aroeira, formando muro. De tantos em tantos metros elevavam-se plataformas, onde sentinelas armadas de lanças, zagaias e trabucos se revezavam com disciplina.

Por 22 anos o quilombo agregou fujões dos latifúndios do Oeste e do Norte.

A enorme área cercada de achas e toros de madeira era-lhe como segunda linha de defesa dos fossos profundos, imitados de fortalezas antigas a castelos de soberanos guardados por mesnadas a soldo. Numerosos, cautos piquetes volantes batiam as zonas vizinhas do mocambo, com o fito de levar as negras ainda escravas e de assaltar tropas que navegassem o Sertão Geral, pela estrada de Bartolomeu Anhanguera, rumo da Serra dos Martírios e do Sul goiano. Esses comboios eram guardados por Dragões e oficiais; por tropas de bate--paus, de bandeiras de entrantes paulistas. Os negros tocaiavam e, medidas as forças, abalroavam para roubar. O certo é que possuíam gado de criação e animais de sela no polígono do Tengo-Tengo.

Ainda na organização da fortaleza, uma tarde, o espia de uma copa de árvore velha avistou tropa ao longe. Bradou alerta. Na espreita, calcularam a peação dos viajantes, pelo número de trabucos que os defendiam. Os negros assaltaram o grupo na saída de uma cava. Mataram oito pessoas, duas lograram fuga. No botim da refrega ficaram armas, pólvora, mantimentos de boca e uma jovem branca, filha do dono do comboio. Alta noite chegaram ao Tengo-Tengo. A moça foi oferecida ao Grande Capitão, ao Rei Ambrósio. Nunca se saberá o nome dessa prisioneira. Por vários anos viveu no quilombo, como forçada amante de Ambrósio, de quem teve muitos filhos. Concubina do Rei, vivia isenta de trabalhos e era servida por escravas.

Todos os homens do Tengo-Tengo eram soldados, mesmo os velhos. Rígida disciplina militar imperava na fortaleza, onde as crianças se adestravam nas armas, começando por jogos da esgrima, de paus e de pedras, com pontaria conferida pelos instrutores veteranos. Esse exército chegou a ter 590 soldados.

Os bens da comunidade eram de todos, exceto os pertencentes a Ambrósio.

As volantes de furto e roubo supriam as manufaturas impossíveis no acampamento. Assim, o quilombo era farto de farinha de milho, sabão, sal, rapaduras e pólvora. As plantações de milho, arroz, favas, inhame, feijão, batatas e abóboras enchiam vários paióis, para todo o ano. Dos palmeirais vastíssimos tiravam o óleo para suas lâmpadas nas cafuas.

Pescavam no reino, nos seus rios e em lagoas nativas, lagoas azuis onde pousavam garças níveas. Havia em depósito nas arcas de Ambrósio muito ouro em palhetas, ouro em pó roubado de entrantes regressando de Goiás, ouro morto porque seu comércio era o lucro certo das rapinas.

A indústria do Tengo-Tengo produzia carne de sol, os monjolos socavam arroz e milho para canjica. Viam-se suspensas na porta dos ranchos armas de Dragões mortos nos assaltos, fardas vistosas de Dragões do Reino e botas altas e os nobres quepes de oficiais. Para evitar encontros, os quilombolas começaram a viajar à noite, eliminando ruídos pelo caminho. Os negros instituíram rondas noturnas: ficou pior para os viajantes porque morriam sem matar, no rompante das tocaias silenciosas.

As maltas de Ambrósio não hostilizavam os índios, com os quais viviam em boa camaradagem, pois os índios estavam na mira dos predadores paulistas, que eram todos, sem exceção, os que se aventuravam a entrar a terra. Os paulistas escravizavam o gentio para comércio em Piratininga: a escravidão vermelha é que sempre empurrou os mateiros de S. Vicente para o Geral Grande. Por seu lado, o índio não poupava o bandeirante na mira infalível da flecha. Flechavam e corriam, flechavam e se ocultavam no mato rasteiro. Tocaiavam mais adiante e as trabucadas dos intrusos estrondando a esmo, para as moitas, não matavam ninguém.

Os negros de Ambrósio defendiam a liberdade, por saberem o que era a escravidão. Os índios odiavam os solarengos, porque evitavam com unhas e dentes o cativeiro. Índios e quilombolas se entendiam bem, unidos contra o branco, o mais bárbaro dos três. Com o tempo, os perseguidos começaram a se cruzar, pela violência, com os vizinhos. Nas tribos dos índios pardos apareciam filhos pretos e nos mocambos de negros legítimos nasciam meninos fulos. As duas raças se fundiam com a intervenção do branco, o pior deles. Mas essas entradas não eram muito repetidas. Às vezes num ano passavam duas bandeiras. Com a organização espartana dos quilombolas e a chefia rija de Ambrosio, o Tengo-Tengo ampliava-se, em extensão e população. Porque, ainda hoje, há no meio da grande área de valões do mocambo, outras, fechando as primeiras, que parecem acrescidas à zona fortificada em que floresceu, atrevida, a república dos libertos.

Numa dessas rondas de ladrões noturnos, depois de selvagem matança, aprisionaram um Padre viageiro. Levaram-no. Ambrósio o recebeu com reserva, pois que era um sacerdote, e pô-lo sob vigilância viva. Houve alegria no quilombo. Armaram um arremedo de altar e o Padre celebrava, aos domingos, a santa missa.

Ambrósio tinha o Padre como prisioneiro, mas acreditava que ele pudesse adivinhar fatos futuros. Uma vez lhe perguntou se o mocambo ia ser atacado: que visse bem — era padre e sabia tudo. Queria se cientificar do preso se chegariam Dragões. Ambrósio vivia em sobressaltos de ataques por parte do Governo e suas sentinelas vigiavam os arredores, dia e noite, das altas ameias de pau.

Esse Padre teve que assistir às sacrílegas festas dos africanos, sentiu de perto o rito das missas negras, das invocações de Orixá e sacrifícios sangrentos ofertados a Ogum.

As noites do Tengo-Tengo eram buliçosas de ruídos de músicas bárbaras onde os caxambus batiam, surdos, fungavam puitas furiosos e flagelantes tantas enchiam a treva de ritmos da Serra Leoa. Dançavam, cantavam melopeias nostálgicas, evocando noites nas savanas, nas clareiras da floresta. Havia nesses campos urros de tigres, risadas de hienas histéricas, algaravias fúnebres dos orangos repulsivos.

Transportavam para as selvas brasileiras as grandes noites africanas, com os mistérios pagãos e mímicas primárias.

O estribilho dessas sagas trágicas eram longos gritos ansiosos dos que faziam a primeira e graves gargarejos fúnebres dos que secundavam.

Palmas ritmadas, da assistência respeitosa, ajudavam a música; aloucadas, em reviravoltas grotescas, dançavam, como nas clareiras nativas, à luz das fogueiras, em torno de um elefante abatido. Via-se o enorme paquiderme zagaiado, inerte como uma coluna, no chão duro. Subiam-lhe pelo corpo negros ligeiros, empunhando facas afiadas. Grandes postas de carne vermelha caíam-lhe, despencavam-lhe dos flancos. Corria sangue grosso, que os feiticeiros bebiam com avidez, nas mãos unidas. Ao barulho seco dos tantãs, mulheres dançavam, celebrando a morte do bicho. Guerreiros caçadores ostentavam zagaias e compridas lanças tintas de sangue.

Era o que as mulheres do Tengo-Tengo pareciam fazer, dançando em círculo, estendendo os braços magros e longos para o centro, para o chão em que estaria abatido o paquiderme.

Fora, as volantes percorriam os trilhos, escutando, vedetas do reduto protegido por estacadas agressivas. Nos palanques de pau, outras vigiavam. Todo o perímetro do campo de concentração estava alerta sob os olhos, sob os ouvidos de suas rondas incansáveis.

Lá dentro a festa noturna, os urros, os gritos agudos, os urucungos acompanhando, às vezes, em rufos grosseiros. Na praça, entre os ranchos maiores e à luz das fogueiras, desde o anoitecer, bate-couros bêbados conversavam pelas mãos com os *surdos* de toadas tristes:

Quiquili — bô... quili — bô... quiquili — bô...

Ambrósio, sentado em sua cadeira de balanço, sob o grande óleo branco, afastado da fogueira, ria-se, ébrio, tendo aos pés em esteiras de tábuas as esposas permitidas à sua presença de soberano. Seus ministros, sentados em tamboretes, bebiam-lhe as palavras como bebiam o caxixi dos coités brunidos. Sua Majestade, vendo as fogueiras mais brandas:

— Urucune! (Lenha!) Undaro! (Fogo!)

Os espevitadores jogavam toras secas no braseiro.
Ambrósio aprovava:
— Tiapossoca (Muito bem!)
Todos estavam eufóricos e livres, dignos de seus antepassados. Livres, pela insolência bravia, pelo desprendimento da morte. Só estavam distantes desse vicioso, desse bárbaro bem-estar, o Padre e a mulher branca. Pareciam desatentos de tudo... Deus não lhes ouvia as doridas súplicas.
Também o céu estava tão longe...
O Tengo-Tengo crescia e prosperava.
O regime interno do mocambo era rigoroso e, com o tempo, viam crescidos vastos bananais e aumentadas as plantações de carás e inhames, garantindo o abastecimento. O milho abonecava os frutos de cabelos louros; cresciam laranjeiras, jabuticabeiras e frutas-pão no polígono valado. Enormes partidos de cana-doce, entremeados de andus, vicejavam no chão generoso. Filas de moitas de capim-santo flanquevam os trilhos... a poaia, o para-tudo que arredondava as pontudas rosas vermelhas, para a medicina dos práticos africanos. Os médicos mocambeiros misturavam a sabença dos entendidos sobas com as ervas dos curadores indígenas do país do Geral Grande. A vida do mocambo se estabilizava, com o tempo de manutenção de seus formadores. Já estavam audaciosos a ponto de promoverem expedições de rapto de escravos e o resto, até 20 léguas de distância.
Alguns fugitivos de fazendas do Arraial da Laje capitaneavam piquetes especiais para libertar companheiros nessa região.
Certa vez atacaram, de súbito, matando e roubando gêneros e gado do certa propriedade. Arrocharam em cordas, num banco de varanda da fazenda, um velho criador que se viu cara a cara com seu ex-escravo vingativo, que fora o guia da negrada.
Abriram-lhe o ventre a facão, metendo para dentro das tripas, ainda vivo, um leitão novo. Coseram depois a barriga, soltando o ancião dos amarrilhos. O escravo, garantido pelos companheiros, ria-se debochado:
— Báti ni nêgo, sinhô... Dá bolo ni nêgo, cachorro!...
E na presença do martirizado, serviu-se de Sinhá como marido.
Riam alto, de olhos vermelhos, alegrados por sucessivas bebedeiras. Furaram em seguida um olho da velha empregada branca.
Quando o Rei batia palmas frouxas de bêbedo alegre, dançadeiras pretas, ainda jovens, pulavam no claro da roda, em passos de dengue, jogando as cadeiras, na dança do elefante. As mãos caíam-lhes inertes contra o corpo e em lentas pisadas, imitando o paquiderme, seguiam em fila rodeando a árvore, fingindo o elefante. Os ajudantes de ordem, atrás da cadeira, deliravam; os ministros deliravam, a assistência delirava. Rei Ambrósio sorria de olhos cerrados, contente da vida. No primeiro canto dos galos, um velho de voz doce, ao longe plangia:

Tiapossóca, ôi candobôro
Nêgo vambo Muganjambe.
Nêgo queba guariengue
Utengue vai, raia uteque[6].

Na noite alta, a madrugada ia raiar. As fogueiras eram apenas braseiros no chão requeimado. O Rei se erguia, imenso, ia dormir.

Utengue vai, raia uteque...

Silenciaram, um a um, os caxambus. Rumpis soluçavam parando.

Quiqui — libô... qui — qui...

Ouviam-se os sussurros de surdos e rumpis morrendo em surdina.
O primeiro canto dos galos cessava a festa. Os quilombolas iam dormir. Menos as indormidas sentinelas do Morro Alto[7], menos as sentinelas dos bastiões de pau da estacada, que se rendiam de 3 em 3 horas.
O castigo mais aprazível para Ambrósio era furar os olhos dos Dragões vencidos, largando-os no meio do mato. Seus lugares-tenentes apreciavam mais untar de mel de abelhas os brancos, amarrando-os ao sol, na estacada do Tengo-Tengo. Isso era castigo suave para o negro Rei. Preferia cortar as pálpebras dos olhos dos seus presos e amarrá-los num pau caído, de olhos voltados para o sol do meio-dia.
Para acalmar Ambrósio, às vezes, pelas madrugadas de lua, súditos do Rei iam fazer serenata em frente do Rancho Grande. Em surdina, para não o aborrecer, choravam marimbas, guaiás abafados e gomacachacas acompanhavam uma voz agradável de mulher, cantando à meia-voz.
Já no tempo do Capitão-General Governador Gomes Freire de Andrade foi mandado, em 1741, o Sargento-Mor João da Silva Ferreira, com 40 praças, atacar o reduto. Morreram alguns negros, mas a força legal foi destroçada. A sobrevivência do quilombo era garantida pelo sangue dos macamaus. O trânsito pelo sertão do Oeste quase desaparecera em vista do empecilho dos quilombolas, que vigiavam a estrada de *Anhanguera*. Foi talvez por isso que, em 1747, o Capitão-General Bobadela, Governador da Capitania, cumprindo ordens régias que ele próprio sugerira, mandou uma força de 400 Dragões atacar o Tengo-Tengo.
Certo dia, houve inesperado alarma das sentinelas do mocambo. Lá dentro tocaram buzinas, bateram furiosamente ferros suspensos, gritaram.

---

6. Muito bem, escute o galo; / Negro reza a Deus. / Negro partiu a corrente. / Morre a noite, o dia nasce.
7. Não confundir com o Morro Alto, que se avista do Barreiro de Araxá.

Correram negras das libatas; as plataformas do cercado enxamearam de pretos encarregados da defesa rebelde. Da grimpa das árvores vizinhas continuavam a esgoelar:

— Gente! Dragões! Cavalos, muitos!

Subiram do Morro Alto bulcões de fumaça de lenha e ramos verdes, sinal combinado de alarma. Mulheres ágeis botavam tachos a ferver água. Ferviam óleo de coco, gordura de capivara.

As buzinas clangoravam. Corria gente armada de chuços, zagaias, porretes, trabucos, lanças, pedreiras. Os caminhos do mocambo formigavam de negros, acorrendo ao clamor. Os ferros retiniam.

Do alto os vigias esgoelavam:

— Muita gente! Dragões! Mochilas...

Na confusão, falavam, gritavam, mulheres arregaladas botavam mais lenha, aumentando o fogo das tachas nas trempes. Meninos ajuntavam pedras no alto das plataformas.

A negraria se acumulou na testada do mocambo que enfrentava a multidão de soldados marchando para lá.

Vendo desguarnecido o flanco lateral, o Padre galgou a cerca alta e pulou para fora. Correu, fugindo. Não foi visto. Embrenhou-se na macega, desaparecendo. As buzinas de grandes chifres de bois ilhéus alarmavam as rechas; lembravam as buzinas celtas apelando para a defesa de suas cidades sitiadas. A amante branca do chefe rezava, rodeada de filhos cafusos. Ambrósio organizava a defesa de seu quilombo, como se defende com a vida, de uma agressão inopinada. Em seus olhos vermelhos de negro espadaúdo, de gigante hirsuto, chispava o ódio. O trabuco nas mãos e colubrinas pendendo da cinta, do alto de sua torre de vigia, procurava, lá longe, fobrigar o pé de exército em marcha para Tengo-Tengo. Ambrósio estava calmo, dando ordens em poucas palavras a seus loco-tenentes, que atentos o ouviam e obedeciam. Súbito ele chamou um deles:

— Vai buscá o pade!

O negro correu, a lança levantada. Sua tanga suja era-lhe armadura de combate; depois, a comprida lança. Atravessou a praça da aldeia do quilombo entrando em uma cafua apartada das mais. Saindo dela, rodeou-a, olhou espantado para os lados, tornou a entrar na casa, vasculhando-a. Voltou de trote e conversou com o chefe. Este surpreendeu-se:

— O quê?!

Deu novas ordens e quatro negros fizeram o mesmo trajeto, penetrando no rancho. Dispararam depois, separados, entraram em outros, indagando das mulheres.

Ninguém vira o Padre.

Ambrósio queria ouvi-lo sobre a sorte do encontro e se, de fato, aquilo era força do Governador — o *Sujo*, na expressão dos negros. Quando seus próprios regressaram ficou furioso, o que se via pelos olhos esbugalhados e a boca fechada num rictus:

— El mi paga!

E sorriu feroz, com o suor oleoso brilhando na cara. Seus homens estavam todos a postos e como o ataque talvez fosse iminente, deixou para resolver o caso do Padre depois do encontro das armas.

O Padre fugira pelo mato e tomara, sem o saber, o rumo de Confusão. Como andasse pelos capoeirões, perdeu o primitivo rumo, e cinco dias depois, chegou à Serra dos Araxás, onde se escondeu numa gruta[8].

O Capitão-General Gomes Freire de Andrade, Conde de Bobadela, determinou a destruição completa do Quilombo do Ambrósio. Organizou um terço de 360 Dragões em 10 Companhias, sob o comando do Capitão de Cavalaria Auxiliar da Vila de Nossa Senhora da Conceição do Rio das Mortes, Antônio João de Oliveira, que foi o antigo senhor do escravo Ambrósio. Essa força recebeu reforços do Sub-Comandante Manoel de Souza Portugal.

As Câmaras da Vila de Nossa Senhora da Conceição do Rio das Mortes, Vila Rica de Nossa Senhora do Pilar de Ouro Preto, Vila Real de Nossa Senhora da Conceição de Sabará e Vila de S. José do Rio das Mortes forneceram, aos comandantes, fiéis guias, subvencionando-os com 750 mil-réis para a diligência. O centro do quilombo era dominado pelo pico do Morro Alto, onde espias perpétuos devassavam toda a região. As sentinelas das árvores elevadas e do Morro Alto, que fumaçava, descreviam, aos gritos, as manobras dos mochilas.

Ao chegarem a pouco mais de meia légua do quilombo, era já tarde.

Ambrósio subiu a um pau alto fazendo, de relance, o cálculo sobre o número dos soldados:

— Uns quatrocentos.

E fez beiço de desprezo.

Errara por pouco: eram 360. Era isso a aguerrida força de Bobadela.

Tudo ajustou, à maneira dos grandes capitães da antiguidade, para animar sua gente. Dava ordens rápidas, recomendava um ponto mais perigoso, distribuía posições, extremamente tranquilo.

De repente parou, de cabeça erguida:

— E as foice?

Seu auxiliar mais próximo respondeu:

— As sofia tá pronta!

Estavam afiadas todas as armas, foices, facões, lanças de faca, línguas de cobra, zagaias...

Depois de tudo experimentar, sorriu com ferocidade:

---

8. Essa gruta fica a 6 quilômetros do Barreiro de Araxá. Hoje é ponto de turismo dos aquáticos e tem o nome de Gruta do Frade.

— Agora eles pode vi...

Ambrósio vira, da árvore, o que sempre temera: o Tengo-Tengo no cerco de Dragões e bate-paus. Estava certo porém de que aquilo não tinha importância, acostumado como vivia a se bater para derrotar.

Por fim avisou, com terrível ameaça:

— Quem corre, morre na forca! Muié e fio di quem fugi tamem morre!! Tudo dipindurado...

Seus olhos injetados estavam duros, frios, loucos. Os capitães legais também temiam.

Não mandaram fazer reconhecimento, mas decerto avaliavam as forças inimigas. Acamparam à noite, sob as árvores. Não acenderam luzes e os Dragões romperam a noite em vigília, com armas em punho, temendo assalto. No Tengo-Tengo também não se dormiu. O chefe negro pensou numa sortida, à calada, para surpreender o exército de Bobadela. Foi grande erro não a executar, atendendo aos velhos de seu Conselho.

Os negros, ainda madrugada, receberam boa ração de cachaça com pólvora, mistura muito usada para manter o tônus da valentia, já de si bem grande entre eles.

Os fogos do quilombo passaram acesos toda a noite, fervendo untos. As sentinelas do Morro e das árvores, triplicadas, estavam vigilantes.

Antes do dia, ainda escuro, foi ouvido um clarim dos legais dando ordem à tropa: *Sentido! Preparar para combate!*

O exército de Bobadela moveu-se em marche-marche chegando ao valo estaqueado, onde se dividiu em 2 colunas. A coluna de Antônio João atacou de frente e a de Portugal no flanco esquerdo das formidáveis fortificações. Investiram; um nervosismo subitâneo sacudiu os soldados, que jamais atacaram um campo protegido por paliçadas e fossos cheios de estrepes.

Antônio João deu o primeiro tiro de mosquete sobre o reduto. Os Dragões investiram e não podendo avançar sobre os mangulhos pararam abismados, diante de uma chuva de calhaus que caíam dos balaústres. Ouviram-se estrondos dos trabucos legais; os trovões dos bacamartes negros responderam do alto, confirmados pelo urro das pedreiras boca-de-sino da negrada. Caíam Dragões nas fileiras avançadas, mas jogaram uma ponte sobre o fosso e um grupo de legais tentou alcançar a cerca de toras. De cima despejaram tachos de sebo fervente sobre os invasores. Toda a primeira linha recuou, aos berros. Os clarins tocavam: *Avançar!*

Ordens de avançar foram gritadas e cornetas tocavam resolutas *tomar de assalto!* Assalto como, ninguém, sabia... Muitas praças continuavam a cair aos tiros certeiros de chumbo grosso, pontas de prego e cacos de vidro das pedreiras. A retaguarda legal apertava as primeiras filas e, em grupo, o bolo humano avançou para escalar de qualquer forma as paliçadas. Mal atravessaram o fosso em estivas de madeira, ao tocar a cerca, choveu água fervendo e as pedreiras urravam de cima. Piques longos com ponteira de facas chuchavam os Dragões que, numa fúria, tentavam transpor a barreira de paus. Reagiram de cima e, em desordem, a tropa legal, pasma, recuou desanimada. Recuava a tropa de Bobadela, recuava diante do Tengo-Tengo!

Lá em cima vaiavam, mas não se via ninguém... Cessou o fogo da muxilama, até que os capitães parlamentassem. Não parecia fácil como pensavam tomar de assalto, num estouro do batalhão, a aldeia sitiada. Deliberaram incendiar as cercas. Não puderam, e a calma de Portugal caiu em crise.

Na primeira hora do sítio, Antônio João estava derrotado pelo seu ex--escravo Ambrósio, o poderoso Rei do Tengo-Tengo. Esses capitães de D. José I eram uns palhaços à frente da soldadesca em desordem. Relaxava-se a disciplina, os Dragões murmuravam, negando-se a avançar na ordem das cornetas.

Outro plano foi executado: Atirar da fresta da cerca sobre os rebeldes. Atirar... Como? À distância, se o fosso era largo, de cinco metros?... Como fazer pontaria, através das achas, de tão longe e sem ver o alvo?! Era jogar fora a munição... Praças irritadas propunham táticas próprias. Outros mochilas reprovavam o comando, apresentando planos, lá deles... Os capitães ouviam, calados... Os prés ensinando táticas pessoais a capitães do exército de linha de Sua Real Majestade... O que havia de exato naquela expedição era medo. Antônio João prometera promoção a quem apanhasse Ambrósio vivo:

— Quero levá-lo acorrentado, para trabalhar nas Minas do Arraial do Ribeirão das Mortes. Não o firam! Não o firam! Quero a peça bem viva!

Era ridículo. Apanhar Ambrósio, apanhar Ambrósio, vivo ou morto. Se era o Capitão de mais de quinhentos guerreiros entrincheirados, armados até aos dentes...

Quem negociava a promoção com o soldado que agarrasse o chefe, excitava um ato de bravura; ele, o Capitão que via sua tropa refugando de uma estacada de negros fugidos... Ato de bravura de que nem ele seria capaz...

Essa tática de atacar e recuar foi até às 9 horas do dia, primeiro contato com o inimigo se dera às 5 e, até ali, só havia mortos de parte a parte, sem terreno ganho ou perdido. Em vista dos insucessos, as colunas que se haviam juntado, de novo se separaram, mas atacavam irresolutas. O duro do ataque era na trincheira da frente, onde os prés lutavam com denodado medo. Enfim, o Capitão Portugal, na ala do flanco, mandou encostar troncos que transpunham a vala e se firmavam sobre a cerca do tapume. Por essa ponte subiam Dragões, sendo furados no alto por chuchos de faca e chumbo grosso. Alargaram a ponte íngreme com outros toros e grupos maiores de reinóis avançaram, combatendo.

Às 10 horas, os milicianos, matando e morrendo, conseguiram pular dentro do reduto. O combate a ferro frio fazia claros na coluna e os negros morriam, varados a baioneta. Antônio João tentou fazer o mesmo, trepar na cerca, não conseguindo. Sua coluna, em anarquia, num atropelo, num tohubohu arrepiador, estava inoperante. Comandavam mais os soldados rasos que o Capitão...

— Não o firam! Não o matem...

Ambrósio impunha ordens aos gritos e os negros vociferavam, de ferro nas mãos, defendendo a própria liberdade e a sobrevivência do mocambo. As armas de carregamento demorado pela boca davam lugar aos facões dos bandidos, que dizimavam a coluna de Portugal.

Antônio João, de espada em punho, bradava:

— Por El-Rei, avante!

Os negros respondiam:

— Por S. Jorge, mata!

A luta não era de um troço do Exército regular, mas de grupos em rolo, embolados negros e prés, ferindo, matando, morrendo.

— Por S. Jorge, mata!
— Por El-Rei, avante!
— Arraial! Arraial!
— Mata! Mata!

Às 11 horas, toda milícia legal combatia dentro do quilombo. A força de Antônio João conseguira pisar no interior, pelo caminho da 2.ª coluna. Ardiam algumas cafuas, em labaredas vivas; a fumaça já dificultava os arremessos. No barulho do entrevero, ouvia-se a voz macha de Ambrósio:

— Mata! Mata! Mata Dragão!

Seu próximo ajudante de ordens berrava, suado:

— Mata muchila!...

Os incêndios agora lambiam muitas choças dos negros. Mulheres audazes jogavam grandes cabaças de água fervendo nos invasores embrulhados em lutas singulares com os mocambeiros. Crianças esfaqueavam Dragões pelas costas, atracados aos seus.

Os outros lutavam por dever, mas os negros pela vida, pelas mulheres, pelos filhos, pela própria carne. Ouviam-se uivos de feridos; de parte a parte homens caíam cambaleando, a golfar sangue, morrendo. A ação final dos sitiados foi digna deles.

Uma fúria coletiva, em que havia cólera e ira, assustou os soldados menos fortes nas marradas bestiais, para matar. Encurralavam os Dragões de encontro às cercas e alguns fugiam assombrados com a valentia, corpo a corpo, dos rebeldes. Essas barruadas dos macamaus pareciam mais uma tentativa geral de suicídio, que a defesa de homens repelindo a escravidão.

Os negros de Ambrósio iam vencer os legais. Nenhum desfalecia, ninguém tremeu: atacavam com destreza, espumando pragas, fincando a facão, lapeando as carnes alugadas ao Rei. As zagaias eram mais perigosas que as

baionetas de soldados exaustos da marcha, combatendo por medo de morrer, sem a alma dos pretos que defendiam tudo, sendo o menos, a vida.
— Fura Dragão! Esfola os cachorro!...
Ambrósio estava em todas as frentes, empurrando seu povo para a sangueira ou para a libertação. Uma doideira se apoderou dos negros, que se atiravam em fúria desfalcando os prés em claros que pasmavam os comandantes. Não havia mais tempo de carregar as armas de fogo. As baionetas mais pesadas no manejo ficavam inferiores às chuchas de faca, às lanças e estoques dos quebradores de correntes.

Portugal notou que mulher branca estava combatendo, carregando água fervente contra os reinóis. Era a prisioneira integrada ao mocambo, que defendia menos sua pessoa do que seus filhos, os filhos do Chefe; defendia seus carcereiros por um direito de sangue, direito visceral de leoa que morre para tomar a cria das mãos do caçador.

Ambrósio, magnífico, só de calça, molhado de suor, valia por dez, derrubando soldados, a lança-de-faca nas mãos, em estocadas todas mortais. Seu busto hercúleo salientava-se dos demais — era o Rei a defender seu chão, seu povo ameaçado de algemas e vinganças pusilânimes. Ninguém pensava na morte, queria é matar, matavam! Aquele quilombo era obra sua, fortaleza contra a opressão e a cobiça dos senhores. Seu exemplo, na vanguarda, era imitado por todos. E a milícia dos capitães estava já desfalcada de metade de sua gente. Contra os prés todo o mocambo combatia ligeiro, firme, esmagador.

Os capitães não tinham reforços e pensavam em tocar retirada. Portugal mandou um aviso para Antônio João: Estamos desfalcados, perdemos terreno!

Antônio João respondeu: A salvação é tocar retirada. A sorte das armas estava com o Tengo-Tengo. Venciam pelo arrojo edificante. Era em verdade o milagre dos humilhados sobre os opressores: os mártires vingavam-se com valor muito mais elevado da ralé escravagista, fantasiada com os vermelhos do Reino na farda dos assalariados de Bobadela.

As armas reiunas dos quilombolas dobravam a ciência dos oficiais de linha. Seus soldados, cheios de horror, já reduzidos, ou fugiam ou caíam para se verem sangrados. Todo o mocambo se erguia, unânime, para se opor à pirataria portuguesa. E vendia caro suas vidas combatendo já mutilados, sangrando, cambaleando, mas derrubando os capangas reinóis. O que faltava ia se dar: Os capitães compreenderam ser inútil o assalto e iam tocar retirada geral, para salvar a pele.

Nisto uma voz plangente clangorou de um bolo de homens em luta:
— Ambrósio morreu! Ambrósio morreu!
Foi aquela voz que arrasou o Tengo-Tengo, como o grito do sargento de Acálcer-Quibir, *Ter*! *Ter*! derrotou D. Sebastião.

Era verdade. Ambrósio, atingido por trabucada, agonizava, arquejante, no chão. Amparavam-lhe a cabeça muitos guerreiros, agora assustados com a queda do gigante.

Ambrósio agonizava, varado no peito. Ninguém o substituiria. Ao seu lado, a lança-de-faca e o facão, ainda preso na mão esquerda. A notícia terrível abalou a reação em seus alicerces, como um terremoto desconjunta uma torre de pedra.

Rodeavam-no em pranto os companheiros. Ainda respirava. Deram-lhe água, não bebeu. Seus grandes olhos duros foram embaçando. Apagou-se.

Aí os Dragões se reanimaram, os comandantes deram o assalto final. Era fácil, agora...

Antes do meio-dia cessou a luta. Morreram todos os homens válidos do mocambo e quase todas as mulheres caíram, combatendo. Só ficaram vivos uns poucos feridos, algumas crianças. O total dos prisioneiros foi de 120.

As forças legais estavam reduzidas a 53 praças! *Nenhum oficial morreu...* Chegara a hora da magnanimidade dos vencedores. Fizeram o que faziam, o que fazem os triunfadores: mataram os feridos, encadearam as mulheres decrépitas, crianças... Batizaram-nas, por duvidarem do batismo do Padre Branco; o batismo foi feito pelos oficiais, por Dragões dilacerados à foice, pois o Reino também zelava pelas almas da Colônia... Esse rebotalho apavorado ia seguir à frente dos meganhas escapos da refrega. Para onde? Para quê?... Nunca se soube. A milícia de Antônio João, ficara reduzida a 53 praças, mas o Tengo-Tengo perdera todos os guerreiros. Praticamente o combate terminou porque faltaram soldados para morrer... e prés que bastassem para sangrar os vencidos.

Foi aí que o Comandante-Geral Antônio João se aproximou do cadáver de Ambrósio. Parou, estático, rilhando os dentes, diante dele. Olhou-o demoradamente. E num estremecimento entre cólera e prejuízo:

— Ladrão!

Silenciou de novo para depois rosnar:

— Está aí em que deu sua liberdade...

Ladrão, porque se furtara ao senhor perverso, roubando-lhe o seu preço... Sim, para o negro valente *aquela liberdade* valia mais do que viver sem ela, sob o jugo do algoz, seu dono. Morreu a defendê-la, matou muitos para conservá-la.

Antônio João julgava-se espoliado com aquela morte. Perdera com ela o seu dinheiro. Extinguira o quilombo, mas voltava praticamente sem tropa... Perdera 347 soldados, matando 500 quilombolas, inclusive quase todos os feridos, depois do combate...

Revistara os corpos dos rebeldes mortos: fumo, fuzil e pedras-de-binga, rosários de contas de S. Caetano... Nos corpos das crianças mortas — nada.

Ele, que sonhara levar diamantes e ouro dos negros, nada encontrou. Onde foi o ouro de Ambrósio? Ficou enterrado, Antônio João não lhe poria as mãos em cima... Num impulso, mandou cortar a cabeça de seu ex-cativo. Vingava-se, o herói. No botim de guerra, o comandante levava as armas dos mortos, mas essas armas foram tomadas das mãos de cadáveres, de lutadores tombados de cara voltada para os inimigos. Levava mais rosários, tachos, panelas, potes de barro. De nada lhe valiam bentinhos sujos, estampas de S. Jorge e algumas correntes limadas no quilombo, de escravos chegados ali, sob ferros. Seu desapontamento foi grande. O vencedor voltava de mãos abanando...

A notícia do tesouro de Ambrósio corria mundo. A tradição fala em muito ouro; deviam estar com o chefe as 6 arrobas de ouro extraído em Cuiabá furtadas aos paulistas pelos macamaus no Sertão Geral. Tudo porém ficou escondido na terra, o cofre dos antigos.

Acabaram com o Tengo-Tengo, mas a Capitania das Minas do Ouro estava enxameada de quilombos grandes e pequenos — a rebeldia em incêndio contra o cativeiro. Ninguém extinguiria esses núcleos abençoados, nem ordens régias, nem bandos, nem o Exército de linha.

Antônio João estava gloriosamente desapontado. Mandou formar a tropa: 53 dragões e bate-paus alugados por dia. Pagou com o sangue a expedição, pagou com a vida de seus prés. Não pagou muito caro. Estava inchado de orgulho, como Alexandre depois de Arbeles, Anibal depois de Trébia, César depois de Farsália... Apenas pesaroso por não levar o escravo para as suas minerações. Levava, porém, 120 mulheres e algumas crianças, batizadas duas vezes. Mas para essas crianças houve também o batismo de fogo dentro das paliçadas...

No outro dia marcharam. Era-lhe impossível arrasar as fortificações do Tengo-Tengo, cercando 30 quilômetros de terras dos libertos à força. Contudo, Antônio João voltava vencedor. Pôs-se à testa do resto da milícia, ao lado de Portugal. Pensava ambicioso: Estou aqui, estou Major por bravura. Major de Cavalaria! Pelo menos a promoção me indeniza da morte do negro. Levantou a espada:

— Ordinário, marche!

Era ridículo. Atrás dele, à frente da tropa, caminhava o chocho bagaço do que restou do Tengo-Tengo. Os Dragões marchavam silenciosos. Os prisioneiros não choravam.

Haviam, com o desespero, secado todas as lágrimas.

O Padre lograra alcançar as vizinhanças de S. Domingos e vivia agora na gruta, que a tradição ainda chama Gruta do Frade. Vivia escondido, com horror de ser descoberto pelos protetores de seus carcereiros. Antes porém que tivesse notícias exatas da destruição do Tengo-Tengo — desapareceu. Foi, provavelmente, devorado pelas onças. Fugitivo das onças-pretas do mocambo, foi comido pelas malhadas da Serra dos Araxás.

Quanto ao tesouro de Ambrósio, acumulado em 20 anos de rapinas — ainda está enterrado no chão de seu agreste.

Esses montes de ouro, quem os descobrirá?

V
URUBU-DO-BREJO

João madrugava na roça. Trabalhava no eito com Moisés e dois antigos agregados da fazenda. Para vencer o mato eram necessárias três capinas das plantações, pois a terra era tão fértil que as ervas bravas cresciam à vista, roubando seiva às plantas úteis.

É que havia cálcio bastante nesse solo e a mistura da apatita conserva o terreno apto a plantio indefinido, sem adubos artificiais. A própria terra é adubo tão rico que tornou dispensável o salitre do Chile, para solos cansados do Brasil.

Foi um amigo de João quem, esfarelando um pouco de terra nas mãos, cheirou-a para depois dizer:

— Isto é um presente de Deus... Esta terra vale o ouro todo do mundo!

É que a Serra do Espinhaço e a Serra da Mata da Corda foram oriundas de revoluções telúricas e lavas de vulcões hoje extintos. Vieram nessas lavas preciosos minérios em fusão: foram dissolvidos com o calor das erupções milenares e toda a mesopotâmia dos rios Grande e das Abelhas ainda é o depósito desses vômitos do mundo subterrâneo, há milênios acumulados na crosta terrestre. Nenhuma terra, do vale do Egito, nem as terras amarelas da China ou as roxas da bacia do Rio Doce se apresentam com os elementos nobres do planalto araxano e Sertão de Farinha Podre.

As lavouras de João cresciam nessa riqueza em que se pisava, o chão. Cresciam, floriam logo, frutificavam a mais de um por mil, mais do que na promessa da Bíblia. O milharal brotou rebentando a terra, como um jorro. As primeiras folhas nasciam escuras e os grossos troncos gritavam que o húmus era bom, a terra gorda e as chuvas derramavam abundantes. A luz aquecia o solo fresco e o calor brando germinava os grãos. Quando as plantas cresciam, com folhas largas, verde-azuis, o emborrachamento das espigas era uma festa de cabelos louros úmidos, com tonalidade de ouro novo. Favas ávidas subiam pelos pés de milho, pesando de vagens suculentas. Ao amarelar das palhas toda a lavoura pendia de espigas enormes, 4, 5, 6 em cada pé.

Os celeiros estouravam e os paióis mal comportavam a safra. Uma fartura derramada se percebia no relincho dos cavalos, no balido das ovelhas, no canto mais alto e claro dos pássaros.

Essa admirável zona de clima temperado, para frio, excitava o bem-estar da família de João. Ninguém falava mais em Nossa Senhora do Carmo de Pains; todos se uniam em torno de esperança de vida melhor como, numa jangada exígua, os náufragos em mar picado. O velho renascia, ganhava cores debaixo da cinza de sua eterna tristeza, sempre com ar de dignidade em atos, gestos e palavras.

Beja crescia. Maria... sim, Maria era sempre o silêncio de quem, à beira de um abismo, vê de longe uma cidade iluminada, em que nunca pisará. Sempre de luto, considerando-se renegada, mulher apanhada em falta. Ninguém suspeitava quem fosse o pai de sua filha. Nem os mexeriqueiros de seu Arraial ao menos suspeitavam. Seria moço? Belo? Moreno? Louro? Ninguém lhe arrancaria o segredo, nem o conseguiu a mãe agonizante. Era decerto alguém que não pudera casar, porque Maria era bonita, na simplicidade de moça criada como as rosas do pátio de um convento, para não serem vistas das ruas.

Sempre singela, em seu natural elegante de altivez abatida, os modos simples realçavam-lhe a beleza triste de garça prisioneira. Esse homem era decerto casado ou passageiro desconhecido, pois Maria nunca tivera um namorado e à seiva de sua mocidade e o sangue de seus instintos latejavam-lhe na carne encarcerada.

O registro de sua filha, nascida a 2 de janeiro de 1800, revelava apenas seu nome Maria Alves de S. José; pai desconhecido. Beja resgatava a falta materna, engrandecia esse erro com a viveza de sua inteligência e graça de menina saudável.

Os negócios do Major iam bem, o gado prosperava mais que em outra zona, gado forte, ágil, sem falha de parição, novilhas mães antes do crescimento normal.

As fruteiras ali carregavam melhor do que em outras regiões. Na maturidade das frutas era comum galhos racharem ao peso da safra.

Um homem de fora, que parou para negociar com o Major, deteve-se diante de uma fruteira:

— Querem ver que isto é castigo?

O velho riu-se e o outro:

— Pois parece castigo... Estou velho e nunca vi coisa igual.

Quase todas as árvores arriadas de pomos tinham os galhos em escoras com forquilhas de pau, sustentando o peso. A vida rotineira de fazenda tinha ali surpresas a cada dia. Mutações repentinas de cenários do céu, como sucessivas mudanças nos teatros.

Os doentes curvavam-se nesses ares finos — o vento trazendo o cheiro do mato sadio... As águas não eram transparentes, eram azuladas. Tinham sabor, eram gostosas...

Aí é que Beja crescia. Aos 8 anos era mocinha. Viva, sua agilidade era qualquer coisa de impressionante: falava como pessoa grande.

O avô, às vezes, dizia, ao vê-la e ouvi-la:

— Não sei, mas essa menina tem qualquer coisa diferente...

Seus olhos grandes e verdes fulguravam.

Mais expansiva com o avô do que com a mãe, saía com ele a cavalo até longe, correndo lavouras, rodeando gado.

O avô deliciava-se, satisfeito da vida:

— É meu melhor vaqueiro... Já sabe aboiar.

Montava com desembaraço e certa vez João lhe falava:

— Quando você for moça...

Ela atalhou, imediata:

— Eu já sou, Vô Padrinho!

O velho ria-se, contente.

Beja era precoce, cheia de imprevistos. Como não fora criada com mães-pretas, traía reserva sobre os negros, de que tinha medo.

Ao se aproximar um escravo, ela cerrava o cenho, calada.

O avô perguntou-lhe:

— Você não gosta de gente preta, minha neta?

— Não gosto.

— Pois ouve. Eles são como nós, apenas têm cor diferente. São mais pobres e ganham de nós para trabalhar. Os escravos ganham roupa, alimento. Você não gostando de negros também não gosta do Moisés, que é nosso escravo.

Beja saiu-se com facilidade:

— Mas Moisés não é negro!

— Que é então?

— Moisés é bom.

Talvez a mãe a amedrontasse com os negros, para se portar bem. Contava-lhe histórias de pretos ladrões, pegadores de meninos.

— Durma, senão vem o preto com o saco para levar menino teimoso!

Às vezes iam a S. Domingos assistir missa. A mãe comungava. Não encarava os homens. Estava sempre de olhos baixos, humilde. Humilde, pelas faltas que praticara e por submissão aos olhos do pai, a quem desrespeitara uma vez na vida.

Seu castigo era perpétuo. Era a mulher arrependida, como silício eterno do remorso tardio. Seria sincera? Ou eram os olhos duros do pai o freio de sua carne?

Sempre de preto, mesmo passados tantos anos da morte da mãe, parecia uma freira com voto de pobreza. Não usava o menor enfeite nas roupas, freira, freira perpetuamente. Nunca se queixava de nada. Suportava a vida, eis tudo. Pouco expansiva para o pai, reservada para a filha, impacientava-se com a inquietação dela, discordava da alegria da menina.

Ensinou-a a bordar. Fazia rendas, brincando com os bilros, o que satisfazia ao avô. Tinha sua almofada de rendeira e tecia rendas complicadas, sempre bem feitas. Uma das maravilhas que ouvia eram as histórias das *Mil e Uma Noites*, que o avô sempre lhe contava. Ela, atenta, conhecia as espertezas de

Sheherazade, seus truques, o sultão brabo, as escravas núbias... Depois da história da noite, ela ficava parada, olhando os longes... olhos muito abertos... Estava talvez vendo o tesouro dos serralhos, deitada nos tapetes persas, cheia de colares de diamantes azuis.

Dormia cedo e acordava com os pássaros nos cedros da porta da fazenda. Pulava o dia todo, exceto nas horas do bordado e das rendas. Tomava banhos frios no ribeirão, voltava cantando, com os cabelos molhados.

Mas só à hora das histórias se sentia em verdade feliz. Apareciam camelos, via abrir-se arcas de joias, anéis com pedras verdes, vermelhas. Ouvia os ulemás discutindo, em torno de um narguilé. Quando Sheherazade aparecia, Beja ficava arrepiada. Sentia o ruído de seus colares de ametistas raras, via-a sentar-se nos fofos divãs, bebendo vinho com água de rosas...

Quando Beja fez 10 anos, o avô lhe disse:
— Minha filha, chegou o tempo de aprender alguma coisa. Agora, todos os domingos vou levá-la à Vila para você aprender o catecismo. Já falei com o Padre e vamos começar depois de amanhã. Não quero que minha neta fique ignorante dos preceitos da Santa Religião.

Ela espantou-se:
— Mas, Vô, eu já sei rezar a Ave-Maria, o Padre-Nosso...
— Sim, minha filha, mas o catecismo não é só saber rezar essas santas orações. O Padre é quem sabe explicar. E você vai comigo no próximo domingo.

Beja alegrava-se com todas as ideias do avô.

Saindo cedo, fizeram logo as duas léguas. O Arraial estava na sua estagnação de sempre, embora naquele dia essa estagnação fosse domingueira. Havia missa. Assistiram-na.

Na igreja do Largo da Matriz havia muita gente, gente modesta com vestidos escuros, compridos nas barras, mangas e golas. Véus negros cobriam cabeças de senhoras respeitáveis e de velhas beatas agregadas ao Vigário.

Os sinos cantavam na manhã rosada e o som claro desses bronzes parecia vir de longe, do céu, porque em toda a aldeia e arredores até distantes esse bimbalhar festivo despertava nas almas a alegria de Deus. Durante a missa, Maria comungou e, terminando o ato divino, o Padre alegre e brincador bateu palmas chamando as crianças para a sacristia, onde abancavam para aprender a doutrina.

Quando Beja se aproximou receosa dos outros pequenos, o Padre viu-a e pegando-lhe, delicado, no queixo, levantou-lhe o rosto para vê-lo melhor:
— Que bela menina! Como se chama?
— Beja...
— Beja... você já sabe rezar?
— Sei, sim senhor!
— Sabe a Ave-Maria?

— Sei!
— O Padre-Nosso?
— Sei!
— A Salve Rainha?
— Não, senhor!
— Pois vai aprender, Beja. Sente-se aqui.
Bateu novas palmas, exigindo atenção. Fez o sinal da cruz e, alto:
— Rezemos a Ave Maria.
Os meninos repetiram a oração que ele recitava, convicto.
Cavalgaram para o Sobrado.
Beja galopava na frente, brandindo no ar o chicotinho de cabo de prata, chicote que conservou até morrer[9].
No próximo domingo, executaram o mesmo programa. Entre os meninos havia um, pouco mais velho que Beja — Antônio...
Era filho de fazendeiros locais, da família Sampaio. Moravam perto de S. Domingos e a família já era abastada por esse tempo, com a criação de gado. Tinha numerosa escravaria e o chefe era respeitado como político, do Partido Monarquista.
Antônio era criança forte, desembaraçada e pilhérica a seu modo. Como menino rico, se impunha aos demais pela excelência das roupas, bons calçados e arreios de cavalgar, com passadores de prata. Andava pelos 14 anos. E a beleza da menina do Sobrado impressionou-o.
Viam-se, de longe. Viam-se e falavam-se pelos olhos. Vieram depois os sorrisos, os cumprimentos a medo. Como Antônio tivesse uns ares decididos de filho de pai poderoso, uma vez se dirigiu a Beja:
— Você gosta do Sobrado?
— Gosto. Você conhece lá?
— Não, mas meu pai conhece.
Despediram-se, apertando-se as mãos.
Esses primeiros encontros, fê-los o destino, que governa todas as criaturas, pobres e ricas. Eram o início de coisas importantes na vida de ambos. Passou-se o tempo. Um ano depois, Beja conhecia bem o catecismo do Padre Francisco e foi espaçando mais as idas ao Arraial. Antônio não esquecera a mocinha e Beja nunca mais deixou de o ter, para sempre, ligado à sua vida.
Mesmo porque Beja tomava corpo, modificava o gênio e Antônio na escola e mesmo em casa falava muito na mocinha do Sobrado.
A vinda da Corte para o Brasil alterara de alto a baixo a vida nacional.
A Capitania de Minas Gerais passava a ser a mais importante da Colônia, pelas cópias de ouro com que abarrotava Lisboa Ocidental.

---

9. Foi vendido em Araxá, em 1953, por uma bisneta de Beja, distinta senhora residente em Patrocínio.

Chegaram, de estouro, no Rio, 15.000 reinóis, compondo a Corte do Príncipe Regente, sua família, ministros, desembargadores valdevinos e prostitutas. A abertura dos portos da Colônia à navegação universal, sugerida pelo Visconde de Cairu, afogueava o entusiasmo dos patriotas. Fundara D. João as Escolas Médico-Cirúrgicas da Bahia e do Rio de Janeiro. Acabara para sempre a aristocracia balofa dos Vice-Reis mais ou menos devassos, que provocaram para o país a peste de bandos, portarias e outras leis opressoras.

O derradeiro Vice-Rei, D. Marcos de Noronha e Brito, deixara a impressão comum de que era como todos os seus colegas, governo violento, cara inutilidade.

Uma efervescência de recém-vindos, ávidos de riquezas e conquistas amorosas, caiu sem se fazer esperar sobre a sociedade tacanha do Brasil-Colônia. Criava-se o Reino. D. João trazia no séquito duas loucas: sua mãe D. Maria I, a Rainha doida de quem era o Regente, e a esposa, D. Carlota Joaquina, a Espanhola sem escrúpulos, fêmea até de soldados da guarda palaciana. Com a ralé cortesã vieram mestres e aprendizes dessas devassas. Chegaram uns solarengos adulões com cabeleira empoada de juriscunsultos e, entre eles, como malungo do Príncipe Pedro, certo devasso de rabos de saia do Palácio de Benfica, o jovem advogado Joaquim Inácio Silveira da Mota.

Culpavam pela fuga da Família Real a Napoleão, que riscara Portugal do mapa da Europa, como galanteria à Espanha, conjurada com ele contra a Inglaterra.

A Corte, assustada, parecia ainda ouvir os tambores ovantes de Junot, chegando a Lisboa à frente do Exército Francês.

O Brasil, que se dava ao luxo de rebeliões regionais e algumas quarteladas frustras, intentava até guerra de conquista, mandando invadir a Guiana Francesa, que capitulou em 1809 sob o impacto do Cel. Manoel Marques.

O velho Gaudêncio, respeitável Mestre de Gramática Latina, gemeu em segredo, no ouvido do Padre Francisco, Vigário de S. Domingos, que encontrou na rua:

— O homem chegou brabo. Declarou guerra à França, mandou invadir a guiana Francesa, criou uma fábrica de pólvora na Lagoa Rodrigo de Freitas...

E expressivo:

— As baionetas de Junot deram cócegas no tabaqueiro mofado de Maria Doida...

O Padre sorriu significativamente:

— Breve o nosso Exército marchará contra Artigas...

De fato marchou contra Artigas e perderíamos a Banda Oriental, embora batêssemos o Exército Espanhol em Paissandu. É que o Brasil ganhava autoridade na América, por suas armas sempre invictas, guiadas pela voz de estadistas brasileiros de peso, iguais aos grandes de outros países dominadores do mundo.

Uma tarde, ao voltar do campo, João encontrou um rapazinho a cavalo, conversando com Maria, que estava na varanda. O velho, de má sombra, indagou áspero o que ele queria.
— Nada, senhor. Pedi um copo d'água e estava perguntando a esta senhora pela Beja.
O Major franziu o cenho:
— O senhor conhece Beja?!
— Foi minha companheira de catecismo do Padre Francisco.
— Ahn!... E quem é o senhor?
— Sou Antônio Sampaio. Meu pai é fazendeiro perto de S. Domingos.
João Alves fitou-o na cara, em silêncio. Aquele olhar era um sopapo, uma carga de baioneta.
Quando o moço se despediu, o pai mediu Maria de alto a baixo com os olhos inquiridores:
— Que desejava esse homem? Por que falava com ele?!
— Pediu água... perguntou por Beja...
— Vai pra dentro! Não se emendou, hein!...
Maria baixou os olhos, como cadela batida. Saiu gemendo, muito humilde:
— Sou uma pobre...
Ele, que a ouvira, emendou violento:
— Pobre é Jó!
Passou a tarde pensativo, explodindo à toa.

Indo João a negócio a S. Domingos, encontrou-se com o Padre Francisco.
— Como vai a netinha?
João gostava que lhe perguntassem por ela.
— Vai bem, meu Vigário. E Vossa Reverendíssima?
— Bem, bem.
E tirando a caixa de rapé:
— João Alves, sua neta é menina admirável. Além de bonita, muito bonita, é de inteligência rara!
O Major sorria, babava-se.
— Obrigado, meu Vigário!
— E por que não lhe manda ensinar bordado, crivo, rendas, costura?
O velho riu alto, o que era difícil acontecer.
— Já sabe tudo isso e muito bem, Reverendo!... Já costura com acerto...
O Padre espantou-se:
— Sabe tudo isso e bem... Não diga? Vejam só: já borda, faz renda, costura... Muito bem, João Alves, e sabe ler sua cartilha?
João Alves recuou, como se recebesse uma estocada:
— Ler?! Não, Reverendo! Não quero, nem deixo a neta aprender essas coisas.

Estava ofendido, empalidecera:

— Ora, meu Padre, tenho sofrido muito. Eu conheço o mundo... Minha neta é só o que resta de minha felicidade, para sempre perdida. Se ensino a ler e escrever... não sei: sou capaz de perder também a menina.

O Padre, conciliador:

— Até certo ponto, concordo. Mas distingo: são predicados...

João estava pasmo:

— Pre-di-cados?! Não, seu Vigário, acho isso com seu perdão, até pecado!

O vigário compreendera e, mudando de assunto:

— E como vai a fazenda?

— Bem. Com esse tempo bem medido entre sol e chuva, tudo vai bem no mundo do Senhor.

— Quer dizer que está satisfeito no Sobrado.

— Ah, meu Padre, devia ter vindo há mais tempo. Tenho até aqui merecido sossego. O sossego é tudo na vida de um velho.

— É verdade, é verdade.

Despediram-se. João, porém, estava abalado com a insinuação: ensinar a ler e escrever à sua neta... Que ideia!

Marchou em silêncio, de regresso para a fazenda. Na tarde dourada, o sol era uma carícia, passava as mãos tépidas pelo rosto do velho, como um carinho de amor.

A revolta de João quanto à ideia do Padre era legítima, para aquele tempo.

As mulheres deviam ficar analfabetas para serem virtuosas. Mulher que soubesse ler e escrever era mulher suspeita. Tanto que a Metrópole mantinha escolas para meninos, apenas. Parece incrível que houvesse, como havia, em Minas Gerais, Escolas Volantes para os meninos do sertão! Não se permitia nas escolas públicas, gente do sexo feminino. Mesmo em Portugal, a instrução era só para homens. Nesse tempo as escolas em Minas eram regidas por soldados que dessem baixa, consoante portaria de D. João... Não perguntavam se essas praças eram ou não analfabetas. Havia, é certo, uma cadeira de Gramática Latina, só para homens, em certas vilas. Era comum assinar documentos com uma cruz. E não era só Portugal que assim procedia: Helena de Troia não sabia ler. O maior elogio para mulher era o epitáfio dos gregos nos cemitérios: Foi honesta e fiou lã.

Depois da reprimenda do pai ao encontrá-la na varanda, matando a sede de um passageiro, Maria no seu quarto chorou a tarde toda. À noite estava de olhos inchados e congestos.

João da varanda, via os bilros se chocarem, lá dentro.

— Beja!

— Vou, Padrinho!

Veio, alegre.

— Você conhece em S. Domingos um tal Antônio Sampaio?

— E do catecismo!
O coração tremia-lhe. Sentiu um fogo queimar-lhe o rosto.
— Por que, Vô Padrinho?
Ele, de pé, severo:
— Por nada.
Só a Beja desarmava as tempestades que por qualquer motivo escureciam a alma de João. A menina encarava-o, inocente, porém com medo.
— Vô Padrinho, quer café?
E ele, já sorridente:
— Quero água, minha filha, traga água para seu avô.
— Trago água e café: eu mesma é que vou coar.
Depois da água, João Alves bebia o café fumegante, olhando de perto a pequena. Quando ela se retirou levando a xícara, o velho sorriu:
— O diabinho está ficando uma teteia...
João Alves notara com alegria e medo uma coisa expressiva: quando, aos domingos, saíam da Matriz de S. Domingos do Araxá, muita gente estava na porta, esperando Beja. Ouvia algumas vezes exclamações do povo:
— Lá vem ela! Parece uma Nossa Senhora!
— Lá vem a Princesa de S. Domingos...
— Querem ver que ela é Santa Cecília?!
— Parece um Anjo de Deus.
Uma beata enfarruscada no véu preto, um dia, ao vê-la sair da igreja, segredou para outra:
— Pode ser o Diabo... Ele também aparece como Anjo de celeste esplendor!
E benzeram-se.
João Alves nada dizia, sabendo que eles tinham razão. Sua neta era diferente das outras mocinhas. Criada com o avô, seco e caladão, a mãe inexpressiva e humilhada, saía aquilo — mocinha perfeita, com alguma coisa fora do comum.
O Avô pensava atemorizado.
— Isto, aos 12 anos, imagino aos 15, Deus do céu.
Pedia por ela nas orações; que o Senhor a preservasse de maus caminhos... Ele que sempre deu valor à vida, agora aos 72 anos, desejava viver para arrimo de quem se fazia bela demais para ser feliz.
João Alves, aos 72, estava mais conservado do que ao chegar a S. Domingos. No seu coração, almejava casar a neta aos 15 anos, embora isso lhe fosse doloroso. Queria fechar os olhos, vendo-a casada.
Pelo Sobrado passava muita gente. João Alves já possuía amigos, os bons amigos de outrora, para os quais sua amizade de homem reto constituía uma honra. Certo dia parou na fazenda do Major uma família que se mudava para S. Domingos. Acolhidos na varanda, descansavam, porque vinham de longe. Beja apareceu-lhes e com a presença da jovem o chefe da família em mudança pôs-se a chorar.

— Esta menina parece com minha filha, que morreu no ano passado. Joana era a menina mais bonita, mais engraçada do Arraial de Santo Antônio da Campanha do Rio Verde. Parecem gêmeas. A visão de sua neta me abalou; parece que vejo minha filha; as feições são as mesmas. Minha filha morreu, sem se saber por quê. Só mais tarde eu soube a razão daquela desgraça: Joana morreu de quebranto!

Limpou os olhos macerados de dor. E, para João:

— Meu amigo, tome cuidado com sua netinha. No mundo há muita coisa esquisita, muito mistério. Uns riem — podem ter razão. Mas olho-grande é veneno! Mau-olhado é uma realidade, e por isso choro.

João Alves encarava-o, espantado.

— Conheci um senhor que fazia murchar uma rosa, olhando fixo para ela. Não acreditava no que me diziam. Encontrei com ele na Vila de Nossa Senhora da Piedade de Pitangui. Eu fora vender uns ouros. Ele estava na casa do comprador. Era um homem simples, muito agradável, porém não olhava, firme, em pessoa alguma. Conhecia sua força! Conversa vai, conversa vem... Eu animei a perguntar se a notícia sobre ele era verdadeira. Porque, de nome, eu já conhecia sua fama. Ele negou, sorriu, procurou desconversar. O dono da casa estava fora, nós esperávamos sozinhos. Na parede da sala um sabiá cantava na gaiola. Gostei do homem. Muito manso de palavras, jeitoso para agradar. Eu queria aproveitar o encontro e estava desejoso de saber a verdade. Clarindo (era o seu nome) então ficou sério e, de repente, encarou firme o sabiá, com os olhos arregalados em cima dele. O passarinho ficou aflito, piando, saltando sem sossego de poleiro para poleiro. Dali a pouco deixou cair as asas, arripiou-se todo, tombou em pé, sem jeito, no fundo da gaiola. E foi deitando de lado, devagarinho, abrindo o bico — morreu! Eu fiz o sinal da cruz, senti uma dor nos olhos tão doida que fui embora, leso, bobo com o que vira. Só de tarde voltei, para entregar o ouro na casa do comprador, lugar do fato.

João parecia tremer, ao ouvir:

— Pois bem, meu senhor. Minha filha foi a uma procissão, sadia e alegre. Voltou com um peso na cabeça; de noite febre, dois dias depois... Não me conformo com essa perda. Estou de mudança e aviso ao senhor: cuidado com esta menina; quem é bonita assim atrai muita maldade. Muita inveja. Um doutor meu compadre disse que o caso do passarinho foi magnetismo do Clarindo. O fato é que ele morreu. Como um passarinho pode morrer, gente também pode. Quem é muito bonita como foi minha filha e é sua neta, está nas portas da desgraça. Tem muita maldade no mundo. Eu sei por que falo. Deus proteja sua casa.

Aquela conversa calou fundo na mente de João Alves. Dali por diante, quando iam para a missa em S. Domingos, a nova escrava Flaviana batia-lhe arruda pelo corpo todo, até o galho murchar. Flaviana orava sem falar, apenas bolindo com os lábios; rezava sem vozes, preocupada, até que dizia:

— Tá carregada. Farte coisa, Nhonho...

Ao regressar da missa, o Major de novo chamava Flaviana, que depois de outra benzedura, mostrava o galho de arruda ao senhor:

— Quais secou. Veio carregada... Deus adiente, paz na guia!

Em abril colhe-se o milho nas Minas Gerais. A roça, quebrada, está reunida nos montes do milho já seco, montes esparsos por toda a lavoura. Enchem-se os carros de bois pegando 48 balaios grandes. E os carros pesados vão aos solavancos despejar a carga à porta dos paióis. Aberta a esteira de trás, amparada por fueiros, empinam o cabeçalho. O milho escorre pela mesa e cai, com estrondo, no chão.

Em abril há nessas terras araxanas uma primavera de experiência. Todo o campo floresce, das trepadeiras do chão às copas altas das árvores. E a época dos bandos de periquitos, jandalas, papagaios. Tudo verde como folhas rodopiando no ar, aos bandos, nos pés-de-vento.

Beja subia nos montes do milho derramado pelos carros de bois; fazia coroas de trepadeiras floridas que punha na cabeça, dançava diante do avô, tão engraçada que o velho, ocupado com a lida, sorria, aprovando e reprovando. Certa vez coroou-se de trepadeiras, pôs um colar de flores e chegou à varanda, onde o avô descansava na rede do canto. Veio andando como senhora, em meneios de corpo, calma e atraente:

— Olha, Vô, sou a sultana das *Mil e Uma Noites* que o senhor contou... Estou parecendo com ela!...

E caminhando, majestosa, pela varanda:

— Eu sou a sultana, tragam meus anéis... Aladim, venha cá...

João Alves estremeceu. Pensou no andar das mulheres perdidas, andar jogado de quadris, provocando o sensualismo dos homens. Ficou pensativo.

Nesse instante Flaviana aproximou-se do senhor segredando-lhe ao ouvido alguma coisa. Saiu.

João Alves gritou da rede, aparentemente calmo:

— Moisés!

— Inhor?

O escravo chegou à varanda, com o chapéu velho na mão. Estava cheio de pó de milho, pois ensacava fubá.

— Moisés, você vai apanhar, porque engraçou com Flaviana quando descascava milho, ontem de noite!

— Eu não, Nhonhô, Flaviana é inzonera!

Tinha os olhos arregalados e tremia nas mãos grosseiras, afeitas aos rudes trabalhos braçais. Era o único escravo homem de João Alves e tinha 25 anos, se tanto.

— Nhonhô mi perdoi, foi arenga de Flaviana.

João levantou-se da rede, com calma; tirou do torno do portal um piraí de trança de mateiro e, perto do negro:

— Faça o sinal da cruz, negro ruim!

O escravo levou a mão direita, muito trêmula, fez o sinal da cruz. Mal acabara o gesto, o chicote assoviou no seu corpo, enrolava pelas pernas como cainana assanhada, zoava em repetidos golpes brutais, apurados, certeiros.

— Perdão, Nhonhô, pela alma de Nhá Ana!

João cortava o corpo do escravo, num banho de couro cru, de alto a baixo.

Moisés gemia, cerrando os dentes com força, fechando os olhos. Os assovios do piraí chiavam em lapadas vivas, nervosas. O negro caiu de joelhos, ergueu as mãos postas:

— Pru Nosso Sinhô, Nhonhôzinho!

João, insensível e violento, erguia bem alto o chicote nos braços magros e descia sem cessar.

— Bole com Flaviana, negro safado! Bole! Bole!

O escravo ajoelhado, caiu para frente no assoalho. De uma orelha pingava sangue.

— Bole!

Mais, mais lapadas doidas, furiosas, alucinadas. Moisés gemia baixo, a espaços soluçava, como um trapo jogado nas tábuas sujas. O senhor aí se deteve, com os olhos esgazeados. Repôs o chicote no torno. Estava pálido pelo esforço, sentia a boca seca. Arquejou um pouco.

— Levanta, negro!

O preto se ergueu, encolhido, com os braços cruzados, apertando o corpo. No seu rosto contraído sentia-se a dor, via-se a carne machucada pelo rebenque.

— Agora, vai!!

Ele desceu devagar a escada, com a cabeça baixada sobre o peito. Caminhava como um fantasma, descia o terreiro, entrou no moinho.

Beja então chegou-se ao avô, que ainda resfolgava. Assistira a tudo, impassível e, quando o escravo ajoelhou, louco de dor, ela sorrira, satisfeita. Foi um pouco sem graça que perguntou:

— Vô Padrinho, por que bateu em Moisés?

— Porque mereceu apanhar.

Houve um silêncio e ela, com poucas palavras:

— Por que não bateu mais nele, Vô Padrinho?

— Porque bastou. Você teve pena de Moisés?

Ela, indecisa, brincando com as barbas brancas do velho:

— Tive... mas achei bom ver ele apanhar...

— Achou bom por que, minha neta?

— Porque é bom ver os outros sofrendo castigo. Que cara ele fez, hein, Vô?

— Foi a dor, netinha.
Ela, falando como se fosse a pessoa ausente:
— Gostei de ver o chicote ferir Moisés. Gostei de ver sangue!
Foi ficando exaltada, parlante:
— Escravo é para apanhar mesmo, não é, Vô? Saiu muito sangue.
Seu rosto estava iluminado, parecia feliz. O avô fechou os olhos, acomodando-se na rede. Os olhos de Beja fulguravam tanto que aquele ato bestial pareceu, para ela, vir do céu. Estava cheia de bem-estar.
— Achei tão bom...
Na mocinha de 13 anos, a violência de uma surra fizera bem. Alegrara-se. A hora do jantar, viu Moisés na cozinha. Achou delicioso ver sua orelha inchada, com uma placa de sangue coagulado. O próprio silêncio do escravo agradava-a, como um prato de doce ou um banho morno em dia de chuva.
À noite, na cama, ao se lembrar da figura magra do negro, de pé no meio da varanda, sofreu calafrios agradáveis. Seus gemidos plangentes não lhe saíam da cabeça; ela os gozava devagar, como sensação nova de contentamento profundo, que se esforçava por não deixar desaparecer. E foi ouvindo os gemidos e os soluços do escravo, já de joelhos no chão, que ela adormeceu, como embalada por música dos anjos.

O 2 de janeiro, dia do aniversário de Beja, caíra no domingo. A manhã fria, excitante, estava desanuviada por bruscos repelões de vento da serra.
Foram assistir à missa. Beja gostava do Largo da Matriz, praça enorme, em cujo centro se elevava a modesta Igreja.
— Vó Padrinho, eu sonhei que morava neste Largo, numa casa alta, linda![10]
O avô não respondeu. Como tivessem muitas relações no lugar, ficaram na porta da Igreja, conversando com afeiçoados da família. Ninguém falou em aniversário. O Juiz Preparador de Direito cumprimentou João Alves e vendo a neta bem perto dele, fez-lhe carinhos:
— Como vai, menina? Menina?! Mocinha! Como está formosa sua neta! É uma criatura diferente...
E passando-lhe a mão pela cabeça:
— Vejam que lindos cabelos ela tem! Como são abundantes! Macios como seda.
E para ela:
— Seus cabelos são cor de ouro velho, esse castanho cor de mel vai bem com seu rosto claro e delicado. Mas, João Alves, o encanto desta menina são os olhos verdes.
E sorrindo, a abrir mais os próprios olhos:
— Perigosos...

---
10. Este sonho de Beja se realizou, integralmente.

Esses olhos perigosos furtavam-se aos do Juiz, procurando alguma coisa na multidão da saída da missa. Ah, lá estava ao lado, fito em Beja, Antônio. Sorrira, ao se ver notado. Sentiu fundo a rajada daqueles olhos magníficos de adolescente em flor.

Havia um circo de cavalinhos no arraial. Beja quis ir, não pôde. Foram atravessando o Largo da Matriz para a Rua das Piteiras, mas João Alves percebeu Antônio seguindo a neta, que entrava na rua de leve declive, sob a curiosidade de todos.

Estava linda, com seu vestido cor-de-rosa um pouco rodado, embora seus borzeguins fossem grosseiros. Os cabelos castanhos claros caíam-lhe pelas espáduas até ao meio das costas, cabelos luminosos, úmidos, leves.

O Promotor de Borda do Campo, Dr. João Carneiro de Mendonça, licenciado e a passeio em S. Domingos, parou, voltando-se para repará-la:

— Muito mimosa! É um cromo...

Mas o avô não quis ir ao circo. Voltaram às 11 horas para o Sobrado. Como sempre, Beja ponteava a cavalgada, seguida por João Alves, Maria e Moisés, no fim.

No caminho, feito em silêncio, o velho foi recapitulando sua chegada a S. Domingos. Viera desanimado por dentro. Com o choque da viuvez e, caso de Maria, pareceu soçobrar. O velho cerne de seu corpo, castigado por 65 anos de lutas contra o destino, parecia esfarelar, e a queda não tardava. Não sabia como viver ao lado da filha, que lhe envergonhara a velhice desconsolada. Seu ímpeto inicial foi matá-la, jogá-la na rua, para que o povo visse que ele era respeitável. A doença de Ana travara-lhe o caminho dessa resolução. Matá-la, sim, como outros fizeram em Minas, a terra das tradições coloniais de antes morrer que vergar.

Esse o caráter do mineiro, caráter duro como ferro. Ele, porém, tivera o pedido de perdão, o último pedido da esposa agonizante. Pois a mão de Deus se estendera sobre ele. Beja fizera o milagre de reverdecer o tronco já caruchado, como florira o bastão de São José e a vara de porqueiro do Rei Wamba. Agora, 13 anos depois de viúvo, estava ali a neta galopando à sua frente, ao lado da mãe, a remoçar sua velhice de 73 anos. Havia 8 anos, no Sobrado, fora feliz, multiplicara seu modesto pecúlio. Morto, filha e neta poderiam viver com decência, até o casamento da neta ou de ambas. O resto ele devia à terra e ao clima das montanhas. Em Formiga-Grande vivia sem consolo; agora ria-se com a neta, era seu boneco-de-engonço.

Vencido o prazo do arrendamento, 10 anos, o proprietário da fazenda estava pronto a renovar o contrato, por tempo igual. Um compadre vizinho de Pains, ao saber que João ia-se mudar, aconselhou-o:

— Compadre, pedra que rola não cria limo...

João respondeu, bem determinado:

— Compadre, há três coisas no mundo que ninguém vence: a água, o fogo e o homem quando avança!

Avançou e fizera bem — não se arrependia.

Cofiava a barba missionária, satisfeito com a mudança de sua sorte. Só a beleza de Beja o preocupava, porque a beleza, só beleza, não traz felicidade. Mas Beja tinha, coisa rara, beleza, graça e simpatia — isso na voz de todos. Não ouvira agora mesmo o Dr. Juiz?

Chegaram à fazenda. Beja de um salto se pôs no chão e correu para ajudar o avô a apear. Ele sorrira:

— Ainda apeio sozinho, delicada. Deus lhe pague o carinho. Ajude, antes, sua mãe.

Maria chegou febril de S. Domingos. Foi direita à cama. O velho não se preocupou:

— Coisa à toa, é resfriado. A manhã estava fria e ventava muito. Esses ventos do planalto araxano vivem doidos, não param.

Bebeu chás, tisanas caseiras. Passou a noite mal, dores nas costas. Não chamou ninguém, esperando remitência.

Pela manhã escarrou sangue.

O velho franziu a testa:

— Mau, mau!

Foi ver os escarros: cor de tijolo. Foi logo ao Arraial ver remédios. O boticário disse parecer pneumonia.

Ao entrar com os medicamentos encontrou a filha sentada na cama, sem poder deitar.

— Dores muitas, meu pai.

Falava cansada e a febre subira. Passou mal o dia. À tarde João mandou chamar o boticário. O homem era complicado.

Ao escurecer chegou, com um reumatismo donatário de seu corpo de 70 janeiros, garrafadas, política, demandas e brigas com a mulher. Chegou a reboque, subindo a escada amparado por Moisés.

No banco da varanda abriu os alforjes que continham mais remédios e trastes correlatos que o pesadelo de um maleitoso. Eram surrões de emplastos, sarjadeiras, copos para ventosas, estopa alcatroada, lancetas, pomadas, bolas de teias de aranha, picumã em vidros, espelhinhos para verificar mortes, moscas de Milão, pipos para ajuda, sais para síncopes e outras bugigangas.

— Sr. João Alves, não vê que ontem cheguei de S. Pedro de Alcântara, onde fui ver o Major Zeca Araújo. O Major saiu cedo para a fazenda e ao chegar a uma porteira, mesmo quando segurava a tábua de cima para abri-la, surgiu de repente de trás do mourão, a Quelé do João Barra. A mula do Major refugou nos pés, o Major caiu de lado, mas o pé esquerdo ficou preso no estribo. A mula disparou, dando coices, arrastando o Major, e só foi parar a uma légua, no portão de sua casa, em S. Pedro de Alcântara. Zeca estava esbandalhado, em sangue e sem sentidos, perto do Valo do Desindério, a três quilômetros do lugar em que tombou da montaria. Quando a besta chegou, fungando e sem arreios, na porta do Major Zeca, foi calamidade. Buscaram o pobre numa tábua larga. Os colegas de lá, coitados... Puseram umas bichas atrás das orelhas do doente; deram ajudas de farelo, tentaram estancar o sangue com picumã, chegaram até ao recurso da teia de aranha... mas nada! O ferido passou o dia desmaiado e, de noite, Dona Placência disse aos colegas de S. Pedro de Alcântara:

— Os senhores me perdoem, mas aqui só o compadre Mestre Salustiano, de S. Domingos! Vou mandar chamar compadre Mestre Salustiano... Ora, senhor sabe: de S. Domingos a S. Pedro de Alcântara são cinco léguas. Fui, às pressas, salvar o compadre Zeca. Acontece que uma chuva de pedras me pegou no caminho. Eu quando vi as pedras caindo disse comigo: Estou perdido com esta chuva de pedras, porque chuva de pedras é um perigo para reumatismo crônico. Esperei debaixo de um pau a chuva passar...

Beja chegou para dizer que a mãe estava muito aflita.

Mestre Salustiano, impassível:

— ... esperei a chuva de pedras passar e falei com o camarada: Agora podemos seguir. Saímos ainda com as águas escorrendo. Eram tantas enxurradas que minha bestinha Gaivota quase nadou nas travessias. Eu pegava com S. Lucas, que é o padroeiro dos médicos. Pois bem. Quando estava no meio do caminho e a Gaivota marchava firme dentro da enxurrada, não é que enfiou uma pata num buraco de tatu?

João Alves não se conteve, levantou-se.

Mestre Salustiano prosseguia, minucioso:

— Enfiou uma pata num buraco de tatu e eu que até esse dia estava virgem de queda de animal — fui ao chão. É para ver. Fui ao chão e, com um salto, estava de pé, para não me molhar... Chamei depois o camarada! Me acode Francelino, que estou dentro da enxurrada. Francelino, o Francelino da Terra, coitado, pulou no chão e me agarrou pelos sovacos. Não aguentava o peso porque estou com 91 quilos e o Francelino pesa 43! Francelino então falou: Mestre Dr. Salustiano, eu não aguento o senhor, não! O melhor é esperar um piringrino. Eu fiquei nervoso, como era natural e disse ao camarada: Você não é camarada, é um trem à toa! Peguei a pensar que estava ali e estava entrevado, mas fui muito feliz curando minha dor artrítica com o couro de jacaré na cachaça e Bálsamo de Gurjum nas juntas. Falei comigo mesmo: Fique calmo, Salustiano, que você tem na Botica o abençoado couro de Jacaré na cachaça e Bálsamo de Gurjum. Pois bem, seu João Alves, quando a enxurrada passou e eu firmei as mãos no barranco, firmei as pernas e levantei sozinho. Estava molhado de água suja. Fiquei medroso do que minha patroa havia de dizer, vendo minha roupa de viagem encardida de lama! Pensei de novo na minha gota, mas falei claro: Salustiano, vosmecê não tem vírus sifilítico, aguente!

Para encurtar, cheguei a S. Pedro de Alcântara. Foi preciso lavar a cara e as mãos para examinar o compadre.

Pigarreou uma gosma asmática, difícil de cuspir:

— Quando entrei no quarto estavam lá os colegas do lugar e um doutorzinho de Santo Antônio dos Patos, em trânsito para a Corte. Perguntei sem dar confiança: De que se trata? Os colegas disseram que era caso perdido. Examinei bem e vi o que eles não viram. Meu compadre Zeca, fui logo dizendo, não está desenganado; vosmecês é que estão enganados! Só digo o que ele tem se for entregue a mim (batia no peito), se for entregue a este criado, Mestre-Boticário velho de S. Domingos. Todos desistiram, foram saindo. O doutor novo, esse me olhou de banda, sorrindo com azedume. Eu aí disse: Agora sim. Mandei vir água quente. Saiba, Major João Alves, que nesses casos água quente é tu-do. Amolei bem a lanceta e abri uma veia da curva do cotovelo, dificílima de se encontrar. Voou sangue preto. Uma hora depois, Zeca abriu os olhos para indagar fraquinho: Quem está aqui? Placência, minha comadre, respondeu: Nosso bondoso compadre Mestre Salustiano, Deus louvado! Compadre Zeca aí falou de novo: É meu compadre Salustiano, de S. Domingos? Então estou salvo!

Parou pouco, fazendo pose com a papada gorda:

— Ora, seu João Alves, isto foi no dia 25 de dezembro. No dia 30 o compadre Zeca estava de pé, dizendo a todos: Só escapei pela sabedoria de meu compadre Mestre Salustiano!...

Aí João Alves não aguentou mais, agarrou o braço do boticário e o levou, com reumatismo e tudo, para o quarto da filha.

Depois de várias divagações mais ou menos ou completamente ociosas, Salustiano após ventosas nas costas e no peito da doente. Sim, legislou, magistral, que aquilo era *pneumonia complicada com flatos melancólicos*. Mas escaparia. Não estava correndo perigo a doente.

Depois de sorver com ruído porcino uma terrina de leite com marroque, arrotou com estrondo. Só então começou a preparar para se desprender das amarras. Foi-se.

Na manhã seguinte, Maria queixara-se de tonteiras. Os muitos remédios a embebedavam. Ao meio-dia, respirando a custo, ficou roxa, sem ar, muito agitada.

Morreu ao escurecer, justamente quando começava a brilhar a boieira, grande e branca, sobre o horizonte frio.

Na porteira velha da saída do Sobrado o charlatão encontrou Sarmento.

— Foi bom encontrar com o senhor Mestre Salustiano. Que tal é esse boticário que está agora em S. Domingos?

O velho empalideceu de raiva:

— Fortunato? Nem me fale, meu filho! Veio tocado da Vila de Nossa Senhora da Piedade do Pitangui, porque matou honesta mãe de família, com um afrouxante! Aquilo é mais burro que o diabo mais feio dos infernos velhos!
— Bem, Mestre Salustiano, eu me vou...
— Venha cá, olhe!
Sarmento fugia com medo das minúcias do carrança:
— Não posso, até mais.
— Volte, digo eu!
O outro não ouvia, não queria ouvir. Tocou o pampa no meio galope de fuga, sem o que veria a noite ficar velha, sem fazer sua viagem de urgência.

Em janeiro, que veio logo, João Alves alugou uma casinha decente na Rua da Raia, em S. Domingos, e mudou-se para lá.

Beja passou um ano de luto fechado.

João Alves saía cedo para a fazenda, voltando ao escurecer. A vida, assim, foi cansando o velho e, a instâncias de Beja, acabou vendendo o gado e naquele ano de 1813 passou a ir às terras apenas para o plantio das roças. A neta o dominava e ele entendendo que ela precisava, com urgência, de sua presença constante, desfez-se do resto que possuía no Sobrado. Entregou a fazenda, passando a residir no Arraial. Durante o ano em que passara indo à fazenda, Flaviana era a companhia da adolescente. Beja nesse tempo se acamaradara com filhas de gente rica do lugar, mas o avô não a deixava visitar as fazendas, o que era preocupação. A morte quase repentina de Maria fora-lhe penosa demais. Beja não quis mais ficar no mato e o Major compreendeu que sua residência no comércio seria propícia a um casamento proveitoso. Eram muitos os candidatos à mão de sua neta. Durante o luto, à mocinha não foi permitido frequentar qualquer festa, a não ser as da Igreja, o que fazia com a presença da escrava, bem instruída pelo velho. No fim daquele ano doloroso para ambos, as águas vieram por demais violentas. As ruas da aldeia mal deixavam passar os habitantes para os giros necessários. As estradas estavam imprestáveis para o tráfego das tropas e só se aventuravam os viajantes mais animosos. Não havia pontes nessa região riquíssima de rios, córregos, veios d'água de vau impossível. Eram muitos os atoleiros e passagens por águas-perigosas. As chuvas eram zodiacais, porque as florestas estavam quase intactas, exceto nas margens de alguns ribeirões onde as tribos extintas cultivaram suas lavouras. As águas chegavam em setembro, só terminando em março, com a matemática *enchente das goiabas*. Muitas vezes esse inverno vinha tão rigoroso que as plantas de setembro melavam as raízes, matando as culturas. Eram os anos de grandes cheias, quando os rios transbordavam, invadindo e arrasando arraiais nascidos de lavras de ouro e diamante, plantados sempre à beira dos cursos d'água.

Um dia, Moisés voltou da lenha trazendo para Beja uma orquídea aberta com duas flores amarelo-escuro, tirante a castanho, variedade linda e que fora batizada por velhos botânicos com o nome de Labiata Tenebrosa. Beja foi mostrá-la ao avô, agora que privado do ramerrão diário, vivia bastante entristecido e quase sempre silencioso, na rede.

— É muito bela, minha filha, mas é flor parasita. Vive da seiva das árvores e do ar, segundo ouço. Ninguém deve ser como as orquídeas, vivendo de vida alheia — e do ar. A mulher honesta deve ter raízes na virtude bem plantada na alma. Deve viver do seu esforço e do trabalho e não do ar, que é vazio. Leve sua planta e cuide dela.

Beja não compreendeu o que ele quisera dizer mas uma coisa ela entendia: É que a vida deve ser feita com elementos próprios, sem dependência de ninguém.

Quando João Alves dispôs dos animais de sela, encerrando sua vida rural, deixou dois, para si e para a neta. Fazia passeios com ela, pela manhã, e a moça chegara da fazenda com fama de boa cavaleira.

Embora bastante presa à caturrice do avô, ela enchia a vida de uma beleza que, pelo menos, permaneceria século e meio! Ninguém era mais admirada em todo o Oeste mineiro, em toda Capitania das Minas Gerais, onde era tida como milagre de perfeição. Seu cartaz crescia aos olhos que a viam passar, avultava nos que falavam com ela. Mocinha sem instrução, esse renome deixara de lhe alterar a modéstia. Porque essa beleza era legítima, como belas foram, naturalmente, Helena, Cleópatra, Inês de Castro, Marília de Dirceu...

Via, sempre de longe, Antônio. Viam-se, sorriam-se. Era o primeiro amor, despertado no catecismo do Padre Francisco, ao desabrochar para a vida, na timidez das almas virgens. Só lhes era permitido falarem-se às pressas, à saída furtiva da missa, pois Beja fora proibida de ir às rezas noturnas da Matriz, onde se rezavam as ladainhas.

Um fazendeiro amigo de João foi certo dia falar com ele, sobre negócios. Recebeu-o a moça. Ficou tão encantado com ela, que disse na roda de amigos, na Botica de Mestre Salustiano:

— Está em flor, cheira, atrai abelhas e pássaros. É igualzinha ao urubu-do-brejo quando chega setembro!

Riram dele:

— Ora, urubu-do-brejo, que quer dizer isso?

Explicou, e bem:

— Vocês conhecem uma árvore que só vive na beira dos brejos e é parecida com a magnólia-branca? É o urubu-do-brejo. Cheira tanto que perfuma quase mil braças em roda e atrai chusmas de abelhas e colibris. As flores são grandes, alvinhas. Não dá em moitas. Só vive isolada e já está ficando rara. De longe imita um pau-d'arco branco, todo em flor. Não sei por que chamam essa planta urubu-do-brejo. Beja parece com ela em porte, leveza e formosura.

E terminando, vitorioso, para os companheiros:

— Nome não vale nada. Ana é nome feioso e Beja é criatura pra merecer muito diamante...

Padre Aranha, o novo Vigário, que estava presente, concordou:

— Você tem razão. Shakespeare já perguntou: Se a flor é bela, que importa o nome?

O fazendeiro ganhara. Todos se sentiram cheios de bem-estar só de ouvir elogios à Beja, a mocinha de olhos verdes.

VI
O BAILE DO OUVIDOR

Foi em 1815. Beja fizera 15 anos.

O Julgado de S. Domingos do Araxá estava se preparando para festas. Havia muitas semanas as famílias principais faziam doces, sequilhos e favoritas, em azáfama jamais vista. "Costureiras trabalhavam dia e noite em vestidos para o baile. Muitas senhoras mandaram vir da Vila de Nossa Senhora da Conceição do Rio das Mortes, da Vila de Nossa Senhora do Patrocínio do Salitre, da Vila Rica de Nossa Senhora do Pilar de Ouro Preto, da próxima Farinha Podre, do Arraial de Santo Antônio dos Patos e de Santa Luzia do Rio das Velhas, terra de modistas afamadas, vestidos finos, de grande luxo para esses dias de gala. Cortavam-se sedas, linho irlandês, veludos, aprontando as filhas de casas nobres de Araxá. Chegavam da Corte encomendas de borzeguins lisboetas, sapatinhos, berloques e enfeites do espavento. Começavam a se usar moscas para face e gargantilhas de veludo preto, muito apreciadas. Os cavalheiros fizeram especiais, redingotes de sarjão de seda, rodaques solenes, mormente os da Justiça. Receberam sobrecasacas dignas desses dias e compridas rabonas que exigiam La Vallières papudas, afofadas em grande estilo. Um mundo de fitas, laçarotes, pequenas coisas da moda esvoaçariam nas mangas, na cintura, nos cabelos das senhoras atentas às novidades da Corte."

É que esperavam uma visita do Ouvidor Dr. Joaquim Inácio Silveira da Mota, Cavaleiro da Ordem de Cristo, Corregedor do Reino e Desembargador de Sua Alteza Real D. João, Príncipe Regente. Vinha fazer a Correição judicial e ajustar e glosar as despesas da Justiça. Como valido de El-Rei e favorito da Corte, era amigo particular do Príncipe Regente e companheiro do Príncipe D. Pedro, o possível herdeiro da Coroa.

O Ouvidor residia em Paracatu do Príncipe, sede da Ouvidoria, e sua viagem, além de honrar o Julgado de Araxá, era de extraordinário alcance político-administrativo para a região. Português de nascimento, Dr. de Borla e Capelo pela Universidade de Coimbra, representava a Magnânima Justiça da Sereníssima Rainha D. Maria I, sob o Augusto Regente D. João. Era um rapaz de 35 anos, solteiro, de esmerada educação, sabendo se vestir com o apuro dos diplomatas ingleses, credenciados na Lisboa Ocidental. Emplumara-se em Coimbra, de onde saíra doutor em Leis. Tinha fama de orador em seu bacharelato em Ciências e Letras dera-lhe foros de literato, o que até ali não provara. Dizem que nas magnas solenidades do Sol de Coimbra sua retórica encantava a Sereníssima Rainha, a clemente filha de D. José I.

A fama de cavalheiro o precedeu, pelo modo como sabia tratar os subordinados e, em especial, as senhoras, a quem beijava a mão ao ser-lhes apresentado. Aliás, seus predicados de galanteador, ele os aprendera no Palácio da Ajuda, em Queluz, em Cascais e no Paço da Ribeira, as fontes do esplendor social portucalense.

Refinava com sua presença as festas e cerimônias da Corte Portuguesa, onde o cerimonial era grave e gracioso, consoante correspondência para seus governos, de vários embaixadores estrangeiros no velho Reino. O Ouvidor sabia dançar com leveza o minueto e a pavana, sempre firmes na pauta dos *cotillons* da metrópole.

Os portugueses, quando de boa estirpe, eram homens encantadores pelo tato, fineza e porte incomparáveis na Europa. Como magistrado, o Dr. Joaquim Mota, seguia os paradigmas de seus colegas da Corte de Lisboa: Era severo e, às vezes, justo. Às vezes justo, porque o Direito Divino dos Reis de Portugal absorvia quase todos os direitos pessoais, e o Brasil conhecia muito bem o que eram as leis que regiam a Colônia e, em especial, as Minas Gerais.

Era para receber tão alta personagem que o pobre Julgado mineiro se compunha e asseava, na expectativa de, pelo menos, ver tão nobre dignitário, merecedor da amizade pessoal de Sua Alteza o Príncipe D. Pedro, filho do Regente da Coroa.

Das festas públicas programadas para essa recepção constava um baile de gala, baile notabilíssimo, no salão mais vasto de S. Domingos do Araxá.

As famílias mais abastadas emprestaram lustres vistosos e cortinas pesadas de veludo carmesim. Nas paredes, esguias arandelas sustentavam velas de várias cores. Dos pontos livres do teto pendiam bambos festões de rosas de papel e bandeirolas com as cores do brasão real de armas portuguesas. A entrada do salão foi alcatifada por passador de pele de cabrito para que os passos de sua excelência calcassem, macios, o piso do pavilhão do baile.

Nas paredes, em curvas de canto a canto, pendiam fiadas de folhas verdes de pitangueiras, brunidas de seiva. A escada por onde subiria estava cheia de rosas vermelhas, atiradas a esmo.

Varreram à noite todas as ruas e, como não havia arborização, plantaram filas de bananeiras, ao longo daquelas por onde ele entraria no lugar. Essas ruas estavam tapetadas de folhas de mangueira. No subúrbio por onde chegaria erguerem um arco airoso e largo, com bambus e folhas de palmeiras entremeados de trepadeiras brancas e girassóis amarelos.

O Ouvidor chegou às 8 horas, quando toda a folhagem ornamental ainda estava fresca. Ventos frios da Serra do Espinhaço balançavam as folhas das bananeiras. Quando o avistaram de longe, no caminho de S. Pedro de Alcântara, começaram a estourar rojões, de minuto a minuto. Nos intervalos, rojões espocavam altos, no ar claro da manhã.

O magistrado chegou acompanhado de grande, luzida comitiva. Vinha na frente, ao lado do Juiz de Direito Preparador do Julgado de Araxá, que fora com digna comissão esperá-lo a uma légua do Arraial. Seu cavalo baio sebruno mascava o freio pedindo rédea, a espumar na boca e no peito, onde o peitoral de couro d'anta aplicado de prata roçava o pelo suado. Seu guarda-pó estava avermelhado de poeira e atrás dele vinha o resto de sua comitiva e a comissão araxana que o escoltava. Acompanhavam-no vários Dragões.

Ao transpor o arco triunfal da entrada do burgo, o Promotor apeou-se e leu, trêmulo, uma saudação muito bem arengada, desejando-lhe boas-vindas.

A banda atacou o Hino Português, que ele ouviu, atento. Essa peça, ensaiada havia cinco meses, parecia mais o hino do Congo, mas o Dr. Mota agradeceu.

Ao atravessar o arco, a banda atacou marcha batida muito usada na ocasião, a *Comêt*. Ele seguia, triunfador.

Chegou carrancudo.

Era um sujeito sólido, moreno claro, o que denunciava a estada do árabe na Península Ibérica.

Apeou-se na porta do Juiz, que abandonara a casa para hospedagem do superior e de sua gente.

Feitas as abluções necessárias, saiu para a sala, onde foi apresentado às autoridades locais e vizinhas.

Tipo mediano, bem alimentado, tinha os olhos belos e os cabelos muito pretos, partidos ao meio. Sua cara denotava energia: um pouco circunspeto para a idade, ouvia mais do que falava. Trocava impressões com o Dr. Juiz, pequenino diante da autoridade daquele poço de sabedoria!

Muito atencioso, falava a todos umas breves palavras ditas muito baixo. Com os lábios grossos um pouco apertados, ouvia informes sobre o lugar, a gente, o clima. Balanceava, grave, a cabeça, para aprovar; olhava quem lhe falava, se discordando.

Padre Aranha, sucessor do Padre Francisco, removido para Santo Antônio do Curvelo, quis ser palaciano:

— Sua Alteza Real o Príncipe Regente D. João, está satisfeito no Brasil, Excelência?

— Por certo, por certo. D. João é bondoso e o povo brasileiro merece Regente de tão elevadas virtudes!

O Padre tremia, sem assunto:

— É um grande Regente de tão nobre Coroa, graças a Deus! Que Deus Todo Poderoso lhe dê forças para a missão de ser magnânimo!

A VIDA EM FLOR DE DONA BEJA

A frase não saíra como ele a decorara, mas foi feita com clareza. Almoçara em casa do Juiz e despachava seus importantes negócios até 7 horas da noite, quando foi convidado a passar para a casa onde se serviria o banquete.

Na grande mesa em forma de M (barretada ao sobrenome Mota), ficou entre o Juiz e o Padre Aranha. O Juiz parecia um amendoim chocho, ao lado da compleição sadia do Ouvidor, habituado à fabulosa mesa real.

Os pratos eram servidos por donzelas da sociedade araxaense. No momento dos vinhos, uma delas perguntou qual era o preferido de Sua Excelência. Ele, procurando ser irresistível:

— O que a menina quiser que eu beba!

O Reverendo adiantou-se revelando grande *gaffeur* e intrometido:

— Borgonha, menina. Sua Excelência aceita Borgonha misto, perfumado!

O Ouvidor olhou-o de lado, como se o condenasse à forca.

É que o Borgonha tinto era o vinho preferido de Napoleão, que escorraçara a Corte Portuguesa para o desterro... Todos sabiam disso e, na alegria de uma festa, o Padre Aranha sugerira uma preferência de Napoleão, que, naquele instante, começava os gloriosos Cem Dias...

Quem voltou com o vinho foi outra jovem. Pedindo licença, com gestos de gente de sangue, vazou no copo o vinho rubro.

Mota olhou para agradecer, estremecendo. Quem o servira fora Beja. Seu corpo gracioso, de fidalguia natural, surpreendeu o magistrado, que perguntou ao Juiz:

— Quem é essa cachopa?

O Juiz, rasteiro como um tapete:

— É a Beja, de família local.

Ele queria saber mais:

— Beja?

— Sim, Excelência. Ana Jacinta de S. José, apelidada Beja!

Mota mordeu com força os lábios polpudos e começou a acompanhar a jovem com os olhos acesos.

Beja vestia cor-de-rosa. Caminhava com charme, volvia os olhos, cheia de graça.

O Ouvidor percebeu-o logo:

— Que olhos maravilhosos!

O Juiz concordava, sorrindo:

— É muito bonitinha...

Até ao fim do jantar, os olhos de Beja e os do Ouvidor se encontraram muitas vezes. Os dele, procurando. Os dela, sendo encontrados. Ele sorriu então pela primeira vez, desde que chegara.

Padre Aranha queria mostrar aos presentes familiaridade com o Ouvidor:

— Como vai o Sereníssimo Príncipe D. Pedro, Excelência?

Ele respondeu aéreo, sem a atenção inicial:

— D. Pedro está lá...
O clérigo insistia, puxando:
— É muito simpático!
Mota não ouviu, procurando a moça de cor-de-rosa. Ficara preocupado. Voltando-se para o Juiz:
— A que família pertence D. Beja?
— É neta do Major João, natural de Formiga-Grande. Moram no Município há dez anos; em S. Domingos há um ano, creio.
— Tem irmãos?
— Não, Excelência. É única pessoa da família do velho João Alves dos Santos. Perdeu a mãe recentemente.
— Que idade pode ter?
— Aí para 15, 16 anos, Excelência.
O Padre disse certo:
— Tem 15 anos, Dr. Ouvidor!
Chegada a sobremesa, foi Beja quem serviu os doces finos. Chegou maneirosa e sorridente:
— Que doce prefere, Dr. Ouvidor?
Ele, também sorrindo, com enternecimento:
— O que a menina escolher. Sua preferência será também a minha!...
Ela, com gestos distintos de educação que não tinha:
— Então vai provar de dois: *baba-de-moça* e *papo-de-freira*...
Antes que ela se retirasse, Mota a preveniu:
— Quer dançar comigo a primeira valsa?
Ela, de pé, corando-se muito:
— Será honra para mim, Dr. Ouvidor!
Ambos sorriam, ela, medrosa.
Padre Aranha voltou a cortejar:
— Ela dança muito bem, Dr. Ouvidor.
Ele nem respondeu.
Mota estava desatento a tudo e a todos, menos a ela.
Depois, para o Juiz:
— E expressiva a coincidência: Temos em Portugal a cidade de Beja, onde está o convento em que viveu Soror Mariana de Alco forado, a que escreveu as *Cartas de Amor*. Aqui encontro não Beja, mas Beja... Questão de acento.
Juiz e Padre sorriram amarelo.
Depois do café, oferecido pelas mãos da neta de João Alves, Mota acendeu um charuto. Todas as atenções se voltavam para o hóspede vestido de preto, com o plastron branco afofado no pescoço a sair do colarinho, como um floco de paina. Ostentava no peito esquerdo da sobrecasaca a régia Comenda de brilhantes e esmalte da Ordem Militar de Cristo, suspensa de passador vermelho.

Fumava a metade do charuto, quando o Juiz pediu a palavra. Tirou do bolso da sobrecasaca um papel, que desdobrou, tremendo. Era discurso, discurso de Juiz a Ouvidor, coisa árida, estilo mais seco do que artigos e parágrafos. Elogiava o Dr. Mota, com muitos "Vossas Excelências" e, ao cair em D. João, o Magnânimo Regente da Coroa, com virtudes que ninguém conhecia, Mota já namorava, de longe, a neta de Alves. Estava indiferente ao colega em Demóstenes. Algumas palmas, agradecimento do homenageado.

Passaram todos ao salão de danças. Aos primeiros acordes de uma valsa encomendada, Mota ofereceu, numa reverência muito formal, o braço à menina Beja.

Rodaram, no princípio, sozinhos e calados. Outros pares entraram a valsar. Mota iniciou sua missão de mulherengo muito conhecido nos salões lisboetas:
— D. Beja, a Senhora foi a maior surpresa que já tive nas Minas Gerais!
— Por que, Doutor?
— Porque a Senhora é a mulher mais bela do Brasil, Portugal e Algarves.
Beja, tolinha, emocionava-se.

— A Senhora é comprometida?
— Não, Doutor...
— Parece incrível que não seja, ainda, noiva!
— As moças aqui são bonitas, Doutor. Há mais bonitas no salão...
— Por Deus, não diga isto, D. Beja! É dislate...
— O Senhor é que é muito amável, educado.
— O que eu sou é conhecedor dos salões de além-mar, Lisboa, Londres, Paris... A Senhora não tem competidora em nenhuma daquelas capitais. Aliás, já conhecia de fama a beleza das brasileiras. Em Lisboa se fala muito dessa beleza tropical. A mineirinha que está em meus braços ultrapassou todas as expectativas!

Beja fraquejava:
— Não sei que lhe responder, Dr. Mota.

Ele, arrebatado:
— Há coisas que se não discutem: seu porte, por exemplo.

Ela, num assomo de brio:
— Dr. Ouvidor, nós, mineiras, somos desconfiadas...
— Outra qualidade, D. Beja! A mulher desconfiada é sempre honesta. Gosto da timidez das mineiras, porque é expressão de sinceridade e nobreza.
— Sinceridade, sim — nós somos sinceras.

O Ouvidor confessava-se:
— Vim a serviço e Correição e jamais esperei encontrar uma jovem com seus predicados, raríssimos no mundo. Estou encantado!

A orquestra parou, numa surdina. Mota agradeceu à sua dama, numa discreta barretada, retirando-se para o grupo em que estavam Juiz, Promotor e Padre Aranha. O Padre recebeu-o com a boca doce:
— É admirável dançarino, Excelência!

Não respondeu. O Juiz felicitou-o e, quando o Promotor ia lhe falar, a orquestra começou uma polca vienense. Mota saiu, majestoso e diante de Beja, curvou-se, com o braço estendido:
— Se não está cansada, seria honra dançar de novo com a senhorita.

Beja estava pálida e sentia dor de cabeça. Dançavam, mas aquela preferência começou a ofender as outras moças. A filha mais velha do Juiz estava decepcionada! Seu pai sorria com tristeza de quem chegou depois da festa acabada. Apagavam-se as luzes de certa esperança, no coração do magistrado... O Ouvidor recomeçou a palestra com seu par:
— O que lhe disse não são palavras de leviano, de um criançola. Vou lhe dizer uma coisa: posso dizer?

Beja, fingindo indiferença:
— Pode dizer, se quiser.

Ele, sempre crescendo em exaltação:

— Não quis casar até hoje. Na Corte, até D. João me apresentou futuras noivas, que recusei com tédio. D. Carlota Joaquina me sugeriu casamento com algumas de suas damas de honor, gente de casas reais. Não me despertaram entusiasmo. Beja, porém...
A neta de Alves, um pouco brusca:
— Oh, não creio! Sou moça, não ingênua como pareço!
Silenciou, sentindo as pernas mais fracas. Iria sofrer uma vertigem?
Mota insistia:
— Pedi para lhe fazer uma revelação e não a fiz. Vou agora dizer o que é.
— Que pode ser, senhor?!
Ele, apertando-lhe os braços com força:
— Estou apaixonado por você! Estou perdido, cego de amores!...
Aquele homem madurão, temida autoridade, representante do Príncipe Regente, em plena sala, sem medir conveniência, declarava amor a uma jovem de 15 anos, paixão nascida à primeira vista. Beja sentia-se mal, estava revoltada:
— Não creio, Dr. Joaquim Mota! Sou tola, mas não sou desfrutável.
— Provarei que não a engano. Não costumo fazer declarações; o que eu estou é apaixonado pela senhora!
Beja pendeu para trás a cabeça magnífica, digna de Rubens. Os cabelos brilharam ouro velho e nos seus olhos verdes, mais verdes ainda, uma luz estranha nasceu, dominadora.
De um lado do salão, Antônio Sampaio estalava os dedos, nervoso. Uma senhora segredou-lhe:
— Cuidado, Antônio, esses portugueses são doidos pelos rabos de saias...
Antônio não respondeu, franzindo o cenho. Estava despeitado:
— Beja não é coisa pra pegar e levar. Veja que cara ele tem! Agarra na moça como um doido varrido. Pra mim, não tem compostura!
A senhora insinuava o rapaz, para arranhar Beja:
— Olha, Antônio, como está ela babada pelo português. Minha filha não se prestava a esse papel...
A senhora estava é furiosa com o par que dançava muito meloso, agarradinho.
D. Augusta, esposa do Juiz, vendo suas filhas dançarem com gente local, murchas e sem espírito, procurou defeitos em Beja:
— É bonita, mas assanhada... Dança uma valsa como se dançasse maxixe, Deus me perdoe.
Maxixe era dança tão escandalosa que só a usavam meretrizes e rufiões, na gandaia bêbada dos prostíbulos.
A irmã do boticário Fortunato, com um vestido lindo, estava esquecida. Dizia para as vizinhas:

— Ouvi Beja falar com o Doutor, depois da primeira valsa, que desejava dançar com ele a outra...

D. Emerenciana, esposa do Belegarde, Subdelegado de polícia, concordou, batendo a cabeça muitas vezes como as lagartixas, de que possuía a papada:

— É isto mesmo, eu também ouvi. Ele, sendo educado — atendeu...

Na terceira valsa da orquestra, Dr. Mota ainda saiu com Beja, rodopiando. Um zunzum de mal-estar resmungou em todos os grupos do salão. D. Ceci, mãe de Antônio Sampaio, estava irritadíssima:

— Isso é deboche dele... A boba não percebe... Olhem lá como o Ouvidor quase encosta o rosto na cara da serigaita...

O Juiz, vendo por terra seus planos de ser sogro do Ouvidor, queixava-se de dores de cabeça:

— É a enxaqueca. Estou inutilizado por oito dias!

A bela Maria Amélia, irmã do Promotor, amargurada nos seus quarenta anos de solteirona inconsolável, estava ficando azeda:

— Olhe, D. Ceci, isso é filha de Maria...

Fez beiço, indicando Beja.

A noite estava agitada nas ruas, com muita gente no *sereno*, mas o céu calmo resplandecia em paz. Queimava o azul-ferrete do céu a flor de fogo das estrelas. Luziam, amareladas, azuis, brancas, verdes. Rumorejavam as palmeiras dos quintais e os cedros do Largo da Matriz moviam as ramas, lentamente. A orquestra parou, num choro de rabeca e violoncelo.

Mota enxugava discreto suor, cansado, mas eufórico.

Padre Aranha aproximou-se dele:

— Muito bem, Excelência! É pena que nossas moças não sejam pares dignos de Vossa Excelência, como na Corte e em Lisboa...

Como resposta, o Ouvidor fitou-o, duro, com a carga de cavalaria dos olhos enquadrados em olheiras.

Serviram licores ao Cavaleiro da Ordem de Cristo. Ele agora elogiava o salão, a orquestra, a brilhante sociedade. No seu cinismo de gozador curtido em noitadas com fêmeas lisboetas, ia aos poucos se revelando, livre do protocolo reinol e da vigilância irritante de D. Carlota Joaquina.

O Juiz também murchara com a decepção de ver as filhas esquecidas. Ia secando com a enxaqueca. Trocava olhares com a esposa, quase a estourar. Lastimava para dentro de sua raiva: Pobres de minhas filhas. Trabalharam para o *ilhéu* semanas inteiras. As babas-de-moça foram apuradas por minhas filhas!... E de olhos sinistros completava para si mesmo: E ele nem ligou, é um ingratalhão! Trem à toa, é que é...

— Mais um cálice, Dr. Mota?

Aceitava. Bebia desde o jantar goles repetidos, doses que a compostura permitia.

Conversando na roda dos homens, relampeava olhares furtivos para alguém que voltava de retocar os cabelos. Fortunato, no seu todo de sapo com olhos de caranguejo e costurado em sarjão preto com paletó muito curto, achegara-se à roda:

— O Doutor gostou de seu par?

— Oh, meu par? Dança como uma sílfide. Dança como se fosse um anjo de Rafael: é alta e mal pisa o chão! Parece uma das doze musas de Apolo, que descesse dos bailados do Olimpo a esta sala. Não uma dançarina — é uma deusa que desliza, parece ter asas. Seus movimentos são lições de levitação, avé, Beja!

Fortunato ficou de olhos parados na cara do Ouvidor, surdo, mudo, paralítico, abobado, besta... Padre Aranha bateu palmas pela elevação, pela cultura da resposta do homem. O boticário Fortunato, aparvalhado de tanta desfaçatez, julgou estar sendo advertido pelo Corregedor: não entendeu nada e saiu cambaleando como se recebesse um soco no nariz.

Maria Amélia voltou-se para D. Ceci:

— Hum, hum...

O Padre saiu espalhando opiniões:

— Ouviram? O homem é genial! Entende de tudo... Não há como a gente portuguesa. D. João está bem provido de capacidade Grande Regente!

Antônio ficara mesmo ferido na asa:

— Para mim ele é um pirata de primeiro berro...

E, corando-se:

— Grande tralha!

Fortunato, ainda esmagado pela montanha:

— Pra mim ele é meio gira...

Mota, no seu grupo, falava pela língua dos licores:

— A sociedade de Lisboa é o luxo, o maneirismo, a elegância inglesa. Não se inspira, é claro, no modelo da infeliz Maria Antonieta, e sim na fria majestade das princesas de Irlanda, contemporâneas de Carlos I. É uma sociedade formalista, sustentada pelo ouro colonial, tem a mais luzida *entourage* da Europa. Aqui é a simpleza, a lealdade de um povo que vive sob a maternal proteção portuguesa, bebendo o exemplo amorável da Graciosa Real Casa de Bragança.

Padre Aranha abria a boca, ao ouvi-lo. Sentia os ouvidos zunindo. O Juiz, que ficava no momento um pouco distante, de novo cochichou no ouvido do professor Gaudêncio, mestre de Gramática Latina e adversário encoberto da realeza:

— Fresco exemplo: D. Maria I, a doida, D. Carlota Joaquina, a desonesta...

Gaudêncio escancarou as faces num riso abafado, deixando ver a caverna de cacos de sua boca só de três dentes:

— Ele já está com a abstinência dos Braganças: bebe desde que chegou. Seu amo D. João só come quatro frangos na ceia... e três litros de vinho maduro.

Riram ambos, escondendo a boca na mão aberta.

A orquestra afinava as cordas.

A rabeca do maestro Rosa era fascinadora: ele parecia irmão de Beethoven, tinha a cabeça imensa, mas suas mãos na rabeca eram gêmeas das mãos dos Anjos ao tocarem às cordas de harpas divinas. Atacou brioso uma *schottisch* muito viva.

Mota se ergueu, olhar em torno, abotoando a sobrecasaca. E resoluto estendeu, mesureiro, o braço de convite à esposa do Juiz.

O magistrado quase cai, com a marrada do destino. Seu coração pulou aos arrancos, querendo arrebentar as costelas e saltar no chão, aos pinotes. Parecia um bicho bravo tentando quebrar a jaula e fugir, doido... A alegria do Juiz quase o fulmina.

A senhora vacilou, com as pernas doces. Procurou com os olhos papudos seu ilustre marido. Cedeu-se, entregou-se ao Ouvidor. Impava de orgulho!

Saíram dançando. D. Augusta tropeçava, rija, sem flexibilidade, com a cabeça tombada para o peito onde enterrava o queixo gorducho.

O Juiz sentiu os olhos molhados, ao ver a esposa nos braços do Corregedor. Uma exaltação subitânea assaltou-o, tão grande, completa, que chorava. Achou belo o Ouvidor e a Corte Portuguesa virtuosa e justa.

Beja sorria, bondosa, vendo D. Augusta no seu lugar, rodando pelo salão. Mota ensaiava palestrar com a dama. Só recebia respostas. Elogiou a integridade do Juiz e seu par nem o olhava. Pediu sua opinião sobre o clima araxano. Monossílabos, somente. Conhecia a Corte? Não. Vencido no seu assalto, ele terminou o sacrifício daquela presença, mudo, irritado.

Finda a peça, o marido agradeceu-lhe com um aperto prolongado das duas mãos a honra de haver dançado com a esposa. Belegarde indagou de D. Ceci que tal o cavaleiro:

— É como os outros; muito perguntador!

Fez-se merecido descanso. Mota, palestrando com outras autoridades, sentiu-se com sono e era apenas uma hora da manhã. Todos bebiam bastante os licores grátis da comissão de festas.

Pelos quintais cantavam galos. O quarto-minguante da lua trouxera frio. Nos leitos das casas sem convite, moças pobres choravam, por esquecidas, e ouviam, humilhadas, a música, pensando na felicidade das companheiras presentes ao grande baile.

Pés-de-vento atiravam para o ar, em súbitos bafos, a poeira das ruas e dos campos. Desabrochavam flores do cerrado, com o sereno da madrugada. No céu longínquo passavam às vezes meteoros viageiros. E todo o céu azul macio tremia na luz de gélidas estrelas.

Às 2 horas serviram o chá.
A mesa do jantar ainda estava cheia de rosas, jogadas aos montes sobre a toalha onde o Ouvidor ia beber o chá.
Coube ainda a Beja o privilégio de derramar do bule de porcelana verde com grandes pintas brancas, na chávena do visitante, a cheirosa infusão.
Ele agradecia familiarmente, rendido à mocidade da jovem. As filhas do Juiz lhe serviram sequilhos de balas-de-coco. Quem lhe pôs no prato o requeijão moreno foi Maria Amélia, sempre à procura de noivo. Mota enlevava-se de tantas delicadas atenções, em especial as de quem lhe servira o chá. Conversava com calor, rondando os olhos de Beja, como um capitão antigo rondava os muros da cidade sitiada de Tiro. Quando ela enchia sua chávena foi que reparou a finura de sua pulseira de ouro lavrado. Ao se afastar a moça, perguntou se a pulseira de Beja era feita por ourives locais. O Juiz respondeu, medroso:
— Foi feita em Portugal.
Eram proibidos os ourives nas Capitanias. A Coroa não deixava...
Para desconversar, ele indagou se havia em Minas muitos clubes literários. O Padre e o Juiz se entreolharam e o Padre esclareceu, com receio.
— Os Vice-Reis proibiram. Houve o caso da Inconfidência. Fundá-los é crime de lesa-majestade...
O Ouvidor percebia naquela gente cortejadora irrestritos jacobinos e quis emendar a mão:
— Mas é geral a instrução na Capitania! Colégio de jesuítas!
O Promotor elucidava:
— Pombal expulsou os jesuítas da Colônia. O Reino não consentia...
Mota, enfiado, fingindo tossir depois do último gole de chá:
— Os senhores precisam é de caminhos!
O fazendeiro Coronel Sampaio, pai de Antônio, quis também arranhar:
— A Coroa veda a abertura de estradas. Lisboa não dá licença...
Um fogaréu sufocante subiu ao rosto do Desembargador. Levantou-se um pouco precipitado, percebendo que aquelas respostas eram firmes reclamações, corajosa queixa. Foi rompendo a multidão e, junto da orquestra, pediu a última valsa. Enlaçou-se à Beja e saiu deslizando, sorridente, como se nada tivesse ouvido.
Assistentes das contradanças, Matos e Mestre Fortunato conversavam no vão de uma janela. Matos arriscou no ouvido do boticário:
— Veja que seios essa menina tem!
— Sim, que seios... O decote os revela, mesmo com discrição. Pela frescura do vale sente-se a doçura da água, lá embaixo. Não há nada mais belo do que

os seios da mulher! Na adolescência revelam que ela está púbere, que a sazão chegou. Na mãe, são fontes de vida para a boca do filho, ajudam a crescer as criaturas do amor. Quando vão ficando flácidos, abençoai, amigos, a fonte liberal que matou a sede dos olhos, do tato e das bocas: de quem teve a ventura de se aproximar dos poços que deram a água viva!

Matos, venenoso:

— Você, para mim, está usando e abusando das Pastilhas de Cachundé...

O boticário abespinhou-se:

— Sou homem, mais homem que você, que é o maior freguês das Pastilhas Divinas de minha Botica!

A música cessara. Beja voltava para o meio das companheiras.

O baile terminou às 4 da madrugada, sem que antes saísse qualquer pessoa, por formal consideração ao homenageado.

Ao se retirar, o Dr. Joaquim Mota despediu-se de todos, gentil-homem que era, beijando primeiro a mão comprida de Beja e depois a das outras senhoras. Teve para todos uma palavra agradável:

— Agradeço comovido a festa que é mais um preito de gratidão à Serena Rainha e a seu magnânimo Regente, do que ao servidor da Coroa. Espero um dia voltar, porque nunca mais esquecerei Araxá e seus ilustres filhos.

Retirou-se, respeitoso. Estava cansado. Já na cama, sentia vontade de chorar e rir. Beja voltava-lhe a cabeça, deslumbrava-lhe os olhos, surgia-lhe na recente lembrança, alta e prateada como a lua.

Levantou-se tarde. Seu único pensamento, ao chegar à janela do quarto, foi Beja.

As árvores do pomar, entre folhas escuras, mostravam frutas amarelando e flores tardias. Nas laranjeiras cantavam pássaros invisíveis. Sentou-se na cama, acendeu um cigarro de ponta dourada, de manufatura inglesa, presente do Embaixador da Grã-Bretanha. Ficou a ver a fumaça ascender, espalhar-se bamba, volutando. Beja de novo apareceu na fumaça, sempre a figura esguia, sensual, na sua memória. Sua lembrança era agora sua sombra. A tumultuosa vida palaciana, acerada em tricas e diz-que-diz das antecâmaras reais, não dera tempo de pensar em se casar, de amar alguém. Tivera muitos *flirts*, maculara honras alheias, intrigara, para ser da moda — tudo sem consequência, com leviandade, sob o padrão moral da Princesa espanhola Carlota Joaquina, a Futriqueira.

Agora, de repente, como um raio — Beja!

Atirou fora o cigarro e começou a se vestir. O Juiz, em cuja casa pernoitara, mudara-se para outra e até quase clarear o dia passou comentando os acontecimentos. Ficou muito honrado por haver valsado com a esposa. Sua enxaqueca cessara.

— O Ouvidor é homem fino. Pudera! Faz parte do pequeno grupo dos íntimos do Regente. D. Carlota Joaquina pede-lhe conselhos, D. João recebe suas lições! O Ouvidor é o companheiro do Príncipe D. Pedro! D. Pedro morre pelo Ouvidor!

Carminha, a filha mais velha do magistrado, dançara também com o hóspede.

— Dança tão bem! É tão delicado que eu fiquei sem jeito, pateta...

Sua mãe estava como se sonhasse acordada:

— Viram a Beja?... Não largava o Dr. Mota...

Todas as senhoras reprovavam seu procedimento. Madame, neste particular, foi rigorosa!

— Ela se fez de muito oferecida. Ninguém pode negar que ela estava uma beleza! Mas muito sa-li-en-te! Queria namorar o Ouvidor, mas ele não desce tanto... oh, não! Tratou você tão bem, Carminha!...

Às 10 horas, o Juiz estava com todas as autoridades em sua casa, onde hospedava o solarengo.

O Ouvidor entrou em função. Despachava papéis, revia processos, examinava documentos, glosou contas, ouviu partes, deu ordens, recebeu autoridades de termos vizinhos. Às duas horas da tarde, sua missão terminara.

Pelos conselhos gerais, só viajou ao anoitecer, para evitar o sol e a poeira dos caminhos. Dormiria no Arraial de Santo Antônio dos Patos, no regresso a Paracatu do Príncipe, sede de sua Ouvidoria. Sua comitiva estava a postos, a postos seus subordinados da sede, empregados, Dragões, guardas-pessoais.

Não partiu ao escurecer, mas às 7 horas.

Antes de iniciar o despacho da manhã, conferenciou com seu ajudante militar, em seu quarto, e debaixo de chaves. Já no baile o chamara em particular, determinando-lhe certo grave encargo. O ajudante batia a cabeça, entendendo. Ordens do Ouvidor da Rainha e do Regente eram bandos reais, tinham de ser obedecidos.

São Domingos do Araxá estava sob administração, pertencia por lei à Capitania de Goiás. Quando na mesa tomava seu café matinal, o Padre Aranha, muito remexedor de segredos, indagou-lhe se conhecia, em pessoa, o Governador de Goiás. O Ouvidor quase se ofende:

— É pergunta a que respondo com repugnância. O Capitão-General de Goiás é meu inimigo pessoal. Trata-se de pessoa muito baixa para o cargo. Seu governo desagrada ao Magnânimo Regente D. João! É a escória administrativa do Reino no Brasil.

E, quase grosseiro:

— Mudemos de assunto!

O Ouvidor Mota e o Capitão-General Governador de Goiás odiavam-se. Procuravam, sempre que possível, se hostilizarem com rancor.

Ante aquela explosão, Padre Aranha mudou de cor, encolheu-se, como negro fugido diante do Capitão-do-Mato.

VII
SANGUE NA TERRA

Ouvidor regressou, com as homenagens de todos e lágrimas de alguns. Toda a população o fora levar até o arco triunfal já murcho, erguido à entrada do arraialejo, no alto do Pau da Forca. A charanga do Maestro Rosa, de que apenas se salvava a rabeca admirável, atroou o dobrado de despedida.

O Morro de Santa Rita estava iluminado por duas imensas fogueiras que clareavam larga zona, tornando muito visível, na noite fechada, o Arraial de S. Domingos do Araxá. Ao alcançar o arco a comitiva do Ouvidor se despediu de todos, agradecida pelo acolhimento, que fora em verdade excepcional.

O Dr. Mota foi o primeiro a apertar as mãos dos que pôde, momento em que o Juiz tirou o chapéu:

— Viva o ilustre Dr. Ouvidor, glória da Magistratura de nossa Sereníssima Rainha e do Mui Alto Regente D. João!

Responderam todos, emocionados. Novos estrondos de trabuco. Mota cedeu as rédeas, rompendo a marcha.

A comissão de festejos e o povo souberam honrar o poderoso hóspede. Quando andaram uma légua, o Ajudante Militar ficou para trás, com dois arrieiros de sua confiança. Deu-lhes então novas ordens, frisando que eram ordens do Dr. Ouvidor, ordens para serem cumpridas:

— Cumpram as ordens do Dr. Ouvidor, custe o que custar, firam a quem ferir!

E partiu a trote largo, para alcançar o superior.

A noite estava escura e só muito tarde sairia a lua minguante. Os arrieiros apearam, acendendo os cigarros. Ficaram calados, a beber fumo, espiando a escuridão triste cercada de mato. Eram homens habituados a cumprir as absurdas ordens dos régulos das Leis da Capitania, reguladas ali pelo Ouvidor Geral da jurisdição em Paracatu do Príncipe.

Esses homens da confiança do Ajudante Militar eram gente para qualquer empreitada. Um, negro forro, facínora cruel; o outro, mulato homicida, deixado impune para prestar serviço, como guarda-costas do Corregedor da Justiça da Rainha. Ambos não subiram à forca por proteção dos poderosos da polícia sujeita a arbitrariedades. Serviam aos déspotas da Justiça reinol na

Capitania, prontos para tudo, certos de que garantiam a vida do Desembargador da Rainha, na pessoa do Príncipe Regente.

Quando eram 11 horas da noite, regressaram a S. Domingos. A sede do Julgado dormira cedo, cansada dos festejos e do baile, que mantivera acordada quase toda a população. Subiram até a Rua da Raia, antiga Pequichá, e bateram, de leve, na porta do Major João Alves dos Santos.

Perguntaram, de dentro:

— Quem é?

— Sou eu...

— Eu, quem?

Uma voz macia:

— O Ajudante Militar do Dr. Ouvidor quer falar com o Major João Alves!

A porta abriu-se e os dois sujeitos entraram, sem convite do dono.

João Alves espantou-se:

— Que querem? Quem são?!

— Queremos falar com D. Beja, de ordem do Ouvidor Geral.

João Alves, indignado, resistiu:

— D. Beja está dormindo e isto não são horas de visita ou recados.

Mudos, arrancaram das facas, fechando a porta entreaberta. Quando João pulou para o quarto a fim de apanhar a polveira sempre carregada, o negro o agarrou por detrás, com brutalidade, procurando tapar-lhe a boca. Lutavam, mas o velho era ágil, desprendeu-se, caiu. Beja apareceu, em camisola. O mulato atracou-se com ela tapando-lhe a boca, com a garrucha engatilhada:

— Cala ou morre!!

Beja gritou, desesperada:

— Flaviana! Acode Moisés me aco...

Mão grosseira apertou-lhe a boca. Flaviana e Moisés dormiam ao lado do paiol, no fundo do quintal. O negro lutava com o avô, que estava ferido mas reagia bravo e decidido. Beja perdeu os sentidos. O mulato ergueu-a no ar, ela despertou lutando aos murros, batendo. Logrou soltar-se e abraçou-se com o velho. Ele morria, sem gemer; amoleceu o corpo, foi soltando os braços. O negro apanhou um vestido e os sapatos da moça, o que achou à mão, e carregaram-na, puseram-na, debatendo-se, na garupa do cavalo, e o mulato partiu a meio galope, com o negro rente, apontando a garrucha.

— Se gritar — morre!!

Beja estava ensanguentada de abraçar, em desespero, o avô ferido.

Os bandidos, na aflição da cena, deixaram a porta aberta, com o lampião aceso. Beja, estuporada, gemia, segurando no corpo do assassino, para não cair. Vira o avô sangrando de morte. Compreendeu que aqueles homens foram à sua casa para matar: ela obedecia para não morrer.

A mais de légua de S. Domingos, desceram a moça, mandaram que se vestisse.

Quando passaram por Santo Antônio dos Patos ainda era escuro. Começava a amanhecer; pararam para descanso em um rancho distante do Arraial. Beja estava uma defunta. Caiu na tarimba da cafua, semiconsciente, desgovernada, ferida nas coxas pela trotada na garupa. Montaram-na depois no arreio do mulato, que passou a garupar. Seguiram. Beja chorava, sem lágrimas. O negro, sempre ao seu lado, de arma em punho. Com voz débil a jovem gemia:

— Para onde me levam?!

Chorava. Deixava o animal trotar, as rédeas soltas no pescoço. Só depois de 6 dias chegaram, noite alta, a uma vila grande, de casas maiores que as de S. Domingos. Entraram por imenso portão de tábuas em muro. Desceram-na. Beja, sem o saber, estava no Arraial de S. Luís e Santana, agora Vila de Paracatu do Príncipe.

Uma escrava já velha recebia-a, muito atenciosa. Trouxe um banho. Trouxe roupas, vestidos melhores que os seus.

Beja esgotara todas as lágrimas. Foi para a cama, leito rico, de jacarandá torneado. Seus lençóis eram de linho irlandês. O quarto ficava no pavimento de cima do sobrado. Adormeceu, exausta. A escrava não lhe soube dizer quem morava ali. Apenas sabia que estava em Paracatu do Príncipe.

Quando, muito cedo, a primeira pessoa passou pela porta de João Alves, vendo o lampião aceso, olhou para dentro. Gritou por Flaviana e Moisés. Ninguém respondeu. Cadeiras tombadas, roupa no chão, parecia mau agouro. Chegou mais à porta e viu o velho morto, teso, com o braço levantado, cheio de sangue em coágulos escuros.

Com os cabelos arrepiados gritou, num alarma:

— Socorro! Socoo-rro!...

Vizinhos assustados abriam janelas da frente, para ver o que havia. Muitos saíram para se inteirar da novidade.

O madrugador que achara o cadáver explicou em vozes trêmulas:

— Mataram seu João Alves! Está todo ensanguentado, no chão da sala!

Os escravos do Major acudiram. Não ouviram senão os pedidos de socorro, feitos agora. Dormiam nos fundos e o senhor é quem lhes abria, ao se levantar, a porta da cozinha.

D. Margarida, vizinha e amiga da neta de João, assustou-se:

— E Beja? Cadê Beja, gente?...

— É verdade, e Beja?!

Na pequena multidão que afluiu à casa do Major, alguém espalhou o terrível boato:

— Mataram Beja! Beja está sangrando no seu quarto!

Fortunato foi dos primeiros a chegar:

— Ninguém entra na casa! A casa está interditada enquanto não chegar o Belegarde, Subdelegado!

Chegara de trote o Subdelegado, com duas praças do destacamento de S. Domingos. O alarma abalou todo o Arraial, como um terremoto.

— Mataram João Alves!

Belegarde, transido de medo, entrou com as praças na casa de João.

Era exato. João estava sangrado à faca, frio, de olhos muito abertos. Vasculharam a casa, procurando a moça. Não encontraram. O Subdelegado, pasmo, gritava:

— Beja fugiu!
Lá fora a multidão repetia, indignada:
— Beja fugiu!
O escândalo abalou todas as pessoas. Escândalo pavoroso:
— Beja fugiu!
Digno, pálido de morte, Fortunato, ao pé do velho já frio, disse com firmeza:
— Foi o Ouvidor!
Padre Aranha também, confirmava, com escrúpulo:
— Foi o Ouvidor!
D. Ceci chegara muito assustada, com os cabelos ainda desarrumados:
— E Beja?!
O Padre, indignado, respondeu, com as mãos cruzadas no peito:
— Fugiu!
A mãe de Antônio encostou-se na parede, amarelando:
— Meu Deus, será possível... Nisto é que resultou seu agarramento com ele...
O Delegado, que tomava complicadas providências, pôde explicar melhor:
— Beja não fugiu, creio eu. O Manoel Dias, aqui presente, vizinho mais próximo, ouviu gritos abafados em casa de João Alves e não teve coragem de ir lá. Entreabriu a janela para espiar, e viu quando dois vultos levaram Beja, esperneando, na garupa de um cavalo! Ela saiu quase nua, gritava, às vezes, mas um dos homens, com uma garrucha, apontava para ela.
Padre então corrigia seu pensamento e explicava mais claro:
— Então, não fugiu, foi raptada!
D. Ceci pôs a mão aberta contra a boca:
— Raptada! Beja raptada!
João Alves fora morto com quatro facadas nas costas e no vão. O Juiz, de olhos arregalados, mesmo vendo o cadáver, não queria acreditar no que era opinião unânime:
— Não é possível. O Dr. Mota é muito distinto. Incapaz de um ato menos digno. Protesto, não é possível! Não é possível!
O Padre saltou muito chocado pelo acontecimento:
— Distinto? Olhe aí como é distinto. Mandou matar um velho para lhe roubar a neta!
O magistrado empacava no seu protesto:
— Não e não. Seu juízo é temerário, Padre Aranha.
— Os fatos estão aí: são veementes os indícios.
O Juiz não podia mais defender:
— É. Caso muito grave!
Fortunato, cheio de ódio visível, começou a botar fogo no povo, contra o português:

— Gente à toa de Portugal, fardado de Ouvidor, assassino de Comenda da Ordem de Cristo, coisa ruim da sarjeta de Lisboa...

O Juiz punha em vão panos quentes.

— Devagar, Fortunato, cuidado que a língua não te corte o pescoço...

— Eu não sou covarde, seu Juiz. O Ouvidor é um bandalho! Fez o crime fiado no cargo! Mas isto não fica assim...

Todos estavam de acordo com Fortunato. Reuniram-se os principais do Julgado para deliberar. O Padre Aranha foi mais explícito:

— O Capitão-General Governador de Goiás é inimigo dele. Vamos mandar queixa para ele! Este caso não pode ficar como está!

Acordaram em mandar a queixa. O Padre Aranha, profundamente enojado, redigiu a carta-ofício. Antes do meio-dia partiu um próprio para a Vila de S. João de El-Rei de Vila Boa de Goiás, levando o clamor do povo de S. Domingos do Araxá.

O Juiz era dos mais feridos, embora não falasse, desse escândalo tão grande que não cabia na sua jurisdição. Tinha medo de se externar em público, mas em casa estava pasmo com a dolorosa surpresa. Na reunião dos chefes políticos locais e pessoas influentes, todos falaram, verberaram o acontecido, menos o Juiz Dr. José da Costa Pinto.

Fortunato, que era destabocado, abriu-se para ele, como um vulcão:

— Ora, Dr. Costa Pinto, o senhor aconselha calma é porque suas filhas não foram visadas pelo Ouvidor... O senhor não tem a coragem de dizer o que pensa! Ainda há Juízes iguais a Pilatos e o senhor é um deles.

O Juiz encrespou-se, ferido de morte:

— Como não tenho coragem?!

— Porque não tem: seu colega Pilatos foi um covarde e na sua atitude de hoje, defendendo um bandido, o senhor é outro! Tragam uma bacia que o doutor lavará as mãos...

A figura esgrouviada do Juiz ergueu-se, como os briguelos:

— Prove, Sr. Fortunato! Prove ou será processado!...

— Provar? As provas estão na mesa: seu jogo é às descobertas.

— Prove! Prove!

— Eu moro na aldeia e conheço os caboclos.

— Prove, farsante.

— Provar o quê? O senhor é igual ao Procurador romano na Judeia: tem medo de Tibério, Imperador, e não sabe justiçar com a consciência!

— Prove, canalha!

— Canalha é Pôncio Pilatos...

Amigos se interpuseram, serenando os ânimos. O Promotor Dr. João Carneiro de Mendonça não tateava, para se declarar com o povo:

— Sou subordinado do Ouvidor, mas não concordo com seu ato miserável. Sou de raça que não tem medo, sangue de Borda do Campo, sangue de gente limpa. Quem quiser acobertar — pode. Eu digo que esses dois crimes não têm perdão. São crimes de forca.

Fortunato estava rubro, de olhos rajados de ódio e queria alfinetar ainda o Juiz:

— Vejam os senhores o procedimento digno do Dr. Promotor! Isto é que é ter coragem. Parabéns, corajoso Dr. Mendonça! O senhor é homem de caráter, isto é um consolo, no meio de sacripantas em que vivemos!...

O Dr. Costa Pinto olhou-o de soslaio, rilhando os cacos de dentes:

— Suas palavras são zurros.

O boticário cabeceava com uma cocada de capoeira:

— Antes ser burro do que ser covarde como o Juiz sem honra que apanha de mulher...

Novo apaziguamento dos presentes. O Promotor estava enérgico:

— Cartas na mesa e jogo claro. Vamos representar contra o Ouvidor. Vamos ao Capitão-General Governador de Goiás, vamos ao Tribunal da Relação do Paço, ao Regente D. João. Vamos mesmo queixar, se preciso, até ao Diabo! Esses dois crimes, repito, são crimes de forca!

O Padre exultou com aquele rompante:

— Muito bem, são crimes para forca. Um homem de responsabilidade é recebido no seio de nossas famílias e desrespeita-as, matando um ancião e roubando uma jovem. É de pasmar!...

O Cel. Sampaio aprovava confirmando:

— Matou para roubar! Crime sem atenuantes. Fez pior que um negro!

O Juiz, mais humilde:

— É preciso apurar se ele matou ou mandou matar...

Fortunato, com escárnio:

— Dá no mesmo — mandar é o mesmo que fazer, diante da Lei.

Chegaram fazendeiros de fora, colaborando com a paixão do povo. Nesse momento os sinos da Igreja de S. Domingos tocavam a defunto. O Padre comoveu-se:

— Ouvem? Ontem os sinos repicavam pela chegada de um hóspede ilustre. Hoje tocam a defunto, porque ele mandou matar um velho, desonrou seu lar, roubando-lhe a única pessoa que possuía — a neta.

Todos pararam, ouvindo os pausados dobres.

Os bronzes plangiam, compassados, avisando às almas cristãs que alguém caíra para o pó. Esse alguém era um velho de 75 anos, abatido como um herói na defesa de seu lar.

Foi grande a tarefa dos sicários: chamaram. Vendo abrir-se a porta, invadiram o lar; mataram o chefe da casa, raptaram uma jovem fraca, delicada e quase indefesa. Dois brutos esbordoando, esfaqueando, de reiúna em punho, o homem de 75 anos...

A VIDA EM FLOR DE DONA BEJA

Os sinos diziam que morrera um cristão. Morrera como um valente, diante de duas feras sedentas, bêbedas de sangue.

O enterro de João Alves foi às 4 horas. Não ficou vivalma nas casas. Caminhavam atrás do caixão pobre, glorificando o que caiu para não se ver envergonhado. Mulheres choravam. Chegando ao cemitério, lá em cima, na chapada campestre do caminho do Barreiro, pararam ao pé da cova. Abriram o caixão. O ancião dormia, macerado, com as pálpebras roxas e a barba branca maltratada, ainda cheia de sangue enegrecido. As mãos grosseiras, cheias de placas violáceas, estavam cruzadas sobre o peito. Aquelas mãos lutaram com os facínoras, agarraram-se à neta, para impedirem que a arrastassem para a rua. Empunharam a garrucha para defender a inviolabilidade de seu domicílio modesto, foram dominadas pelos violentos; molharam-se no próprio sangue a lhe borbulhar das feridas mortais...

O cemitério continha toda a população de S. Domingos. Foi então que Fortunato, o coração generoso sob silêncio geral, levantou os braços, de olhos inchados, faiscando ira:

— Desgraçado João! O povo deste Arraial em peso não está aqui para acompanhar um amigo que se enterra. O que vimos fazer é honrar um valente que tombou ensanguentado pela sanha de cínico poderoso, em defesa de seu sangue. A barbaridade de sua matança arranca do povo infeliz qualquer simpatia pela corja que rouba com unhas covardes, até a honra dos mineiros! Nem Portugal, nem o resto do mundo abaterá o caráter dos brasileiros! Os pusilânimes quando não fazem, mandam fazer. O espírito de Pombal, que ainda governa certa gente, não esmaga o brio do nacional. Não demorará a amanhecer para a Colônia acorrentada. Tenho confiança na vindita que os brasileiros farão de seu estúpido massacre! Dorme em paz, mártir da opressão, descansa nas mãos de Deus. Seus amigos, seus simples conhecidos estão aqui: vimos despedir do herói, que caiu sem medo!

Ia continuar, mas Padre Aranha puxou-lhe a manga. Fortunato chorava. Todo o povo chorava.

Padre Aranha abriu o livro para encomendar o corpo. João Alves parecia sereno, morto como um cão de fila à porta do quarto que guardava. Enquanto vivo, não lhe botaram as mãos. Subjugaram-no, já ferido, inoperante, moribundo. Só assim conseguiram o que buscavam.

Graves, os sinos gemiam alto.

Naquela hora, no caminho de Paracatu, os ladrões examinavam, remiravam a joia furtada, ainda cheia de sangue. Ao sair do cemitério, a cólera estourava de todos os corações.

De volta do enterro de João Alves, no caminho, Belegarde conversava com o Padre Aranha:

— Parece mesmo que o Dr. Ouvidor teve parte nisso. Digo muito em reserva ao senhor.

— Teve parte?! Foi o mandante, ninguém duvida! E isso lhe pode custar caro. Olhe, em 1808 veio ordem do Governo de Lisboa para o Governador da Capitania, mandando facilitar a Francisco José Monteiro meios de tirar sua filha, evidentemente roubada, pelo Ouvidor Antônio de Seabra da Mota e Silva e obter indenização dos prejuízos que alega ter sofrido. Por mal dos pecados, esse ladrão de moça também era Ouvidor e também Mota. Parentesco de sangue talvez, o desses ouvidores devassos...

Belegarde estava é assombrado:

— Se fizerem um inquérito decente... deste caso vai sair sujeira.

O Padre, irritando-se:

— Onde já viu você inquérito decente no tempo de D. João? Ou há desforra sanguinolenta ou não há nada! O que se vê em tudo é uma coisa que não devia haver: injustiça.

O ilustre Promotor Dr. João Carneiro de Mendonça, comentando a conversa do Padre Aranha, falou com serenidade:

— Sobre casos iguais sei de outro ainda, onde se vê o dedo de um *terceiro Ouvidor*. Na Bahia, era Capitão-Mor de Guerra Baltazar de Aragão. Um sobrinho deste furtou a esposa de honesto rapaz, mulher bonita, com a qual passou a andar de braço nas ruas, à vista de todos. O marido ultrajado queixou-se ao Ouvidor Geral, que prendeu o raptor. Prendeu, mas, por manhas do Capitão-Mor de Guerra, moveu de tal modo os Desembargadores da Relação, que o raptor foi absolvido com a declaração pública e rasa dos Desembargadores de que *nunca houve no mundo absolvição mais justa*...

Parou, de boca torcida:

— Com justiça, neste nosso tempo, é difícil... Tudo está muito pervertido.

Belegarde olhava para os que saíam do campo-santo, amainando a voz:

— É que S. Domingos está sob a jurisdição de Paracatu do Príncipe, de que o homem é Ouvidor. Bagagem é cabeça de Comarca que compreende S. Domingos do Araxá, Paracatu do Príncipe, Nossa Senhora do Patrocínio do Salitre, Farinha Podre, S. Pedro de Uberabinha, S. José do Tijuco, Prata, Frutal, Monte Alegre, Arraial da Ventania, Santo Antônio dos Patos, Carmo do Paranaíba, Confusão, Coromandel, Abadia dos Dourados... Tudo isso depende da Ouvidoria Geral da Vila de Paracatu do Príncipe, com o Dr. Mota na frente... Mas tudo isso também pertence à Capitania de Goiás.

Fortunato adiantou:

— Já foi o próprio levar denúncia dos principais do Julgado de S. Domingos. Não levou seu nome porque é Subdelegado e vai, decerto, fazer o processo na polícia.

Na noite em que João Alves foi sepultado, encontraram-se, para pernoitar no Rancho Grande de lotes de burros da entrada do Arraial, três donos de tropas. Eram de boas famílias do Arraial dos Carijós, Meia Pataca e Vila de Nossa Senhora da Piedade de Pitangui, que passavam para Conquista.

Era tarde e os companheiros, em torno da tripeça do café, falavam do acontecimento. João Marques, do Arraial dos Carijós, estava aborrecido com o Ouvidor:

— Ele é grandola mas com gente minha não mexe. Deixe ele vir... Ou ele cala a boca, ou nós avoa! Deixo ele descarnado, com um grilo cantando na caveira dele... Não é mais ordinário porque é um só... Bem disse minha vó: Quem trabalha pro Governo, trabalha pro Diabo.

Luizinho, de Meia Pataca, concordava, amargurado:

— A moça deve estar trespassada, porque o sangue dói! Esse cara é mais ruim do que fato de cobra.

Batia na cintura, arreganhando provocação à distância:

— Se bulir com os meus... Esta polveira velha está prenha de muito chumbo grosso que vai parir muito defunto de gente como o Ouvidor...

O pitanguiense João Luís falava calmo:

— Só de ouvir falar nele meu sangue fica em fervura doida na cabeça. Se ele engraçar com gente minha, esta língua-de-cobra sai mansinha do estojo. Só fico com os olhos claros quando sentir o calor do sangue dele nas mãos. Só de pensar nele caço o juízo e não acho o juízo!

João Luís lastimava a morte do velho:

— Cabra duro! Velho de culhões! Estrepou-se nas facas, sem ver a faca. Caminhou, na dureza, para os negros! Morreu mas não teve medo. Defendeu seu sangue, sua casa. Vendo o lar invadido não somou com a vida. Topou os bichos!

Pigarreou, nervoso:

— Tombou, deixando cair sangue na terra, mas valia por dez! Cabra sem melma! Nego macho!

Levantou-se para acender o cigarro de palha no braseiro do chão:

— Morreu, mas morreu bonito!

VIII
O PALÁCIO DE PARACATU

Na manhã seguinte ao da chegada de Beja o Dr. Mota chamou a escrava Damiana ao seu gabinete.

— Então, a moça?
— Só chorano, num qué cumê.
— É cansaço. Ela deve repousar. Espere aqui. Vou vê-la.

Eram 11 horas. Uma aragem agradável refrescava seu palácio, um dos dois sobrados existentes na Vila de Paracatu do Príncipe.

A porta do quarto de Beja estava cerrada. O Ouvidor bateu discretamente com os dedos. Ninguém respondeu.

Ele empurrou a larga porta de cedro. Beja estava deitada, magra, com os olhos fechados, como se dormisse. Mota contemplou-a fogoso e depois, num sussurro:

— Beja...

Ela abriu os grandes olhos verdes, com um estremeção de surpresa:

— Oh!

— Sou eu, Beja...

Os olhos verdes, magníficos de sofrimento, fitaram o homem que lhe sorria.

— O senhor! Então estou em sua casa?!

Puxou o lençol de linho, cobrindo os olhos, soluçando.

O Ouvidor, condoído:

— Não chore, Beja, sou eu...

Ela descobriu o rosto e, com os olhos molhados agrediu-o:

— O senhor é um assassino! O sangue do meu avô está quente, vivo em suas mãos perversas!

— Eu me explico, escute.

Ela gritou, histérica:

— Não! Saia daqui, covarde!

Mota achou melhor não insistir. Saiu pesaroso daquele encontro, onde ouvira pela primeira vez na vida tão duras palavras. Arrostara a sociedade, talvez o próprio Regente, por aquela jovem, e agora, para seu mal, ouvira imprecações de justa cólera. Ainda tinha nos ouvidos as palavras suaves de seu par nas valsas de S. Domingos. Agora, suas frases feriam mais do que garras. Chamou Damiana:

— Não lhe deixe faltar nada. Trate-a como dona da casa. Essa tempestade vai passar.

Por muito tempo caminhou ao longo de seu gabinete, em idas e vindas. Estava taciturno. Reconhecia que fizera mal, agira sob influxo de paixão fulminante. O escândalo devia ser grande. A moça era querida por todos, tinham-na como orgulho do seu Arraial. Foi desde menina padrão de graça e beleza. Nunca tivera amores ardentes. Contara-lhe o Padre Aranha que namorava, desde aluna de catecismo do Padre Francisco, o jovem Antônio Sampaio, pouco mais velho do que ela. Eram, porém, amores ao longe, brincos de meninice, primeiros amores de um dia que não viria mais. Pensava no caso do ancião. Fora violento, certo, mas o amor desconhece leis. Zomba de todas as coisas sérias da vida. Que lhe poderia suceder com a morte de João Alves, se ele, Ouvidor, era poderoso, autoridade suprema de sua Ouvidoria? Devia ter consultado a moça... Essa consulta sofreria oposição; ela era imaculada demais para concordar com a fuga. Estava integrada em sociedade antiga, cheia de eivas e preconceitos conservadores. Doía-lhe a morte do velho; ora, afinal ele estava com os dias contados...

Foi até a janela, olhou a rua afastando a cortina. Ao largar o veludo verde:

— Ora, a terra recebe por ano 146 bilhões de estrelas cadentes e eu vejo tanta estrela no céu!...

Mandou que a esposa do Seu Juca, escrivão do crime, fosse amainar a rebeldia de Beja. D. Emerenciana era maneirosa.

— Então a senhora acha que eu deva amar um homem que mandou matar meu avô, um pobre velho?

— Não foi ele quem mandou, D. Beja... os negros é que se afoitaram... Disseram que seu avô era valente, estranhou os meninos chegando naquelas horas...

Limpou a garganta. Estava engasgada, mas cumpria ordens:

— O Dr. Ouvidor gosta muito da senhora. A senhora deve perdoar o Dr. Ouvidor...

Beja não respondia mais. Estava doente, doida...

À tarde apareceu a costureira.

— Vim para tirar as medidas. O doutor mandou fazer cinco vestidos para a senhora. Vim para a senhora escolher os modelos.

Beja azedou-se:

— Quem encomendou vestidos?! Não quero vestidos!

— O doutor comprou fazendas finas. As amostras estão aqui...

Eram fustões brancos, linhos delicados, estrangeiros.

Beja ainda se ressentia da viagem. Estava caladona, um pouco seca. Passava o segundo dia no palácio de Paracatu. O coração doía-lhe, amargurado.

Ao entardecer a mulher do Nicolau, outro Oficial de Justiça, entrou com uma escrava nova.

— O doutor mandou lhe entregar esta peça. Comprou-a por um conto de réis. É presente para a senhora. Seu nome é Severina. Sabe ler.

Severina era uma negra de 16 anos, sadia, muito preta, mas simpática. Foi educada por família de um garimpeiro do Arraial do Mártir S. Manoel do Rio do Pomba, que fracassou em Paracatu. Vendeu a escrava. Agora pertencia à Beja.

O quarto estava com muitas flores, enviadas por Mota. Na mesa do centro, bandejas com frutas. Várias garrafas de gengibirra fresca e um copo de ouro estavam numa salva de prata na mesa de cabeceira.

Mais tarde, Damiana foi perguntar à prisioneira se o Ouvidor podia ir visitá-la. Seus olhos verdes cresceram mais, com medo:

— Não, não venha. Só venha se for para me matar, como fez com meu avô!

Recebeu, porém, a esposa do escrivão do crime, a sempre enferma D. Emerenciana.

— Vim fazer à senhora outra visita e oferecer meus préstimos. Sou mulher do escrivão do crime, amigo do Dr. Ouvidor. Já estive aqui...

Beja nada respondeu, não agradeceu a visita.

D. Emerenciana era alta, descarnada e sem trato. Tinha uma cor amarela esverdeada. Beja teve pena dela e deu duas palavras:

— Está doente?

— Muito, minha filha. Caí numa nervosa doida. Deus está me experimentando.

Suspirou, triste:

— Uma doença tão comprida!

Uma lágrima correu-lhe pela face. Ela enxugou-a num lencinho. Arquejava, olhando longamente as mãos esguias, pálidas, de cera benta. Beja olhava-a, penalizada.

Emerenciana falava manso, com brandura:

— Meu marido deve muitos favores ao Dr. Ouvidor. O doutor é homem muito bom, tem dó dos pobres. A senhora não vai se arrepender por morar aqui, minha filha. Ele é muito importante, muito rico!

Depois de uma pausa para respirar:

— A senhora vai se dar bem aqui. É gente boa, pobre — não da graça de Deus, mas muito serviçal. Só a senhora vendo como é que as moças aqui vivem caídas pelo doutor! Mas ele nem dá confiança, sabe a senhora?

Beja, curiosa, quis saber mais:

— Que diz o povo que eu sou do Ouvidor?

— Ora, minha filha, as coisas quando se boquejam já aconteceram ou vão acontecer.

— Que quer dizer isto?

— Quer dizer... que a senhora é a noiva do doutor. Meu filho Antônio...

A esse nome o guiso da saudade sacudiu de novo na lembrança da desterrada. Cerrou os olhos e viu S. Domingos, o Largo da Matriz, à saída da missa dominical. Antônio sorria-lhe, de longe. Tão belo! Os ventos dobravam as grandes copas dos pés-de-óleo do planalto. Ouvia o choro baixo do ribeirão Santa Rita cascateando entre pedras. No horizonte, o vulto azul da Serra da Alpercata, com ipês-amarelos explodindo em ouro novo... Sua casa, o avô tossindo a antiga bronquite...

Despertou:

— Que disse seu filho?

— Meu filho Antônio ouviu isto, todos dizem...

— Dizem o quê, mulher?

— Dizem que a senhora é a noiva do Dr. Ouvidor. Mas a senhora está com sono, eu volto outro dia.

Despediu-se, oferecendo mais uma vez os préstimos, sua casa. Saiu leve, saiu curvada. Desempenhara o papel que lhe recomendaram. Levantara-se da cama para atender o pedido do Dr. Mota.

Vira Beja de olhos cerrados, pensando em Araxá, falou em sono...

Severina limpava todo o quarto, sorrindo nos dentes brancos. A moça puxava conversa:

— Você é daqui, criatura?

— Não, Sinhá; nasci no Arraial do Mártir S. Manoel do Rio do Pomba. Vim pra cá com seu Nazário.

— Quem é Nazário?

— Garimpeiro. Foi infeliz no trabalho. Foi pra Cidade de Nossa Senhora do Carmo, Sinhá. Adoeceu, coitado. Ele está com o mais-ruim.

As janelas do quarto, sempre fechadas, davam ao cômodo uma penumbra mormacenta, pois a pouca luz vinha da porta cerrada. Severina era cordial:

— Sinhá, vou abrir uma janela.

— Não, não abra!

— Sinhá, o quarto está quente. É ruim.

E foi abrindo, à conta própria, a larga janela donde pendia cortina azul-clara.

Beja tapou os olhos, que a claridade feriu de chofre. A escrava afastara a cortina, mostrando o dia.

A moça olhou com as pálpebras semicerradas. Clareiam, no alto do céu da manhã transparente, asas brancas de pombas.

A notícia da chegada de Beja a Paracatu alvoroçara a população. Era enorme a curiosidade de conhecê-la e as senhoras que a foram procurar, a pedido de Mota, voltavam encantadas. D. Emerenciana espalhava boatos:

— Chegou doente. Está de cama. Nunca vi ninguém mais formoso no mundo!

A costureira dizia maravilhas da nova cliente.

— Fiquei até triste! Parece até que chorou na barriga da mãe... É uma estampa de Nossa Senhora!

Naquele dia abafado, a parteira Pulquéria recebeu ordem do escrivão do crime para ir ver Beja, serenar suas raivas.

Pulquéria era imensa. Andava com dificuldade, com as pernas inchadas e braços entreabertos pela obesidade doentia. Sua boca era capaz de provocar vômitos até à própria poaia. Tinha porém uma fala serena, convincente. Conversou com a jovem, olhos gulosos atentos na sua formosura. Quando a surpresa de ver a araxana lhe permitiu, Pulquéria desatou o saco de sua vida. Foi tirando coisas:

— Casei com 13 anos. Aos 15 era mãe. Já tive 12 filhos, sem destranque, e estou esperando outro. Nesses 12 anos, só passei sem estar buchuda um ano, isto é, um mês por ano...
Pulquéria parecia ter 40 anos e só tinha 27. Exibia, sem pudor, sua vasta pança indisfarçável de prenha vitalícia.
— Quando soube que a senhora estava aqui, falei: vou visitar a dona...
A moça ensinou:
— Beja.
— ... vou visitar a D. Beja. Sou amiga do doutor. É moço muito correto, muito importante! As moças vivem assim (ajuntou os dedos) pra namoro com ele, mas o doutor foi buscar a noiva. Mas se precisar será com boa vontade que me terá perto na boa hora, o doutor me conhece, o doutor, com perdão da senhora, é um mocetão! Só aquele bigodinho bem tratado é um amor de bigode...
Quando saiu, industriada como estava, Beja respirou. Fechou os olhos, adormeceu. Mal sabia que era o único assunto do lugar. Seu nome andava na boca do povo como um pássaro, ainda vivo, na boca de um gato.

O Dr. Mota mandou cedo saber como passara.
— Não diga nada. Ou diga que morri, fui esfaqueada muitas vezes!
Severina achava esquisito aquilo — Sinhá chorando o dia inteiro. Vivia de suspiros ofendida.
Ao meio-dia, o Ouvidor dava audiência no pavimento térreo do sobrado. Era cerimonioso e para chegar à sua presença era preciso passar por dois Dragões de sentinela e pelo porteiro fardado. Este anunciava a parte ao Dr. Adjunto Civil. Se este concordava, o peticionário chegava à mesa do representante da Coroa.
Seus Adjuntos Civis eram os Doutores Manoel Remanso e José da Silveira Godim, ambos bacharéis pela Universidade de Coimbra. Tinham o que faltava ao Ouvidor, que era novo no ofício — prática do serviço. A cada momento eram chamados para esclarecer pormenores. Porque Mota era maníaco pelas minúcias. Uma palavra de expressão obscura inutilizava um papel nas mãos desse formalista empedernido.
Desde o alvará régio de 1791, que criara a Vila sendo instalada a Comarca de Paracatu, até aquele ano perigoso de 1815, pouco fora feito para pôr em ordem a Ouvidoria. As tomadas de contas das Comarcas de seu Termo gastavam tempo enorme. A Provedoria de Resíduos e o pedido de contas aos testamenteiros começara com atraso. A arrecadação de heranças de finados, cujos herdeiros estavam fora, era, até ali, coisa jamais feita nas Comarcas de sua jurisdição.
Precisava viajar para presidir as juntas criadas pela Coroa, em cabeças de Comarcas. Seu maior trabalho era a Superintendência da Criação das Minas

de Ouro, Diamante e Prata, e as muitas questões sobre terras e águas minerais. Todo esse serviço era emperrado por protocolos complicados, onde os funcionários da Ouvidoria precisavam, dirigidos pelos Doutores Adjuntos do Ouvidor, levar tudo claro para ser decidido por ele próprio.

Naquele dia, Samuel Anunciato, seu escrivão juramentado, arrumara-lhe na mesa pilhas de processos para despacho, revistos já pelo Dr. Remanso. Abertas as audiências pessoais, o fazendeiro João Rodrigues Primo lhe estendeu um papel para ser legalizado. O Ouvidor, que, desde a chegada de Araxá, andava nervoso, explodiu com o vento:

— Ora, vem o senhor ocupar o tempo do Ouvidor para despachar este papelucho. Meu senhor, não compete a esta Ouvidoria dar qualquer solução ou despacho a seu requerimento. O senhor não pode mudar seu gado, de sua fazenda Pouso Alegre para outra fazenda de sua propriedade, em Município diferente, embora próximo. Não posso deferir nem negar seu pedido! Só pode dar esta licença, assim mesmo se não for inconveniente para a Coroa, o Senhor Capitão-General Governador das Minas Gerais!

O fazendeiro, humilde, diante da cordilheira:

— Mas D. Ouvidor, requeiro isto porque na peste que ataca o gado do sertão, meu rebanho está morrendo e a outra fazenda, também de minha propriedade, é no Município de Santo Antônio dos Patos, aqui perto...

Mota, emproado:

— Não posso. Requeira ao Senhor Capitão-General Governador, em termos. Só a ele cabe optar. Assim, se o senhor obtiver essa licença, há de ser dada em portaria e só ficará com a solução — sim ou não, daqui a um ano.

João Primo não teve jeito, senão sorrir.

O Ouvidor bufou, irado:

— O senhor ri-se?! Tem o topete de rir em frente do Ouvidor, que lhe indica o rumo certo?

Bateu com violência a campa de prata. Apareceu, rápido, um bedel.

Mota, com os olhos vermelhos:

— Ponha este sujeito daqui para fora!

O bedel agarrou o braço de João, levou-o para a rua, revelando-lhe:

— E agradeça ao Dr. Ouvidor ter-te expulsado da audiência. Você foi feliz. Era caso para um mês de enxovia a pão e água!

Grassava em todo sertão de Paracatu grave epidemia de varíola. O Dr. Mota vivia assombrado e não apertava a mão de ninguém. O porteiro tinha ordem formal de barrar entrada de qualquer peticionário *com cara de varioloso!*...

No salão de audiências queimava-se mais incenso que em todas as igrejas da Vila. A Vila vivia enfumaçada pelos montes de estrume de boi, já seco, e a que botavam fogo para afastar o perigo da peste.

Terminada a audiência, Seu Juca, escrivão especial do crime, chegou bem perto do Dr. Mota, levantando diante dele uma gaiola:

— Sr. Dr. Ouvidor, quero pedir licença para presentear a dona com este *sofrer*.

— Olha, Seu Juca, pode muito. Você dê o presente e sonde o espírito de Beja a meu respeito. Ela está hoje no quarto dia de emburrada, não me quer ver.

— Pois não, Doutor. E já que estamos sós vou lhe revelar uma coisa: tenho aqui perto um africano que dá certa garrafada, que nunca falhou. É só beber uns goles e a moça amolece, pronto! Mas o melhor é trazer aqui o forro. Dá mais certo.

Mota, interessado:

— Traga sim, traga. Procure o africano. Hoje mesmo!

Ficou pensativo e, resoluto:

— Quer saber de uma coisa, Seu Juca? Traga o sujeito. Venha com ele, lá pelas 10 horas, na calada. Pode ser hoje mesmo.

Seu Juca era o alcoviteiro do Dr. Mota. As mulheres que vieram visitar Beja vieram por tranças do escrivão do crime.

— Pois eu hoje trago o negro!

— Muito segredo, Seu Juca. Às 10 horas da noite os espero.

O escrivão subiu. Beja, avisada de que o marido de D. Emerenciana lhe trouxera um presente, consentiu em recebê-lo.

— É um sofrer, D. Beja. Canta no dedo... Foi criado na gaiola, tirado do ninho...

Abriu a gaiola e o pássaro pousou-lhe no dedo, assoviando. Pela primeira vez em Paracatu, Beja sorriu! Severina sorriu. Seu Juca riu. Sua alegria extravasava-lhe na enchente de risos banguelos.

O escrivão estava radiante:

— Fui longe buscar este bichinho pra senhora. Mas pagou a pena. É mimo de pobre, mas acho que a senhora gostou.

— Obrigada.

Severina levava a gaiola, quando Sinhá recomendou:

— Trate dele, Severina, depois traga para cá. Serão dois os prisioneiros desta casa.

Quando a escrava saiu, Seu Juca murmurou:

— Vou lhe contar uma novidade. O Ouvidor mandou buscar Flaviana e Moisés pra alegrar a senhora.

— O quê?!

— Mandou, ontem. Qualquer dia estão aqui.

Beja chorava de alegria, embora duvidando:

— Eles não vêm...

— Vêm, porque o Ouvidor mandou ordem pra o Subdelegado de lá cumprir. Foram dois cavalos pra seus escravos virem.

A araxana comoveu-se. Seus olhos verdes ficaram maiores, marejando-se de água, tornaram-se mais cismadores.

Seu Juca saiu sentindo um cheiro bom, jamais respirado por ele. Eram gratíssimos perfumes, Pastilhas do Serralho, que Mota mandava queimar todos os dias em seu palácio.

Às 10 horas da noite o Ouvidor estava só, no salão de audiências. O palácio, todo fechado. Mandara servir a Beja o chá com umas gotas de água de rosas e muitos sequilhos, bolos finos, grandes biscoitos muito fofos de polvilho, especialidade de doceiras paracatuenses.

Bateram na porta, de leve. Mota abriu-a e os dois homens entraram sorrateiros.

— Está aqui o homem, doutor!

Mota, de sua curul de Ouvidor, cadeira de espaldar alto, com as armas da Coroa, ia pedir ajuda a um africano feiticeiro, para coisas de amor. A presença de Seu Juca não o incomodava nem constrangia, porque era o máximo adulador do Magistrado, rufião de rabos de saia para o superior.

O Ouvidor explicou ao preto precisar de umas coisas para vergar o coração de uma donzela.

O forro abaixou a cabeça hirsuta de grenha imunda, ficando pensativo. Mandou baixar um pouco a luz e começou a resmungar, baixo, palavras soturnas. Batia para baixo e para cima a enorme cabeça. Depois foi abrindo os braços magros, longos, iguais aos dos gorilas. Grungrunhava frases compridas, enfadonhas, num cavo de mistério benguelense. Depois começou a pender o corpo para os lados, com calma, imitando o pêndulo de um relógio antigo. Pareceu chamar alguém:

— Nhônho... Nhônhô... tem incréso no caminho! Tiapossoquerê não! (Coisa muito ruim).

Tirou da sórdida capanga umas contas verdes, pretas, amarelas. Sopesou-as na palma da mão, resmungando, chorando ao beijá-las. A cara hedionda de macaco velho, cara grotesca, torcia-se-lhe em esgares tetânicos. Um cheiro acre de bodum empestou a sala.

Voltou-se aí para Seu Juca, sem o encarar:

— Quero camisa de acariá! (Da namorada).

Seu Juca, pendendo para ele, ouvia-o com fundo respeito.

Mota sobressaltou-se:

— Camisa? De quem? Impossível!

— Ugango pede camisa, pemba, undáro! (Giz de macumba e fogo).

— Que diabo é pemba, ó Seu Juca?

O escrivão, com medo, levantou os ombros, não sabia.

O negro começou a bufar:

— Camisa, pemba, undáro, osso de ufeca! (De cemitério).

Mota inquietava-se:
— Mais esta. Que diabo é osso de ufeca, meu velho?
O feiticeiro rosnava, com os olhos vidrados:
— Quero ufeca.
Ergueu-se furioso, com a cabeleira assanhada. O Corregedor acastelado na sua curul de Juiz crente em mandingas, tremia:
— Seu Juca, sossegue o homem, que parece estar danado!
Seu Juca pedia calma ao feiticeiro, mas ele tresvariava, delirando alto:
— Ufeca!
O Ouvidor largou a cadeira, covardemente, refugiando-se no salão da livraria. De lá, pela cortina afastada, via o escrivão de Justiça atrapalhado com o negro doido, sem o dominar. O bruto coçava com as mãos sujas e secas a grenha intonsa, cantando:

> *Obaquirimanda lodê,*
> *Obaquirimanda lodê — a...*
> *Obaluaê lodê — a*
> *Omaquirimanda lodê...*

Seu Juca sugigava-o, bambo de susto!
— Sô Anastácio, olhe aqui: acorda em nome de Deus!
O preto babava, dançando, sem sair do lugar. Marcava passo, acelerado. O Ouvidor, que nunca vira uma horrível macumba, gritou de trás da cortina por onde espiava:
— Sugigue o negro, agarre o negro! Chame a guarda da Cadeia, Seu Juca! Esse negro está furioso, esse negro é um perigo!
Seu Juca aflito:
— Chamar a Guarda da cadeia, como, se estou atracado no preto?
— Chame a Guarda, seu Juca!
— Solto o doido?
— Não, não solte o doido!
O corta-jaca tentava contornar a questão:
— Sô Anastácio, o senhor não vê que está na Ouvidoria, em lugar oficial?
O preto resfolegava, num *delirium-tremens* arrepiador:
— Quero ufeca!...
E estava indiferente aos apelos.

> *Aganjú Orixá la pane*
> *Laoré Xangô laoré.*
> *Manganjambe, tiapossoca,*
> *Aué, aué!*

Mas, excitado, cantava com sinistra dolência:

Abaluaiê... Abaluaiê...

Seu Juca, no aperto, briquitando com um danado, pediu socorro ao Dr. Mota:
— Doutor, acode aqui! Eu solto o tapuiúna. O tralha está chamando Abaluaiê e eu tenho medo dessa coisa.
Balançava o delirante, tentando acordá-lo:
— Este negro não presta, eu largo este negro, Dr. Ouvidor!
— Que quer dizer Abaluaiê, Seu Juca?!
Abarcando a cintura do velho, o escrivão berrava:
— Sei não, doutor! Deve ser coisa ruim!
O funcionário sacudia o macumbeiro com força e raiva:
— Eu te largo, peste! Eu te solto, excomungado!
Anastácio, sonambulando, muito sereno:

Abaluaiê... Abaluaiê...

— Te largo, filho das unhas!...
Mota protestava:
— Não solte o negro, que ele pega, vou chamar a polícia!
O escrivão, cansado de lutar sem auxílio, num assomo de ira, desrespeitava o superior:
— Também o senhor fala de longe, de trás da cortina. Me deixa no fogo com este sem-vergonha!
Nisto o preto estremeceu arregalando os olhos torvos, a mostrar os dentes de peixe. Parara da grave convulsão. Estava suado, descabelado, fedorento. Ao encarar o escrivão ainda afrontado, cuspiu um insulto:
— Cutuanguande! (Nome de mãe...)
Seu Juca abriu a porta e empurrou-o, jogando-o na rua, como um saco de lixo.
Ele protestava, cambaleando obscenidades.
— Cutuanguande, tiapossoquerê não!...
Seu Juca bateu a porta, passou a chave, meteu a retranca nos suportes, caindo, vencido, numa cadeira.
— Me perdoe, Dr. Ouvidor, que aquele safado é gira!
O Ouvidor, indignado com o alabamba, deplorava-se, mal podendo respirar:
— Que irão dizer na rua os que ouviram os gritos, os arreganhos desse pulha?
— Me perdoe, doutor...

Não diga nada do que se passou aqui. Amanhã mandarei dar uma lição de mestre nesse cachorro!

Mota arriou-se na poltrona, ainda descorado, de olhos para fora. Parecia o lidador D. João I depois de esmagar, à espada, os castelhanos em Aljubarrota. Ficou muito tempo de pernas esticadas, braços caídos, refazendo as forças. Seus olhos deram com uns troços no chão:

— Que negócio é este, aí?

Seu Juca, despenteado, assonsado da luta, foi ver o que era.

— É a capanga do miserável.

Estava aberta, estripando mulambeira.

— Veja o que tem aí dentro, seu escrivão!

Agora falava com autoridade... O outro tirou com visível nojo do saco ensebado porcarias para despachos e um papel escrito à mão.

— Leia isto, Seu Juca!

— "Receita da célebre Locusta, para enfeitiçar e matar".

Seu Juca limpou a testa suada e prosseguiu, com repugnância:

— "O sapo por si mesmo não é venenoso, mas é uma esponja de venenos: é um cogumelo do reino animal. Tomai pois um sapo e prendei-o numa garrafa com víboras e áspides. Dai-lhe por alimento durante vários dias, cogumelos venenosos, cogumelos e cicuta; depois irritai-os, queimando-os e atormentando-os de todas as maneiras, até morrerem de raiva e de fome; salpicai-os de espuma de cristal pulverizado e de eufórbio. Depois pô-los-eis numa redoma bem fechada e fareis secar lentamente toda a umidade pelo fogo, depois deixareis esfriar e separai as cinzas dos cadáveres do pó incombustível que ficar no fundo da redoma. Tereis então dois venenos: um, líquido, e outro, em pó. O líquido será tão eficaz como a água tofana. O pó faz envelhecer e secar em alguns dias, depois de morrer no meio de horríveis sofrimentos, ou ficar numa atonia universal aquele que tiver tomado uma pitada misturada com qualquer bebida".

Mota, ao acabar de ouvir a leitura da receita, voltou-se para o subordinado:

— Que lhe veio à cabeça para me trazer aqui esse homem envenenador, peça ordinária, digno de 10 anos de Angola ou da forca?

Seu Juca encabulava, nada respondeu. Mota prosseguiu:

— Vai correr processo sobre esse tipo vil. E o senhor trazer um canalha deste para auxílio de seu Ouvidor! É o que faltava. O senhor é bastante leviano, rematado ingrato. Quem sabe se o senhor não é conspirador contra minha vida, e quer me aniquilar com feitiçarias e venenos?!

Seu Juca soluçava, sem compreender nada do que vira. Só a custo o possuidor da Comenda de Cristo serenou, arrependido de ter feito vir o negro pela mão de seu caçador de fêmeas.

Mota consultou o relógio:

— Meia-noite, seu oficial. Vamos dormir e vou pensar sobre o escândalo de hoje. Estou desconfiado de suas intenções!
Subiu a escada íngreme do pavimento superior.
Vigiando a casa, Damiana alerta, levantou-se quando o Ouvidor apareceu. E Beja?
— Ela hoje riu, conversou. Tá drumindo. Severina tá com ela.
— Graças a Deus.
O vento rosnava nos oitões do sobrado, vergando as árvores do pomar. Da janela de seu quarto, Mota perscrutou a noite.
O céu cobria-se de flor pelas estrelas grandes, trêmulas, festivas.

Oito dias depois da chegada de Beja, após o jantar, Mota chamou Severina:
— Avise à D. Beja que lhe vou fazer uma visita.
Chegando ao quarto, Severina falou delicada:
— O doutor está aqui.
Beja não respondeu, pondo-se a consertar os cabelos.
— Posso entrar?
Nenhuma resposta. O Ouvidor então empurrou a porta com brandura, mandando Severina se retirar, ficando à espera no corredor. Entrou discreto e já ao lado da jovem:
— Boa noite, Beja; está melhor?
Ela ergueu um pouco para ele os olhos esplêndidos, sem responder. Mota sentou-se na poltrona de veludo grená que ali estava para visitas, as visitas que ele mandava fazer.
— Está melhorzinha, querida?
Como resposta ela ergueu os ombros. Ele próprio respondeu:
— Está melhor, Deus foi servido. Suas cores são outras: está convalescendo. Como está linda! Fico louco por vê-la com saúde, alegre.
Bateu a campa de prata que estava na mesa de cabeceira Severina apresentou-se.
— Traga o embrulho que está sobre minha cama.
Beja ouvia em silêncio, cruzando na nuca as mãos que estavam magras e brancas.
Severina trouxe o embrulho e retirou-se. O Ouvidor abriu-o. Tirou um vestido todo de renda creme, que passou para a moça. Beja tomou-o. Era de renda fluida, fina, feita com tal arte que parecia tão bem urdida como uma intriga. Beja, sem querer conversar, falou apenas:
— Devia ser de luto.
— Não diga isto, luto é no coração. Não vale nada a não ser convencional. A prova é que o luto na Síria é azul-celeste, na Etiópia, branco, e na Pérsia, encarnado vivo...

Ele tirou do embrulho um penteador de seda azul-claro, finíssimo. Passou às mãos da moça que se não estenderam para apanhá-lo. Apresentou-lhe então outro vestido de fustão branco, de gola de rendas pretas. Finalmente outro cor-de-rosa, igual àquele com que dançara no baile de S. Domingos do Araxá.

— São para você minha Beja: faltam dois que a costureira vai ainda entregar. Ficou satisfeita com estes?

Ela o encarou, receosa, murmurando:

— Fiquei.

Mota exultou, beijando-lhe a mão que tomara com respeito.

— Quero que você ponha um desses vestidos e vá à sala de visitas.

Olhou-a nos olhos, bem de perto.

Ela fez *sim* com a cabeça. O homem, amoroso, abraçou-a com força, ergueu-lhe o rosto pálido, beijando-a na boca. Não reagiu, amoleceu-se, entregue ao macho.

Depois, sorridente, eufórico, se pôs de pé.

— Os sapatinhos estão prontos, amanhã. Estou louco de alegria!

Severina, passada uma hora, foi avisar Sinhá:

— Sinhá, a janta está na mesa. Mas que buniteza a senhora está! Virge Maria!...

Beja fez sinal de enfado com a boca. Mirou-se na penteadeira *biseauté* e saiu vagarosa para a sala de jantar.

Mota ergueu-se, quando ela entrou na sala, e Damiana, avisada, trouxe-lhes, em salva de prata, dois cálices de vinho velho do Porto, Lacryma Christi. Afastou, cavalheiro, uma cadeira de couro castanho para que se sentasse.

— Está mais forte, agora, Beja?

Respondeu sem o fitar:

— Ainda me sinto fraca...

Serviram a sopa. Ela recusou. Mota insistiu:

— Tome umas colheres, sirva a sopa à D. Beja.

Tomava a sopa, mesmo sem fome, sonâmbula.

— Gosta desta sua baixela? É prata portuguesa...

— Bonita...

— Tudo isto é seu. Você é a dona de tudo e de todos neste palácio.

Ela suspirou, cansada:

— Eu não sou dona nem de mim mesma...

— Não diga estas coisas, seja otimista! Você é a pessoa mais importante de Paracatu; depois, eu.

— Coitada de mim: sou fraca e pequenina!

— Você é forte e poderosa! Paracatu está a seus pés.

Beja sorria com tristeza.

Serviam o peixe. Beja, a despeito de recusar, comeu um pouco, a instâncias do Dr. Mota. Mota estava cheio de vida, conversava com *humour*, parecia o vencedor de grandes combates. Vendo Beja comer o peixe, brincou:
— Você sabe o que quer dizer *Paracatu*?
— Não.
— Quer dizer: *peixe bom*... Este peixe é do rio S. Miguel, que passa por aqui.
Damiana entrou com uma garrafa de gargalo envolto por um guardanapo. Vinha dentro de um balde de prata, onde esfriara em água de sal, serenada. A escrava lidou com jeito a rolha, que saltou de estouro. Beja assustou-se. A preta serviu o Champanha Clicot nas copas de prata lavradas.
— À sua saúde e felicidade, Beja.
— Obrigada.
Apenas molhou os lábios no vinho de França.
Gostou do café, de que bebeu toda a xícara. Depois levantou o pires com a xícara, mirando-os.
— Acha-a bonita?
— Linda!
— É presente do Príncipe D. Pedro, que tirou a coleção da Copa Real, em Lisboa.
— Ah!...
Conversaram bastante. Ela, com monossílabos, ele, torrencial. Foram depois para a sala de visitas.
As fofas poltronas inglesas davam majestade ao ambiente. Nas janelas, pesadas cortinas de veludo vermelho e macio tapete convidavam a repouso lânguido. Arandelas esguias de cristal da Boêmia iluminavam os móveis com luz branca. Na parede um retrato em vidro, de corpo inteiro, com dedicatória de D. Pedro, fazia face ao busto real de D. João.
A jovem fitou-o, examinando os grandes olhos serenos de D. Pedro e seus lábios sensuais. D. João ostentava a boca de mulato disfarçado em cal, antipático.
— E aquela, quem é?
— É o retrato de Sua Alteza Real a Sereníssima D. Maria I. Está louca... Veja que tem olhos desvairados.
— Credo. Bela é a outra moça.
— É Sua Alteza D. Carlota Joaquina, quando ainda solteira. Note a elegância inteligente de seu todo de espanhola. Ela mesma se chama de *Gitana*. Foi minha protetora. Não vive bem com o real esposo e eu lhe tenho admiração, adoração de filho.
Mota chegou-se a uma caixa de música da mesa do centro, manobrou-a e se ouviu a surdina de música evocativa, o *Miserere*, de Allegri. Os papas haviam proibido a divulgação de suas cópias e Mozart, que a ouvira uma única vez, de oitiva a reproduziu, sem falhar uma nota!

— Gosto muito desta música; não sei por que, o Miserere me embala o coração. Talvez seja porque minha mãe o tocava no seu cravo e, com essa música, as saudades veem-me em ondas amargas.

A noite estava fresca. As ruas dormiam, só acordadas pelos passos de raro transeunte ou pela ronda dos Dragões Montados.

Nisto se ouviram lentas badaladas.

— É o sinal de silêncio. São horas de dormir.

Mota apresentou o braço, levando a jovem para o quarto, onde ela já dormira sete noites.

O Ouvidor mandou Severina dormir no quarto de Damiana. Apagaram-se as luzes do palácio. Só o abajur azul do quarto de Beja ficara aceso em luz doce, de convite aos sonhos.

O Ouvidor correu por dentro a chave do quarto da noiva.

Aquela foi a noite das núpcias.

Já há três meses durava a felicidade, sem sombras, dos amantes. A Vila sabia de tudo e, por medo respeitoso do Ouvidor, cercava o par de exuberantes atenções. Beja refizera-se, encorpava e vivia despreocupada. Iniciava vida social, no que só recebia elogios. O amante madurão inclinava-se vencido pelo encanto da mulher.

Chegaram Flaviana e Moisés muito instados por Mota para não revelarem muita coisa do que diziam em Araxá, sobre a morte de João Alves. Seus portadores trouxeram uma carta obreiada do Juiz Preparador, contando a ida do emissário a S. João de El-Rei da Vila Boa de Goiás e a resposta do Capitão-General Governador. Dizia haver tomado urgentes providências e estava mandando uma autoridade a Araxá para inquérito.

O emissário do Governador de fato chegara. Ouviu muitas pessoas, mas só o boticário Fortunato, o Cel. Sampaio e D. Ceci depuseram fazendo carga no Ouvidor. Todos sabiam do caso, eram testemunhas. Mas na hora da verdade, na hora do Ano do Nascimento de Nosso Senhor Jesus Cristo, quase todos negaram estribo. Mota atribuiu o papel de tais testemunhas acusadoras ao Cel. Sampaio, ao lírico namoro de Beja e Antônio. Quanto a Fortunato, era questão de miolo mole. O Juiz Preparador esperava um Juiz Togado, já em caminho, para rigorosa devassa, conforme promessa do Capitão-General Governador. Em todo caso, o processo do oficial goiano revelava fatos sérios, que desapontaram o Corregedor. Concluía pela culpabilidade do Dr. Mota, como mandante do crime, fazendo carga sobre as provas circunstanciais, provas severas. A situação do Ouvidor em S. Domingos era péssima. Se muitos recusaram a dizer a verdade foi por solertes ameaças do Dr. Costa Pinto. O Subdelegado Belegarde era contra o Ouvidor, mas favoreceu, como autoridade, o inquérito do enviado de Goiás. Mota estava com feroz inimigo pela frente, na pessoa do Governador, que o odiava. A opinião geral, mesmo dos Magistrados da Corte, era que o Corregedor seria fatalmente punido pela Relação do Paço.

O guarda-roupas de Beja era opulento. Chegavam a Paracatu do Príncipe mais vestidos da Corte e seus chapins abriam os olhos às mulheres ricas da Vila.

O Dr. Mota levava a amante, em suas viagens oficiais. Eram recebidos sem constrangimento pela sociedade pundonorosa de 1815, como casal legítimo. A jovem ganhava experiência social e, inteligente, aprendia a etiqueta com requintes. Flaviana espantou-se de ver o luxo exibido pela Sinhá do Sobrado, agora tão bem vestida. Sua dama de companhia era Severina, que a acompanhava a visitas e atos religiosos.

As saídas de Beja eram festas para a sociedade heterogênea do lugar, já bastante movimentado. O Município prosperava com a plantação de cana-doce e pecuária bem desenvolvida.

Depois da chegada de Beja, o Ouvidor estava menos rigoroso. Sorria em público e afrouxou bastante sua férula de inquisidor do povo, entregue à prepotência das *Ordenações Filipinas*. Montara na Ouvidoria bem feita máquina de extorsão e justiça precária, sempre violenta. Tinha olhos duros contra o extravio do Real Erário de Sua Majestade, continuando na Regência da Coroa a mesma vigilância do Reinado da Alta e Poderosa Rainha D. Maria I, que Deus guardasse.

O povo começou a compreender que um pedido de Beja valia mais que essas ridículas *Ordenações do Reino*, que, se cumpridas a rigor, apanhariam em suas engrenagens as próprias amantes dos devassos do Palácio de S. Cristóvão.

Infeliz de quem tratasse a moça com desdém e articulasse uma só palavra, escarmentando sua vida! Todos conheciam de que era capaz o Ouvidor e disputavam a amizade de ambos, com escada em Beja.

Chegara o Correio Oficial da Corte, trazido por suboficial da Milícia de Cavalaria de Paracatu do Príncipe.

O Ouvidor, que estava na sala de despachos, leu ofícios, cartas, aprovações de diligências, determinações. Depois meteu a correspondência na pasta de couro da Rússia que ostentava, a fogo, as Armas da Coroa Portuguesa.

— Preciso ir à Corte. Certos negócios públicos exigem minha presença lá.

De repente mudou de assunto. A manhã reverberava na mica fina dos barrancos do rio Paracatu. Mota aparou num cortador mecânico, a ponta de um charuto, para acendê-lo.

— Está esplêndida a manhã!

Olhou a amante, nos olhos.

Beja sempre desejara ir à Corte, sem que jamais revelasse o grande sonho. Aparecia a oportunidade, desde que o Ouvidor precisasse atender ao chamado Real. Mota negou-se porém, formalmente, a levá-la. É que bem conhecia seu protetor, o Príncipe Pedro, o Príncipe irresistível. Conhecia-o bem. Ainda em Portugal, tendo mais do dobro da idade dele, foi seu companheiro nas áfricas da Corte, em esbórnias inadmissíveis a um menino de 9 anos! Sabia quais seus instintos e como era de moral baixa, ordinário, desrespeitador. Agora com 16 anos...

Vendo a amante amuada, Mota desanuviou-lhe a mente:

— Ainda iremos juntos a Portugal. Verás o Tejo, um rio tão grande! Verás as varinas alegres, vendendo peixe. Comerás os figos brancos, roxos... maçãs rainetas... E as uvas! As uvas! São favos de mel, sinto-as na boca... Os pêssegos são cor-de-rosa cobertos por um buço macio como pluma.

Parou evocando, sob a saudade:

— Ah, Portugal!

Informativo:

— Do Tejo, do Cais da Ribeira, partiram os descobridores do mundo: Vasco da Gama, Fernão de Magalhães, Pedro Alvares Cabral... gente alta, gente brava. Lá viveram Natércia, Inês de Castro, Soror Mariana de Alcoforado, as infelizes amorosas. Um suspiro das mulheres portuguesas vale a mais eloquente declaração de amor...

Agitava-se:

— Que seria deste pobre Brasil, se não fossem nossos navegadores, a almirantada portucalense?! Fomos nós que o arrancamos do desconhecido — para a civilização. Um dia, Pedro Alvares Cabral, Almirante da Frota de Naus Guerreiras, afrontando o mar terrível, ancorou em Porto Seguro, na Bahia... Estava descoberta a Terra dos Papagaios, terra que tanto trabalho nos tem dado!

Acendeu outro charuto, não aparando — mordendo-lhe a ponta:

— Não pense você que a Casa Reinante de Portugal foi improvisada por intrusos, *sargentões* usurpadores do Direito Divino! É casa fundada no campo de sangue por D. João I e Mestre de Avis, na Batalha de Aljubarrota, em 1385; a Coroa foi suspensa por lanças de honra, ainda quentes do combate! Nossos Reis têm sangue azul desde o nascimento.

Estava deliciado pelas próprias palavras:

— Nosso D. João é um grande Regente, que fez o Reino Unido. É um sábio e sua dignidade é igual à majestade de sua ascendência. Não pense você que ele veio ao Brasil (e não para o Brasil) por medo de Buonaparte[11], o covarde. Seria ridículo!

Ficava pálido de ódio:

— E quem foi que esse ilhéu desprezível mandou invadir Portugal, pelos Pireneus? Junot, um grosseirão sem talento de guerra, um boçal da laia de seu amo! Esse idiota era um doido, tanto que acabou se matando...

Silenciou, nostálgico, entrecerrando os olhos, sentindo bem a sua *saudade*:

---

11. Os inimigos de Napoleão só lhe chamavam Bonaparte ou Buonaparte, o que traía sua origem corsa.

— Portugal... Portugal... Quando te verei, pátria distante.
— *Onde a terra se acaba e o mar começa?*
Mota caiu em si:
— Excedi um pouco no entusiasmo. Mas falando sobre minha terra...
Enxugou, rápido, os olhos molhados.
Beja então se aventurou:
— Quando formos a Portugal passaremos pela Corte. D. João deve ser maravilhoso!
— Sim, passaremos pela Corte mas a *vol d'oiseau*, de repente...
— Tenho desejo de conhecer a Família Real.
Mota, num impulso:
— Cos diabos, por que tanto deseja você conhecer a Família Real?!
— Para ver o Regente, D. Carlota Joaquina, D. Maria I, o Príncipe Pedro...
Inquietou-se, desabusado:
— Hum...
Ela, ingênua:
— E que tem isso?
Mota corou o rosto de gozador da vida, de homem sabedor de coisas:
— Tem muito, pois não tem?
— Ora, acho que não há mal nisso.
— Pois há; há e muitíssimo! É que D. Pedro é mulherengo demais, é bastante sem escrúpulos...
E suspirando:
— Ah, se o Príncipe a visse...
Ajustou a almofada sob o braço esquerdo.
— ... se o Príncipe a visse, eu não a veria mais!
Ela, de sobrancelhas erguidas:
— Ele não é educado?
— É.
— Não é corajoso?
— É.
— Por que não o posso conhecer?
— Pode, mas não deve. Você não entendeu ainda. É que o Príncipe é *cínico*!
— Ora, todo homem que ama é um pouco cínico.
— É que o Príncipe se baba todo por um rabo-de-saias...
— Mas você não o elogia tanto, exalta ao máximo suas qualidades de homem?
— Isto é outra coisa. Se ele a visse eu não a veria mais. Eu cairia em desgraça... mandavam-me embora.
— Se o Príncipe é justo, isso não aconteceria!
Mota, com raiva, cerrando os punhos:

— Ele, no final de tudo, bem descarnado, é mais do que um cínico: é um louco! O homem apaixonado é um homem perdido. Ele se apaixona por todas as mulheres que vê...

E levantando-se, repentino, de olhos arregalados para ela:

— Meu Príncipe é um sujo, é um porco.

Beja olhou-o, de lado. O amante estava sucumbido pelo ciúme vindouro. Repisava antigas declarações de amor:

— É isto mesmo. Eu, não. Tenho um amor imenso por você.

Ela, irônica:

— Amor... amor imenso...

E num impulso, entre nervosa e ferina:

— Amor imenso... você tem por mim é o amor à minha carne; à minha mocidade, à beleza prisioneira que sou eu.

— Não, não; amo-a com delírio, com puro amor!

— Puro amor, que mandou matar meu velho avô, puro amor que possuiu à força uma donzela pobre, sem nenhuma defesa...

Mota de novo se ergueu, assustado, e tapou-lhe a boca rubra com a mão. Tentou beijá-la e ela se esquivou, polida mas enfadada.

— Beja, não seja cruel!

Não respondeu e saiu do gabinete, com uma rabanada. Ele tocou o tímpano, apareceu Moisés:

— Diga a D. Beja que eu *estou chamando*.

Ela apareceu na porta, sem entrar.

— Minha Beja, uma senhora não sai assim de uma sala ou do gabinete de uma autoridade. Ao sair, na porta volta-se para os que ficam, faz uma reverência, curvando a cabeça, e então se retira...

Ela fez a reverência e no corredor deu uma gargalhada gostosa. Mota sorriu, baixando a cabeça para os papéis.

À noite o Vigário Geral de Paracatu, Capitão-Mor Dr. Joaquim de Melo Franco, presbítero secular, foi visitar o Ouvidor. Já encontrou o Ajudante Civil, Dr. Gondim e o escrivão Seu Juca.

Beja gostava de conversar com o Vigário e Mota o admirava. Naquele serão lânguido, de paz acolhedora, a senhora perguntou:

— Padre Melo, quem descobriu este lugar?

— Quem primeiro aqui chegou foi o arrojado paulista Lourenço Castanho, bandeirante de sangue limpo, campeador de ouro no Sertão dos Cataguás. Aqui ele passou, na marcha para Goiás, levado pelo arruído das minas de Cuiabá. Foi, porém, o Guarda-Mor português de boa linhagem José Rodrigues Froes quem descobriu ouro no barro paracatuense, em 1741. Afluíram garimpeiros, forros, passadores de palheta, homens de gandaia, escopeteiros, para se aboletarem na terra. Depois da partida de Froes ficaram aqui aventureiros e rebotalhos, vazados de outras lavas. Com a notícia de mais faisqueiras aparecidas, o descoberto foi-se enchendo de gente. Chamou- se o garimpo Ribeira do Paracatu. Em meio século mudou o nome, para Arraial de S. Luís e Santa Ana, progredindo tanto que, em 1798, foi elevado, por alvará, à Vila de Paracatu do Príncipe. Mas a Comarca só foi criada este ano. Paracatu do Príncipe já pertence a Goiás, como a Senhora sabe, desde o tempo de Ribeira do Paracatu. A Vila foi instalada pelo nosso primeiro Juiz de Fora, Desembargador José Gregório de Morais Navarro, por ordem do Capitão- General Governador Conde de Sarzedas.

— E por que se chamava Arraial de S. Luís e Santa Ana?

— Porque a paróquia deste lugar está sob a proteção desses milagrosos santos. Nossa Paróquia ainda pertence ao Bispado de Pernambuco, de que dista 450 léguas.

Mota, de bom humor, galanteava:

— Nossa formosa Vila tem dois santos como oragos e uma santinha-de--pau-oco, que é você.

— Nem santa-de-pau-oco eu posso ser: só se for santa infernal.

Padre Melo não gostou daquele brinquedo.

O Dr. Gondim estava comunicativo, à custa dos licores franceses:

— D. Beja, fato interessante é que aqui há bom pofessor de Aula de Gramática Latina. Acontece que essa matéria só tem um aluno. Na do Mestre de Ler, Escrever e Contar estudam quatro alunos...

Todos se admiraram. Padre Melo deplorava:

— Tantos meninos vadiando, tanto rapaz sem eira nem beira! É a garimpagem... O ganho fácil, é o Deus-dará.

Seu Juca, muito contrafeito diante dos superiores:

— Muito mais importante é que, em 1808, o Juiz de Fora, Desembargador Dr. José Gregório de Morais Navarro, oficiou ao Capitão-General, Governador Pedro Maria Xavier de Ataíde e Melo, revelando que João Bernardes da Costa, Juiz de S. Romão, desta Comarca, não sabia ler nem escrever! O Juiz de S. Romão era analfabeto!...

Face ao assombro dos amigos o Ouvidor confirmou:

— É verdade. Li o ofício, que está arquivado na Ouvidoria. E esse Juiz estava no cargo há muitos anos. Dera várias, numerosas sentenças...

Padre Melo estava aborrecido com os fatos lembrados:

— Veja os senhores que esquisitice. O pior, porém, foi o de um Mestre de Ler, Escrever e Contar nesta Vila, que não sabia ler nem escrever, mas sabia contar muito bem... Gravíssimo é que esse Mestre, único do Universo, era praça de baixa e fora nomeado por Ordem Régia!

Na Matriz da Vila, Padre Melo mandou instalar duas cadeiras estofadas de veludo roxo, onde o Ouvidor e Beja se sentavam para assistir missa.

O catolicismo era religião oficial de Portugal e Colônias, inclusive o Brasil, de modo que o Vigário Geral e o Ouvidor se entendiam bem. O Vigário cortejava em excesso o Dr. Mota, reconhecendo-lhe grandes méritos que ele não possuía. De sua suntuosa chácara mandava, com recados gentis, tabuleiros de frutas frescas para D. Beja. Desse modo, captava a amizade do Ouvidor e possuía, isso era real, muita força política, seu principal defeito. Com assistência assídua do Comendador da Ordem de Cristo, o Vigário não perdia eleição em Paracatu do Príncipe, continuando a tradição de sua família, ter parentes na Colônia que representassem o povo no Parlamento da Metrópole.

Esse sacerdote era miudinho, esperto e malicioso. Vestia-se bem, com escrupuloso asseio. Moderado no rolão, nunca se lhe viu sujo o nariz, que limpava amiúde com o lenço perfumado. Era inteligente, vendo de relance as coisas: com o bafejo do Ouvidor, as urnas só frutificavam nomes de sua escolha. Boquejavam que possuía amantes, mas se as possuía obrava com discrição e as apontadas como tais eram beatas mais ou menos feias, o que não era seu forte. Suas lavras auríferas, de demarcações concedidas pelo Vice-Rei Capitão-General D. Antônio Álvares, Conde da Cunha, fizeram a sólida fortuna dos Melo Franco, o que lhe permitia algum esbanjamento, quando precisava impressionar a sociedade esplendorosa de seu tempo.

Esse trêfego Vigário politicava com a religião e comungava com a política. Foi por tranças dele que D. Beja ficou manhosa na vida. Ambos inteligentes, a amante do Ouvidor aprendia os pulos de gato do Vigário, ficando fina em trapaças políticas e conhecedora dos golpes de mágica em a vida social. O risinho ferino do Padre passou para os lábios de Beja. Começou a encarar a vida como passes de prestidigitação: quem mais escamoteasse seria o vencedor. Enfronhando-se, pelos escravos, dos mexericos sobre roupa suja dos outros, tinha ramos de urtiga dos canteiros do Padre, para irritar muitas pessoas, com quem brincava de ferir com alfinete. Foi ficando desembaraçada, com a situação de primeira dama do Termo e das Comarcas sujeitas à vara do Dr. Mota. Recebia presentes de todos, sujeitos à sua vontade incontentável. Passou a ser temida, pois *mandava*. Mota se submetia às vontades dela, e a seus caprichos.

Tinha o cofre de joias com os melhores brilhantes e cordões de ouro, que invejariam a própria Carlota Joaquina. Usava agora valiosos argolões argelinos, de ouro de lei, que lhe pesavam nas orelhas rosadas. Levava no anular esquerdo aliança trabalhada em Portugal, mimo de joia que lhe dava ares externos de esposa. Seu sorriso, ontem ingênuo, estava se requintando em malícia. Crescera em vivacidade, aprendia expressões de gente fina. Sabia caminhar (oh, o seu andar elástico!) e sentava-se como princesa. Todos os gestos ficaram de uma sobriedade educada e agora voltava os olhos com arte, realçando-lhes o encanto. Era moda dizer que uma coisa era bela *como os olhos de D. Beja...*

Vestia-se com luxo um pouco exagerado e seu sorriso tomava a graça de fazer virar a cabeça de qualquer homem.

O Dr. Remanso, Ajudante Civil do Ouvidor, disse numa roda que D. Beja era diamante vermelho (raro e caro) que estava sendo facetado pelo Dr. Joaquim Mota.

Aos domingos, a saída de D. Beja para a missa, acompanhada de duas escravas bem vestidas, era acontecimento que maravilhava as famílias. Não usava mais que três vezes seus aclamados vestidos. Diziam, ao vê-la exibindo novos modelos, cada vez mais ricos:

— Também é *esposa* do Ouvidor...

Mota presenteou-a com um cavalo branco, bem enraçado e trazido das Manadas Reais de Cachoeira do Campo. Chamava-se Marisco e tinha a imponência de seus parentes árabes. Crinas prateadas, cabeça pequena, cascos pretos. Um pouco espantadiço, marchava garboso. D. Beja exultou, mandando-o para a estrebaria, a pensar nos futuros passeios.

Seu companheiro de cavalgada era o Vigário Melo Franco, pajeados por Moisés. Moisés andava fardado de casimira azul, botões dourados e gorra. Esse uniforme transgredia a pragmática reinol de 1749, que vedava a negros e mulatos de qualquer sexo, mesmo os forros, usarem tecidos de lã, prata, ouro, holandas, joias e esguiões... Já montado, muito cedo, o Vigário procurava a amiga. Ao avistá-la:

— *Prima luce...* ao romper d'alva, partamos!

Beja fazia-se ambiciosa por dinheiro; guardava ouro, economizava. Melo Franco lhe dizia:

— Minha filha, o ouro compra tudo, até a honra. Não há caráter diante do ouro. Ouro vale sangue! Já se disse que não há fortaleza que resista à ofensiva de um burro carregado de ouro... Quem tem ouro tem poder. O ouro fala... O ouro dá ordens... A pobreza é má conselheira, mas o ouro é a vida! Quem tem ouro não pede, manda. Com o ouro temos saúde, amor...

Ela ria-se alto, satisfeita, agitando no ar o chicotinho de prata, que viera de S. Domingos.

Marisco, airoso, trotava.

Em dezembro de 1815 o Príncipe Regente D. João elevava o Brasil à categoria de Reino Unido à Portugal e Algarves. O Ouvidor recebeu o ofício com a novidade à meia-noite. Mandou chamar o Comandante Geral das Milícias do Quartel-Geral, que era Paracatu.

— Comandante! O Príncipe Regente D. João acaba de elevar o Brasil à categoria de Reino Unido a Portugal e Algarves. A notícia é de máxima importância, e o povo deve ter conhecimento desse fato.

O Comandante brasileiro Coronel Lourenço de Melo Pimentel chorava. Bateu continência:

— Às ordens do Dr. Ouvidor!
— Que devemos fazer, Coronel?
— Mandar tocar, com urgência, a generala! Vou participar a tropa e mandar as bandas das três milícias percorrer as ruas, comemorando!

Não tardou que um clarim cantasse, alto e aflito, alarmando os quartéis com o toque da generala.

A Vila correu para as ruas, perguntando o que havia. Oficiais deixavam, correndo, suas casas. Dragões desarranchados, abotoando a túnica vermelha, voavam a seus quartéis.

Começaram a rebentar rojões em vários pontos da Vila. Os patriotas apareciam, fingindo calma. A notícia espalhou-se, sob aplausos frenéticos do povo. Minas Gerais exultava; havia festas em todas as vilas e arraiais mineiros. O Brasil deixara de ser Colônia!

O Ouvidor Dr. Joaquim Mota apressou-se a comemorar o acontecimento histórico, organizando homenagens ao Mui Poderoso Príncipe Regente.

Ao amanhecer o dia, a Vila acordou ao estridor das cornetas tocando alvorada. Fogosas bandas de música voltavam a percorrer as ruas com dobrados alegres, sendo um deles o *Encontro*, que reunia as preferências do povo. No Largo do Pelourinho, bem cedo estava reunido o Exército constituído por três milícias: Infantaria, Cavalaria e Henriques, constituída por pretos, força comandada pelo Coronel Lourenço de Melo Pimentel. Estavam presentes as pessoas graduadas da Comarca, em frente do prédio baixo do Conselho, sob as ordens do Dr. Joaquim Mota, Ouvidor e Corregedor da Coroa, com a Comenda de Cavaleiro da Ordem Militar de Cristo no peito da sobrecasaca. Levava a adaga-de-gancho, desgraciosa, pendendo de um talim branco abarcando-lhe a cintura.

O secretário da Ouvidoria leu o decreto do Real Príncipe Regente D. João, criando o Reino. O Ouvidor com as próprias mãos subiu a bandeira do Reino Português à driça de frente do Conselho. Cada milícia salvou em separado, para o chão. Então, solene, o Ouvidor, de chapéu na mão, deu o viva oficial:

— Viva o Magnânimo Príncipe Regente do Reino Unido do Brasil, Portugal e Algarves, Príncipe Regente D. João!

Entusiásticos vivas responderam. Chapéus voaram no ar. O povo delirava. O protocolo proibia outros vivas, porque só devia ser louvado o Príncipe Regente. Os Drs. Adjuntos da Ouvidoria e o Procurador do Conselho cumprimentaram primeiro o Ouvidor. O Comandante, com a oficialidade, aproximou-se a 10 passos, batendo-lhe a continência devida, o mesmo fazendo os oficiais das Milícias. Seguiram-se os Oficiais de Justiça e porteiros que anunciavam os *bandos*, serventes da Ouvidoria e aguazis.

Findos os cumprimentos, as bandas marciais atacaram marchas batidas, entre elas a afamada *Trinta de Outubro* e, manobrando, desfilaram em cadência militar pelas ruas principais. Ouviam-se fogos-do-ar, dinamites, rojões estrondando. A Vila se enfumaçava.

Às 8 horas o Vigário Melo Franco cantava o *Te Deum*.

O Ouvidor e D. Beja em suas cadeiras exclusivas ouviam, respeitosos, a santa missa. Uma paz humilde abrigava a atenta população que ficava de fora, não cabendo no templo. Ajoelhava-se em frente, no chão do Largo. D. Beja com um rosário de ouro nas mãos movia os lábios de leve, rezando. Lembrar-se-ia de João Alves, do Vô-Padrinho que apodrecia no cemitério de S. Domingos?

À tarde picaram-se touros no grande curro da vargem. Mota pelava-se por touradas, chegou cedo ao redondel. Touros bravos, toureiros medrosos de sacudir bandarilhas. Só tinham prática de pega à unha. Não farpeavam bichos espertos, de pontas finas; a destreza não permitia... Todos eles foram muito vaiados; um caiu, sendo pisoteado pelo pedreiro.

Ao chegar a Palácio, Mota estava entediado.

— Que tem você, Mota?

— Nada, Beja. Estou com um pressentimento de que o Brasil vai ficar, em breve, separado de Portugal. Vejo o trabalho dos brasileiros em S. Sebastião do Rio de Janeiro. São estadistas, isto são. Há Deputados muito brilhantes: os de Minas Gerais, por exemplo. Não sei, mas não vejo boas coisas no horizonte. Umas nuvens...

Beja duvidava, embora medrosa:

— Pois eu não acho... Portugal é forte. Sabe oprimir.

No coração desejava até a Independência, mas falava para agradar ao amante.

Mota se estabanou:

— Qual Portugal, qual Brasil! Isso são frioleiras! Este ano de 1815 foi propício para nós. Vamos beber um Porto de honra! Mande vir um Cabacinho.

Veio na salva a garrafa de cristal em que serviam os vinhos do Palácio. Ele, tomando um cálice:

— Nesta data brasileira eu bebo a saúde... de minha Beja!

Ela sorriu, bebeu também, passando o braço na cintura do Ouvidor. Lá fora acenderam-se luminárias, que faziam partindo uma laranja ao meio. Tiando o miolo, botavam azeite nas cascas e mecha de algodão. Acesas, duravam horas.

Dançavam em algumas casas da Vila; de vez em quando espoucavam fogos do ar. Cachaceiros gritavam a espaços, roucos, vivas ao Brasil. Os Dragões faziam rondas dobradas, 4 a 4. Nos corações palpitava muito júbilo, embora sujeito ao duro regime português.

Mas o Brasil amanhecia.

No salão de visitas, os dois amantes conversavam a sós.

— Beja, há certas coisas aqui, que preciso consertar. Depois do alvará de 1808, que proíbe que o ouro em pó e grossinhos corram como moeda, a coisa está no mesmo. Isto é comum em Minas e o alvará só conservou esse privilégio para as Capitanias de beira-mar. Nosso ouro em pó tem ido para a Casa de Fundição de Vila Real de Nossa Senhora da Conceição de Sabará, de onde sai quintado. Mas reclamam. Esse transporte é dispendioso, demorado. Ainda não resolveram criar uma Casa de Fundição em Paracatu do Príncipe, apesar dos meus constantes pedidos. Estamos comerciando com a prata amoedada de 600, de 300, de 150 réis e cobres cunhados. O ouro corre, porque é de qualquer modo comercial. É uma irregularidade. Cansado de oficiar à Real Coroa, vou escrever para o Príncipe D. Pedro, meu amigo. Fio que ele solucione esse impasse. Tenho a cabeça esquentada de tanto trabalho.

— Você deve é descansar.

— Beja pronuncia *você* muito bonito. Quando cheguei de Portugal não podia dispensar o *tu*. Agora me habituei e acho fácil: você é um encanto de mulher...

Riram. Mota, reparador:

Viu como o Vigário estava alegre depois do *Te Deum*? Esses políticos são o diabo. O homenzinho gosta é de suas Minas Gerais, de seu Brasil tão grande! No sermão falou muito em *Reino*... o Padre Melo é político até no púlpito.

— Mas nas eleições ele é católico até nas bocas das urnas...

Mota, aborrecido:

— Ouve como chove? É bom adormecer ouvindo as goteiras. Vamos dormir, meu amor!

Quando Mota acendeu o belga do seu quarto, viu uma carta na mesa de cabeceira. Apanhou-a. Letra de mulher. Fechavam o envólucro 5 obreias vermelhas.

— De quem será esta carta, Beja? Quem a trouxe?

— E eu sei? Abra e verá de quem é.

O coração de Beja bateu depressa, febril. Era carta de S. Domingos de Araxá. De D. Ceci, esposa do Cel. Sampaio.

Beja inquietou-se:

— Leia logo, Mota.

Ele com o cenho rigoroso: "Araxá, v de dezembro de 1815. J. M. J., Saudosa Beja. Faço-lhe uma visita, desejando-lhe muitas felicidades. Temos às vezes notícias suas, vagas. Vai bem de saúde? Sentimos muita falta de você, mas Deus é servido. Escrevo-lhe sabendo se quer vender os móveis, que estão na casa em que você morou aqui. A casa está fechada, mas o Belegarde tem a chave. Refiro-me aos móveis e os mais objetos que deixou. Se você quer vender, peço mandar o preço e a ordem para me serem entregues as coisas, que pagarei ao Belegarde, Delegado, a quantia que você pedir. Todos de casa mandam saudades. Sem mais, aceite um apertado abraço de sua amiga (a) Ceci Sampaio".

Mota fechando a carta, que lera alto:
— Hum!... Quer dizer que você está correspondendo com essa gente de S. Domingos do Araxá!
— Como estou correspondendo?!
— Não está aqui uma carta?
— Não vê que esta carta me pede o preço das minhas coisas que estão lá?
Mota empalidecia:
— Já tardava. A senhora tem correspondência com essa D. Ceci, esposa do Cel. João Sampaio!
A moça indignou-se:
— Tenho correspondência?!
— Sim, senhora! Está aqui uma carta!
— E que tem esta carta?
Não ouviu que D. Ceci manda-lhe saudades de *to-dos* de sua casa?

— E que tem isto?
— Então não sabe que averiguei sua vida passada e soube que deixou lá um namorado, filho de D. Ceci?
Beja estava engasgada:
— Não seja leviano; Antônio é meu conhecido, como outros rapazes de lá.
Mota brutalizava-se...
— Então nega que Antônio foi seu namorado?
— Não, não nego. Mas foi namorado de menina na aula de catecismo.
... ficava verde de raiva:
— Então ignora que esse idiota não pisou mais em S. Domingos desde que você veio?
— Não sabia, sei agora.
— Fico decepcionado com você. Recebendo saudades de um tipinho desclassificado, muito bem. Só faltava isto!...

Beja, sentindo o absurdo dos argumentos, caiu de bruços na cama, afundando o rosto nos almofadões. Chorava, balançando todo o corpo. Mota caminhava pelo quarto, castigando o bigode:

— Por isso é que não me casei. Ser enganado, eis o fosso em que o homem se atufa e morre na moral! Vivemos bem um ano. Agora a carta de uma caftina, recados de Antônio... Eu já desconfiava de seus constantes passeios com o Vigário... esse poltrão... Nisso é que dão *certos atos impensados de homem...* de um homem *como eu*! Decerto estou sendo apontado pelo povo como ridículo, um... manso. Vou castigar a Severina, até o sangue! Vou saber de tudo. Um Ouvidor atraiçoado pela conspiração de gente sem eira nem beira!

Era demais. Beja ergueu-se, lívida:

— Basta, covarde! Está ofendendo os brios de moça sacrificada a um velho sem compostura!

Mota ouvia-a, com a boca entreaberta. Beja saiu de sopetão, fechando-se, com estrondo, no quarto de hóspedes.

Mota caminhou duro para o escritório particular, em cima. Bateu a campa.

— Severina, D. Beja recebeu uma carta. Quem a entregou hoje, aqui?
— Foi Seu Juca, na hora da janta.
— Mande o Moisés chamar Seu Juca, urgente!

Desceu a escada e esperou na biblioteca. Estava irascível. Batia com os dedos na tábua do *bureau* forrado de damasco. Sentia as têmporas latejando. Pareceu ver D. Beja fugindo, voltando para os braços do fazendeiro. Um ódio homicida trismou-lhe as mãos. Perdê-la, pensou, será demais para mim. Sentia-a mais linda, submissa; viu seus grandes olhos verdes mais verdes ainda, marejados. Moisés entrou:

— Seu Juca tá i.
— Mande entrar.

O sujeito entrou, magro e amarelo. Estava mal vestido. Tirara a fatiota da festa e voltara ao pó antigo.

— Seu Juca, sente-se aí. O senhor trouxe esta carta para D. Beja.

Inocente, respondeu:

— Sim, Doutor, foi um tropeiro quem trouxe de S. Domingos.

— Que tropeiro é esse?

— Não conheço, Doutor, mas está arranchado na beira do rio.

Mota silenciou, para vazar depois a bile:

— Seu Juca, você é amigo, vou dizer. Essa carta amolgou meu prez de cavaleiro. Feriu-me muito.

O moço-velho, espantado:

— Feriu? Por que, doutor?

— Porque me fez certas revelações! Esfolou uma ferida já cicatrizando.

E contou, miudamente, porque se aborrecera. Historiou fatos; suas sindicâncias, a confissão de Beja...

Seu Juca estava assustado:

— Lá, não sei. Mas aqui todos dizem bem de D. Beja. Reconhecem que ela é a mulher mais honesta das Minas de Paracatu.

— Você acha, Seu Juca?

— É o que vejo, é o que todos dizem. Nunca ouvi dizer nada a respeito de sua honra! Agora, Doutor, o senhor é homem da Lei, eu sou um ignorante. Mas esta carta que o senhor leu, se é como diz, não tem maldade. É carta comercial, de antigos conhecidos.

— Você acha?

— É claro, Doutor. Por esta carta D. Beja está pura. O senhor talvez se exaltasse, ama D. Beja...

Mota silenciou, contrafeito.

— Você acha, Seu Juca?...

— Ora, Dr. Ouvidor, o senhor me desculpe, mas não tem razão nenhuma.

— Pois bem, eu vou pensar. Acho que a razão é sua.

E caindo em si, querendo ganhar prumo:

— Olhe que amanhã cedo preciso de vosmecê. Pode ir.

Mota esperou ainda, pensando que, em quase um ano, pela primeira vez se mostrara de fato grosseiro com a amante. A compostura de Beja fora bem mais sensata que a sua. E agora? Agora só restava se humilhar. Sentia a cabeça pesada, confusa.

Como velho conquistador habituado às catrambagens da Corte de Lisboa, onde o Príncipe D. Pedro ensaiava as asas de enraçado gavião, também se vira em vários casos de amor clandestino. Nesses casos só um presente resolvia tudo. Ia fazer com Beja o que fizera com marafonas encobertas em sedas dos salões do Chiado.

Tirou do bolso um molho de chaves, abriu certa gaveta onde guardava muitas coisas valiosas. Escolheu o anel que ganhara dos funcionários da Ouvidoria, ao chegar ao Termo de Paracatu. Em ouro do melhor quilate, resplandecia um brilhante cor-de-canário com reflexos roxos, rosados e vermelhos, joia de oriente raro. Pesava 60 *carats*. Depois subiu, calando indisfarçável desaponto. Bateu à porta do quarto de hóspedes onde a amante se trancara.

— Beja, abra aqui.

Ninguém respondeu. O quarto estava às escuras. O Ouvidor sentia zumbidos na cabeça:

— Por favor, Beja, abra, que preciso falar com você.

Para ser delicada, a jovem abriu a porta. Assoava-se, com os olhos inchados de chorar. Mota acendeu a luz e abraçou-a brandamente, fechando-lhe na mão o anel.

— Você me perdoe; fui até grosseiro mas não há nada que o ouvido do ciúme não ouça. Busquei hospício para meu sossego em sua pessoa que, para mim, resume tudo na terra.

Beja depôs o anel na mesa da cabeceira, sem ao menos repará-lo. Ele conduziu-a abraçada, para o quarto comum e foi buscar um cálice de vinho de Málaga. Ela bebeu, sem agradecer. Foi se despindo devagar, sem olhares de rancor. Escovou os dentes, envergou a camisa de holanda fina, fez o sinal-da-cruz e deitou-se. Mal ergueu os lençóis para se deitar, o delicado perfume dos Saquinhos de Chipre se espalhou pelo enorme quarto. Mota preparou-se também para se recolher. Beja virou-se para o canto, fingindo dormir. Mota apagou a luz, aninhou-se, com um suspiro de alívio arrependido.

Ao lado da frieza digna da amante, pensou na felicidade partida, pensou na confusão política de sua pátria, Portugal e ele naquele instante diminuído, aniquilado,

> *na rudeza*
> *Duma austera, apagada e vil tristeza.*

Ao se levantar, Beja estava desconsolada. Ainda no leito, Beja ouvia a voz nostálgica de Severina lavando as peças finas de sua roupa, no tanque dos fundos. Cantava com suavidade:

> *Eu tenho peças da terra,*
> *Tenho gado da Guiné.*
> *Eu amo de amor em graça;*
> *Mas amo — ninguém me qué...*

Aprendera aquilo decerto com a esposa sofredora de Nazário, o hético.

Levantando-se, Beja se pôs a arrumar de novo as malas. Na canastra grande, de couro taxeado de chatos pregos dourados, guardava os presentes. Lá estavam os 9 litros de ouro em pó, em garrafas brancas; a caixa de madeira onde guardava as 30 barras de ouro cunhado na Vila Real de Nossa Senhora da Conceição de Sabará. Cada barra pesava 250 gramas e tinha aberto, no ouro escuro, o cunho Real. Num saco de seda estavam os cordões também de ouro, presentes e compras. O baú de pepitas maiores estava quase cheio. Eram das Minas de Paracatu, Vila de Nossa Senhora do Carmo, Vila de Nossa Senhora da Piedade de Pitangui, Gongo-Soco, Vila Real do Príncipe, além do que foi tomado nos caminhos. A pepita mais preciosa era uma de 720 gramas, achada por um menino, depois do aguaceiro, no fundo de uma grota de enxurrada, no começo da Rua das Beatas, no Tijuco. Num frasco de boca larga estavam seus diamantes. Esse frasco era de um litro e as gemas foram, umas, compradas, outras, mimos à jovem. Havia pedras apreendidas pelos fiscais da Ouvidoria, como contrabando de escravos gatunos de catas mineiras. Sua caixa de anéis, broches, alfinetes, camafeus, brincos, pulseiras e moscas de ouro parecia de reis lendários. Seus anéis e pulseiras de coco e ouro fino, fabricação do Arraial do Tijuco, eram espetaculares. Havia ainda nesse depósito de coisas belas, duas caixinhas de rapé, uma em marfim com fios de esmeraldas sem jaça, ao longo das junções das peças, com um brilhante querosene no centro da tampa. A outra era de esmalte azul, com 19 brilhantes grandes, distribuídos pelas faces do conjunto.

Severina estranhou a mudez de Sinhá.

— É desconsolo, Severina; eu sou a prisioneira, sem culpa, dos Dragões de Portugal.

Mota andava abafado, de mau humor. O Vigário, pela manhã, foi ter com ele, jovial como sempre. Fora pedir para soltar um escravo de sua mineração, preso à noite pela ronda. O Vigário, ao sair, falou com o Dr. Remanso, que chegava:

— O homem hoje tem a cara enferrujada. Sua boca sempre muda, lembra dobradiças perras de porta sem uso...

Remanso sorriu, parecendo saber de tudo:

— Ele vive é puxando caprichos com ela. Puxar capricho é o diabo...

Passara o Natal, passara o Ano Bom.

No dia 2 de janeiro, o aniversário de Beja.

Pela manhã Mota levou-lhe no quarto muitos embrulhos, vindos da Corte. Presentes para a moça. Sapatos de preço, vestidos de esmerada feitura. Muitos vestidos.

Beja agradecia, desapontada como andava.

— Pelo menos hoje, fique como era antes, meu bem.

— Sou a mesma...

Aquele mutismo, sua tristeza pensativa, eram a resposta de coração bem formado às brutalidades do dia da carta. Com intuito de arejar suas relações com a jovem, o Ouvidor preparou um jantar, para o qual convidou gente amiga de Beja mais do que seus amigos.

Ao lusco-fusco o Vigário chegou, com escravo carregando uma caixa. Era um presentinho de pobre para D. Beja. Tratava-se de esplêndida caixa de música, toda de ébano incrustado de marfim.

Só então a triste sorriu, contente. Seus olhos iluminaram-se de novo, na alegria infantil de ganhar coisa tão linda. Beja recebeu tantos presentes, que a sua cama ficou estivada de mimos úteis e preciosos. O esquisito é que tudo aquilo não restabeleceu, totalmente, a alegria da araxana. Estava fria, distante. Os golpes do amante foram duros demais. Ela explicava bem aquele estado emocional segregando à escrava preferida:

— Minha existência agora é uma flor pendida sobre o abismo.

No dia 22 de março morreu na Corte a Rainha de Portugal, Brasil e Algarves, a Graciosa e Sereníssima Senhora D. Maria I, em nome da qual reinava o Regente D. João. A 1.º de maio de 1816 chegou a Paracatu do Príncipe a notícia oficial da morte de tão alta Rainha.

Em todas as igrejas os sinos deram sinal fúnebre, de duas em duas horas, durante 8 dias. Um edital da Câmara avisou os povos. Ergueram decente cenotáfio com inscrições sobre o Alto e Saudoso Objeto. Essa deslavada mentira foi gritada pelas ruas, por oficiais-camareiros.

A consternação foi geral. Pela manhã do outro dia os Corpos Milicianos, no Largo da Matriz, deram as competentes descargas. Seguiram-se missas solenes por 8 dias. O Vigário Melo Franco estava compungido, lastimava o acontecimento, muito triste. Triste só por fora, pois, no íntimo, aquela morte lhe dera prazer. Disse ele a um compadre, seu amigo do peito:

— Ótimo. Morreu a tigre fêmea que condenou o Tiradentes à forca. Sou liberal, como todos os meus antepassados. Pena é que essa Maria *um*, a Piedosa, não se lembrasse de ir antes da Inconfidência Mineira!

Toda a população de Paracatu foi chamada para as cerimônias, em convite geral, *obrigatório*. O Governador das Minas Gerais, Capitão-General D. Manoel de Portugal e Castro, determinou luto rigoroso em todos os Termos por um ano, sendo 6 meses de luto rigoroso e 6 meses de luto aliviado. Comunicaram a El-Rei a homenagem à memória da Amável Soberana de Recomendáveis virtudes, em nome da Câmara, Antônio José Vicente da Fonseca, Antônio da Costa Pinto, Manoel Pinto Brochado, Antônio Gomes de Oliveira e Francisco Antônio de Assis.

O luto oficial de 8 dias se prolongou, por medo da opressão, por mais tempo. Ninguém durante 30 dias fez música em Paracatu. Não podiam dançar em bailes públicos, foram proibidas até festas de casamento e batizado...

De repente a tristeza dos povos terminou em festas oficiais, pela aclamação do Magnânimo D. João VI. Rei morto Rei posto. Festas pela aclamação de Nosso Augusto Monarca, o Senhor D. João VI.

Os Juízes e "Oficiais Mecânicos", segundo o antigo costume, *foram obrigados* a dar danças públicas e 200 réis para ornamentações. Para isto houve exigências, em ofício do Coronel Comandante das Milícias, Lourenço de Melo Pimentel. Nessa comemoração saíram os Senadores do Paço do Conselho de Paracatu do Príncipe, trajando capas bordadas de ricas sedas brancas, plumas no chapéu, jalecos de seda brancos e meias também brancas, calçados de sapatos rasos. Saíram com varas alçadas e o Estandarte, montados em cavalos ricamente ajaezados, levando diante de si todos os numerosos oficiais de Justiça, porteiros e aguazis, que gritavam os *bandos* do que haviam de conter as festas. Iam por todas as ruas, sendo *lidos os bandos* pelo Procurador do Conselho e, por fim, vibrava o clarim que os precedia a cavalo e, na retaguarda, marchava o Regimento Miliciano, também a cavalo e ao som de bélicos instrumentos... Por três noites, residências, igrejas e casa do Paço do Conselho ficaram iluminadas. Lançaram fogos-do-ar de várias cores, incluindo um castelo em cuja sumidade se lia letreiro com o nome do Rei.

No Largo do Pelourinho havia jardim artificial cheio de frutas, onde uma figura segurava largo painel, onde estavam esculpidas as Armas Reais. Por ele passavam Clero, Nobreza e Povo. Pelos lados enxameavam botequins com refrescos, bolos e cafés. No Largo da Matriz foi servida comezaina grátis para todos. Velhos e crianças foram obrigados a dançar, por muitas horas, nas ruas e largos da Vila. Na outra manhã, alvorada com muitos fogos e bandas de música. Tocou-se pela primeira vez o famoso dobrado *Perseverança*, da lavra de maestro local. As 11, missa solene com o Sacramento exposto e oração oficial pelo Professor Régio de Gramática Latina. Assistiam o Clero, o Senado e Oficialidade do Corpo de Ordenanças e o Regimento Miliciano com o Comandante à testa, que ordenou as descargas, bem compassadas.

O Sacramento ficou exposto até 3 horas da tarde, hora em que saiu a procissão solene pelas ruas, sendo acompanhada pelo Regimento. Regressando à Matriz a imensa procissão, cantou-se o *Te Deum Laudamus*, dando o Regimento as descargas. Representou-se uma ópera, à noite. Eram comuns as óperas em Paracatu do Príncipe.

No outro dia houve aplaudidas touradas, cavalhadas foram corridas com vasta assistência. Exibiram-se contradanças públicas, assistidas pelo Ilustríssimo Ouvidor, Desembargador e Corregedor da Comarca, Dr. Joaquim Inácio Silveira da Mota. Compareceu incorporado o Senado da Câmara, acompanhando o Ouvidor, num alto palanque.

A salva oficial foi dada pelas três Milícias: Cavalaria, Infantaria e Henriques, depois do que o Presidente do Senado da Câmara ergueu vivas, pelas ordens determinadas pelo D. Ouvidor Geral e Corregedor:

— Viva nosso ínclito e Imortal Imperador e nosso Perpétuo! Viva Sua Majestade a Imperatriz! Viva toda a Imperial Casa de Bragança, imperante no Brasil! Viva a Assembleia Geral Brasileira! Viva a Santa Religião! Viva o Reino do Brasil! Vivam honra e brio dos paracatuenses!

Todo esse vivório foi repetido, aplaudido pelo povo e tropa.

Beja assistiu a todas essas festas ao lado do Ouvidor, a principal autoridade presente, organizador de tudo. Brilhava mais aceso o lume verde de seus olhos altivos. Trajava rico vestido preto, com aplicações douradas. Usava luvas brancas e trazia na cabeça coifa de rendas valencianas. O Ouvidor dava-lhe prova pública de apreço, apresentando-se com ela nos atos oficiais. Beja era louvada, como esposa do Corregedor. As mulheres paracatuenses e das Câmaras vizinhas ficaram impressionadas com sua figura de imponente dignidade e com a riqueza do seu traje verdadeiramente real.

O Vigário, fazendo-se íntimo do casal, quando tirava a sobrepeliz, falou ao coadjutor:

— Viu que peça finíssima é a *esposa* do Ouvidor? Viu que estampa arrebatadora? Viu seus dentes? Beja é, na realidade, um espetáculo!

O coadjutor concordava, pensando consigo: — Esse vigário está doido por essa mulher... vê-se de longe como seus olhos brilham, ao falar nela.

Ao sair da Matriz, o povo só comentava o esplendor carnal e as vestes milionárias da amante do Dr. Mota.

Apesar de sua vida luxuosa, depois do atrito com o amásio, Beja andava entristecida. Aquele ano corria-lhe mal. Ia tocando a vida, preocupada com o futuro. Comprava ouro, Seu Juca comprava ouro para a adular, o Vigário comprava diamantes para a linda criatura. Davam-se muitos casos irregulares, de Beja ficar com o ouro todo de correios-de-roubo surpreendidos pelos guardas da Ouvidoria.

Engordara um pouco e os ares e as frutas deliciosas de Paracatu lhe davam mais vida. Pela manhã chupava curriolas da chácara do Padre, comia mangas papo-roxo antes do café. Mota lhe ensinava a tomar uma chávena de caldo de ossos ferventados durante a noite, e a que salsas verdes davam sabor picante. Ingeria em seguida uma gema de ovo em cálice de Porto Sousa Ferreira. Só então se deliciava com o café.

Em Paracatu as terras já estavam todas ocupadas por sesmarias e posses. Exceto as sem valia e as que eram de uso da gentilidade, os pobres índios escorraçados pela civilização. Havia plantas importadas: macieiras, pereiras, ameixeras, nogueiras, romãzeiras, damascos. Os pêssegos é que amadureciam cheirosos, porém pequenos e perros. Alguns coqueiros do Reino vicejavam, frutificando nos pomares e pelas margens dos rios Escuro, Preto, Prata e Paracatu. Nesses rios existiam várias pontes de madeira. Os caminhos eram poucos e maus. Não havia pastos plantados, mas era boa a criação de gado curraleiro. Os cavalos de Paracatu tinham fama, eram de linhagem de corcéis das Manadas Reais de Congonhas do Campo, árabes de longínquo sangue.

Na vila existiam curtumes de sola, teares-de-pé e fábricas de chapéus de olhos de palmeiras.

O incrível Professor Real de Gramática Latina era o sábio local. Fazia discursos e sermões, do púlpito. Esse mulato, sempre de preto afetava irritante pedantismo prolixo e indigesto.

O que havia de requintado em Paracatu era a vida social. Bailes, quermesses, visitas constantes. Empregadas bem vestidas carregavam os pertences das senhoras. As moças, em geral afetadas, imitavam as bandarras da Corte lisboeta e, sendo todas analfabetas, falavam, intrigavam, alcovitavam sem noção de hora, tempo e lugar.

A lavoura de ouro fizera muita gente abastada e alguns, muito ricos. Numa população municipal de 24 mil almas eram numerosos os nababos. E todos eles obsequiavam ao temido Ouvidor, através de Beja. Ela nascera para aquela vida de fartura e altas cavalarias sociais. Mas na verdade estava ficando enfastiada de tudo aquilo. Tinha não raro nostalgia da vida rotineira de S. Domingos, pensava em Antônio a lhe sorrir de longe, saindo da missa...

À noite, quando embaixo, Mota estudava papéis, Severina contava histórias a Sinhá. Histórias lindas de fadas, feiticeiros, reinos encantados. Naquela noite ela contara a de uma princesa que viveu muitos anos prisioneira de um castelo, em terras distantes.

No outro dia pela manhã, Beja estava cheia de tédio:

— Eu vivo neste Palácio, Severina, como a Rainha prisioneira do castelo da história de ontem. Nunca hei de ter carta de ingenuidade!

Severina compreendeu o que ela queria dizer e não disse:

— Sinhá, ele (o Ouvidor) manda em tudo mas não manda em Deus!

Ao chegar o Natal, Mota planejou uma festa de Vésperas, no Palácio. Beja acedeu, certa de que precisava mostrar sua casa ao povo, mostrar que ela era dona do palácio e recebia como amante do Ouvidor.

Sua fantasia nesse baile foi espaventosa: vestido de cigana, com grande saia amarela e corpete vermelho. Estava aparatada com uns colares de aljófre dourado e africanas de ouro nas orelhas. Os cabelos apareceram armados para cima, frisados e branqueados pelo Polvilho de Lenclos. Era a surpresa de estapafúrdia elegância — cigana de cabelos empoados. A cigana sorria, dançava sozinha; falava aos rapazes, aos senhores idosos, ao Vigário que fora só cumprimentá-la, para sair logo. Mas ficou. Ficou pela graça do salão e pela beleza plástica da anfitriã, que estava tão provocante que o Vigário mandou o coadjutor em seu lugar fazer a prédica na Igreja. Ele só iria para a missa-do-galo, voltando, a pedido do Ouvidor, para o peru de forno da ceia. Sentava ao lado de Mota na grande poltrona de veludo carmesim, evitava ouvir o risinho espevitado do coadjutor, com seu cálice de Peppermint na mão. Grave, Melo guiava o colega:

— Você, se ainda não comeu o peru da cozinha de D. Beja, não comeu nada no mundo. Não conhece o quitute máximo de Paracatu do Príncipe. Vou lhe dizer como é feito esse peru. Embebeda-se a ave com cachaça, duas horas antes de matá-la. Depena-se com água fervente, fura-se com trinchante, bem furado, e bota-se na vinha-d'alhos na noite da véspera, é claro. Dorme na vinha-d'alhos com pimenta, sal, vinagre e louro. No outro dia bota-se a ave em fervura. Quando se verifica que a carne amoleceu, tira-se, e bota-se de novo a ferver, por duas horas, em leite de vaca. Chegou a hora do papo. Enche-se com farofa de manteiga, alho, cebolas, azeitonas e uvas passadas. Aí, unta-se de manteiga e leva-se ao forno brando, até corar bem. Antes de ir para a mesa, bota-se no forninho bem quente, por quinze minutos. Deve ir para a mesa ainda quente, veja bem. Agora, o principal de minha receita. O melhor tempero, o segredo máximo, é um vinho velho, Casa da Calçada ou Saint-Julien, que haja ficado um dia todo na sombra, debaixo de areia molhada com água de sal.

O coadjutor ficara vermelho, rindo à toa. Aplaudiram a receita. O Vigário, para não encabular, tirou a caixa de esmalte, ouro e diamante. E aspirou com delícia seu rapé com óleo de rosas.

O coadjutor, que era novo no lugar, antes de sair para a Igreja perguntou:
— Padre Dr. Melo Franco, sua família é daqui?
— Quando se povoou de ranchos garimpeiros o Rio Paracatu, nascendo o povoado da Ribeira de Paracatu, meus ascendentes já eram fazendeiros no geral.

O licor Beneditino dava-lhe já boas cores:
— Aqui nasceu meu parente, Dr. Francisco de Melo Franco, médico pelo Sol de Coimbra. Por escrever O *Reino da Estupidez*, de parceria com José Bonifácio de Andrada e Silva, esteve quatro anos nas masmorras do Limoeiro. Uma jovem, sua amiga, não quis depor contra ele e foi condenada a um ano de enxovia. O parente, saindo da prisão, casou-se com ela. O Dr. Melo Franco foi médico do Príncipe Real D. João, quando ainda lúcida a Rainha, e de D. Carlota Joaquina, hoje Imperatriz do Brasil. Acompanhou a Corte, como seu médico, até ao Brasil. D. João, hoje VI, cercou-o de todas as honras mas... o velho estava doente... de miolo mole.

O Vigário não quis é falar. D. João VI, então Regente, foi quem afastou o médico, logo que se viu na Corte do Brasil, porque ele se alegrou com a chegada do Exército de Napoleão a Lisboa...

Desapontou de doer, tirando outra pitada furtiva:
— Disseram ao Regente que ele era partidário da Independência.
Deu um muxoxo:
— Não era verdade mas, afinal de contas, o homem estava meio gira...

O Ouvidor ficou sério, achando falso o terreno:
— É, falam em independência...
Padre Melo ficou frio.
— ... mas não a obterão!
E, sarcástico:
— Os Padres no Brasil são partidários dela...
Melo Franco empalidecia, com as mãos espalmadas para frente:
— Oh, não, não!
— ... pois só na Conjuração Mineira havia cinco padres! Agora em Pernambuco descobriram uma intentona, que eles chamam liberal. Estão como cabeças Padre Tenório, Padre Roma e um tal Padre ou Frei Miguelino... Os Padres brasileiros amam a liberdade... e a forca!
Melo batia a cabeça, negando:
— Loucos, loucos. Jansenistas! Puros jansenistas!

Do outro lado do salão, entre amigos, Mota, de sobrancelhas suspensas, acompanhava, apreensivo, os movimentos da amante. Nisto Seu Juca entregou-lhe uma carta obreiada. Pediu licença e a foi ler na biblioteca.

Era do Subdelegado de S. Domingos do Araxá. Dizia que um novo oficial da Companhia de Cavalaria dos Dragões, tropa de elite, estivera fazendo rigoroso inquérito sobre a morte de João Alves dos Santos, garantindo, em face do processo, que o Ouvidor seria justiçado, talvez demitido. Acrescentava que várias pessoas araxaenses haviam deposto, sob juramento, e a vontade férrea do Governador de Goiás era ver o Dr. Mota destituído do cargo. A primeira diligência que o goiano mandara fazer não lhe satisfizera. Agora a questão era muito séria e várias testemunhas o indicaram como mandante do crime.

Beja, vendo-o se retirar para a biblioteca, foi ter com ele. Mota amparou-se na amante, revelando o que acabara de ler.

A moça corou, para empalidecer de súbito. Sentou-se, depois de fechar a porta.

— Olhe, Mota, vou lhe fazer um pedido, só um: você arranje com o Rei ou com o Príncipe D. Pedro para passar o Julgado do Desemboque e Araxá para Minas Gerais.

— É verdade. E a melhor solução, porque, se o Sertão do Novo Sul for restituído a Minas, ficarei sem a jurisdição do Governador de Goiás, quanto ao processo em que me envolvem. O caso ficará sujeito à minha Ouvidoria.

Beja, muita severa:

— Foi a solução que achei para terminar esse caso, e para que Minas recupere uma parte de suas terras, que foi roubada!

— Pensou iluminada por Deus, com admirável lucidez e tino.

No outro dia seguiu portador oficial, urgente, para a Corte, levando o pedido expresso do Ouvidor a seu amigo Príncipe D. Pedro e a El-Rei D. João VI.

Mais depressa do que ele esperava, o Rei assinou o Decreto transferindo para Minas a região compreendida entre Rio das Velhas e Rio Grande, abrangendo os Municípios de S. Pedro de Alcântara, Confusão, Santo Antônio de Patos e S. Domingos do Araxá. Sem compreender a amplitude, o alcance político de seu pedido, pelo qual passaram para Minas 94.500 quilômetros quadrados de terra, então pertencentes a Goiás, Beja perpetuava seu nome de modo insuperável. Com esse alvará, o Ouvidor estava livre dos inimigos de Goiás e redimido, portanto, de seu crime inominável.

Beja, que o salvara do escandaloso processo, ao saber da assinatura do alvará, humilde e pequenina — apenas chorou. O Ouvidor convidou os muitos amigos e autoridades para uma ceia, em que ia comunicar a resolução de S.A.R. Preparou-se uma festa, em tudo igual à do Natal.

Nunca houvera mais alegria e vinhos finos como se notaram naquela noite, embora ninguém conhecesse o Alvará Régio restituindo a vastíssima zona a Minas.

O salão regurgitava de convidados, cada qual mais solene em sobrecasacas, rodaques e vestidos galantíssimos. Parlavam com graça, falavam honrados pela distinção dos convites, todos eufóricos à força dos licores estrangeiros. Chegavam outros convidados. Ninguém vira ainda a dona da casa.

De repente entrou Beja; caminhava majestosa. Apresentava-se com vestido verde de decote baixo e larga cinta de seda grená mal atada. Seus carpins eram também verdes, com fivelas de ouro e diamantes. Via-se-lhe, na altura do coração, grande cintilante broche de diamantes cor-de-rosa. Uma vaporosa boina de renda frouxa, ainda verde, lhe envolvia a cabeça bem posta no pescoço branco. Debaixo dessa boina, em saquinhos pequenos de crivo de seda alva, moviam-se, presos, vários vaga-lumes de luzes amarelas, verdes, azuis. Quando ela movia a cabeça, naturalmente, viam-se-lhe as luzes dos lampírios, luciluzindo nos cabelos.

Todos a receberam de pé, com um oh, de surpresa; pareciam ver uma sultana saída das *Mil e Uma Noites*. O Vigário adiantou-se beijando-lhe a mão, onde luzia a aliança de ouro trabalhado. No anular, sobre a memória, seu célebre, grande brilhante rubi, com faiscações infernais. Um silêncio de espanto apagou os sorrisos de todas as bocas. Beja sorria, de leve. Dava ainda a mão a beijar quando Severina, de touca e avental brancos, afastando o reposteiro de veludo da porta de entrada, anunciou numa reverência:

— A ceia de D. Beja está na mesa.

O Ouvidor, um pouco formalizado, ofereceu o braço à amante, que ainda estava de pé. Seguiu com ele, a passos lentos, para o salão da ceia. Todos os acompanharam, calados de espanto, por ver entrar na iluminada sala, com seu porte esplendoroso, Belkiss, a Rainha de Sabá, Axum e Mimiar, conduzida pelo Rei Salomão.

— Senhores, por alvará de Sua Majestade El-Rei D. João VI, o Sertão do Novo Sul foi, para sempre, transferido com jurisprudência civil a posse definitiva, de Goiás para Minas Gerais! Quem obteve da Real Munificência esse ato jurídico de elevado alcance nacional foi D. Ana Jacinta de S. José, D. Beja[12].

Aquela notícia assombrou os patriotas, sacudiu as formalidades num jorro de alegria impossível de se conter.

Os aplausos, vivas e abraços foram tantos que, da rua, pensaram que brigassem lá dentro. Todos de pé, esquecendo a etiqueta, bebiam os vinhos generosos, em taças, em copos, e pelos próprios gargalos das garrafas. A confusão, com o vozerio dos vivas, parabéns, gritos e prantos, dava à ceia superfina do Ouvidor o tumulto de farra de boêmios em casa de marafonas bêbadas. Abraços amarrotavam o riquíssimo vestido de Beja e o Ouvidor sorria, aparvalhado, com a taça na mão, gritando:

— Beja! Beja!...

Ninguém se entendia, deixaram a mesa em desordem, agrupando-se em torno da moça, num assédio febril. Muitos choravam, gritavam loucos de orgulho:

— Obrigado, Beja! Parabéns!! Beja! Beja!...

Minas Gerais ganhara, por inspiração da araxana, um território mais extenso, em medidas certas, que alguns países estrangeiros. O vigário Melo Franco, atacado sem cura de mania política, não se conteve e ergueu uma saudação à jovem, salientando que ela fazia, mesmo de Paracatu do Príncipe, o papel de um enviado extraordinário, de um embaixador de Minas à Corte do Mui Alto D. João. E terminou:

— Bebo à saúde da mulher rara, cujo nome nunca mais Minas há de esquecer. Bebo à sua felicidade, nesta noite de glórias, e que, por muitos anos, tão nobre coração nos dê a honra da magnífica presença, vivendo em Paracatu do Príncipe.

O Padre falava, no bulício de vozes sem freio, elevadas, tumultuantes, que lhe perturbavam o discurso. Todos de pé, erravam pelos salões, pelas varandas, em jubiloso vozerio, pondo fim ao banquete.

Beja chorava e ria, com o penteado em desalinho, cabelos onde brilhavam lampírios. Com tantos abraços, sufocara-se, sentindo mal-estar.

Só ela sabia ser aquela a última festa a que assistia no Palácio do Ouvidor.

Eram 3 horas da madrugada. Antes de se deitar, chegou a uma das janelas de seu quarto.

Lá embaixo, na noite clara, pastavam cavalos, na margem do rio. A água verde descia, sem marulho. Um vento leve agitava as frondes dos coqueiros

---

12. Esse território é hoje o Triângulo Mineiro e compreende 94.500 quilômetros quadrados, 15750 léguas em quadro. É maior que qualquer dos Estados atuais da Paraíba, Santa Catarina, Rio de Janeiro, Alagoas, Rio Grande do Norte, Espírito Santo ou Sergipe.

do Reino. O luar da madrugada entristecia as lavras de pedras negras, removidas pelos faiscadores. A terra ainda estava molhada da chuva da noite. Foi então que ela começou a ouvir o murmúrio humilde do ribeirão de Santa Rita, no distante Arraial de S. Domingos do Araxá. Viu as árvores vergadas pelos ventos frios da madrugada, no planalto araxano. Pareceu ver, na dorida saudade, um alvo lenço agitando adeus, para o rumo do Paracatu. Quem agitava esse lenço era Antônio, seu primeiro amor de menina.

IX
O REGRESSO

Com a ascensão de D. João a Soberano do Reino Unido do Brasil, Portugal e Algarves, o Dr. Joaquim Inácio de Oliveira Mota via oportunidade para escalada aos mais altos cargos da Magistratura. A Ouvidoria em Minas, conquanto posto de subido relevo, onde o Ouvidor tinha prerrogativas bem elevadas, parecia-lhe medíocre em vista do que lhe era fácil obter do Rei e do agora Príncipe Herdeiro D. Pedro. Conhecera D. Pedro em Portugal, quando estudante em Coimbra. Laços afetivos o aproximaram do poderoso Príncipe que assumira a Regência em 1792, em nome de sua mãe, a Rainha Louca. Afeiçoou-se ao Príncipe Pedro e, vindo entre os 15.000 palacianos na retirada de Lisboa, em 1808, no Rio estreitou mais a amizade com a Família Real. O Regente acolhia-o com benevolência.

Agora D. João era o Rei: Ele, no sertão das Gerais, em terras reentregues a Minas, ia ficando esquecido. Conhecia a leviandade da Corte... Só a presença diuturna fazia jus a promoções. O Ministério... quem sabe?

Ora, um Capitão-General-Governador de Capitania ganhava 4 contos e 400 mil réis por ano, 400 mil réis por mês. Ele, Ouvidor, percebia 4 contos de réis anuais, menos que o Governador. É certo que o cargo rendia mais dinheiro, mas esse dinheiro era ilegal e extorsivo.

Ninguém como Dr. Mota perdia tanto por estar longe das vistas reais. Além disso, D. Carlota Joaquina, então Rainha, sempre teve por ele muitas predileções. Ah, Carlota Joaquina!...

Sorria, ao pensar na aluada espanhola que odiava o esposo, trocando-o por qualquer Dragão da Guarda... Como ir de novo para a Corte, se não voltava sozinho?... Era amante de uma formosa moça, tão inteligente que em dois anos absorvera seus hábitos requintados, sabia pisar e falar, encantando. Como aparecer, porém, com ela na debochada, mas exigente, Corte de D. João, embora essa licenciosidade fosse disfarçada pelas virtudes bragantinas? Depois, chegando com a amante, agarrado a uma fêmea, sua cotação decairia tanto que ele passaria a não valer mais nada. Só o homem solteiro, serviçal para divertir, merecia prestígio na sociedade desses desbragados gozadores. Se no coração se mantinha ligado à Beja, a probabilidade de mudança para melhor desaparecia. E, entre a amante e melhoria, para o tarimbado cortesão, dava preferências à melhoria...

A verdade é que o Dr. Mota, agora perto de Beja, invés de palestrar como antes bocejava. O determinante daquele pensamento fixo fora a resposta de uma carta a D. Pedro, em que o desaforado namorador de mulheres casadas contava-lhe suas torpes aventuras, dizendo: "Preciso do Mota perto de mim: tu és o amigo de mais jeito para a coisa, tens dedo para ajudar a subir varandas e surrar maridos"... E D. Pedro era um rapaz de quase 18 anos!... Estava nessa explosão de sem-vergonhice a profissão de fé do futuro amante da Marquesa de Santos. O fato é que o Dr. Mota andava inquieto e saciado. Seria amor o que sentira por Beja? Não. Entusiasmo carnal, apenas. Ela bem o dissera. Satisfeito este, descia sobre seu coração um tédio pardo. Possuía-se do desejo de novas aventuras sentimentais. Por seu lado, a araxana reconhecia (era tempo) as falhas morais do Ouvidor. Estava desiludida e sonhava outra existência, em outro lugar que não fosse aquele rotineiro Paracatu do Príncipe.

Mota preocupava-se agora quase exclusivamente com os deveres do cargo. Só à noite levava uma palavra de amável frieza para a moça que mandara roubar em S. Domingos, matando-lhe o avô, com 75 anos. Passada a curiosidade sexual de Beja, ela começou a aborrecer o lusíada meloso que a amava como quem cumpre as *Ordenações do Reino*, sem espiritualidade alguma. Beja via-o como cansado de mulheres, um desses homens a quem uma só mulher, mesmo bela, acaba por desagradar, e se interessam por fêmeas sórdidas, desde que variem.

— Quando você fala em ir à Corte, não fala em me levar...

— Quando falo em ir à Corte, você não me pede mais para levá-la.

E baixando os olhos pestanudos:

— Você agora está muito fria comigo!

— E você, cada vez mais, fica indiferente à minha presença.

Mota deplorava:

— Você não me dá mais atenções. Está rica!

— E você está rico. Não me dá mais atenções.

Aqueles diálogos agora tinham um diapasão amargo e farpante.

O Natal chegara; estava próximo o dia do aniversário de Beja. Mota fazia questão de uma ceia aos amigos e em pessoa organizava o menu da festa, o programa.

O Padre Melo Franco estava frenético, porque D. João VI não tardaria a mandar realizar as eleições para a Assembleia e o Vigário era candidato. Ao saber que D. Beja ia oferecer uma ceia de aniversário aos íntimos do Palácio, sorriu, guloso. O peru à moda paracatuense era de lamber os dedos. Com o rigor das chuvas grandes, o sertão estava reverdecido e os rios transbordantes. O Vigário continuava a mandar todas as manhãs tabuleiros de frutas para sua amiga. Era tempo das sobertas jabuticabas de Paracatu. Estavam maduras, de casca fina. As frutas para o banquete foram mandadas por Melo Franco.

Na roda de amigos, no salão do Ouvidor, depois dos parabéns e dos presentes dignos dela, o Vigário conversava com Beja:

— A senhora pode se julgar feliz. Nossa terra, hoje nossa região reivindicada, é um assombro de fertilidade. Nossa terra do Geral Grande é a Terra Prometida.

Estava esquentando de patriotismo:

— Eu, como velho filho do Arraial de S. Luís e Santa Ana, reconheço que o Sertão do Sul é o mais rico de todo o universo. Não mana leite como em Canaã, mas as águas minerais e as terras são mais valiosas. Aqui só morre de fome quem não tem mãos ou está cego. Estende-se as mãos eis a fruta. Cava-se a terra — ouro. Bebe-se a água — saúde. Terra farturiente... Que mais, para se dizer que é o paraíso? Nem faltam Evas: D. Beja, por exemplo...

O Dr. Remanso acrescentou:

— Nem faltam serpentes... Olha que o cascabulho é mais traiçoeiro que a serpente do Éden!

Beja ria-se da conversa de encher tempo:

— Mas olha, Padre Melo, que a cainana assanhada é um perigo...

O Vigário parecia cainana enraivada, de olhinhos vivos, alerta e com o hábito de pôr a língua de fora, molhando os lábios.

Beja continuou, olhando para quem acabava de chegar, Seu Juca:

— Aqui também se encontra o surucucu de olho apagado...

Justo! Seu Juca tinha o sombrio olhar da cobra traiçoeira. Olhava, de cabeça baixa, como as cobras que espreitam, enrodilhadas. Os que entenderam, acharam espírito na jovem. Padre Melo entusiasmava-se com facilidade e reconduziu as conversas a seu primitivo assunto:

— Já conheço bem a zona de Farinha Podre, que outros chamaram outrora Sertão do Sul. Estive no Desemboque e, ainda hoje, tão distante daquelas plagas, ainda escuto o tristíssimo timbre do sino grande de sua igreja de Nossa Senhora do Desterro. É um som plangente, tão profundo que estremece as almas. Quem ouve o bronze valioso tem medo do pecado; sente o coração apertar e uma tristeza avassaladora domina os caminhantes. Esse cavo sino é escutado a cinco léguas! Nunca ouvi na Europa, mesmo em Roma, coisa igual. É como as vozes dos profetas da antiguidade, avisando os povos a estarrecedora verdade do Apocalipse. Esses dobres são clamores surdos de advertência! Advertência das verdades da Bíblia, da história universal dos Evangelhos. Lucas fala por ele, Marcos, Mateus, S. João... Para mim, sempre lembrei dos avisos de Elias, o Patriarca, ouvindo esse bronze tão bem temperado. São gritos com soluços da Igreja do Arraial de Nossa Senhora do Desterro das Cabeceiras do Rio das Velhas do Desemboque. Por tudo isso amo esse rincão mineiro, chão em que Deus derramou abundantes graças... terra onde nasceu D. Beja.

Encorajado pela atenção de todos, dirigindo-se à dona da casa:

— Araxana do altiplano da Serra do Espinhaço, varrido de ventos desbocados, ao chegar seu amado, ó venturosa,

> *Estavas, linda Inês, posta em sossego,*
> *De teus anos colhendo o doce fruito...*

O Ouvidor, já um pouco mareado pelos licores (seu Madeira doce descia a garganta como leite), bateu palmas, aplaudindo. Os outros o imitaram. Padre Melo ficou vermelho, voltou a si, enquanto Beja sorria um sorriso jocondiano de tristeza disfarçada.

O Vigário sorria feliz, na sala mais aristocrática de Paracatu do Príncipe, esquecido de tudo, porque tudo corria para ele em chão de flores. Conversador muito vivo, chamava atenção, e suas tiradas românticas eram alternadas com frases chistosas, bem medidas no sal.

Sem medir a reação, Seu Juca meteu a mão na cabaça alheia:

— Padre Melo, como foi a morte do Justino?
— O quê?!

Fechou o cenho, reprovando.

— Pergunto ao Padre Melo como foi que o Justino morreu, ontem.
— Ora, vir você falar em escravo, e que escravo! Numa festa de aniversário!...

E, com raiva palpitante:

— Vou contar como foi: Justino era negro tão bom que o comprei de um comboieiro por 90 mil réis. Pelo preço, é fácil saber que não valia quase nada. Era peça forte mas de perna grossa, o que não vale coisa nenhuma para lavoura. Mas tinha uma coisa: o demônio do negro entendia de purgação de açúcar. Era o único em Paracatu! Trabalhava até regularmente e eu então lhe entreguei a Casa de Purga. Ora, a cana-doce precisa entendido para que preste. E ele entendia! Só se cortava cana quando ele provava uma, dizendo com gravidade: Tá no ponto. Mas não provava com a boca, chupando, e sim batendo as costas do facão nos gomos da cana ainda plantada. Conforme o som, o negro sabia se estava ou não no ponto de moer. Mas acabei descobrindo que o sevandija comia açúcar, grande quantidade de açúcar, vários quilos por dia! Isto é coisa que entra pelos olhos: um chefe de purga que é viciado em doce — não serve! Pois deixei o preto comer quanto açúcar apetecesse, até se fartar. Ele porém não saciava, comia cada vez mais! Comia por 20, por 50 negros esfaimados! Nem tronco, nem palmatória, nem bacalhau consertava o velhaco! Fui obrigado a botar na boca do ladrão um freio, desses freios de pau muito usados para abaixar a língua e que não deixam ninguém meter nada nas goelas. Justino trabalhou, assim, a safra pesada, enfreiado no duro!

Limpou a garganta, enxugando a boca em lenço cheiroso:

— Você sabe que minha safra é ainda pequena, de modo que a produção foi de 50 sacos de açúcar. A mercadoria estava guardada na Casa do Engenho, num quarto com chave — o meu depósito. Sendo o negro carapina remendão, acaba a moagem, ele o dia inteiro ficava consertando peças do engenho, rodas, bicame, cunhas bambeadas. Cavilhava, ajustava, ia untando as engrenagens das moendas. Pois bem. Anteontem fui ver como estava o açúcar. Não é que o negro comera em cinco meses vinte sacas de açúcar mascavo?!

Os ouvintes se espantaram com aquela revelação quase inacreditável.

— Mandei então arrochar o guloso na cincha e ordenei que lhe dessem um banho de vergalho de boi. (Era mentira, o próprio Padre é quem surrou o escravo).

— Mandei lhe dar cem vergalhadas nas... costas, nas nádegas e botá-lo no tronco de ferro. Agora, o Jonas, meu feitor, *por sua conta própria*, lavou as feridas do negro com vinagre, sal e pimenta. O Jonas fez mal, porque esfregou a mistura nos lanhos, com o sabugo sapecado de milho. Eu, em verdade, ouvia, de casa, os urros do preto: pensei que aquilo fosse mamparra do malandro e não dei importância. Ontem o escravo amanheceu morto. Enrolou a língua na garganta, morreu.

O Padre Melo consertou as dobras da batina de seda brilhante, cruzando as pernas para mostrar o sapato de fivelas de ouro:

— Morreu de burro, porque um negro que *engole a língua* só porque apanhou, ou é burro ou doido. Ele era doido e burro...

Seu Juca, humildemente irritado, não se conteve:

— E o banho de vinagre, sal e pimenta?...

O Padre, cortando o assunto:

— Aquilo passava. O efeito da salmoura é questão de horas!

Beja ouvia a conversa, arrepiada.

Como único comentário, Padre Melo fechou a explicação, calmíssimo:

— Ora, morreu porque não quis mais viver!

Um silêncio gelado se fez em torno do inteligente algoz de Justino. O Vigário, expressivo, encarando as jarras da mesa do centro, indagou de Beja:

— Lindas rosas! São do seu jardim?

Todos ainda estavam emocionados com o caso do infeliz suicida. Beja nem respondeu.

Era comum escravos suicidarem-se *engolindo a língua*. Voltavam a ponta da língua para a garganta e conseguiam, no desespero da dor, morrer sufocados. Embora habituados à bestialidade dos senhores, aquele episódio narrado sem rodeios abalou o coração de todos. Desfeita a roda, num grupo, na sacada do Palácio, onde comentavam com horror o martírio de Justino, o Dr. Remanso desabafou:

— Esse Padre é com certeza parente de Torquemada e irmão do cura Santa Cruz...

O Comandante Geral das Milícias consultou o relógio de prata:

— Dr. Ouvidor, são duas horas da manhã. Peço licença para me retirar.

Os outros o imitaram. O Dr. Gondim, que era idoso, falou para o colega Dr. Remanso:

— Estou com os pés dormentes, formiguejando. Estou de pé há muitas horas...

Beja estava com o corpo dolorido, sentia as costas arderem. Ao chegar ao quarto, guardou os presentes: cortes para vestidos, sendo um de veludo negro; caixas com ouro em pó, brincos, pulseiras, 8 barras de ouro quintado.

O que mais a comoveu foi um copo de coco marchetado de ouro, obra perfeita, presente de um condenado a 20 anos, da cadeia da Vila.

Ao compor os lençóis para se deitar, os galos cantavam pela terceira vez, nos quintais. Beja, vestindo a camisa, exclamou alto:

— Nesta hora Pedro negou Jesus pela terceira vez...

Quase adormecendo, já no escuro, ao lado de Mota, que ressonava estridente, ela ouvia o tropel duro dos lotes de burros que saíam de madrugada para compridas jornadas. Ouvia o carrilhão de guisos finos e graves dos peitorais da mulada, batendo, vibrando à mudança dos passos. Ouvia muxoxos dos tropeiros, nomes de burros gritados, de arranco, e o barulho dos cabos de piraís nos couros crus que protegiam as cargas. O ruído festivo dos guisos foi distanciando. As vozes dos cambiteiros ficando mais longe. Ainda ouvia... Partiam lotes para marchas demoradas, para lugares longínquos, para vilas que ela não conhecia, para onde, Beja?...

O surdo relógio de armário da sala de jantar bateu, muito lento, 4 horas. Ela ouviu as lentas pancadas reboando, tristes, por todo o casarão silencioso.

Depois do café substancial da manhã, que tomou sozinho, o Ouvidor desceu para a biblioteca. Beja chegou à mesa mais tarde. Nessas ocasiões, às vezes tinha longas conversas com Severina, que ficava a seu lado, de pé.

Mesmo quando em poder do antigo senhor, Severina ouvia falar sobre a vida íntima do Dr. Mota. Severina conhecia a vida de muita gente... Agora, escrava de Beja, a quem se afeiçoara, conversavam como boas amigas.

— Severina, você conhece a vida de Seu Juca?

— Vejo falar. Diz que ele não é boa abelha, não.

— Ele parece adulador. Seu senhor tem amizade demais a Seu Juca. É íntimo de Mota. Ele, às vezes, diz: Seu Juca me contou, Seu Juca disse, em reserva. Seu Juca sabe disso. Por que será?

— Sei não. Diz que ele é alabamba dele.
— E a mulher dele, é boa?
— Santa! Santa demais. Ele judia com ela, bate...
— Judia, por quê?
— Porque ele tem mulher-dama lá embaixo. D. Emerenciana fala, ele dana. Bate nela.
— Que mulher é essa, Severina; é bonita, moça?
— Trem à toa, Sinhá. Moça é; tão feinha...
— E o Ouvidor?

A escrava arregalou os olhos, mostrando o branco das escleróticas:
— Sei não. Eles fala...
— Falam o quê?
— Eu não vi, eles falam que Seu Juca trazia elas aqui.
— Elas, quem?
— As tais, lá de baixo.

Calou de súbito, para ver se alguém subia a escada. E em segredo, muito baixinho:
— Eles falam que a mulher-dama de Seu Juca dormia aqui.
— Mais o quê?
— É só.
— Mas você viu isso?
— Eu? Não, Sinhá. Eles é que falam. Olhe, Sinhá... tem dó de mim!

Foi até o topo da escada espiar e voltou, rápida e misteriosa:
— Seu Doutor ontem me perguntou se Sinhá tem namoro. Seu Juca anda assuntando...
— Quem falou isto com você?
— Ele perguntou... Ontem Seu Juca me perguntou. Nhá Mina até viu...

Beja sabia mais do que precisava.
— Tira a mesa, Severina.

Voltou ao quarto, estirou-se no divã macio de veludo verde e ficou pensativa, malucando.

Ao meio-dia, depois de ouvir em sua caixinha de música árias tristes de suave delicadeza, chegou por mero acaso a uma das sacadas do salão. Seu Juca se dirigia para o Palácio, andando cansado, jogando o corpo esquelético pelo lançante acima. A moça ficou reparando seu andar cachaceiro de cambaleante. Depois, recuando para não ser vista, mandou Severina chamá-lo.

— Às ordens, D. Beja.
— Seu Juca, sente-se aí.

Seus olhos suavíssimos ficaram duros como os de Caim e chocaram-se contra o rufião como pontaços de chuças. Não feriam, contundiam, machucando-lhe as carnes.

— O senhor tem trazido prostitutas aqui, para o Ouvidor!

Recebeu a pergunta como uma facada no coração. Recuou, desabado:

— Eu, D. Beja? Não sou capaz...

A moça empalidecera, tremia.

— O senhor, sim! E o pau-de-cabeleira do Dr. Ouvidor! Trazia sua amante e outras, para noitadas aqui. Eu queria só lhe dizer que sei disso. Faça o favor de se retirar!

O escrivão saiu com cara de defunto desenterrado, entrando, embaixo, na Ouvidoria. Decerto, ia se queixar a Mota. Era aquilo que Beja desejava. À tarde, Mota subiu carrancudo, de poucas palavras. Mal resmungou *boa tarde* à amante. Deitou-se, vestido, no divã, fingindo-se cansado. Beja cantarolava despreocupada, arrumando pequenos objetos da casa.

Depois do jantar não houve visitas. Beja sentou-se no almofadão do tapete, costume agradável, pondo a caixa de música a tocar. Ficou ouvindo, calada e atenta. Quando a música cessou, ia sair, quando Mota a olhou de frente

— Beja, venha cá.

Ela obedeceu.

— Beja, estou aborrecido com você. Você hoje...

Ela ouvia, já sabendo de tudo.

— ...desfeiteou Seu Juca, meu precioso auxiliar, amigo dos melhores.

Ela, muito serena:

— É só? Amigo para trazer meretrizes para o Ouvidor... amigo para trazer marafonas para dormir na Ouvidoria do Rei! Que precioso auxiliar!...

Ele revoltou-se, quase gritando, ao ser apanhado em flagrante:

— Beja!

— Que quer com este grito?!

Encarou-o nos olhos.

— Quer dizer que seu procedimento é infame.

— Infame, você falando em procedimento infame! Esqueceu-se depressa! Ora, não seja tolo, não sou negra fugida para ouvir gritos de Capitão-do-Mato!

E retirou-se, firme e estabanada, jogando com repelão a cortina da porta.

Quando chegou a hora de dormir e Mota foi para o quarto, Beja ficou na sala de jantar, calma, jogando bisca com Severina. Ficaram silenciosas, jogando as cartas até 11 horas.

Começava a chover com violência. Ao entrar no quarto ouviu o ressonar alto do amante. Teve raiva e nojo. Deitou-se, mesmo vestida no divã, e ficou ouvindo as goteiras despejando água. Havia umas tábuas no chão, sob os beirais. Beja não dormiu toda a noite, ouvindo as goteiras nas tábuas pingando dor de cabeça. Quando Mota acordou ela não estava mais no quarto. Beja banhou-se com delícia no chuveiro gelado, vestindo um penteador de linho branco. Estava serena, mas de poucas palavras. Na sala de jantar, mesmo de pé, sorveu uma xícara pequena de café, saindo logo. Não se cumprimentaram.

Logo que Mota desceu para a biblioteca, mandou chamar a amante. Ela atendeu, altiva mas tranquila.

— Beja, nossa vida não pode continuar como vai. Você está ficando agressiva, o que é feio para uma senhora.

Beja, com calma, falando baixo, resolveu dizer o que mais de uma vez protelara:

— Mota, eu vou ser franca com você. Eu quero ir-me embora.

Ele sorriu, escarninho, com superioridade:

— Então, quer me abandonar?... Era o que faltava...

— Quero. Você fala todos os dias que precisa ir à Corte. Seu amigo é Rei, seu protetor é Príncipe Herdeiro. Sonha uma promoção, o que é justo. Você é homem preparado, e viver longe da Corte é ser esquecido. Para você ir comigo, compreendo que é deprimente para um Ouvidor. Isso tiraria sua liberdade de ação. Por outro lado, *eu não quero mais viver com você*. Vocês, portugueses, cansam logo das mulheres. Para vivermos em briga não nos convém. Dou-lhe a liberdade; você me reintegre na minha. Não estou discutindo. Falo com tranquila deliberação.

Mota comoveu-se, sentindo os olhos úmidos.

— Então você quer me abandonar.

— Nossas idades são diferentes: eu tenho 17 anos, você, 37. Estas cifras não se entendem. Quero ir-me embora, em boa camaradagem com você. Nunca reclamei nada do que sofri nesta casa. Você tem sido bom, mas às vezes grosseiro, sem que eu reclame. Amante não tem direitos de esposa, embora eu não tivesse vindo por meus próprios pés...

O Corregedor tinha os olhos molhados, estava vencido:

— Não posso prendê-la aqui. Você está rica; tem muito ouro, joias, coisas de valor. Vou lhe dar vinte contos, é seu dote. Tudo que está no Palácio, menos estas coisas oficiais da Ouvidoria, é seu, pode levar. Prataria, louça, roupas, minha escrava Damiana. Eu também me vou daqui. Não ficarei, só, em Paracatu do Príncipe. É de meu destino viver só...

Beja, irônica, porém sincera:

— Você não fica só: tem aqui Seu Juca... as mulheres dele...

Mota, mais incisivo, agastado:

— Seu Juca é um pobre diabo, Beja. Utilizo-me dele como espia. Conta-me tudo que há a respeito do Rei e sobre mim, aí fora.

Ela, sorrindo, de maldosa:

— Eu sei de tudo, mas isto é outra coisa. Homem é assim mesmo...

Mota prosseguia, com emoção:

— E você, para onde vai?

— Para S. Domingos do Araxá.

O Ouvidor ficou pensativo, lembrando-se de Antônio. Um mal-estar o foi invadindo:

— E se me casar com você, Beja?
— Casar comigo... para ser a favorita, entre tantas mulheres... Não quero, não lhe convém. Desejo apenas que me mande levar. Quero ir, para o mês!
— Desde que seja sua deliberação, faço-lhe a vontade. Ninguém precisa saber que vai de vez. Viaje, como a passeio. Você tem casa mal mobiliada lá. Pago o aluguel dessa casa, desde que veio. Quem paga por minha ordem é o Belegarde, Subdelegado. Você leva muito ouro em pó...
— Só quatro litros.
— ... e ouro em barra...
— Só oito quilos.
— ... joias e pertences. Sinto demais sua resolução, mas a considero justa. Quero, como você diz, que nos separemos em boa camaradagem.
Enxugou os olhos com um lenço roxo. Beja chorava de manso, também emocionada.

Beja e Severina arrumavam devagar as canastras grandes. Todos os vestidos finos foram guardados; a roupa de linho, sobressalente das camas. Fazia suas arrumações, metódica, sem estardalhaços. Mandou Moisés encaixotar a prataria, as porcelanas. Foram descidas as cortinas, os objetos de arte. Quando embalava a caixa de música, presente do Vigário Melo Franco, Mota mandou que levasse também a sua, maior, em jacarandá, com fechos de prata.
— É para você lembrar de mim, quando ouvir o *Miserere*.
O dia todo batiam prego no Palácio.
— Os volumes pequenos vão em tropa, os maiores e a mobília seguem em carros de bois.
Mota assim determinara, abatido.
A viagem ficou marcada para 1.º de fevereiro.
Beja andava em arrumações, emagrecida e com os olhos tristonhos. Às vezes chorava, assoando-se, discreta. Embora a mudança se fizesse secretamente, pois ninguém sabia, uma tarde o Vigário procurou o Ouvidor, de quem já era íntimo:
— Dr. Mota, eu soube que D. Beja vai viajar!
— Vai descansar uns tempos em S. Domingos do Araxá. Anda nervosa.
O Padre enxergava longe:
— Hum! Conta isto direito, Mota. Houve alguma desinteligência?
— Não, não! Vai descansar!...
— Não acredito. Vamos ficar sem a Beja... e talvez sem o nosso Ouvidor... Não negue. As arrumações são grandes demais para quem *vai por uns tempos*!
Ambos silenciaram, desapontados. O Padre, a custo, revelava coisas:
— É; soube que D. Beja se desentendeu com Seu Juca... Foi o diabo. Esse Seu Juca é um devasso, Mota. Ordinário! Além da vida indecente que leva, indo todas as noites para a crápula com barregãs, por isso mesmo bate na

própria mulher, a morta-viva! É um canalha. Chegou a aborrecer a nossa boníssima Beja. É sórdido! Está seco e acabado. São as noitadas, a bebida — o marufo barato. Seu Juca é indigno do cargo que ocupa. Tenho nojo de Seu Juca.

Mota defendia:

— Não me consta nada disso... Soube agora. Se teve atritos com a senhora — ignoro.

Mota agitou a campa, surgiu Moisés:

— Traga dois cálices do Porto Macedo.

Quando o Vigário tomou o cálice, expandiu-se:

— O bom vinho só faz mal a quem não o bebe.

Saboreou o vinho de qualidade extra:

— Quando edificaram Cartago, acharam enterrada uma caveira de boi, o que era mau agouro. Iam parar as escavações quando deram com uma caveira de cavalo, que queria dizer guerras felizes, êxito. Entre nós, a caveira de burro é desgraça e atraso. Em Paracatu deve estar enterrada uma caveira de burro que era o pai de Seu Juca, oficial de Justiça: caveira de burro quer dizer grande azar. Paracatu não deixa gente boa ficar aqui.

Passava no Largo, chiando alto, um carro de bois. O Vigário despediu-se, aborrecido da vida. No caminho de sua casa, passou pela Botica de Mestre Campos, onde estavam alguns amigos. De lado da Botica, Seu Juca aparava o cabelo num barbeiro-sangrador, tido como jansenista. Padre Melo com o beiço indicou o salão:

— Seu Juca está sendo tosado. A tesoura de cortar cabelo mastiga mais do que a boca de um glutão. Seu Juca está se preparando para a farra da noite. Será que, no dia do juízo, Deus vai ressuscitar a carne desse canalha? Deus pode ficar com as mãos sujas...

O Ouvidor há dois meses recebera licença para ir à Corte. Marcou viagem para o mesmo dia em que Beja se retirasse. Andava irritado com as partes e com os próprios Adjuntos. Começou a ver Seu Juca indiferente ou de má cara. Estava intolerante e abrutalhado.

Paracatu era Quartel-General da tropa de três Milícias. O Comandante planejou formatura para homenagear o Ouvidor, que viajava, em serviço do Rei.

— Não, não quero! Dispenso as honras!

O Comandante era rigoroso:

— É do Regulamento, obedeço à Pragmática, Dr. Ouvidor!

— Vá para o diabo o Regulamento! Vá para o inferno tanta Pragmática! Só consinto que a Milícia forme só se for para me espingardear!...

Na antevéspera da viagem, Beja só fez uma visita: ao aleijado João Izidoro, que ela mantinha com boas esmolas, desde que chegara às Minas de Paracatu.

Seu caso diz bem como é perigoso o mundo: Joana e Manoel casaram na Vila de Santa Luzia do Rio das Velhas. Tiveram dois filhos — José e Joaquina. Quando os filhos estavam com 3 e 4 anos, os pais morreram, na epidemia de bexigas-pretas que assolou a Capitania. Ficaram os órfãos no maior desamparo. Um negociante da Vila de Nossa Senhora de Baependi compadeceu-se de José, de 4 anos, e o levou para criar. Um garimpeiro que trabalhava no rio Guaicuí, na Vila de Santa Luzia do Rio das Velhas, recebeu Joaquina, a de 3 anos, para que não morresse à míngua. O negociante era passageiro, levando José para sua terra. O garimpeiro fracassou na lavra e se retirou, para lugar desconhecido, levando Joaquina.

 Passados muitos anos, começando o alvoroço do ouro da Ribeira do Paracatu, já então Arraial de S. Luís e de Santa Ana, afluiu muita gente, de todos os pontos da Capitania, para tentar sorte no descoberto. Um curiboca trabalhava nas grupiaras do Rio Preto. Como ia sempre ao arraial, enamorou-se de uma jovem, cria de próspero vendeiro local. Casaram-se. Tiveram três filhos: dois normais e um aleijado. Os normais faleceram, ainda pequenos. Só ficou o aleijado, João Izidoro.

Com o afluxo de aventureiros à caça do ouro do Paracatu, veio o garimpeiro que abrigara Joaquina, em Santa Luzia do Rio das Velhas e, como ficasse viúvo, deu a menina à família de outro faiscador, que vivia há tempos no Arraial de S. Luís e Santa Ana. Em conversa com o protetor de José, também no Arraial, descobriram que José e Joaquina eram irmãos.

O destino marcou encontro com os irmãos órfãos, para se casarem no fervedouro aurífero de Paracatu! A marca de consanguinidade estava ali, nas pernas moles e na mudez daquele bagaço racial. Os pais, perdidos ainda pequenos por longes caminhos e incertos lugares, foram chamados, ali, para prova de degenerescência.

Quando Beja conheceu João Izidoro, o aleijado tinha 20 anos. Os pais haviam morrido havia muito e a Irmandade dos Pobres nem lhe podia matar a fome: dera-lhe uma cafua, para ir morrendo. Uma velha sua vizinha lhe enchia o pote d'água e lhe ferventava o angu para comer.

João Izidoro conhecia, adivinhava o dia em que Beja ia levar-lhe a esmola. Cedo avisava, com gestos, à vizinha, que lhe arranjava a casa e a boia. Ajuntava nos lábios os dedos em pinha, abrindo-os depois. Mostrava o anular esquerdo, onde estava a aliança, e sorria. Era Beja; à tarde, ela aparecia... A satisfação do aleijado era tão grande ao ver sua benfeitora, que ele chorava. Ao se despedir dele pela última vez, sentiu grande emoção, abraçou-o e lhe deu 500 mil-réis em patacões de prata.

Ao sair, suspirou para Severina:

— Coitado, agora vai passar fome, de novo!

O Ouvidor saiu cedo para uma visita em litigiosa grupiara do rio Preto, onde sua presença era essencial. Seguiu, com sua gente da Ouvidoria, inclusive os doutores Adjuntos Civis.

O Padre Melo Franco, vendo-o sair em diligência, pois essas questões de mineração lhe eram afeitas, seguiu para o Palácio. Subiu de um fôlego os 27 degraus, contra a etiqueta da casa, pois devera bater palmas do patamar térreo. Severina atendeu-o.

Beja apareceu mesmo como estava, de *pegnoir* róseo à *negligé* e com os cabelos apanhados para trás.

— Padre Melo vai desculpando esta confusão. A casa está horrível!

Levou o Padre para a sala de jantar, onde havia agora uma velha mesa de madeira barata e cadeiras duras, de pau.

Melo, sentado, as mãos nos joelhos, ficara pesaroso de ver todo o luxo de ontem reduzido àquele depósito de caixões e engradados. O Padre, com um sinal, afastou Severina. Tirou sua preciosa caixa de ébano com incrustações de ouro e marfim, bateu na tampa e abriu-a. Ao tirar o rapé, devagar, falou muito baixo:

— Beja, minha filha, que quer dizer isto?!

Ela sorriu contrafeita:

— Passeio, Padre Melo; vou descansar um pouco.

— Hum, hum...

Olhou pelas janelas à sua frente os óleos da rua, enfolhados de novo, folhas leves e transparentes como malacacheta. Viu os coqueiros velhos do pomar do Palácio e um ramo florido de jasmineiro querendo entrar pela janela aberta. Suspenso do alto da janela, o sofrer de Beja cantava tanto que parecia haver engolido as 7 notas da escala musical. E gemeu quase em segredo, surdamente:

— Adivinho que passeio é esse; meu coração me diz... Sou velho e sofredor; tenho sido testemunha de muitos dramas, algumas tragédias. Eu sei que você não volta mais! Ninguém me disse, mas adivinho a extensão de seu romance manchado de sangue... Você, minha filha, está sofrendo a consequência da união da mocidade com a velhice precoce. Seu sangue ardente e o de Mota vão esfriando, aos poucos; esses sangues não combinam mais. O Ouvidor é orgulhoso e prepotente, você é boa e cordata. Esta ligação começou de um crime e acaba num erro sem remédio. Eu sei de tudo!

Beja, muito decepcionada pelo conhecimento que o Padre tinha de sua vida íntima, ganhou coragem:

— O senhor sabe de tudo, disse apenas a verdade. Não vim por meu querer, vim raptada pelo homem que conhecera numa festa, horas antes! Esse infame, para saciar desejos, mandou matar meu avô, a única pessoa que me restava no mundo! Aqui, trancada num quarto, resisti a esse doido furioso oito dias, durante os quais mulheres venais me vinham convencer, dobrar. Estuporada com o crime às minhas vistas, doente, dolorida da viagem de cinco dias — me entreguei sem resistência, quase morta. Não tardou que ele começasse a me humilhar, inventar amantes para mim.

— Até isso?!

— O Senhor mesmo foi amante meu, na palavra do assassino.
Padre Melo endireitou o corpo para trás, amarelo de ódio:
— Eu?! Ele teve coragem, a covardia de dizer isso?!
— Muitas vezes; o Senhor e outros, até escravos! Aturo essas afrontas há dois anos!
— Mas esse homem é por demais infame! Sabia que ele é um miserável, um aproveitador do cargo para praticar atos indecorosos, mas a tanto não podia crer!
Beja interrompeu-o, com perfeita calma:
— Eu nunca, pelo menos, diminuí minhas relações com o Senhor, de quem muito gosto, não só por ser um sacerdote, mas principalmente por ser um homem de bem.
Padre Melo estava engasgado, lágrimas vivas pularam-lhe dos olhos.
— Esse sedutor de órfãs desvalidas de Paracatu precisa pensar que a infâmia assacada contra um sacerdote será pesada por Deus!
Enxugava os olhos, e de novo tomou pé:
— Eu, D. Beja, quando soube que ele se acomparsara com Seu Juca, esse cancro, senti logo que estava perto do companheiro de um tipo repelente como o Príncipe D. Pedro! Pareceu-me estar perto de um canalha, que se chama Seu Juca! A vida do Ouvidor em Paracatu cora as pedras. Mau Juiz, mau homem, debochado e venal! Não era de se esperar outra coisa do palhaço lambanceiro, de recadeiro de Carlota Joaquina para crápulas, seus amantes... Bela profissão, a de recadeiro de uma sujeita como Carlota Joaquina, tão limpa que ao desembarcar com a Corte, em 1808, veio com os cabelos cortados à tesoura, único meio de acabar com a praga de piolhos e lêndeas que ela trazia de Lisboa, encartuchando até as sobrancelhas!
Tossiu, baio de raiva:
— Não foi pequeno o escândalo que ele provocou na Corte de Lisboa, beijando em pleno salão de baile a Duquesa de Luxemburgo, esposa do Embaixador do Rei Luís XVIII junto à Corte de D. Maria I! Com a ascensão do Príncipe Regente ao Trono de Maria I, D. João VI pôde fazer por ele o que já fizera por outros de sua rafameia... Chamou-o para perto de si. O Dr. Mota é um mulherengo sujo e só têm valor para ele as fêmeas do restolho de Seu Juca. A Senhora é pura demais para esse javardo.
Estava lívido e tremia os dedos magros:
— Todo mundo em Paracatu tem pena da Senhora e se admira de como ele a retém aqui há dois anos! Seu Juca deve estar aflito por vê-la caída em desgraça, pois tem umas mulatas porcas para seu lugar neste Palácio!
Beja estava resignada, pois pensava como o Padre Melo!
— Eu também há muito que descri de suas palavras. Convenci-me que, no fundo, esse grande homem é pior que um negro. É polido e educado, só para o exterior: na intimidade é violento e descarado.

Suspirou, com os olhos verdes mais verdes ainda:
— Vou me embora porque me aborreci dele. Vou, porque sou livre, porque não sou escrava de Coroa nenhuma!
— Muito bem, louvo sua atitude e, embora sinta imensamente sua ida, peço a Deus que a ilumine e proteja.
— Deus lhe pague, Padre Melo.
O Padre ficara, de súbito, rouco:
— Esses cães portugueses! Falo como patriota, brasileiro como ninguém! Ainda espero uma clarinada liberal nas Gerais. Uma arrancada, que varrerá do Reino e dos postos reinóis esses espoliadores da terra e do povo! Nosso ouro vai é para o luxo beato da Corte, para as pândegas dos comilões de Portugal. Dia virá em que o Brasil livre escolherá seus governos e o sangue de Tiradentes, que honrou a terra, há de fazer florir e frutificar a árvore da Liberdade! Eu grito por aí, em todos os lugares: *Minha cabeça é do Rei*! Porque preciso agradar esses ilustres canalhas, para não ser esmagado. Neste velho coração, D. Beja (e batia no peito), neste velho coração, eu sou é republicano! Tenho certeza de que o sonho dos Inconfidentes vai ser realidade e trocaremos essas sebosas cabeleiras empoadas pelo vermelho barrete frígio!
Padre Melo exaltava-se com frequência, mas voltava logo ao normal:
— Se precisar de dinheiro, eu lhe darei. Se precisar de minha ajuda para viver com dignidade, o velho está pronto. Guardo reserva de nosso encontro — mas desabafei o coração!
Ficara de olheiras fundas com as emoções da conversa.
— Quando pretende partir?
— Depois de amanhã.
— Ainda estaremos juntos! Fuja de vaidade excessiva, minha filha. As aparências não valem nada. Pense no que disse S. Lucas: É dentro de nós que está o Reino de Deus.
Depois de chegar à calçada, voltou os olhos para o casarão e resmungou, num suspiro:
— Ah, Virgílio! *Campus ubi Troia fuit...*
À noite, enquanto o Ouvidor atendia partes do salão da Ouvidoria (trabalhava até tarde, acertando o serviço para viajar), D. Emerenciana, esposa de Seu Juca, subiu para falar com a senhora. Beja atendeu-a sem interesse, evitando intimidades:
— Pois é, D. Beja, eu soube que a senhora vai viajar e vim despedir da senhora. De dia não posso porque serviço é muito, muito filho, muito aperreio. A senhora vai demorar?
— Não.
— Pois é, Nossa Senhora leve a senhora...
Parou, limpando a testa com lencinho sujo. E, sem ser perguntada:
— Eu ando muito doente, acho que não vou longe, não.

Isso era visível. Estava magra, amarela, tossia seco.

— A gente doente é *incravo*, são aborrecimentos demais... Eu, é como não ter marido... Ele está muito atrasado nos negócios. Deve demais, e nós passamos até falta. Ontem não tivemos nada em casa... A Senhora é caridosa e eu vim pedir à Senhora pra arranjar com o Doutor Ouvidor pra pagar as contas que nós devemos, pra ver se vai... Imagine a Senhora que ele só chega em casa de madrugada, bebido de não poder andar. Se a Senhora arranjar pra o Doutor Ouvidor pagar as contas dele, só fazendo assim, as coisas vão tão ruim. Meus filhinhos sofrendo fome, ele nada, quando eu falo... me bate... olhe aqui sinal de pancada... Só vendo, D. Beja. Agora, se o doutor pagar as contas dele...

Beja não aguentou mais e soltou uma sonora gargalhada, alta, cristalina, cantante. Terminada uma, recomeçou outra no mesmo timbre, num calor tão grande que se lhe viam todos os dentes da boca vermelha.

— Ora, eu pedir para o Ouvidor pagar as contas de seu marido! Nem me fale nisso, mulher! O Ouvidor já devia ter pagado essas contas, porque foram os dois que as fizeram. São unha e carne, comem no mesmo cocho! Os dois são fuçadores das mesmas mulatas, são irmãos da opa da mesma garrafa, bebem com as prostitutas amantes, lá deles!

E olhando a visita bem nos olhos:

— Engraçado, você pedir uma coisa destas! É muito cinismo... Seu marido não a respeita, é um pulha. Ordinário como ele nem há outro em Paracatu. É o sujeito mais indecente que respira nas Gerais. Eu, pedir por esse tralha, esse grande malandro, eu?! Você não se enxerga, mulher? Eu, se pudesse, mandava é meter a taca nesse fingido sem vergonha! Você pede por ele, é porque gosta do rufião, do caçador de fêmeas para tipos iguais a ele!

E, levantando-se, transtornada de ira:

— Saia daqui! Enquanto eu estiver nesta casa aqui não pisa gente que vier pedir para o cachorro de seu marido!...

A mulher puxou o xale preto para os ombros, deslizando pela escada como uma sombra.

Beja, caindo em si, reconheceu que se excedera. Era tolerante e atenciosa com todos. Mas o pedido em favor do homem que odiava fê-la grosseira e mesmo sem compostura. Defendera, porém, sua dignidade ofendida.

— Tenho a cabeça tonta, doendo, Severina.

A escrava acalmou-a. Deitou-se um pouco no divã. Sentia a cabeça rodar, estava tonta pelo excesso da cólera provocada. Lembrou-se então da viagem para a madrugada do dia seguinte. Ergueu-se, continuando a pôr nas malas o resto do que era seu.

Ao se deitar, tarde da noite, estava exausta do movimento com as últimas arrumações. Apagou a luz e debruçou-se na janela de onde se avistava parte da Vila; o pomar reverdecido com as chuvas e o varjão, lá embaixo. As árvores pareciam sonhar. A paisagem feia, acanhada, parecia-lhe agora coisa de degredo, que a gente vê de coração apertando.

Era aquela sua última noite de Paracatu do Príncipe. Pensava que cumprira dois anos de vergonhoso desterro. Como um pássaro de penas molhadas, durante esse tempo não pudera pairar no azul. Agora que as penas secavam ia experimentar as asas, partindo para longe. Mentalmente dizia: Adeus árvores, pedras, rio... Adeus, Padre Melo, adeus João Izidoro, meus melhores amigos!...

Não deixava inimigos. Seu Juca... ela o desprezava, por indigno.

O Ouvidor, lá embaixo, dava as ordens finais para a partida. Beja sentiu as pálpebras baixando, pegadas. Deitou-se na cama estendida no assoalho, no colchão que não era o seu, e dormiu logo. Mota, ao se recolher, viu a jovem dormindo, sossegada. Apagaram-se as luzes do Palácio.

Os sinos da cadeia deram 11 horas. À meia-noite Beja acordou, ouvindo alguém cantar. Apurou o ouvido, escutando, em silêncio. Uma flauta, uma rabeca, uma clarineta, violões. Gemiam uma valsa enquanto voz triste cantava, na hora morta. Na quietude adormecida das ásperas montanhas, só aquela voz soluçava dorida modinha. A rabeca, em suspiros aflitos, era acompanhada pelo som grave da clarineta, enquanto os violões soturnos completavam a melodia. A flauta soluçava. A voz era doce, veludosa, parecia um arquejo, despedindo... Quando a amplidão escura ficou cheia do refrão nostálgico nunca mais, nunca mais voltarás, Beja desatou num choro abundante, lavando o rosto em lágrimas. Sentiu dores abafadas no coração infeliz. Uma saudade abateu sobre sua cabeça, magoando-lhe todos os nervos.

> *Esquecida de nós noutras plagas,*
> *Nunca mais... nunca mais voltarás!*

Assoou-se, suspirando às vezes, em soluço final. A serenata se afastava, abafando a música. A voz se ouvia tão longe que apenas sua dolência apertava o coração da retirante. Nunca pensara merecer aquela despedida. De quem partiria a lembrança, que a fizera chorar? De quem seria a voz? Quais seriam os amigos delicados? Nunca haveria de saber.

A uma hora da madrugada os arrieiros começaram a descer com a bagagem, que ocupou 11 burros. Os 4 carros de bois com os engradados da mobília e volumes maiores já estavam carregados, desde o escurecer. Toldos de couro fechavam por cima as esteiras, protegendo os volumes contra as chuvas. Enquanto carregavam a tropa, os carros partiram, em fila, começando a viagem. Só às 3 a tropa estava carregada. A *madrinha*, um pequira pampa com o látego do cabresto trançado na cabeçada, foi levada para a ponta do lote. Quando ela se moveu, abrindo o caminho, a mula ponteira, por si própria, num choto pesado sob as cargas, se pôs na testa da fila. Estava cheia de guizos no peitoral e na cabeçada sobre a qual, de roupas amarelas e vermelhas, uma boneca de pano ostentava os cabelos louros. O carrilhão dos guizos da ponteira estrondou ruidoso, rompendo a marcha. Começava a viagem. Os arrieiros iam a pé.

O Ouvidor e Beja desceram às 4 horas. A Vila ainda dormia. Ao chegar à rua algumas pessoas os esperavam: os Doutores Adjuntos, Oficiais de Ouvidoria, o Comandante da Milícia e, engasgado e abatido, o Vigário Melo. O Vigário estendeu a D. Beja a ponta de um cabrestinho de tranças:

— É seu. Chama-se Neguinho. É para aparelhar o Marisco. Para viajar é o melhor de Paracatu.

Era outro presente: um cavalo preto-macaco, estrelo, para Beja mudar na viagem. Padre Melo não podia falar mais. Foram rápidas as despedidas. O Padre beijou a mão da viajante:

— Terá sempre um amigo no Padre velho. Deus a faça feliz.

Mal apertou a mão de Mota, saindo depressa, para não chorar. Nem esperou a partida. Depois que todos se apertaram as mãos em "boa viagem!". Beja, montada, sacudiu alto um lenço branco, sem poder falar. Era seu adeus aos amigos e a Paracatu do Príncipe. Eram 4h15 da madrugada. Ventos frios arrepiavam as folhas e maretavam o rio então coberto pela bafagem da antemanhã. A terra estava úmida de chuva e poças d'água acumulavam-se na estrada. Mota e Beja iam na frente. A numerosa comitiva do Ouvidor, com cinco Dragões de linha, marchava a cavalo, na retaguarda. Entre eles e o casal iam os quatro escravos de Beja e duas mulas de canastrinha, com as coisas essenciais dos patrões.

Passavam pelas últimas cafuas da Vila, cabanas de forros, empregados, gente pobre. Mais uns minutos e a senhora olhou para trás, fazendo o sinal da cruz. Paracatu desaparecera. Ela, então, começou a rezar o *Creio em Deus Padre*.

Quatro dias depois estavam em Santo Antônio dos Patos, onde dormiram. Na madrugada seguinte estavam prontos para prosseguirem a marcha. Ainda no quarto, ambos não tinham assunto. Já preparados para seguir, Mota abraçou-a, sem interesse!

— Beja, eu sempre serei seu amigo. Se precisar...

E beijou-lhe a mão. Ela nada pôde dizer. Tremia de leve os beiços.

Montaram. Dez minutos depois apareceu uma encruzilhada. O Ouvidor, ali, se apartava da companheira. Ela seguia em frente para Araxá; ele tomava o caminho do Carmo do Paranaíba, na estrada para o Rio. Era mais perto seguir por S. Domingos: não quis...

Mota, depois de um silêncio doloroso, apeou-se, aproximando-se da jovem. Calado, estendeu-lhe a grande mão gelada, apertando a mão gelada de Beja:

— Beja, adeus!

Os olhos marejados da amante é que responderam. Nada conseguiu dizer, nem uma só palavra. Pararam um pouco, contemplando-se, mudos. Aquele momento era horrível para os dois. Desatavam um laço feito há muito tempo: dois anos e um mês. Iam viver separados, dormir em quartos diversos. Nunca mais se falariam, não se veriam talvez mais.

O Ouvidor, abatido, moveu rédeas, partiu. Beja ficou parada, vendo-o se afastar. Tremia, chorando. Depois... deu de rédeas. No outro dia, ao escurecer, chegava a S. Domingos do Araxá. Parou na porta de sua casa, mandando buscar a chave com Belegarde.

A chegada de Beja com escravaria, mulas de canastrinhas e três empregados do Ouvidor, alvoroçou o Arraial. Todos chamavam atenção e seus escravos davam-lhe importância. Começou a enxamear gente nas janelas.

Beja achou a casa pequena demais. Suja, com dois anos de poeira acumulada, os escravos abrigaram o que foi possível para Sinhá poder dormir. Acenderam os belgas pobres de óleo de rícino Chantre, apagados havia tanto tempo. O Subdelegado Belegarde deliberava sobre camaradas e tropas, honrado com a incumbência.

— São pedidos do meu amigo Dr. Ouvidor... Escreveu-me, sabem?

Chegaram o Padre Aranha e o boticário Fortunato. O Padre estava a estourar de alegria:

— Minha Beja, parece mentira!

Abraçou-a com efusão.

— Veio a passeio?

— Venho morar.

— Que alegria para mim, tê-la de novo!

Fortunato fora oferecer os préstimos. Estava viúvo, ainda de luto.

— Boa viagem?

— Horrível! Estou que não me aguento de cansada!

O boticário, todo cheio de dedos:

— E Paracatu, o velho Paracatu do Príncipe?

— Bem...

— Então, vem de novo, ficar conosco...

— Venho... não esqueci S. Domingos e todos aqui.

— Que tal achou nossa terrinha?

— Cheguei de noite... não vi nada.

Ambos ofereceram as casas, objetos, pessoas para ajudar na arrumação. Beja agradecia, tinha os escravos. A notícia de sua chegada correu logo por todas as bocas. Correu, sensacional, como um terremoto. D. Ceci, ao receber a notícia pelo Fortunato, ficou apreensiva:

— Que vem fazer aqui essa criatura, santo Deus?!

O boticário esclarecia:

— Vem morar. Vem podre de rica!...
D. Ceci, com enfado, mas despeitada:
— Ah, Beja deve estar muito acabada.
— Acabada? Nossa Senhora! Beja está é linda, ficou muito mais bonita! Está que é um gosto ver! Trouxe quatro escravos, muita bagagem...
As filhas do Juiz Preparador ficaram desapontadas, com a notícia. Em todas as casas o assunto era só aquele.

No desconforto da casa pequena, a moça ficara medrosa. Rica, sentia quanto era humilhante ser pobre e como era pouco o dinheiro que o avô possuía e que lhe foi remetido com as roupas, em uma canastra! Desambientada, tinha medo do futuro, sentia-se abatida de receios. Quando deitou no antigo colchão de capim, mal pôde repousar. Da cama, ouviu os ventos de que tanto se lembrava. Até a uma hora da madrugada não conseguira dormir, embora tonta de sono. Começaram a cantar os galos nos quintais próximos e distantes do Arraial. Estava desanimada com seu destino. Apanhou o terço de ouro e começou a rezar. Severina dormia no chão de seu quarto, ressonando alto. Chegou-lhe, esquivo, um pensamento inesperado:
— Tenho receio da vida, mas não tenho medo de viver.
Ouvia as ferraduras de tropas pisando duro no cascalho, ao passar pela rua. As mulas gemiam, aos arrancos, debaixo de cargas pesadas.
No seu quarto de solteiro profissional, Padre Aranha, sem conseguir adormecer, pensava: Que houve com Beja? Separou-se do Ouvidor? Que aconteceu?...
D. Ceci também não dormira, com o pensamento no filho. Antônio ainda se lembraria de Beja? Todas as moças de Araxá ardiam em curiosidade de vê-la. A situação de Beja, na sociedade do tempo, era de separação completa das famílias, nas Minas do início do século XIX. Querida de todos em S. Domingos, regressava agora com a mancha de mulher do mundo. Como seria recebida? O simpático Belegarde, muito inquirido, não sabia de nada. Apenas revelava:
— Sei que volta muito rica, é o que sei. Beja está rica para toda a vida!
Mexericavam nos lares, falavam coisas absurdas, certas e inventadas. O boato voava naquela noite! Enxameavam como correição de formigas-lava-pés, invadindo tudo. Mães temiam pela beleza da jovem. Rapazes falavam nela, com entusiasmo. Havia entre eles exaltação com aquela chegada imprevista.
No entanto, no seu leito pequeno, a moça ainda rezava.
— ...*perdoai as nossas dívidas assim como nós perdoamos aos nossos devedores...*

Só pela madrugada alta passou por ligeiras madornas. Alvorecia um dia luminoso, dourado, azul e sem ventos. Uma bafagem vaporosa velava as águas do ribeirão de Santa Rita.

Beja bebia, ainda cansada, seu primeiro café.

X
AS ÁGUAS DE HEBE

O garimpo de Desemboque, fundado em 1766, prosperava com o afluxo de aventureiros famintos do ouro do Rio das Abelhas. Gente vinda do planalto araxano contava maravilhas da terra dos Araxás, exageradas pelo boato de que os índios se enfeitavam com pepitas de ouro da aluvião. Não tardou que alguns geralistas visitassem aquelas plagas. As caminhadas ao sol, pelo altiplano, faziam sede e, assim, garimpeiros do novo Arraial da esquerda do grande rio, em excursão, desceram a rampa de um *barreiro* para beber água do brejo, na depressão do terreno em que havia pântanos e uma lagoa central. O primeiro que bebeu a água não suportou mais que um gole, pois o líquido era amargo, salgado, desagradável e parecia gasoso. Procuraram outro ponto onde houvesse água boa. Na cabeceira da lagoa uma jumenta bebia num fio d'água corrente, brotada ali mesmo, da terra escura. Beberam também: era gostosa, fina, fria. Banharam-se então no poço do olho-d'água que se represava naquele lugar, onde a jumenta bebera. Chamaram a bebida Poço da Jumenta e depois, reconhecendo ser uma fonte, começaram a chamá-la Fonte da Jumenta.

Isso foi em 1770. Os garimpeiros levaram para o Desemboque a notícia da *água repugnante* e da água boa que beberam na tal fonte. A vegetação dos arredores era diferente das mais distantes, pela exuberância e até coloração das folhas. Era vasta a zona dessa floresta virgem, sinal de que as terras eram úmidas e fecundantes, em maior que as outras. Essências de terras ricas vicejavam em proporções enormes, como tamboril, cedro, peroba, pau-d'arco roxo, branco, amarelo, e cor-de-rosa, bálsamo, cabiúna, jequitibá... Quando todas essas árvores de lei só atingiam respeitável tamanho em terras frescas, em muito tempo, em centenas de anos, ali era diferente. Em nenhuma região circunvizinha esses vegetais cresciam e engrossavam tanto.

Na época em que os faiscadores do Desemboque descobriram o barreiro havia a floresta virgem circundando a depressão do terreno, onde estavam os paúis e a lagoa do centro. Ninguém andava desembaraçado nessa mataria, pois os troncos eram de notável grossura e cipós desciam de galho para galho em trama complicada. A complexa vegetação rasteira, numa pletora enredada, impedia a marcha. Há notícia de toras deitadas da altura de dois metros e meio quando derrubaram as árvores primitivas.

Notável era também à fauna planaltina, atraída pelo sal do chão do barreiro. Além do escasso gado da criação incipiente dos fazendeiros ali radicados, era impressionante o número de lobos, onças, caititus, veados, antas, pacas, mãos-peladas, cotias e até répteis, que viviam perto dessas fontes naturais. Os novos fazendeiros notaram a vivacidade de seu rebanho vacum, cavalar, caprino e especialmente dos muares. O pelame liso, sem bernes, em toda criação. Embora nas zonas de matas os animais sejam perseguidos por enxames de moscas vetoras do berne, a pecuária nas vizinhanças do Barreiro estava isenta dessa praga. Gado mofino, velho ou doente ali chegando, em breve tempo encorpava, numa vivacidade que luzia à vista dos criadores. Essa vivacidade animal foi o que levou um pastor de cabras, na Arábia, a experimentar um fruto vermelho que amadurava em cachos, nos ramos. Tais frutos, comidos, avivavam a agilidade de suas cabras, frutos chamados *caafa*, café. A cafeína dessas bagas era que dava agitação às reses, agilidade aos caprinos. Não havia fêmeas maninas, encontradiças em todos os rebanhos daquelas alturas. As *falhas* das fêmeas parideiras, também habituais em todas as fazendas, não se davam ali.

O sal era caro nas Minas, pois o transporte era precário e a mercadoria deteriorável com o tempo úmido, nas demoradas marchas do litoral para o centro. As tropas que o traziam, as mais ligeiras, gastavam dois meses, do Porto da Estrela, na Guanabara ao sertão das Minas. O transporte para o Oeste se fazia pela estrada de Bartolomeu Bueno da Silva, o *Anhanguera*, até rumar para as terras centrais. Essa estrada não vinha do Rio e sim de S. Paulo, de modo que para ganhar esse rumo era preciso marcha ainda mais longa.

Os animais viviam do cloreto de sódio da terra, o sal-gema, e só os mais abastados se aventuravam à compra do sal marinho. Sendo a vida impossível sem sal, os animais selvagens cavavam o solo mais salobro com as patas, os chifres, os dentes e as unhas, na avidez da salitração. Os eremitas da Tebaida só esporadicamente resistiam viver sem sal e alguns que aparecem no deserto, por muitos anos sem esse minério, devem ser beneficiários de milagres ou mantidos por lenda. Nos conventos em que religiosos extremados fizeram voto de alimentação sem sal, não resistiram mais que um ano. Também os índios sabiam onde ele estava na terra e o procuravam para alimentação, impossível sem ele.

Com a matança dos Araxás pelo Capitão-de-Campo Inácio Correia Pamplona, o território ficou desocupado pelos inimigos do branco, de modo que os campos férteis da zona araxana se tornaram permeáveis a pés aventureiros. Criadores, até os mais retirados, começaram a levar o gado para salga no Barreiro. Quando a afluência foi mais numerosa, para não se confundirem as reses marcadas apenas nas orelhas, construíram grande curral de pedras soltas, superpostas, na parte sul da lagoa de onde as águas escorriam em ribeirão, chamado do Sal. Anciões de hoje ainda viram, em meninos, esse curral[13]. A concorrência foi, porém, tão grande, que, depois de 1800, foi preciso ordem régia regulando a salitragem dos rebanhos, com dias certos para tal e tal fazendeiro levar seu gado. Não era só para a salga, porém pelo benefício que ela resultava na tonificação das reses. Foram esses homens rudes os primeiros a verificarem aqueles efeitos inesperados em seus animais.

Quando Beja chegou de Formiga-Grande, eram públicos e rasos os efeitos da água de Araxá, sobre bichos e pessoas. Em 1814, ao voltar da fazenda, ela era frequentadora das águas, aonde ia com o avô, bebendo da Fonte da Jumenta. As águas minerais da vasta depressão do terreno, no Barreiro, eram erupções líquidas e gasosas de vulcão extinto há milênios de anos.

O terreno em que afloraram essas águas, na era arqueana, é constituído pelo triássico, cretáceo, algonquiano e de arenitos, onde é fácil conhecer vastas camadas de lavas resfriadas.

O vulcão, silenciado há milênios, na idade paleozoica, ali apenas se manifestava nos *geisers* de águas e gases, resultantes da deposição química no contato demorado com os minérios. Descomunais rachaduras da crosta terrestre permitiram a precipitação das águas do mar pela rocha adentro, até entrar na região ígnea da terra. Depois, projetada, em explosão, para o exterior, carregavam os minérios comuns nas lavas, pelas crateras. É o vulcão. Essa água, caindo sobre os minérios, os dissolve em parte, acarreta dissoluções dos mesmos. Realiza-se uma reação química na enorme retorta da terra. Esse contato não é só de água marinha, mas de lençóis subterrâneos alcançados pela catástrofe que, na abertura das explosões do material superaquecido, se canalizam para o exterior, em fontes. Para a erupção vulcânica é necessária a ação do oceano, tão distante do planalto araxano. Mas, em eras remotas, o oceano abrangia a região mediterrânea das hoje Minas Gerais. O maciço montanhês foi, decerto, oriundo da revolução da matéria ígnea, onde afloraram rochas incandescentes, na dilatação explosiva provocada pela pressão subterrânea.

Parte do território das Minas foi oceano, talvez mesmo o altiplano que compreende o antigo Sertão do Novo Sul. O fluxo das águas pode ser frio, morno ou termal.

Na região que havia de ser o Barreiro moviam-se animais pré-históricos. Na lava infusa da cratera, na lama já amornada, atufavam as patas brutais megatérios desconformes da era anquiana. Arrastava-se no barro mal endurecido o lagarto gigante, o *Platyonix*, que mal se punha de pé nas patas traseiras, para atingir ramos altos para devorar, e só de rojo andava, coleando as roscas imensas de carne balofa. Lerdas, agarradas aos troncos pelas unhas de dois

---

13. Era no ponto onde está hoje o Grande Hotel do Barreiro, compreendendo a Fonte Andrade Júnior, de águas sulfurosas.

palmos, as preguiças primitivas lutavam com o peso para subir, à procura de folhas. Esse assombroso mamífero vegetariano pendia dos galhos dormindo, como anfractuosas jacas cinzentas, amadurecendo. Passavam, espirrando lama com as patas chatas, dinossauros formidáveis. Abria as fauces nojentas, fétidas de carniceira, a mostrar as carniceiras bigúmeas, o *smilodonte*. Marchando à espreita das presas, ele, carnívoro maior do que um leão, juncava as lapas de ossos de vítimas do talhe do tapir. O melagônix, tatu do porte da anta, fossava o tijuco, arredava lajes, fungando, faminto de túberas a carniça. Urrava o urso, *Ursus speleus*, de Lineu, deslocando a pesada carga de troglodita diluviano. Latiam, perto, os cães-de-juba, os ferozes carnívoros de presas expostas. O urro das onças concolores descomunais repercutia nas lapas. Os tapires americanos corriam, estourando cipós da mata selvagem. No planalto, récuas de cavalos, com as patas bifendidas, galopavam. Pulavam nos galhos grossos os protopitecos, macacos peludos de 1 metro e 30 centímetros, parentes do homem das cavernas. Na lama ainda tépida pelo enxofre das crateras, rabanavam leviatãs, os crocodilos de caudas de 3 metros. Agitavam o ar silvos roucos e barulho de asas de membranas cabeludas dos vampiros da era carbonífera.

Enquanto isso se dava na superfície, a retorta subterrânea reagia, na sedimentação do araxaito de Djalma, sob o calor telúrico e, ao correr dos séculos, na mistura dos minérios. Dessa mistura de minérios afloraram, na forma de *geisers* amansados, as águas termogasosas.

A fecundidade das terras da região se constitui de imensas camadas de lavas vulcânicas e o *gneiss* trai sua origem da arrebentação de massas pelos vulcões.

De qualquer forma, as fontes hidrominerais estão ali...

Dês que os geralistas do Desemboque as provaram, ninguém mais discutiu os efeitos medicamentosos dessas águas. Enquanto a ciência vinha com os seus nomes arrevesados, os animais as bebiam, os homens as bebiam, certos de que era saúde que lhes entrava pela boca.

Começavam a exagerar, algum charlatanismo. Curas científicas, flagrantes surpreendentes, apareciam sob a rubrica de milagres, para as definir de uma só vez. É que em doentes, em moléstias onde a medicina pretensiosa do tempo fracassara, aparecia a cura, cura completa, de dar nos olhos. Não eram ainda conselhos de doutores: era a observação popular dando fama àquilo que se enxergava, pegava, bebia. Boquejavam errado:

— Curam tudo!

Andrômaco, médico de Nero, sufocado do imperial orgulho de ser assistente do sinistro palhaço, inventou um remédio, a *teriaga*, composto de 300 *simples*. Curava todos os males conhecidos ou não... As águas do Barreiro começavam a ser usadas como a teriaga de Andrômaco. Curavam tudo. Venciam todas as enfermidades. Esse evidente exagero provocou os primeiros desenganos de enfermos para os quais as águas pouco ou nada valiam. Em alguns, passada a sugestão da presença do lugar apontado pelo clamor público, voltavam as dores; voltava o mal antigo. Grande parte, porém, dos doentes, para os quais as águas eram indicadas, recebiam mesmo curas espetaculares. Procuravam saúde no Barreiro, como procuravam ouro nas grupiaras. Dos garimpos, dos arraiais, de vilas distantes chegavam doentes desenganados para o Jordão de S. Domingos do Araxá. Em todos os trilhos da Capitania marchavam peregrinos para... Meca.

É que Deus galardoara as Minas Gerais com as fontes depois reconhecidas como das mais preciosas da terra.

Os céticos não entram em linha de conta. O ceticismo é o bagaço da vida. Os céticos são as exceções, os doentes incuráveis, os Tomés que não querem tocar as feridas.

Os primeiros beneficiários dessas fontes, depois outros, colhiam resultados imprevistos, ignorando embora por que as águas eram benéficas.

Cento e trinta anos depois, Becquerel descobriu o rádio, em 1896, e em 1902 Thomson e Adams dosaram a radioatividade em águas inglesas, o mesmo acontecendo com Curie e Laborde com as águas termais de França. Era esse o elemento milagroso, o Deus desconhecido das fontes do Barreiro, e, em especial, da Fonte da Jumenta.

Não há descrença que destrua as cifras da ciência exata. Não foi por poder divinatório que se espalhou a eficácia das águas do Barreiro. Os fatos dariam razão aos homens rudes, sem letras, que primeiro se beneficiaram daquele olho-d'água.

O Dr. Camilo Armond, Conde de Prados, que estudou medicina em Montpelier e foi dos mineiros mais ilustres do seu tempo, depois de sofrer impaludismo, ficou desenganado pela pajelança médica do Brasil de então. Sempre depois do tratamento preconizado, voltava à estaca zero; nenhuma melhora. Desiludido, foi à França ouvir seus velhos mestres nos quais confiava, convicto. Depois de o examinar, o médico genial que foi Dieulafoy bateu a cabeça, pesaroso:

— Só em um lugar no mundo o senhor se curará. Esse lugar é muito longínquo, na América do Sul. Chama-se Araxá, no Reino do Brasil...

O Conde de Prados tremeu de sua própria inadvertência. Morava em Barbacena, cidade vizinha do "lugar longínquo" — Araxá... Aí se curou, sendo um sábio. Foi dos mais valentes chefes da rebelião liberal de 42.

Pelas virtudes químicas que a medicina experimental no futuro atribuiria a tais águas, é que Beja tinha entusiasmo por elas. Foi talvez quem primeiro se beneficiou de sua ação descongestionante sobre a mucosa das pálpebras, da limpeza que suas escleróticas experimentavam com esse colírio natural. Quando, na fonte, começou a se ver assediada por admiradores, sendo discreta, não lhe convinha marcar encontro com aquele de quem se afeiçoara.

Recorreu a um subterfúgio elegante, natural em pessoa de seus dotes pessoais. Aproveitava-se para, depois do banho, lavar os olhos. Agora, os amigos podiam se aproximar da fonte. Depois que bebia a água, seus namorados lhe apresentavam copos cheios, para que ela lavasse os olhos. Por muita galanteria, no copo daquele em que molhasse os dedos era o que ela escolhera para pernoitar em sua casa.

Foi Beja quem popularizou as águas do Barreiro. O que Beja vestia era bom. As águas que ela procurava diariamente deviam ser virtuosas. Espalhara o hábito aquático; bebia-se por chique, porque Beja também bebia. Ela era paradigma, a *pioneira* empírica da *crenologia* brasileira, ciência tão distante ainda de seu tempo.

Qual seria, porém, a razão das virtudes das águas minerais do Araxá, verificadas com tanto alarde, em 1800?

Os garimpeiros incultos, gente embrutecida de cavar chão, observaram, com rigorosa verdade, aquilo que Beja proclamava: as águas da Fonte da Jumenta rejuvenescem. Mais de um século depois se veio a saber que elas contêm o maior teor de rádio, entre todas as águas minerais do Brasil! Com a descarga de 810 litros por minuto, a emanação do rádio é em proporções enormes, calculadas em 58, 58, milimilicuries equivalendo a 88,9 maches da mesma unidade. A emanação verificada é a do rádio, associada às do tório e do actínio. Essas fontes são de era remota, de modo que as águas em contato demorado com os minérios provocaram a lixivixação da rocha, libertando por fim a radioatividade, que elas acarretam, de modo inesgotável. A rocha da referida fonte contém ainda e, portanto, em mistura com a água, bário, zircônio, cálcio, alumínio e ferro em proporções notáveis, além de terras raras em que está o tório.

A respiração das emanações radioativas é das mais importantes na terapêutica. A demora, pois, que a senhora fazia à beira da fonte era salutar para introdução nos pulmões do rádio emanatório. A via oral oferece igual vantagem, sendo úteis as águas nas hepatites onde o gás radioativo opera, expandindo-se, passa no coração e é eliminado pelo parênquima pulmonar. Bebe-se água, respira-se ar radioativo! Nos banhos, os mesmos de Beja, a pele recebe o efeito das lamas radioativas e seu sedimento. A ingestão, isto é, a assimilação da água radioativa, determina o intumescimento muscular, por sua ação neurodinâmica. Verifica-se em seguida a ação estática, que é intumescimento muscular, em decorrência da progressiva absorção equórea. O uso dessas águas determina grande renovação globular no sangue e aumento da taxa hemoglobínica. A excitabilidade das fibras lisas e estriadas é conservada mais tempo, na presença das águas minerais. Há mesmo uma ação elétrica com a presença dessas águas, determinando verdadeiro índice de nutrição.

A germinação das sementes e desenvolvimento de folhas e caules, em relação às águas minerais, foi mais tarde verificada por Defrenoy e Molinery.

Danpeyroux apurou que a injeção de água mineral na cobaia apressa-lhe a fecundação.

A radioatividade é propriedade de certos metais como o urânio, o rádio, o tório, astínio e polônio, de emitirem irradiações luminosas. Dessas irradiações emanam gases que podem ser dissolvidos em líquidos.

Para que servem essas águas? Além da ação excitante verificada de sobejo pelos que a usam e respiram na fonte, seus gases são indicados, com êxito admirável, em artrites reumáticas subcrônicas, artrite climatérica, ósteo-artrites, espondilite, fibrosite, colecistite e anexites. Localmente, água e lama modificam a seborreia e a acne. As águas sulfurosas-bicarbonatadas-sulfatadas são remédios comprovados de gastrites, dispepsias, diabetes, reumatismo, litíases renais e hepáticas, bronquites crônicas ou não, asma, ozena.

No que tange à fonte tratada, depois que Becquerel descobriu que o urânio tem propriedade de emitir radiações capazes de impressionar uma câmara fotográfica, Maria Sklodowska Curie e seu marido Pierre Curie verificaram que essa radioatividade existe também, no que ela chamou polônio e no rádio. O nome de polônio foi homenagem à sua Pátria, a Polônia.

Sendo o rádon uma desintegração do rádio, nas fontes hidrominerais radioativas, ele acompanha o jorro líquido como gás, até se libertar. Na lama do Barreiro, com outros elementos de sua nobre família, ele está precipitado.

Por aí se vê que a observação dos frequentadores do Barreiro, em 1766, era determinada por alguma coisa. Essa coisa era o rádio e sua emanação, o rádon, cujos benefícios fisiológicos ficaram bem claros. A excitação provocada por esses elementos — a vasodilatação, a vibratilidade celular, o intumescimento dinâmico e estático dos músculos e o principal — a euforia, que a sua passagem pelo sangue acarreta, explica bem a reação que aquela gente sem luzes, mas perspicaz, notara nos que bebiam a água mais radioativa do Brasil. A desintoxicação orgânica, geral, que provoca o aumento de elementos vitais do sangue, no conjunto, produzem os resultados vistos nos animais e no homem. A aceleração das trocas nutritivas determinadas pela ação mineral das águas é tão certa que elimina qualquer dúvida.

Não é só. O mais surpreendente é a ação dessas águas sobre as glândulas endócrinas, como expressivo estimulante. Toda a economia biológica depende principalmente dos hormônios, fonte da Vida. Nem um órgão no metabolismo somático age sem esse estímulo. Desde Brawne-Sequart, essa verdade foi evangelizada em certeza. Sem hormônio não há vida. As águas minerais, no conceito mais moderno, são fatores de excitação de ovários e testículos; os que mantêm a vida reprodutiva em tônus acima do normal. Não é só observação clínica, esse grave fenômeno, mas a experimentação in-vivo, que esclareceu a biologia sobre esse efeito essencial à vida animal. Tal efeito não sobrevive apenas para a função do sexo, porque, em qualquer idade, os hormônios são reguladores dos estímulos.

Quando Volta descobriu a eletricidade animal foi dissecando uma rã, que bateu na grade de ferro em que se pendurava, contraindo o nervo. Um incidente, o vento, descobriu a pilha elétrica, e seus resultados estão aí. Era, pois, exata, a proliferação mais acentuada dos rebanhos, mais vida para os homens, que usavam o remédio telúrico.

A flora se beneficia da umidade dessas águas, que as raízes bebem mais fundo. A semente germina mais rápido, os galhos crescem mais robustos. Elas revigoram o organismo, pela soma de benefícios que causam em cada órgão, e a vida é harmonia de todos eles, em colaboração. As verdadeiras ressurreições, à beira das fontes, não se verificam em anos, mas em dias. A maravilhosa máquina humana sofre ali retoques; é reajustada e as funções ganham com isso um acréscimo em rendimento.

O organismo atingido pela estafa, com perda de cálcio, sofre a substituição deste, por potássio, magnésio e sódio, que são os hidratadores dos tecidos. As águas são as sentinelas dos humores que expulsam o sódio celular, com a ação desidratante verificada por Leon Blum. Ação catalítica desses minérios determina correntes elétricas, que vão favorecer às trocas osmóticas. Vê-se, pois, que os milagres atribuídos a tais águas não são realizações sobrenaturais, fora da lógica, mas efeitos químicos bastante explicados em fisiologia. O empirismo de olhos leigos, mas observadores, foi o primeiro a sentir esses insofisticáveis efeitos. Depois, a experimentação dos fenômenos fisiológicos ficou, firmada em fatos, números e provas experimentais.

A radioatividade é a libertação espontânea da energia, pois a física atual considera a matéria como pura energia. Desse modo, a matéria não será senão uma radiação congelada. Tanto assim é que a matéria se volatiliza em radiação, liberta-se em ondas. Está visto, pois, que os corpos radioativos são mudados em formas físico-dinâmicas de calor, luz, eletricidade, que exprimem, afinal, sinais de uma desagregação evolutiva. O enunciado de Lavoisier, de que nada se perde nem se cria na natureza, foi substituído pelo de Poincaré — de que tudo se transforma. Rádon, que vem de rádio, com as mesmas características do metal, é conjunto de átomos desintegrantes dele. O rádon é apenas um elemento da família do rádio, com vida de 3,8 dias. Corpo de condensação dinâmica ao máximo, o rádon é átomo de energia núcleo-eletrônica já libertado de sua fonte, o rádio. Sua presença, mesmo transitória, em tempo, nas águas minerais, o leva a todos os tecidos orgânicos; tem ação regeneradora de que é capaz o próprio rádio.

Resume-se que o rádon é irradiação (emanação do Congresso de Freiberg) do rádio, de que as águas de Araxá possuem 58,58 milimilicuries por litro. O tório é emanação do torium. O depósito ativo desses elementos é deixado pelo sangue nas células por onde passa.

Beja mal tolerava a prisão da casinha em que estava morando, até fazer o palácio que planejava, igual ao de Paracatu.

Desencaixotou alguma coisa de sua bagagem e deu, de improviso, um jantar para os velhos amigos de S. Domingos. Apareceram Padre Aranha, Belegarde, Fortunato, Dico, escrivão do crime, e um desconhecido da anfitriã, o baiano Matos. Por último chegou Guimarães.

Antes do jantar, bebericando aperitivos de Madeira seco e Old Tom Gin, trazidos de Paracatu, a turma não cabia em si da alegria do convite para o repasto. Padre Aranha, ao chegar, encontrou a postos os convidados.

— Eh, gente pra cobrir com balaio!

Cumprimentava um a um:

— Tudo em fatiota de ver a Deus...

Beja surgiu na salinha, de branco, os cabelos lisos para trás, com uma fita verde apertando o penteado. Todos se levantaram.

A beleza da jovem travou a língua de todos. Só Padre Aranha tentou falar:

— Até perdemos o assunto...

Beja, natural:

— Por que, Padre Aranha?

— Porque ficamos cegos, por momento, de encarar o sol...

No meio do jantar, o Borgonha perfumado de Beja fora bem-ido... Aquela gente estava sem hábitos finos... Beja contava seu primeiro contato com as águas do Barreiro, ainda menina, e de que andava saudosa.

Padre Aranha, bebendo o vinho, que não era o da missa, deu para puxar erudição rançosa do Caraça:

— Pois faz bem perguntando por essas águas. Ossan, Vitter e Sprengel acreditavam que o templo de Esculápio fosse construído onde estava por ser vizinho das fontes de águas minerais. Sêneca e Plutarco falam nos milagres delas, referindo-se à enorme concorrência aos banhos de Bajas, na Itália. Clemente Alexandrino acreditava que o descobridor das propriedades das águas minerais fosse Misray, neto de Noé. Não deixa de ser interessante saber-se que o neto do inventor do vinho fosse o descobridor de águas minerais... A hereditariedade aí parece haver falhado...

Severina mudava a louça para a sobremesa.

Fortunato apenas sorria, encantado, de olhos luminosos. Padre Aranha, diante da mesa de manjares, esfregou as mãos, depois de abroquelar o guardanapo no peito:

— Comamos e bebamos, porque amanhã morreremos... A frase não é minha, é do profeta Isaías.

Fortunato, com os olhos no vinho do pospasto:

— Bebamos à invenção de Noé ou do neto?

O reverendo, bravamente:

— De Noé, é claro! Do décimo filho de Adão... Misray aqui, não é *persona grata*.

Beja sorria, esplendorosa, no vestido de linho da Irlanda, que lhe dava uma serena palidez muito romântica. E discordava do Padre:

— Gosto de vinho em horas certas: no jantar, pouco; uma taça do espumante de França, antes de dormir, para ficar boa a lembrança das coisas agradáveis... Não acha, Fortunato?

Ele respondeu *sim*, com a cabeça.

Guima não concordou com aquele modo de *falar*:

— Por que não responde, ó?

— Não tenho boca — ocupada.

— Pois responda à D. Beja como eu: acho bom o vinho, bebido só uma vez por dia — de manhã à noite! Você, que é parente de índio, gosta do cauim e do caxiri.

— Quem me dera caxiri; uma cabaça cheia, uma inguaçaba pelas bordas!

Matos bolia com o Boticário:

— Foi por beber demais cauim que o andaia Bambuí afundou os Araxás. No meio do casamento da filha chegou Pamplona com a tropa... só restou gente para contar o resultado da bebedeira, do sangue.

Fortunato não gostava que se falasse naquilo:

— Foi vencido porque estava casando Catuíra. O chefe era também piaga e celebrava os ritos da tribo. Por isso, e pela traição de Mau.

O Padre gostava de irritar o velho:

— Aliás, Mau estava ensinando Pamplona a trair. O discípulo ficou igual ao mestre. Entrou na conjura de Tiradentes e...

Matos não cessava de bolir com alfinetes:

— O caso é que os Araxás acabaram no maior desmantelo... Para mim era picum de ébrios. Vai ver que Catuíra era uma lagazona do mau hálito, comedora de carne de gente.

Fortunato não respondia mais:

— Vão falando bobagens; eu vou comendo. Catuíra era linda e foi criada como um papagaio! Você, Matos, fala do caxiri dos Araxás porque foi criado com pará de senzala e água fraca de alambique. Não tem cerne!

— E você tem? Eu quando nasci não nasci mais homem do que sou, não. Não sou mais criança, mas ainda posso dar um chega em negro de olho vermelho, sem encarar nos olhos dele. Encaro-o só nas mãos, de onde pode sair faca...

Riram da bravata do boticário, que só brigava de boca.

Fortunato, para agradar Beja, com vinho na mão, voltou às águas:

— Padre Aranha, o senhor disse que Misray foi quem primeiro descobriu as águas minerais. Misray era médico?

— Ora, ora, meu boticário, que pergunta! O neto de Noé não era médico, mas não precisa ser médico para descobrir bom remédio. Aqui, quem descobriu as virtudes das águas do Barreiro foram cavadores de catas do

Desemboque. Utilizaram-se delas dando, liberais, a notícia. Veio em 1800 o Juiz Bento Carneiro de Mendonça e achou que era verdade, porque se curou, eis tudo. Também em Portugal, em Lisboa, em 1772, numa escavação no sítio de Pedras Negras, foi descoberto por labregos, um edifício sepultado, com tanques, estátuas e inscrições, sendo reconhecido como casa de banho do tempo dos romanos. Essa construção era do ano 50 antes de Cristo. Não tardou a aparecer bela estátua de Esculápio. Começou então a jorrar do fundo água quente. Alguns operários que trabalhavam com as pernas metidas ali, viram que úlceras de que sofriam saravam logo. A descoberta das águas de Freunol, Ilha de S. Miguel, foi feita por rústicos pastores. Alguns eremitas foram ver, era verdade. Ali fizeram um convento e o lugar ficou célebre com sua água milagrosa...

Bebeu mais vinho, mirando-lhe a cor, através da luz:

— Conhecendo em si próprio os benefícios das águas do Barreiro, o Juiz Dr. Bento oficiou ao Vice-Rei D. Luís de Vasconcelos, falando no assunto, enaltecendo as qualidades da fonte, com o natural exagero de quem obtivera cura. Pois o vaidoso Vice-Rei respondeu o ofício! Respondeu... que havia muita água mineral na Metrópole: Pedras Negras, Alcaçarias de Lisboa, nas Furnas da Ilha de S. Miguel.

Sorrindo sem graça, como reprovando a resposta:

— Ficou tudo como dantes, no Quartel de Abrantes...

E, mais vivo, frisando bem:

— Consta, entretanto, que a França vai examinar suas águas, em Vichy, para ver se são minerais![14]

Já vermelho e raivando:

— É possível que as de Vichy sejam minerais, porque foram encontrados, na Espanha, restos de um templo (Templo de Trajano), que já foi termas. É em Vidago, de duas palavras, *vita* e *ago*, que querem dizer: eu *dou vida*.

Severina servia mais sobremesa, reclamada por todos. Fortunato impunha:

— Só quero beiço-de-moça!

Matos também advertia:

— Eu só como olhos-de-sogra!

No tumulto do jantar com bons vinhos, Borgonha e Saint-Raphael, era natural que o Guima se levantasse para beber à saúde de quem regressava. Fortunato elogiava a casinha, nem ligando ao que ia discursar:

— A casa de nossa amiga é um ninho de Beja... flor!

Aplaudiram. Mas Guima queria mesmo falar. Estava de pé, exigia silêncio. Guimarães falou bonito. Suas expressões de fidalguia agradaram a senhora. O

---

14. Foram examinadas em 1853.

grupo habitual das farras estava acrescido de alguns elementos, todos gente boa, alegre e respeitosa.

Fortunato ficara um pouco tocado pelos licores e falava sem parar. Sempre querendo discursar, não discursando, ouviu, feliz, uma observação do Belegarde:

— Você ontem recitou para a viúva do Josino Teles... Ele não compreendeu, mas, vivo, apalhaçado, abriu os braços com plenitude:

— Deixai vir a mim as viuvinhas!...

Estava infernal, derramando palavras, rindo, na galhofa. Na Rua da Raia algumas pessoas, paradas, apreciavam a iluminação de acetileno, quebrando-se em *abat-jour* verde-musgo.

Era novidade trazida por Beja. Do sereno, comentavam muitas pessoas o que viam na casa.

— Olha Beja como caminha, fidalga!

— Esse Fortunato nem parece o cara de jacaré apertador de rolhas da botica...

— Padre Aranha também sabe brincar com fogo...

Um senhor mais tarimbado observou, reprovando:

— Vejam vocês que desperdício: esse jantar completo vai custar uns 90 mil réis! Não deixa de ser uma afronta à miséria dos outros! O mundo vai de mal a pior...

Um jovem, de mãos nos bolsos, filosofou com inveja:

— Quem atira com pólvora alheia, não espera o bicho chegar perto. Errou, dá outro tiro...

Alguém de perto foi logo aparteando:

— Beja é rica. A pólvora é mesmo dela. E boa! E muita...

Fortunato estava bastante intolerável, depois de beber por dez.

Matos puxou-o para o meio da sala, apresentando-o:

— Efeito das águas santas...

Beja, que conhecera Matos naquela noite, achou sem graça a piada.

— O Senhor conhece as águas do Barreiro?

— É uma vergonha, D. Beja, mas não conheço!

Mandou vir uma jarra de prata cheia de água, que ela recomeçava a usar:

— Prove e fale se é ou não o que eu digo.

Padre Aranha, já disposto a se retirar, com finura comentou alto:

— Hebe, Deusa da mocidade eterna, filha de Júpiter e Juno, foi encarregada pelo pai de distribuir o néctar aos deuses, no Olimpo. Quem bebesse esse néctar não envelhecia ou recuperava a mocidade perdida. Beja é a Hebe do nosso planalto que, com o mesmo resultado, distribui saúde e mocidade. As águas de Hebe são as nossas águas...

XI
PINDORAMA

Beja, ainda bem cedo, chegou à janela da frente de sua casa.
Estava, ali, S. Domingos do Araxá.
Araxá — lugar onde se vê primeiro o sol... O índio foi preciso no vocábulo: no planalto, o sol aparecia primeiro aos olhos de todos os seres...
Beja ignorava o murmúrio provocado pela sua volta e o que se dizia do escândalo que abalou S. Domingos, por sua primeira festa. Boatos voavam, cada qual mais chocante. D. Ceci estava revoltada:
— Até Padre Aranha! Dizem que saiu nas estacas!...
E enojada:
— Estou com o pé frio com ele...
O merceeiro Salati deliciava-se:
— No fim do labacé Fortunato saiu de gatas... todo mijado...
A esposa do Juiz benzia-se com a mão esquerda:
— O tal Matos saiu cantando, do liceu! Ao ver a lua gritou: Que sol bonito!...
O Juiz, circunspecto, reforçava a crítica:
— O pior foi o Guimarães, que saiu com o guardanapo enrolado na cabeça, dançando, pela rua! Imaginem que o austero Belegarde deixou a festa com os cabelos empoados, brancos de massa do Reino! Foi deprimente...
Beja ignorava esses comentários e, olhando a rua, sentia-se de novo só. Ainda estavam visíveis, no assoalho de sua salinha de visitas, as manchas de sangue do avô. Esteve arrumando, com os olhos lacrimejantes, os objetos do digno velho. Eram coisas pobres: canivete, lápis de ponta romba, os sapatos gastos da lida na fazenda, camisas de algodão grosseiro, restos de fumo, a binga...
A saudade do avô não cresceu mais porque um ódio surdo a dominou. Agora, de novo, precisava ser forte para não ser pisada pela sociedade ainda colonial. Era, afinal de contas, uma pobre mulher perdida. Mas viveria sem ocupar ninguém e para isto fora previdente. Com fortuna bem razoável, ali estava bem senhora de si, na Rua da Raia.
Sua primeira providência foi comprar um grande terreno em o Largo da Matriz. Já contratara em Paracatu três oficiais carpinteiros, para fazerem uma casa, igual ao Palácio em que lá vivera. Eles não demorariam. Beja providenciara madeira, lavradores, serralheiros. De sua casinha da Rua da Raia deliberava, como homem.
O palácio começou a se fazer. Os mestres carpinteiros trouxeram os riscos e recebiam ordens pessoais da jovem. Beja estava cheia de coragem,

começando vida nova, mas em sua mente confusa não brilhara, ainda, uma estrela indicando o rumo certo.

Com a chegada da tropa, não havia lugar para guarda dos caixotes e malas. Tudo ficou amontoado num quarto, onde não cabia mais uma cama sequer. Não hesitou, e entupiram o quarto de hóspedes, o dos empregados. Beja, temendo a chegada dos carros de bois com o mobiliário e o resto, pediu a Padre Aranha para guardar os volumes em sua casa, onde havia quartos vagos.

Quando chegaram, cantando alto, os quatro carros pesados com as coisas, o Arraial ficou pasmo com o volume da mudança. Brotou raiva, cresceu ódio, gosmou inveja.

O que todos queriam saber é se o Ouvidor a abandonara; se Beja estava mesmo rica; se tinha outro amante. Os escravos seguiam a reta traçada pela Sinhá, na vida social: educação e silêncio. Severina e Moisés saíram para compras nas vendas. Os conhecidos de Moisés perguntavam, fuçando novidades:

— Moisés, é verdade que Beja voltou muito rica?

O escravo, fechadão:

— Quem sabe é Severina.

O curioso voltava à carga:

— Severina, Beja voltou riquíssima? É verdade o que falam?

A escrava respondia, discreta:

— Moisés é quem sabe...

O abelhudo perdera o pulo.

No entanto o palácio de Beja tomava corpo, subia. A barrotama de aroeira, os esteios. Parava gente para ver no Largo pobre a casa monumental varando para cima, em dois pavimentos, a única de Araxá.

Três meses depois de começada a obra foi que Beja resolveu aparecer, sair para ver a construção. Mostrava-se ao povo, pisava as ruas...

Era domingo. Foi à missa das 8 horas. Vestia imponente costume de casimira azul-marinho, com blusa de renda creme e borzeguins amarelos fechados com atacadores de ouro. Levava colar de pérolas legítimas e refulgentes e diadema de diamantes nos cabelos bem tratados. Um broche de esmeraldas e diamantes na blusa interna irradiava reflexos roxos e azuis. Ao entrar na Igreja, todas as vistas se voltaram para ela. Alguns a cumprimentaram com a cabeça. Ao sair, modesta, parou para saudar duas senhoras conhecidas. As moças evitavam-na, admiradas de sua beleza, agora em plena maturidade, 17 anos; rica e, sobretudo, bonita. D. Ceci foi a única a abraçá-la.

— Como vão os seus, D. Ceci?

— Vão bem, e você?...

Beja salientava-se de todas as senhoras do Arraial. Vinha educada e serena. Depois de falar rapidamente aos conhecidos, foi ver, ali ao lado, os trabalhos de sua casa. Ninguém saiu da porta da Igreja, contemplando a recém-chegada. Beja deu ordens, achou tudo bem, mas pediu pressa. Desceu então a Rua S.

Sebastião. As janelas se apinharam de gente, para vê-la passar. Aos conhecidos, ela cumprimentava de longe com uma reverência de cabeça. Acompanhavam Sinhá, Severina e Flaviana, que levava uma almofada de seda carmesim para ela ajoelhar. As escravas vestiam com luxo; usavam cordões de ouro no pescoço, pulseiras também de ouro e lenços de seda amarela na cabeça.

D. Ceci, ao vê-la seguir para a obra, orgulhosa de seu abraço, não se conteve:

— Está cada vez mais linda! É pena o que aconteceu, porque Beja é linda!

O Padre que saíra para vê-la, chegando tarde, quase rezou:

— Como está bem vestida! E que decência...

Fortunato, a quem ela falara no adro, já ficando excitado:

— Parece uma santa. Não sei como pode ser bela assim!

O Cel. Sampaio, bastante grave:

— Em verdade é simpática. Voltou outra. Formosura!

Beja não vira Antônio, pensou ao entrar na casinha em que morava.

Naquele dia foi que se lembrou de que não encomendara as grades para as oito sacadas da frente do prédio. Conversou sobre as medidas com o mestre construtor e mandou Severina escrever tudo. Enviou carta para seu amigo de Paracatu, João Mendes Faleiro, que morava na Corte, onde era Fiscal da Pesagem do Ouro. Não teve resposta, o que a afligia. Em seis meses o palácio estava praticamente terminado e as paredes de adobe estavam firmes. Em século e meio, quase em nada se danificaram, ainda não apresentam o menor desequilíbrio, estão no mesmo nível!

Beja se queixava sempre do desconforto em que vivia na rua Pequichá[15]. A casa era apertada demais para quem vivera dois anos em Palácio de Ouvidor. Faltava-lhe espaço e largueza para repouso. A festinha que dera ao chegar, foi para tomar contato com os amigos de antes de sua retirada.

A casa nova, quase terminada, constituía diversão curiosa para muitos araxaenses que a indicavam a passageiros como progresso notável do Arraial. O que determinou entretanto a máxima curiosidade foi a saída de Beja, no domingo. Encheu a boca de todos sua elegância, modo de comportar ouvindo a missa, o fino sorriso diante dos conhecidos e, oh! A maravilha de seu perfume jamais aspirado em S. Domingos. Mocinhos, homens feitos e velhos falavam, com febre, nos predicados da ex-amante do Ouvidor. João Gomes de Lima, negociante adiantado do lugar, trocava ideias com o Cel. Sampaio:

— Deve ter havido coisa muito grave para o Ouvidor deixar vir essa criatura.

— Sim, acredito!

João Gomes, com mistério, indagou:

---

15. A rua teve o nome de Pequichá, depois o de Rua da Raia (de corridas de cavalos). Hoje se chama Rua Belo Horizonte.

— Coronel, seu filho foi apaixonado dela, antes...
O Cel. estremeceu:
— Ouvi dizer. Antônio, porém, é moço direito. Aquilo passou, graças a Deus. Se não fosse a vinda do Ouvidor...
— E Antônio casava com ela.
— ... seria possível.
E, grosseiro:
— Agora não! Deus me livre desta desgraça!... Seria um crime imperdoável Antônio ao menos falar com ela!
Despediu-se, cavalgando para a fazenda.
Antônio não a vira, ainda. Desde que ela fora raptada só raro ia ao Arraial. Andava abatido e, agora, nervoso. Deixara crescer a barba e trabalhava por dez. Tinha vinte anos e, em juízo, parecia velho. D. Ceci vivia apreensiva pelo que acontecera, embora aquele namoro fosse coisa de crianças. Mas temia que a volta da moça revivesse aquelas raízes que pareciam mortas.
Ao alvorecer, Beja saiu no Marisco para ver umas terras nos arredores do arraial, terras na margem do ribeirão Santa Rita, onde pretendia fazer uma chácara. Moisés a seguia no Neguinho do Padre Melo.
Agosto começava a florir o campo. Ao chegar ao subúrbio do Lava-Pés, quando o sol saía, viu em plenitude a terra araxana rebentando em seivas na véspera da primavera. Olhava, parada no alto do tabuleiro, a explosão loura dos renovos. Cantava a primeira flor amarela do galho mais alto de um pau--d'arco da serra; desabrochavam xáus baetas (pássaros vermelhos) dos ramos verdes dos cedros.
A terra latejava seivas exuberantes que, em setembro, explodiriam em floradas, no planalto.
Quando não esperava mais, recebeu as grades dos balaústres de sua casa. O amigo explicava que as mandara fundir na Bélgica! Cada uma custou 12 mil réis!, cifra elevada para o tempo. Eram finas e delicadas, com varões lisos e, nas barras transversais, ostentavam três rosáceas lindas. Foram colocadas. A casa de Beja era de dois pavimentos, com oito sacadas de frente, no superior, e cinco no inferior, e três portas, sendo uma para a escada de 13 degraus. Possuía, ao todo, 16 cômodos, sendo que o dormitório de escravos era embaixo, ao lado dos quartos de guardar mantimentos.
Em setembro, Beja mudou-se para seu palácio.
Todo o mobiliário, presente do Dr. Mota, foi para lá. As cortinas ricas, vindas de Lisboa, foram suspensas das portas arqueadas, de cedro-rosa. As poltronas fofas de couro legítimo, mesa de jacarandá trabalhada e a cama também de jacarandá, com docel verde-musgo, foram colocadas no palácio de Beja. Nas *etajeres*, a baixela colonial de prata antiga e os cristais da Boêmia deram à casa nova a representação da outra, em que a Sinhá vivera. O

chão de tábuas de bálsamo, largas, de palmo, conforme uso, desapareceu nos tapetes estrangeiros.

Pela escada de baixo, feita de bálsamo, corria passadeira de pelo de cabra e, no patamar, grossos limpadores de pés, tecidos de coco do Reino, espalhavam-se vastos. Por fora, ferros de limpar lama dos sapatos foram fincados ao pé dos portais da entrada. No fundo do solar, bem longe, ficavam as baias para os cavalos. Eram forradas de lajes vindas do ribeirão do Inferno e do Galheiro. No primeiro pavimento estava um quarto de hóspedes, abrindo para o Largo. Comprido muro vedava o terreno do Largo da Matriz, sendo que, nos fundos, não havia prédios estranhos: era terreno vago, também vedado por muro.

No salão de visitas o lustre da Boêmia pendia, faiscando cristais móveis. Na mesa do centro ficava a caixa de música de Mota, e a do Padre Melo estava no quarto de Beja. As arandelas foram armadas nos portais da frente da casa, para dentro. Mas na face externa das sacadas havia presilhas para elas. A adega ficava no cômodo do rés-do-chão, lugar da terra. Da maneira que Beja acomodou ali sua mudança, tudo ficou em boa ordem.

Ia começar a viver sua vida, tão bem planejada. Ainda se comentava a saída de Beja para a missa, dia em que se apresentara à população estarrecida por sua figura diferente. D. Plácida, que lutava havia 30 anos com inflexível enxaqueca semanal, fazia beiço, ao ouvir elogiar a jovem:

— Qual, está muito arrasada... Não é a que foi daqui. Está feiosa...

Milá, filha do sacristão, concordava:

— Ficou sem graça, sem jeito, trem esquisito!

D. Ceci era sensata:

— Ninguém elogia a vida dela, credo! Não se pode negar é que é uma princesa: isto ela é!

D. Plácida estava irredutível:

— Muito fuçadeira de novidades, está! Muito namoradeira...

Talvez tivesse ciúmes de Fortunato, que era amicíssimo de Beja, antes e depois do regresso. Era isto mesmo — ciúme, pois D. Plácida sonhava casar-se com o boticário viúvo, cuja irmã também se casara e morava agora em Nossa Senhora da Piedade de Patafufo. Quem acertava é quem via em Beja espécime raro de mulher harmoniosa, mulher que enciumava todas as esposas. Nunca fora tão bela, ninguém no coração a acharia feia.

Na primeira Semana Santa que passava em S. Domingos, depois do regresso, no dia da Procissão de Encontro, Beja mandou regar a calçada de fora e o chão do Largo de frente de sua casa com vinho do Porto, que recebia em barris, vindos da Corte, para passar sem poeira a imagem de Nossa Senhora. Conservou esse costume, que era um voto, enquanto morou no Arraial.

No dia em que o palácio ficou em ordem, limpo e habitável, Beja mandou acender candelabros e arandelas; abriu as janelas e as sacadas todas da frente. O solar esplendeu em luzes veladas por lucivelos discretos.

A proprietária, envergando vestido verde e sapatos de chamalotes cor-de-rosa, trazia uma rosa-vermelha nos cabelos. O solar todo cheirava suavissimamente.

Eram as Pastilhas do Serralho, queimadas antes de chegarem as visitas. Convidaram o Padre Aranha, Fortunato, Belegarde, Guimarães, escrivão da polícia, Matos, seu novo amigo, Dico, ex-seminarista... Cada um podia levar um amigo.

A novidade correu como um rio, banhando todo o Arraial. Às 7 horas chegaram os convidados de Beja. Já no salão de visitas, perdiam o assunto com o brilho das coisas, quando chegou Padre Aranha, com Antônio, o filho de D. Ceci.

Beja não se demorou: apareceu pisando tão macio que seus pés pareciam calçados de luar. Sentiu um choque tão grande ao chegar à sala, que disfarçou a emoção num sorriso inexpressivo. O Padre se levantando:

— Como prazer de vir à sua casa, trouxe seu antigo condiscípulo de catecismo.

— Muito bem, fomos colegas.

Sentaram-se nas amplas poltronas de couro cor de pinhão, Beja na poltrona do lado da janela de baixo, de onde dominava a sala.

Padre, de olhos arregalados, olhava para os dois:

— Pois muito bem, D. Beja, seus velhos amigos estão aqui... Satisfeitos por vê-la, de novo, em nosso velho S. Domingos.

Ela, sorrindo, polida:

— E Padre Aranha não se pode queixar: vim residir ao lado da matriz, da sua Igreja.

— Graças a Deus! Pois não; assim não haja esquecido meus ensinamentos...

Começava mal a palestra — lembrando conselhos não seguidos. Ela, sem responder, voltou-se para Antônio:

— Como está homem feito quem há dois anos era ainda um mocinho...

Antônio sentia as mãos trêmulas, não sabia onde as esconder, enquanto ouvia:

— Tinha dezoito anos, no mais é o mesmo.

Aquele *no mais é o mesmo* não pareceu proposital, mas podia ser sentido de lembrança do tempo de namoro.

Ela disfarçava:

— Já estive com D. Ceci...

Antônio, cada vez mais sem jeito, tremendo:

— Ah!

— ... vi também seu pai.

O reverendo intrometeu-se:

— O Coronel está no cerne! Parece irmão de Antônio...

Beja, fingindo-se distraída:

— Lembrei-me sempre de D. Ceci.
Ele não soube responder. Tinha vontade de sair, correr, ficar.
O boticário Fortunato levara seu velho amigo Simpliciano, fazendeiro e negociante.
— O Major Simpliciano Gomes é dono do Araxá todo: a senhora mesmo comprou dele o Jatobá.
Ela, viva:
— Ah, é verdade! O Senhor foi quem me vendeu as terras, mas seu filho é quem o representou.
Ele gemeu, embaraçado com os pés:
— Estava fora, mas tive o prazer de vender o terreno. Aquilo é terra boa. De um lado o ribeirão do Choro, do outro o de Santa Rita.
A moça desatava a língua:
— Vou fazer lá uma chácara. Aproveitei os mestres que fizeram esta casa para construírem lá um rancho campestre. Já estou fechando o terreno...
— Eu fiquei admirado como pôde a Sra. administrar, em pessoa, obra tão importante como este palácio!
Ela respondia com um sorriso triste.
Guimarães, o Guima, fora, com seu compadre Josa, capangueiro em Bagagem, bom rapaz, dos mais direitos da região. Era um trabalhador incansável, com o único defeito de ser honesto. O capangueiro perguntou-lhe:
— Qual é o nome da senhora?
— Be-ja, responde séria. Meu nome de nobreza é *mineira*. O nome pelo qual me chamam é Beja.
Josa queria saber-lhe o nome inteiro. Dera, porém, ótima, elevada resposta.
Agora falava a todos e, para o capangueiro:
— Tem comprado muitos diamantes?
— Alguns, D. Beja. Bagagem tem soltado muitos. Nenhum como o que a senhora tem no anel.
Ela, rápida:
— Ah, este é bonitinho...
Tirou-o do dedo, passando-o para o moço ver. Ele mirou-o contra a luz, procurando o oriente:
— Puríssimo! Nem um urubu. É de primeira água e estes reflexos roxos, cor-de-rosa e amarelos, juntos, são raros em diamantes. Tem 45 quilates; de onde é, D. Beja?
Ela, repondo-o no dedo:
— De Vila Real do Príncipe, mas peneirado em Jequitinhonha.
E, ficando séria:
— Foi presente...
O Padre maliciou para si, pensando que sua beleza, também lá, provocava presentes de 45 quilates.

E para Guima:

— Seu compadre é capangueiro de verdade: viu direito quais os reflexos da pedra e avaliou certo os quilates — tem 45...

Voltou-se, inclinando de leve para Guimarães, seu velho amigo, ao mesmo tempo que vasculhava o bolso da batina:

— Veja como nossos patrícios sabem tudo de pedras...

Guima, feliz:

— Aqui é assim. Esse Josa é mestre nessas coisas bonitas. Só aqui o Adão é que desconhece pedras, pois é só criador em Farinha Podre...

Beja curvou-se, acessível:

— Ser criador é ser inteligente; ser criador de gado em Farinha Podre é ser quase Vice-Rei.

Severina servia licor francês, em grande bandeja de prata lavrada. Padre Aranha fez a sensacional revelação:

— Sabem a quem devemos a volta do Sertão do Sul, a volta para as Minas?

Ninguém sabia. Ele, entusiasmado, elevava a voz:

— A nossa grande araxaense D. Beja!

Todos ergueram os cálices à admirada protetora das Gerais. Ela, desengraçada, ferindo a modéstia:

— É verdade; eu é quem obtive de D. João VI o alvará de 4 de agosto...

Fortunato estourava de orgulho de ser velho amigo da jovem.

— Isto é que é ter importância! Obteve a volta de um verdadeiro país, roubado por Goiás!

Antônio, muito admirado, só conseguiu murmurar:

— Deve ter sido difícil arranjar o alvará!

Beja, brincando com os anéis:

— Não, foi fácil...

O Padre estava tão entusiasmado, que pediu à escrava:

— Severina, nós queremos licor, mais licor! Esse licor foi feito no céu.

A escrava depôs a bandeja na mesa do centro, mesa de jacarandá com pés de cabra, e vazou o frasco de cristal trabalhando nos cálices altos. Fortunato, depois de provar novo gole:

— O que é preciso é que todos saibam disto. Ninguém pode ignorar tão grande feito!

Todos apoiaram. Padre Aranha, já bem vermelho, discorreu eloquente:

— E pensem que o Capitão-General Fernando Delgado Freire de Castilho, Governador da Província de Goiás, tudo fez para que isso não se realizasse! Tanto que, no mesmo sentido, muitíssimo trabalhou, a pedido dele, o Procurador Geral do Conselho de Estado, Padre Manoel Rodrigues Jardim!...

Beja, sardônica:

— O alvará do Rei D. João VI teve mais força que esses cavalheiros...

Fortunato, delirando de júbilo:

— Pois não, pois não. Manda quem pode!

Antônio só tirava os olhos da moça para examinar a caixa de música, bem visível na mesa central, sobre um forro de veludo escarlate. Beja, notando-o, explicou-lhe:

— É uma caixinha de música, Antônio. Vou fazê-la tocar.

Deu-lhe corda, e, suave e enternecedora, a caixa começou, em surdina, a ária sentimental da Boêmia.

O sino desafinado da cadeia deu 9 sinais. O Padre ergueu-se:

— Ainda vou rezar o Breviário. Peço licença, nós nos retiramos.

Fortunato protestou:

— Vocês parecem indiferentes ao que D. Beja fez por Minas, *obrigando* o Rei a entregar à Província uma parte tão rica!

Antônio manifestou seu protesto:

— Ninguém esquece esse benefício. É que ninguém sabia! Os políticos daqui falam que eles é que arranjaram a coisa!

Fortunato arrepiou-se:

— São uns bobocas, uns falhados, uns trapaceiros.

E, estendendo o braço:

— Olhem aqui: foi esta quem tudo conseguiu, para nossa honra! Beja é o nosso maior político. O povo saberá de tudo!...

Concordaram, mas, o Padre, já de pé, se explicava:

— Agradecemos, de coração, mas já é tarde. Vou falar sobre o caso no púlpito!

Iam sair, mas ao apertar a mão de Antônio, Beja fê-lo com força, expressiva:

— A casinha está às ordens.

Já no Largo da Matriz, cada qual se mostrava mais assombrado com o que viram. O Padre, desolado, na sua batina velha:

— Isto é que é saber viver! É até pecado...

Josa estava até gago:

— Que... que beleza, pessoal!

O boticário cascavelou um riso chocalhado como crótalos:

— É verdade: que *beleza pessoal*!

Guimarães batia o chapéu novo na coxa:

— Em vista daquela riqueza, nós estamos é penteando cabelo de cuia.

Simpliciano, o amigo de Guima, estava abobado:

— Não somos nada! D. Beja é... é... que coisa!

Foram andando, dentro da noite, apenas iluminada pelas estrelas frias. Pararam para rever, de longe, o palácio de Beja. Com o silêncio que fizeram, ouviram coaxando, lá em baixo, os sapos do ribeirão de Santa Rita.

Haviam-se apagado as luzes do palácio encantado.

Ao amanhecer, Beja saía a cavalo para o banho do Barreiro, seguida de Severina e Moisés.

Faziam a légua e meia rapidamente. Beja esquecia os olhos nas serras, longe: à esquerda, no pico da Mesa e, à direita, na lomba suave da Serra das Alpercatas. Quase ao chegar ao Pau-de-Binga aparecia à frente o Monte Alto, com os dois píncaros redondos. Descansaram uns minutos debaixo do jequitibá velho. Sinhá ensinava aos pretos, quando abrigados sob a copa acolhedora da beira do caminho:

— Aqui, Severina, chorou muita gente, aqui sorriu muita gente. Daqui se despedem dos viajantes e recebem-se os que voltam. Como havia mais choro do que risos, esta árvore também se chama o Pau-do-Choro.

E com o chicotinho de prata estendido:

— Por aqui partem e voltam os viajantes, pois aquela é a estrada de Conquista. Vai até Casa Branca, em S. Paulo, de onde partem as diligências para a Corte. Quando isto aqui era de bugres, eles se reuniam nesta sombra, tocavam, dançavam, comiam até carne de gente. Debaixo deste jequitibá, negros macamaus vindos dos quilombos do Ambrósio e do Canalho dormiam, confabulando com os Araxás. Faziam macumbagem, bebiam caxiri dos bugres e cachaça roubada pelos negros das fazendas, por aí.

Beja seguia. Desciam a rampa da depressão onde brotavam as águas minerais. Os ventos boliam nos seus cabelos, alegrando-a.

— Vou para minha fonte...

Passaram sob velhas árvores de copas brilhantes na folhagem escura. Moisés ficava no óleo vermelho do ribeirão do Sal. Beja continuava com Severina até a Fonte da Jumenta, onde a água fria se arrepiava no poço de piçarra, cor de cinza. Bebia com calma, no copo de prata. A água marulhava quando ela, com volúpia, entrava no poço fundo. Depois do banho, a escrava lhe estendia a grande toalha de buxo que lhe velava o corpo de estátua fremente. Vestida, ia molhar as pálpebras na água minguada, a que descobrira ser e é boa para os olhos. Apanhava uma flor da margem, fincando-a nos cabelos. E fresca e leve e airosa galopava para trás, com o Marisco a morder o freio, sem medo do chicotinho de prata.

Uma noite Fortunato procurou Beja. Estava preocupadíssimo, nervoso até nas mãos:

— Olha, Beja, Candinha da Serra está furiosa com você! Diz que sua chegada atrapalhou-lhe a vida, pois todo mundo aqui só fala em Beja. Ela mandou fazer um vestido rico, pago por um admirador, e vai aparecer com ele, domingo, na missa. Garante que é mais belo que os seus. É tola, não é?

Beja apenas sorriu, como resposta. Depois, irônica:

— Você agora é confidente de Candinha, Fortunato?... Sabe essas coisas...

— Não! Ela foi à minha botica. Era cliente do meu colega Mestre Salustiano, que afinal morreu, tratado por mim. Me chamou, fui obrigado a tratar do pobre velho. Candinha, sem médico, me procura. Hoje, agora mesmo, contou a surpresa que lhe vai fazer com o tal vestido.

De fato. Candinha apareceu com um vestido amarelo, de aplicações de rendas pretas, vistoso, mas de incrível mau gosto. O corpo de Candinha não ajudava a costureira. A mulher passeou por todo o Arraial com aquele vestido que doía na vista. Beja sorria ainda, maldosa.

No domingo seguinte, quando saíram para a missa, Severina e Flaviana, que a acompanhavam, apareceram com os vestidos em tudo iguais ao de Candinha: amarelos, com aplicações de rendas pretas... Candinha quase morre de ódio. Terminada a missa, as escravas andaram pelas ruas, mostrando a novidade...

Ainda naquele ano de 1818, a casa da chácara do Jatobá ficara pronta. Além do pasto para os animais de sela, Beja plantara um pomar selecionado, de mudas vindas de Ouro Preto. A casa era no meio do terreno e cercada de achas de aroeira, com largo portão de tábuas fechado à chave, na frente. Mobiliou bem a casa, no sistema dos bangalôs ingleses, para repouso. Ali passava agora os domingos; recebia amigos, espalhava sua fina política. Nesses dias o palácio ficava fechado.

Com o incremento das faisqueiras e novas lavras diamantinas, os caminhos viviam transitados por gente de ida e vinda de Goiás, Rio, S. Paulo e outros pontos, em febre de riqueza rápida.

Beja tinha espalhado sua fama por todos os lugares vizinhos. Mesmo aos retirados, esses viajantes levavam notícia de seu luxo e tamanha beleza. Pedidos de entrevistas choviam para Severina, sua escrava-secretária.

— Severina, eu recebo, sim. Mas para me verem, apenas, 200 mil réis. Para pernoitar, depende. Fique para sempre avisada: não recebo negros nem mulatos!

Essa autovalorização irritou, ao máximo, Candinha da Serra, Josefa Pereira e Siá-Boa, furiosas rivais de Beja e que, até ali, eram as mais procuradas, cobrando 5 mil réis.

Uma tarde Severina apareceu com uma cesta de flores que Siá-Boa mandara. Beja admirou-se do presente e, ao retirar as flores encontrou, no fundo da cesta, uma poia de estrume fresco de vaca. Beja não se alterou. Foi a seu jardim, que ela mesma plantara e, enchendo de rosas-brancas uma bandeja de prata, mandou que Moisés a levasse, em retribuição ao presente da rival.

Josefa Pereira e Candinha, enciumadas com o palácio da concorrente, mandaram edificar, também, no Largo da Matriz, suas casas, valiosas, é certo, para a época. Eram térreas e ficavam logo acima da casa de Beja. A de Candinha ainda existe. Nessas obras as mundanas esgotaram os recursos e, enquanto viviam em destrameladas farras com gente de baixa laia, Beja selecionava suas visitas, excluindo os proibidos de subir os 13 degraus de seu solar.

As toras para o tabuado da casa de Candinha eram serradas perto da obra. Aquelas serras, zunindo todo o dia nos cernes de peroba, pareciam partir também pelo meio a cabeça de um neurastênico.

Josefa, ferida em brios, apareceu num domingo à missa com um vestido novo: era de seda Sebastopol, bastante vistoso, e chamou atenção. No outro domingo, ao sair para a santa missa, as escravas Flaviana e Severina surgiram, atrás de Beja, com vestidos em tudo iguais ao de Josefa...

No dia 28 de junho chegou ofício, em nome do Ouvidor de Paracatu do Príncipe, para o Subdelegado de Araxá. Determinava para vilas e lugares mais populosos do Termo a iluminação pública por 3 dias, pelo casamento de Sua Alteza Real o Príncipe Senhor D. Pedro, com a Sereníssima Arquiduquesa da Áustria. A ordem chegou com muito atraso, ninguém soube por quê.

Belegarde pareceu enlouquecer, cumprindo as ordens reais. Seu primeiro dever foi procurar Beja, informando-a de tudo. Pediu sugestões; tomava notas, que não sabia depois ler, de confusas que saíam. Bateu rua, convocou ajudantes, estava atarefadíssimo.

— São ordens do Dr. Joaquim Inácio de Oliveira Mota, Corregedor, Desembargador e Ouvidor Geral de Paracatu do Príncipe.

E, para se prestigiar:

— Ele é íntimo, sabem? É meu amigo particular... embora me aborreça muito com seus bilhetinhos reservados.

O certo é que Araxá anoiteceu com outro aspecto. Juntou povo para ver a iluminação de azeite carrapateiro. O Largo da Matriz se apresentou iluminado por fileiras de lamparinas melancólicas, feitas de meias-laranjas cheias de óleo de mamona. As luzes amarelas das ruas contrastavam com a claridade branca dos salões de Beja, pois, na sala de visitas ela agora usava a lâmpada de acetilene, velada por *abat-jour* creme.

Muito cedo saiu com os escravos para o Barreiro.

Na vizinhança da gameleira do chapadão, encontrou-se com Antônio, que tocava uma ponta de gado.

— A senhora por aqui, D. Beja?

— Roceiro na cidade é força de negócio. Gente cedo no Barreiro é sinal de doença...

Não era doença, era alegria de cavalgar e sentir o arrepio do banho na Fonte da Jumenta.

— Você não apareceu mais...

— Vivo atrás destes bichos. Desde que você foi, só faço trabalhar!

Beja, entre calma e curiosa, encarando-o nas pupilas:

— Por que, Antônio?...

— Por... nada! São coisas da vida. Eu comecei a sofrer muito cedo... O remédio foi estragar o corpo na lida, na dureza da fazenda... No campeio, atrás de bichos brutos.

Ela, desapontada e mais pálida:

— Antônio, eu preciso falar com você, muito em reserva!

Ficou acertado que às 8 horas Antônio iria falar. Beja estava preocupada com a força adolescente do rapaz. Seus cabelos pretos e olhos pestanudos lembravam o menino do catecismo mas a masculinidade de sua presença inspirava confiança, fazia dele um homem desejado.

Quando Beja passava, de volta, as janelas das casas ficavam cheias de gente para vê-la. Naquela manhã, quando Moisés segurou o freio de cambas de ouro na porta de sua casa, Beja pulou no chão, ligeira, sem esperar que o escravo lhe firmasse a caçamba de prata.

Cada vez cuidava mais de si, cada vez se esmerava mais no trato de seu corpo, tirando partido dos cabelos, dos olhos, das mãos longas e macias.

Trouxera de Paracatu uma banheira de esmalte inglês, a única existente em Araxá, onde as melhores famílias usavam gamelas de lavar, de pau, hábito comum entre gente rica. Aos sábados ela tomava banho em 100 litros de leite. Depois desse banho tirava o excesso da gordura com sabão francês de água--de-colônia, em chuveiro frio. Dizia-se despreocupada, a pentear os cabelos abundantes com o pente de ouro que lhe dera o Juiz de Direito de Paracatu:

— É bom esse banho de leite, mas o da Fonte da Jumenta é que dá vida!

A sertaneja, sem o saber, ou sabendo pelo Ouvidor, imitava Popeia, que se banhava em leite de suas 500 jumentas, todas pisando em ferraduras de ouro.

Seu maior requinte, ao se deitar aos sábados, não era conhecido senão de gente nobre da Corte:

— Severina! O bife...

A escrava trazia dois bifes bem finos, de carne crua, que ela colocava em cada face, atando-os com um lenço de Angola, do queixo ao alto da cabeça. Assim dormia.

Ao amanhecer de domingo ia para seu banho frio no Barreiro, de modo que ainda alcançava a missa das 10.

Um domingo, ao voltar de sua devoção, encontrou na porta um jovem que desejava lhe falar. Recebeu-o dignamente. Já no salão de visitas, o homem, que era desembaraçado, sentiu-se pequenino diante da moça.

— D. Beja, sou de Vila Nova da Rainha do Caeté. Meu nome é Elias. Há tempos ouço falar na senhora, porque sua fama corre mundo. Sou fazendeiro lá e vendo tropas, por estes fundos todos. Meu pai é negociante e dono de lavras. Tenho recurso, minha família é limpa. Passei por aqui há meses e agora, voltando, venho pedir a senhora em casamento.

Beja, alheia ao mais:

— Agradeço a preferência que o senhor me deu. Sinto lhe responder que não posso aceitar seu pedido, que muito me honra. É que minha vida está embaraçada em negócios; espero mesmo fazer longa viagem para a qual devo partir sozinha.

— Eu tenho recursos para...

Ela, interrompendo:

— Não se trata disto, meu amigo. Eu tenho certas razões para aborrecer o casamento. Acho que a ligação de um casal, para sempre, como quer a Igreja, é bastante pesada e incompreensível. Não sou mulher para obedecer. Ninguém quer esposa, para ser desobedecido. Sou moça, é verdade, mas o que tenho sofrido me fez aborrecer o casamento.

Depois, sorridente e desenvolta:

— Eu sou filha do sol. Gosto do vento da serra, nasci para ser livre! Gosto das águas correntes, das cachoeiras...

O rapaz estava aniquilado, emudecia.

— Pois bem, desculpe, eu...

— De nada! Boa viagem. Quando passar por aqui venha me ver...

Riu-se muito com o pedido. Ria-se com prazer, atirando a cabeça para trás, agitando os brincos de rubis, tão rubros, que pareciam duas gotas de sangue a lhe pingar das orelhas pequenas.

Uma jovem a cuja porta passava de manhã, antes do sol, para a fonte do Barreiro, habituou-se a levantar cedo.

— Para que levantar tão cedo, criatura? — perguntava-lhe a mãe.

— Para ver a Beja, mamãe.

— Parece que você tem inveja da Beja.

— E quem não tem? Todas as moças daqui, todas as senhoras têm inveja dela.

A mãe ria-se, reprovando:

— Credo, invejar mulher de má vida, filha?

— Não é a má vida que lhe invejamos, mas a beleza. A senhora também...

— Eu?!

— Sim, a senhora também não a inveja?

A mãe sorriu, fazendo *sim* com a cabeça...

Rica, famosa, Beja se divertia com a sofreguidão dos seus namorados, parecendo anormal nessas crises.

Durante um ano Beja foi avisada por Severina e outros escravos que o filho de um fazendeiro dos arredores falava dela, que era presunçosa, doida por dinheiro; que dizia: Com dinheiro compro o mundo...

Certa vez Beja se encontrou com ele no caminho do Jatobá. Parou o cavalo. Detido, o animal escavava com a pata direita o chão macio do planalto. Beja falou-lhe com brandura, disse muito simpatizar com ele e convidou-o a ir dançar em sua chácara. O moço esquentou o sangue e chegou alegre no arraial. Começou a sorrir para ele ao passar pelas ruas, de modo que, num domingo, ele apareceu no Jatobá. Recebido como velho amigo, dançou, ouviu o violão de Beja e saiu ferido por seus olhares. Alguém inquiriu se era verdade o namoro.

— Não sei; o que sei é que a gente, perto de Beja, não pode ficar de pé: cai de joelhos!

— Mas você que falava tanto dela... falava mal...

— Não me lembro disto. Agora só vejo, diante de mim, seus grandes olhos verdes.

Pela manhã de um domingo, foi ter com ela, na Fonte da Jumenta. Ficou bem combinado que, àquela noite iria, às 9 horas, a seu palácio no Araxá. Aos 9, ele chegou. Franquearam-lhe o portão. Beja sentia-se mal naquela noite. Na cadeira de balanço do salão, com os pés em grande almofada verde, fingia-se doente, recostava a cabeça no espaldar da preguiçosa, cerrando de leve os olhos dengosos.

— É uma dor de cabeça horrível, José. Dói muito.

— Vou ver um remédio!

— Não, obrigada, já tomei uma hóstia.

O rapaz estava penalizado.

— Quero ficar quieta, em sossego.

— Foi o sol, Beja. Esteve de fogo, hoje.

— Você me desculpe, vou me deitar. Apareça na chácara para marcarmos outra hora. Não saia sem tomar um cálice de Peppermint. O meu é genuíno. Ó Severina!

Na manhã de segunda-feira, ele mandou uma escrava levar à namorada uma cesta de jabuticabas, ainda orvalhadas.

Quando voltou ao arraial perguntou pela moça. Viram, sim. Passara cedo do Barreiro para o Jatobá. Foi ao Jatobá. O escravo chaveiro, como lhe chamavam, respondeu que Sinhá não chegara ainda. Foi ao palácio e informaram que ela estava dormindo, pois passara mal à noite.

Perdido de amor, à tarde foi a uma venda em cujo balcão bebeu até sentir sono. Saiu e não pôde cavalgar. Encostou-se a uma porta fechada; foi escorregando, caiu sentado, bêbado. Tombou depois para o lado e dormiu, no chão duro. Eram 11 horas. Amigos seus e do pai viam, pela primeira vez, aquela cena. O rapaz, trabalhador morigerado, começava a rolar pelo resvaladouro de lágrimas e lama. Um compadre do fazendeiro ajuntou gente e levou o transviado para sua casa, mandando avisar ao pai.

Beja não sofrera dor de cabeça, nem perdera sono. Fora ao alvorecer para suas águas e estava naquela hora ditando cartas a Severina — cartas de amor e correspondência sobre os seus negócios.

Muitos dias depois o moço e Beja se encontraram na saída da Matriz. Quanto ele emagrecera; como Beja estava esplendorosa em seu vestido de veludo negro! Terminada a missa, ao sair seguida pelas duas escravas bem vestidas, os olhos dos namorados se encontraram. Ela sorriu, como uma flor divina.

Não tardou que ele se dirigisse para a chácara, onde foi admitido. A senhora, muito alegre, voltou para ele os olhos grandes, mais verdes ainda.

— Tenho sofrido tanto por sua causa...

Ele, que trazia mágoas e queixas para feri-la, desarmou-se, vencido:

— Tenho sido tão humilhado por seu desprezo...

— Ora, são coisas da vida, de que não tenho culpa. Sou fraca e pequenina... Você é belo e rico...

— Eu hoje sou apenas um escravo.

Ela fingiu comover-se, baixando os olhos. E naquele domingo, o fazendeiro foi a pessoa mais distinguida pela ex-amante do Ouvidor. Dançou, bebeu refrescos, licores, comeu dos manjares domingueiros do Jatobá e, ao sair, teve licença de, na segunda-feira, às 8 horas, aparecer no palácio do Largo da Matriz.

Às 8, lá estava ele. Severina o introduziu no salão. Beja estava magnífica, à vontade. O chão atapetado de mantos franceses presentes do Príncipe D. Pedro. Surgiu a escrava, com pequena bandeja de prata. Trazia um cálice alto, com genebra holandesa. O moço sentiu de novo o coração bater, como se disparasse.

A doce voz em surdina, ela gemeu:

— Pensei que não viesse... Desde ontem só penso neste momento, no momento de ser sua...

E, para a escrava favorita:

— Severina, leve-o para o quarto de visitas!

Estava pálido, ergueu-se, tomou-lhe as mãos, quis beijá-las, mas Beja se lhe desprendeu, sorrindo:

— Espere um pouco... Este é ainda o noivado. Siga Severina.

No quarto, a escrava lhe falou:

— Agora o senhor tire toda a roupa, que Sinhá não demora.

A negra se retirou, cerrando a porta. Beja estava cansada; foi para seu quarto, preparando-se para dormir.

Severina tornou a voltar ao quarto do jovem, apenas para avisar:

— Tudo pronto. Sinhá não demora.

Ela, entretanto, se despia com calma, preparando os perfumes para a abluição noturna. E, afastando os lençóis cheirosos:

— Daqui a uma hora você dê o recado.

Para evitar aborrecimentos, fechou seu quarto à chave. O rapaz despira-se, conforme a ordem e, sob os lençóis de linho pesado, sentia febre. Febre e medo.

— Como será o corpo nu de Beja? — malucava.

Pensava no calor de sua boca escarlate, nos dentes brancos, nos suspiros que percebera bem, à véspera, na chácara. Considerava-se o homem iluminado pelos olhares amorosos dela. Sim, era difícil a graça de pernoitar com uma deusa do céu mas estava bem pago de tentar tantas esperanças vãs, quedas e ascensões do desejo de herói que vai receber as palmas. E falava mal de Beja, falava contra ela pelas vendas, com os companheiros...

Nisso bateram de leve na porta. Sentiu o coração pulsando violento, na garganta, quando Severina metendo a cabeça no vão da porta cerrada, pediu licença.

Sinhá manda pedir desculpa, a dor de cabeça voltou; ela já está deitada.

Quando o amoroso saiu, cães noturnos ladravam nas cafuas do morro de Santa Rita. Um ódio subterrâneo subiu-lhe à boca num palavrão sujo.

O céu estava de luto fechado e ouviam-se trovões surdos pelo rumo de Farinha Podre.

Lá dentro Beja ria-se com Severina:

— Que coisa boa é ser bonita, que coisa divina é ver sofrer alguém por nós...

Todos sabiam que os amores de Antônio e Beja estavam reflorindo em nova primavera, com o retorno da leviana. Ele teve licença de ir procurá-la apenas uma vez por semana, o que obedecia com rigor. Em verdade era aquele o primeiro amor da formiguense, porque posse violenta não é domínio em coisas do coração. Embora entristecido por saber que sua amiga se exaltava por alguém, Fortunato tentava justificar os amores de Beja:

— Uso não é posse. Para o sentimento não há usucapião.

Beja, aos 18 anos, sentia a revinda do afeto inicial, não como um dia de sol, mas esbatido em sofrimento, um luar de amor.

Ela relembrava-se quanto lhe pulsava o coração ao ver o mocinho na sacristia da Matriz de S. Domingos. Agora, no mesmo largo, tinha-o como amante. A moça sofrera o choque brutal da carne dominada pelo terror, sem prazeres espontâneos. Por decisão dos próprios nervos se entregou por fim àquele que, menina, fora seu primeiro namorado. Estava feliz por isso.

Antônio sabia que não era o único recebido e isto o exasperava. Fora, porém, tudo combinado antes. Ele ficaria como o querido, e os outros — por mero capricho. Não se apegava a nenhum. O fazendeiro não podia tolerar que se dividissem os carinhos, quando estava convencido de ser o único que ela queria bem. Pensou em casar-se com ela, fechando os olhos a seu passado recente. Mas havia a família, gente extremada em honra, capaz de matar por não ter maculado o nome. E tanto esse pensamento era exato que, ao saber do que acontecia, D. Ceci não vacilou em procurar sua amiga de antes.

Beja recebeu-a com fidalga atenção. A visitante espantou-se, vendo-se dentro da riqueza oriental do palácio, muito mais luxuoso do que se boquejava lá fora.

Beja sentia-se fraca e as mãos tremiam-lhe de leve ao ver a matrona de tão boa família em sua casa, e por temor de alguma coisa sobre seus amores proibidos.

— Beja, eu sei que você é moça ótima. Quando começou a namorar Antônio no catecismo eu fiquei alegre, porque meu filho, mocinho, escolhia decerto para esposa, jovem tão prendada. Mas aconteceu o que aconteceu e me custou muito distrair o filho da paixão que o abalou, ao ver você se retirar. Dois anos depois você volta. Já sei de tudo e venho lhe pedir de joelhos que não prenda meu filho. Ele está obcecado por você. Trabalha e tem, de seu, muita coisa, mas eu vejo tudo perdido no dia em que Sampaio soube do fato. Peço de mãos postas, pela nossa amizade, porque eu estimo-a como filha não deixe o menino se perder por sua causa.

Beja, esverdeada e de vista escura, nada respondia. D. Ceci pegou-lhe as mãos esquecidas no regaço:

— Prometa que vai brigar com Antônio; que vai dizer que não gosta mais dele.

A moça caiu de bruços na mesa do centro, perto de sua poltrona, soluçando com calor.

D. Ceci viu que a coisa era séria e tudo lhe parecia perdido.

— Não chore, Beja. Faço um apelo a seu bom coração, que tem sofrido tanto. Não deixe meu filho rolar no abismo, salve-o, pelo amor de Deus!

Beja levantou a cabeça, jogando os cabelos soltos para trás. Tirou da manga esquerda um lenço bordado cheirando a cravos brancos, enxugando os olhos e assoando-se, discreta. A mãe do jovem também chorava:

— Eu conheço quem é você, minha filha: sempre tive admiração por sua beleza, mas apreciei sempre mais sua bondade. E de rastros que lhe peço não consentir que o filho entre mais aqui. Estou vendo meu filho desgraçado, não por você, mas pela paixão com que ele está. É por esta medalha de Nossa Senhora das Graças, (puxou a medalha do cordão do pescoço — mostrando-a) por esta relíquia, eu peço que você brigue para sempre com o menino... Deus há de lhe pagar a caridade que faz a esta mãe cheia de medo pelo que pode acontecer. Você me faz esta caridade, Beja?

Beja, abalada pela cena, pôde apenas sussurrar:

— Vou falar com ele, D. Ceci... Não fui eu quem chamou seu filho. Foi ele mesmo que veio.

Em vista da cordura da amiga, D. Ceci saiu mais aliviada. Acreditara que ela não seduzira o rapaz; ele é que a procurava, num encantamento.

Ao chegar à fazenda, o marido recebeu-a de cara amarrada.

— Venha cá, Ceci.

Fechou-se por dentro do quarto do casal.

— Você vai ter uma notícia muito má.

— Que houve?

— Coisa muito grave, o Antônio é amante da Beja. Está tão apaixonado que anda dizendo que vai casar com ela! Antônio é bom filho, obediente, e eu não sei o que fazer com ele! Fale com o filho para sabermos de sua atitude.

A mulher, que chegara aborrecida e fora ao palácio sem avisar ao esposo, sentia-se derrotada e sem a menor esperança de separar os amantes.

Era domingo e Beja ia para a Chácara; passara a noite numa festa que oferecera a poucos amigos. D. Ceci aproveitara a ida à Igreja para dar um pulo ao solar.

Mal sabia a bondosa senhora que Antônio, naquele instante já estava com amigos no Jatobá, esperando Beja.

A tarde foi alegre. Beja não aborrecia quem bebesse, mas desprezava os que bebessem demais. Naquela tarde, disfarçando o aborrecimento com que chegara, começou a bebericar vinho Lacryma Christi, sob pretexto de saudar as visitas. A garrafa de cristal cor-de-rosa, que continha o Porto, ficou na bandeja de prata portuguesa, na mesinha da varanda, onde estavam todos.

A boca da noite começara a se escancarar nos morros. Um céu acobreado com listras de azinhavre manchava as nuvens do sol-pôr. O *sofrer* de Beja saltava vivo nos poleiros, arrepiando-se a cantar no fim do dia.

Fortunato, o velho moço, gostou de seus gorjeios:

— Como canta! É porque Beja chegou. No Norte do Brasil chamam a este pássaro — *corrupião*; no Nordeste — *sofreu* e *conris*; no Sul das Gerais — *nhapim*. Aqui no Oeste e na Bahia — *sofrer*.

Beja olhou-o, enlevada

— Acho bonito o nome, *sofrer*.

Levantou-se e correu os dedos nos arames da gaiola, dando muxoxos. O *sofrer* desceu ao fundo da prisão, todo arrepiado, cantando alto.

Belegarde, Subdelegado, pilheriou para os outros:

— Até os bichos gostam dela...

Nisso D. Beja entrou, a pretexto de ver como iam as coisas. Daí a pouco, Severina falou no ouvido de Antônio, que saiu com ela. No quarto simples da moça, frente a frente, Beja apontou-lhe a poltrona e correu a chave na fechadura:

— Antônio, sua mãe esteve lá em casa.

— Mãe?!

— Sim, D. Ceci me procurou. Está horrorizada porque você me frequenta e me pediu para varrê-lo do coração. Para mim isto é impossível. Agora, você veja o que faz.

Silenciou, olhando-o nos olhos.

— O que eu faço é cada vez ficar mais apaixonado por você. Respeito muito os velhos, mas isto que mãe pede não é possível, por nada neste mundo!

Beja, orgulhosa e cordata:

— Então você se entenda com ela, pois estou aborrecida com o que me pediu. Pediu, de mãos postas!
Ele, falando firme:
— Eu sou homem! Meu coração deliberou ser seu, acabou-se. Não se amofine com a conversa de mãe. Mãe tem razões, mas eu tenho a minha razão.
Chegaram no alpendre, sorridentes. Às 7 horas, Severina anunciou que a ceia estava servida.
A primeira impressão de Beja resolvia sobre relações ulteriores. Conversadora incomparável, conduzia os assuntos com graça e apreciava ser ouvida, sabendo ouvir. Irônica, astuciosa nas frases, seu natural era envolvente. A silhueta esbelta, de boa altura, andava com elasticidade tão grande que parecia haver estudado os gestos que lhe completavam as palavras. Respostas prontas, tinha alguns preconceitos, como o ódio aos pardavascos. Eles eram, para ela, insolentes e desleais. Não os aceitava por dinheiro nenhum.
— Eu me valorizo porque sei que mereço...
Não tinha para ninguém palavras ásperas, fazendo-se respeitar pelos modos finos. Um, que ela não recebeu, falou desalentado:
— Vale muito ouro e não há ouro que a compre.
Em toda a vida, até ali, só amara de verdade a Antônio Sampaio...
Recebia de seus admiradores valiosos presentes, prataria, bichos engraçados, pássaros lindos, vinhos finos, europeus. Ela própria se definia:
— Não recebo a todos, detesto os mal-educados e pessoas sem limpeza.
Isso definia bem que espécie de mulher estava ali. Tinha asco a uma vida sem seleção de relações e, orgulhosa sem se dizer, ninguém a acusava de exploradora, mesmo porque sua fortuna lhe viera às mãos, sem que a chamasse. Como pessoa de bom sangue, amava ser homenageada, e nunca se deixou comprar pelas conversas convencionais, por dinheiro ou presentes.

Um fazendeiro já conhecedor de sua fama e formosura, ao voltar de S. Paulo, trouxe na luzida tropa uma caixa de vinho do Porto, o vinho apreciado por Mota. Mandou levar o presente e, à noite, foi visitá-la. A casa iluminada por lampiões belgas estava linda, cheia de flores, como em dia de festa. Beja o recebeu no salão de visitas, agradecendo a lembrança do ricaço. Ele, perturbado, deu lhe a entender que desejava ficar, aquela noite, para dormir. Ela, sorridente, finíssima, respondeu, jogando com os dedos o brinco de ouro e diamantes:
— Ah, eu pensei que o presente fosse para me honrar. Agora sei que foi para o senhor ter direito de ficar comigo. Deu o presente, e vem cobrá-lo em meu corpo!
O homem, apanhado na manha, quis repelir, espalmando as mãos para ela:
— Não, não, D. Beja; quis apenas lhe ser agradável!

Entraram no salão pessoas que esperava. O mateiro desceu os 13 degraus da escada, abatido e sem contar com as pernas.

Dali a uma hora ele recebia, de volta, mandada por Beja, a caixa de vinho. Era por tais gestos que falavam mal de Beja, sem compreender suas atitudes. De cinquenta que a procuravam, só recebia cinco. Os rejeitados iam derramar a bile nas casas de Chiquinha da Serra, Josefa Pereira, Siá-Boa e outras, mais desclassificadas. Ali não chegava o fino licor francês ou Porto velho; sorria desdentada, babando, a cachaça nacional, barata e adoidante. Chiquinha vivia sempre bem dosada em álcool e falava de Beja até inchar o pescoço. De sua pretensão, de sua vaidade, de seu luxo artificial. Mentia, mas era às vezes contundente:

— Pobre matuta de uma figa, beiradeira de pés no chão, vivia queimando coivara no Sobrado. Agora é que está no fogo, toda gabola: esqueceu até o avô, coitado, morto por causa dela!

Chegando à janela repetidas vezes, a salivar de esguicho para a rua:

— Resto de português, cachorra... Ah, trem!

Chiquinha falava em resto de português, referindo-se ao Ouvidor, esquecida de que ela, Chica, aparecera em S. Domingos amasiada com um negro de pé redondo... Nessa altura, estava tão embriagada que até babava cachaça. Estava tão bêbada que até dizia que não estava... Nem se lembrava que sua clientela era feita dos refugos de Severina, por ordem de Beja... Aquela noite, Chica estava azedíssima:

— Diz que cobra 200 mil réis só pra ser vista e dizer alguma bobagem!... Quem vai acreditar nisso, Chiquinha?

Um viajante, que estava em casa da beberrona, ousou protestar:

— Pois é verdade, porque eu já paguei 200 mil réis só pra conversar com ela, só pra ficar sentado em seu salão. E saí tonto de tanta lindeza, de tanto luxo!

Chica danou-se:

— É porque foi bobo! Eu cobro 5 mil réis, mas não sou pras besteiras de licor e salva de prata. Comigo é tudo na lialdade...

Bateram palmas.

Era Mariana, a costureira de Beja.

— D. Beja, suas costuras estão quase prontas. Eu vim aqui pra lhe avisar que Siá-Boa mandou a Margarida fazer um vestido de palha de seda creme, que veio da Corte. Margarida me pediu segredo, porque aqui ninguém possui coisa igual, mas a senhora precisa saber.

— E quando é que fica pronto o vestido?

— Ah, demora! É para o Natal: faltam dois meses...

Beja mandou escrever para o Rio. Um amigo de lá, passageiro por S. Domingos, levou incumbência de mandar um corte igual, com brevidade.

No domingo de Natal, Siá-Boa compareceu à missa das 8 com o falado traje.

Quando Beja foi para o templo levando as escravas, Severina e Flaviana envergavam vestidos de palha de seda creme...

Siá-Boa quase enlouquece:

— Com essa depravada não tem jeito! A diaba até adivinha...

Parecia possessa de ódio de Beja, pois estava roxa, com os olhos rajados de sangue:

— Eu sou inducada mais qualquer dia pego ela na rua, faço um rela-moela nesse trem, que o Belegarde até me estrafega!

Cuspia grosso, babava:

— No dia desse espravão Siá-Boa mostra que é homem! Isso é bom é cercar e chorar nela a perobinha, bem no casco!

Tudo isso porque Severina e Flaviana saíram com vestidos iguais ao seu.

Naquela noite, Antônio pernoitou com Beja. Fechou-se a porta cedo e as sacadas cerraram-se ao escurecer.

Só havia luzes acesas no quarto da mulher e no salão de jantar. Depois de um lanche de chá com torradas, chá em que Severina derramara gotas de água de rosas, ficaram os amantes a conversar; Beja indagava, apreensiva:

— Falaram com você alguma coisa, na fazenda?

— Nada.

Ela queixou-se da sorte; só, jogada entre feras, até o Antônio já queriam arrancar de seus braços. O moço tranquilizou-a.

Continuava a se queixar:

— Depois que vi matarem meu avô e sofri o que você sabe, fiquei nervosa e cheia de medo.

— É. Foi horrível aquilo.

E, de repente:

— Ó Beja, e você não teve notícias dos assassinos, em Paracatu?

Seus olhos se dilataram, mais verdes ainda. E, serenamente:

— Tive.

— E que fez? Por que não se vingou dessa canalha?

— Não pude. Ainda não foi possível. Mas...

E suspirou fundo, de olhos fulgurando:

— ... um dia nos encontraremos!

Aquelas breves palavras saindo da boca de tal mulher valiam por muito grito, muito juramento de vingança.

Ela desconversou, mandando vir a caixa pequena de música. Puseram-se a ouvir o *Minueto em Ré Menor*, de Mozart. Ficaram ouvindo. Quando terminou, eram 9 horas, e Beja queixava sono.

Pelo penteador de rendas se via o vale dos seios redondos e firmes, onde estava um sinal muito preto. Ao perceber que o rapaz o reparava, fechou o roupão. Antônio envolveu-a com os braços, beijando-a na boca e no ponto onde vira o sinal engraçado.

Cedinho ela cavalgou para o Barreiro. Seu cavalo estava com as crinas cor de prata trançadas e atadas nas pontas por laços de fitas vermelhas. Pela estrada de terra roxa floriam em tufos claros os assa-peixes. Ao lado do caminho desabrochavam os primeiros lírios do campo, muito azuis. Pendidas para o ribeirão do Sal, quase roçando as águas, abriam-se em flor, as ingazeiras. Beja passou a meio galope, apeou-se perto do poço, debaixo do tamboril encopado, em cuja sombra descansava sempre, ao chegar. A vasta copa se abria em para-sol verde, derramando as galhas baixas até quase ao chão. Tanto viram Beja descansar ali, às vezes deitada de costas na toalha de buxo, estendida por Severina, que o tamboril ficou conhecido por *Árvore da Beja*[16]. Em roda da água pendiam, das barrancas baixas, avencas derramadas. Tinhorões silvestres estendiam as largas folhas banhadas do sol de ouro do planalto. Na lagoa, para baixo, para onde escorria a água da fonte, pendiam canas do Reino, em moitas altas, e periperis frágeis se erguiam nas hastes muito finas.

Beja bebeu no seu copo de prata a água gelada que vertia das pedras lodosas. E com o copo na mão, olhou para as árvores velhas da colina fronteira, onde cantavam avinhados. Ouviu, longe, o canto rouco de um carro de bois que chegava pela estrada de Conquista. Sentiu-se leve, espiritual.

— Esta água tem qualquer coisa que não é só água: aqui se bebe a Vida, graças a Deus Todo Poderoso!

E cavalgou ligeiro, partindo a trote largo.

Quando Antônio regressou de S. Domingos, naquela manhã luminosa, o pai mal lhe respondeu o pedido obrigatório de bênção. Quando ergueu a mão com humilde servilismo:

— Louvado seja Nosso Senhor Jesus Cristo?

O Coronel respondeu, abrupto:

— Louvado!

Respondia diferente das outras vezes: Deus seja louvado, meu filho!

O filho lá dentro pediu a bênção à mãe, que o abençoou de coração.

O Coronel, pisando duro, a entrar para o quarto

— Venha cá, meu filho.

Antônio entrou, obediente.

O Coronel correu a chave:

— Meu filho, tenho sabido de má notícia a seu respeito. Esta notícia foi, para mim, uma facada!

Levou a mão direita fechada ao coração, como se o apunhalasse. Um silêncio gelado pairou em sua boca.

— Soube que você está frequentando a casa de Beja!

— É verdade, meu pai.

---

16. Esteve de pé, embora morta desde 1940, tombando afinal em dezembro de 1955.

O velho apertou a barba grisalha na mão direita, fitando de frente ao rapaz:
— Pois trate de acabar com isso!
O moço nem empalideceu:
— Meu pai, o senhor me perdoe, mas isto é impossível.
Falavam-se de pé. Nesse instante o velho sentou-se na cama, para não cair.
— Então... então o senhor me desobedece?
— Nunca o desobedeci nem desobedeço, meus pais, mas o senhor esquece que eu tenho 20 anos e com 20 anos o senhor já era casado. Vou à casa de Beja uma vez por semana e acho que um rapaz tem esse direito.
O pai impacientou os olhos, aumentando de súbito as olheiras:
— Quer dizer que um rapaz de 20 anos pode passar a noite em bebedeiras em casa de prostitutas!
— O senhor, meu pai, sabe que não bebo. Nem a casa de Beja é casa de bebedeiras. Vou lá uma vez por semana e o senhor não há de querer que eu procure alguém que não seja uma prostituta. Sou moço, mas respeito as famílias, sempre segui seus conselhos.
O Coronel silenciou, com a cabeça baixa.
Antônio saiu, sem ruído. Estava calmo. Quando D. Ceci se aproximou do esposo, ele gemeu:
— Nosso filho está perdido! Não negou e o que disse foi de homem de bem.
Ficaram em silêncio, frente a frente — abatidos.
Antônio tomou um café simples na cozinha e seguiu para o campo. À tarde, quando voltou tangendo vacas paridas de novo, estava alegre e falou com o pai, depois da bênção:
— Beleza de bezerrada. Saiu tudo laranjo, puxando o touro.
Falava de um touro caracu, de estima do velho e comprado a instâncias do filho. Sampaio, ao ver a bezerrada, sorriu, satisfeito com seu primogênito:
— Você acertou. O boi é de cabeceira.

Beja passava agora a maior parte da semana em sua chácara. Um escravo ficava sempre às ordens, guardando o portão do lado de Lava-Pés. Certo dia apareceu um jovem, dirigindo-se ao porteiro:
— Meu amigo, trago uma carta para D. Beja. Tenho ordens de só a entregar em mãos próprias.
Ela informou-se bem sobre o visitante e como estava só naquele dia (o que era raro) mandou-o entrar. Recebeu-o bem; estava deliciosa, fresca depois do banho frio, que usava três vezes por dia. Apareceu *à negligé*, num penteador de linho branco com aplicações de rendas cor-de-rosa. Recebendo a carta, retirou-se, com licença, e chamou Severina. Depois de ouvir a leitura, voltou à varanda, sorridente.
— Muito obrigada, por me fazer o favor de trazer notícias do bom amigo de S. Paulo...

O visitante pigarreou, não sabendo onde estarem as mãos. Ficava estourando de júbilos, alma cheia de repiques de sinos de manhã clara. Pensava consigo: Esta é a Beja! Estou na chácara de Beja, onde só entram os que ela quer! O coração batia-lhe apressado, tão forte que temeu uma pororoca. Afinal, acomodando as mãos trançadas no colo, sentindo frio e calor misturados, falou com sentido certo:

— É grande amigo meu... Sabendo que eu passava por aqui, pediu. Pediu para lhe entregar, pessoalmente, a carta.

Beja agradeceu a atenção e, viva:

— Ele vai bem de saúde? É muito amável, o Ramos. Há muito tempo não me vê de perto...

— Sim, porque de longe, ele vive com a senhora diante dos olhos. Só fala em D. Beja...

Ela, de olhos distantes, como distraída, recordando:

— Há muito tempo ele não me vê de perto...

— Perdão, senhora. Há dois meses passou por aqui, me disse ele.

E a moça, muito séria:

— Mas para quem ama, a ausência de dois meses vale muitos anos!

Beja gostou do emissário do paulista. Mandou servir um lanche de frutas, refrescos, depois café. O moço estava extasiado. Beja era muito mais linda do que soubera! E que gentileza... E que palestra ágil, colorida de sorrisos atenciosos. Quando serviram o café o rapaz observou:

— Que café gostoso, este cafezinho!

E ela:

— Melhor do que o paulista?

— Ah, muito melhor. Tem sabor mais fino, é delicioso.

Beja, entregando sua xícara à bandeja de prata:

— Elogiam muito o café paulista...

— Mas este é incomparavelmente melhor!

Beja brincava com o ratinho:

— Este café me veio de Casa Branca...

— Então é paulista!

— Não sei... é paulista?

— Pois olhe, D. Beja, agora sei por que é tão bom: é porque foi servido em casa de uma rainha!

Ela riu-se, já interessada no jovem. Ao sair, duas horas depois, já acamaradados, ficou bem decidido que ela o esperaria no palácio às 9 horas.

O viajante guardou segredo do encontro, como lhe fora recomendado. Banhou-se, perfumou-se; nem jantou direito na hospedaria.

Não cessava de olhar o relógio. As horas que correm para a felicidade passam devagar. Passam devagar, para os escolhidos.

7 horas, 8 horas, 8 e meia...

Desceu, disfarçado, ganhando o Largo da Igreja. Viu-se rente da casa da princesa. No portão, bateu palmas discretas.

No patamar da escada íngreme apareceu um escravo, o Moisés.

— Boa noite! Peço dizer a D. Beja que o paulista está às ordens.

— Sinhá Beja? Sinhá Beja viajou.

— Viajou?!

— Sim sinhô.

— Quando volta?

— Ah, vai demorá.

— Mas eu estive hoje cedo na chácara, marcou encontro.

— Saiu. Só tá aqui dumingo.

Um cachorro latiu, abalroando no oitão do prédio. Num desalento, não queria acreditar:

— Então, só volta domingo...

— Dumingo.

O enamorado saiu amargurando a decepção maior de sua vida. Beja, pela fresta de uma janela do segundo pavimento, se deliciava com aquele fracasso. Começava a chover. Ela, sonolenta, apenas sorriu:

— Severina, vamos dormir...

Na madrugada do outro dia o rapaz prosseguiu viagem para o Arraial do Espírito Santo do Pouso Alto.

Pela manhã de um dia muito batido de ventos do Norte, sinal certo de chuva, Severina acompanhava Dorirão, que levava na cabeça grande balaio de frutas do Jatobá, para o Vigário. Viram a escrava passar e, quando voltava, de uma casa da Rua do Cascalho alguém a chamou:

— Severina! Venha cá.

Dorirão, com o balaio vazio, parou, esperando-a. Abriu-se uma porta. Quem a abria era D. Ceci, que estava em casa da irmã doente. A negra levou a mão, pedindo a bênção.

— Severina, eu vou te avisar de uma coisa: Beja está querendo vender você.

A preta sentiu o chão fugir de seus pés, deu-lhe uma tonteira.

— Está querendo vender você e Sampaio (era o marido) quer comprar você.

E, maternalmente protetora:

— Vou ser boa sinhá pra você. Sei que é negra de muito preceito.

Deram-lhe uma tigela de café, que a negra bebeu com água pingando dos olhos.

— Vou lhe dar muito vestido, um cordão de prata...

D. Ceci tomava coragem:

— Você é rês muito boa. Beja às vezes bate em você...

Severina quis desmentir, não pôde.

— Ela fala até que você é ladra... trem safado.

Chegou-se mais à negra e botou-lhe na mão um cruzado.

— Olhe, Severina, tome raiva dela... — E tirando do corpinho um embrulho: — Misture isto no vinho para ela. Ela bebe muito. Na hora da orgia, de noite.

A preta, mole, sem gestos, segurou a coisa. D. Ceci estava jeitosa e cheia de mistérios:

— Isto é pó de diamante. Não mata logo, vai inquigilando... Todo dia você bota uma pitadinha no vinho de sua inimiga... Vou te dar muito vestido, ela vai vender você...

A porta estava cerrada. Severina pegou-a para abrir.

— Está combinado, Severina?...

Ela bateu a cabeça, abriu a porta e saiu sem mais conversa. D. Ceci, da porta:

— Severina, olha aqui... Volte aqui...

A escrava, sem olhar para trás, alcançou Dorirão, caminhou na frente de trote, alcançou a cancela da chácara, com o embrulho na mão. Lembrou-se dele, já ao chegar à varanda. Briosa e digna, jogou-o no chão, pisando em cima, afundando-o no barro. Nada disse a D. Beja.

Severina temia, ao fazer-lhe ciente do acontecido, que Sinhá pensasse que ela comerciava com a infame D. Ceci.

Foi então que passou por S. Domingos, demandando Paracatu do Príncipe, o afamado Prático de Medicina Teodoro Nazário do Couto, reconhecido pelo Conselho do Governo Provinciano como prático em Medicina, residente no Termo da Vila de Santa Maria do Baependi.

Padre Aranha pediu a Fortunato para chamá-lo, pois desejava se curar de seu velho fogo de Santo Antônio. O Boticário não gostou, mas, desejando conhecer o célebre físico, levou-o à casa do amigo.

Nazário era um velho espigado e lento, inchado de sabença por 40 anos de curandeirismo oficialmente científico.

Apareceu na casa do Vigário, de redingote de sarjão preto e muito compenetrado de sua importância. Fortunato bebia-lhe as palavras, que saíam secas e magistrais, confirmadas por gestos cabalísticos. Depois do *Recipe*, o Padre Aranha entabulou palestra com a grande personagem.

— Vou a Paracatu do Príncipe, onde tenho um irmão; vou visitá-lo e fazer uma desobriga de doentes.

Da calçada, gente curiosa olhava para a sala onde estava o respeitável sábio. Padre Aranha, com atenção minuciosa:

— Mestre Nazário, qual o estado sanitário da Vila de Santa Maria do Baependi?

Nazário, desembaraçado, gozando sua fama universal:

Posso dizer que é satisfatório. Tenho ocasião de lançar mão da lanceta, porque as enfermidades se declaram por sintomas adnâmicos[17]. Endemicamente não descubro ali mais que os broncocelos e tumores malignos, da classe das melíceres hemorroides e leucorreias. Todos esses males não excetuam idade ou sexo e são assaz frequentes. A causa dos primeiros sendo ainda obscura na Arte, *pode ser conhecida por mim*: posso afirmar que das primeiras tenho extirpado acima de 300, em diversas partes do corpo. A causa, porém, das hemorroides me parece ser o estragado uso dos licores e carnes fumadas e continuado uso de grãos adstringentes e fermentados, sem adição de substâncias corretivas, corredias, frequentes em animais, e o pouco asseio, tão observado na maior parte dos que as sofrem. A leucorreia, que se podia julgar muito mais endêmica do que os outros, espalha-se às próprias crianças; já é tão comum que raras enfermas que me têm consultado deixam de queixarem de elas. Tenho observado que este mal, assim como os broncocelos, são mais frequentes entre gente pobre, cujo passadio é indigente: por cujo motivo atribuo a sua causa à relaxação do aparelho granduloso, originada por falta de alimentos suculentos, que promovam sangue suficiente para o estímulo preciso a observância dessas partes.

Pigarreou, orgulhoso, encarando com desprezo a multidão que se reuniu para vê-lo. Depois:

— Quanto a epidemias tenho notado no mês de outubro e seguintes, febres gástricas podres, mas isso produzido por falta de Práticos no lugar, o qual obriga os povos a se curarem *barbaramente*. As ajudas de pimenta macerada são comuns. Há perigoso ajuntamento de não poucos elefantíacos, cuja moléstia sendo incurável e contagiosa, forçosamente deve contagiar os povos muito mais pela licenciosa comunicação em que vivem os moradores, pela qual se vêm míseros frutos do desgraçado concubinato desses infelizes, em idade mais tenra, servindo assim de garrote à moral cristã.

O charlatão estava eufórico. Sua lição era sorvida, com avidez, por todos.

— O vírus sifítico não faz ali maiores estragos; seu progresso é lento e até tenho observado que cede prontamente a qualquer tratamento. Acho esse termo dos mais saudáveis do espaço de 300 léguas que tenho viajado no Brasil. Uma coisa urge: a extinção dos lázaros. Não é de menos consideração o uso que se faz da água de ribeirão, por falta de outra, pois acometem catarros e febres gástricas podres. Nestas, os afrouxantes fazem boa saída. Para a cura do defluxo-podre não há como o xarope de Mure. É feito de caracóis: espreme-se grande quantidade deles até ficarem uma pasta. Adoçando, eis o maior remédio para defluxo-podre, asma e hética. Se falhar essa mezinha temos o xarope de repolho-roxo, que é porrete para esse mal.

Belegarde babava de ouvir o tutano da verdadeira Arte. E animou-se:

— Senhor Mestre Nazário, as estradas por lá são boas?

---

[17]. As respostas de Mestre Nazário são autênticas. Foram até copiadas de sua palestra com o Vigário.

Ele, magistral:

— Estradas... tem poucas. O Governo devia obrigar os donos de terras a abrir caminhos. Mas... Seria fácil abrir picadas para as Províncias de S. Paulo e Rio de Janeiro, se não fosse a Serra da Mantiqueira e as áreas proibidas. O comércio para a Corte é de tabaco, gado grosso, queijos, toicinho, tudo carregado por tropas, mas os caminhos, sendo maus, morrem muitas bestas, que custam caro. O café vinga bem naquela terra e parece indígena de tão bem aclimatado. Já se colhe algum, que é muito apreciado pelos seus bebedores. Sente um pouco as geadas mas espero que nossas boticas possam vendê-lo mais barato, pois o café é indispensável como cordial. O preço dele é ainda muito elevado, pois na botica é vendido a 8 cobres a libra. Não acredito que ele possa ser usado como bebida, pois sempre conheci café como remédio, em pó, xarope e infusão. Reconheço que seu preço é exorbitante mas acompanha a subida de tudo! O feijão está a 320 réis o alqueire; o leite a 1 vintém o litro, um ovo está a 10 réis, 1 peixe-dourado de 4 palmos, a 2 vinténs, 1 garrafa de cachaça está a 4 cobres, 1 vaca parida, boa, custa 6 mil réis. Uma casa regular já está pelo absurdo de 1 mil réis e duzentos por mês. Além de outras calamidades, que o progresso tem trazido às Minas Gerais!

O cientista estava ficando amargo:

— Ora vejam, os senhores. Quando as colheitas terminam, vem o dizimoiro. O imposto do Dízimo vem do século 8º, para pagamento da Folha Eclesiástica. Esse mantimento é ainda diminuído pelo Fabriqueiro da Matriz, que cobra imposto sobre enterros de escravos e outros fâmulos falecidos, para *pagar dívidas do Vigário de conhecenças*, e encomendações paroquiais. O resto fica para o produtor do gênero... Esse resto de gêneros vai nas tropas para a Corte, onde o sistema de monopólio recebe a mercadoria. Esse monopólio é de comissários que cobram 6% para a vendagem.

Suspirou, com superioridade, brincando com o trancelim do relógio, encastoado em ouro e coral:

— Mas voltando à minha profissão, por quem sou apaixonado, tirasse elefantíase, disenterias podres e catarros podres e mais as chagas provocadas por gota e gálico, a Vila de Santa Maria do Baependi seria boa para morar. Estão é confiando demais no café! Nosso clima não é para café.

Padre Aranha, ao ouvir falar em café, foi ficando comunicativo:

— Quanto ao café, Mestre Nazário, nosso clima é com pouca variação o clima da Arábia, de onde é originário. Nosso país de montanhas é quase o mesmo do arábico, respeitando variação de clima: o inverno é menos rigoroso em nossa terra. Reconhecido o valor imenso do café, o Embaixador da Sublime Porta levou sementes dele ao Rei Luís XIV. Cultivado nos jardins reais, passou para Surinam, em 1718. Em 1728 já vicejava na Jamaica. Foi plantado por Palheta no Pará, chegou à Bahia trazido pelos flamengos. Agora está para sempre em S. Paulo, Estado do Rio, nas Minas Gerais... Folgo em saber que na Vila de Santa Maria do Baependi o café está prosperando, com o Brasil!

Nazário não gostou da conversa do Padre. Armou carranca, puxando um papinho da pelanca mole:
— É...
E, muito espevitado:
— ...eu não creio nessa história do café da Arábia. Café é mato nosso, coisa do Brasil. Os galênicos, físicos de plantas, aconselham o café há muito tempo... Eu mesmo recomendo o café para flatos melancólicos e languidez. Não sei como podem acreditar tanto nele...
Ficava com cara ruim, de enojado:
— Há muita conversa por aí... uns, são partidários de remédios de raízes — são físicos de ervas, mas... eu, físico de lanceta, não creio muito em certas beberagens. Galeno cismou que só as plantas curam... eu acho que a lanceta cura mais!
Rolou os olhos sobre a turba que o ouvia. Padre Aranha estava pasmo. O Mestre repisava:
— Ora, o café como estimulante... fresco estimulante, que tira o sono e aumenta as almorreimas. Estimulante é o espírito de vinho, a canela, o Espírito de Mindererus. Vendo café em botica porque minha Botica tem de tudo! Prefiro, porém, a agir com os pobres físicos de plantas, o bate-caixa, a catuaba, a sangria de vinho...
Tapara a boca do Vigário e seus dedos não cessavam de brincar com o trancelim de ouro e coral. Estava em visível enfado.
Levantou-se para sair, tomando antes uma pitada. O conteúdo da enorme boceta de pó trescalava a bergamota. Mestre Nazário despediu-se, não percebendo que sua gravata de laço de retrós estava se desamarrando.
Beja, à noite, soube da consulta do Padre. Ouviu o elogio da sabedoria do charlatão, muito séria.
— Nossa Senhora da Conceição me livre desses físicos de lanceta. Para mim, Fortunato sabe mais do que eles.
Belegarde discordava, brincando:
— Pelo menos as pílulas coelhosas que ele me deu foram um porrete para dor de barriga! Só não aguentei tomar o chá de jasmim-de-cachorro que ele quase me obriga a ingerir...
O Padre Aranha estava agastado com Mestre Nazário.
— É homem de preparo para o nível geral de seus colegas. Entretanto, não enxerga uma polegada além do nariz. Ora, vejam vocês não acreditar nos efeitos evidentes do café!
Belegarde estava na dúvida:
— Será que o café seja de fato coisa importante?
O Padre indignou-se:
— Olhe, Belegarde, eu tenho minhas dúvidas sobre o futuro da violenta exploração de ouro e diamantes. Creio que um dia isto vai acabar; não é possível que essa fartura seja para sempre. É ouro demais e, se for para mui-

tos anos, acaba perdendo o valor. Portugal tem levado tanto ouro que até já empobreceu o Tesouro português, a Coroa e o povo. Só para obter o título de Rei Fidelíssimo, D. João V comprou-o do Papa com a enorme quantia de 450 milhões de cruzados!

Fortunato, com voz baixa:

— Olhe essa explosão, meu Vigário...

— Sim, mas falo em família, entre amigos...

E alterando a voz corajosa:

— Quando um dia esse dilúvio de ouro secar, o café, o café que o charlatão desdenha, vai ser a riqueza perpétua do país. Quem viver, verá. O Brasil vai se salvar com o café, única lavoura em que vejo o futuro de nossa terra. A Província de S. Paulo há de ser grande, com Nazário ou sem Nazário. Os cafés Bourbon, Moka, Mokinha, Libéria e Adana, o melhor do mundo, um dia valerão mais que o ouro cunhado e os diamantes, coisa nossa surrupiada para o sorvedouro dos comilões da Lisboa Ocidental. Estas minas de Golconda vão se esgotar; o ouro de aluvião brasileiro está rareando, escondendo-se dentro do chão. Os portugueses apanham o que é fácil, com pouco trabalho. O Brasil é Colônia da Inglaterra, para onde vai, quase direto, nosso imenso ouro! Os portugueses um dia ficarão com as mãos abanando. E esta boa terra que ficará pobre, vai se cobrir de cafezais, do ouro verde que há de ser a salvação da terra... livre. Mas isto, vejam bem, se tivermos juízo!

Todos estranharam a viril profecia do Padre. Belegarde, amedrontado, com os ouvidos das paredes:

— Padre Aranha, a língua pode cortar a cabeça...

Ele caiu em si, rindo-se, ainda pálido do ódio ao usurpador do chão:

— Sim, eu sei que, por falar muito de gente graúda, Gregório de Matos Guerra foi recolhido ao Abrigo de Mendigos, em Angola, e teve depois de esmolar o pão das lágrimas, de porta em porta, para não morrer de fome. Por uma palavra ambígua Antônio José da Silva morreu, aos 33 anos, na fogueira da Santa Inquisição dos padres portugueses...

Fortunato meteu o bico na conversa, para pilheriar:

— Morreu com a idade de Cristo.

O Padre corrigiu:

— Jesus não morreu com 33 anos e sim com 34.

Voltando ao assunto:

— Também penou anos de cárcere duro o Padre Sousa Caldas, porque escreveu um verso que não soou bem aos colegas da Mesa de Consciência da soberba Ulissipo...

Beja mandou fechar as sacadas:

— Meu avô dizia que o seguro morreu caducando e desconfiado ainda vive...

Ao vir a tarde daquele domingo alourado de sol frio a sorrisos cálidos, Padre Aranha, em lento passeio, caminhou para o Jatobá. Precisava falar a Beja e sentia-se tão bem que ia cantando baixo palavras musicadas por sua cabeça feliz. Brincava com a bengala grosseira, esgrimindo o ar, batendo nas moitas. Pôs-se a assoviar desafinado, ao ver o alpendre da chácara encoberto pela trepadeira sorrindo tufos de flores.

A senhora apareceu logo, beijando-lhe a mão.

— Como está aprazível sua chácara! Como crescem as laranjeiras.

— São mudas do Horto Botânico de Vila Rica de Ouro Preto.

— Logo vi. Com seis meses de plantadas já estão floridas.

— A terra é que é boa, Padre Aranha.

— Terra boa e mão boa, que as plantou. Negam isto. Mas há quem tenha mão boa para plantações. As suas...

Beja lisonjeou-se:

— Em Araxá qualquer mão é boa. Tudo aqui vem depressa.

O Padre, fazendo-se de sério:

— É verdade. A terra é tão fecunda que atrapalha as roças. Algumas precisam três capinas em vez de duas. O mato cresce assombrosamente!

Mudando de rumo:

— Beja, eu vim pedir. Para os pobres de S. Domingos. Vou fazer para eles uma festinha de Natal e à senhora peço, em primeiro lugar, um auxílio. Seu coração é de ouro.

Ela, decidida:

— Possuí bom coração, Padre Aranha, quando ainda não tivera tempo de crescer direito, mas o ódio, em dois anos, o endureceu. Hoje penso em ser feliz e para isto não me importo de fazer os outros desgraçados.

— Palavras, só palavras. *Words, words, words*, como Hamlet respondeu a Polônio. Conheço esse coração. Sei que sofreu e não foi pouco.

— Padre Aranha, falo como se confessasse. Até hoje me sinto responsável pela morte do avô. Morreu, porque sou bela. Fosse uma qualquer por aí, o pobre velho podia viver ainda. Morreu para me salvar.

— Isso é muito doloroso! Procure esquecer. Essas lembranças ferem.

— E o que é pior é que fiquei com o caráter diferente. Sou às vezes perversa: não me revelo porque preciso fingir.

— Vou lhe ser franco. Isto é resultado de leviandades suas. O arguto Ulisses falava ao povo, pela boca de Homero: É perigoso ter muitos senhores; basta um só chefe, um só Rei. Eu digo: basta um só homem... um esposo.

— Pois é aí que chego: sinto-me incapaz de ser de um só homem...

— Case-se, filha.

— ...de ser esposa. Não sinto no convívio íntimo nada de bom para mim.

— É horrível mas justo. A violência dos primeiros tempos de convivência foram brutais. Isto a intimidou, deixou fundo sulco em seu sentimento.

Beja suspirou, aniquilada:

— Todos os homens me aborrecem, só me sinto bem fazendo-os sofrer.
— É uma doença nervosa, e grave.
Ela animava-se:
— Sinto asco de todos.
O Padre, sem razão se alegrando:
— E Antônio?...
— É exatamente porque sofro. Tanto não me sinto segura de que o amo que não o quis, só a ele. Não me casaria com ele, nunca. Temia me aborrecer e desiludir! De todos os que conheço só a ele quero um pouco mais... um pouco mais. O de Paracatu me embotou as emoções essenciais. Ele, ou era grosseiro ou carinhoso demais, enjoava.
O Padre mudou de posição na poltrona:
— Sob os tiranos, os homens se tornam covardes e afeminados, diz bem Hipócrates em *Das moléstias*. Ele servia a tiranos, perverteu-se.
Beja enternecia-se:
— Sou vítima de defeitos. Consegui o alvará, passando para as Minas este território tão grande... pois ninguém vê em Beja senão uma perdida...
O reverendo admirou-se ao saber que ela sentia a ingratidão:
— Ora, filha, Milcíades, o vencedor de Maratona, foi condenado, depois do grande feito, à multa de 50 talentos. Por não poder pagar foi encarcerado e morreu nas masmorras. O despeito dos atenienses não atendeu sua glória, glória imortal. Faça o que Jesus disse: Perdoai, que eles não sabem o que fazem. O orgulho rói a sociedade atual. Quem tem uma peça da Índia parece que dispensa a misericórdia divina.
Tirou o lenço para se assoar. Beja aspirou um perfume delicioso.
— Padre Aranha, que perfuma gostoso o senhor usa!
— Rosas. Gosto do perfume das rosas. O óleo das rosas já era conhecido no tempo de Homero. Logo, é coisa velha e por isso mesmo — boa.
Guardou o lenço cheiroso e, com muita expressão:
— Olhe Beja, sabe como toda essa gente se civiliza? Com o tempo. Já somos Reino. Já temos os portos abertos aos demais povos. Ainda agora, o ano passado, D. João VI permitiu ao Cavaleiro Augusto de Saint-Hilaire, grande cientista, viajar pelas Minas. Vai nos revelar ao mundo. Cedo ou tarde teremos liberdade. O mineiro, e não português, como dizem, Felipe dos Santos, diante do sacrifício, em 1720, morreu gritando: Jurei morrer pela liberdade; cumpro a minha palavra! Vieram depois Tiradentes, esse louco sublime de 1789, e os padres da Inconfidência. O grande foi enforcado, esquartejado; os outros foram para o degredo. Por que tudo isso? Porque viram que terra igual a esta, sem liberdade, é pérola jogada a porcos.
Beja escutava, embevecida:
— O tirano Dionísio mandava meter em enxovias escuras seus desafetos. Depois de certo tempo os levava para fora, para um quarto caiado de branco, cheio de luzes, muitas luzes. Que resultava? A cegueira. Estamos neste pobre

Brasil como os prisioneiros de Dionísio: cegos diante da claridade do sol brasileiro! O escritor inglês Southey, em sua *História do Brasil até 1800*, disse que "o Brasil é a região mais formosa de toda a terra habitada." Do Brasil — as Gerais! Vamos para o futuro, com esperança em Deus. Uma senhora como Beja é bem a terra mineira: rica, formosa e cheia de graça.

Percebendo que se excedia, conteve-se:

— Perdão, minha filha. Com o entusiasmo de sua presença, falei demais... Esqueci que o chão já foi salgado em Vila Rica porque se falou em liberdade. Nossa conversa é toda particular!

Beja estava cansada.

— Gostei muito de sua visita e de sua lição. Apareça mais, pois sua presença para mim é um bálsamo.

— Escute, vou mandar um livro para você ler.

E arrependido, rápido:

— Perdão, esqueci que você não sabe ler.

A moça, muito natural:

— É um dos meus defeitos, mas esse defeito traz vantagem. Meu mundo é constituído por mim própria. Nada me interessa que não seja eu mesma. Os que sabem ler não são mais felizes do que eu, que não sei. Hoje, quem tem dinheiro tem tudo...

Levantou-se para buscar o auxílio pedido para os pobres.

Padre Aranha ficou abismado com aquela revelação. Pensou: tão moça, tão bela e ararigada para sempre ao vil materialismo argentário!

Aquele Padre era como todos os mineiros da época: não aceitava o jugo, sonhava com a liberdade a qualquer preço. Fortunato viajava, para tratar de sua medicina. Quando ouvia o que o doente lhe queixava, abria um velho tomo da prática de Laangard, corria o índice, passava folhas, voltava ao índice, procurando. Dava-se melhor com um velho caderno manuscrito de colega de antanho, ensebado do manuseio. Quando julgava encontrar no livro sintomas iguais ao do enfermo, copiava receita que ele próprio ia aviar na veneranda Botica.

Esse dia saiu para atender alguém, quando, ao passar uma porteira, topou Antônio Sampaio. O velho ia levando a mão para abrir o fecho quando o rapaz gritou:

— Deixe que eu abro, seu Fortunato. A bicha é pesada, arriou.

Abriu a tronqueira e o boticário, protetor:

— Foi bom me encontrar com você. Você sabe que me honro de ser o conselheiro de nossa Beja. Ela me ouve sobre tudo — negócios, doenças, boatos, intrigas, etc., etc., para abreviar. Ora, há pouco um rapaz de Vila Nova da Rainha do Caeté engraçou-se de Beja e pediu-a em casamento. Ela não deu resposta logo, não! Mandou me chamar e solicitou meu parecer. Eu disse franco, como sou: Beja, o Antoninho Sampaio gosta de você; vive, pode-se dizer — com você. Como é que você vai contemporizar uma resposta destas, a um homem que não conhece? Beja choramingou um pouco e me disse: Fortunato (porque os outros me chamam Doutor Fortunato), Fortunato, eu vou seguir seu conselho — diga ao homem que não quero. Eu dei a resposta. Acabou-se tudo. O sujeito viajou; está de volta para sua Vila Nova da Rainha do Caeté. Ontem ouvi dizer que ele, sabendo que a negativa de minha protegida, foi inspirada por alguém, quer à viva força tirar desforço com você!

Antônio riu alto, um riso sadio de homem corajoso:

— Quem morre de careta é sagui. Deixa o cabra caminhar... Caminha pra cair, no duro. Fortunato! O diabo tem sete capas e uma delas é furada... Ele pode vir me topar, pois cada um sabe de si e o diabo, da puta que o pariu!

Antônio estava disposto e furioso. Fortunato amaciava-se, abrandando os choques:

— Eu mandei lhe avisar que o Antoninho é cabra macho! E cabra desatolado! Mandei mesmo dizer: Cachorro que muito anda, apanha pau ou rabugem...

E fazendo um beiço pessimista:

— Não digo o que ele respondeu... Não gosto de intriga, mas você se previna!

O moço inchou o peito:

— Mande falar com esse trouxa que língua comprida faz a vida curta. Acabo com o chamego dele é no fogo pagão!

O velho punha-se de fora:

— Bem, bem. Eu não quero me meter nisso, mas ouvi dizer que ele é valentaço.

— Eu não me importo de matar, por Beja! Fale com ele, Fortunato, que quem tarde come milho é besta de pai a filho...

Fortunato, depois de atear o incêndio, ficou apressado:

— Vou indo, Antoninho. Tenho urgência, pois a senhora que vou ver está com o sangue solto desde meia-noite! Mas escute: amor é como cupim vai roendo devagar e um dia o coração desaba, numa desgraça. Amor não é bagatela, não.

Antônio voltava a sorrir forçado, fingindo serenidade. Despediram-se. O boticário foi andando, no passinho curto de sua mula pomba.

Logo adiante, na porta de uma cafua, um rapaz de voz agradável cantava com toada melancólica:

> *Você falou boiadêro*
> *Não sou boiadêro, não.*
> *Eu sou tocador de boi;*
> *Boiadêro é meu patrão:*

Antônio ia para S. Domingos. Viajava com raiva do rival sem sorte. Ouvia-se, clara, a voz:

A VIDA EM FLOR DE DONA BEJA

*Fui tirar uma boiada
No tempo em que eu era moço.
Fui buscar um gado brabo
No sertão de Mato Grosso.*

Fortunato só pensava em Beja. Ao se lembrar da doente que ia ver, repeliu o pensamento:
— Vá pro diabo!
A voz, mais plangente:

*Zé Negrão foi no Pretinho,
Antonico no Lazão,
João Pereira no Pigarço,
Eu ia no Paredão.*

*Numa cidade fremosa
Eu que ia doido por saia,
Encontrei no azar do jogo
Uma dona paraguaia.*

Fortunato já ouvia pouco a toada.

*Enfiei a mão no bolso,
Dinheiro tava sobrando.
Eu fui disse para ela:
Joga as bola, eu vou pagando.*

Viajando em sentidos opostos, Antônio e Fortunato acompanhavam a toada do boiadeiro:

*Quando o dia amanheceu,
A paraguaia viajou.
Eu tinha o bolso vazio;
Só a sodade me sobrou.*

O boticário parou para ouvir melhor o fim da aventura:

*Quem tem sodade no peito
Está com a vida estragada
Mesmo rico, vive pobre;
Não tem vida, não tem nada...*

Antônio também parara, para ouvir aquilo. Fortunato, que estava parado, resmungou sozinho:

— É assim que Antônio vai ficar...
Antônio suspirou apenas, pensando em Beja.

Os pomares do palácio e do Jatobá cresciam, já florescendo. As floradas do solar faziam inveja. As rosas Rothschild, pela suave cor-de-rosa desmaiada, perfume e presença ornamental começavam a ficar faladas.

Beja gastava muito, mas sua renda crescia, diariamente. Sua arca de jacarandá, de feitio simples, era a urna de ouro, diamantes e joias. Estava em seu quarto, sempre trancada. O dinheiro era recolhido a uma canastra revestida de couro de bezerro de pelagem natural, amarela. Comprara, já perto do Ribeirão do Inferno, as terras do Carapiá, onde ajuntava e criava seu gado pé-duro.

Estava há três anos em S. Domingos. Era no fim do ano de 1819, em dezembro. Fazia 19 anos em janeiro e seu padrão de vida representava toda uma existência. Era a pessoa mais rica do Arraial e seus modos dissolutos pouca restrição impunham à sociedade. Querida, por ser boa na aparência, por todas as famílias. Sua dupla personalidade fazia-a adaptar-se para a complacência e para as coisas perversas, que praticava com seus apaixonados.

Quando Fortunato voltou da viagem encontrou chamado de Beja.

Foi logo, era honra para ele tão destacada cliente.

— Não sei o que sinto, Fortunato. Só você, com suas luzes de prático...

O boticário bastante emproado no corpo pequeno e obeso ouvia, curioso.

— Sinto qualquer novidade. Muito mal-estar, o estômago enjoado, falta de fome. Tenho às vezes vontade de vomitar, ganas de choro, tonteiras.

O boticário tomou-lhe o pulso:

— Hum... hum... Deixe ver.

Escutou-lhe as costas, o coração, demorada, propositadamente. Aspirava o perfume da água-de-colônia inglesa que ela friccionara pelo corpo todo, depois do banho. Demorava o exame, privilégio seu!

Apalpou-lhe o ventre firme, o baixo ventre. Mandou-a deitar-se. Ao vê-la estendida no divã do quarto sentiu a cabeça lesa, pareceu-lhe tremer. Experimentou a rigidez das coxas, pediu que tirasse as sandálias de seda azul. Tocou nos dedos, mediu com as costas da mão aberta o calor das plantas alvas. Nunca examinara pessoa alguma com tanta minúcia. Foi depois aos olhos, chegando-lhes perto os seus, papudos e vermelhos. A cada momento gemia grave hum... hum... de gente que sabe. Terminado o exame, cheirou as próprias mãos, recendendo de leve a água-de-colônia.

— Lave as mãos, Fortunato.

Severina trouxera pesada bacia de prata com água morna, a toalha dobrada no braço. Ele estava perturbado:

— Lavar as mãos? Para quê?! Não sujei as mãos, estão até mais limpas!
Aumentou, sério e pensativo, a papada balofa.
Beja esperava, um pouco ansiosa, a palavra oracular.
— Que será, Fortunato?
— Coisa séria!
Bambeou a mão direita, aumentando mais, num gesto, o próprio ventre. E, soturno:
— Novidade: dois meses!
Beja quase desfaleceu:
— Dois meses! Não é possível! No mês passado...
Ele, muito lento:
— Isso acontece, acontece. Agora é preparar o enxoval, que vem coisa aí.
Beja parou, num desapontamento. Severina brilhou os olhos:
— Eu num disse, Sinhá?...
A moça sentiu os olhos molhados.

No outro dia todo o Arraial teve conhecimento da gravidez de Beja. Mesmo antes desse estado, era sujeita a crises de melancolia que duravam, às vezes, uma semana. Só falava então com Severina e trancava-se no quarto. Seriam lembranças do Ouvidor?

Não desistiu dos passeios ao Barreiro. Em dezembro, estavam abotoados em grandes flores olentes, os urubus-do-brejo. Beja apanhou uma, cheirou-a longamente, à sombra do tamboril junto da Fonte da Jumenta. Passava agora os dias de chuva no Jatobá, onde bordava e ouvia música. Aos domingos recebia muitos amigos, cantava modinhas, tocava violão.

Antônio, quando soube do estado de Beja, ficou, de súbito, abatido. É que pairava em seu espírito uma dúvida que ela desfizera, irritada:
— Como não? Tenho certeza. Não podia; foi por sua insistência.

O dia 2 de janeiro, aniversário de Beja, foi passado no Jatobá. Antônio apareceu, logo cedo, com um embrulho. Era presente; ela recebeu muitos. De todos, achou mais lindo um relógio de prata para mesa, onde se marcavam as fases da lua, dias da semana e os meses, além de segundos, minutos e horas. Foi de um paulista, Neca Soares, apaixonado pela jovem. Comemoravam o dia feliz com aquelas visitas matinais. Bebiam. Súbito, entrou no salão, pairando no ar, um beija-flor pardo, de cauda branca. Beja assustou-se, fazendo o sinal-da-cruz.

O padre riu-se. Belegarde, curioso:
— Tem superstição?
— Tenho medo quando aparece beija-flor pardo...

Riram-se todos. Fortunato achou delicioso falar que, também ele, era supersticioso!

— Aqui todos têm *cisma*. Eu também tenho, de certas coisas. Tenho cisma de besouro entrar em casa: é sinal de morte na família. Dizem que íngua é porque uma cobra nos viu e nós não a vimos... Para curar verruga, dizem que basta passar uma pele na verruga e dar a cachorro pra comer. Ou então passar a pele no sinal, enterrando-a em formigueiro. Cortam, aqui, a verruga mais velha, passando uma pitada de sal na barriga de quem a leva, e jogando o sal no fogo. Agora, verruga arruinada sara passando nela sangue, ainda quente, de morcego. Dor de cabeça se cura matando um frango e pendurando seus pés na fumaça. Curam puxado mandando o doente do acesso cuspir na boca de um cágado. Quem fia de noite, faz o tear andar sozinho, à meia-noite.

Belegarde ajuntou:

— Fiar no sábado faz a mãe morrer depressa. Botar lenha com o pé para dentro do fogão faz o marido brigar com a mulher. Têm muita voga as orações contra lombrigas: amarram a oração num *bento*, no pescoço dos lombriguentos. Dizem que não há lombriga que aguente...

Às 12 horas o Cel. Sampaio e D. Ceci procuraram o Pe. Aranha, que voltara havia pouco da chácara. D. Ceci chorava pelos olhos, poucas mas sentidas lágrimas. Foram pedir ao reverendo interceder perante Beja para desiludir, largar de vez o filho. O padre foi-lhes franco:

— Parece inútil. D. Beja é moça bondosa, correta em negócios mas, para nossa infelicidade — nunca amou até aqui. Antônio está fascinado por ela.

O Coronel, rijo:

— Soube até que...

O padre atalhou:

— É verdade. Beja está grávida de Antônio.

D. Ceci, assoando-se:

— Foi um golpe tão grande para nós, Pe. Aranha!

O padre suspirava, de braços cruzados:

— Agora o caso toma aspecto sombrio.

Coronel resmungava entre dentes, numa explosão de raiva:

— Desavergonhada! Está meu filho desmoralizado e com o futuro comprometido.

Pe. Aranha, que era dos maiores incensadores da moça, teve pena daqueles desolados pais:

— Aqui tudo se tolera, menos isto que está acontecendo. Em Atenas havia um magistrado só para velar pela conduta das mulheres. E as mulheres eram tão puras que Tácito nos conta que, mesmo no casamento, eles velavam por seu modo de viver.

D. Ceci desconsolada, insistia:

— Pe. Aranha, mas o senhor podia nos ajudar...

O padre achava baldado:

— D. Ceci, no reinado de Tibério, sendo Pôncio Pilatos governador da Judeia e Herodes tetrarca da Galileia, foi que João Batista começou a pregar no deserto. Qualquer palavra minha, neste caso, será como as prédicas de João: palavras no deserto.

A mãe, de cabeça baixa, silenciava, para depois suspirar:

— Vou também falar com Fortunato.

Aí o padre disse o que pensava sobre o boticário:

— O caráter de Fortunato é igual ao do asqueroso Hébert, o detrator de Maria Antonieta. Não há diferença entre os dois.

O padre alargava o colarinho de celuloide, incomodado:

— Se não mente a *História do Universo*, de Puffendorf, os franceses foram expulsos da Itália três vezes, pela insolência com que encaravam as mulheres romanas. Aqui é um Ouvidor quem mata ou manda matar, para furtar uma donzela! Hoje, castidade, pudicícia, pudor, moralidade — são palavras sem sentido. Quem encontra hoje nos lares do mundo pureza e angelitude?

Esquecia-se de que o casal Sampaio possuía filhas. Começou a caminhar ao longo da sala, indo e vindo, com seu andar cambaleante de peru.

— Esse Fortunato passa por boticário, mas é como as mulheres-aranhas paraguaias, trama, tece tão bem uma intriga como elas tecem os véus de nhanduti. A senhora vê que ele tem os olhos de sátiro decrépito, mas ainda voluptuoso. Com seu ar de gradeiro de convento emproa-se todo, mas é com o cheiro de santidade de Beja...

E, com escárnio:

— Boticário... Ele é um simples benzedor de lombrigas...

Deteve-se um pouco, respirando fundo, com as mãos nos quadris:

— Antes da morte de Vespasiano, por um prodígio, abriu-se espontaneamente o túmulo do Imperador Augusto, deixando ver no fundo os restos do rival de Marco Antônio. Para mim já estalou o mausoléu de mármore do orgulho de Fortunato e só vejo lá dentro torpeza e carniça. Ele é o maior adulador de Beja e seu espia, é o leva-e-traz. Deus, só Deus poderá remediar o triste caso de vosmecês.

Sentou-se, impaciente:

— Fortunato é tudo, inclusive coisa nenhuma. O Cardeal Bona, falando sobre aparições femininas, aconselha aos homens que desconfiem delas. Podem ser o diabo... Porque o diabo não aparece só sob forma de sapo, caprino ou porco. Pode aparecer como anjo de celeste esplendor, conforme adverte a Bíblia. Essa mulher pode ser o diabo!

Os pais de Antônio saíram da casa do padre mais abatidos do que entraram. A conversa do Pe. Aranha não era para ser entendida por fazendeiros carrancas que iam pedir sua intervenção num caso de família. Além de tudo, Pe. Aranha era também admirador, frequentador da milionária, com pretexto de dar conselhos — que ninguém pedira. Seu ódio a Fortunato, a quem tratava com distinção, revelava o resto.

O dia foi de chuva, muito fina, mas continuada. No solar, Beja, ouvindo Severina ler *Paulo e Virgínia*, chorava. Ditou cartas para amigos, respondendo e pedindo favores. Cartas para Ouro Preto, Vila Nova da Rainha do Caeté, Arraial do Peny, São Paulo, Corte. Ouviu as cinco peças da caixinha de música, o que a entristecia, mas acalmava os nervos. Espichada no divã, sentia preguiça. Da janela se enxergava, negra e sinistra, a forca, no alto de Santa Rita, perto do pau-de-óleo molhado pela chuva. Seu bicudo cantava alto, sob os beirais, do lado da escada do fundo.

Cerrou os olhos, madornando. Pensou na tristeza severa de Paracatu do Príncipe em dia de chuva. Passaram pessoas pela sua lembrança — Pe. Melo, João Izidoro... Viu seu Juca subindo a rampa suave do Palácio do Ouvidor, pisando incerto sobre calos doridos. Recordou esse andar balanceado de ganso, pousando as patas sem as flexionar, mais de uma vez, no chão. Pensou na figura esquálida de D. Emerenciana, com os cabelos virgens de pentes, pasto de uma piolheira ávida de sangue. Rememorou a úlcera da perna da parteira, que lembrava uma cratera cujas lavas eram sangue e pus. Ouvia o sino das Ave-Marias da Matriz de Paracatu e, na cafua deserta, o choro de João Izidoro, passando fome. Chegou a suspirar, no tédio da tarde demorada.

Seu relógio de prata vibrou, em surdina, os compassos de música, antes de bater hora certa, 4 horas.

— Severina, você vai morrer de velha, em minha companhia. Você é a pessoa que mais estimo.

A escrava sorria, leal e agradecida. Aquela declaração a comovera. Sinhá mudou de posição no divã, sem achar repouso agradável.

— Tenho sono, moleza, e não posso dormir. Severina, você acredita em assombrações?

Severina sobressaltou-se, de olhos muito abertos:

— Demais! Já vi...

Contava sempre que uma senhora morrera de parto e fora levada para Paracatu. Como chegasse a noite, ficou depositada para o enterro na manhã seguinte. O corpo ficara sem guarda, exposto na capela do cemitério e, no dia seguinte, ao chegarem os parentes, deram com o rosto da defunta comido em parte pelas corujas. Os olhos estavam vazados, e o que ficara, a não ser tendões da carne, estava furado pelos bicos vorazes. Severina, escrava mocinha, não vira o horrível cadáver. À noite, na sua cama, a escrava sentiu alguém se sentar perto dela. A cama estremeceu e a preta viu, na claridade que entrava do lampião do corredor, uma senhora de negro sentada no seu leito. Tinha o rosto sangrento furado de bicadas e dos olhos escorria uma baba...

Um Creio-em-Deus-Padre afastou, devagar, a aparição que, da porta, disse adeus, balanceando a mão para a preta, que ficara fria, tremendo e de vista escura...

Beja ouviu o caso e, sossegada, tomou um refresco de tamarindo que Severina fez, tirando a polpa de grande lata.

Naquela tarde, escrava e Sinhá estavam entediadas. As rosas Príncipe-Negro abriam, veludosas, mas a chuva as deformava logo. Ninguém apareceu naquela tarde, nem Beja gostava de visitas, de dia.

Quando depois do jantar chegaram as primeiras, Beja ainda parecia molhada do prolongado banho de água de cheiro. Sorria, fresca, e seus cabelos pareciam úmidos, luminosos.

As visitas de Beja eram numerosas; iam dispostas a festejar seu aniversário com alegria e barulho.

— Queria passar hoje sozinha... sem mais outra companhia do que a saudade...

Fortunato, expansivo:

— Não podia; não pode, não deixamos! E queremos também beber uma gotinha de qualquer coisa...

Matos apoiava:

— É pra comemorar!

Pe. Aranha, severo e risonho, parecia roncar:

— Sim, parece justo que, hoje, bebamos...

Chegaram bandejas cheias de copos. Beja resolveu:

— Não queremos etiquetas: Fortunato fica encarregado de servir as bebidas. Vá à adega e traga o que preferirem...

Belegarde jogou as mãos nas coxas:

— Oh!

Todos bateram palmas e a mesa foi-se enchendo de garrafas. Fortunato, de soslaio, para Guima:

— Você hoje conserta esse corpo de bode de seca... Vai ficar até bonito!

Guima respondeu, referindo-se ao reumatismo curado do boticário:

— E você talvez fique de novo encarangado!

O velho, expansivo, de copo nas unhas:

— Eu sou como platina: não apanho ferrugem...

Belegarde, bebericando sua genebra:

— Fortunato, hoje, ou endoida o cabeção ou cai aos pedaços!

— Conhecem a candeia que, enterrada no chão, fica verde toda a vida? Sou assim. Não sou como Guima que, de tão magro, já está encambitando as pernas.

O Padre bebia sorridente, ouvindo, caladão, aferrado a seu Porto preferencial. Antônio chegou, desapontado de ver tanta gente. Todos o receberam com palmas. O boticário deu-lhe um licor, que aceitou a custo.

— Você sabe que não bebo...

— Hoje, bebe!

— Bebe!

Na sua cadeira de balanço, Beja também sorvia seu Peppermint. Nos grupos da sala de jantar e da varanda as conversas, às 9 horas, já eram altas, algumas gritadas. Beja estava parlante e ruborizada como a não viram nunca. Expansiva com a chegada do amante, mandou servir Champanha.

Foi um alvoroço. As visitas pareciam endoidecer, deram *vivas à maior*! No alpendre, caíra das mãos de Fortunato uma bandeja, quebrando todos os copos. Vaiavam, apupavam o desastrado. Beja alegrou-se com o fato:

— É sorte, isto é sorte. Molhem um dedo na bebida derramada e umedeçam a testa, que dá sorte!...

Também ela falava alto.

Lá fora, sem que se visse, desabou às súbitas um aguaceiro com trovões fulminantes. Beja assustou-se:

— Santa Bárbara! Tenho medo horrível de trovão! Quando eu estava em Paracatu, morreu, ao sair da missa, um homem chamado Felipe Berlinda. Veio a chuva, de repente, e um raio caiu nele. Ficou preto como carvão, e era branco!!

Antônio ficara conversador, comunicativo! Todos falavam muito, de uma só vez. O boticário zangou-se com uma pilhéria de Belegarde:

— Não me catuque. Se me abofelar, faço estropolia!

Não era brincadeira. O velho ficara bastante inconveniente com a missão de chaveiro da adega.

Enquanto quase todos se aglomeravam em torno de Beja e Antônio, Padre Aranha bebia no alpendre dos fundos, a palestrar com o Maestro Avelino, recém-chegado:

— Ando doente. Um pouco de reumatismo; é a gota. Bem que preciso usar as águas, mas me falta o tempo. Preciso um lugar onde não seja Vigário... umas férias.

E, batendo no joelho:

— Aqui é impossível. Meu mestre de disciplina, o santo Padre Odorico, me falava em certa água virtuosa. Mas é longe... dista 6 léguas de Vila Real de Sabará. É uma prodigiosa lagoa nas Congonhas das Minas de Sabará, de águas provadas pelo licenciado daquela vila, Antônio Cialli, que achou nessas águas dois utilíssimos minerais, o vitríolo e o aço, que combatem, por milagre, as queixas cutâneas. O Padre Frei Pedro Antônio de Miranda, desejando passar a Lisboa Ocidental, não pôde, por sofrer de velhos formigueiros nas nádegas. Uns poucos banhos na dita lagoa o puseram em condições de ainda apanhar a frota. Dizem que essa lagoa cura sarnas, lepras, quijilas, morfeias, formigueiros, tumores, hérnias, verrugas, dores artéticas, escorbutos, banhas-soltas.

Limpou a garganta:

— Mas o que essa lagoa santa cura sem se contestar são os reumáticos, os formigueiros e os flatos melancólicos.

Fortunato, que chegara a ponto de ouvir o fim da queixa do Vigário, falou com impaciência:

— Já lhe disse que esses flatos são ajuntamento de ar nas tripas, e fazem a podridão dos humores, por falta de novo chilo. Mas isto não são horas de falar em calamidades!

Fortunato voltou à sala, esforçando-se por andar teso, e continuou a distribuir copos cheios. Guima debicava-o:

— Quer ficar firme e não se aguenta mais. Anda emborcado e cambaleante como urubu choco...

Ninguém vira Beja beber como estava fazendo. Ria-se, a pretexto de tudo; perdera sua linha heráldica.

— Quero mais Champanha, Fortunato! Sua botica está muito micha!

O velho atendia, procurando ser rápido. Roliço, andava como um barril de pernas. Chegando à varanda para suprir os bebedores já encurralados, parou no balaústre, vendo longe, à esquerda, as casas do Arraial, onde brilhavam algumas luzes nas casas:

— Eh, S. Domingos, velho de guerra!...

Beja, Antônio e Padre Aranha estavam fora do sério: falavam, riam, choravam. A casa estava em confusão infernal. Severina, Flaviana e Moisés serviam pratos de frios salgados.

— Mais Champanha, Fortunato...

Beja perdia os modos finíssimos, já estando com os cabelos despenteados. O boticário, de olhos vermelhos, vacilante, estava tão bebido que até dizia ser honesto. Padre Aranha resmungou para Matos:

— Ele está tão bêbedo que até diz que não está...

Matos achava ótimo aquilo:

— Está tão embriagado que tonteia até um parol. Baba cachaça.

O boticário ainda se lembrou de fazer um brinde a D. Beja.

— Vou sentar um pouco para acertar as ideias...

Afundou-se numa poltrona. Babava, sem sentir. O Padre Aranha procurava debochá-lo:

— Aninhou-se na poltrona como galinha-choca no seu caixote... Tem o ar devoto das freiras cansadas de rezar.

Fortunato cochilava, quando, às chufas dos convivas, despertou:

— Hein?... Que há?...

Antônio, de olhos apagados:

— Você, assim, não pode chegar perto de uma vela... pode explodir!

O velho reagia, com esforço:

— E você... você como está... deve jogar fora o pito. Até de falar com você a gente tonteia...

O Padre estava escandaloso, porém aprumado:

— Brincam, mas o Padre Bertholi quando lia o breviário, deu grandes gritos. Estava incendiado, queimou-se espontaneamente sem que houvesse lume perto. A condessa Cornélia Bandioli morreu do mesmo modo. A senhora Boison sentiu-se incendiada ao pé de uma lareira. Todas essas criaturas bebiam imoderadamente e a sua combustão foi explicada pelos doutores como auto-combustão, ocasionada pelo álcool nos tecidos. Chevrelana conta que Mahomet, Rei de Cambaya, só se alimentava de carnes envenenadas, prevenido contra atentados à sua vida. Até as moscas morriam ao pousar em sua pele. A mulher que respirasse seu hálito morria na mesma noite.

E, malicioso:

— É preciso ter em vista os bebedores incinerados... é preciso fugir dos venenos...

O Padre tinha os olhos muito piscos e vendo todos da casa, inclusive ele, à meia-noite, desarvorados nos vinhos, sem nenhuma compostura, exclamou, dramático:

— *Victis honor*! Glória aos vencidos, aos vencidos por Beja...

Beja, rindo, rindo, jogava para trás a cabeleira resplandescente, que parecia da maciez do óleo.

A manhã acordou protegida pela voluptuosidade casta das neblinas.

Beja acordou irritada, sob a chuva de ouro da manhã serena. Mesmo dorida, com arrependimento do que fizera à noite, resolveu ir ao banho. Mandou vir os cavalos

— Tem dó de mim, Deus meu!

Estava descorada e de olheiras cor de violeta.

Partiu a meio-galope. Depois de passar pelo Pau-de-Binga, na reta da gameleira, já no descampado, freou o cavalo, respirando fundo e devagar.

A terra verde recebia a luz ainda sem calor do amanhecer. Árvores molhadas gotejavam restos de chuva, com a brisa do tabuleiro vazio da estrada de Conquista. Os morros, suaves como seios, recebiam a bênção das primeiras claridades. No céu de porcelana velha com pinceladas finas de cal, voavam rápidas andorinhas, vindas do Sul. Na vegetação, a seiva corria, aos jorros, rebentando em flores.

Nas artérias de Beja, sangue quente excitava os nervos sempre vibráteis.

— Como sou pequena diante da vida tão bela! E o clima da altitude, são os ventos doces, as fontes. Que maravilha viver para sempre neste esplendor de vida!

E sorvendo, bem fundo, o ar fresco:

— Deus, eu te agradeço esta terra! Obrigada pela fartura destas águas gostosas!

De um lado e de outro da estrada aprumava-se a floresta de palmeiras, lavadas pela chuva da véspera, palmeiras que foram o orgulho e alimento do bugre e que o homem começava a derrubar

— Minha terra é mesmo o que falou o Padre Aranha, o Pindorama, o país, a terra das palmeiras.

Galopou para casa, olhos embebidos na grandeza milionária da terra araxana. Passou o dia mais disposta, cheia de alegria triste. O banho lhe dera alento, a galopada fizera-lhe bem. Cantava à meia-voz, sentia-se borbulhante de mocidade.

Ao pular do cavalo, subiu aos saltos os degraus do solar. Só então a terra começava a ficar morna com o dilúvio do sol.

Estava feliz como uma criança mimada. Chegou à janela do vão da escada, para ver o jardim. O bicudo piou alto, reconhecendo-a.

Jogou para trás os soberbos cabelos. A casa toda cheirava a boninas, abertas à noite no seu jardim.

XII
O RIO LETES

A Carta Régia de 1708 criara as Capitanias de S. Paulo e das Minas do Ouro, separando-as da Capitania do Rio de Janeiro. Por um alvará de 2 de dezembro de 1720 foi criada a Capitania Independente das Minas Gerais, separando-a de S. Paulo.

Fazia um século que se dera a Sedição de Vila Rica, pagando por todos o bravo Felipe dos Santos, padecendo morte natural, na insubmissa Vila Rica. E ainda se lembravam dele...

Pois foi em 1820 que nasceu Teresa, primogênita de Beja.

Para a família de Antônio aquela notícia foi espantosa e todos se abateram com a novidade humilhante. D. Ceci não se conformava com a situação do filho e envelhecera desde que soubera, por Fortunato, o homem que não gostava de intrigas, que Beja estava grávida de Antônio Sampaio. O Coronel ficara desorientado, pois aquele fato fora um tapa na vigorosa moral do homem de bem. D. Ceci carpia-se, ferida no coração:

— Preferia vê-lo morto!

O Coronel fugira do arraial e só aparecia ali quando grave negócio o empurrava para a rua. As irmãs do rapaz viviam chorosas, pois esse acontecimento era raro na soberba sociedade em que viviam. Ora, S. Domingos do Araxá era um miserável arraial, onde, depois da casa de Beja, só havia três sobradinhos, elevados por imitação de gente enriquecida nos garimpos e, agora, com prósperas fazendolas de gado.

Para família de recurso como a de Sampaio, era vexatório ter gente de seu sangue amasiada às barbas de todos, constituía indisfarçável cinismo. O fato era gravíssimo. A soberba dos Sampaio se abatera muito. Ao saber do namoro do filho, ainda no catecismo, D. Ceci achou graça, pois Beja era boa menina e, de futuro, ser-lhe-ia agradável tê-la como nora. Ouvia falar naquilo, mas o filho era mocinho. Depois do escândalo do rapto, o quase esquecimento da jovem e, afinal, sua volta. Ninguém pensava que o afeto juvenil se renovasse, como a roseira podada depois da chuva de agosto. Pois, a roseira brotou, abriu-se em rosas cujos espinhos estavam ferindo os corações da família. Também, sentindo a depressão dos seus, Antônio se abalara com a decepcionante surpresa, duvidoso que andava da paternidade a ele atribuída. Entristeceu, e sua gente, ontem cordial e expansiva, recebia sua presença com olhares sombrios e silêncios de compaixão. Passou de despreocupado a carrancudo, de palavra difícil. Materialmente, o filho não lhe pesaria, pois a mãe era rica e sempre lhe desejou apenas os carinhos. Porque Beja era de natureza pouco afetuosa. Hábil, fingida, aborrecia-se com amores que a preocupassem. Não mostrara júbilo com a chegada de sua filha. Seu natural era leviano, sabia-se leviana. Sem intensidade para afetos duradouros, gostava de receber, palestrar, encantar e ficar só. A filha determinava restrições à sua vida movimentada.

Quando Fortunato, farejando clientela, foi-lhe dar parabéns, ela respondeu, um pouco cínica:

— Foram as águas da Fonte da Jumenta, Fortunato.

Ele sorriu, esfregando as mãos:

— Pelo menos concorreram, mas estou é estourando de alegria!

Beja começava mal: arranjou ama de leite para a menina, por não querer amamentar.

Fortunato reprovava...:

— É vaidade sua, mamãe: só é bom o leite materno.

... e aprovava:

— Agora, o aleitamento esgota muito, deforma bastante!

Na casa de D. Pulquéria, esposa de Guimarães, onde o Padre ia beber café depois da missa, contavam que Beja quase morreu no parto. Fora revelação do boticário, revelação muito reservada.

O Padre sorria, incrédulo:

— Pois soube que ela foi muito feliz. O Fortunato é inimigo de Epaminondas, o que nunca mentiu.

D. Pulquéria vangloriava-se, porque o boticário lhe contara tudo em segredo; que a Beja estava muito feia depois do parto. Padre Aranha parecia não acreditar, embora não visse ainda a parturiente:

— Está em Plínio que a chenita, uma pedra branca, evita de modo absoluto a corrupção dos corpos nela sepultados. Assim, sepultaram o grande Rei Dario e todos os Faraós do Egito. Parece que o palácio de Beja é construído em chenita, porque ela não se abate, não adoece e está sempre mais formosa. Vão ver, quando se levantar.

Pulquéria ficou irritada com a opinião do Padre:

— Eu é que em cada filho fico pior. Sou que nem porca pegada a dente de cachorro — vivo seca, não há meio de engordar. Acho que estou é inquijilada...

E um pouco agastada com o cartaz de Beja:
— Essa Beja parece a única mulher de S. Domingos. Pelo menos ela pensa isto. E certos, por aí...
— Não é ela quem assim pensa. A senhora não imagina como Beja é popular e admirada, por esse mundo de Deus. Parece troça, mas é verdade! Quase todos os passageiros que rodam por aqui só perguntam por ela, querem só ver Beja. Os políticos em trânsito para a Corte ou de volta de lá, não têm outra preocupação. Quando Otávio Augusto passou pelo Egito, à cata de Marco Antônio, fascinado pela glória do macedônio, mandou abrir o túmulo de Alexandre. Perguntaram-lhe depois se não queria ver os dos Ptolomeus. Ele redarguiu, convicto: Quero ver um Rei e não os mortos. Parece que todos aqui são mortos e só a glória de Beja vive e palpita.
— Creio na bruxaria dessa mulher. Olha, Padre Aranha, aqui, mulher que tem filho acaba. O Senhor disse que ela vai ficar até mais bonita...
O Padre explicava melhor:
— Não é só quem tem filho, no Brasil. Veja as moças: meninas parecem moças; moças, parecem velhas. Há no Amazonas uma palmeira que só floresce uma vez, e morre. As que dão à luz neste sertão parecem com a palmeira do Amazonas: não morrem, mas emurchecem para sempre...
Pulquéria, susceptibilizada:
— Não é assim que Beja fala: diz que as pessoas que bebem água do Barreiro só morrem de velhas.
O Padre, ágil:
— Sim, e tem razão! Essas águas têm qualquer coisa que ainda será descoberta e, de fato, prolongam a vida, as funções da mocidade.
Ela balançava a cabeça:
— Não acredito, Padre Aranha, não acredito não. Falam muita bobagem.
O sino da matriz deu sinal para catecismo. O Padre saiu às pressas, com sua mania de ensinar o catecismo e com vontade indisfarçável de visitar D. Beja...
O Subdelegado Belegarde, no eterno plantão de sua delegacia, cansava-se de ouvir falar sobre o parto e de aturar celeuma porque nascera a menina.
— Coisa que todo dia acontece e ninguém liga. Aqui, porque uma safada pare, ficam todos de boca aberta, como se viesse ao mundo uma Infanta! Nem que o parto fosse da esposa do Príncipe D. Pedro faria tanto barulho!
Guimarães, presente, gostava daquela fuxicada:
— Mas a parturiente é Beja... Beja é o dodói de S. Domingos e do sertão dos Araxás, do oco de mundo do sertão do Sul...
Belegarde falava por falar, pois estava também cheio de dedos:
— Quando ela fugiu, para vocês era uma depravada; quando voltou com foros de cidade, todos caíram os queixos. Não entendo. Agora tem uma filha,

coisa que acontece no mundo, de minuto a minuto. A notícia correu mais depressa do que a notícia de saída de diamante grosso na grupiara...

A comparação era exata. Quando o cascalho solta uma pedra boa, a notícia corre com inexplicável rapidez, não se sabe levada por quem.

O capangueiro Matos fez os amigos esfriarem:

— É, mas a pedra quando é achada nas *margens* do rio, tem dono; se é achada *no meio* do rio, pertence ao Governo. Ninguém sabe esse chibiu onde foi apanhado...

Fortunato levantou a luva:

— Não seja mata-prazeres, ó Matos. Percebo o que você quer dizer, mas a filha é do Antônio, não há dúvida nenhuma!

Matos fincava pé:

— Isto não me entra na cachola, seu Fortunato. É difícil saber quem é o pai...

O boticário, mesmo fora da botica, misturava suas drogas:

— Ora, difícil! Quem sabe essas coisas é a mulher, a mãe.

Belegarde opunha dúvidas:

— D. Ceci, por exemplo, pensa com o Matos — acha que o filho não é seu neto.

Fortunato exasperou-se.

— Ora, D. Ceci! Ela não quer, por orgulho, ser avó de Teresa. Mas o próprio Antônio reconhece ser o pai!

O Sargento Anastácio saiu-se mal na parlenda:

— Para mim essa menina é do Ouvidor mesmo...

Todos riram alto, vaiando o militar. Fortunato, vencedor não reconhecido, respondeu tossindo de rir da mancada de Anastácio:

— Nem que essa menina fosse filha de burro, que tem gestação de um ano!... Beja largou Mota há três anos...

O Sargento amarelou, como se houvesse recebido um tiro na cara. Com aquela alegria pela intervenção infeliz do Comandante do destacamento o grupo se dissolveu, cada qual para seu lado. Faziam blague com o parto da jovem. No entretanto, o que havia era muito despeito de todos pelo discutido pai da criança.

A maledicência e a ironia são quase sempre a indignação disfarçada.

Depois da ladainha da noite, grupo de católicos de boca, ficaram na porta da Igreja falando sobre o caso do Sargento, e outros.

Fortunato dizia, conselheiral:

— Ninguém pode prever o futuro... essa menina vai sair, para desmentir intrometidos, com a cara de Antônio.

Padre Aranha, que chegava, revidou:

— Ninguém pode prever o futuro? E os profetas? Nostradamus predisse, com absoluta precisão, a morte de Luís XVI, o Império de Napoleão, sua ruína em uma batalha, a restauração com Luís Felipe, o Segundo Império do corso nos Cem Dias, a Comuna! Disse que Napoleão nasceria numa ilha, teria a fronte rasa e cabelos chatos. Tudo aconteceu, era verdade! Nostradamus viu o futuro.

Fortunato passava sob o jugo da erudição do caracence.

Guimarães fez o último ataque:

— Isso é coisa de Nostradamus. Aqui se fala é na filha de uma senhora...

O Padre, então, espalhou um boato que a todos estremeceu:

— Tantas disputas vão acabar. Antônio vai para Nossa Senhora da Conceição das Alagoas, levado pelo pai. Essa resolução do Coronel joga água na fervura.

O Guima, escrivão do registro civil, ex-seminarista por baixa paixão, casara-se, arrependera-se: D. Pulquéria... Admirador extremado de Beja, só tolerava S. Domingos por ser seu amigo:

— Reconheço que, em muitos casos, Beja erra. O que sempre condenei é seu desperdício de prazer, a vida luxuosa em excesso dentro do arraial pobre. Parece a amante de um Rajá da Índia; suas roupas são mais suntuosas que as de Maria Antonieta, de quem parece copiar a vida festiva. Ela espanta as famílias com suas cavalgadas, seguidas de escravos bem vestidos. O vinho corre em ondas em seu palácio. Dizem que ela não é mulher muito sexual, mas é requintada e dança bem, vive em bulício. Pouco lhe importam críticas de donzelas e senhoras do lugarejo. Foi amante do Ouvidor, está puba de rica. O que ninguém nega é a imensa, a envolvente simpatia que possui, queiram ou não as Pulquérias do arraial.

Pulquérias... o marido se revoltava contra a esposa grosseirona e ciumenta. Padre Aranha, que ouvia em silêncio o escrivão, pigarreou:

— Parece-me que Beja tem mesmo dupla personalidade. Isso é um perigo e revela caráter doentio. Celini, cinzelando, é a sublimidade: quando assassina, conspurca, é o animal feroz. David, o extraordinário pintor, eleva as mãos para a tela e é divino o que surge de sua arte: quando grita no *Terror* pedindo sangue e babando calúnias, é um monturo de lama. Rousseau, escrevendo a *Nova Heloísa*, é a consciência em ação: pondo todos os filhos na roda dos enjeitados, é um vagabundo torpe.

Todos o ouviam com respeito:

— Falei em fascínio da beleza. Olhem, o sicário Guillet que, em 1812, estava roubando na sala dos Evangeliários do Escurial, derrubou sem querer o magnífico Cristo de mármore, trabalhado por Benevenuto Celini, presente do Duque de Toscana ao Soberano. O gatuno, assombrado com a beleza da obra que derrubara, parou, olhando-a, atraído por sua perfeição. Foi assim descoberto e preso, quando, não fosse a fascinação da escultura, podia fugir, pois já havia roubado joias que valiam um Reino. Beja, conversando, não tem uma palavra imoral, não fala de ninguém; é uma senhora humanitária. A noite, em seu palácio, recebendo machos, é o vício repugnante. O mais inexplicável é que o povo tem medo de Beja. Proclus diz que o leão tem medo do galo e corre espavorido à presença deste. Ninguém sabe por que Beja domina os que a conhecem e apaixona os que desconhecem. Tendo a fortuna da beleza, possui ainda o privilégio da graça.

Ainda cedo, correu a notícia de que Antônio Sampaio fora com o progenitor para Nossa Senhora da Conceição das Alagoas, perto de Farinha Podre.
O rapaz, decepcionado com a situação da família, atendeu à mãe chorosa e ao pai abatido. Foi para Conceição até passar a tempestade, porque, homem de brio, afrontava tudo e só não legitimou a filha porque Beja não fez questão disto, alegando não lhe prometer fidelidade. No último encontro dos amantes, na antevéspera da viagem, Antônio se portou com muito caráter:
— Beja, minha família está em crise difícil com o nascimento da filha. Eu, para solucionar o caso, quero falar com você, francamente. Não posso me casar, mas posso viver com você, desde que seja só para mim e viva como mulher honesta. Insisto em legitimar Teresa.
Beja nem pensou para responder:
— Agradeço a legitimação da filha, mas a filha não precisa, para viver, nem de seu nome nem de sua fortuna. Sua família tem razão. Quanto a viver só para você, é impossível. Viveria forçada e sei que isso é doloroso, pois assim vegetei dois anos em Paracatu do Príncipe. Eu mesma declarei-lhe um dia: até hoje vivi com honestidade; agora quero levar minha vida do modo que entender. Não sou mulher para viver em lar, sem vida aventurosa.
E baixando os olhos verdes:
— Você pode agir como entender.
Antônio via naquela noite a amante já levantada, fresca, como se viesse da fonte de águas correntes. Ficara um pouco mais magra, seus olhos mais dominadores. Quase fraquejou. Ficaram calados frente a frente, ele sob enorme tristeza, ela sentindo o grande poder de sua presença.
Saiu, sonâmbulo, montou como autômato, partiu como sombra. Embora nada dissesse quanto à viagem, na outra madrugada partiu.
Domingo, um mês depois do parto, Beja foi cumprir promessa de uma vela acesa aos pés de Nossa Senhora, na Matriz de S. Domingos. Aparece linda, mais delgada, séria, caminhando elástica, devagar. Antes do sinal da entrada da missa, amigos à porta do templo viram-na sair do solar. Guimarães espantou-se, ao vê-la mais cativante do que fora:
— Uai! Beja ficou até mais moça!...
Fortunato alegra-se, pois fora seu *médico*:

— Eu não disse? Parece, mal comparando, uma santa do altar...
Matos abate-se, como diante de um fantasma:
— O quê? Falei, paguei: não há igual no mundo!
Quando reunidos na mesa de farra, faziam reparos à senhora; perto dela ficavam de rastros.

Ela entra, cumprimentando de leve, com a cabeça majestosa. Severina leva a almofada e a vela; ia a uns passos atrás de Sinhá.

Ajoelha-se no chão, desprezando a almofada. Persigna-se. Corrige para baixo o vestido, ocultando as pernas.

Fortunato encara-a, a silhueta leve, a cintura fina, os sapatinhos de pelica amarela. Que pés! — pensava. Ali estão os pés que andam pelos caminhos do mal, sobre flores. Calcula na mente: Calça 37, pés de espanhola...

Beja assiste a toda a missa de joelhos, com o terço de ouro maciço pendido das mãos juntas. O vestido de seda verde-musgo está sob as vistas furtivas de devotos. Não leva joias e apenas uma áurea medalha de Nossa Senhora, suspensa do pescoço por delicado cordão de ouro.

Terminada a missa, algumas pessoas saem antes dela, para a ver de perto, na porta principal. Beja vai ao altar da Virgem, acende a vela e faz breve oração.

Ao sair, seus olhos encontram os de D. Ceci. A mãe de Antônio, que jurara nunca mais falar à amante do filho, ante o magnetismo de sua pessoa, passa por ela, balbuciando:
— Beja.
A moça, controlada:
— D. Ceci...
Quando sobe os degraus do passeio, antes de pisar no patamar da escadaria de sua casa, olha para trás. Os curiosos se alvoroçam. Fortunato, febril:
— Viram que olhar? Que encanto de mulher? Viram como se volta sem exagero, mostrando o rosto divino?...

Abrem-se as sacadas do pavimento superior do solar. Um vento sadio balança as cortinas escarlates. Beja, afastando, graciosa, a cortina de uma das janelas do salão e com ela ainda nos dedos, relanceia os olhos pelo morro de Santa Rita, pelo subúrbio de Lava-pés, pelo Largo onde os curiosos espiam, de boca aberta. Depois, deixa a cortina cair pesada, entra para seu lar.

Não parecia muito amorosa para a filha. Entregou-a a uma escrava leiteira, que a levou para seu quarto. Só tomava a filha para conversar, rápida, com ela, depois de banhada e vestida pela ama.

Quando chegou, de volta, o Cel. Sampaio, Beja recomeçara a receber, à noite, os velhos amigos de palestra, gamão e música de suas caixinhas encantadas. Guimarães chegou ao solar, deliciado. Feio, ruivo, espantado, de cabelos hirsutos, lembrava um anu branco. Ainda pela manhã, quando falava em certa rodinha sobre a fortuna de Beja, ele se exprimiu, como pensava:

— Aquela mulher, pra dinheiro, é o mesmo que piranha pra sangue...

Falava por falar, despeitado. Agora estava ali, rendendo preito de vassalagem a quem acusara de usura. Fortunato apareceu cansado da subida dos degraus, apertando com ambas as mãos a mão graciosa da amiga. E inda com as mãos na dela:

— Quase chorei de alegria ao vê-la na rua, hoje! Como vai passando a Rainha? E Teresa, sarou da dor de barriga?...

Beja esqueceu de responder. Destrançou a mão das manoplas do boticário, mudando de assunto:

— Que linda a manhã, não acham?

E todos não deviam achar?...

O Maestro Rosa, da Vila de Nossa Senhora de Bom Sucesso, agora em S. Domingos, fora pela primeira vez à casa de Beja, que o mandara convidar para ouvir música. Era um ronco a saudação do Maestro, ao chegar. Homem intratável e ácido, como se tivesse, invés de sangue, vinagre a correr nas veias. Era tão irritável sua incômoda presença, que se diria ter a alma enrolada em arame farpado. Já maduro, de barba de escova de piaçaba, tocava todos os instrumentos de sua banda de música. Era, porém, rabequista genial. Aquelas mãos brutas e cabeludas, pegando no arco ficavam leves, voavam. A rabeca sorria, gemia, soluçava ao roçar de seu arco tão leve e delicado como pétala caída, ao tocar no chão. Aquele ser monstruoso, grosseiro, de corpo atarracado de Sancho estourando de frituras e vinho zurrapa, tinha tato divino ao ferir suavissimamente as cordas, dando-lhes alma. Havia harpejos em que o arco mal roçava as cordas e o som ondulava tão espiritual como se fosse o sorriso de uma criança doente. Os nervos desse repulsivo Quasimodo eram de tal modo sensíveis que, ao toque mágico de seus dedos, o som pairava no ar, acariciante. Pensava-se, ao ouvi-lo, em coisas puras, em primaveras de países lendários e fontes de águas claras murmurando em surdina, sobre musgos. Vinham à mente dos ouvintes anjos de asas brancas pairando sem ruído, sobre noivas dormindo. Ouvia-se o desabrochar dos lírios do campo e olhos de mães chorando, sem soluços. Dois braços, mãos de cavador e uma rabeca mal feita eram a nascente dessa harmonia celeste. Parecia incrível que, do monturo daquele corpo miserável, nascessem rosas-brancas. É que daquela esterqueira floria uma alma imaculada, com o sorriso de graça angélica.

O pobre maestro fora ouvir as caixinhas de música. Deliciou-se primeiro com a ária da Boêmia, depois o Minueto em Ré Maior, de Mozart. Ouviu outros trechos emocionantes e, ao morrerem os últimos acordes, Rosa chorava. Não elogiou, não se fez importante nem falou de ninguém. Saiu como chegara, insignificante.

No balcão de uma tasca da Rua da Cadeia entrou, porque viu amigos e discípulos, bebendo. Sentou-se num tamborete e aceitou um cálice de conhaque. Limpando muito a garganta, com timidez contou o que ouvira no salão de Beja. Fez o elogio da senhora, de seu sobrado, falou nas caixas de música, respeitoso e humilde. Sua palavra caiu nas pedras, falando do que falava. Entre eles estava Matos, o capangueiro que fora se afazendar no Sertão do Sul. Matos era o vezeiro das noitadas no solar do Largo da Matriz, amigo de Guima e Fortunato. Depois de ouvir Rosa, que era novato no arraial, o baiano deu sua pegajosa opinião:

— Não troco essas músicas todas, esses maestros todos pelo Felismino da Amélia, Mané Barrado, João Côco, Antônio Baiano e Zé Gomes, quando tocam nas violas choronas do S. Francisco *As minas do Salobo, o Rio Abaixo, o Javanês, o Saião de babado*... Posso não ser acreditado, mas como barranqueiro, a lua, a cachaça e a viola têm um sorriso de Deus neste mundo triste.

Rosa não teve coragem de dar mais um pio. Já era tarde, e ele se despediu.

O taverneiro servia mais bebidas quando pediram a Matos para cantar. O baiano estava já mareado e resolveu cantar com o violão vadio do maestro Avelino.

— Vou cantar coisas à toa, toadas do Pilão Arcado, minha terra:

>   *Em agosto o umbuzeiro é pau.*
>   *Em setembro ele refóia.*
>   *Em outubro enfloridece,*
>   *Vem a chuva e a terra moia.*

>   *Quem quiser ver umbu doce,*
>   *Dá castanha pra jiboia.*

Na rua dormida a voz triste do baiano se ouvia, agradável. A toada pegou, pela música, na garganta de todos:

>   *Em outubro enfloridece,*
>   *Vem a chuva e a terra moia.*

Era toda a paisagem do agreste exsicado pelas estiagens e reverdecendo, em dias, com a vinda das trovoadas. O umbuzeiro, vencido pelo estio, abria-se em flores, os frutos amarelando... As chãs, num milagre, se vestiam para a festa de folhas tenras e botões por se abrirem.

Avelino estava bêbedo, mas elogiou muito a toada maviosa do amigo. A saga dolente do sertão baiano revelava o serenatista que ficou sendo, daquela noite em diante, o melhor do arraial.

Quando Severina ia fechar a casa, Beja se debruçou à janela do quarto de hóspedes, que abria para o jardim interior. Junto ao muro, uma esponjeira florida recendia em polens amarelos. O ar chovia polens sobre o chão, como um sereno macio.

Beja aspirou, fundo, o perfume ativo das esponjas e, sem querer, pensou em Antônio. Antônio viajava, naquela hora, longe...

Antônio jamais se sentiu tão só como nas festas da amante, entre tantos convivas. Também nunca se vira no meio de tanta gente, invisível como na estrada deserta, por onde seguia.

Padre Aranha fora passar a noite na fazenda de D. Ceci. As filhas escreveram — Padre Aranha foi.

Com a viagem do Coronel e do rapaz a fazenda ficara como casa em que morreu o chefe. Todos calados, cabisbaixos, suspirando. D. Ceci, embora não quisesse, voltava sempre a falar no filho:

— Nunca pensei que ele fosse cair na desgraça em que caiu. Foi sempre obediente, carinhoso. Quando eu adoecia, ele estava sempre perto de mim... Nunca chegou tarde, às 9 horas da noite chegava...

Parou para assoar, discreta, o nariz. E continuou:

— Depois que essa mulher chegou, meu coração pareceu apertar. Parece que eu adivinhava. Ele, que era tão amigo das irmãs, começou a fugir delas. Eu pedia: Meu filho, não volte tarde, o sereno é um perigo... Antônio voltava de madrugada. Emagreceu. Ficou triste.

O Padre interrompia-a:

— Mas, Antônio tanto é ainda obediente que viajou, como a Senhora pediu.

Ela, balançando a cabeça:

— Viajou porque minha filha Maria ameaçou beber veneno, se ele não largasse a mulher. Quando eu pedi para ele passar uns tempos com meus parentes de Conceição, Antônio fez o que nunca vi em Antônio, depois de grande — chorou.

Estava ralada de mágoa:

— Ele, meu filho mais velho, que ajudava tanto o pai; rapaz tão sensato...

O Raimundo, sacristão, estava perto, ouvindo. Sempre calado, a tudo que ouvia dava assentimento com a cabeça, cópia fiel da lagartixa.

O Padre tomava a frente, tapando a boca da mãe desolada:

— Ele ficou tão deslumbrado com a beleza da moça que não teve discernimento para ver na jovem virtudes do coração.

D. Ceci gemeu baixo, como se monologasse:

— Virtudes... coração... Ela foi menina das boas, mas, ao voltar de Paracatu, eu fiquei abismada. Ela parecia um Anjo!

O Padre interrompeu incisivo:

— Mas dos anjos do Senhor que foram a Sodoma, um ficou na cidade maldita, vencido pelo pecado. Perdeu a angelitude e se tornou homem e amaldiçoado.

E, mais vivo:

— O coração de Beja é uma Távola Redonda: todos os homens estão em roda dessa mesa, mas ninguém sabe de quem é a cabeceira.

D. Ceci gostou da expressão:

— É isto mesmo! Meu filho é quem ficou desonrado, pois ninguém tem certeza.

Padre Aranha colaborava com a dor da mãe:

— Olhe, D. Ceci, eu já morei no Alegre, bem no Oeste. Em roda dos cupins, das casas de cupins, o mato crescia em moitas espessas. Em torno tudo secava. Só em volta desses cupins havia pastagem alta e mais fresca, protegida por vassouras agrestes. O gado faminto, que roía o capim-branco, não chegava lá. É que sabia ser ali a morada de cobras. Cobras cascavéis moradeiras estavam à espreita, guardando a toca, aptas para botes mortais. Antônio foi desprevenido, chegou perto...

D. Ceci azedava-se, por brio:

— Ela é uma mentirosa. Fala por aí que largou o Ouvidor porque quis. Agora eu sei que ele é quem a tocou de casa...

O Padre comentava, deplorando:

— Uma mentira de mulher bonita vale por cem verdades de homens honestos.

D. Ceci não parava de protestar:

— Atribuir a meu filho a paternidade do filho de uma perdida! É uma infâmia! Só matando!

O Padre também achava, mas atenuava:

— É melhor, D. Ceci, que seja só infâmia e que essa infâmia não trouxesse também um crime.

O Vigário que chegara pela manhã via agora que a tarde, tomada de um pudor súbito, se ruborizava no ocaso.

Calaram, para rezar o *Ângelus*.

O arraial foi esquecendo a retirada de Antônio como olvidara o rapto de Beja, em 1815.

O assunto foi sofrendo abatimento, ficou anêmico, até quase morrer. O rapto de Beja era coisa tão velha como a paixão do Ouvidor. Agora, a retirada de Antônio ia passando de moda nos mexericos de aldeia. Jesuíno, filho de fazendeiro e amigo do viajante, justificava sua retirada:

— Antônio não volta mais aqui. É homem bonito, é rico. Estava sofrendo, quando ele não precisa disso. Mulher para Antônio é como boiada: passa uma, vem outra.

D. Pulquéria estava contente com o acontecido, embora o ciúme de seu esposo crescesse:

— Bem feito! Estava se enfeitando como franga para casar com o filho do Coronel. Quero ver casamento é agora... Só se for com o rastro dele.

Ria-se, maldosa, com a muralha dos dentes arrombada na dianteira. Pulquéria não gostava de Beja porque, sendo feia, odiava as mulheres bonitas. E por ciúmes tolos de Guimarães.

Fortunato... velho Fortunato. Foi em moço rigoroso em moral; fundou sociedades de S. Vicente de Paulo em vários arraiais de seu rincão. Era prestigioso como boticário, inventor de algumas fórmulas e preparados para rejuvenescer velhos dados a piratarias. Sua botica sempre foi asseada; tinha nos lados do balcão da frente dois enormes globos cheios de água verde e vermelha, que davam aspecto solene às prateleiras sem vidros, onde se espevitavam, em fila militar, garrafas de remédios e potes de pomada. Fora do balcão havia bancos para a espera de sua ciência e uma cadeira larga, de pau amarelo, com forro de palhinha, onde Mestre Fortunato sentava para as conversas, na folga da labuta diária. Encostada no balcão, para o lado de dentro, estava com as conchas bem niveladas a balança para pesagem de ouro. Do outro lado, outra, para pesar drogas de manipulação.

Fortunato moía coisas em um vasto gral de louça, no que punha a atenção grave dos olhos papudos de eminente pinguço. Casou-se cedo, com a emproadíssima D. Corália, de família do Espírito Santo do Indaiá. Sua esposa era inimiga mortal da Paragem de Santo Antônio da Laje, pois, tendo morado em S. Pedro de Uberabinha, acabou contaminada pelo ódio com que os dois lugares até hoje se veem. Fazia questão de vida e morte que chamassem seu esposo de Doutor. Mas o povo miúdo, de quem ele mais vivia, habituou-se a chamá-lo Mestre Fortunato, o que não lhe parecia bem, pela posição de boticário imbuído de respeitabilíssima sabença. Andando sempre de preto não dava liberdade a ninguém; por ciúme, era sabido que às vezes apanhava de D. Corália.

Um dia D. Corália amanheceu dura, gelada. Morrera dormindo. Disseram que estourou de raiva do marido. Esse marido pouco se importou com a viuvez: teve foi liberdade; continuou fuçando boatos e não falava mais de sua proprietária. Fortunato passava por ser a pessoa mais ilustre de S. Domingos, antes da chegada do Padre Aranha, quando passou para obscura suplência. Envelheceu entre ervas e untos, sempre em oposição às ideias do Padre, que julgava mau sacerdote. Gostava de criticar seus sermões. Depois do último, Fortunato envenenou todo seu grupo da botica:

— O sermão de hoje pode servir, se fizermos com ele o que se faz com os jaracatiás, que precisam ser lavados antes de se comerem, porque seu leite amarga e é cáustico tremendo!

Por outro lado, Padre Aranha falava de Fortunato:

— Esse boticário é mirrada moita de figueira-do-inferno, cujas palmas estão encartuchadas de espinhos e onde é difícil imaginar possa nascer uma flor...

A chegada de Beja conciliou mais ou menos os rivais, agora encontradiços no palácio. Iam se tolerando com reserva, como dois touros medrosos um do outro, que se arrepiam ao se encontrarem, fugindo de uma prova de guampadas.

Quando, logo ao chegar, Beja falou ao boticário da inteligência e delicadeza do Reverendo, o físico concordou, opondo dúvidas:

— É um mel fabricado por vespa; seu gosto é bom, mas o difícil é ir apanhá-lo.

Beja, então, quis saber do Padre que tal era o boticário:

— *O sábio dos untos* é muito acreditado. Uma vez, um amigo, em casa de doente, perguntou a outro se Fortunato era boa raiz. Ele respondeu: Se você estiver doente, procure Mestre Fortunato, que o boticário precisa viver. Depois que lhe der o remédio, você leve para casa e não beba a droga, porque você também precisa viver... De uma feita ele foi ver um doente de sezão e, apalpando-lhe o pulso, recomendou: se tem febre, não me negue!

Beja ria-se muito dessas maldades. A convivência em torno dela os fez aparentes amigos. Fortunato era mau, perigoso por suas mezinhas; Padre Aranha era bom, dependendo de suas *veias*: sua bonomia era também fingida e estava condicionada à enxaqueca mais velha que a Serra do Caparaó.

Começava o ano de 1821. Teresa tinha um ano e era criança forte. A mãe, ao contrário do que parecia, criava a filha com bom senso. Ficava, é certo, sob a guarda de sua babá, pois Beja recomeçara havia muito sua vida de correrias, festas no Jatobá, doideiras mansas. Em verdade nada sofrera com a gravidez. Seu aspecto era o mesmo, ou melhor. O andar ganhara maior cadência, ela ficara mais simpática, porque vistosa todos sabiam que era. Cada vez mais. Um boiadeiro disse bem, ao vê-la passar a cavalo:

— É linda como a primeira lágrima de uma noiva enciumada.

Beja, chegando a uma das sacadas do salão de visitas, avistou Fortunato se dirigindo para sua casa. Vinha pesado e solene como Bispo que vai celebrar missa pontifical. Descia a rampa suave do Largo da Matriz, sem olhar para os lados: parecia mesmo um cacto, com espinhos por todos os lados. Ultimamente, nos seus 51 anos gastos, vivia como Panúcio, vendo Taís em todas as coisas. Sua Taís era Beja.

Bateu palmas. Severina mandou-o subir. Galgou misterioso os 13 degraus tão seus conhecidos, apoiado no corrimão de cabiúna. Chegou carrancudo. Beja espantou-se:

— Que cara é esta, homem? Que embondo é este?

Ele, segundo sua tática em horas graves, agia sáfaro e misterioso. Gemeu por fim:

— Há novidades que precisa saber. Sério acontecimento!

— Que foi?

Ele espalmou as mãos para diante, autoritário:

— Vamos com calma. Procuro ser sempre leal à nossa amizade. Tudo quanto sei que a interesse, corro para contar. Hoje soube de qualquer coisa muito desagradável.

A jovem interrogava com os olhos:

— Que aconteceu, ó Fortunato?

O veterano, com enorme pachorra falou, baixo:

— Beja, o Antônio Sampaio casou!

Beja, empalidecendo:

— Ah, casou?!

Fingiu sorrir, não pôde.

O homem prosseguiu, feliz por levar a nova:

— Casou com mulher horrenda de Nossa Senhora da Conceição das Alagoas!

Ela encarava-o, em silêncio, de olhos muito abertos. O sábio dos untos do Padre Aranha matava, aos poucos:

— Casou e chega aqui, amanhã!

Beja continuava pasma, sentiu as pernas doloridas e a cabeça arder-lhe em latejos, nas têmporas.

O boateiro acomodou-se para trás da poltrona, cruzando as mãos sobre o ventre zabumbado até ao estômago:

— Agora você veja que caráter tem esse moço... Eu nunca o apreciei muito, nunca fui com a cara desses Sampaios! O pai, um metido, por força de dinheiro; a mãe (fez uma careta) é aquilo... Antônio, esse canalha, é o que se vê: foge, covarde, quando a filha nasce, esconde-se no mato, casa-se, volta para o lugar do crime... É não ter vergonha.

Beja, então, abatida e humilde:

— Não vejo nada de espantoso no que você conta, Fortunato. Não podia casar comigo, porque eu não quis. Casou-se com outra, era direito seu. Não o condeno por isso. Minha filha não precisa dele, para nada! Não o odeio. É um homem que passou por minha vida, sempre correto.

E mudando de poltrona, pois parecia inquieta:

— Desejo que seja feliz, porque o futuro a Deus pertence.

Aquela serenidade foi um murro na cara de Fortunato.

— Pois eu fiquei chocado. Me sinto mal. Quero tomar um pouco de seu vinho...

No outro dia correu a notícia, cujo rastilho fora aceso pelo boticário. De fato, ao anoitecer, o novo casal passou por S. Domingos, rumando para a fazenda Quebra-Anzol, do Coronel Sampaio.

A população murmurava contra o Padre Aranha, por frequentar a casa de Beja.
— Não sei por que esse zunzum. Vou lá para influí-la na religião, vou como missionário. S. Francisco Xavier, com um sermão só, em certa ilha, converteu, de uma vez, dez mil gentios pagãos. Será impossível, com a graça de Deus, que eu não dobre aquela moça às verdades do Evangelho?

O Vigário saiu pela madrugada, para celebrar missa em ação de graças na fazenda do Coronel, pela volta do filho são e casado. Na antemanhã fria, velada pela neblina, o luar algente mascarava em silêncio todas as coisas. Ao sair do arraial deu com o Guimarães e Matos, que saíram de uma casa suspeita. O Padre deteve-se perto deles. Matos vinha na frente. Ao chegar mais próximo, o reverendo o saudou:

— De onde vem você, filhotinho de guariba?

Sua fisionomia era moça, mas os olhos estavam velhos, moviam-se cansados, com o sono das esbórnias. Guimarães vinha sem graça, ainda tonto. O Padre ralhou-os. Ao passar, ainda escuro, por uma ponta de brejo, ouviu o ronco de um caititu levantado do lameiro e fugindo bulhento, pelo mato grosso. Lembrou-se do horrendo Maestro Rosa e prosseguiu, para chegar à fazenda com o dia amanhecendo.

Estavam todos alegres. D. Ceci vendia saúde, depois de emagrecida por um ano de choro sem remédio. O Coronel estava expansivo, embora bastante amarelo, da cor de limão maduro. As filhas, felizes, com o pouco sal de suas presenças.

Apareceu a esposa de Antônio. Padre Aranha avistou-a de frente, desconjuntada, andando como bêbeda e *viu* também mais linda, esplendente, sazonada, Beja... Cumprimentou a recém-casada com um desaponto na alma. Antônio envelhecera, mas vinha rijo! Parecia curado de tantas dores em atropelo. Quando se retirou, apressado, porque tinha batismos a fazer, D. Ceci chamou-o no quarto. Falou sobre sua paz, que revivera para todos.

— E a tal, como vai?

Padre Aranha estranhou a pergunta e quis, sem convicção, reforçar a ventura da fazendeira:

— Há de morrer como Jezebel, infame matadora de Nabot, que foi comida pelos cães, por vontade do Senhor, nos antemuros de Jezreel.

Beja, se sentiu, não demonstrou nenhuma intranquilidade pelo casamento do rapaz. Mesmo porque sua paixão, agora, estava em um recém-vindo a S. Domingos: era o Dr. João Carneiro de Mendonça, bacharel em letras e oriundo de ilustre família de Borda da Mata, a vila florescente da Serra da Mantiqueira.

João Carneiro não era, pois, um matuto iletrado. Estudara no Caraça, o colégio mais afamado das Minas, fundação do Irmão Lourenço de Nossa Senhora, comparsa ou parente, fugido, dos Távoras, sacrificados pelo atentado contra D. José I. Fugiu, ninguém sabe como e nos ermos da Serra do Caraça fundara o estabelecimento, sob proteção de Nossa Senhora Mãe dos Homens. Frei Lourenço de Nossa Senhora foi tudo que restou dos suspeitos, esmagados pela sanha abestalhada do monstruoso Marquês de Pombal.

    João Carneiro, formado em Coimbra, viera para sua terra, onde não quis trabalhar, por se julgar incompatibilizado com o Juiz de Direito, inimigo de seu pai. Não simpatizara também com S. Paulo, preferindo tentar advocacia em Paracatu. Ao passar por S. Domingos, ofereceram-lhe serviços dependentes da Ouvidoria Geral, na sede da Comarca. Foi ficando. Conheceu Beja e um entusiasmo de moço viajado o deteve ali por muitos anos.

    Frequentando o solar, era esperado o que se deu. Beja se engraçou do bacharel; João Carneiro virou a cabeça pela moça. Na imaginação do jovem, com o impacto de D. Beja, surgiu diante dos seus olhos aquela Dança da Abelha das favoritas dos serralhos levantinos. Sentia-se como perto dos abismos, via no ar, fluidos, os Sete Véus de Salomé, dançando em frente de Herodes.

    A antese daqueles polens se fez na febre do amor. À noite, no palácio, encontrava, aborrecido, os acostumados ao serão. Além do Padre Aranha, Fortunato, Guimarães, Dico, o ex-seminarista escrivão do crime, o Maestro Avelino, que ia ouvir as caixas de música; Matos, o baiano das toadas evocadoras, Belegarde... Rosa aparecia raro, fugia daquelas reuniões, para as quais não possuía roupas decentes. A turma da velha guarda também não via com bons olhos a elegância aristocrática do *paisano*. João Carneiro fora um desmancha-prazeres daquela rodinha de viciados de licores finos. Muitos deles passavam horas serenas no salão de cortinas escarlates, bebendo, ouvindo música, brincando de anel, embora soubessem que seriam recebidos em casa, pelas esposas, com vassouradas e chuvas de pedras. Fortunato... já se resignara à providencial viuvez, que o libertou de alguns pescoções e horas de descompostura da rival de Xantipa, mulher de Sócrates.

    Abril rebentava em flores na terra úbere do planalto araxano.
    D. João VI assinara, em março de 1821, um decreto que alvoroçou o país. Ia voltar a Portugal, deixando o Príncipe D. Pedro como Regente temporário do Brasil. Acabou convocando eleições gerais para deputados às Cortes do Reino. Nas eleições, eleitores e Colégio Eleitoral se desentenderam, porém. Os tributos do povo abriram fogo contra S. A. R., o Soberano. A Assembleia ficou anarquizada e ninguém se entendia. O Marechal Caula, comandante da tropa, exigiu do Presidente e membros do Colégio Eleitoral que se retirassem. Mas o povo não atendeu. Foi preciso uma carga do Regimento de Caçadores, que dispersou a multidão a fuzil. Mesmo assim o povo resistiu e, de arma branca, enfrentou os Dragões. Morreram algumas pessoas, caíram feridas outras. Esse entrevero agravou o ódio dos brasileiros contra portugueses, sendo o Governo responsabilizado pelo morticínio.

D. João VI, ao embarcar, equiparou os direitos de oficiais do Brasil aos de Portugal.

A 26 de abril a frota zarpou, levando de retorno 4.000 parasitas da Coroa portuguesa. O caturra tabaquista D. João VI levava toda a Família Real de regresso para Lisboa, exceto o primogênito. Ao se despedir do filho, disse, conselheiro: *Pedro, se o Brasil se separar, antes seja para ti, que me hás de respeitar, que para algum desses aventureiros.*

Deitado no divã verde-malva, Beja pensava, sem falar: D. Pedro, Príncipe Regente... Mota, na Corte, grão senhor, loco-tenente, amigo privado de um Rei... Com aquela desmedida ambição de poder... com aquela subserviência de valido, será valido predileto... Terá agora mulheres, mais luxo, sua comenda de Cavaleiro da Ordem de Cristo brilhará ao lado de outra, a da Ordem da Ernestina da Casa Ducal de Saxe Coburgo Gotha...

E suspirando de leve, sem querer:

— Será requestado nos salões do Palácio de S. Cristóvão, íntimo del-Rei... terá honras, ficará mais rico, decerto casará com a palaciana que o Soberano escolher...

Sentiu-se amesquinhada, notou-se esquecida e só. De repente o Dr. João Carneiro apareceu-lhe na lembrança, forte, cortês, galanteador. João Carneiro, seu novo amante... Aquele ano de 1821 estava cheio de paixão, bulício, festas, despesas...

Beja só recebia o Dr. João à hora marcada, como fizera a Antônio. O boato arranhou os íntimos, os da Velha Guarda do Napoleão de saia à Pompadour. O boato subiu, derramou-se pelo arraial, pela região, pelas Minas Gerais afora... Fortunato odiava o bacharel, que usurpara um pouco da intimidade da leviana, mas aceitava o fato, como irremediável. Padre Aranha, no platonismo de Vigário, sentia-se incomodado, falava bem da paroquiana com seus amigos, mal com os antipatizados da pessoa mais volúvel de S. Domingos.

Na fazenda do Cel. Sampaio a lua de mel do novo casal dava a todos alegria de noivado. Afinal, tudo se reduzira à expressão natural, ao ramerrão da família.

Padre Aranha filosofava ao sentir tudo em ordem:

— A vida é assim; às vezes conserta o que ela mesma atrapalhou... Antônio tem sua esposa, Beja tem outro amante.

Antônio ainda não fora ao arraial. E que fosse! Casado, morigerado, trabalhava com prazer; despediu as ilusões deprimentes que o incompatibilizaram com os seus. A esposa sorria feliz; fazia planos para quando fosse mãe. Igualmente esperançosos estavam Beja e o Dr. João. Ele era o último a entrar no palácio, depois que os outros saíssem, o que se fazia às 9 horas.

João entrava como Antônio, pelo portão largo de madeira, do lado de baixo do prédio. Passava pelo jardim, subia a escada de madeira dos fundos, entrava pela vasta cozinha, subia os dois degraus de tábuas e estava na copa.

Beja o recebia de braços abertos. Nessa hora as janelas do andar superior estavam fechadas e só permaneciam acesas as luzes da sala de jantar e do quarto de Beja. Tudo para eles estava bem, desde que se lhes fizessem as vontades.

A chácara estava em plena frutificação. Mudas vindas, como presentes, ostentavam frutos de ouro. Jaboticabeiras de copas altas, sem galhos no liso tronco, vicejavam com seivoso vigor. Mangueiras de Ouro Preto e S. João del-Rei arqueavam-se de frutos de polpa delicada. Beja colhia mate vindo do Jardim Botânico da Capital das Minas, tão bem quanto o inglês de Ceilão. Suas caneleiras cresceram depressa. Uma oliveira, que viveu muitos anos e foi lenha para o fogão de um bruto, fazia parte da paisagem portuguesa no altiplano. As parreiras vindas de Paracatu produziam, como lá duas vezes por ano. Não eram uvas pequenas e ácidas, mas, graúdas, coradas e sumarentas. Todas essas frutas adoçavam o paladar de João Carneiro, uvas às vezes postas em sua boca pela mão delicada de Beja...

O bacharel não se importava de passear pelos arredores de Araxá, encontrando-se com a amante no Barreiro e sob o Tamboril de Beja, como o começavam a denominar. Ficava na sombra fresca, absorvido pelos olhos verdes e perigosos da moça. A Fonte da Beja, como passaram a chamar a Fonte da Jumenta, cantava gorgolejante, ali perto, correndo por uma bica de coqueiro.

Os ventos dobravam as canas do Reino da lagoa vizinha. O ar agradável, o sol macio convidavam à alegria de viver, à glória de se verem amados, a sós, na solidão do sossegado retiro. No mato em roda cantavam rolas aflitas, gemiam, juritis ariscas caminhavam pelo chão, à vista dos apaixonados. Ele, moço, ela, moça e rica; e entre os dois uma febre de afetos que, às vezes, era tanta que extravasava em beijos.

O mundo? Ah, estava lá fora, longe dos corações exaltados. Naquele instante nada lhes importava no universo; podiam até morrer, desde que fosse como Paolo e Francesca di Rimini, unidos no beijo eterno.

Fortunato não cessava suas viagens para ver doentes. Padre Aranha, para satirizá-lo, dizia que ele ia sempre ver doentes e não os curar. Mesmo porque, em resumo, sua terapêutica estava restrita a pouca coisa de substancial — o resto eram paliativos de comércio de turco. O Padre ria-se, bonachão:

— Fortunato está sempre montado na sua terapêutica de quatro patas: óleo de rícino, mercúrio, salicilato de sódio e ópio...

Pois bem, o boticário, viajando naquele dia com os alforjes entupidos de drogas, para ver uma senhora de enxaqueca, parou para descanso e um cafezinho na fazenda do Quebra-Anzol. Recebido sem espalhafato por D. Ceci e Antônio, ficaram conversando. Conversa puxando conversa, Fortunato caiu no seu assunto preferido:

— D. Ceci, não posso demorar porque a tal Beja não está passando bem, hoje. Está grávida e precisa de minha assistência. Não me larga, D. Ceci!

A senhora fechou a cara e Antônio abaixou os olhos. Veio o café.

O boticário bebia-o chupando, guloso, a mudar a tigela de mão, por estar quente. Chuchurreou em silêncio a bebida, depôs a louça na bandeja. E, de ideia fixa, como se continuasse:

— Não me deixa sossegar. Fala sempre: Fortunato é um sábio, é ele quem me alivia de tudo, tudo!

Como os fazendeiros permanecessem calados, o velho jogou a rede mais longe:

— Coube agora ao Dr. João Carneiro ser o pai do novo rebento. O Dr. Carneiro, dizem, não é boa abelha, mas são brancos e lá se entendam...

Nenhum dos presentes lhe disse qualquer palavra. Ele, desapontado, levantou-se de chofre:

— Bem! Quem tem inimigo não dorme...

D. Ceci, que se levantara com o filho, sem o procurar deter:

— Que inimigo tem o senhor, seu Fortunato?

Ele, estendendo vagaroso a mão gorda:

— A morte!

E lá se foi no trote manhoso da mula o "inimigo da morte", o cientista que o Padre Aranha chamava *sábio dos untos*.

Alguma coisa ficou, porém, de sua passagem pela fazenda: uma tristeza pensativa nos olhos de Antônio. O rapaz passou a tarde calado, sem graça, com involuntários suspiros, dolorosos na mãe.

Percebendo isto, D. Ceci falou quando arrumava a mesa para o jantar:

— Fortunato é como cobra mandada: aonde vai, pica.

Antônio não comentou. Perto da mulher feia e desfeita de corpo, deixou-se ficar enfadado até à noite.

Logo depois do jantar o boticário foi ver Beja, apenas visita, porque ela não estava doente e... se estivesse, ficava. Entrou negaceando, como réptil.

— Estou com o corpo dolorido. Fui hoje ver a mulher do Antônio, que está de aborto.

Fez uma pausa, à espera de perguntas. Depois, coleante e pegajoso:

— Não sei como um rapaz daquele casa com um trem tão desajeitado!

Beja acomodou-se melhor na poltrona:

— Dizem. E será mesmo como dizem?

— Coisa de horripilar! Sem jeito, avelhantada, amarela, de pernas finas...

Beja ria, maldosa. Ele, grosseiro:

— Depois de prenha, ficou nojenta.

Fez beiço de asco. A jovem justificou o casório:

— Dizem que é rica...

— Rica? Apareceu-lhe de chinelos, sem meias, unhas sujas, cabelos sem pentear. Nem teve tempo de lavar a cara...

Beja, incrédula:

— Isto não é figura de mulher. E estava montada em vassoura?...

— É, é isto: parece mesmo uma bruxa.

Beja ria despreocupada. Ficou depois séria, pensativa. A seriedade apurou-lhe o nobre perfil sereno de medalha antiga.

Estava cansada. Ouvindo tanta coisa desinteressante teve até sono, bocejou atrás da mão alva. Fortunato, também amolentado, ficou sem assunto:

— Você bocejou. Lembrei-me do amor: O amor acaba enfarando.

Janeiro de 1822. Nasceu a segunda filha de Beja. Em fevereiro veio à luz o primeiro filho de Antônio Sampaio e D. Júlia. Uma semana depois batizou-se o neto de D. Ceci, em S. Domingos. Ela própria foi à sacristia dar notas para o assentamento da criança. Logo depois de fechado o livro, Padre Aranha perguntou se Antônio tomara juízo.

— Graças a Deus! O casamento foi redenção!

Ficaram conversando um pouco. D. Ceci já sabia do nascimento do filho da outra. Não comentou, mas o Padre dizia-se irritado com Beja.

— A senhora veja minha situação. No começo procurava-a, tentando levá-la a bom caminho, mas a estrada larga do pecado é mais agradável do que o caminho pedregoso da virtude. Ela acabou se aborrecendo comigo, pois vários sujeitos daqui carreiam intrigas para ela. O Fortunato, com parte de cientista, é o pior deles. Diz sempre que trabalha há trinta anos, no arraial e lugares vizinhos. Que tem salvo multidões de enfermos. Ora, eu sempre digo, no mundo morre, em trinta anos, um bilhão de pessoas: desse bilhão, pelo menos mil se foram por obra do nosso *sábio dos untos*. É perigoso em conversinhas, ainda mais agora que, viúvo, deu para namorador. Ridículo!

D. Ceci, queixosa:

— Há dias esteve lá. Me aborreceu com falinhas, venenos.

— É assim com todos.

— E será que essa Beja liga ao Fortunato?

— Do mesmo modo que Dulcinéia era louca por D. Quixote. Nem sabe se ele existe. Ou se sabe é só por suas importunações. Ele fala de tudo e de todos, espalhando segredos e boatos inquietantes.

D. Ceci, ponderada:

— Um pau só não faz mato virgem.

— É engano; aqui uma palavra gera centenas de cochichos e milhões de perversidades. Fortunato é diabo da savana.

O Padre ficara abatido, com os olhos fixos:

— Pois não disseram que me embriaguei numa farra, na chácara de D. Beja?... Se nem estive lá...
D. Ceci, incrédula:
— Soubemos disso. Mas ninguém acreditou!...
— Há de ser obra social do Fortunato ou de outro de igual jaez...
— Não dê importância, Padre Aranha!
— Que fiquem com seus enredos e me esqueçam... é favor.
E com energia:
— Muito bem. O que nos importava é que Antônio esquecesse tal mulher, casasse, como fez. Sei que ele esqueceu os desvarios passados. Os antigos acreditavam que a alma depois da morte atravessava, para chegar no outro mundo, o Rio Letes. A água desse rio, bebida, fazia esquecer dores, pesares, paixões. Seu filho, vivo e forte, bebeu da água do Letes. Está cheio de saúde, ama a esposa — mas esqueceu de tudo o que o fazia sofrer. Abençoado o Rio Letes, que faz esquecer o que precisa ser, para sempre, esquecido!

Em S. Sebastião do Rio de Janeiro as coisas não pareciam boas. Três partidos políticos se digladiavam, procurando o domínio: o Republicano, o Monarquista e o Português. O Republicano queria a expulsão do Príncipe Regente; o Monarquista se batia pelo governo de D. Pedro — constitucional e autônomo. O Português se esforçava para que o Brasil continuasse sob o domínio de Portugal. O país se agitava na mais desenfreada anarquia, salientando o verbo ardente dos republicanos, na dianteira dos quais se viam Joaquim Gonçalves Ledo, Januário da Cunha Barbosa, Frei Francisco de Sampaio e José Clemente Pereira, que ansiavam pela Independência. O Monarquista se esforçava no mesmo sentido e contava com a esclarecida orientação do mineiro José Joaquim da Rocha, o principal fator da Independência, e de José Bonifácio de Andrada e Silva. O Português intrometia-se na vida nacional, não defendendo o país, mas puxando o Brasil para a tutela de Lisboa.

A agitação, que era enorme, transbordou quando, em dezembro, apareceu no Rio o brigue de guerra *Infante D. Sebastião*, trazendo um decreto suprimindo os Tribunais do Rio de Janeiro, e outro, determinando a D. Pedro que regressasse a Portugal, sob pretexto de aprimorar a educação!

Era demais. O povo se levantou, em todas as Províncias e de Norte a Sul, com Minas Gerais e S. Paulo à frente, e exigiram a permanência do Príncipe Regente D. Pedro no país.

Foi então que o Príncipe respondeu ao presidente da Câmara, José Clemente Pereira: Como é para bem de todos e felicidade geral da nação, diga ao povo que fico.

A força portuguesa de 2.000 homens, sob o comando de Avilez, tomou posição no Morro do Castelo para reagir, metralhar o povo. Mas o povo e a tropa brasileira se concentraram no Campo de Santana, resolvidos a tudo em favor da pátria.

Avilez rendeu-se... Sua bravura durou pouco... Esboçaram-se em algumas Províncias, inclusive em Minas Gerais, ideias separatistas, por arbitrariedades da Junta Governativa. O Príncipe Regente visitou, com urgência, a invicta Província montanhesa, acalmando-a com brandura.

Sérios motins em S. Paulo, provocados pela referida Junta, levaram o Regente àquela Província, que também acalmou com seu corajoso tato diplomático.

Ao regressar de S. Paulo, montando u'a mula baia, nas margens do Ipiranga, recebeu das mãos do Major Antônio Ramos Cordeiro cartas de José Bonifácio e da esposa, com as notícias de que a Corte de Lisboa declarava nulos todos os atos do seu governo.

Aí é que aparece o grande homem que elevou o Brasil, com o ato mais glorioso de sua vida política. Tirando o chapéu armado, ergueu bem alto a altiva espada, para gritar, claro, dentro do círculo de sua Guarda Pessoal:

— Independência ou Morte!

E voltando-se para os Dragões do Reino:

— "Camaradas, as Cortes de Portugal querem mesmo escravizar o Brasil. Cumpre, portanto, declarar, já, a Independência. Laços fora!"

E arrancou as divisas reinóis, atirando-as longe.

Todos despedaçaram os laçarotes portugueses, jogando-os também no chão.

D. Pedro, magnífico, ordenou:

— "D'ora em diante traremos todos outro laço, de fita verde e amarela, que serão as cores brasileiras."

A Guarda Pessoal, na loucura do entusiasmo, de espadas erguidas, se pôs em linha, gritando o refrão heroico:

— Independência ou Morte!

Acabara de nascer o Império do Brasil. Eram 4 horas da tarde de 7 de setembro de 1822.

XIII
O MONSTRO DE OLHOS VERDES

...tende cautela com o ciúme: é o monstro de olhos verdes que zomba da carne com que se nutre.

SHAKESPEARE

Passou-se muito tempo...

Já fazia 18 anos que Ana Jacinta regressara de Paracatu... Casara a filha Teresa, aos 14 anos, naquele ano de 1835. Era seu genro Joaquim Ribeiro da Silva, de ilustre família local e fazendeiro abastado perto de Araxá. Sua segunda filha Joana casar-se-ia também no mesmo ano, aos 13 de idade, com Clementino de Almeida Borges, belo moço, de preparo, com fama de espirituoso. Foi logo com o marido para Bagagem, onde Clementino possuía a fazenda de Bela Vista, a duas léguas de Cachoeira, sede do Município de Bagagem.

Nesses 18 anos se passou muita coisa em S. Domingos. Em 1832 o velho arraial, por Lei Imperial, foi elevado a categoria de Vila de Araxá. O Juiz Preparador da Vila era o Doutor José da Costa Pinto, que Beja conheceu em Paracatu e fora anteriormente Juiz Municipal interino de S. Domingos. Era Promotor o pai de Joana, Dr. João Carneiro de Mendonça, com quem Beja brigara havia muitos anos. Deixaram até de ter relações pessoais.

Morrera o Coronel José Sampaio, pai de Antônio. Antônio tinha já 4 filhos... Fortunato estava vivo, com 68 anos, mas ainda forte, mexendo no seu gral de louça... Ainda viajava para ver doentes, só ver... Morrera também o Maestro Rosa, o feio rabequista maravilhoso. Sua banda de música ainda vegetava, de mal a pior. O cinamomo que Beja plantara do lado de dentro do jardim, crescera e se derramava para o Largo da Matriz, despencando flores roxas sobre o chão. A esponjeira, já velha, floria em bolas amarelas-ouro, cheirosa como sempre.

O Jatobá ficara um paraíso, com fruteiras crescidas, árvores de sombra e trepadeiras no alpendre. A cerca de achas de aroeira ficara mais escura e madressilvas subiam por ela, em largos trechos florindo em creme. *O sofrer* de Beja morrera e muitas vezes os acostumados dos dias de festa falavam dele... Um bicudo que cantava agora em seu lugar, em gaiola de arames amarelos, tinha canto mais áspero. Era espantadiço e sua cor negra não tinha brilhos.

Os cavalos de serviço ainda viviam, Neguinho mudara o negro luzidio em pelagem cor de macaco. Marisco ficara pedrez e não perdera a ardência nas galopadas.

Severina, mais velha e mais gorda, continuava a melhor amiga de Beja, pé-de-boi do solar. Moisés, sempre enxuto, tomara uns ares carrancudos de negro farto. Tinha apenas os olhos mais vermelhos. A Sinhá valorizava o caráter do escravo:

— Esse escravo é negro ouro em pó!

Os amigos do vinho do palácio foram acrescidos de outros, com oposição velada dos veteranos...

Quem não mudara, a não ser para melhor, era Beja. Sempre mais vistosa: os olhos verdes, rútilos, e que pareciam sempre maiores. Ganhara em tolerância;

não aprendera a obedecer e mandava com tanto acerto que sua fazenda do Carapiá desenvolvia em fartura, aumentando o gado curraleiro.

Uma pessoa entretanto fora a revelação de dureza e falta de tato — Júlia, Julinha, a esposa de Antônio. Depois do segundo filho perdera pelo marido o pouquíssimo carinho com que o tratava. Agora, sem o conseguir dominar, fizera da vida do esposo um inferno sem chamas. O que não morrera fora o amor de Antônio pela serena Ana Jacinta. Depois de muitos anos de aparência sossegada, de sono interior, o vulcão abalava o solo, com ligeiros estremecimentos. Começava a se desprender do píncaro ligeira fumaça, denunciando próxima atividade.

Antônio voltava a ser o amante, agora ostensivo, da formiguense, o que agravava a intranquilidade da esposa e renovava e amargurava a velhice desiludida de D. Ceci. Duas vezes na semana pernoitava no palácio, afrontando as iras familiares e em busca de um ponto de sossego aos trancos do lar.

Aquela troca medrosa de olhares na sacristia da matriz prevalecia ainda, sob o calor de corações bem combinados. Ele entrava como outrora, pelo portão de serviço, roteiro também do Dr. João. Tinha agora 38 anos; Beja, 35.

Ninguém pode esconder a luz debaixo do alqueire, na voz bíblica... Ninguém pode esconder uma cidade branca de sol, plantada sob o sol, no cimo da montanha, foi a opinião de Santo Agostinho. Ninguém pôde, com os macetes da violência, com os espinhos da censura importuna, esmagar, ferir aquela paixão, florescida sob o mirante de Deus, na terra onde se vê o sol em primeiro lugar. A ligação dos namorados de 1814 estava florescendo ainda em 1835... A rama hibernava sem verdura, mas abotoara, florescera, desde o encontro na estrada do Barreiro, onde as lágrimas de ambos fizeram o milagre de reverdecer o ramo sem folhas, mas ainda vivo. Lágrimas que foram a água do céu primaveril, sobre a terra, na estiagem. João Carneiro não conseguira, como Antônio, se fixar na afeição da jovem.

Agora recebia no solar os antigos e os novos amigos. Era o amante que voltava a merecer as honras de favorito.

Padre Aranha, aproveitando uma visita, lembrou-se de dar uma notícia, interrogando:

— Beja, você já viu o cometa?

— Que cometa?

— O cometa de Halley, que está aparecendo, muito visível. É admirável e você deve ver. Paga a pena, pois raras pessoas o verão duas vezes: é que o vagabundo dos espaços aparece, para nossas vistas na terra, de 75 em 75 anos!

— Nunca ouvi falar nisso, Padre Aranha, mas tenho desejo de olhar esse cometa.

Obsequioso, o reverendo combinou com a amiga:

— Virei acordá-la amanhã, às duas horas da madrugada, quando ele é mais visível.

— Padre Aranha, o que é, realmente, isso que o senhor vai mostrar?

—Ora, só vendo você compreenderá o que é. Não deve perder esse espetáculo tão raro, pois ele se apresenta agora em 1835 e só voltará em 1910.

O Vigário bateu na porta do solar do Largo da Matriz, conforme prometera, às 2 da manhã.

Beja levantou-se ainda com sono, acordando os escravos. Fazia frio e o Padre chegara embuçado em capa e cachecol de flanela. Tiritava.

Da larga janela da sala de jantar, que abre para o nascente, se mostrava, à altura do sol das 9 horas, o cometa magnífico. Com a cabeça dirigida para o Sul, arrastava imensa cauda aberta, lactecente, mostrando focos de claridade fosca. Estava bem visível no céu azul-claro e iluminava a madrugada como uma lua em quarto crescente.

Beja e escravos, ao lado do Padre Aranha, o contemplavam com susto. A grandiosidade de sua beleza impunha silêncio. Todos aqueles olhos estatelados para o céu, viam pela primeira vez coisa tão estranha. O Padre rompeu a mudez do grupo:

— Vejam que estupenda cabeleira! Parece um véu arrastado, um véu de noiva que fugisse. Parecendo quieto, no sentido horizontal que o vemos, passa em assombrosa velocidade.

— Pois eu nunca ouvi falar nisso! E será que cai!...

Padre Aranha sorriu da ingenuidade:

— Se ele tocasse ao menos de leve na terra, a terra desmancharia como um torrão de açúcar...

Silenciaram de novo, na contemplação do céu.

O Padre falou, ainda:

— Os povos antigos acreditavam que os cometas fossem a alma dos grandes homens, dos homens célebres que, fugindo da terra, se incendiassem em substância divina, voando pelo infinito. No ano 43 antes de Cristo, morrendo César, não houve romano que não visse num cometa que apareceu nessa ocasião, a alma do herói de Farsália correndo em luz pelo espaço. As multidões se encheram de assombro, convencidas de que o honrado Brutus matara um ser divino! As legiões do grande capitão, aquarteladas em Roma, Capital do Império, choravam a morte do Comandante, agora em viagem luminosa para o lugar aonde iam aqueles que, na terra, tiveram a marca da eternidade.

Olhavam, sempre encantados, o céu por onde passava o monstro. Sentiam frio mas estavam firmes, rentes à janela.

Padre Aranha riu sacudido, para contar uma coisa ridícula:

— Em 1664, apareceu um cometa no céu de Portugal. Com a notícia dada pelos astrônomos, o povo ficou horrorizado e houve sérias confusões no campo. Ficaram feridas algumas pessoas assaltadas pelo pânico; alarmaram-se aldeias e cidades. Diziam que o cometa ia encontrar com a terra e o mundo se acabaria. Morreu gente, de medo! O próprio Rei D. Afonso VI ficou tão medroso, acreditando piamente no agouro, que na noite em que o cometa estava mais visível, resolveu enfrentá-lo! De uma varanda, com uma garrucha na mão, ao encarar a coisa, gritou para ela, autoritário:

— Passai, passai apressado! Não consinto que toqueis a terra portuguesa!...

Beja riu com escândalo.

— A senhora ri-se? Pois isto é fato histórico, é sem contestação. O povo sentiu grande alívio... D. Afonso VI, com a garrucha apontada, fez o cometa passar de largo... Todos acreditavam até naquele poder do pobre Rei!

Depois de um cálice de Beneditino, porque a manhã estava gélida, o Padre se despediu. Descendo a escada, com um bom dia para Beja, comentou, esfregando as mãos:

— Vou enfrentar de novo o inferno dos esquimós. Está frio, tão frio que os cavalos devem estar rindo...

A noite descera escura. Beja deitara-se enquanto Severina dava no quarto os últimos arranjos. Eram 11 horas. A casa estava sossegada, pois Beja não dormia ouvindo o mínimo barulho. As visitas saíram tarde e aquela não era noite determinada para Antônio. As luzes já estavam apagadas, só restando a do quarto de dormir.

A escrava pediu a bênção, retirando-se para o quarto, peça espaçosa que era fronteira ao da Sinhá. Severina apagou a lâmpada minúscula de óleo de Chantre da cabeceira da senhora, lâmpada igual às usadas no quarto de crianças recém-nascidas. Era a luz que ela usava, quando se ia recolher.

Severina saiu com seu lampião. Cerrou a porta e passava pelo *hall* que abria para seu quarto, quando ouviu barulho no topo da escada, à sua direita. Foi ver o que era, com a luz erguida acima da cabeça, na mão direita. De repente deu um grito de horror, alarmando a casa:

— Sinhá, me acode!!

Beja gritou:

— Que é, Severina?

Novo grito:

— Me acode, me acoo-de!

Beja pulou da cama ainda de camisola. Um barulho seco de vidros quebrando-se retiniu fora. Ao empurrar a porta cerrada, esbarrou com a escrava, ainda gritando:

— Me acooo-de!

Mal entrava no quarto de Sinhá, tombou mole no chão. Beja abriu a janela do *hall* gritando para o pátio interno:
— Moisés, acode! Flaviana! Damiana!
Moisés, só de calça, com a zagaia e a garrucha polveira, subiu a escada de serviço, aos pulos, batendo com os punhos na porta da cozinha:
— Sinhá, abre, Sinhá!
Flaviana e Damiana acabavam de subir a escada, quando Beja abriu-lhes a porta, voltando para socorrer a preta. Flaviana trouxe um mulambo queimado, que Beja dava à escrava para aspirar. Damiana tremia nas pernas:
— Qui foi, Sinhá?
— Não sei, estou doida!
E batendo forte no rosto da desmaiada:
— Severina, acorda!
E para Moisés:
— Corre, vai chamar Fortunato!
A negra abriu os olhos lesos e esbugalhados.
— Que foi, Severina?
Beja e Flaviana botaram-na no divã. Molharam-lhe os pulsos com vinagre. A escrava despertava, com estremeções; batia os dentes. Beja, mais calma, falou sem gritos:
— Que foi Severina?!
Ela mal podia falar. Saía do quarto de Beja e atravessava o largo corredor onde está seu quarto, quando ouviu barulho na escada. Foi ver o que era. E viu um homem de corpo robusto, cabelos assanhados e de braços para cima, imóveis. Viu bem seus olhos brancos e a boca aberta, como estuporado. Tinha camisa branca e calças arregaçadas; estava sentado no último degrau da escada e era horroroso.
Beja indagava:
— Mas que foi que ele disse?
— Nada, Sinhá. Me olhou, espantado, eu tive um abalo, o lampião caiu. É homem, está aqui dentro!!
— Mas a casa não está fechada?
— Fechei tudo!
Moisés fora de carreira; voltou assonsado.
— Sô Fortunato já êvém!
Beja mandou acender as luzes e que Moisés corresse a casa toda.
E, de pé, queria saber melhor de tudo:
— Mas como foi isto, mulher?
Severina repetiu o que dissera. Fortunato chegou, de alma pela boca. Examinou as mãos trêmulas da escrava, tirou o relógio para contar o pulso, sempre com seus roncos:

— Hum... hum... 120 batimentos!

Auscultou-a, mandou-lhe espichar as pernas, apalpou-lhe bem o ventre e, circunspeto:

— Que foi isto, Severina?

A escrava não respondeu e começou a chorar. Beja contou o que sucedera. O boticário escutava, mas espantado:

— Vamos levá-la para a cama.

Flaviana amparou-a. Ainda estava mole, com restos de soluço repetindo-se. O velho tirou da maleta um vidro, pingou várias gotas num pouco d'água, que a escrava bebeu de um trago. Ainda tremia.

— Deixemos que se acalme, ordenou o doutor.

Foi com Beja para a sala de visitas. Fortunato, como sempre, agravava o caso sob sua mira:

— O coração danou-se, ficou descompassado. E... está?... (Fez sinal com a mão).

Beja não sabia, foi perguntar.

— Não está.

Mandou vir dois cálices de conhaque, porque a noite estava fria, ventava. O sábio afetava ares doutorais:

— Esses choques podem matar... Conheço o caso de uma senhora...

Beja, sabendo do pavoroso relatório que já vinha, cortou a vaza:

— Sim, mas o que acha dessa visão?

O sábio bebeu o resto do conhaque, Flaviana tornou a encher o cálice.

— Para dizer a verdade, o caso é sério. Eu não gosto de comentar certos acontecimentos, que têm matado muita gente e ainda vão matar. Uma senhora, por exemplo, não pode receber um choque. Leva um susto como a Severina levou, pode ficar até cardíaca... Pode ter uma suspensão e ficar paralítica — ou morrer!

Bebeu com prazer outro cálice de conhaque, limpou os lábios no lenço vermelho, preparando-se para revelação de subida importância:

— Severina viu mesmo coisa sobrenatural! Minha santa religião proíbe falar em tais coisas, por isso não falo. Mas eu tinha, por aí, uns 21 anos, quando comprei de meu patrão Major Serafim Nogueira sua botica de Nossa Senhora da Piedade de Pitangui. Comecei a ser muito chamado para doentes e, às vezes, viajava para longe. Eu estava tratando de uma escrava de estimação na fazenda da Taquara, doze léguas da Vila, quando fui chamado para atender um fazendeiro da fazenda dos Amaros. Para chegar a essa fazenda tinha que passar, em canoa, o rio Paraopeba. Da Taquara ao rio — uma légua; do rio aos Amaros — duas léguas. Cheguei ao porto já lusco-fusco e não encontrei o barqueiro, que morava a dois quilômetros. Gritei, pedindo passagem e, para não perder tempo, fui entrando para a canoa amarrada no barranco rasteiro.

Quando entrei já estava lá um velho, com os queixos suspensos por lenço atado no alto da cabeça. Dei boas-tardes, ele respondeu. Perguntei:
— O senhor vai para os Amaros?
— Não. E o senhor para onde vai?
— Para lá, para os Amaros.

O velho estava muito amarelo, com a barba crescida e a ponta da barba branca apertada pelo lenço aparecia, assanhada, pelos lados de fora. Ficamos bem em frente um do outro, calados, à espera do canoeiro. De repente ele perguntou:
— O senhor vai... a passeio?
— Não, vou ver o João Cunha.

O companheiro de espera estremeceu:
— Ah, então não precisa ir, porque o João Cunha já morreu.

Fiquei desolado mas insisti:
— Mesmo assim eu vou. Já fiz metade do caminho e não posso perder os nove mil-réis da viagem.

Naquele tempo o doutor cobrava três mil-réis por légua, atendendo a chamados.

O homem apressou-se em esclarecer:
— Por isso não, os filhos dele são direitos e o senhor não perde nada!

Fiquei reparando nas grandes manchas escuras que ele tinha nas costas da mão e o dedo indicador torto, mutilado por panarício ou desastre. Já estava escuro quando o barqueiro chegou. Fui recebê-lo no seco e chamar o camarada. Era o Semeão, que ia me acompanhar na viagem, pois tínhamos de andar duas léguas a pé e só ele conhecia o caminho. Semeão entrou e o canoeiro foi soltando a corda que amarrava a embarcação. Quando já navegávamos umas braças olhei e não vi o velho que encontrei na canoa:
— Ué! E o companheiro que estava aqui quando cheguei?

O canoeiro admirou-se:
— Companheiro?!
— Sim, estava aqui...

Bati na borda da canoa onde o velho estava sentado, a conversar comigo! Não havia mais ninguém conosco. Indaguei do Semeão:
— Você não viu?

Ele, sorrindo:
— Não vi nada. Vi o senhor falando sozinho.

Ainda gritei alto, para a margem de onde saíramos:
— Ó amigo!!

Ninguém respondeu. O homem desapareceu! Caminhei com o rapaz para os Amaros, desconfiado, muito desconfiado! Quando cheguei na porta da fazenda, os filhos do falecido foram me receber. Contaram que o pai morrera às 2 horas da tarde. Havia por lá amigos, vizinhos. Veio o café. Eu resolvera não ficar, pois a escrava da Taquara não ia bem e eu combinara a hora da volta com o canoeiro. Os moços se ofereceram então para mandarem me levar à Taquara, pois eram donos da canoa e passavam por precisão, mesmo de noite. Além disso me davam animais para o regresso. Antes de sair me convidaram para ver, mesmo morto, o velho Cunha. Quando eu levantei o lençol que cobria o morto recuei, com as pernas doces, quase caí. D. Beja, o defunto era o homem com quem eu conversara na canoa! O lenço, as manchas nas mãos, a roupa, o dedo torto...

Fez pausa, olhando com os olhos feios o quarto escuro aberto para o salão de visitas:

— Aqui mesmo em S. Domingos alguém já viu coisa medonha ao lado do pau-da-forca!

Fortunato estava cheio de mistérios, falava rouco, lentamente:

— O melhor é benzer sua casa, rezar um terço por alma de quem veio aqui hoje.

Beja espantou-se, fingindo descrença:

— Então você acha que o que Severina viu foi alma do outro mundo?

Ele, pausado:

— Acho não, tenho certeza! É bom queimar olíbano...

Beja, decisiva:

— Ó Fortunato, eu pensei que Severina estivesse é doente, senão mandava chamar é o Padre!

— Vamos por partes. Severina está doente, mas nem tanto. O que ela viu foi alma penada, Beja. Não tenha dúvida!...

Era meia-noite. A vila dormia; ouviam-se sapos roncando puitas roucos no ribeirão Santa Rita, lá embaixo. Começaram, da sala, a ouvir estalidos secos no quarto de Beja. Fortunato aumentou os bugalhos.

— Que é isto? Ouça...

Beja saltou da poltrona para perto do velho:

— Moisés!

O escravo chegou, humilde.

— Vá ver que estalos são esses!

Ele escutou, atento e foi ver o que era.

— É o alcoviteiro, Sinhá.

Era a lâmpada de óleo da cabeceira da senhora. Havia água no óleo e ele crepitava a ponto de assustar os corajosos do salão...

Quando o boticário saiu levou Moisés de companhia. O sábio estava morto de medo de assombrações mas desculpava, justificando-se para levar o escravo:

— Anda gente ruim por aí, bêbedos...

Dez dias depois Beja recebeu carta do Padre Melo dizendo que João Izidoro havia morrido; morreu falando em Beja, por sinais no dedo anular. Ela então se lembrou que a visão que Severina defrontara coincidia em tudo com o paralítico de Paracatu.

Ficou pesarosa. Mandou celebrar missa por alma do infeliz e ficou amedrontada, quando se apagavam as luzes. Lembrava que Severina jamais conheceu João Izidoro, pois só ia lá com Damiana, escrava do Ouvidor. Veio-lhe em lembrança a morta em depósito na capela de Paracatu, comida pelas corujas e que Severina só vira quando sentada em sua cama.

Beja passou dias entristecida, com impressão do que acontecera. Ficou receosa de entrar sozinha em quartos escuros.

Na noite seguinte não faltou seu grupo de bebedores de vinho do Porto. Padre Aranha, Matos, Fortunato, Guima, Dico, Manoelão, Avelino, Belegarde e dois ou três amigos destes, desejosos de conhecer a senhora. Dico e Manoelão eram excelentes pessoas, sendo o último apresentado pelo ex-seminarista, como comprador de ouro, fazendo pião em Araxá. Manoelão não gostava de vinho do Porto e se pelava por genebra, a genebra Foking que era enfrascada em compridas botijas de barro.

Um dos que lá iam pela primeira vez era Lourival, morador na Prata. Lourival estava assombrado com um bandido sanguinário que assustava todos os lugares da região. Chegava, alarmado com as coisas que descrevia nos assaltos do facínora:

— É um moço de 18 anos chamado *Quarentinha*. Há um ano deixou a família e deu pra bandido. Tem sangrado muita gente, por perversidade. Chega num lugar, numa fazenda, sempre de sopetão. Pede de comer, bebe, uma garrucha em cima da mesa, outra na cintura. Carrega três facas de ponta, piabas afiadas, u'a mata-calada. Depois de comer, e antes de pular no cavalo, fura alguém: o que estiver mais perto, velho, mulher ou menino. Foge, some por dias. Dão queixa mas a polícia tem medo dele. Medo justo, porque não tem soldado que o prenda. Há pouco numa procissão, na Prata, em presença do Senhor Morto, esfaqueou por maldade duas mulheres. Nem precisa brigar ou discutir. Implica, pronto. Já matou mais de vinte pessoas. Diz que tem de matar quarenta; chamam essa fera, por isso, *Quarentinha*.

Beja horrorizava-se:

— Que monstro, e ninguém toma providência?

Lourival encolhia os ombros:

— Tomar como? Ele aparece sem se esperar... Por lá ninguém viaja mais de noite a não ser bem armado e em grupos.

Fortunato estava de acordo:

— Já ouvi falar nele. Matou no Desemboque o sacristão do Padre Lemos, depois de ouvir missa. Ia saindo, o sacristão passava perto dele, sangrou.

Guima ficava medroso:

— Imaginem uma fera dessas, aqui! Deus nos livre e guarde.

Avelino estava disposto:

— Pois se encontrar com ele, abro fogo. Nem fala "Jesus"!

O boticário duvidava:

— Quem se livra de uma tocaia?

Lourival continuava esclarecendo:

— *Quarentinha* não é de tocaia. Nunca matou escondido. Ele chega é de frente, vai chegando e matando. Só às vezes atira. Gosta de faca. Na Prata não para soldado no destacamento: mal chega, pede para ser rendido. Todos querem recolhimento... O caso está ficando de uma seriedade enorme!

Dico indagou do pratense:

— O senhor tem medo dele, seu Lourival?

— Eu? Quem morre de careta é mico...

Bateram palmas àquele pavoneamento.

Severina veio dizer que estavam chamando seu Fortunato. Era para ir à Botica. Resolveram sair todos juntos...

Beja ao vê-los descer a escadaria falou para Severina:

— Vão juntos por medo de *Quarentinha*... Não são homens, são meninos grandes.

A escrava fechou a casa. Sinhá chegou a uma das janelas do quarto de hóspedes. O perfume das esponjas enchia a noite. Ela aspirou-o, profundo.

— Ah, Severina, há dias em que eu desejo morrer matando... encontrar o *Quarentinha*, cair de um cavalo em disparada, subir a um pico bem alto de montanha e rolar de lá... ou dormir e não acordar mais.

Na casa do Padre Aranha conversavam (eram seus hóspedes), dois políticos das Minas da Vila do Príncipe. Os políticos desejavam conhecer Beja. O Padre dava informações sobre ela:

— É mulher de fato linda e admirável em sua vida de negócios. Domina com sua política esta região toda. Quem fala com ela está derrotado, a seus pés. Já tem espalhado muita desgraça por alguns lugares. Desfaz sem querer noivados promissores, toma esposos de senhoras, sem fazer força para isso. É discricionária. Ainda agora o filho do Cel. Sampaio está quase separado da mulher por paixão por Beja. O Dr. João Carneiro, hoje Promotor de Justiça, foi vencido por essa moça. E vários, e muitos viajantes que vêm de longe, só para conhecê-la.

— É mulher ilustrada?

— É analfabeta. Mas discute tão bem, fala com tal finura que parece uma Infanta... Parece-me que custa é a pagar os pecados. Está cada vez mais rica, é caso digno de ser estudado.

— Que fim terá essa criatura?

— Só Deus sabe. De repente o povo, que ela manobra, pode se voltar contra ela. Quando morreu Mirabeau, o fogoso Presidente da Convenção Nacional Francesa, foi levado para o Panteon dos grandes homens, onde foi sepultado. Foi conduzido em triunfo, por 300.000 pessoas. Quando se soube porém que ele tinha entendimentos secretos com Maria Antonieta, esse mesmo povo o tirou do Panteon, para jogá-lo num buraco de lixo...

Os políticos aprovaram, admirados da vida de Beja e da erudição do pobre Vigário. O Deputado Nogueira revelava-se sem sal:

— Tudo isso é ilusão, um dia acabará.

Padre Aranha pensava com bons miolos:

— Mas a ilusão já é muito na vida dos homens. Quem for pensar que as estrelas cadentes não são luzes errantes que mudam de lugar no espaço e sim fragmentos de minério, o uranolito, que se inflama com a resistência do ar, não pede a uma estrela que cai um dia de felicidade.

O Deputado estranhou sua predominância numa Vila próspera:

— Ela vive, segundo ouço, para explorar seu comércio.

O Padre acudiu:

— Todo baixo comércio era infame entre os gregos...

— E ela é moça?

— Tem 35 anos e é depravada há 20 anos, cada vez mais fascinante. Homero conta que Helena, provocadora da Guerra de Troia, em 10 anos, saiu da posse dos raptores velha e feia. Beja em 20 anos de vida desregrada, cresce em beleza.

Os Deputados mandaram-lhe pedir uma audiência. A resposta foi negativa. O Padre Aranha explicava, educado:

— É assim, mulher de vontades. Hoje não está de veia...

Eram 10 horas e o Padre já tinha sono, embora os hóspedes ainda conversassem com calor. De repente pararam, ouvindo alguma coisa, ao longe. Foi se aproximando. Era uma serenata. Os passageiros lembravam da vila natal. O mais velho concentrado na dolência da música, reviu o casario branco do vale sereno de suas serras nativas. Viu, na recordação triste, as velhas casas enluaradas e as ruas acordarem ao choro dos violões e de vozes, plangendo. Cantavam ainda distante, na Rua da Raia. O Vigário suspirou, também se concentrando:

— É a hora do azan, da prece dos fanáticos de Beja...

E sorrindo com amargura:

— São com certeza os apaixonados da Helena sertaneja, que lhe embalam os sonhos...

Ficaram escutando. Já ouviam melhor. Depois de algumas modinhas triviais, uma voz suave se ouviu, nostálgica:

> *Em agosto o umbuzeiro é pau,*
> *Em setembro ele refóia.*
>
> *Em outubro enfloridesce,*
> *Vem a chuva e a terra moia.*
> *Quem quiser ver umbu doce*
> *Dá castanha pra jiboia...*
>
> *Quem quiser viver feliz*
> *Vá imbóra, demore não.*
> *Já faz ninho na jurema*
> *A asa branca do sertão.*

O Padre Aranha esclarecia:
— É um baiano, o Matos, quem canta agora. É capangueiro muito amigo de Araxá. Só canta toadas sertanejas, o sertão da Bahia lhe amolece a alma... Seus versos não valem nada, mas as músicas são incomparáveis.

O Nogueira, serrano, observou certo:
— Cada um de nós é bairrista a nosso modo. Esse baiano sente a sua terra. Nós, o Serro querido. A região em que vivemos é que sentimos mais de perto.

A serenata subia para o Largo da Matriz e o Padre, ficando sério:
— Não disse? E serenata para Beja suspirar...

O velho político escutava, silencioso.
— Parecem as serenatas a Marília, em Vila Rica de Albuquerque...

O Vigário concordava:
— Tudo de heroico, de belo e de bom que move o mundo está sob o influxo da terra e do amor. Mas vamos dormir...

E, já de pé:
— Acredito que se morrer agora, Beja irá repetir o episódio da morte de Maomé: Quando o profeta morreu sacrificaram-se legiões de escravos sobre sua caaba, na terra ainda fofa para que, no além, sentisse perto de si as sombras amigas desse mundo...

Nogueira contestou, apaixonado:
— O senhor engana-se. No Brasil, quem morrer só é lembrado até o sétimo dia. Não há fanatismo que sobreviva ao sétimo dia... Nós, políticos, é que sabemos quanto é dura a ingratidão dos próprios amigos...

Padre Aranha, sarcástico:
— Graças a Deus eu não sou político como o Padre Melo, de Paracatu... Vamos dormir, amigos. Boa noite!

Nogueira levantou-se também, ainda retendo o Padre:

— A ingratidão dos eleitores desafia até o poder de atração de D. Beja...
Aranha, fungando seu último rapé:
— O coração de Beja é inesgotável de paixão. As minas de Golconda, do Reino de Nizan, na Índia, consideradas as mais importantes no comércio de pedras preciosas, estão esgotadas, empobreceram. O corpo de Beja é inesgotável de riquezas, dizem seus apaixonados. Nunca se esgotará, enquanto houver mocidade...

Despediram-se, afinal, de bom humor.

Já no quarto de hóspedes os serranos conversavam baixo. Um deles pareceu adivinhar:

— Este Vigário está muito inflamado ao falar na Beja...

E o outro:

— Ele fala nela com alegria de negrinho pobre que achou ferradura na estrada... Fala de Beja com cuidado de quem mostra ovo de pele, na palma das mãos. Onde há fumaça há fogo...

Apagaram o belga e deram-se boas-noites.

Correu cedo em Araxá que *Quarentinha* estivera fazendo tropelias em Sacramento e tomara o caminho do velho S. Domingos. O Padre soube logo da terrível notícia e avisou aos hóspedes. Eles entreolharam-se, abismados.

— E agora?

O Padre encolheu-se:

— Agora... é aguentar! Se ele chega aqui morre gente, sem a menor dúvida. Temos cabras de braia! Cabroeira de papo-vermelho!

O Deputado Otoni estava alarmado, porém sereno:

— E a polícia?!

O Padre Aranha, fez beiço, cético:

— A polícia... nossa polícia... dois soldados no Destacamento, fracos, cheios de filhos, atormentados de problemas... ganhando 150 réis por dia...

Nogueira mostrava-se valente:

— Um bandido desses mata-se logo... Vai chegando e morrendo!

O Padre balançava a cabeça, duvidoso:

— Mata-se logo... Escutem, amigos. Há tempos, aqui, um fazendeiro acordou com um malfeitor arrombando uma gaveta de seu quarto. Matou-o com um tiro de polveira e veio avisar a polícia. Foi preso em flagrante e metido na enxovia, entre condenados à morte. Estavam na masmorra dois negros à espera da forca. Um rábula requereu a liberdade do criminoso, ao Juiz de Fora de Paracatu. Ele negou. O rapaz gramou cadeia dois anos, até que fosse a júri. Foi absolvido mas teve um voto contra. O Promotor apelou, mesmo porque descobrira que um jurado conversara com outro, ao ir ao reservado, sob a vigilância de um oficial de justiça. Anulou-se o julgamento. Afinal com essas idas e vindas, ofício vai ofício volta, o criminoso saiu livre. Ficara porém na pedra três anos e quatorze dias!

Nogueira exclamou, meio duvidoso:

— Mas é incrível...

O Padre confirmou, cheio de firmeza:

— ... mas rigorosamente verdadeiro. Matar, no caso desse homem, é fácil. O resto... E há mais: com o processo, o fazendeiro desfalcou seus haveres, precisou vender o gado e metade das terras para cobrir os gastos. Aqui é melhor morrer que matar um facinoroso. São as leis do Império, do novo Império, regulando pelas do Reino, do Vice-Reino, da Colônia...

Otoni parecia concordar:

— É... Assim, *Quarentinha* está garantido por elas...

O Padre ainda elucidava:

— Ele não briga nem discute; nunca discutiu. Almoça ou janta e bebe na casa de quem julgar, à vontade. Ao sair, sangra, para pagar o favor. Não é mais um sanguinário; é um louco perigoso!

Nogueira, por fim acovardado:

— E vamos viajar pelo caminho que ele tomou! Vamos topar com ele cara a cara, na estrada...

O Padre batia a cabeça, na dúvida:

— Não aconselho nem desaconselho aos amigos. Façam o que entenderem mas previnam-se, pois correm risco...

Amaral queria saber tudo:

— Quem contou ter visto *Quarentinha* em Sacramento?

O Vigário, desiludido do mundo e conhecedor do sertão:

— Conhecem as casas de formiga-lava-pés? São montes de terras fofas. Se tocam, bolem na cova com uma pedra ou pau, saem repentinas, milhões, trilhões de formigas assanhadas. Assim é o boato aqui. Formigam e ninguém sabe quem boliu no formigueiro.

Os hóspedes de Aranha saíram, tomando vau. Só ouviam novidades alarmantes e todos os homens da vila escoravam o medo nas armas. Ninguém saía para viagens. As fazendas estavam guardadas.

Os serranos, embora decepcionados, se fingiam alegres:

— Hoje não haverá serenata para Beja...

O Padre positivou com ardência:

— Pois haverá. Os amigos de Beja, para agradar-lhe, enfrentam até o *Quarentinha*...

O Deputado foi falar ao Belegarde, Subdelegado, pedindo garantias para seguir. A autoridade foi radical:

— Deputado, preciso de força para garantir a Vila! Estou prevenido e a *força* está de prontidão!

— Quantos soldados o senhor tem?
— Dois. Mas estão bem municiados! Temos 19 balas de mosquete!
Olhou o Deputado, com orgulho de sua guarnição.
O legislador comunicou ao Vigário o resultado de sua andança.
Padre Aranha riu-se muito, riu-se com gosto, abalando todo o corpo:
— Os soldados chineses não combatem com chuva ou sob eclipse: nossa polícia não sai à rua quando há barulho ou ao correr notícia que *Quarentinha* vai chegar...
Os viajantes não riram, estavam engasgados. Padre Aranha foi cruel:
— Por que o Deputado não fala, na Câmara, pedindo ao Governador das Minas providencie sobre o bandido?
O Deputado recuou, ofendido, com a mão aberta no peito:
— Eu?! Eu falar sobre *Quarentinha*, da tribuna da Câmara?... O senhor está louco, Reverendo! O celerado me marcará e estaria perdido ao regressar da Corte. Nem que eu venha por outro caminho...
Depois, recaindo no seu natural equilíbrio:
— Tenho outras coisas que fazer, meu amigo. Vou me defrontar com Bernardo Pereira de Vasconcelos sobre coisas fundamentais da nacionalidade!
Padre Aranha calou-se. Olhou no alto do morro de Santa Rita a forca espectral, negra, isolada na altura. Um país que possuía uma Província como Minas Gerais, uma polícia de dois soldados, um Deputado que temia ser ofendido por um facínora...
Suspirou, desiludido:
— Mas os senhores podem viajar. A Legião Fulminante não salvou o Exército romano de Marco Aurélio, quando cercado pelos Marcomanos? Em dia de enorme calor, morrendo de sede, os romanos não podiam mais lutar e estavam sendo vencidos, quando uma tempestade com raios e granizos pôs o inimigo em debandada. Está em Tertuliano, Eusébio, Gregório, Júlio Capitolino... Marco Aurélio conta que uma legião fulminante salvou o Exército Romano... Nós estamos na dependência exclusiva de Deus, contra os erros da terra.
A ironia de só contar com os soldados de Deus por não terem garantias foi terrível. Todo o sertão, até Paracatu, estava humilhado, com a população temerosa, a polícia acovardada. Milhares de mineiros ficavam encurralados por um rapaz de 18 anos. *Quarentinha* era o vencedor, herói do crime sobre todo um povo orgulhoso de sua riqueza e de seu liberalismo.

Antônio vivia mal com a esposa. O desleixo dela, o desengonço no andar, além de cara sempre amarrada, acabaram por empurrar o marido para Beja que era como vitrina, sempre arrumada e limpa.

A VIDA EM FLOR DE DONA BEJA

Manoelão, a boa criatura, e Dico procuraram Antônio na fazenda, para comprar uma partida de ouro. Voltaram abismados com a compostura da Julinha. Manoelão achava-a mal-educada:

— Tem a voz tão retumbante que parece viver respirando trovões. Tem as cadeiras abertas... anda mal, pisa esparramado...

Dico era da mesma opinião, porém salvava-lhe possível virtude:

— Pode ser assim, e ter pelo menos alguma qualidade. Às vezes mulheres feias têm particularidades atraentes. A gente vê a trouxa feita, mas não sabe o que está dentro...

— Qual, é desborocada demais para ser boa...

Ana Jacinta, em crescente progresso financeiro, fazia no palácio uma limpeza todo fim de ano; comprava coisas confortáveis para o tornar mais atraente e repousante. No Jatobá alargara a chácara com outras árvores frutíferas e pasto plantado, no fundo, rente ao ribeirão de Santa Rita. Jaqueiras frondosas sombreavam a varanda, onde trepadeira-azul se derramava das vigas para o vão do alpendre, em tufos floridos. Pessegueiros floriam em silêncio cor-de-rosa. Ao lado da casa, estaleiros de arame sustentavam as parreiras onde cachos roxos ficavam tão maduros que uma cor cinzenta cobria-lhes as bagas. Frutificavam, alto, as várias jabuticabeiras, como para impedir mãos gulosas de visitantes. Do portão, para casa, estava crescida a aleia de jabuticabeiras de ramos baixos, oferecendo a todos frutas retintas. Dos fundos do prédio até a fonte, no Santa Rita, plantara filas de sagus, fazendo caminho para a mina de águas boas. Os sagueiros frutificavam punhados de ouro, em bolas pequenas, atarracadas no meio das folhas que se abriam em leques verdes, verdes. Na fazenda do Carapiá seus rebanhos cresciam sem mais cuidado, raça pé-duro forte. A alma de Beja é que andava doente, no fastio de tudo. Gostava mais de palestrar sobre coisas que não fossem vida alheia e se mostrava saturada de amor. Agora recebia o amante muito fria, o que lhe determinara várias reclamações e cenas ridículas. Os que ela acolhia à tarde no solar eram apenas camaradas, velhos amigos sem interesse para o sentido amoroso. Esses amigos eram seu jornal diário; correspondentes de sua curiosidade em todos os bairros da Vila, fazendas e lugares próximos. Sabia como estava agitado o Império desde a Abdicação do grande homem que era D. Pedro I. Acompanhava através de visitas recém-chegadas da Corte, o atribulado labutar da Regência.

A lembrança de Pedro I lhe aviva o pensamento: Onde andará o Ouvidor? O Imperador parece que pouco fizera por seu amigo de infância. Quando, a 7 de abril de 1831, Pedro I abdicou, o Dr. Mota foi com o amigo para Portugal. Talvez não valesse mais nada...

Beja sentia-se inquieta; ficava, às vezes, prostrada, no meio da batalha de sua vida cheia de imprevistos. Disse uma vez:

— Ora, a vida... Não me importo com ela. O destino é que me empurra... Dizia grande verdade.

O amante agora absorvido por ela, queria não raro determinar regras a seu procedimento. Beja não era para ser dirigida. Por isso deixara de se casar com João Carneiro e com o próprio Antônio Sampaio, que a ouviu a esse respeito, antes de viajar para Conceição das Alagoas.

O Padre Aranha, que vira a família de Antônio, celebrando a missa de mês, em dia certo na fazenda, conversou com amigos em sua casa:

— Coitado do Antônio, sua esposa é virtuosa, mas... Não tem atrativos e anda mais desmantelada do que a nau Catarineta. Napoleão, quando Imperador, recebeu em audiência uma senhora, sua amiga, quando Primeiro Cônsul. Ao defrontá-la, espantou-se de vê-la mal posta e exclamou: Que é isto, senhora? Parece um cadáver! Vá se pintar primeiro, depois volte. Não chego a tanto, mas um certo cuidado e discreta vaidade são necessários a uma esposa.

Tresandava sua preocupação pela mundana:

— Beja não é exagerada em pinturas, cosméticos e outras extravagâncias, mas se cuida, veste-se bem... Basta dizer que, por onde passa, deixa o *perfume de Beja*, como dizem por aí.

E vivo e decepcionado:

— O resto, vocês conhecem. Antônio está, por um completo, entregue à outra; é indiferente à esposa e não sei qual será o fim! Antônio só respira e pensa em Beja, igual a quem sente um calo, cuja dor não nos deixa esquecê-lo...

Fortunato gostava do juízo do Vigário, menos da comparação de Beja a um calo arruinado.

— É isto mesmo, Reverendo. Para qualquer coisa que o marido de Júlia lhe fale tem sempre uma negativa, espontânea e pronta como o não de um judeu.

Dico, que também comprava ouro, arriscou seu parecer:

— O que Antônio tem por Beja, na minha terra chama-se "rabicho".

Matos completou:

— Pois na minha terra o que ele tem por D. Beja se chama panquinho: é dengo...

Matos, voltando-se para o boticário, que estourava de orgulho:

— Você também, Fortunato, apesar dos seus 68 é "enrabichado" por Beja... Vive empiriquitado por ela... Beja gosta de você!

Fortunato estava extravasado de alegria ao ouvir aquelas palavras sobre sua dedicação à cliente, como um rio com a cabeça-d'água de enchente repentina. Com visível vaidade, resmungou baboso:

— Dizem isto, por aí... eu sou amigo, sou o médico de Beja...

E, de olhos brilhando:

— Isso há muitos anos, desde que chegaram do Sobrado. Seu avô também foi meu cliente... São vinte e três anos de assistência, devoção, fidelidade de cachorro!

O Padre, com leve bom humor, pilheriava batendo no ombro do amigo:

— Aqui o nosso doutor vai todos os dias na casa de Beja, para não deixar apagar no seu coração o fogo sagrado do amor que os devora... Não quer ser enterrado vivo como a vestal Emília, que deixou apagar o fogo sagrado da Roma cesárea...

O homem deliciava-se:

— Vocês estão é com inveja aqui do velho...

Aranha, brincalhão:

— Velho? Ninguém lhe dá senão 50 anos, Fortunato!

E de novo lhe batendo nas costas:

— Isto aqui está no puro cerne, de aroeira ou cabiúna!

Ele, dengoso:

— Não é assim, Reverendo. Já não sou o mesmo... A gota já me tolhe as pernas. No ano passado tive uns frunchos...

— Tolhe as pernas? Você anda com o desembaraço dos seus 25 anos.

E o velho, feliz:

— Diz a Beja que são as águas do Barreiro, que me fazem moço aos 68 anos, já feitos!

Padre Aranha fazia uma restrição:

— O diabo é que vocês não têm filhos...

Fortunato, satisfeito:

— Sou tão pobre que nem filho tenho!

Matos gostava de espinhar o companheiro:

— Você é ainda moço porque sabe de plantas que dão vida, amor...

Ele então, de olhos piscos:

— Fuja de charlatão mas procure sempre o raizeiro...

Padre Aranha estava brincador:

— Você, Fortunato, é mais esperto que o diabo cotó...

Todos concordaram. O boticário insistia:

— É natural que sendo boticário beba as águas, que são meu Elixir de Longa Vida, muito falado pelos alquimistas.

Aranha:

— Quer dizer que as águas têm ouro: a Alquimia manejava tudo à busca de ouro.

O criticado, bastante convencido:

— Estão brincando? Têm ouro, prata e muitos outros minerais que um dia hão de descobrir! Para mim essas águas são mais eficazes que as de Carlsbad, que o doutor Chernoviz bota nas nuvens. Um dia, explico bem: um dia quem viver verá; as águas do Barreiro terão fama no mundo, serão o único remédio para muitos males até hoje sem cura.

Os outros riam mas acreditavam no vaticínio de quem falava pela boca de um Elias, o profeta.

Saindo da casa do Padre, foi direito procurar Beja, a quem contou a opinião do Vigário a respeito da mulher de Antônio e da própria Beja. Ela sorria ao saber da notícia, tão sua conhecida, pela boca do próprio amante.

Fortunato guardou bem a frase do Reverendo, com a qual se deliciara:

— Anda mais desmantelada do que a nau Catarineta...

E elogiava a comparação:

— É uma grande verdade. É o retrato de Julinha! Como é também muito bem feita a comparação de Beja a uma vitrina de joias, cintilante e limpa! O Vigário hoje me encheu as medidas! Eu me orgulho de ouvir coisas assim, partidas de um Padre do valor do nosso Aranha!

Fortunato, satisfeito, vendia saúde, estava parlante porque vira sua cliente elogiada.

Para ser agradável pediu chá:

— Olha, Fortunato, este chá é colheita minha, do Jatobá. Foram das mudas que me vieram do Tesoureiro, em Ouro Preto. Para mim é de melhor paladar que o de Ceilão.

Ele se perturbou um pouco, explodindo:

— Bejinha, se quer me agradar muito, muito mesmo, prefiro um cálice da genebra Foking...

— Beberá a genebra, mas vai provar primeiro meu chá.

A visita bebeu-o, saboreando, para opinar sem rebuços:

— Como bebida, prefiro o toca-caixa, o nosso bugre do cerrado. Seu chá aperta, é azedo, doce e amargo como o desprezo. Agora, colhido de plantas suas, é licor do céu. Vale por um Peppermint servido em cálice verde...

Como ele ia sair, Beja de rosto severo lhe revelou um segredo que o encheu de espanto.

— Espere um pouco, meu caro.

E resoluta:

— Severina, não deixe subir ninguém. Preciso falar com Fortunato.

Ele sentiu-se frio nas orelhas e na garganta. Um tremor leve tomou-lhe as mãos. Parecia querer desmaiar e, antes do inesperado:

— Severina, vou beber um pouco de conhaque. Perdoe, minha Beja, mas me assustei.

A escrava saiu depois de servir o conhaque e Beja, pondo-se em frente do boticário, pela primeira vez na vida lhe ia contar um segredo:

— Fortunato, vou falar com você uma coisa importante. Quero que me ajude a realizar o que determinei, dentro de meu coração.

O velho, de olhos arregalados, parecia ouvi-la pelos olhos. Beja, tranquilamente pálida, bateu a campa de prata.

— Severina, vou beber um pouco de absinto Pernot.

Fez-se uma pausa enquanto chegava a bebida. Beja tirou um tablete de açúcar-cande, pô-lo num cálice alto e derramou no açúcar, às gotas, um pouco de absinto. Completou o cálice com água da Fonte da Beja. O líquido ficou leitoso. Ela preparou dois cálices, um para o confidente.

O boticário acompanhava a manipulação do néctar, que ele desconhecia:

— Que diabo é isto, ó Beja?

— Absinto, a bebida de preferência dos aristocratas franceses.

Bebeu com fidalguia mas o amigo sorveu meio cálice, de um trago. Sua cara disse que não gostou.

A senhora então retornou às atitudes do início, falando baixo:

— Fortunato, eu estou resolvida a cortar as intimidades, você entende, cortar de vez minhas relações com Antônio.

Fortunato bebeu o resto do absinto, deixando cair as mãos para os lados da poltrona. Abrira a boca, abismado. Parecia estar num pesadelo.

— Sinto que não mais o amo, não quero fingir e resolvi, de pedra e cal, acabar com tudo. Não me pergunte por quê, pois não direi. Já tenho lhe feito entender este meu pensar e ele ainda não compreendeu. Julgo esquecido meu passado com ele, como fiz com o Dr. Mota e mais recente, com o Dr. Carneiro. Hoje me arrependo de ter voltado a seu amor, ele que se deixou separar de mim depois de termos uma filha. Fui fraca, pois até hoje é o único homem a quem amei, desde menina. Agora tudo está acabado! Sempre fui muito falada como sua amante. Não me importo com falinhas. Não despeço Antônio, ficando sua inimiga não quero mais que ele me considere o que até hoje fui na sua vida. Também não deixo Antônio por outro homem. Quero é me desembaraçar de certas complicações, sendo que de hoje em diante ele não me deve mais procurar. Resolvi por isso falar com um verdadeiro amigo, que é você, por quem nutro grande amizade.

Misturou outras doses de absinto, para ambos. Fortunato sentia a cara afogueada, notava-se aéreo, vendo uma figura por duas.

Beja prosseguiu, com enorme serenidade:

— Aí fora pensam que os de minha roda são todos meus amantes. Você sabe que isso não é exato. Eu tenho duas pessoas em mim: a que estima, sem interesse, e a que finge estimar, por interesse. Peço que você procure Antônio e lhe conte o que acaba de ouvir de minha boca. Desejo mesmo que todos saibam de minha deliberação!

Depôs o cálice na bandeja de prata lavrada:

— Quando o boato se espalhar, você confirme; larguei Antônio porque quis.

Parou, de rosto severo:

— Era o que eu queria falar com você, em reserva.

Fortunato estava aturdido, sentindo uma dormência esquisita pelo corpo todo. Quis falar, não pôde. Parecia morto, afundado na poltrona de couro, onde por tantos anos só ouvira coisas banais, conversas sem rumo, de visitas atraídas pelo esplendor da mulher.

Ela esperava o amigo voltar do choque; permanecia calada, de olhos longe, os magníficos olhos verdes.

Passado algum tempo, Fortunato pediu um cálice de vinho.

— Estou atordoado, sinto dormência nos beiços, nas pernas. Severina, eu quero é um vinhozinho do Porto.

Beja advertiu:

— Olhe essas misturas, rapaz...

— Ora!
Ao pegar o cálice, tremia. Bebeu de um sorvo, e ficou olhando o chão, de olhos parados.
Ela percebeu-o:
— Está sentindo mal, Fortunato?
O velho gemeu, entre-dentes:
— Um pouco de tonteira.
Ergueu-se, indeciso:
— Até qualquer hora. Eu me vou, depois voltarei.
— Está se sentindo doente?
— Não, não, já passou... Foi o choque... a trombada de sua notícia!
Beja acompanhou-o, vendo-o descer até o patamar.
A esponjeira, sempre florida em qualquer época, espalhava o cheiro ativo de que Beja tanto gostava.

Na bodega do Beco da Cadeia Fortunato entrou, em silêncio, vermelho, de braços arriados. No balcão bebericavam em tertúlia, Matos, Belegarde, Guima, Primo, Manoelão. Belegarde viu o boticário se aproximar calado, desabando-se num tamborete.
— Uai, Fortunato, que amarelão é este?
Não respondeu. Matos desconfiou, de relance:
— Fortunato, você pensa que cachaça tem cabelo, que a gente pode agarrar? Tem não...
Foi aí que resmungou:
— Não seja burro. Bebi de fato uma coisa desconhecida, troço francês, na casa de Beja.
Manoelão espinafrava-o:
— Isto é amor, gente...
O boticário irritou-se:
— Farofei meu coração com o amor de tanta mulher, que ele virou uma mulambeira doida. Mas isto não é cachaça nem amor: foi um desastre que assisti.
Belegarde ficara de súbito espantado:
— Que foi, meu caro? Desastre onde? Com quem?
— Nem posso contar. Depois vocês saberão. Como estou um pouco adoentado vou descansar na cama de vento do Robertinho.
E foi entrando para a contra-loja da bodega, onde se espichou na cama do proprietário da tasca. Deitou, já dormindo. Guima sorria triste e assombrado, pois era a primeira vez que vira o amigo bêbedo:
— Isto é pitó de Beja... a paixão é velha!
Matos, também amolecido, deu palpite:
— Fortunato está mais perdido que uma agulha...

Antônio entrava, como João Carneiro, em noites já marcadas, pelo portão da ala de baixo do sobrado. Às 9 horas ele chegou, moveu a taramela, entrando no pátio interno do fundo da casa.

Foi em véspera do Natal de 1836. A noite estava escura e em cima, só no quarto de Beja havia luz. Fechou de novo o largo portão, por onde entravam carros de bois, e caminhou para a escada. Quando o cachorro-fila avançou contra ele, ladrando, Antônio chamou-o pelo nome, mas o animal abalroou, mordendo-o na perna. Com um grito, batendo o chapéu, procurava se defender. Quando o cão reconheceu a visita, fugiu a rosnar, para a porta do dormitório dos escravos.

Antônio subiu a escada de largas tábuas, sentindo o sangue escorrer para o pé. A porta da cozinha estava fechada. Chamou, batendo. Ninguém respondeu. Gritou, confiante:

— Beja!

Nenhuma resposta. Ele insistiu:

— Severina! Abra a porta!

Como resposta, viu que a luz do quarto de Beja se apagou. A casa estava trancada e ele sentiu a luz se apagar, pelos vãos da cozinha sem forro e que a luz do quarto clareava.

Desceu a escada, empurrou a porta de Flaviana, a quem de novo chamou, sem resultado. O mesmo se deu na porta de Moisés. Ficou pensativo, com plena certeza de que todos estavam acordados. O cão ficava sempre preso, até que ele chegasse, quando ia dormir no palácio. O moço pensava, achando tudo inexplicável: por que será que o cachorro está solto hoje?

Ficou furioso, na dúvida, e andou em volta do prédio, procurando alguma informação. Depois saiu para a rua. Ao passar, vira os boêmios serenatistas no balcão da venda de Luís Primo, na Rua Ibiguitaba. Os rapazes já estavam um pouco bebidos. Receberam Antônio com honras de amante de Beja. Ofereceram-lhe tamboretes. Ele sentou-se, aceitando um martelo de pinga. Matos recomendou-a:

— Esta eu recomendo, é de cabeça. Paracatuina de berro alto!

Bebeu, sem comentar. Estava abatido, de chapéu na cabeça e chicote de tranças suspenso do pulso.

Guimarães discutia sobre *Quarentinha*. Espalhava que Padre Aranha tivera más notícias:

— *Quarentinha* esteve anteontem em S. Pedro de Alcântara, onde matou uma prostituta com quem dormira. O povo estava horrorizado e fazendo abaixo-assinado ao Chefe de Polícia Provincial, pedindo a prisão do bandido, vivo ou morto.

Antônio ouvia, sem ouvir. Ficou indiferente. Guima notou-o:

— Não acha caso sério esse cachorro danado por aí, Antônio?

Ele despertou, estremecendo:

— O quê?...

— *Quarentinha*, acha que vão prender?
O rapaz estava alheio, não podia responder.
Chegou Matos, abraçado ao violão.
Abancou-se na roda, pedindo um conhaque ordinário. Corrigiu o afinamento, torcendo as cavilhas. Muitas vezes feriu a prima, acertando, atento, o ouvido um pouco abaixado para o braço do instrumento. Fez um ensaio rápido, de compasso de rasgado. Luís Primo pediu:
— O Umbuzeiro, ó Matos! É uma beleza.
E como brinde, lhe afinou a garganta com um cálice de gin.

> *Em agosto o umbuzeiro é pau.*
> *Em setembro ele refoia.*
> *Em outubro enfloridece...*

Antônio levantou-se, repentino:
— Bem, boa noite!
Os boêmios estranharam aquela saída, no começo da cantoria de Matos. Guima porém a justificou:
— Já vai tarde, Beja deve está nervosa. O amor é o diabo.

> *Em novembro a terra moia...*

Chegaram, esbarrando os cavalos na porta, tão perto que a cabeça de um dos animais apareceu dentro da venda, uns cavaleiros. Todos assustaram, pensando em *Quarentinha*. Não era. Eram rapazes, filhos de fazendeiros de Uberaba, que chegavam, tocando muladas de Sorocaba para vender no Norte da Província.
— Boa noite, irmãos!
Os cavalos bufavam, batendo as virilhas, da galopada. Os moços entraram ruidosos, tinindo as esporas. Pediram bebidas, oferecendo aos notívagos. E bem humorados, começaram a beber juntos, como velhos amigos.

Antônio não dormira. Fumou toda a noite, excitado. Era ainda madrugada alta quando acordou a cozinheira, pedindo café. A esposa só lhe falava coisas necessárias, mal respondendo perguntas.
O rapaz estava sem direção, adoidado. De vez em quando voltava à cozinha, bebia mais café. Quando a fazenda acordou com o serviço do curral, o fazendeiro dava gritos com os vaqueiros. Batia no gado já pronto para a ordenha. Todos estavam com medo da cara feia do moço.
Às 9 horas Beja mandou chamar o Padre Aranha. O Vigário estranhou o chamado mas atendeu sem detença.
— Padre Aranha, o senhor desculpe incomodar o senhor tão cedo.
— Nada filha, estou sempre às suas ordens. Vir aqui é um consolo...

Beja levou-o para o salão, fechando a porta por dentro. Severina estava recomendada para não deixar subir ninguém.

Veio o café nas xícaras de prata, que foram presente dos Doutores Adjuntos do Ouvidor, em Paracatu.

— Padre Aranha, quero falar com o senhor uma coisa muito séria para mim. Espero seu conselho e apoio.

O Vigário acabava de tomar o café e Beja recolheu-lhe a xícara, depondo-a na bandeja de prata deixada sobre a mesa.

— Padre Aranha, eu sei que minha vida tem sido só de pecados. Fui furtada aos 15 anos, quando sonhava me casar, viver honesta. O destino fez o contrário. Vim para aqui e minha vida é bem clara, dá nos olhos. Tive duas filhas, de dois homens, e ainda vivo com um deles. Minhas filhas estão bem casadas, vivem felizes, são dignas. Eu, por minha infelicidade, continuo errada. Não sei por que, decidi, sem conselho algum, por mim mesma, viver honestamente, cortando relações com o mundo.

O Padre pulou da poltrona, pondo as mãos juntas, para cima:

— Louvado seja Deus Nosso Senhor Todo Poderoso!

Os olhos de Beja marejaram de água:

— De modo que, de hoje em diante, só entrarão em minha casa pessoas que me respeitem, porque não quero mais ser mulher da vida.

Padre Aranha tirou o lenço, chorava. Beja impassível:

— Hoje começa vida nova para mim. Antônio não é mais meu amante e hoje saberá disto por mim mesma. Quero pedir sua bênção e que o senhor me ajude a seguir um bom caminho. Vou me confessar, receber a eucaristia e Beja agora é mulher de bem. Isto é o que lhe queria falar, só isto. Alguém vai dizer tudo, por aí; não me importo. Minha vida é que vai confirmar o que eu resolvo.

O Vigário tomou as mãos de Beja, beijou-as, molhando-as de lágrimas quentes.

— Agora, Padre Aranha, os que frequentarem esta casa com intenção boa, podem continuar a vir. São amigos sem interesse carnal. São boêmios, companheiros sem maldade. Os outros, os que vêm deixar dinheiro não entrarão mais aqui.

O Vigário estava pálido, vacilante. Queria falar, não tinha voz. Ergueu-se, abraçou-a, tão comovido que ao descer a escada, quase cai. À Severina que o acompanhara até o patamar só conseguiu dizer:

— Depois volto.

Saiu pelo Largo da Matriz enxugando os olhos. Ao chegar em casa, encontrou Fortunato.

— Vim lhe dar, com máxima reserva, uma notícia muito esquisita. Mas o senhor está chorando?...

— Não, foi a claridade...

E o boticário contou sua conversa com Beja, na noite passada. O Padre nada revelou do que também ouvira, minutos antes, nem se mostrou admirado.

Fortunato, que estava pasmo, estranhou aquela indiferença por uma deliberação de tal monta. O Vigário apenas perguntou tateando:

— E você acha isto possível?

— Olhe, Padre Aranha... eu não sei... Beja é bonita demais para ser, como promete, mulher pura...

O Padre objetava:

— Depende dela: se o coração reconhecer o erro; se arrependeu, só pode ser inspiração divina. Mas eu tenho sabido de muita promessa de conserto desmentida logo depois...

— Franqueza, Padre, eu não acredito nisso; não é possível!

Parecia inconsolável e estava sem cabeça para dizer mais. O Reverendo não se definia:

— Só a própria vida responderá se isso é exato ou não... E quem lhe contou o que me fala?

— Ela, ela em pessoa, em carne e osso.

— Hum!

O sino dava sinal para a missa. Padre Aranha ergueu-se, meio cético:

— Fortunato, há notícia de milagres iguais. Eu porém, que sou desprendido como Confúcio e humilde como Jesus, tenho dúvidas, como Tomé...

O galeno deserto não entendeu. E o sacerdote, quase ao sair, por alto:

— Deus não ouve palavras — vê os corações.

E olhando de soslaio o mexeriqueiro:

— Eu que tenho visto muita coisa no mundo, creio hoje em todos os impossíveis, até na honestidade.

Fortunato então soltou uma risada banguela, histérica, risada que assustou o Padre:

— Ela me falava... eu passei um papo de olhos nela e vi mentiras! Beja é esperta como quem rouba... Quer ser santa, santa do altar de S. Miguel, isto sim... Olhe, Padre Aranha, bananeira não dá nós... Conheço Beja há 21 anos: para o pecado ela tem a beleza e para a virtude ela é mais fraca do que peru branco...

O Padre estava perturbado com aquilo tudo:

— Meu amigo, o mundo está errado de todo. Os costumes, a moral, a família. Hoje, fogem dos templos... as diversões, a bebida e o jogo absorvem a mocidade. Os pais não se importam. Perco às vezes o sono, evocando as grandes figuras dos patriarcas trêmulos que erguiam os cajados contra os filhos que faltavam às orações, para sorrirem para os olhos das mulheres galileias!

E, já na porta:

— Vamos ver, vamos esperar. Quem sabe, pecador impenitente?... Bem, é hora do catecismo... doutrinar os meus meninos.

O Padre seguiu para a Matriz e Fortunato para a Botica. Matos passava e ele, chamando-o:
— Matos, ó Matos!
Pararam para dois dedos de prosa. O boticário que sempre fora implicado com o Reverendo, fez beiço indicando Aranha que se afastava:
— Vai doutrinar meninos... Pobres meninos! Para digerir o que Padre Aranha fala, é preciso ter bucho de ema... é preciso ter moela...

Às 3 horas da tarde Antônio, sem almoçar, chegou à porta de Beja, coisa que nunca fazia, pois só entrava pelo portão, tarde da noite. Severina foi atender:
— Vou ver se Sinhá saiu.
Estava bem ensaiada e não mandou o homem subir.
Beja desceu as escadas, ainda de penteador branco, muito séria e de olheiras pisadas. Ia enfrentar o amante. Antônio estava desabrido:
— Por que foi que, ontem, vocês não abriram a porta e soltaram o cachorro antes que eu chegasse?
E sem esperar resposta, mostrando a perna ferida:
— Veja como estou! Por que foi isto?!
Beja olhou-o nos olhos, perfeitamente tranquila:
— Antônio, não preciso responder, porque o que aconteceu ontem diz bem que não desejo mais que você volte à minha casa. Você mesmo devia ter compreendido isto, com o que aconteceu. Não quero mais viver com você. São inúteis suas insistências, porque tudo está acabado entre nós.
Cortejou-o altiva e subiu, lenta, os degraus da escada.
Antônio ficou ao pé da escadaria, sem ação, gelado, estúpido. Teve ímpetos de subir, insultar a amante, quebrar coisas, feri-la, vingando a desfeita. Não era homem para ser tocado, sem mais nem menos, sem explicação, como um negro! Natureza bravia, rico prepotente, fervia-lhe o sangue, em ondas, forçando as têmporas. Parecia cego de raiva, estava perigoso.
Ao sair da Vila, parou sem querer, na porta da venda de Primo. Sentou-se, alheado, no balcão, pondo-se a beber. Não ouvia, não via, não falava. Uma cólera feroz lhe agitava os nervos e ele só enxergava, próximo, o monstro de olhos verdes do ciúme, fitando-o.
De repente ouviu, a despertá-lo, um berrante rouco, gemendo na rua, ao se aproximar da venda. O berranteiro passava a cavalo, de passo, chamando grande boiada. Uma onda de poeira escureceu rua e casas abertas. Era boiada vinda do geral do S. Francisco, para Casa Branca, S. Paulo.
Antônio chegou à porta. O berrante gemia ponteiro, mais longe. O gado se embolava, chocando guampas, espantado, entupindo a rua. O fazendeiro, de pé no vão da porta, espiava o boiadão ainda não aguado nos cascos, com 30 dias de marcha.

O berrante já chamava lá em cima, no começo da chapada, e a rua ainda estava cheia de gado, gado para o abate paulista, boiada para muitos dias de marcha.

XIV
O RABO-DE-TATU

Nos primeiros albores do dia, Beja, como sempre, saiu para o Barreiro. Acompanhava-a o escravo Moisés, o honesto serviçal de poucas palavras.

O cavalo de Sinhá, mesmo velho, ainda era espantadiço, pelas rações de milho recebidas diariamente.

A jovem amanheceu cantando, guizalhante de júbilo.

Severina, quando a ajudava a se vestir, não se conteve:

— Sinhá está bonita! Bonita demais...

— Qual, Severina, só me acham bonita velhos, moços e meninos.

Montou lépida e partiu, a trote largo.

Moisés, a meio-galope no Neguinho já decadente, acompanhava-a de perto. Para consegui-lo, apertava os calcanhares na barriga do bicho, atento à marcha da cavaleira. Ganhavam a estrada do Barreiro; as cafuas da Vila, ficando para trás, desapareceram.

As palmeiras do chapadão estavam ainda dormindo nas frondes sossegadas. Beja respirava fundo o ar leve da manhã, vendo as babas-de-boi já floridas em alvura delicada. O mato cheirava, ainda molhado de sereno. A orvalhada da noite umedecera o caminho, amainando o ruído dos cascos das montarias. A moça gritou:

— Moisés!

Ele espernegou o cavalo, aproximando-se da Sinhá.

— Moisés, quem fala por aí que eu sou bonita?

— Uai, Sinhá... é todo mundo!

— E Siá-Boa, Moisés?...

Ela mesmo respondeu com um riso alto, gargalhado.

O primeiro sol começava a laivar, de ouro desmaiado, a neblina ligeira dos morros.

Já em plena estrada batida pelas tropas, seu cavalo pedia freio mas a jovem continha as rédeas, regulando a marcha. Embora livre do amante, vivia cheia de namorados como de saúde, sentia-se com a graça de viver sem problemas. Numa explosão de bem-estar não se conteve:

— Ah, como é bom viver!

Sentiu o chão molhado cheirando; era gostoso o cheiro da terra. Viu de longe a gameleira velha que derramava os galhos sobre o caminho. Estava com a folhagem loura, rebentando nas seivas livres.

Apareceu à esquerda, também revestido de folhas novas, o Pau-de-Choro. Ela, ao passar por ele, agitou o chicotinho de prata, numa saudação gentil:

— Bom dia, Pau-de-Binga! Parabéns pela sua roupa nova!...

Ia descer a comprida rampa do Barreiro e já avistava a larga estrada de Conquista, ainda deserta.

Continuava trotando ligeiro, quando ao passar por um tufo de mato bravo, dois negros saltaram da moita, num pulo rápido, para o meio do caminho. Um deles trazia uma foice levantada no braço erguido e no outro um rabo-de-tatu.

Ouviram o uivo de um dos negros, abrindo os braços para deter o cavalo:

— Oôi!!

O cavalo, assustado, refugou, num repelão seco, virando nos pés. Beja, desequilibrada no silhão, caiu, de braços erguidos, no cascalho do caminho. O cavalo disparou pela rampa. Moisés, atordoado, largou Sinhá caída e galopou para cercar o animal.

Os negros avançaram sobre a moça, ferida na queda, e com boçalidade lhe arrancaram, rasgando, as roupas finas, deixando-a nua.

Beja, gritava, tonta:

— Socorro!

Aí, o preto mais moço subjugou-a na terra e o outro deixou cair sobre ela o rabo-de-tatu, às cegas, às brutas, furioso! A senhora desmaiou logo. Quis em vão se defender com o chicotinho maneiro mas a surra, os pontapés e os socos a deixaram como morta.

Sangrava na testa, no pescoço, nas espáduas, nas coxas. As nádegas abriam-se-lhe em rasgões vermelhos ao baque da tala. Quando Moisés voltava puxando o cavalo, ficou estatelado, bobo.

Beja, pálida, sangrando, gemia.

Moisés largou o cabresto e disparou, assombrado, a pedir socorro.

O vento alegre da manhã começava a bulir nos ramos, sacudindo o orvalho frio. Piavam bicudos. A estrada de Conquista, ainda deserta, espreguiçava-se protegida de mato bravo.

Moisés voltava de galope, com um homem na garupa. Começavam a vestir Beja com os mulambos da roupa rasgada. Ela gemia, mole; um fio de sangue corria-lhe da testa para os olhos, já coagulando. Sentaram-na; ela, de novo, caía, para se estender como uma coisa no chão.

Apareceu outro homem, de enxada nas costas, vindo da Vila para a roça. Ajudou a colocar a ferida no silhão. Sem equilíbrio, não se firmava sobre o cavalo. Moisés então pulou na garupa, amparando-a, sem fala, de cabeça pendida para trás. O companheiro trazido pelo escravo puxava o animal, a passo. Ninguém falava, no estupor do susto.

Foi passo a passo que chegaram ao subúrbio de S. Domingos, onde começavam a subir ligeiras fumaças das cafuas, onde deixavam a cama os primeiros moradores. Correram algumas pobres mulheres que, vendo Beja quase nua, buscaram uns lençóis, com os quais ela entrava, composta, na Rua Ibiquitaba. Pessoas assombradas, pensando que a moça caíra do cavalo, acudiram ajudando-a a descer, carregando-a nos braços, na porta de sua casa. Assim foi levada para cima do sobrado onde, no divã do quarto, gemia, gemia sob dores dilacerantes.

Severina e Flaviana, rezando alto a *Maria Concebida* tremiam ao estender o lençol de linho sobre a patroa; trouxeram água fervendo para um escalda-pés. Moisés chegava com Fortunato, de trote.

A casa foi se enchendo de gente e o boticário tomava providências de urgência. Beja não respondia a perguntas, parecia desacordada, balançando a cabeça para os lados, a se estorcer de dor. O boticário deu-lhe a beber, a custo, um pó dissolvido em café. Mandou fechar a janela do quarto e fez retirar o povo que enchia o cômodo. Só ficavam, zelando pela doente, as escravas e ele.

Moisés, nos cômodos de fora, contava aos curiosos como se dera a agressão. Respondia às perguntas; repetia coisas que já falara, baralhava tudo, nervosíssimo que estava. Não, não conhecera os pretos.

Chegavam Guimarães e Matos. Guima estava obtuso:

— Que coisa! Parece mentira! Só vendo para acreditar.

Matos lembrou-se, bem inspirado:

— E Belegarde? É bom chamar Belegarde!

Saiu às pressas.

Lá dentro, mudavam a roupa ensanguentada, levavam Beja para seu leito. Com a tisana bebida, parecia dormir.

Fortunato saiu do quarto para dar ordens sobre silêncio e mandar com urgência à Botica. Viu Manoelão que chegava; chamou-o com os dedos:

— Vá depressa à Botica e peça ao ajudante cinco bichas sanguessugas grandes e três bexigas de porco. Preciso sangrar as orelhas da doente e pôr-lhe as bexigas de porco na barriga, cheias de água fria. É urgentíssimo!

Manuelão escorregou pela escada, enquanto Dico se aproximava do médico, falando baixo:

— Como vai?

— Mal, mal! Muito mal! Dormiu agora com ópio. Ó Dico, vá à Botica buscar aguardente canforada e alcolato vulnerário!

Em frente do solar muitas pessoas estavam paradas, à espera de notícias.

Chegou o Padre Aranha. Candinha da Serra, de sua janela preferida, falou para os que a ouviam.

— Padre Aranha foi chamado para ungir a pobre! Está nas mãos de Deus...

O Padre encontrou muita gente no salão de visitas, na sala de jantar e no largo corredor:

— Fortunato, e Beja?

O boticário, confidencial, com os olhos torvos, alarmou o Vigário:
— Estou agindo com todos os esforços. Está muito machucada! Estou com medo de choque peritoneal, pois há sinais de ofensa nas tripas. Beja está com o ventre-de-pau, o que é sinal maligno!

E, minuciando:
— Os seios foram macerados! Estou temendo ofensa nos canais galactófagos!

E para o Maestro Avelino que chegava:
— Corra à Botica e traga encerado inglês e alguns chumaços de ceroto de Galeno!
— Fortunato, escreva isso que eu não sei dar o recado!

O velho, nervoso, apalpava-se, procurando papel:
— É verdade, eu me esqueci que você é burro para tudo: só sabe música.

Voltou a informar ao Padre:
— Se a hemorragia da testa não ceder com picumã, que empreguei agora, terei que recorrer à caneta de pedra infernal! E nas brechas das nádegas, creio que o gesso em pó. Vamos ver se o pano queimado que apliquei surte efeito!...

Entravam pessoas, desconhecidas da casa. Ele, com as mãos abafando:
— Psiu! Não façam bulha!

Padre Aranha, de pé, muito espantado indagou:
— Mas afinal, que foi isto? Como foi o caso, Fortunato?!

Fortunato encolheu os ombros, espichando o beiço inferior:
— Não sei! Ainda não tive tempo de saber de nada. Ela chegou carregada, num vágado, muito ferida... me chamaram e estou com a cabeça em fogos!

Matos chegava com Belegarde:
— Está aí o Subdelegado!
— Que houve, Fortunato?
— Que houve? Beja esbordoada, ferida, quase morta!
— Como foi o fato? Quem viu a agressão?
— Moisés. Chamem Moisés. Olhe, Belegarde, Moisés está na cozinha, vá falar com ele!

O Padre, nervoso mas tranquilo, chamou Fortunato à parte, numa janela:
— A que atribui você o acontecido?
— Padre Aranha, estou com a cabeça rodando mais do que moinho de vento. Mas tenho impressão de que o crime foi obra do Ouvidor Mota! Beja não tem inimigos aqui.
— Moisés não conhece os agressores?
— Não. Diz que, de soco, os macacos do chão caíram de um pulo na estrada, armados, e avançaram como tigres na pobre moça!

Chegavam Matos e Manoelão com as coisas pedidas pelo boticário. Ele embarafustou-se para o quarto, onde só estavam Flaviana e a cozinheira Damiana. A todos dominava completa estupefação.

Quem se banhava em água-de-rosas era Josefa:
— Coisa boa! Pena é que demorasse tanto a acontecer!
Estava irradiante de sincera alegria. Alguns que voltavam da casa de Beja, sem a verem, informavam à mundana:
— É capaz de morrer. Está lanhada que nem toucinho. O rabo-de-tatu comeu de verdade, comeu mais que cimitério... Está com o pé de rabo em mulambo!
Candinha da Serra, pitando sempre, depois de um bom trago, espalhava boatos:
— Me disseram que os negros quebraram os dentes dela!
Siá-Boa vangloriava-se, vingada:
— Diz que o trem foi feio! A belezinha ficou com um olho furado... Está banguela e caolha! Bem feito...
O baixo meretrício de Santa Rita e Lava-Pés estava movimentado com os comentários. Havia um reboliço doido pela Vila. Para a maioria Beja estava às portas da morte. O pior é que ninguém atinava quais fossem os criminosos. Falavam as coisas mais absurdas:
— Já foi carta para o Ouvidor e o homem vem aí, com certeza, para abrir devassa!
— Mau, mau. O homem para furtar Beja mandou matar o Major João. Agora para vingar a amante é capaz de arrasar S. Domingos!
Nem raciocinavam que Mota não era mais o Ouvidor de Paracatu e se retirara para Portugal com seu amo D. Pedro I...
Belegarde voltava embezerrado da cozinha, onde ouvira tudo, minuciado por Moisés. Aproximou-se do Padre Aranha já sentado no salão:
— Moisés conta bem direito o fato... mas desconhece os pretos. Nesses casos o preciso é saber das malquerenças, inimigos, questões. Severina disse que os inimigos de Beja são Candinha da Serra, Josefa e Siá-Boa.
E levantando-se:
— Vou me aconselhar com o Dr. Costa Pinto e volto.
Fortunato a todos informava sobre o estado de sua cliente. Chegou-se ao Vigário, sentado na poltrona:
— Padre Aranha, como boticário, nada posso informar. Quando entro na casa de um doente, fico surdo, cego e mudo...
Fungou seu rolão nacional.

— Nada sei. Só sei que a pobre Beja está mal! Foi espancada, parece, por dez homens. São tais os ferimentos que... francamente... não sei, mas o caso é muito sério.

O Vigário ouvia, calado.

— Olhe, Padre Aranha, ela está toda roxa das chicotadas e a febre já chegou a trinta e nove graus!

Limpava no nariz o excesso do rapé:

— Como tenho muita prática e sortida botica, espero salvar a infeliz.

Os curiosos, ouvindo tudo, silenciavam perante a voz da ciência.

Fortunato ainda se derramava:

— Sou muito amigo de Beja, seu melhor amigo; farei tudo por ela mas acho seu caso periclitante.

O Maestro indagou:

— Que é periclitante?

— Periclitante é assim, vamos dizer: caso grave. Quer dizer que pode escapar e pode não escapar!

Olhou os mais, de olhos baixos, com superioridade, e inchado pela glória de tratar senhora de tanta importância.

Guimarães observou, colaborando:

— Fortunato, essa conversarola não incomoda a doente?

— O quarto está fechado, ninguém entra lá. Severina tem ordem para ser mais rigorosa que o porteiro do céu.

Nisto a porta do quarto se abriu e Severina chegou até perto do Vigário:

— Seu Vigário, Sinhá está chamando o senhor.

Padre Aranha entrou, fechando-se depois a porta. Quando saiu, sempre sereno, desceu logo as escadas sem falar a ninguém. Um vinco de preocupação abria-se-lhe na testa.

Começaram a sair os curiosos.

Estiveram no palácio de Beja pessoas que jamais lhe haviam falado. Estavam pasmos da grandeza decorativa, da finura de tudo visto. Os jarrões chineses espantavam matronas conformadas em casas de pouca ostentação. O assoalho de tábuas de palmo, de cedro e bálsamo, era forrado de tapetes e até o piso dos corredores abafava os passos em passadores coloridos. Foram objetos de espanto as arandelas das paredes do salão, providas de velas de cor. É as cortinas de veludo escarlate, verde e cor de castanha! Uma, de veludo rosado, vedava a porta do quarto da doente, porta em arco, de cedro-rosa. D. Emília, compacta cinquentona, esposa do negociante Manoel Moreira, lá estivera, voltando encantada:

— Beleza! Muita beleza foi o que vi lá. Estou satisfeita de ter conhecido aquela maravilha e quase morri de vergonha, ao chegar à minha casa! Imaginem que até os urinóis são de prata, coisa que nunca ouvi contar!

Suspirou, desconsolada:

— Estou velha, viajei muito: já estive na Paragem de Santo Antônio da Laje, em Nossa Senhora do Patrocínio do Salitre e em Santo Antônio dos Patos. Nada vi igual ao que meus olhos viram hoje! Isso é que é saber viver! Quando entrei em casa e vi as paredes sujas, caiadas há tanto tempo, com esta mobília de bancos sem verniz, tive vontade de chorar, sair gritando, doida de pedras!

Falava, ofegante:

— Também Manoel não liga, sabem? Muitas vezes tenho falado com ele: você não me liga! Não liga pra nada! É o maior negociante de S. Domingos, tem dinheiro, mas pra quê? Beja tem de tudo, Beja é que é feliz, sabe usar seus luxos.

Estava exaltada dentro da gordura maciça de mulher parideira:

— Eu não. Eu agora quero passar meu fim de vida com conforto. Já ajudei o marido, mas não sou considerada, sou um dois de paus.

Lágrimas vivas afloraram-lhe nos olhos:

— Eu falei com ele: ou ele me dá conforto ou eu saio daqui, vou me embora, tomo rumo... Quem viu a casa de Beja não precisa conhecer o céu, Deus me perdoe, já viu...

Na Botica de Fortunato homens sérios falavam com sensatez lá deles. Major Chaves abria a boca honrada em parecer austero:

— Que isso foi mandado, não há dúvida.

Paravam atônitos, de olhos arregalados em conversa apenas sussurrada. O Alferes da Guarda Nacional, Serafim Soares, fungando seu caco de boceta de chifre:

— É, isso foi mandado.

O Capitão Vigilato, velho unha-de-fome, no emprestar dinheiro com perigosos *Devo que pagarei* estava interrogativo:

— E quem será? Quem pode ter mandado fazer a empreitada?...

Todos faziam beiço, erguendo os ombros, reservados. Ninguém sabia.

Belegarde recebera os conselhos do Dr. Costa Pinto:

— Abra inquérito, fira a quem ferir. Arrole testemunhas, ouça primeiro a vítima. Intime os suspeitos. Não é necessária a queixa da vítima porque o crime foi público. Seja moderado mas procure descobrir os responsáveis. Faça inquérito limpo, a fim de evitar explorações políticas. Aja de acordo com o Promotor, pois há em Araxá mandões implicados com a Justiça.

Referia-se ao arbitrário ricaço Coronel Fortunato José da Silva Botelho, chefe do Partido Liberal, sobrinho de Joaquim Ribeiro da Silva, genro de Beja e inimigo do Juiz.

O Subdelegado chamou o escrivão Dico e foi ouvir a espancada.

A casa voltava à normalidade, com a energia do boticário Fortunato, que proibira visitas e acabara com a romaria de curiosos à casa de sua cliente. O boticário recebeu o Belegarde e o escrivão de braços abertos:

— Você pode, você é nosso, o Dico também. Precisamos apurar tudo, com rigor, com o máximo rigor!

De súbito Fortunato parou de conversar, com uma ideia subitânea:

— Venha cá, Belegarde, sente-se aqui. Sente-se aqui.

E alto, autoritário, para o interior da casa:

— Severina! Severina! Traga três cálices de Genebra Foking!

Fortunato mandava trazer genebra! Fortunato mandava na casa de Beja! Severina obedecia a Fortunato...

Beberam, devagar.

— Belegarde, a situação é obscura, estamos nas trevas. Vou porém lhe dar a ponta da meada.

Encarou a autoridade, com cara má:

— Você... você ouça Candinha da Serra, Josefa Pereira e Siá-Boa! O dente de coelho está nessas três desavergonhadas!

Belegarde, como despertando:

— É verdade, Fortunato! É uma pista... Nem me lembrava dessas crijas. Deixa a coisa comigo! Soldado velho não tem nação...

O boticário tresandava importância quase divina:

— Agora venha ouvir a nossa Beja. Converse pouco. Está de repouso, faço questão desse repouso.

Entraram. O quarto escuro não permitiu ao Subdelegado ver logo os móveis, a doente. Apalpou uma poltrona, pôde entrever a amiga molestada:

— D. Beja, sinto muito...

Viu melhor a poltrona, conseguiu sentar-se.

Fortunato intrometeu-se:

— É o Belegarde, Beja, veio ouvi-la, vai fazer o processo...

De olhos cerrados, não se movia. Uma compressa tapava-lhe a testa.

Belegarde, compungido:

— Estamos todos a seu lado... desejo saber como se deu o fato, D. Beja...

Fortunato acomodou, com as mãos sob a colcha, as bexigas de porco cheias de água e empinadas sobre seu ventre.

— Como se deu a agressão, minha filha...?

— Não sei contar, Belegarde... Moisés...

Interrompeu as palavras que todos ouviam atentos. O Subdelegado quis ajudá-la:

— Moisés o quê, D. Beja?

Ela, batendo a cabeça para os lados, ficava nervosa:

— Moisés sabe... estou muito tonta... não posso...
Fortunato, cheio de cuidados:
— É bom interromper, ó Belegarde!
Belegarde ouvia as palavras da enferma com minucioso cuidado de rapaz que limpa o vestido da noiva que tombou na terra, ao sair da missa. Quis insistir, embora com delicadeza:
— Você não se lembra, não é, D. Beja?...
— Está bem, sossegue, descanse.
Beja então falou mais alto, como se irritando:
— Não quero falar mais nisso, Belegarde! Tenha pena de mim...
Nesse instante o Brigada, chamado pelo Subdelegado para ajudar no inquérito, bateu palmas, grosseiro, no patamar da escada. Severina atendeu, cheia de preocupação:
— Quem é?
— Sou o Brigada, fui chamado aqui.
— Chamado?
— Chamado. Seu Belegarde me chamou!
— Chamou pra quê?!
— Sou autoridade, Comandante do Destacamento!
Severina sentiu a cabeça rodar vendo o mulato fardado, com um cheiro de bodum de Angola, subindo pela escada. O Brigada era mulato fechado, sujeito de maus modos, cheio de si.
— Olhe, seu Brigada, vosmecê não sobe, não!
— Como não subo? A preta impede uma autoridade a cumprir um dever legal?
— Pois não sobe!...
— Não subo por que, negra atrevida?!
— Não sobe porque Sinhá não quer negro na casa dela, está!
Nisso o Belegarde saía do quarto de Beja e já na rua, soube do ocorrido:
— Ora, Brigada, essa negrinha está nervosa com a doença da moça. Você é homem educado, deixe pra lá que vamos agora começar a coisa, no duro!
— Essa negra me paga, seu Delegado!
— Esse diabo é doido, ó Brigada: deixe pra lá...
Foram para a Delegacia e Belegarde mandou as praças intimarem Candinha da Serra, Josefa e Siá-Boa para comparecerem à sua presença, debaixo de ordem.
— Falem que estou esperando, com o meu pessoal!
Havia em S. Domingos um tipo popular, pobre coitado *aparecido*. Vinha ninguém sabia de onde: pernoitava nos ranchos de tropas, comia por esmola, nas portas. Era velho e sujo, de roupas em farrapos. Como fosse vermelho e emproado no seu ar de doido, a molecada lhe chamava de Peru. O velho

danava-se com o apelido. Respondia, com os nomes injuriosos ao grito dos vadios.

— Peru!

— Vai à...

Sua boca derramava indecências, escandalizando o povo. Isto constituía a satisfação máxima dos vagabundos.

Quando seguiam para a Delegacia, Belegarde, Fortunato, Guima, o escrivão do crime que chegara, Dico, o escrivão do cível e o Brigada, passava o mendigo. Belegarde chamou-o, dando-lhe um patacão.

— Olha, Honorato, quando os moleques bolirem com você faça de surdo, não ligue. Eles gostam é de ouvir os nomes feios que você diz muito bem, respondendo aos insultos. Você é um velho de paz, bom cidadão, deixe a canalha gritar, não seja igual a esses mal-educados.

Honorato agradeceu:

— Pois é, seu Delegado, eu agora inxemplo eles: não respondo mais nada.

As autoridades entraram na Delegacia, onde iam ouvir as mulheres intimadas.

O velho ia pela Rua da Ráia quando dois gaiatos o viram.

— Peru! Pe — ru!...

Ele, com dignidade, foi passando sem responder.

— Pee — ru!...

— Não ligo, sabem? Não ligo pra apelido...

— Pee-ru... de roda!

Ele estava em frente ao sobradinho onde morava o Juiz de Direito. Olhando para cima viu D. Florisa, esposa do Dr. Juiz, a quem muito respeitava.

— Peru!

Ficou vermelho de ódio e para atender a Belegarde e para ser mesmo educado, gritou com toda a força:

— Se D. Florina não estivesse na janela eu mandava vocês à puta que os pariu. Sacanas, cornos do diabo, fil da unhas! Não digo, em atenção a esta senhora, não ligo vocês, lixo... lixo, lixo!

Enquanto aguardava as meretrizes, Belegarde evocava o quarto azul de Beja, o corpo ferido afogado em ondas de linho branco, e o dossel de seda verde-musgo delicado.

Sentia o aroma de água-de-colônia inglesa; as poltronas macias a cabeleira castanha derramada nos travesseiros fofos.

— Vocês fiquem sabendo que farei tudo para apurar esse crime. Lei é Lei! Farei tudo, pedirei mais força, irei à Corte Imperial, se preciso. Não terei constrangimento de procurar o próprio Regente, Padre Diogo Antônio Feijó! Mas os criminosos pagarão o duro tributo da inominável infração.

E esmurrando a mesa, sob a impressão da intimidade de Beja ferida, gemendo, com febre:

— Aqui estão, graças a Deus, a Justiça, as brutas masmorras, o tronco de ferro e a forca, para o castigo!

Excitadíssimo, ficara descorado:

— Farei mesmo que for contra a Lei, para vingar essa senhora! Se for preciso recorrerei à violência, ao sangue!

Não falava mais — declamava alto:

— Aqui já foram enforcados dois negros perversos: e que é a forca? A forca é a infâmia e a degradação. Esses degenerados ofensores de D. Beja nasceram para a forca!

A palidez de Beja aparecia a seus olhos vermelhos de raiva e os olhos verdes doridos da espancada alteravam seu coração.

A Vila, em peso, suspeitava das marafonas como envolvidas na crueldade da surra. A indignação do Subdelegado atingia à quase doidice, quando os dois únicos soldados do Destacamento chegaram com as suspeitas.

Elas entraram caladas e humildes. Ficaram à espera do pior, no banco da sala do Corpo da Guarda. A voz do Subdelegado matraqueou, seca:

— Façam entrar essas... coisas!

Sentaram-se em fila, no banco fronteiro a mesa da Delegacia. Exabrupto a autoridade rompeu fogo:

— As senhoras são suspeitas de haver mandado espancar D. Beja.

As mulheres se entreolharam, com espanto.

— As senhoras já fizeram o suficiente para se tornarem suspeitas.

Siá-Boa, com a mão aberta no peito sacou do ódio um grunhido:

— Eu?!

— Sim senhora: o presente que mandou à inimiga foi tão escandaloso que chegou a esta Delegacia. Quem a chefia não é nenhum leguelhé. Eu zelo pelo bem-estar público e a senhora é indecorosa, covarde e vil!

Siá-Boa não se abaixou com a lógica brutal de Belegarde:

— Eu pelo menos não tenho nada com o peixe. E foi para isso que o senhor me chamou?

O homem perdia os estribos:

— Chamei, porque posso chamar! Comporte-se com decência senão a jogo na enxovia. Veio aqui para ser ouvida e não para perguntar!

— Não tenho nada com isso. Ela é grandola mas não mexo com ela, vivo no meu canto. Se alguém alegou contra mim, ninguém prova!

O Subdelegado assanhava-se com perguntas alheias ao caso:

— Eu quero é provar. Responda com respeito e não grite!

Ela, com um sorriso irônico:

— É o tom de minha voz.

— Atrevida! Eu disse que as senhoras são suspeitas de ordenar um espancamento. Que diz a senhora em sua defesa?... Responda ao pé da letra: quais foram os negros que mandou cercar a senhora?

— Mandei negro nenhum! Conheço lá esses negros...

— A senhora tem patente de feiura e inveja, por isso mandou a poia a sua vizinha...

— Tenho aguentado muita cubança da escrava dela mas que Beja seja mais mulher do que eu duvi-dêodó... Que é que ela é? Cumumbembe igual às outras; trem aparecido, tão boa que nem gosta de gente preta. Esquece que o pouco com Deus é muito e o muito sem Deus é nada... Eu sou uma pobre, mas Beja é ruim por vida! Diz que é bonita mas falam que com os machos, rouba até o que o rato guarda!

— A senhora está se excedendo: mandou ou não mandou bater na moça?

— Mandei não: sou gente pra sustentar o que faço.

Fortunato, mudo a um canto, encarava a mulher com os olhos morteiros, de pálpebras caídas, como as do jacaré no choco.

Belegarde, soberbo, de proa alta:

— Brigada, escreva aí o depoimento dessa sujeita porque o Guimarães está com panarício num dedo. Escreva que ela alega não ser mandatária...

E baixo, para Fortunato:

— É mandatária ou mandante?

O boticário não sabia. Nem Guima. Nem o Brigada. O Delegado, indeciso, resolveu:

— Ó Brigada, veja aí no dicionário a diferença dessas palavras.

O militar apanhou o dicionário e começou a procurar o que não sabiam. Virava folhas, lia, voltava, abria mais longe. Depois de largo tempo, desiludido de achar o procurado, respondeu por fim:

— Seu Belegarde, não tem isso aqui, não.

— Não tem? Como não tem? Este dicionário tem muita fama!

— Pois não achei, seu Belegarde. Este dicionário não presta — não tem índice...

— Bem; vamos ouvir outra intimada que depois resolvo isto.

E voltando-se para Candinha da Serra:

— A senhora vive falando, com céus e terra, contra D. Beja. Responda: quais foram os escravos ou forros que mandou bater na digna senhora?

— Seu Belegarde, eu falo dela mas não provoco ela. Não gosto dela mas sou incapaz de violência.

— Estou convencido, pelas pautas, que você peitou os negros para a execranda empresa.

— Não, seu Belegarde, não gosto dela porque vive desfazendo de mim. Vivo em meu canto e não sou mulher pra covardia.

Candinha transpirava, apresentando nas axilas meias-luas de suor no vestido cor-de-rosa.

— É verdade que falei um dia que se ela me provocasse, no caso, eu quebrava toda nação de dente que ela possui. Mas foi só. Ando até doente, está aí seu Fortunato vivo e são que é testemunha. Vivo sentindo uma dor morta aqui no peito. Ando com uma falência no bucho, que não aguento. Eu soube do destranque com Beja e, como são as coisas, até achei um desarranjo. Sou procurada, louvada seja Deus, mas desejar mal a criatura de Deus, isso não.

Candinha não era feia, embora envelhecida precocemente.

— Agora, seu Belegarde, quando sou pisada não sou gente, sou cobra. Tenho sofrido muito mais mas não aturo!

Começou a inchar o pescoço:

— Quando sou bem tratada, sou de boa família, mas ninguém quer ser cuspida, não. Não sou jiló mas sou amargosa! Beja com parte de riqueza é ruim que nem chifre de cabrita vermelha! Ela fala de mim. Mas é em quem tem razão que o pau canta...

O Delegado zangou-se com a parolagem de Candinha:

— Você não presta pra nada; é invejosa e está falando de pessoa de bem! Olhe que mando lhe dar umas duas dúzias de bolos para resfriar essa febre de linguaruda.

A mulher cresceu, inchou:

— Manda bater! Manda! Nesta Vila ninguém mais tem direito até de mandar xingar os outros do que essa tipa formiguense.

E indignada, amarela de ódio, desabafou feio:

— Quando o diabo não vem manda...

O velho arripiou o pelo, gritando:

— Ou você cala ou jogo você na pedra salgada! Acabo, de uma vez, com sua liberdade!

Candinha, roxa de cólera, revidou sem medo:

— Liberdade... Liberdade, onde estás, filha de uma puta?...

Fortunato amedrontou-se, viu as coisas cuspindo sangue:

— Calma, calma! Cale a boca, Candinha... Você, Belegarde, é Subdelegado, tenha mais calma.

A meretriz enxugava o rosto oleoso, chorava de fúria. Belegarde tremia e, mais ou menos vencido, deu ordens ao escrivão:

— Vá tomando notas... no inquérito isso vai feder.

Sério, vendo-se fracassado, procurava se impor com a exibição do Destacamento:

— Farei respeitar a ordem! Sou homem da disciplina.

E, ríspido:

— Você aí, sá Josefa, que parte tomou no miserável atentado?

— O que há é isso, seu Delegado: a Severina passou por minha porta e me insurtou com risada, olhando pra trás. Xinguei ela, e pronto. Severina é negra mexeriqueira.
— Não ofenda quem não está em causa, na questão.
Belegarde defendia a escrava. Belegarde se desarvorava:
— O que há é isto, saiba a senhora: D. Beja foi surrada e as senhoras estão sendo inquiridas. Só respondam o que eu perguntar, pois sou autoridade e, a ferro e a fogo, defenderei a Lei!
Josefa se fez de vítima:
— Eu sou pobre, ela é rica. Mas no fundo somos a mesma coisa, coisa ruim.
— O quê?! A senhora de indiciada quer passar a acusadora? Com que autoridade?... Quem pensa a senhora que é?
— Eu sou uma pobre de Deus, neste vale de lágrimas.
— Cale-se! Acusar a vítima! Vou lhes dar uma lição que servirá de escarmento. Sabem que eu posso fazer com as senhoras o mesmo que as senhoras *mandaram* fazer à D. Beja?
As detidas silenciaram. Siá-Boa, limpando o rosto encardido com um lenço pequenino e Candinha e Josefa cansadas pelo vexame.
O velho, conselheiral:
— A negativa do réu não exclui culpabilidade. As senhoras são, além de um mal necessário, como disse grande jurista, um cancro social. Têm atentado contra a santidade da família, são exemplo funesto. Fiquem cientes de que são a borra, e, ouçam bem, a fétida cloaca da Vila de S. Domingos de Araxá.
Josefa mostrava ingênua impenitência:
— Que é que é cloaca?
— Cloaca?... Cloaca é isto aqui!
Puxou a gaveta e mostrou, erguendo-a bem alto, uma palmatória de sete olhos, feita de bálsamo. E com o instrumento erguido:
— É isto, sua não sei o quê... O futuro que a espera é este!
Estava descabelado e descomposto, como o mendigo Peru:
— Estou fazendo averiguações. Estou na brecha...
Sentindo-se confuso com a inquirição sem pé nem cabeça, pois nada fora escrito, resolveu às súbitas:
— Retirem-se e aguardem em casa os acontecimentos. As senhoras, além de viverem num pântano, estão à beira de um abismo...
Na Delegacia nunca se havia presenciado interrogatório mais áspero e inútil.
— ... e saibam que Lei é Lei!
A pobre Vila estava em pé de guerra espiritual. Boatos de enjoar, notícias mais falsas que declarações de amor. Belegarde proibiu as inquiridas saírem de casa, até a tirada a limpo do maior caso policial que enfrentara. Parece

que esquecera seu inseparável lenço de Alcobaça, pois andava com o nariz úmido e procurava secá-lo com rolão, que caía para a camisa, empoando a gravata de retrós roxo.

Estava convencido da responsabilidade de uma ou das três coitadas, em conjunto, pois assim pensava a opinião pública. A mais suspeita era Candinha, ou por outras, em sua opinião as mais suspeitas eram todas...

— Por motivo mais frívolo já foi enforcada gente no Araxá!

O motivo frívolo foram dois homicidas que terminaram na trava da forca. A razão daquela palhaçada de Belegarde procurando um responsável foi esclarecida pela Candinha, ao regressar a casa:

— Desaforo! Eu ter medo dele? Só está encarnado em nós para agradar o resto do Ouvidor. Seu Belegarde, na era em que está, devia pedir que a vida acabasse em doce de leite. Mas anda apaixonado pela Beja. Ela nem liga. Depois que se cansou de ser entretido lá por conversas, veio praqui.

E acendendo o cigarrinho de palha:

— Belegarde está assim...

Passou os dedos frouxos da mão direita na palma da esquerda, como se caiasse alguma coisa.

— Velho safado... Eu tenho nestas veias — mostrou os braços — sangue araxano! Comigo ele se trumbica. Fique sabendo que não nasci em formigueiro, não.

Referia-se à Beja, natural de Formiga Grande. Algumas pessoas de suas relações lhe davam razão. Censuravam a polícia. Falavam no afã do Subdelegado em agradar quem o recebia quase todas as noites para as afamadas farras. Candinha não se curvara à prepotência de Belegarde. Continuava fazendo comícios, apoiada pelo rebotalho de seu bordel.

Mas parece que estava tão valente porque bebera.

Fortunato que ouvira a comédia quase sem intervir, estava pessimista com o rumo dos trabalhos. Saíra, silencioso, da Delegacia amiudando doses de seu caco de bergamota, sinal infalível de nervosismo.

Juiz e Promotor deixaram correr as inquirições ao arbítrio do Subdelegado. No íntimo sabiam que aquilo daria em nada, como todos os inquéritos de Belegarde.

O boticário voltou a sua insubstituível assistência a D. Beja, no íntimo concordando com o Brigada:

— Ele falou muito em bater, não bateu. Se descesse o pau naquelas fregas talvez saísse, com o sangue, alguma pista. Assim, não sai. O modo de Belegarde inquirir é coisa que dá água até nos peitos do diabo. Ele fala muito! Em consequência de conversa fiada foi que a cutia ficou sem rabo...

Fortunato, ao voltar para junto de sua doente, lá encontrou Padre Aranha e Manoelão. Conversavam baixo na sala de visitas e o boticário desculpou-se da ausência com plausível razão:
— Fui ver uma parturiente. Trabalhei mais do que rosário de beata!
Entrou para ver a cliente. Padre Aranha segredou para o amigo:
— Vai ver que ele estava é escancarando, para soltar boatos, sua amaldiçoada boca de matraca.
Voltou, pisando na ponta dos pés:
— Está repousando em sono reparador. A febre vai cedendo.
Sem ninguém puxar conversa, o *doutor dos untos* comentou, cansado:
— Este caso tem me preocupado muito. Mui-to!
E depois de um suspiro fingido:
— Afinal, é esta a vida. A vida é como uma camisa de criança, curta e suja.
Manoelão atiçou o fogo do boticário:
— E o inquérito, Fortunato?
— Dizem que o Belegarde está fazendo serviço limpo. Ouviu já três suspeitas e com habilidade apurou coisas horrorosas. Está quase tudo esclarecido...
— E quem foi o mandante?
— Candinha da Serra, Josefa Pereira e Siá-Boa.
— E a razão dessa brutalidade?
— Inveja. Puro despeito!
O Vigário estava calado e contemplativo. Fez um silêncio tedioso. Padre Aranha contemplava Fortunato e suas orelhas de couro cru ainda cheias de cabelo, mas pregadas no coité de sua cabeça inteiramente oca. Pensava só para si: Tem veneno até na tampa...
Manoelão, completando a pergunta já fria:
— E os negros, negaram?
O boticário sorriu e com maldade dúbia:
— Devem estar a estas horas nas terras do Deus me livre...
Em vista desses e de outros boatos que assumem proporções de incêndio em casa velha nos lugarejos, a Vila toda ficou ciente de que as mundanas mandaram sovar D. Beja. Muitos ficaram contra a ferida:
— Que vale ir à missa como ia? Fazia tudo no mundo, menos rezar...
— Ela também falava muito de Candinha! Ontem Candinha soube de certas calúnias... Na véspera também soube e quando o informante que ouvira estas coisas de Beja saiu, juntaram-se as três coitadas e foi aí que ferveu o bode!
— Beja também andava muito inxerida...
— Beja é tão má que parece o diabo caçando serviço...
Saindo do palácio, Padre Aranha levou Manoelão para jantar em sua casa paroquial. Ao chegarem à calçada do prédio lá estava, com uma lata na mão, o João Doido. Esperava as sobras da mesa do Vigário, que se compadecia

dele. João Doido era inofensivo mas seus cabelos enormes, sem corte havia muitos anos, assombravam as crianças. Manoelão, novato em S. Domingos, não o conhecia. Perguntou ao Padre:
— Quem é este?
João ouviu e ele próprio respondeu:
— Quem sou eu? Sou o responsável pela educação dos meninos de S. Domingos! Se não querem dormir a mãe ameaça: Vou chamar João Doido! Eles dormem, de medo... Se não saem da rua, vadiando, os pais gritam: Vou chamar João Doido! E eles sossegam... Se fazem barulho, a avó amedronta, de cara feia: Vou chamar João Doido! E por minha causa que eles são obedientes. Eu sou pois, o único responsável pela educação dos meninos de S. Domingos...
Entrando na casa, Padre Aranha, que conhecia bem sua aldeia, revelou ao amigo:
— Nunca vi doido de tanto juízo e nunca ouvi tanta verdade sem mentira. A educação da mocidade de S. Domingos está mesmo entregue ao João Doido. Pelo menos é o único a cuidar disso, aqui...

Depois do jantar, quase à noitinha, Severina ouviu palmas no portão da rua.
— D. Beja está?
— Está doente.
— Vem cá, Severina, sou eu!
Era uma pobre a quem Beja auxiliara com esmolas aos sábados e a quem dava roupas velhas. Gostava da velhinha, velha mais por sofrimento que pela idade. Tinha 8 filhos. Famintos, rotos, cabeludos. O marido, também doente, era o homem-correio de todos, o próprio de confiança para recados, viagens.
— Severina, o João meu marido voltou ontem e eu tenho uma coisa muito importante para falar com D. Beja.
— Que é?
— Só com ela, minha filha, você vai gostar. Mas é tudo um segredo tão grande que, se souberem que eu contei — me matam.
A escrava já andava desconfiada de tanta falsidade que cercava sua Sinhá. Pensou um bocado e, resoluta:
— Sobe, Saninha, vem cá.
Saninha ia pagar o que sempre recebia de Beja com aquela revelação muito particular.
— Olhe, D. Beja, o João chegou ontem de Farinha Podre, levando carta do Melquiades. Saiu de madrugada, no dia em que assaltaram a senhora e quando passou pelo Pau-de-Binga topou com Balaio e Sô Chico, escravos de Sô Antônio Sampaio. Ele conhece eles muito bem, são do eito da roça na fazenda dele. Sô Chico estava com uma foice grande e Balaio levava um rabo-de-tatu. João passou por eles e seguiu seu caminho. Quase na curva da

estrada de Conquista, olhou para trás e os negros estavam entrando no mato. Na moita. João continuou pra Farinha Podre mas achou aquilo esquisito. Chegou ontem de noite. Sabendo do que sucedeu com a senhora me disse: Mulher, intão foram eles. Foram eles que fizero essa sebozeira. Eu, pobre e sem socorro, vim contar a senhora o que o João me disse. Por Nossa Senhora Mãe dos Homens a senhora não diga o que estou falando; pra mim a senhora é mesmo que mãe. Mas se souberem, nem sei o que será de nós, pobres de Deus com tanta famia, tudo piqueno.

Beja ficou estarrecida, afetando calma. Ainda conversou com Saninha sobre coisas sem importância e lhe deu depois dez mil réis.

Já bem noite Belegarde chegou. Mandaram que subisse.

— Muito boas-noites, minha D. Beja. Minhas investigações prosseguem e vim lhe avisar que estou em boa pista, estou na pista mais feliz do mundo! Chamei várias pessoas à Delegacia e tenho gente trabalhando. Desde que saí daqui no dia sinistro, não descansei um minuto. Entendi de apurar o atentado que a senhora sofreu e graças ao Altíssimo tudo vai pela melhor. Eu, quando quero, nem Deus pode comigo. Severina se escandalizou:

— Que heresia, seu Belegarde, credo!

— Nem Deus pode comigo, ou por outros: só Deus pode comigo. Estou no rastro fresco, de focinho no chão. Já tenho três pessoas que são as responsáveis pela covardia acontecida.

Beja, muito fria:

— Que pessoas são essas, meu Delegado?...

— Só digo à senhora quais são por ser quem é, pois tudo depende de segredo; pois a revelação pública dos nomes pode provocar alibis prejudiciais para nós.

E baixando a voz, a olhar para os lados, começou a soltar a bomba:

— E para a senhora ver como estou fazendo trabalho perfeito. Devo explicar, com discrição: este trabalho se está saindo tão bom é por ser para a senhora! Tenho feito várias investigações, durmo pouco e como em horas incertas.

Beja, impassível:

— Quais são essas pessoas?

— D. Beja, a revelação dos nomes pode prejudicar, como disse, as diligências. Venho lhe pedir para fazer a queixa por escrito, pois falta esta formalidade. A queixa vai ser o início deste grande processo.

— Mas essas pessoas, quais são?

Ele, soturno e misterioso, com os olhos brilhando adulação:

— Candinha da Serra, Josefa Pereira e Siá-Boa!

Beja cerrou os olhos e com os dedos polegar e indicador da mão esquerda ia alisando as sobrancelhas em arco.

— Muito lhe agradeço, Belegarde. Entretanto não apresento queixa. Deixo correr como vai. Vai muito bem...

O farejador de crimes abriu a boca, escandalizado:

— Não apre-sen-ta quei-xa?! A senhora que tem nas mãos o Delegado; a senhora que pode me dar ordens para serem cumpridas, não apresenta queixa?!

— Não. O que passou, passou.

— Não diga isto, pelo amor de Deus!

Belegarde parecia atingido por um raio. Via, assim, perdida a oportunidade de ir, quando lhe parecesse, ao palácio, mexericar, impor normas a D. Beja, a Beja que, no coração, sonhava desposar. Sentiu a vista embaçada, as mãos gélidas. Tirou trêmulo o lenço de Alcobaça e enxugou, em silêncio, a testa molhada de suor frio.

— Pela memória de seu avô, não faça isso!

Deixou cair os ombros, derrotado:

— Severina, minha filha, que foi isto, estarei louco?

Severina, de pé, diante dele, retalhou tudo:

— Ora, sô Belegarde, Sinhá não quer, fica tudo acabado.

— Mas Severina...

Beja fechou os olhos, fingindo dormir. O homem tremia:

— ... mas Severina, que diabo é isto? Eu estava honrado por prestar meus serviços à nossa Beja, à santíssima Beja... De repente, essa resolução impensada. Não me conformo!

Beja sentiu incoercível nojo:

— Belegarde, estou ficando tonta, quero dormir. Depois conversaremos.

Belegarde, atencioso e aloucado, saiu pisando sem ruído. Ainda conversava com a escrava no patamar de cima da escadaria quando ouviu a campa de Sinhá. A criada correu para a atender.

— Severina, diga a esse bobo que vá embora e não volte mais aqui com essa pantomina.

Ele desceu as escadas com o coração ralado e, já embaixo, se voltou para cima:

— Severina, venha cá, olhe, convença D. Beja em dar a queixa. É mais legal. Vejam bem o que fazem! Não me culpem, não se arrependam depois, que será tarde! Quando se arrependerem talvez Inês já esteja morta.

Severina bateu as portas, fechando-as por dentro. Belegarde, que estava reflorindo com a aproximação de Beja, subiu o Largo, para sua casa, pálido, corcunda, mais feio do que mulher parindo.

A VIDA EM FLOR DE DONA BEJA

Ao passar pela casa de Candinha um rapaz que estava em palestra com ela, viu-o:
— Candinha, olha Belegarde.
Ela chegou à janela, de modo a não ser vista, e rilhou os dentes cariados:
— Cachorro! Esse droga dormiu comigo na semana passada. Foi mesmo que dormir com um defunto. Ele só vale na lei do apulso, na Delegacia.
Candinha ficou de olheiras repentinas, só de ver seu insultador da véspera. Tinha, tremendo, nas órbitas, não dois olhos mas duas bolas de azougue.
No fundo da casa de Candinha, sua empregada vinda do Arraial do Tronco lavava a cozinha, cantando em doce toada:

> *Seus peitos são duas rosas*
> *Que na serra vão se abrir.*
> *Quem me dera ser sereno*
> *Pra nessas rosas cair.*
>
> *Não há pão como farinha,*
> *Carne como a de carneiro.*
> *Não há bem como o passado,*
> *Nem amor como o primeiro...*

Depois de uma pausa, em que a vassoura espalhava água suja:

> *Não há bem como o passado,*
> *Nem amor como o primeiro...*

A enchente dos comentários sobre a tunda acabava em vazante. Fortunato ganhara enorme prestígio, curando a amiga. Beja ficara inteiramente boa, depois de 20 dias de tratamento rigoroso, sob as vistas ciumentas do boticário. A senhora elogiava-o, com todos. Aquilo constituía a máxima recompensa para o Físico. Além disso Beja mandou fazer na Vila Real de Nossa Senhora da Conceição do Sabará um estojo de ouro maciço encrustado de esmeraldas orientais, com um termômetro, com o qual presenteou seu médico. Lá estavam, bem visíveis, as iniciais do profissional: Dr. F. A., Dr. Fortunato Arruda! Beja mandou chamá-lo:
— Fortunato, agora desejo saber quanto lhe devo.
— Quanto me deve? Nada! Ora esta, vou cobrar de você?...
— Você foi muito bom para mim, Fortunato...
— Não fale mais nisso, porque brigamos!
A moça apanhou de cima da mesa a caixa com o termômetro:
— Então você aceite esta lembrança e este envelope. Mas abra quando sair daqui!
Fortunato ficou engasgado e sentiu os olhos umedecidos:

— O que fiz por você foi por boa amizade, Beja...

Quando o boticário viu a joia com o monograma Dr. F. A. quase cai de costas. Nunca vira coisa mais linda!

Abrindo o envelope, encontrou um conto de réis! Aí, não resistiu — chorou, chorou como no dia em que a esposa fechara os olhos.

À tarde Moisés entregou uma cesta grande com o bilhete: "A genebra é da Holanda, o Peppermint é da França e a cachaça é de Paracatu: Está engarrafada há 20 anos. (ass.) — B."

Fortunato elogiou tanto essa cachaça que sua voz parecia estar atacada de *delirium-tremens*...

A Vila toda soube, à farta, desses presentes valiosos.

— Ela se expôs à sanha das feras mas Fortunato resolveu tudo com proficiência!

Elogios assim engrandeceram-lhe ainda mais o nome. Guima reconhecia o valor do tratamento, pois vira a doente em artigo de morte:

— Fortunato parece feito em forma de barro... mas é competente!

Naquela mesma noite o Dr. Juiz mandou chamar o boticário para ver a esposa, atacada de polca.

Como estivessem na Botica, Belegarde e Matos foram com ele. Chegando ao sobradinho, a porta estava fechada. O Físico bateu, rude, esperando. Ninguém atendia. Nisto apareceu na sacada de cima uma empregadinha sorridente. Fortunato falava e a moça não ouvia. O velho zangava-se:

— Vim a chamado do Dr. Juiz!

A jovem não entendia o que ele falava. Matos então se voltando para o boticário, explicou.

— Ela não ouve porque tem um dente quebrado na frente...

Era exato mas o velho se aborreceu:

— Vá para o diabo!

A porta então se abriu. D. Florisa curou-se logo, para orgulho do galeno.

Beja restabelecida, resolveu passar um mês no Jatobá. Voltavam a seus habituais serões os velhos frequentadores de sua casa.

Como ganhara um baralho de loto, jogavam víspora todas as noites. Guima avisava aos companheiros:

— Aproveitem enquanto Beja não enjoa desse jogo. Ela se aborrece de tudo.

Beja ganhava todas as partidas. Certa vez, espiando a coleção de seu vizinho Dico, exclamou:

— Olhe aí, seu distraído: você ganhou e não grita *chega*?

— Ah, é verdade; nem tinha visto...

É que todos tinham prazer em, perdendo, deixar que Beja ganhasse. Uma noite ela se fez espantada:

— Vocês não notaram uma coisa: Belegarde fugiu daqui!... Falem com ele que apareça, não dispensamos Belegarde.

O Subdelegado não ficara satisfeito de inquirir, em vão, as raparigas, sendo que Beja se negou a apresentar queixa, base do processo. Não sabia como Beja e Severina, de um enorme segredo: quem mandara esbordoar a senhora fora Antônio Sampaio. Guardava-se absoluta reserva do acontecido. Não havia, pela Vila, nem suspeita de que o fazendeiro mandara Balaio e Sô Chico praticarem a sinistra empreitada.

Ainda não haviam findado as chuvas grandes. Roncando pelas grotas, águas bobas zangavam enxorilhos turvos. O Jatobá não oferecia o conforto repousante da casa de S. Domingos. Mesmo assim, vivia em perpétua quermesse de risos e brincos apropriados para os dias de chuva. Nesses dias úmidos o Cognac Hennessy e a Genebra Foking mantinham os amigos da casa em permanente bom humor. Fortunato achava esse cognac enjoativo:

— Para mim o *Lacryma Christi* é insubstituível! Aqui se bebem os melhores vinhos do Porto! O Ferreirinha, o Rocha Leão, sumos das melhores cepas de Portugal! Beja tem na sua adega do palácio vinhos do século XVI, do tempo de D. João IV! Nesse tempo, Nassau dominava Pernambuco. As dornas do Porto já envelheciam esse maravilhoso elixir! Conhecem o Porto Cabacinho? É de alto preço, parelho do Lacryma Christi. É branco e espuma ao se derramar no copo; espuma como Champanha mas é suavíssimo, desce como leite... Nossa Beja possui uma garrafa de Champanha que esteve enterrada 100 anos! Vive deitada como Rainha, ninguém a balança... é admirabilíssima! Só de ver essa botelha sob o pó de um século — me vem água na boca!

Enquanto Fortunato fazia o elogio de sua adega, Beja foi ver o que havia para a ceia. Matos aproveitou-se para fazer um comentário:

— Vocês notaram como Antônio Sampaio anda alegre? Vem todas as noites à Vila, está contente da vida!

O boticário enfezou-se:

— Vem para não se mostrar despeitado. Está se ralando...

Dico também era desse parecer:

— É fanfarrão e vem para mostrar que não ficou de asa ferida. Fiquei aborrecido com ele, ontem. Perguntou se Beja ficara muito marcada do rabo-de-tatu. Solta gargalhadas grosseiras, quando fala nela.

Justamente na hora dessa conversa no Jatobá, Antônio, que estava numa roda de jogo na Rua das Piteiras, viu Belegarde subir para o Largo da Matriz. Era a primeira vez que o via depois do crime.

— Eh, Belegarde, vem cá, vem ver os amigos, homem de Deus.

O Delegado aproximou-se, cortês.

— Como é, Belegarde, e o inquérito?
— Que inquérito?
— Ora, qual inquérito... você está se fazendo de gostoso: o inquérito sobre a surra!
— Não estou fazendo inquérito nenhum sobre isso. E sabe por quê? Porque a parte não deu queixa... pois se desse era de minha obrigação fazer o processo!
E fazendo menção de se retirar:
— Não consta nenhuma queixa sobre o caso, na Delegacia.
Sampaio riu gargalhando:
— Pois dizem que o refle comeu em Candinha, Josefa e Siá-Boa, a seu mandado!
— Mentira, boatos perversos.
— Belegarde, falam que você prendeu as frichas para adular Beja... dizem que você está danado de paixão pela gracinha.
Belegarde, circunspecto:
— Sou viúvo — portanto livre. Não sou como você que é um apaixonado escorraçado, homem com mulher e meninada de cobrir com balaio!
Antônio sorriu amarelo, moderando-se.
O Delegado retirou-se nervoso. De longe ouviu gargalhadas de escárnio. Os jogadores vaiavam-no.

Todos notaram na Vila a volta da alegria de Beja. Era como se voltasse a primavera. Voavam andorinhas em sua alma. Refloria em saúde, borbulhava em rebentos a árvore da serra. Seus olhos ganharam ainda maior fulgor e agora, frutificada por duas vezes, sua fisionomia adquirira a compostura de perfeito autodomínio. Seus olhos dominadores venciam mais que qualquer sorriso, muito mais que todos os gestos. Seu andar tinha um ritmo flexível, pisava bem. Parecia haver recuperado de uma vez a consciência da própria força. Sua alegria contagiante era de uma finura plástica superiormente notável. Tornava-se equilibrada na harmonia. Até os inimigos acreditavam no sortilégio de suas atitudes educadas, cada vez mais simples. Parecia calculada nos olhares e dava sensação de haver ensaiado os gestos mais comuns.
Certo dia o Juiz perguntou por ela ao Padre Aranha:
— Há dias não vejo aqueles olhos sevilhanos... A esta hora do anoitecer deve estar como beneditina contemplativa, olhando as estrelas brancas aparecerem...
O Juiz admirava-a, com restrições amargas:
— É pena! Tão bela, tão simpática. Por que o senhor não tenta buscar essa ovelha tresmalhada?

— Ah, Dr. Costa Pinto, eu sou o muezzin dessa multidão surda, que passa sem escutar a voz que prega a moral antiga! Sou como lágrima de escravo, ninguém dá importância...

O Juiz falava de manso:

— E o Fortunato, não pode aconselhar?

— Fortunato possui o caráter pegajoso, dá impressão de que sua alma é feita de osgas e cachaça... Há pouco exclamou no Jatobá: Poderei morrer orgulhoso se beber Champanha no sapato ainda morno dos pés de Bejinha!

Depois de ultrajada pelo assalto ela se tornou mais acessível, estava cordial com todos que a deparavam. Siá-Boa, que a julgara apagada com a roda-de--pau, vivia insone com a aparência irradiante de sua adversária. Nunca tivera inveja a não ser dos pássaros, voando, das árvores floridas e das mulheres que amavam de verdade, com amor legítimo, eterno. Siá-Boa, vendo-a passar, parava o assunto:

— Parece mentira; essa mulher não enverga. Chicote pra ela foi até mezinha. Ficou mais bonitona, está na cara. Dá até tristeza.

Josefa Pereira tinha opiniões próprias:

— Bonitona ela é. Acho que seus trajes influem. Mas pra mim o que ela é mesmo é sem-vergonha. Apanhar como apanhou, está até mais saída, isto está nos olhos de cego.

Candinha olhava-a, azeda:

— Ela não é mais menina. É mulher parideira e o diabinho cada vez mais vistoso. Pra mim ela ganhou um talismã pra chamar homem.

Siá-Boa sorria:

— Isso é porque ela é bonita e até demais. Vai ser bonita nos infernos!...

Beja sabia, por seus afeiçoados, de todas essas opiniões. O que ninguém jamais lhe negou foi a imponência da estampa. E educação e graça e o resto...

Candinha, que a odiava, também estava de acordo:

— É bonita porque é moça, a mocidade enfeita. É mulher provocadeira, isto é. Mas nós vivemos é de homem e se homem só procura ela é porque ela é melhor do que nós. Não me conformo é de Beja não se importar com as pancadas. Deus me livre e guarde, se fosse comigo... Ela é muito sem sentimento — dizem que nem fala mais nisso.

Levantou os ombros, indiferente:

Ganha muito dinheiro, muitos presentes, é rica, fez um palácio mas nós também temos boa casa. A diferença é que eu não apanho de escravo e ela esteve de cama, com a vela na mão e... nem liga.

Terminou num rosnado, entre dentes:

— Grandissíssima sem-vergonha...

O sino chamara para a missa das 8 horas.

Padre Aranha às 10 ia almoçar no Jatobá, onde um violeiro de S. Francisco, passando com tropas, ia tocar para Beja. Todos os amigos estariam presentes, inclusive Belegarde, já esquecido dos arrufos.

A chácara estava enfeitada como para casamento. Desde a véspera a garrafeira jazia na areia molhada em água com sal, para esfriar os vinhos.

Beja cantarolava como um pintassilgo.

— Severina, quando forem chegando os convidados, vá servindo o aperitivo. O de hoje é Cognac Leproux. Na mesa — vinho Branco da Casa da

Calçada. Na sobremesa sirva licor Peppermint francês. Os convidados hoje vão fumar charutos alemães que me enviaram. São legítimos Pook.

Matos e Guima, no adro da Matriz, viam chegar moças bonitas para a missa. Matos tocou no braço de Guima:

— Vem chegando para a missa os dentes lindos de Eva Nunes.

— Olha, Matos, como chegam tremendo, para a Igreja, os seios morenos, em decote de Vivi!

A filha mais velha do Juiz também chegava, com seriedade forçada de moça bonita que aparece na rua com um dente da frente quebrado.

Quando a missa terminou, os dois amigos ficaram vendo sair o povo. Passou perto o Juiz ao lado da esposa, que caminhava em suaves arrancos, as nádegas muito baixas, como se fosse uma galinha de oveiro caído.

— Beja, ainda a *negligé*, estalava os dedos rente da gaiola de um sofrer, provocando-lhe o canto. Severina sentia-se feliz com a alegria de Beja:

— Sinhá está tão boa... fico alegre quando vejo Sinhá cantando...

— Meu coração, Severina, é um búzio esquecido na praia. Sofre, mas ninguém sabe. Só têm certeza disso quando escutam as vozes tristes que ele guarda lá dentro...

Começou a arrumar as rosas de seus jardins nas jarras de prata e porcelana, distribuídas pela casa. Solfejava, em surdina, uns versos muito populares em S. Domingos:

> *Não há bem como o passado,*
> *Nem amor como o primeiro*

— Severina, este mundo só presta por que é assim...

Adulada, querida, invejada, que mais pedir à Vida? Era a cópia inconsciente de Maria Antonieta. Sua casa da chácara era modesta mas seu palácio lembrava Versalhes, uma Versalhes sertaneja, e sua Corte era de garimpeiros, tropeiros, fazendeiros... Seus salões tinham, para o meio, o esplendor do Grande Trianon, a que não faltava uma camareira leal.

Porque Severina era a Marquesa de Lambale negra da Maria Antonieta de S. Domingos do Araxá.

XV
A IRA DE NÊMESIS

O espancamento de Beja passara a coisa antiga.

O escândalo que se levantou caiu como poeira que os ventos arrebatam do chão. O rabo-de-tatu cumpriu seu dever em janeiro de 1837. Beja passou por cínica fingindo não se importar com a dura humilhação. Continuou sua vida, marcha vitoriosa para o bulício das festas, danças, recepções de amigos vindos de longe. Não quis mais amantes. Essas criaturas ficaram apagadas de sua vida, embora ambos se sentissem ligadas à amante por um afeto incompreensível. Beja estava livre como os ventos da serra, livre, despreocupada. Ela não pronunciava mais os nomes dos que a procuravam diminuir. Não costumava avivar na lembrança dolorosa cicatriz que o tempo ia apagando. Mulher cara, porque excepcional, tinha na carne saudável exuberância de alegria, a indispensável alegria de viver. Dançava com volúpia. Gostava de dançar e dizia sempre:

— Quem não sabe dançar, não sabe andar...

Governava sua casa com satisfação, dormia com serenidade e sua fortuna aumentava, em vertigem. Todas as coisas boas e belas vinham a suas mãos. A terra que pisava estava cheia de rosas... Parecia leviana. Pois não era. Seu imenso amor-próprio não lhe deixava esquecer afrontas.

Quando chegou setembro daquele ano que tanto sofrera, vendo esquecida a sua agressão e ela fingindo tudo olvidar, uma noite, já tarde, ela disse a Severina:

— Há tempo para a semente germinar, a flor se abrir, o fruto amadurecer. Tudo deve vir em sua época. Está chegando a hora de revolver o fogo morto, debaixo do qual certas brasas estão ainda vivas.

Severina aprovava com a cabeça, não entendendo nada.

— Agora, Severina, quem joga a última carta para o sou eu! Perdi a partida da Rua da Raia, quando mataram o avô, xeque-mate perdi a do caminho do Barreiro, mas hoje tenho todos os trunfos na mão. Agora é minha vez de jogar. É preciso fingir para ser feliz. A lealdade é o começo da ingratidão, que vem atrás. Os aborrecimentos recordados a todas as horas ferem mais do que a vida.

Parou, pensativa, falando rouca:

Ouvi falar que Napoleão quando feria suas grandes batalhas tinha tudo previsto, articulado, medido. Fazia os planos, estudando cartas, verificando, em pessoa, o suprimento de soldados e canhões. Depois, arremetia...

Suspirou, animada:

— Só antes de combater, os Marechais de França tinham ciência de seus projetos.

Sorriu, maliciosa:

— Mota não gostava de Napoleão mas era entusiasta de seu gênio guerreiro. Gostava de me contar episódios da vida do Imperador. Esse caso de só dizer aos Marechais o que iam fazer na hora do combate, se deu em todas as grandes batalhas: Arcole, Pirâmides, Marengo, Austerlitz, Iena, Eylau, Friedland, Wagram...

Severina a ouvia, de olhos contemplativos.

— Ah, Severina, eu tenho duas Bejas no coração: uma é das aparências, amante do luxo, dos perfumes, das festas iluminadas. A outra ninguém vê. É a Beja dos planos frios, do raciocínio perigoso, das ciladas. Quem me vê, só vê a primeira; a outra é para meus cálculos certos; é a Beja que vê as coisas a cru. Pareço perdulária nas minhas pompas, entretanto, eu sei que essas pompas não desfalcam meus haveres, vêm todas da admiração de homens sensuais. Todos me veem como criatura leviana: é que preciso máscara para minha vida. Só eu sei que em todas as ações e gestos eu me regulo pelo prumo de minha consciência. Pensa que sou boa? Sou má. Fui boa até 15 anos, dali até hoje vivo para castigar, em todos os homens, aquele que foi meu algoz. O castigo vem depois...

Bateram palmas e a escrava foi ver quem era.

— E sô Manoel Libório, Sinhá, aquele moço de Ouro Preto.

Ela não se recordava:

— Manoel... Manoel... ah! Já sei. Mande-o subir.

Velho conhecido de Beja, não passava por S. Domingos sem ir vê-la. Ela se alegrou, ergueu-se para recebê-lo.

— Há tanto tempo, Manoel, há tanto tempo não nos vimos...

Ele era educado:

— Eu a vejo todo dia; quem a viu não a esquece mais.

— São delicadezas de velho amigo...

Manoel parecia encantado!

— D. Beja, minha visita foi de passagem. Sinal de que não a esquecia é esta lembrancinha de dono de garimpo.

Estendeu-lhe uma caixa. Beja abre-a: era uma pepita de ouro, enorme, de luzente amarelo-fosco.

— Que coisa mais bela, Manoel!

— Quando a acharam apareceu muito comprador; eu a todos respondia: esta não se vende, é de D. Beja...

Corou ligeiramente:

— Oh, Manoel, são bondades, é seu coração...

E muito expansiva:

— Você hoje vai beber aqui não é o vinho do Porto: é absinto Pernot. Vamos beber juntos!

Severina já aprendera a dosar aquelas coisas; fê-lo à vista de Manoel, que estava admirado:

— Que será isto, D. Beja?... Nunca bebi essas raridades.

E mais exaltado:

— Eu sempre digo por lá. Bebidas finas, só as de D. Beja!

Ela sorria agradecida, a degustar o absinto. A visita, depondo o cálice na velha bandeja:

— Só aos poucos; tem gosto de anis mas é um bocado forte.
Depois de breve silêncio:
— Pois é, soube de uns aborrecimentos que a senhora sofreu. Senti muito, de minha parte.
Ela atalhou apressada:
— Coisa à toa, Manoel, o mais foram boatos. Esta gente fala muito.
— É inveja.
— É inveja, sim.
Manoel pigarreou:
— Eu soube, por alto. Sendo assim, melhor.
Beja sentiu a cabeça rodar.
— Ora, meu caro, eu sou bastante sensata para não dar importância a umas tantas obras do despeito...
— Muito bem!
— ... eu sou querida de todos, não tenho no coração ódio de ninguém.
— A senhora é perfeita, em tudo. Sempre digo: D. Beja é mulher sem defeitos.
— Não; tenho muitos...
— ... que são qualidades, ouro de lei!
Beja sorriu ainda, forçada e procurando novo caminho:
— Então, sua cidade?
— Ouro Preto, na mesma. Muita política, muito mexerico, alguns escândalos. No mais, o ramerrão de sempre. Costumo dizer: Em Ouro Preto só existem três coisas boas — o clima, o ouro e a água...
Beja defendia sua terra adotiva:
— Estou de acordo. Quanto às águas, as nossas não ficam a dever às de lá.
— As nossas, D. Beja, são finas...
— Mas as nossas do Araxá são as melhores... Beba as águas do Barreiro e me dará razão. As de Ouro Preto são puras, é fama geral. As daqui são remédio, embelezam e dão forças novas à vida!
— Quanto ao nosso ouro...
— Isto é inegável, nós não temos. Só no Rio das Abelhas. Creio porém que a saúde vale mais que ouro...
— Quem duvida?
— Manoel, e há muito ouro ainda em sua terra?
— Não muito. As lavras estão se esgotando. Vivemos, posso dizer, das pintas esquecidas pelos portugueses. A senhora pode ver ainda em Ouro Preto, nas grupiaras, montes de cascalho enegrecido pelo tempo. Levaram quase tudo... O outro mais superficial, o da aluvião, foi levado. O que corre hoje nos rios vem das montanhas, vem trazido pelos enxurros.
Beja ouvia, atenta.

— E pepitas iguais a esta?
— Ainda há mas raras. Só no bambúrrio se encontravam.
Entristeceu, para arrematar:
— Os portugueses são a praga de gafanhotos dos garimpos: por onde passam, fica tudo destruído...

O assunto morreu um pouco. Beja avivou:
— Tem viajado muito, Manoel?
— Viajo sempre; vou vender ouro, comprar joias na Corte. A Corte é o melhor mercado. Estou levando ouro e prata.
— Muita novidade, pela Corte?
— Novidade, novidade, nenhuma. Os portugueses procurando pisar nos brasileiros. Os brasileiros hostilizando os marinheiros. Muita confusão, muita indecência. Os zungus vivem cheios de gente da alta, de mulheres casadas.
Percebeu que devia mudar de rumo:
— Uma coisa está revolucionando a Corte, é o *gelo*. É uma pedra que derrete em água, tão fria que queima igual fogo. Vendem aos pedaços, cor de cristal e fumaceia. Derrete logo, vira água. É igual a saraiva, as pedras da chuva-de-pedras. Mas é um fogo para queimar.
Beja ouvia abismada.
— Deve ser interessante. E a gente come?
— Não se come, bebe-se. Põe-se um pedaço na água e a água esfria de doer nos dentes. A senhora enchendo um copo de pedras de granizo — é igual.
A moça não entendia bem como podia ser o gelo.
— Que novidade esquisita! E é gostoso?
— Tem gosto de água; o bom é a frieza medonha...
Para a sociedade Beja parecia, na farândola das festas, ébria, delirante. Aos sábados, dava jantar no palácio, exibia seu guarda-roupa renovado mensalmente. Jantavam com ela os magnatas de mais prosápia da civilização do couro: fazendeiros, faiscadores, amantes que só ela sabia.
Era para a Vila poeirenta uma honra frequentar a casa rica. Numa sociedade cheia de preconceitos mesquinhos, pouco se vexavam de comparecer a suas recepções.
Beja sabia receber. Tinha fidalguia, seu sangue azul estava na inteligência astuta, sobre que dominava todo o Sertão do Novo Sul. Procurava de ninguém esquecer em seus convites. Todos reconheciam sua má vida e poucos falavam naquilo: Beja era o modelo, quem melhor se vestia; sabendo agradar até os escravos das pessoas convidadas. Em sua casa, não falava mal de ninguém; a etiqueta só jogava com palavras amáveis. Terminada a festa, recomposto o palácio, ela voltava às suas ondas de tristeza, tristeza que apenas Severina

conhecia. Cansaço? Não. Que seria? Os silêncios de Beja eram temidos pelos escravos. Com sua favorita só às vezes se abria, em confidências de alívio:

— Meus silêncios são advertência de gritos, são como o céu escurecendo com trovões — prenúncio de tempestade.

Beja palestrava com o Padre e Fortunato quando seu escravo Dorirão, porteiro do Jatobá, pediu licença para lhe tomar a bênção. Ela estranhou a presença do negro no solar, quando a chácara lhe estava entregue.

— Louvado seja Nosso Senhor Jesus Cristo, Sinhá?

E apresentou-lhe no braço um papagaio novo, tirado do oco.

— É filhote, pra Sinhá...

Beja agradeceu, passou a mão pela cabeça da ave ainda implumando:

— Que bicho feio, Dorirão!

Os dentes brancos do negro sorriram satisfeitos.

Como a noite fosse de lua crescente, o escravo pediu-lhe permissão para caçar uns tatus no cerrado. Iria tarde da noite, voltando cedo.

— Pode ir, Dorirão. Entregue o bicho a Flaviana.

Ele ao se retirar, explicou:

— É de umburana, Sinhá.

Quando o preto se retirou Beja inquiriu Fortunato:

— Que quer dizer "é de umburana"?

O boticário, contente por lhe prestar informação, explanou a seu modo:

— Dorirão quer dizer que o papagaio é bom, pois são bons, bonitos e inteligentes quando tirados do oco de aroeira, umburana de cambão.

Fechou a boceta de torrado:

— Os tirados de cupim, buracos de biratanha e angico são brabos feios e burros.

—Uai! isto é exato?

— Exato!

Beja notou certa melancolia no Padre Aranha.

— Não é nada... Vivo agradando a dor, pisando de manso, falando baixo para ela não se zangar...

Fortunato discordava:

— Qual nada, Padre Aranha, pra gente se ver livre de sofrimento só conheço um remédio: é uma mundrunga bem feita...

Começou a piscar os olhos:

— Querem ver que este absinto me trepou na caixa do juízo?...

O Padre nem ouviu:

— Este mundo ainda possui mistérios bem tristes: ando esses dias acabrunhado, sem saber por quê. Talvez porque, fazendo um balanço na vida, a gente acha um prejuízo que veio sem se esperar, a gente percebe que o esforço é quase sempre vão.

O boticário não entendeu:

— Que quer dizer isso? O senhor é o vencedor em todas as campanhas, sai-se bem em tudo!

— Fortunato, você conhece os carregadores de escadas? Esses que levam as escadas para os outros subirem em telhados para consertos? Cai uma telha, um caibro, desaba um pedaço do telhado e chamam o consertador. Lá vem ele mas o ajudante é que traz a escada para o oficial subir, fazer seu serviço. Sem escada o consertador não vale nada. Atrás dele está o carregador que, além de carregar, firma a escada para ele agir. O caiador embeleza a parede, mas o carregador da escada é quem permite subida. Ajuda, calado, recebe uns poucos vinténs, leva de novo a coisa, é esquecido. O oficial é quem fez tudo: consertou direito, caiou bem a casa. Eu sou o carregador da escada para os outros subirem, até para o céu. Depois de grimparem com o meu auxílio, sem o qual seria impossível, todos me esquecem; nenhum é mais necessário antes de subir alguém, não há outro mais esquecido, terminado o conserto. Com a escada nos ombros, o carregador é o bobo indispensável. Quando ninguém mais precisa dele, o portador da escada, de quem às vezes nem se sabe o nome, volta a ser o anônimo que ajudou o outro a subir. Ah, Fortunato, carrego há tantos anos minha escada para outros escalarem, que já fiz dela a minha cruz...

Beja que ouvira atenta, murmurou apenas:

— É verdade, Padre Aranha, mas o mundo é assim mesmo.

O boticário estava de olhos parados, depois de vários cálices de absinto; parecia dormir de olhos abertos.

Beja despertou-o:

— Não é, Fortunato?

— Hum...?

Embora parecendo escutar nem ouvira a meditação do Vigário.

— Este absinto, D. Beja, parece leite mas é leite da diaba mais velha do inferno...

Estava bêbedo e anoitecia lá fora. O Padre levantou-se:

— Vamos embora, homem de Deus!

O Padre pegou-lhe o braço e, para Beja, fazendo beiço crítico:

— São os mártires da cruzada...

A moça recomendou, séria:

— Vai com ele, Padre Aranha, ele pode não saber nem onde é a Botica.

— Ele? Mesmo assim Fortuanto sabe até onde o diabo mora...

Beja, sozinha, afastou a cortina da janela do nascente do salão e ficou espiando em silêncio a noite ainda nova.

Severina aproximou-se.
— Parece que vem tempestade por aí, Severina.
— Tempestade?
— Olhe os vaga-lumes da vargem do Santa Rita: estão com as luzes mais vivas, mais azuis e acesas com mais frequência. Esse sinal não falha!

Dorirão saiu quando a crescente estava alta. Levava enxadão e o porrete, armas de caçar tatu.

A chuvinha da manhã com o sol frio da tarde assanhara as tanajuras; a noite estava ótima para sua caçada. Porque além das tanajuras, os besouros grandes cabeceavam tontos, fuçando as bostas de boi do cerradão.

Não utilizava cachorro para levantar os bichos. Seguia sem fazer barulho e parava no campo, escutando, muito atento. Quando ouvia tropel, ficava prevenido. Pelo fungado conhecia se o tatu era o *galinha, o veado, o peba, o testa, o bola, o canastro ou o rabo mole*.

Bejocava amiúde a garrafa de pinga, pinga que já matara seus companheiros de caçada, João Damasceno, João Martins e Manoel Lubrina. O embornal que ele carregava no ombro, enfiado pelo braço, guardava aquela penitência, fumo e binga.

Dorirão acabava de dar outra boquinha na sua garrafa quando ouviu fungar alto e fundo, sinal certo de tatu-galinha, o melhor deles. Sua carne não tem gosto de raiz e é delicada.

A caça caminhava para o escravo, procurando besouros e tanajuras, bastante espevitado. Dorirão apertou o porrete, apurando os ouvidos e tentando enxergar o vadio da noite. O bicho vinha, vinha para seu lado. Eram agora mais fortes seus grunhidos; sentia o barulho do mato, que ele empurrava para passar.

Parece que ele percebeu cheiro de gente pois parou, também escutando. O escravo estava imóvel, o coração a pular, agitado. Espantou-se, porque viu uma touça de moita mexer, mesmo encostado nele. Repentino, sem ver o animal, descarregou o macete, num golpe seco, em cima das folhas. O *galinha* fungou, deu um pinote e se arrastou pela vassoura, procurando fugir. O caçador repetiu as porretadas mas o bicho fugia, barulhento, em rumo do valo velho. Estava ferido, pois o barulho era arrastado, diferente. O negro seguia a caça, temendo que ela alcançasse um buraco. Isso era mau porque o obrigaria a escavação trabalhosa. Tentou cercá-lo, batendo o pau pelas moitas, a torto e a direito. Estava ofegante e suado; de repente viu o fugitivo, quase o agarrou com as unhas. Escorregou, caiu, levantou-se num pulo e, violento, conseguiu acertar uma cacetada no casco do bicho. O tatu perdeu a agilidade e o negro malhou-lhe a cabeça, procurando lhe esborrachar a carapaça. Agitado, atracou no rabo: vencera — matara o tatu.

Com o esforço violento sentiu-se tonto, o fôlego faltava-lhe, sentou-se no chão com a vista escura. O cacete escorregou-lhe da mão, ele via tudo apagado; deitou-se sem querer.

Beja tivera razão. Veio tempestade. Choveu a noite toda. No outro dia, meninos que procuravam cabritos encontraram os dois, mortos. O tatu, ensanguentado e Dorirão, de olhos abertos, horrendo, frio, ao lado do tatu que esmigalhara. O embornal deixava ver a garrafa com um resto de cachaça. Os olhos, a boca e o nariz do escravo estavam sendo roídos pelas formigas do mato. Beja sentiu imensamente a morte do humilde preto, tão resignado, tão leal.

— Coitado do Dorirão! Ao menos nisso Deus lhe fez a vontade: morreu fazendo o que mais gostava na vida — caçando tatu...

Uma tarde, no Jatobá, onde Beja fora passar a semana para repouso, Severina anunciou-lhe que um mulato do Tijuco pedia para falar com ela.

— Mulato?! Que deseja ele? Que homem é esse?
— Sei não, Sinhá. Diz que é garimpeiro meia-praça.

Ela estava na espreguiçadeira da varanda, com um *pegnoir* creme, lenço de seda azul na cabeça.

— Deixe o homem entrar.

Era do Tijuco, fora escravo de certo João Saraiva, dono de garimpo no Jequitinhonha. Nasceu escravo e trabalhou 20 anos na bateia e nas peneiras. Não lhe permitiram se casasse. Saraiva tinha confiança nele. Lavava cascalho o dia todo, sozinho, pois era de confiança. Como fosse estimado, quando levava para o senhor, pelo menos um chibiu, apanhava só 12 bolos. Trabalhava às vezes até o escurecer, para evitar o castigo. O proprietário da grupiara era desconfiado, como todos os donos de garimpo. Se duvidava do negro, vinha o vergalho-de-boi. Aos 30 anos, combalido pelos trabalhos no rio, principalmente na seca, em junho, julho e agosto, quando a água é gelada, foi amofinando. Às vezes o senhor chegava de sopetão, para apanhar o negro em falta. Nunca o conseguiu. Com o sol por cair, chegava na lavra. Arrancar cascalho, carregar cascalho, lavar cascalho, peneirar cascalho.

Um dia, bamburrou um diamante bonito, sem urubus. Foi por volta das 10 horas. Com a pedra na mão, calculou bem o peso: 30 quilates e 90 pontos! Ficou cismando, muito calmo; pensou na miséria: almoçava feijão e couve, jantaria feijão e angu. Entra ano, sai ano. Sentiu as mãos esfriarem, estavam trêmulas, e as pernas ficavam dormentes. Olhou o céu azul, distante. Ouvia, como sonâmbulo, a água do rio rosnando de encontro a uma pedra, no veio. Apanhou uma folha de inhame brabo, enrolou a pedra, para que ela não resfriasse. Pôs o bazé no cachimbo, bateu a binga, soltaram chispas, a estopa fumegou. E o escravo ali, de pé, a pensar na vida!

Lembrou os bolos à noite, a senzala sem janela, trancada à chave. A tarimba, com o colchão de palha de milho... Olhou para os arredores, pois aconteceu muitas vezes estar sendo vigiado, sem saber.

Depois, com as mãos tremendo, resoluto, porque ali estava a Liberdade a lhe acenar, escondeu o diamante, cavando com um pau de ponta um buraco, perto do rio.

E voltou para a picareta, o coração aos pinotes. Sentia agora um desassossego, uma bambeza, um mal-estar indisfarçável. Que seria?

Para disfarçar, começou a cantar alto, uma cantiga:

>*Nosso Sinhô tá no céu*
>*Vida di nego é gemê.*

Uma força estranha lhe chegava aos braços curtidos de sol. Continuava cantando, para despistar:

>*Nosso Senhor tá no céu...*

Olhava, disfarçado, os matos vizinhos.

>*Vida de nêgo é gemê...*

À noite chegou na Casa Grande, de mãos abanando: 12 bolos bem puxados.
— Que cara espantada é esta, negro ruim? Que tremura é esta, cabra sujo? Que olho vermelho é este, peça ordinária? Venha cá!

Mais 12 bolos. O senhor achava o escravo esquisito, o senhor era prevenido com seus crioulos...

O escravo não dormiu. Amanheceu com os olhos ardendo, as mãos inchadas. Tomou a bênção, na turma dos mais, ao pé da escada. Bebeu a cuia de canjiquinha habitual e saiu para a lavra. Levava sua picareta, enxada, carumbé, chaula e peneiras. Andou ligeiro. Chegando ao rio, fingiu uma necessidade, agachou-se junto ao pau rente ao qual enterrara a pedra. Tudo intato. Voltou à picareta.

>*Sai da roda, cai no tronco,*
>*Nêgo chora, ninguém vê.*
>*Olha pra nois, Nossinho,*
>*Ai! óia o nêgo gemê.*

Estava desconfiado: era certo que o dono estaria por ali vigiando a peça. A picareta batia, no cascalho molhado — tiuátchu! A chaula jogava as pedras no barranco. O coração dava pinotes, pulos secos.

— Queta aí, diabo!

Uma semana depois encontrou no caminho da fazenda o capangueiro João Lopes, seu amigo. João gostava do negro e trazia-lhe sempre um pedaço de fumo. Era comprador de contrabandos, ouro e pedras furtadas. Se o senhor soubesse que ele parara para conversar com o capangueiro, o bacalhau zuava. O escravo estava animado a fazer o desvio. Combinou com o amigo: dava a pedra para que João Lopes a vendesse, e o comprasse, a ele, escravo, do senhor. João lhe entregaria uma parte da venda do diamante.

— Topo a trapaça. Não seja burro, caia fora da peia! Mas você está muito espantado, olhe lá!

O escravo voltou, entregou a pedra. Cinco dias depois Lopes comprava o negro, com papel passado. Levou a rês, passando-lhe como fora combinado, carta-de-alforria.

O forro caiu no mundo, para evitar complicações, levando os 2 contos que lhe tocaram. João Lopes roubara danadamente o negro mas era assim mesmo. Ele foi parar nos garimpos do Arraial de Nossa Senhora da Abadia de Água Suja, onde perdeu o capital. Além disto, numa discussão, feriu com afiada língua-de-cobra um desafeto eventual. O Brigada era brabo. Foi melhor fugir. Banzando no mundo, trabalhando de meia-praça, foi parar em S. Domingos do Araxá. Procurava serviço, até que pudesse voltar para seu velho Tijuco. Beja ouvira-o, calada:

— Qual seu nome?

— Antônio de Almeida Ramos, seu criado.

A senhora pensou um pouco, a mão na face, coordenando as ideias. Aparecia-lhe uma estrela, na escuridão de tantos meses de fingimento. Bem calculada, a senhora ia medindo as profundidades:

— Quando chegou aqui?

— Agorinha mesmo.

— Conversou com alguém, na Vila?

— Perguntei onde podia arranjar serviço. Me indicaro a senhora.

Beja de novo silenciou, pensativa.

— Você quer trabalhar para mim?

— Sim senhora, patroa.

— Severina! Dê almoço a este homem. Ele vai ficar na casa dos fundos, até segunda ordem. Avise que ele não pode sair à rua.

Ramos por uma semana trabalhou na chácara. Quando não tinha visitas, Beja conversava com ele. Queria conhecer bem seu passado, as razões do crime de Água Suja, seus costumes. Ramos era trabalhador, caladão e bem preceituado.

Na quietude da noite na varanda do Jatobá, D. Beja esmiuçava coisas do passado do forro. Na noite silenciosa, na brenha dos morros, ululavam lobos com goelas secas de fome e de cio excitado pelo clarão da lua cheia.

Beja de sua cadeira de balanço calculava os rumos:

— Como foi a briga de Água Suja?

— Foi coisa à toa, dona. Eu já tinha perdido meu dinheiro e trabalhava no desmonte da cata com o negro de apelido Bucheca. Eu sabia que ele era mau. Apareceu por lá uma fulana, com perdão da palavra. Sobre ela tivemos um bate-boca. Eu sabia da fama dele. É difícil filho de mulher, mais valente! Na turra, caminhou ni mim, deu um bufete. Eu danei os fuzil, danou tudo. Uma pororoca subiu nos meus olhos. Ele gritava: Encho sua lua de tapa e cuspe! Aí, como diz, não vi mais nada. Cheguei um *de repente* na mina dos olhos dele, pra puar de supetão, mas ele percebeu e com um tranco jogou longe minha chumbeira. Perdido, quase agarrado pelo cabra, então puxei a faca e o negro relou de baixo de um arco de sangue.

— Morreu?

— Morreu não.

E, sereno:

— O Brigada era brabo e eu me via no tronco. Caí na guaxima e estou com a canela seca de tanto andar.

Severina também escutava a história, com a mão na cara.

— Traga um pouco de aguardente para ele, Severina.

Ele entregou o cálice.

— Agora pode ir para o barracão. Não me saia na rua!

Depois que ele se retirou, Beja sorriu perversa:

— Esse me serve... Está sem dinheiro e quer voltar para sua terra. É homem, fez um crime...

Cruzou as mãos no regaço, fechando os olhos, com a cabeça encostada no espaldar almofadado da cadeira.

Na noite em que voltou ao palácio, já bem tarde, Beja levou o forro do Tijuco.

Tratou-o bem, pois sua aversão aos negros tinha exceções. Reconhecia que os negros eram, quando puros, gente sincera. O passado daquele tinha graves manchas, o furto, a facada. Para seu caso, isso não importava. Beja deu-lhe um quarto dos fundos do palácio, proibindo-o, com insistência, de sair de casa. Observava-o. Estudava-o. Mandou-lhe comprar uma roupa, como se fosse para Moisés; dava-lhe fumo, conversava com ele, conhecendo melhor seu caráter. Severina também agradou do preto. Era educado, negro triste jogado na vida pelas ressacas do destino.

Uma tarde Beja mandou chamar o homem. Mandara fechar, antes, a porta da rua.

— Antônio, você está satisfeito?
— Demais, D. Beja!
Calou-se, olhando-o nos olhos feios:
— Antônio, você é leal, é sincero?
— Sou de palavra, Sinhá.
Nova pausa de palavras.
— Antônio Ramos, escute bem: posso contar com você para qualquer empresa?
— Pode, sim senhora.
— Mesmo para uma coisa perigosa, muito perigosa?
— Pra obedecer Sinhá — topo tudo. Sou desassombrado.
Confundia D. Beja, senhora e Sinhá. Sinhá, ainda resto do cativeiro.
Bem calculada, Beja chamou-o à janela do salão, no oitão do lado de baixo do palácio.
— Está vendo aquela casa? — apontou.
— Sim, senhora.
— Aquela casa se chama Casa do Parlamento[18], porque ali se reúnem os vereadores. Mora lá uma família que dá jogo.
Ele olhava, a cabeça espichada para diante.
— Está vendo bem?
— Estou vendo.
— Preste bem atenção; olhe bem o que aponto: é aquela casa! Você é capaz de reconhecer aquela casa, de noite?
— Sou, Nhá, sim.
Ela soltou a cortina de seda roxa que afastara e sentou-se na cadeira de balanço. Ramos ficou de pé. Não consentia que gente de cor, mesmo Severina, se assentasse, em sua presença.
— Antônio, você quer ganhar 500 mil-réis?
— Eu?!
Com a surpresa da oferta, sorriu, mostrando os dentes brancos.
— Pois eu tenho 500 mil-réis para você. *Com a condição de você seguir viagem na mesma noite em que os receber!*
Ficou tudo combinado. Mandou o forro para o quarto.
— Severina, quando você vir Antônio Sampaio passar para o jogo, mostre-o ao Ramos para que ele o conheça, bem.
À noite Severina informou, com mistério:
— Já mostrei, Sinhá. Já mostrei a ele sô Antônio!
— Todos os dias faça o mesmo. Preciso que ele o conheça bem.

---

18. Ainda existe, como era no tempo de Beja, Casa baixa, de telhas e boa madeira. Tem calçada alta e, ainda, os 16 quartos primitivos. A Rua das Piteiras onde está, foi depois Rua Itací, mas o povo ainda a conhece como Rua das Piteiras. Hoje é Rua Padre Anchieta.

Severina vigiava a hora da passagem do fazendeiro.

Uma tarde Sampaio apontou lá em cima no Largo. Para ir para a Casa do Parlamento, na Rua das Piteiras, era obrigatório descer o Largo da Matriz, onde começava a rua.

— Chame depressa o Ramos.

Sampaio descia a pé o Largo, devagar, com dois parceiros. A senhora foi quem perguntou:

— Ramos, quem são aqueles que vêm ali?

— Dois não conheço. O do meio é sô Antônio Sampaio.

— Pode ir para o quarto.

Às 8 da noite mandou de novo chamar o diamantinense:

— Passe pelo prédio, disfarçado. Vá pela calçada alta da casa, como quem vai para o Ribeirão e veja se reconhece, na mesa do jogo, o Antônio Sampaio.

O negro voltou. Reconhecera. Ele estava jogando no grupo de muitas pessoas. Beja conservava a testa franzida:

— Ramos... você é homem de coragem?

— Eu?...

Riu de novo, confirmando.

— Você arrume sua trouxa, mando lhe arranjar rebeca, e amanhã lhe darei os 500 mil-réis para viajar. Tem de sair logo depois que receber o dinheiro! Escute bem — *na mesma hora*! Amanhã, sem falta.

— Sim senhora.

Severina no jantar do outro dia arranjou a matula, farofa, carne assada, um vidro com aguardente. Nem Moisés nem Flaviana sabia de qualquer coisa. Severina retirara o alimento para a viagem, na mesa, sem Flaviana ver. O negro estava encantado. Nunca vira tanta atenção a pessoa de sua pobreza humilde.

À noite Beja recebia doze amigos, convidados para um drinque. Tudo estava pronto, desde 7 horas.

Severina e Moisés correram o salão com duas bandejas onde havia Genebra Foking, Porto Rocha Leão, Absinto Pernot, Cognac Leproux... Para D. Beja, duas garrafinhas de Ginger-Ale inglesa. Naquela hora estava irradiante de hospitalidade:

— Vocês escolham o que quiserem, bebam o que entenderem. Veio tudo nas próprias garrafas.

As bandejas ficaram na mesa central, de onde se removeu a caixa grande de música.

Matos esfregou as mãos, fazendo uma careta:

— Fortunato, hoje é hoje... a noite é nossa!

O boticário, sorrindo de alegria báquica:

— Você hoje está até gago... Parece que tem a língua enferrujada e sem lubrificante.

O Padre ao ver as bandejas exclamou:

— Salve, Beja! Os que vão beber te saúdam...

Uma agitação de palavras encheu a sala. Cada qual se servia, com pilhérias sobre os presentes. Guima elogiava o faro dos amigos.

— Vocês chegaram quase juntos. Vocês têm faro de cachorro: adivinharam pelo cheiro a novidade destas garrafeiras. Faro especial o do Padre, Fortunato, Matos, Dico, Maestro Avelino, Manoelão, Dr. Juiz, Belegarde, Manoel Libório, o homem da pepita, Primo, o carrasco da venda, Zé Leão fazendeiro, flautista Dominguinhos... Turma de arromba para arrombar pipas!

O solar estava todo iluminado, esplendia em luzes de várias cores, de efeito deslumbrante. Beja deu corda à caixa de música; ouviu-se a bela valsa antiga *Esquece*, predileta do Padre Aranha.

As bandejas eram visitadas com frequência, o que se sabia pelos risos e conversas altas que impediam ouvir música. Toda a casa cheirava a Pastilhas do Serralho, queimadas por Severina. Beja parecia uma criança alegre e parladora. Começando a beber Ginger-Ale, acabou com absinto, o leite venenoso na opinião de Fortunato.

A população da Vila recolhia-se cedo. Os olhos da dona da casa passavam, imperceptíveis, pelo relógio de armário do canto da sala. Nessa altura a turma estava como um bando de periquitos sobrevoando roça madura. No alegre bulício a voz de Matos comandou:

— Dança, D. Beja!

Fortunato bateu palmas com escândalo:

— Dança, dança!

Todos, a um tempo, aplaudiram, pediam:

— Dança! queremos ver D. Beja dançar!

Ela deslizou no tapete, imitando uma dança espanhola. Estava linda, mostrava-se, enfunando a saia em giros rápidos.

Padre Aranha, sorrindo, para o Juiz:

— *Tiene mucha miel en las caderas...* Parece Salomé na Dança das Almeias.

O Dr. Pinto, para o Vigário:

— Não dança, Padre Aranha?...

Ele escandalizou-se:

— Oh! O Concílio Tridentino vedou a dança aos Sacerdotes, embora David dançasse diante da Arca Santa e o Padre Jehan Tabourot, Cônego de Langres, publicasse um tratado ensinando a dançar. Sei que a valsa, o minueto e a pavana vêm da Alemanha, a polca e a mazurca da Hungria, a *schottish* da Polônia... mas os canônicos não podem dançar. Dançou-se sob o Terror, no Diretório, no Império Napoleônico. No Terror, só numa noite houve em Paris 1.800 bailes para o povo. Eu porém gosto de ver dançar em família, aqui; Beja dançando é um espetáculo religioso. Não sei por que, vendo-a dançar recordo Margarida de Valois na pavana e a infeliz Maria Antonieta leve, no minueto, a mão pousada na destra do Duque de Anjou...

Fortunato sorria, apreciando a lição e o exemplo do amigo Padre.

Mas Matos não se conteve:

— Padre, o senhor perto de tanto pecado, não sente vontade de saborear um deles?

— Não, Matos, porque faço como a salamandra da divisa de Francisco I: *Je suis de feu et ne me consume...*

Beja parou, sob aplausos que ecoaram no Largo. Cansada, olhou o relógio, 8 horas e 20. Pediu licença e desceu a escada do fundo, que dava para o jardim de rosas. O quarto estava aberto e o forro deitado, já vestido. Levantou-se de soco, ao ver a Sinhá. Ela, de olhos fixos para ele, secamente:

— Ramos, aqui estão os 500 mil-réis. Severina vai levá-lo ao portão de serviço. Meu negócio com você é este: você desce, com o chapéu bem para os olhos, desce a Rua das Piteiras. Vá pela esquerda, beirando o muro de barro; suba na calçada da Casa do Parlamento. Sampaio está jogando no salão, como você já viu.

Parou, engasgada, sentindo o coração aos pulos.

— Você se aproxima cauteloso de uma janela. Está escutando? Aproxime-se sem ruído — e dê um tiro de bacamarte em Antônio Sampaio. Dê o tiro e fuja, correndo, tome o caminho e... desapareça! O bacamarte está com Severina. Pronto, Ramos?...

O negro espantou-se, abrindo a boca. E, sem pressa, disse que sim com a cabeça.

Beja estendeu-lhe a mão fina, perfumada a sândalo. Ele apertou-a, embaraçado.

— Deus o ajude, vá com Deus!

Ramos saiu pelos fundos. Beja tranquila e desafogada voltou ao salão. Surgiu, calma, levando na mão branca uma rosa-vermelha. Receberam-na com uma salva de palmas. Beja sorria, pálida. E com graciosa política, aproximou-se do Juiz, a quem ofereceu a rosa

— É Príncipe Negro, de meu jardim. Foi a primeira de roseira nova: é meu presente.

Outras palmas homenagearam o Dr. Costa Pinto, que sorria, vaidoso da invejada oferenda.

O relógio marcava 8 e 45... 8 e 50...
Matos deu à senhora alviçareira notícia:
— D. Beja, quando a senhora saiu, combinamos lhe oferecer um piquenique na Gruta do Frade. Queremos uma festa de campo muito distinta, de que a senhora seja a...

Um tiro, o urro de um disparo, retumbou, alarmando a todos. Pararam de conversar. Ouviram gritos, muitos gritos. O organizador do piquenique, assombrado:
— Bacamarte!
Guima contestou:

— Pedreira!

Iam afastando as cortinas quando o Padre se opôs:

— Não, não cheguem às sacadas. Fiquemos quietos, pode ser ataque de bandidos! Feche depressa a porta da rua, Severina!

A negra, de que só se via o branco dos olhos, nem pôde dizer que estava fechada.

Dico, assustadíssimo, alvitrou:

— Vamos apagar as luzes!

Beja não consentiu:

— Não, deixem acesas! Tenho medo de escuro!

Gritavam na rua, abriam frestas de janelas de casas vizinhas. Vozes altas, muitos gritos se ouviam lá fora. Beja estava horrorizada, afetando serenidade:

— Vamos fechar as janelas do meu quarto, Severina!

Saíram apressadas. De seu quarto, no escuro, olhou para fora. Um bolo de homens subia a Rua das Piteiras, do ribeirão de Santa Rita para cima, rumo ao Largo da Matriz.

Voltando para a sala, perguntou, com a mão na garganta, fingindo muito susto:

— Que será?!

Belegarde, o Subdelegado, vencia o medo:

— Acho de meu dever sair para verificar o que foi!

O Juiz concordou. Matos, Guima e Dico resolveram sair com ele.

Na sala ficaram em silêncio, escutando. O vozerio confuso dos homens subia, em furiosa confusão, e quase chegava ao Largo. Não demorou muito o Matos surgiu, agitado, no salão de Beja; chegou sem poder quase falar:

— Grande crime! Mataram o Antônio Sampaio!

Beja, num espanto espaventoso:

— O Antônio Sampaio?!

— Morreu com um tiro de bacamarte!

Beja tapou o rosto com as mãos, jogando-se no sofá. Uma crise de choro a sacudiu. Padre Aranha, sem coragem de se levantar:

— Quem matou o Sampaio?

— Não sei quem é, ninguém sabe. Mas prenderam ele com o bacamarte na mão! Ele atirou no Antônio, da janela perto da porta de entrada. Antônio estava de frente e recebeu o tiro todo no peito. Fez um rombo assim!

E mostrou o tamanho do rombo, para prosseguir:

— O matador atirou e correu pela rua abaixo, procurando a estrada do Morro da Forca. Quando ia saltar o Ribeirão, os companheiros de Antônio que corriam atrás, prenderam ele. O Juiz, pálido de morte, estava impressionado:

— Você viu o assassino?

— É um negro espadaúdo, desconhecido daqui.

Beja tirou as mãos do rosto, suando frio, quase a desfalecer.
Manoelão notou-o:
— A senhora sente-se mal, D. Beja?
— Foi o tremendo susto! Estou gelada!
E ainda chorando:
— Severina, traga a Água dos Carmelitas.
Bebeu, com as mãos trêmulas. Seus dentes batiam nas bordas do copo. Enxugava os olhos com lencinho bordado.
E para Manoelão:
— Você quer saber de tudo direito, Manoelão?
O Dr. Costa Pinto achou acertado:
— Saibam de tudo, perguntem ao Belegarde o que houve, como foi o caso!
Padre Aranha e o Juiz foram até à mesa e beberam, mesmo de pé, mais genebra. O Juiz resmungava, esperando aborrecimentos:
— Que barbaridade!
O Vigário, percebendo o estado de Beja, perguntou:
— Quem sabe a senhora se sente pior? Quer se deitar?
— Não, não! Não saiam, por favor. Tenho medo de ficar sozinha!
Levaram o negro para a Delegacia. Belegarde já estava ouvindo o bandido:
— Qual é o seu nome? Como se chama?
— Antônio de Almeida Ramos.
— Natural de onde?
— Tijuco.
— É escravo?
— Sou forro.
— Mora no Araxá?
— Estou de passagem pra minha terra.
— Conhecia Antônio Sampaio?
— De uma semana pra cá.
— Por que o matou?
— Ele me deu uns tapa na chegada da Vila.
— Por quê?
— À toa.
Belegarde queria tudo, logo.
— Conta direito o caso, negro ruim, senão o refle come!
O negro emudeceu.
— Por que foi que Antônio Sampaio lhe deu o tapa? Vocês brigaram?
Silêncio.
— Ou fala ou refle come, agora mesmo!
A sala do Corpo da Guarda, onde o Subdelegado ouvia o preto, estava entupida de gente. Fora, a multidão era tão grande que impedia a entrada.

O negro estava apavorado. Viu que morria se não respondesse direito.

— Não precisa bater. Amanhã eu falo.

— Não, fala agora, negro burro, você vai falar é agora! Ou fala ou o sangue espirra!

Belegarde que viera bebido da casa de Beja, estava truculento:

— Por que matou o Antônio Sampaio, diabo?

Agarrou-o pelos braços, sacudindo-o brutalmente, a transpirar fúria.

O negro, então, fraquejou:

— Não precisa me espancá. Matei por mandado de D. Beja.

Um oh! agudo saiu de muitas bocas. Notou-se em todos um mal-estar desconcertante. Alguns saíram, atordoados. Belegarde sentiu os braços esmulambados, a garganta seca:

— Não calunia, trem safado! Não minta pra se defender!

O negro, ainda de olhos rajados de sangue, confirmava:

— Não é mentira, sô Delegado. Eu conto tudo.

E então contou, com minúcia, toda a história!

Belegarde estava sem ar, entre bobo e aparvalhado. Não ficou a menor coisa que o forro esquecesse. Contou a verdade, contou que recebera 500 mil-réis para a empreitada; que saiu para matar quando a sala do palácio estava cheia de visitas, bebendo. Foi no meio da festa que D. Beja apareceu em seu quarto para lhe entregar o dinheiro, mandando Severina lhe dar o bacamarte...

Deram busca no matador. Fumo, binga, 500 mil-réis... Belegarde tomou nota, abriu-a, cheirou-a, pensando nos perfumes de sua amiga. Fez reduzir a termo a declaração, lavrou o flagrante e mandou meter o negro na enxovia.

Pálido, na porta de sua casa, onde o fora levar o Juiz da Lei, Padre Aranha, aturdido, desabafou:

— Nos tempos antigos, os temporais eram necessários e providenciais aos navegadores: foi atormentado por um deles que Cabral aportou ao Brasil. Vamos ver esta medonha tempestade em que vai resultar!

Ninguém dormiu na Vila.

Quando amanheceu, o boato mudado em formidável escândalo, um estuporamento se apoderou de todas as pessoas. Beja mandante de assassínio! Mandar matar o pai de sua filha Teresa!

A família de Sampaio chegou logo a Araxá. A pobre Vila sertaneja sofrera mais do que se arrasada por um tremor de terra! Choravam moças, com pena de Beja. Senhoras de boas famílias acorreram ao palácio, levando-lhe solidariedade. A acusada a todos recebia com atenção triste, reconhecida a tantos e tantos favores.

Foi estranho. Beja mandara matar pessoa da melhor sociedade local, e o povo, em peso, tomava seu partido. Ela se orgulhava desse apoio, grande orgulho para criminosa tão comum.

A VIDA EM FLOR DE DONA BEJA

Homens respeitáveis do lugar, que jamais a procuraram antes, rendiam-se, na hora da provação, ao prestígio da mulher perdida, admirada em todos os lares. Aquilo no começo enfureceu Chiquinha, Josefa e Siá-Boa. Em vista da reação geral contra a calúnia do negro, abaixaram o facho. Ficaram ao lado de Beja!

Quando Belegarde e o escrivão foram ouvi-la, tudo negou. Quem provava o alegado? Ninguém! Qual a pessoa que viu o matador em sua Chácara? E no palácio? Severina, Flaviana, Damiana e Moisés ignoravam tudo. Quem provava ser de sua propriedade o bacamarte? Quem o vira, antes, em sua casa? Qual adivinho que descobriria ser o dinheiro dado por ela? E seus antecedentes, não eram limpos? A quem desfeiteara, ao menos, em Araxá?

Belegarde apenas mandava escrever o que Beja ditava depondo. Negou tudo. Belegarde andava como tolo na rua. Sem opinião, sem alegação, estava convicto de que o forro mentira, a mandado de alguém. Aluado como estava, não lhe foi possível descobrir quem fosse alguém.

Fez-se o processo. Mas tão lentamente, que só ficou terminado 11 meses depois do crime. Ramos foi pronunciado, com pronta prisão preventiva, pela prova dos autos. Em fevereiro fora agredida no caminho, sem que houvesse inquérito nem processo, portanto; ela assim o quis. Só em dezembro se fez a pronúncia, pelo crime que lhe imputavam. Nunca se vira tamanha facilidade como a que lhe concederam. O sumário da culpa foi feito no próprio palácio! Como era natural, Beja continuou negando de pés juntos qualquer participação no homicídio.

Encontraram-se o boticário, Matos e Guimarães. O escrivão do crime, o incondicional adulador de ontem, sussurrou para seus parceiros no balcão da beberrice:

— É mulher da pá virada!

Matos, já bêbedo mas direito:

— Mas faz virar a cabeça da gente. Depois, você não pode falar. Recebeu, recebe dela todas as atenções. Você está me parecendo um bocado ingrato. Eu sou por Beja!

Fortunato, sucumbido, só pôde exclamar:

— Está claro! Todos nós.

E com o queixo na mão, acordando do abatimento:

— Beja é ouro desencaminhado... Vale muito!

Matos sorriu:

— Beja é que nem fruta de gravatá de minhas chapadas: cheira de longe um cheirinho gostoso mas é azeda, sapeca na boca, tem muito espinho... Eu gosto dela; é mulher de caráter.

Fortunato, nervoso:

— Conhece o lírio dos vales? É o lírio dos campos de Jesus, o lírio de Salomão. É a flor da pureza. Pois bem. Esse lírio imaculado é um veneno terrível, semelhante à digital. Ataca os centros nervosos, perturba a respiração, a salivação, arrebenta os vasos, é a morte. Beja é o lírio-do-vale: bela, pura e... venenosa. Contudo, ela me fascina, não sei mais o que penso. Eu amo Beja!

Começou a chorar, procurando o lenço de Alcobaça. O júri foi a 4 de dezembro de 1837. Reuniu-se na Casa do Parlamento, na mesma sala em que Antônio caiu, em sangue.

Às 10 horas da manhã na Rua das Piteiras não cabia mais gente. O réu chegou primeiro, sob escolta e algemado. Quando Beja serena, desceu os degraus de seu palácio, umas duzentas pessoas das mais classificadas da Vila a acompanharam até o banco dos réus.

Estava um pouco magra, vestida de preto, sem joias e com os cabelos apanhados na nuca, sem nenhum adorno. Entrou séria na sala, não se sentando. Foi, mesmo de pé, qualificada e, muito digna, deixou de se abancar.

Sem atavios, estava tão linda que a multidão se abateu, sempre a seu lado, compadecida de sua sorte. Comparecia a júri, sem a prévia detenção estipulada por lei, que só permitia aquele ato a quem estava debaixo de chave.

Beja estava nas barras do Tribunal na mesma Casa do Parlamento onde Antônio fora morto. Pensaria nessa coincidência, agora que a Rainha desempenhava a condição de ré?...

Chegara cedo o Juiz Costa Pinto, que pronunciara a acusada, pela confissão do matador. Não houve testemunhas. Era Promotor de Justiça o Dr. João Carneiro de Mendonça, pai de Joana, cujo marido, Clementino, estava presente. O defensor era um leguleio anônimo de Santo Antônio dos Patos, pois Beja recusara o oferecimento de muitos que desejaram defendê-la.

Presentes todos os jurados, sorteou-se o conselho, tendo início a sessão com a leitura do processo. Depois disso teve a palavra o Promotor para proceder à acusação. Sua figura era imponente. Rapaz alto, meio impassível, falava bem uma linguagem asseada e calma. Fez o elogio de Beja, da sua discrição e espírito esmoler. Esmiuçou o processo; examinou os autos com muita clareza. O só depoimento do réu foi a prova de sua coautoria no crime. Sua vida pregressa foi vasculhada, nunca tivera uma discussão. Era amável até para quem a invejava. Citou o caso do presente de Siá-Boa e a resposta que dera: um cesto cheio de rosas colhidas por suas próprias mãos. Passava sobre certos atos sociais de sua acusada, lembrando como educou as filhas, então casadas em famílias de boa fama. A sociedade ajudara, antes do júri, correndo em peso à sua casa, em expressiva solidariedade.

Beja ouvia tudo tranquila, mas, ao nome das filhas, sentiu uma lágrima desprender-se-lhe dos olhos. O moço perorou bem, só então entrando a acusar, acusação chocha e formal:

— Infelizmente se deixou arrastar, por motivos ignorados, a um delito que abateu um homem cheio de vida, chefe exemplar de família. A sociedade não permite justiça pelas próprias mãos, porque socorre a todos que se julgam ofendidos. Sua coparticipação no crime está patente no bojo dos autos, como mandante de ato punível, por força da Lei. É estranho que, para isso, lançasse mão de um celerado que cobriu de sangue e luto uma sociedade ordeira e laboriosa. Como julgo a acusada incursa em ato dependente da Justiça, peço para a mesma as penas cominadas na Lei.

Terminara a acusação de D. Beja. Aquilo era acusação?... Há casos em que o dever do Promotor é defender, pois sua missão é fazer justiça. Parece que o caso de Beja era desse jaez...

Ia falar agora sobre o mandatário.

Limpou os lábios em seu lenço roxo, lenço muito em moda. E carregou, de baioneta calada, sobre o réu Antônio de Almeida Ramos. Não carregou apenas à baioneta; deu uma carga desesperada de cavalaria, igual à de Murat, sobre os inimigos, em Waterloo... A voz do Dr. Carneiro tonitroava, retalhando o negro, dramatizando a tocaia; procurando no processo coisas incríveis, provas concludentes, razões desconhecidas da jurisprudência Imperial.

— Matou para roubar; matou por motivo fútil; matou por perversidade, matou por tara!

O que era para Beja, passou, com juros, para Ramos... Este sim, é réu confesso; é o coração duro, o homem sem alma que privou a sociedade de um cidadão probo! A justificação do tapa que recebera da vítima é graciosa, mentirosa e covarde! Não houve discussão entre assassino e vítima, ele o arcabuzou porque é mau. Seu crime está incluso em todos os artigos do velho Código Penal, com agravantes afrontosas. Não apresenta nenhuma prova em seu favor — é um bandido sem defesa. Olhem em sua figura de símio, sua cara, sua cabeça de degenerado, com todos os estigmas revelados em Lavater e Gall, os gênios de diagnosticar o caráter pela fisionomia! Vou resumir: a sociedade não permite a presença deste monstro, pervagando entre o povo da Província. Assim sendo, pela irrecusável prova dos autos, não peço a forca para este miserável, por espírito de caridade cristã, e sim, 30 anos de reclusão!

O obscuro rábula patente começou a defesa dos acusados. Foi fácil defender D. Beja, colaborando tão só com o Promotor. Sobre Ramos, apresentou uma carta de seu antigo Senhor, atestando-lhe os bons costumes. Da Delegacia da Diamantina do Tijuco também recebera carta que leu, declarando nada constar ali que o desabonasse. Sua confissão que matara, por haver recebido um tapa na passagem de uma porteira, pareceu a todos concludente. A honra mineira, naquele tempo, respondia um tapa com um tiro.

— Que poderia fazer nesse caso um ex-escravo sem luzes, senão matar?

O Promotor não aparteava. O defensor explorou a situação do pária, vítima do tráfego vil da pessoa humana, cheia de prevenções contra uma sociedade que o relegava à situação de besta.

— Depois, senhores do Conselho de Sentença, o pobre escravo economizou vintém sobre vintém, até se forrar!

Pediu a absolvição dos acusados, depois de muita conversa fiada. Aquele júri era uma palhaçada para jogar terra nos olhos da Justiça.

O rábula terminou romântico, em frases já remendadas do uso, em outros júris. O certo é que foi feliz.

Quando o Dr. Pinto absolveu os réus, em todos os rostos borbulharam lágrimas de júbilo. Ramos, no naufrágio, conseguiu ganhar a terra, na tábua flutuante de D. Beja.

Espocaram fogos-do-ar em todos os bairros da cidade. Beja saiu da Casa do Parlamento sem mais formalidade. Não sorria, mas seu júbilo rutilava nos olhos molhados.

Juiz, Promotor e jurados tiveram convite para um licor no palácio, à noite.

Ramos, antes de escurecer, depois do alvará de soltura, foi liberto por unanimidade que lhe abrira as grades. Ninguém mais o viu.

A Vila estava em festas. O palácio não cabia a todos que procuravam a vítima redimida de tamanha injustiça.

Às 8 horas chegaram os convidados para o drinque. Não houve alusão ao júri, porque todos se sentiam bem, participando da satisfação geral.

A mesa de doces finos foi servida por D. Beja em pessoa, fato único em sua vida de senhora cheia de grandeza. Toalhas, guardanapos, panos de mesa e toalhas para as mãos estavam perfumados por Saquinhos de Chipre. A própria Beja cheirava a Espécies Aromáticas, mistura que punha um olor muito grato em sua admirável pessoa. No fim, Belegarde, um poucochinho bebido, pediu a palavra:

— "Excelentíssima D. Beja, Senhor Dr. Juiz de Direito, honra da Magistratura Imperial, Senhor Dr. Promotor da Justiça Pública, prezadas senhoras, respeitáveis senhores. Chegastes ao fim do prélio, como vencedora, D. Beja. No combate, alguns corações cruéis desejavam que nós, o povo, puséssemos o polegar para baixo, pedindo a morte, como no circo romano de Caracala, pois esse *police verso* condenava o gladiador vencido. Ninguém ousou essa bárbara deliberação. Vitoriosa, eis tudo. O júri, instituição inglesa, é a nossa maneira de fazer justiça. Condenar sem provas, condenar sem crime! Enxovalhar lírios brancos, os lírios angélicos! A injustiça é o pecado infame dos povos dominados pela cegueira moral. Quem somos nós, aqui presentes? Os cireneus que vos ajudaram a carregar a cruz.

O julgamento de hoje foi repetição do julgamento de Frineia. A beleza venceu os Juízes e a chamada ré saiu do Pretório nos braços de toda uma sociedade ciosa de honradez. Frineia e Beja são sinônimos, são duas gotas, não se diferenciam. Malvados tentaram jogar punhados de lama para manchar vossa túnica. Ao deparar vossa beleza, que é também grandeza, lavaram as mãos e vos atiram flores. Bendita sejas, Minerva, deusa da Sabedoria! Eu fui parte dessa liberação justa, porque fiz o processo — e o processo é tudo. Esse processo era começo da injustiça mas meu punho de ferro quebrou os dentes da conjura contra vós. Bem hajam os que ajudaram a trazer-vos a vosso lar. O que é preciso é que nossa Beja não esqueça de quem a ajudou nesse transe. Eu fiz muito. Abri as picadas para que vosso carro de triunfo passasse, majestoso. Sem mim, talvez a essa hora nossa Beja estivesse atrás das grades de um cárcere. É preciso que ela não se esqueça dos que a ajudaram. Porque, minhas senhoras e meus senhores, a ingratidão é o cancro da alma! É... não sei o que diga... do coração!

Eu poderia, por maldade, fazer um processo tendencioso. Eu? Eu não o poderia fazer porque Beja merece é beijos, rosas, palmas. Chega a vez do digníssimo Juiz de Direito, do Promotor, dos juízes do fato. Que fazem eles? O meritíssimo Juiz confirma as deliberações do Conselho de Sentença. E os Juízes populares, que fazem? Cingem-se às provas do fato. Qual é a peça sobre a qual eles deliberam? O processo. Quem fez o processo?... É lógico que me cabe responsabilidade de fazer ou não fazer um processo, segundo as pessoas acusadas. Seria desumano que a nossa D. Beja não reconhecesse tais ingentes esforços. Como se pagam esses pequenos favores, com gratidão, senhores meus. Esperamos que não vos esqueçais dos que vos salvaram, quando entrardes no céu. O céu aqui é o vosso palácio. D. Beja, eu já disse que a ingratidão é o cancro da alma. Não sejais ingrata. Sois igual à Samaritana, dando água aos peregrinos sedentos. Por fim desejo-vos, ó hoje livre de culpas, um futuro risonho. Eu beijo vossas mãos, eu beijo vossos pés. Ergo minha taça à mãe irrepreensível. Que Deus ilumine vosso caminho. Eu mesmo respondo: assim seja! Perdoai Senhor, os corações que não sabem o que fazem. Mãe de misericórdia, amparai esta frágil senhora, vossa filha adorável!

Neste termo jurídico, já fizemos justiça a assassinos cobardes, já enforcamos dois! Beja merece é que a enforquemos... em nossos braços! A mulher é tudo na vida do homem. Quem é a viga-mestra do lar? A esposa. Quem é a esperança? A noiva. Quem é a caridade? A mãe. Que a boníssima D. Beja, que recebeu deste povo a absolvição prévia, continue a ser a Miriam que foi, cantando, levar o povo de Israel para a Terra da Promissão! Tenho dito."

Muitas palmas. Beja com um sorriso em que se viam os dentes, pagou a dívida do elogio a Belegarde. Fortunato com cara de purgante, fez um papo de despeitada inveja. Foram para o salão de visitas.

O Dr. Carneiro falou com o Juiz, no vão de uma sacada:

— Que embrulhada medonha o Belegarde fez, Dr. Pinto! Você viu que coisa? Ele fez tudo: defendeu, absolveu; que é amor...
— Há três meses ele decora o bestialógico. Viu como está inchado de importância?

O Juiz estava sério:
— Para isto é que lhe serviu estudar no Seminário de Mariana... falar errado, glorificar Frineia, a meretriz. Miolo mole, creio.

Belegarde aproximou-se do Juiz.
— Parabéns, Belegarde! Você falou como Demóstenes!

O orador estava convencido disso. O Dr. Costa Pinto segredou ao Promotor:
— Estou horrorizado. Esse discurso da garrafa de genebra de D. Beja está misturado com muita cachaça lá de fora.

O Subdelegado ao se aproximar do Promotor ouviu comovido:
— Parabéns, Belegarde. Ótimo!

O orador, fazendo-se modesto:
— Obrigado, doutor. Minha oração estava fraca, foi de improviso...
— Verdadeira *Oração da Coroa*...

Belegarde derretia-se:
— Bondades... Estão comentando, pelos grupos, meu discurso... Bondades, Dr. Carneiro...

E saiu para receber parabéns de duas senhoras, encantadas com ele.
Carneiro de Mendonça, irritado, no ouvido do Juiz:
— Falou como doido que joga pedras... Está é remexendo o borralho para ver se acha brasa...

Costa Pinto bem bebericado do Lacryma Christi, deteve o Promotor:
— Nossos oradores são de pontas de dedos. Me contaram uma excelente do Fortunato. Ele estava em S. Pedro de Alcântara fazendo assistência, creio que a um Padre, quando o convidaram para um jantar de casamento. Você sabe como ele é cheio de si. A sobremesa, deram-lhe a palavra:
— Tem a palavra o Dr. Fortunato Arruda!

Bastou aquele "doutor" para remexer sua maluqueira. Ele se compôs para o discurso, abotoando o rodaque. E começou: "Venturosos noivos, felizes pais dos ditosos noivos, digníssimas senhoras, ilustres autoridades presentes, meus senhores..." Nisto viu, de lado, umas meninotas de 10 a 12 anos; quis agradar aquela turminha e acrescentou: "... jovens messalinas..." Fez um discurso de hora e meia!

O Promotor riu alto, com o Juiz que também ria:
— São capazes de tudo... Nosso boticário é digno até de ser senador de Calígula...

Às 11 saíram todos os convidados, que foram todas as pessoas da Vila. Fechada a casa, enquanto outros escravos recompunham as coisas, Beja chamou Severina:

— Agora, Severina, a festa é nossa, de nós duas. Traga a garrafa de Champanha que está resfriada no caixão de areia de água com sal.

Veio a garrafa de *Veuve Clicot* muito fria, na bandeja com duas taças bordadas de rosas.

— Não quero esta copa. Quero a de ouro que ganhei do Padre Melo em Paracatu.

Beja fez estourar a rolha, que bateu no teto, assustando a negra.

— A nossa saúde, Severina!

A escrava bebeu aos golinhos.

— Está boa, Severina?

— Meiã, Sinhá.

— Pela cara você não está gostando. Isto é uma delícia!

Bebeu várias taças degustando, para ficar pensativa:

— Está pronto o que eu desejava. Depois da agressão a rabo-de-tatu eu fiz uma vida ativa, despreocupada. Festas, bailes, piqueniques, banquetes, passeios. Deixei passar quase um ano, à espera de vau. Articulei tudo bem medido, fiz-me amiga de todos, nada queixei. Sobre a agressão, nem uma palavra! Não dei queixas, não falei no nome do infame Sampaio. Surgiu uma oportunidade, quando o assunto era apenas lembrança fria. Mulher como eu não esqueço agravos. A ferida estava aberta em meu coração. Dei mesmo a entender que olvidara tudo. O que estava no meu sangue, nesses meses horríveis, era febre de vindita. Quem mandou bater, morreu. Com o tempo me vingarei dos escravos. Já sei o nome deles. Eu ainda não estou lesa nem paralítica. A morte do violento não me trouxe remorsos, nem uma vez; senti com ela foi um grande, um repetido prazer carnal. Os homens só me agradam pelo ouro que me dão e pelo sofrimento que lhes provoco. Esse sofrimento, eis tudo para mim. Por mais um ano ou dois ficarei aqui para não dar aos outros ideia de que fujo, escorraçada. Tenho meus planos na cabeça. Você não é escrava, é amiga. Vive nesta Casa Grande ocupada apenas comigo, sei que é leal e boa.

Tossiu, engasgando com o vinho.

— Teresa está casada e pouco me frequenta; coisas de seu marido. Joana está na casa que lhe dei na Bagagem. Estou de novo só, posso fazer o que desejo. Como deixasse o tempo correr em silêncio, chamaram-me de cínica. Eu, cínica!... Meu cinismo está aí. Quem me feriu dorme debaixo da terra...

Bebia com calma, falava com a taça abarcada com a mão:

— Esses tolos que me julgaram imbecil me procuram como vencedora. Isto porque sou forte, rica, bonita. Eu estava, durante dez meses de despistamento, sob os olhos de Nêmesis, a deusa da Vingança! A ira de Nêmesis explodiu, no que mandei fazer.

Parou um pouco, tonta, abraçando-se à escrava, sempre de pé a seu lado:

— Agi não por mim — porque minha protetora era a desforra... Tudo mais no mundo é indecisão, fraqueza e covardia.

XVI
A BOFETADA

No meio-dia enfadonho chegou uma carta para Beja. Ela ao ouvir a leitura riu alto.

— Quem é este, Severina?
— É de Nossa Senhora da Conceição do Rio das Mortes.
— Leia outra vez.

Deitou-se no divã forrado de veludo azul, cerrou os olhos e ouviu de novo a leitura da carta. A escrava estava de olhos cúpidos, muito falante:

— Ih, Sinhá, é muito rico!

Beja, de olhos fechados:

— Rico, muito rico. Ora, dinheiro... "sou milionário", que vale isto, santo Deus? Estou farta de tudo, de riqueza, de honras, da vida.

A escrava reprovava, com muxoxos respeitosos e olhares fixos.

— Farta de tudo, especialmente da vida. A vida quis brincar comigo, me arrebatando num redemoinho desses que sobem do chão até alto, bem alto, como um fuso. Agora estou caindo, devagar. Quando sobem os redemoinhos levam cisco, poeira, folhas secas. Na minha existência tão cheia de lances trágicos eu vou caindo das alturas com as folhas secas de ilusões que não me valem mais para nada.

Entreabriu os olhos, numa quebreira:

— Estou vendo, aos poucos, a tristeza do mundo, como quem vem do claro para um quarto escuro. Começo a ver as coisas com realidade.

Fez uma pausa; Severina olhava-a atenciosa, sem entender mas aprovando. De olhos semicerrados, estendida no divã, ela gemia, mais do que falava:

— As folhas secas de minhas ilusões... que coisa triste. Nasci num rancho, comendo em prato de ágate; bebia nas cuias alvas a água salobra de minha terra. Nunca sonhei nada de bom para o futuro a não ser viver, coisa que todo mundo faz. Nunca tive sonhos, Severina. Vi, mocinha, meu avô apunhalado por bandidos que me levaram à força, tapando-me a boca. Viajei cinco dias com as mãos cheias de sangue. Porque ao ver o avô ferido, pálido, deixando cair a polveira que defendia nosso lar, abracei-me com ele, molhando-me do sangue do bravo humilde que só se rendeu — morrendo. Fui pegada às brutas, como negra de Angola, como índia que o paulista amarrava para levar cativa. Botaram-me num sobrado grande, cheio de coisas bonitas, você viu. Serviram-se de mim como uma coisa, fiquei pertencendo a um poderoso. Passou tempo no meio. Eu, que nada pedi, recebi do destino mais do que ele costuma dar a seus protegidos. E hoje, depois de tanta surpresa, estou cheia de tédio, o luxo em que vivo me aborrece. De que me vale o ouro que tenho, a prataria, os linhos, os veludos, este palácio cheio de coisas de valor? Meu coração está coberto de roxo... começo a sentir frio em minha alma. Tive sem esforço as mãos cheias de diamantes. Diamantes para assombrar a pobre gente que me cerca, invejando-me, adulando-me, sei lá! Sinto a carne esfriando como as bocainas, ao anoitecer. Talvez não seja doença... É o fastio de viver com exaltações repetidas. Que bom morrer sem sofrimento, morrer dormindo! As mulheres casadas me odeiam, quando a culpa é de seus maridos. As solteiras perdem o sono pensando em meus vestidos, nas joias, nas festas de Beja. Beja é anjo mau, Beja é boa, sou tudo misturado mas o que sou mesmo é uma pobre coitada. Nada mais aspiro, não quero mais amores, quero agora viver para ser apenas menos infeliz. Quando me tranco nesta casa vêm pedidos de entrevistas, vem a carta desse pobre milionário de Nossa Senhora da Conceição do Rio das Mortes... Diz aí que tem vinte anos, uma criança. Vem na adolescência febril, vem morrendo de sede, para a água fresca de meu corpo. A água que ofereço não é a da Samaritana; faz mais sede, queima na garganta e vira a cabeça.

E erguendo os braços lindos para o ar:

— Homens do mundo, deixai Beja se apagar no esquecimento, deixai que ela se desfaça no chão do planalto, terra dos bugres infelizes...

Severina acordou-a do sonho, pondo-lhe a mão na testa para sentir se era febre:

— Qual é a resposta, Sinhá? O portador está lá fora.

— Diga-lhe, Severina, que não há resposta. O moço não sabe que está doido. Foi o sol dos caminhos...

— Sinhá, ele veio de longe só pra ver Sinhá...

— Não quero, não deixo, diga que não; diga que se lembre de sua mãe, volte para sua terra!

Oito dias depois, nova carta, pedindo encontro, encontro só para vê-la. Não consentiu.

Essas cartas não eram mais pedido e sim um apelo aflitivo, uma súplica de esmola. SOS desesperado no naufrágio da esperança confiante. Quem escrevia era um adolescente de 20 anos, filho de fazendeiro e negociante em S. João del Rei, gente enriquecida pelo ouro das grupiaras e pelo gado que pubava no Rio das Mortes. Viera apenas para, se possível — dormir com Beja; se impossível — só para lhe ver a beleza lendária. Adiantava que trouxera muito dinheiro. Aproveitara a tropa de um amigo para navegar o sertão, até

Araxá. Era de longe que vinha, invertendo os papéis, esse Salomão moço que buscava a Rainha de Sabá, Axun e Himiar.

Não lhe foi permitida nem uma, nem outra coisa. Beja andava enfastiada de si mesma, pois certa vez se vendo no espelho, exclamou desconsolada, consertando os cabelos:

— Beja, você tem é somente fama.

O apaixonado esperou, preferia ficar ali respirando o ar da montanha que Beja também sorvia.

Certa manhã, nas manhãs de Araxá, lavadas dos ventos da serra, cheias de sol dourado, Severina teve, na rua, os passos embargados por alguém:

— Eu é que mandei as cartas, duas...

— Ah!

— Por favor, interceda com D. Beja para que me receba, sou moço, mas sou rico: dou-lhe tudo que quiser. A senhora podia, vive com ela...

E depôs em sua mão uma lisbonina de ouro. A escrava recuou de espanto:

— Moço, isso tudo?

— É. Se não me quiser ver doido de paixão deixe ao menos ver D. Beja.

Severina subiu aos pulos a escada e contou o encontro. Beja bocejou:

— Bonito?

— Parece anjo...

— Moço?

— É um menino!

— Não; não quero mais ninguém aqui para amor, já disse. Não quero, não quero!

Nervosa, começou a chorar.

Novembro encharcava as terras fartas de Araxá nos aguaceiros grandes. Eram chuvas zodiacais, com artilharia ronqueira dos trovões, punhaladas de raios e esbarros de pés-de-vento. Nos oitões do palácio os ventos uivavam, bramavam. Beja tomou um cálice de cristal francês e bebeu vagarosa o vinho doce que pedira. Severina de pé segurava a salva de prata brunida, à espera do copo. Beja andava com os nervos doentes:

— Agora prepare meu banho morno com muita água-de-colônia.

Ficou sentada no divã, alva no seu penteador afofado de rendas valencianas. Ao entrar para a banheira de louça inglesa sentiu suave volúpia ao contato da água cheirosa. Quando a escrava cerrou a porta do banheiro ouviu da ama:

— Severina, queime Pastilhas do Serralho por toda casa, esse cheiro de umidade me faz mal.

Da banheira ouvia os beirais despejando com ruído alto as águas na calçada. O corpo sadio serenava no banho. Vendo-se nua, pensou com bem-estar:

— Pareço moça mas sinto o mundo sobre minha cabeça. Meu corpo é fonte dos desejos estouvados de tanta gente que ainda me quer e, no coração, sinto-me fria. No corpo, aos 38, estou como aos 17 anos. Não quis ser má, porém a sorte me empurrou para coisas amargas, para uma desforra. Não me arrependo.

Viu-se mocinha, assediada pelos rapazinhos. Um deles, Antônio... O mais forte, o mais corajoso. Suspirou fundo. Ao regressar, a brasa dormida na cinza da ausência ainda tinha calor. Primeiro ingênuo amor, o amante, o crime. Um mormaço desagradável subiu-lhe ao rosto. Chamou Severina para a enxugar.

— Melhor, Sinhá?

— Não estou doente. O que eu tenho é excesso de saúde que faz de mim uma pobre mulher.

Pelo meio-dia a chuva serenou. Sentindo frio, foi para a cama. Com o ouvido alerta, em grande sensibilidade levantou a cabeça escutando:

— Batem palmas.

Severina saiu para voltar com uma carta.

— De quem será, Virgem-Mãe?

A escrava leu a assinatura:

— Ah, Sinhá, é do cadete de S. João Del Rei.

— Leia logo, isto me enfada. Será possível que esse moço ainda insista?

Severina comovera-se e fechando a carta:

— Coitadinho, Sinhá, parece um anjo...

Beja sentou-se à mesa para almoçar, embora sem fome.

— Sinhá não come... tiro o de comer inteirinho.

— Apetite eu tenho, não tenho é fome. Fome é o desejo de alguma coisa mais substancial, apetite é disposição para um complemento de alimentação.

A escrava ouvia sem entender nada.

— Só quero um ovo quente, laranja e café forte.

Severina policiava o tratamento da senhora:

— E o remédio, Sinhá?

— Que remédio?

— O seu, aquele...

— Ora remédio! Só tomo às vezes. Isso é invenção do Fortunato. Eu não creio em Físico, boticário e em mezinha. Quem cura é Deus e a natureza. Esses charlatães, às vezes, ajudam. Eu me lembro de você em Paracatu engolindo pílulas coelhosas, que eram sem a menor alteração, o excremento dos coelhos. Era o remédio do Dr. Raiz, o Fortunato de lá. O Ouvidor só acreditava em dois remédios, o azeite e o jejum. Quem vive como vivo bebendo águas puras dispensa o resto.

Mudou de assunto, sem transição:

— Amanhã, mesmo que chova, vamos para o Jatobá. Passaremos lá uma semana. Preciso cada vez mais descansar, sozinha.

Falava mas ia imaginando: Ficar só, eu que tenho a cabeça cheia de tantas pessoas infelizes: os que me amam e eu aborreço; por que não aparece aquele que eu desejava amar com furor?

Chegou à janela do fundo da sala de jantar:

— A chuva arrasou minhas rosas. Chuva má, assim mesmo eu te abençoo. Vem para alegria das plantas, germinar as sementes. És para mim a mãe da tristeza e da fartura; por que me apertas o coração e nele revives coisas mortas?

Ficou olhando os telhados a gotejarem o que restou da chuva que cessara. Pingavam gotas d'água das roseiras, das árvores do pomar. Olhava, em silêncio, a terra molhada e as beldroegas rebentando a terra para brotar. Nas laranjeiras copadas ainda se viam as últimas laranjas escondidas entre folhas novas, bem na grimpa das galhas.

Entrou no quarto, tirando alguma coisa de um cofre, dentro de grande mala:

— Severina, venha ler isto aqui.

Foi para o salão, mandou abrir três sacadas, recostando-se na cadeira de balanço:

— Não, não leia nada. Quero ficar lembrando coisas que vi, em menina. Vou relembrar os mortos que amei, sombras que clareiam minha saudade. Severina, será que João Izidoro se lembra de mim, onde estiver?...

Silenciou, olhando pelas sacadas abertas, o céu longínquo.

Uma quermesse doida de asas de andorinhas punha em alvoroço as largas praças do céu. Eram as primeiras andorinhas que chegavam do Sul para o inverno temperado do planalto. Alegravam os ares, pousavam nos beirais, asas ligeiras, felizes porque viajavam.

Padre Aranha palestrava na sua sala com Fortunato, que o fora atender de uma polca febril.

— Estou desiludido com D. Beja. Sei que foi ela quem mandou matar a Antônio; todos sabem. Há pouco me avisou passar à vida honesta, esquecer o passado... Não cumpriu.

— A mim também avisou...

— Ora, Beja não é bem certa do juízo. Fala, desmente, não fala, faz.

Levantou-se de cenho franzido, tirou de uma gaveta a caixa do rolão:

— Ninguém saberá se matou por amor, se em vingança. O amor apresenta-se, às vezes, sob disfarces inesperados. Ora é elevado como o de Camões por Natércia, do Dante por Beatriz, de Sóror Mariana Alcoforado pelo cavaleiro Chamily; ora é violento como o de D. Pedro, filho de Afonso IV, por Inês. Pode ser sublime como o de Santa Teresa, a Virgem Seráfica, por Jesus, amor tão místico que não foi apenas sentimento, pois o exame cadavérico dessa carmelita mostrou que seu coração estava chagado por feridas, representando os estigmas dos instrumentos do martírio de Jesus. Foi a carne dobrando a natureza, o espírito predominando sobre a carne.

Parou, para aspirar com fungada calma o seu rolão:

— Beja parece amar com furor, enfastia-se em seguida, brutaliza-se, expulsa esse amor do coração — acaba mandando matar o pai da primeira filha! Não entendo.

Arranjou os papéis que o vento levantara da mesa:

— Fortunato... isso pode ser tentação demonólatra, o embruxamento, que era punido com a fogueira; queimavam viva essa gente na disciplina da Inquisição... Você se ri? Você é outro tentado pelo diabo de saia... Escute, o bem-aventurado Nicolau de Flue, que passou 18 anos no deserto sem a menor alimentação, era atropelado por figuras femininas, tentadoras. O pior da vida do Cura D'ars eram as visitas que o diabo lhe fazia. Imitava todos os ruídos: do martelo, da serra, dos corropios, dos tambores de guerra, do galope dos cavalos, dos risos de mulheres! Lindas cortesãs apareciam sempre a S. Jerônimo e Santo Antão, na Tebaida solitária. Multidões de mulheres nuas, lascivas, desfilavam pela esteira de clina desses santos invencíveis na Fé.

Foi até à janela, viu a rua deserta.

— Vamos beber um café, ó Fortunato. O café é a genebra de minha casa... Quando estou calmo bebo-o; quando estou triste, também.

Pediu café...

— Essa mulher é sem dúvida o espírito maligno; persegue os homens, como suas colegas do ermo tentavam os santos.

— Ora, Padre Aranha, me desculpe mas você também tem um caqueado por ela...

— Eu? Não... Admiro-a, como formosura.

Encarou, de olhos semicerrados, longe, o píncaro do Morro da Mesa:

— Fortunato, Beja é espantosamente cheia de graça. E para mim o lírio de Getsêmani, a rosa de Jericó. Acho-a de sangue azul quando exige, para sua intimidade, o processo de *puritate sanguinis*. Ela odeia o mestiço, esse rebotalho das nações... Aqui para nós, até o insigne Aristóteles acredita que os negros não têm alma...

— É, Beja não gosta de pretos nem de mulatos. É certo que negro e égua não têm regra... Dizem mesmo que o negro melhor do mundo morreu na forca, porque sangrou a mãe...

Padre Aranha ria-se, melhor de sua dor embrejada nas costas:

— Você brinca e, no entanto, preconceito de raça é uma coisa que, falando, a gente não possui, mas, no íntimo — tem...

Fortunato esquecia tudo, no assunto de Beja.

— O senhor falou que ela prometeu-lhe mudar de vida. A mim também falou sobre isso. Mentiu... Beja é, além de bela, mentirosa.

O Vigário alegrava-se, notando a preocupação do boticário:

— Ora, Fortunato, pois fique sabendo que até os santos mentem. S. Vicente Ferrer, por exemplo, que fez extraordinários milagres quando vivo, espalhou a predição do fim do mundo para determinado dia. A autoridade do santo fez do que anunciava, coisa certa.

Chegou o dia de se acabar o mundo. S. Vicente Ferrer pregara mentira a seus crentes...

O físico estava amuado, pois se aborrecera com a amiga:

— Padre Aranha, eu tenho sido um escravo dela!... Não se sabe porém o dia em que Beja regula direito!

E numa crise de ciúme matador para sua idade:

— Atrai muita gente. É a desgraça maior do mundo! Quando desgraça um, desgraça para três vidas, até os netos sofrerão o fel de sua peçonha!

Aranha, conhecendo o coração do velho, deu-lhe um conselho:

— Você, para evitar que ela atraia os homens, faça como os cidadãos de Patane, que passaram a usar certas roupas inteiriças e a andar em grupo, a fim de se defenderem da lubricidade das mulheres, que os agarravam nas ruas...

— Meu Vigário, eu não sei, não. Beja para mim é doente. Esse alvoroço todo por homem é como tempestade seca do nosso sertão: trovoada demais e chuva pouca... Parece maluca: hoje quer, amanhã aborrece, não entendo Beja, não.

O Padre fez meditação muito séria:

— Ela tem sede é de sangue, é como as gatas: gosta de arranhar. Tem uma doença que, só fazendo sofrer, dá felicidade.

— Bem, Padre Aranha, eu me vou. Quem gosta de conversa comprida é gago ou bêbedo. Cobra que não anda, não engole sapo... Não é que anoiteceu?

Lá fora, na escuridão da noite, começava a desabrochar o níveo bogari da lua.

Vinha chegando o Natal. Armavam-se presepes em todas as casas, ricas e pobres. O Natal antigo emocionava os corações num enlevo de doce evocação. Todos os anos ela o comemorava no Jatobá com uma ceia majestosa, depois da missa-do-galo. Vinha gente de longe. Matavam novilhas, carneiros, patos. Os doces do Jatobá ficaram célebres. A mesa de Beja era a mais fina e afamada de todo o sertão dos Araxás. Ficara polida, aprendera a receber, em Paracatu. E como sabia divertir os hóspedes, a todos encantava com o seu ar despreocupado de anfitriã liberal. Mais de um século depois, os doces de fruta de Beja ainda tinham grande cartaz e se faziam pelas receitas deixadas de mão em mão. Em suas ceias havia discursos, recitativos, música.

— Pois é, Severina. Neste Natal não pretendo dar minha ceia.

Os olhos da escrava interrogaram *por quê*?

— Não sei, vou dar esmolas aos pobres, aos meninos doentes, aos miseráveis. Meu coração está sombrio, parece que vão chover muitas lágrimas.

Severina, amassando as mãos, estava penalizada:

— Então falo com o coitadinho que não pode vir... Coitadinho, Sinhá!

— Ouve, Severina, com você eu falo: Eu sou bela só por fora; por dentro sou um demônio. Já tive as mãos duas vezes tintas de sangue: de meu avô e de outra pessoa. Vivendo à força com um poderoso, não esqueci meu primeiro amor. Quando voltei, esse amor me pareceu um bálsamo. Ainda pensava que amor valesse alguma coisa... Era uma tola. Todo homem é bruto e egoísta. Por um deles, que me humilhara, me fiz assassina.

Parou, sentindo o bafio do desespero:

— Existe no centro de Minas uma fruta amarela, semelhante ao juá bravo. Não tem nome; quem vê aquela fruta na planta de quatro palmos acha que ela é gostosa, pela vista. Pois é por dentro cheia de cinzas. Eu sou assim cheia de cinzas. Quero deixar esta vida má, quero há tanto tempo e *eles* não deixam; você bem sabe. Trinta e nove anos não são nada para a vida de mãe de família de hábitos coloniais, submissa à escravidão do macho. Mas a mulher que ama com desvario como eu, envelhece logo. O amor desgasta os nervos, as sensações; embota a sensibilidade. Quem é só do amor envelhece dez anos antes dessas mães de família.

Severina concordava com a cabeça e discordava no coração.

A Sinhá, amarga:

— Tenho prazer, enorme prazer de martirizar a quem me quer. Isto é delicioso, vale mais que a posse de um deles. O que espero? Dinheiro, ouro bom. Eu sei que a palavra é escravidão e o silêncio — liberdade. Todos que me procuram, quando ficam apaixonados, eu os repilo. Sei mentir. A mentira para mim é o melhor vinho. Agora você sabe por minha boca por que ela tanto mente, engana, tudo sob falsidade[19].

Tomando um café quente, depois do banho, ainda falava:

— Por fora sou cordial e política: dizem que sou bela, mas eu sei que sou é mulher perversa. Meus sonhos de moça tolinha endureceram nos trancos que o destino me deu. Eu hoje sou má, sem querer.

A escrava ouvia-a com os olhos. Ela continuava:

— Hoje sou rica, posso desdenhar de todos, e minha educação, pela convivência com o Ouvidor, me ensinou a ser fingida. Nunca fui mulher servil. Servil quer dizer: *ser vil*. Quem comanda minha vida — sou eu. Tudo é fácil para mim. Quem tem beleza, tem mocidade e quem tem dinheiro, possui amigos, relações, o resto. Hoje, minha vida não é só minha: tenho duas filhas que eduquei nos preceitos da Igreja, sob o olhar de Nossa Senhora. Estão

---

19. O diagnóstico mais certo da doença de Beja é sadismo.

casadas. Já começaram a chegar os netos. As filhas nunca viram nesta casa os homens que ficaram comigo. Elas casaram bem, são ricas pelos maridos e por minhas posses. Ouço agora no coração os sinos do anoitecer, chamando minha alma à concentração e à humildade. Veja se escuta, Severina: os bronzes de minha alma plangem as Ave-Marias...

Ao abrir a casa, Severina achou outra carta sob a porta da rua. Era do moço apaixonado. Alegava pela sétima vez estar sucumbido às negativas de Beja. Declarava-se pronto a pagar o que ela estipulasse, só para vê-la. A carta era de menino para mulher casada por quem se apaixonara. Citava a mãe distante, as irmãs. Alegava ter muito dinheiro consigo; dizia que a vida lhe pesava (aos 20 anos!) e preferia morrer por suas próprias mãos a voltar sem ser recebido. Carta ingênua, de rapazinho doente. Beja então se abateu:
— Severina, procure falar com ele. Pode vir, venha hoje, às nove horas.
A negra pulou de alegria.
— Ai, Severina, você nem pensa como esta agitação em que vivo agora me pesa. Não é espontânea, é só política. Se você soubesse o moinho de vento que gira em minha cabeça...
Às 9 horas o mocinho chegou, pálido e ofegante. Beja o recebeu na sala de visitas. Envergava um vestido negro, decotado, com aplicações de rendas brancas. Os sapatinhos negros de seda descansavam em larga almofada escarlate. Só usava no dedo anular da mão esquerda lindo brilhante cor de canário. Seus cabelos apanhados na nuca, em bandós, mostravam uma rosa-
-vermelha, à espanhola. Beja teve de conduzir a conversa, pois o rapaz tremia.
— A senhora conhece a Vila de Nossa Senhora da Conceição do Rio das Mortes?
Não conhecia, tinha amigos lá.
— Quais são eles?
Era uma indiscrição.
— Ah, nem me lembro. Lembro-me de seus nomes quando os vejo.
A caixinha de música estava à mão, sobre a mesa de jacarandá rajado.
— Vou lhe mostrar um presente encantador.
E deu corda à caixa. Ouviu-se um trecho da Sonâmbula, de Belini. O moço estava atônito com o luxo das cortinas de seda e veludo, as poltronas de couro.
— Muito bonita, a música.
Beja, delicada:
— É um encanto...
Severina servia em copos altos e esguios o Porto Rocha Leão. A mão que segurava o cálice estremecia sem querer.
— D. Beja, eu também trouxe uma lembrança para a senhora.
— Para que, jovem?

Ele tirou no bolso do paletó de casemira uma caixa embrulhada em papel de seda vermelho. Beja o abriu. Era um anel de brilhante cor de querosene, puro, encravado em ouro aberto por cinzel. Obra dos afamados ourives cinzeladores de sua terra.

— Maravilha! Para que isto, menino? É justamente a joia que mais admiro.

E, alto:

— Severina!

Mostrou-lhe a joia. E, para agradar o novo amigo, pô-la no dedo anular da mão direita. Beja mirava e remirava a mão fazendo brilhar a pedra.

— Muito obrigada. Seu presente é digno de uma rainha.

O sanjoanense arriscou um galanteio:

— E a senhora não é?

Ficou bem combinado. Na noite seguinte o rapaz iria, às 9 horas, pernoitar no palácio. Beja estava deliciada pelo conhecimento e palestra que tivera com o visitante.

— É inteligente, não viu, Severina?

— É lindo, Sinhá, parece um anjo.

— Muito bonito. Delicado, igual a moça... Esses sanjoanenses são preparados; viu como conversa desembaraçado? Parece de boa família. Ah, Severina, que prazer ficar com ele, amanhã!

No outro dia amanheceu falando com interesse no rapaz. Mal almoçou, ficando deitada, o que lhe era habitual, com olhos cerrados, na satisfação de uma volúpia que só ela sentia.

— Com esse menino eu era capaz de me casar. É uma gracinha, tão frágil de corpo e tão forte em suas opiniões. Viu que olhos bonitos ele tem? Olhos de menina. É tão natural que chega a ser simpático, o mais simpático de todos os meus frequentadores. Estou me sentindo em êxtase... esse rapaz me satisfez, plenamente. Sim, porque a brutalidade da posse violenta pelo Ouvidor me fez mulher fria, tenho horror a certa hora, a certo minuto. Só assim, com essa flor sanjoanense eu me sentirei satisfeita ao completo. Estou na posse de todas as minhas sensações. Ele é mais que meu noivo, sinto-o como um marido a quem se ama perdidamente.

E suspirando de leve:

— Coitado desse menino, tão puro...

E para irritar a escrava:

— Igual a esse rapazinho só Fortunato...

Severina olhou-a com uns olhos feios:

— Credo, Sinhá! Credo em cruz.

Beja, fingindo-se enlevada:

— Só Fortunato...

— Esconjuro, Sinhá! Sô Fortunato parece capão de lua...
— Que é isto?
— Capão de lua é frango capado na lua cheia, engorda, fica falando choco, bicho feioso...
— Severina, Fortunato é elegante!
— Hum! Anda na rua que nem boi careta, acho que é de tanto viver atomatado aqui, na poltrona, de copo na mão...
Beja ria despreocupada:
— Agora, bom doutor ele é.
— Bom doutor... morre gente aqui feito imbu — e tudo na botica do tal. Ele vive de canela seca de tanto procurar doentes... e enterro todo dia...
E, como horrorizada:
— Sinhá reparou como é que a barriga dele está esturrando? S. Judas Tadeu me livre dele!
— Qual, Severina, Fortunato é bom; tem suas manias mas é prestimoso. Gosto dele. Fortunato se baba por mim, eu lhe dou corda; deixe o velho amar, com sua doideira... S. Domingos é um lugar cansado, sem os Fortunatos daqui é impossível viver...
Interrompeu de súbito a conversa:
— Parece que bateram.
A escrava regressou com as sobrancelhas erguidas:
— Parece mentira, Sinhá: Padre Vigário e sô Fortunato!...
Quando eles entraram, Beja ainda ria, divertida com o ódio com que Severina voltou. O Padre estava, como sempre, ensebado e cordial. O boticário chegou irritadiço, mal-humorado na sua tromba de fardunço de fama. O Padre fitava-o sorridente. Beja desconfiou:
— Que houve, Padre Aranha?
Ele não respondeu. Quase sumido na sua poltrona, Fortunato estava com a importância de um sujeito predestinado a suceder Nero no Império Romano. Estava com uma bruta pose de domador de leões. Padre Aranha ria-se, sem parar.
— Fortunato acaba de ter um fô-fô com Matos, D. Beja...
Ela, surpreendida:
— Que foi, ó Fortunato?
— Coisa à toa... Bem dizia meu avô que o baiano, quando é bom de verdade! Mas o diabo é que não tem baiano bom...
O Vigário dava razão ao Físico:
— Ele foi grosseiro, foi...
— Mas eu sou cabra muito macho!...

Afinal, tiveram uma discussão porque Matos reprovou uma garrafada do farmacêutico. Beja sossegou Fortunato com duas doses de genebra, que lhe restabeleceram a calma:

— Nesta casa é que se passa algum tempo sem a inferneira dessa amaldiçoada maloca de bugres!

Para desanuviar o ambiente, Beja indagou do Padre:

— O senhor sumiu daqui...

— Eu sou feito legume — a chuva me faz mal... Ademais, ando doente. Consola-me saber que a vida hoje está mal, porém amanhã... será pior! Sei que estou subindo os ásperos 48 degraus, também galgados por Jesus, a fim de ouvir a sentença de Pilatos!

Beja interrompeu-o:

— Padre Aranha, o senhor hoje vai experimentar é este absinto...

A genebra já destelhava a cabeça do boticário:

— Ora, Padre Aranha, o senhor é homem forte, eu sei. Seu mal é viver em mundos de milagres, de muito pensamento, longe da terra!

— Quem me dera, meu amigo, viver só nos páramos que evocam as almas puras! Pudesse apenas viver no ambiente de santidade, respirando o olor de violetas, incenso e rosa, impregnado sempre por onde passa Santa Joana da Cruz. Seria privilegiado de respirar o ar perfumado pelo leite de Santa Gertrudes d'Ostrem... Pisar o chão que aparecia tapetado de flores onde orava Santa Agnes de Monte Pulciano, flores que caíam do alto! Viver no tempo, ver Santa Hyacinthe atravessar o Vistula, caminhando sobre as águas, sem molhar os pés! Ser testemunha de vista de S. Raimundo de Pena Forte e S. Domingos atravessarem, sem parar, portas fechadas! Permitisse-me Deus a alegria! A obra mais bela dos pintores toscanos era a glorificadora da alegria, que é a mais alta expressão nas telas dos artistas da polpa de Lucca della Robbia, Rafael Sânzio, Miguel Angelo, Leonardo da Vinci...

Severina serviu-lhe mais absinto.

— Eu, Fortunato, não vivo no mundo da lua, como você quer induzir. Piso é o chão duro do pecado. Sou um pecador de perdão difícil...

Beja não concordava:

— O senhor é um santo, Padre Aranha.

O boticário, de súbito alongando o pescoço, pendeu a cabeça para ver as mãos de D. Beja:

— Que maravilhoso brilhante é este, minha Beja?

— Ah, é um anel, foi presente...

— Que beleza de pedra! Estava faiscando, pensei que o conhecesse. Agora que vi, melhor... Como você recebe presentes! Merece até outros mais valiosos.

E, mal-educado e curioso:

— Quem lhe fez essa dádiva é daqui, minha filha?...

Beja tirou para trás os cabelos soltos:
— Não; é da Vila de Nossa Senhora da Conceição do Rio das Mortes...
— Ah, eu já ouvi falar nele; todos sabem que é um tipo apaixonado por você... um petimetre... Anda bebendo, por aí... dizendo ter vindo procurar a mulher mais formosa, etc., etc. e outras indiscrições.

Beja olhava-o, de cabeça baixa, olhos fitos no velho ciumento:
— É um rapaz admirável. Ainda não sei se o vou receber.

Fortunato, bastante bebido, se ergueu, ferido pelo elogio que sua cliente fizera do outro:
— Padre Aranha, vamos?

O Vigário, de olhos moles, rosnou com preguiça:
— São horas, vamos! Parece que este absinto é fabricado por redemoinhos...

Fortunato, brusco:
— Boa noite, serpente do Éden!

O boticário descia as escadas pisando a estrondar os calcanhares. Enquanto descia Beja dele se despedia:
— Boa noite, irmãozinho de Abel...

Padre Aranha achou graça na resposta da moça, pois o irmãozinho de Abel foi Caim, o invejoso. E farpeando o amigo, amoroso aos 75 anos, corrigiu sorrindo como podia:
— Você deve dizer: Boa noite, Abisag, o velho Rei Davi está com frio na alma, vai levar as carnes para dormir...

Às 9 em ponto batem. Severina corre. É visita de hora marcada, desde ontem. Beja retoca seus trajes e o recebe no salão, com altivez carinhosa. Vem um Cognac Henessy finíssimo, que ambos bebem. Beja ergue o cálice à saúde da visita. Dá-lhe, em seguida, seu próprio cálice para que ele também prove. E aos poucos, amável e felina, o vai envolvendo com o magnetismo dos olhos. Depõe o cálice na bandeja de prata. O moço, ao levar aos lábios seu cristal, sente lábios e mãos tremerem. A borda do cristal bate nos dentes claros do rapaz. Beja cerra os olhos, num espreguiçamento. Inverte os papéis: toma da mão do enamorado e beija-a, sôfrega. Atira para trás, num gesto leve, os cabelos castanhos, e fecha de novo os olhos, encantada. Goza um silêncio que enleva o companheiro. Depois, viva, com febre, os olhos verdes mais verdes ainda, toma a cabeça do rapaz, firma-a e encosta um lado de seu rosto contra a boca do menino. Não o beija, força-o a beijá-la. Aperta-o bem, respirando insofrida:
— Severina, leve-o!

A escrava aparece e conduz a visita para o quarto da direita, abrindo para o pomar. Bem-educada, cumprindo ordens, fala baixo.

— Meu filho, Sinhá manda pedir pra vosmecê para tirar a roupa. Depois deite, que ela não demora.

O jovem agradecido abre a carteira recheada de cédulas grandes e entrega uma à escrava:

— Uma lembrança...

Ela encara a nota: 50 mil-réis! Sorri, cerra a porta e espera o fim.

O moço milionário, agitado, se despe. Tira tudo, até a ceroula. Afasta os lençóis cheirosos, ajeita as almofadas, deita-se. O coração lhe bate tanto que ele procura se dominar. Vão correndo os minutos. Minutos que parecem dias, anos.

Na sala de visitas, Beja sorve novo cálice de Cognac. Parece presa de êxtase; para os olhos, numa beatitude. Está hirta e parece imóvel, com a cabeça para trás, os cabelos castanhos claros escorregando-lhe pelas espáduas. Lá fora, às 10 horas, o Largo da Matriz dorme no escuro. Recomeça a cair de manso a chuva, sem barulho. No palácio, tudo fechado; apagam-se as luzes, só ficando as do salão e a do quarto do hóspede. Aquele silêncio é augúrio de uma noite cheia de estrelas para o adolescente sonhador. Olha a porta, por onde Beja vai entrar. Ela decerto se arranja para ir de encontro ao outro desejo. Penteia os cabelos bastos, perfuma-se, vai vestir a camisa perfumada; o moço parece entreouvir o roçagar de seu penteador branco. Sente, distinto, seu perfume patrício.

Nisso a porta se abre e entram dois escravos de má cara. Encostam a porta nos batentes. Seguram firme o jovem já despido e deitado. Um dos negros o agarra e outro, com uma tala de couro cru, sem palavra alguma, começa a espancar o jovem. Ele grita, debate-se para se soltar e o couro raiva em baques abafados, repetidos, bestiais sobre as carnes delicadas. Espirra sangue. Escorre sangue das costas, do peito, dos ombros. Os gritos enfraquecem enquanto as garras de couro sobem e descem. A cabeça pende-lhe para o peito, os cabelos negros caem sobre os olhos, ele tomba na cama, desgovernado. Os brutos o erguem nos braços, equilibram-no de pé. Depois saem rápidos, sem uma palavra. Eram Moisés e Ezequias, do Jatobá.

O ferido então cai de joelhos, vai rolar no chão, quando Severina, doida, alucinada, cambaleante, chega e o ampara. Traz-lhe um copo d'água, que ele não vê, não bebe. A escrava borrifa-lhe a água no rosto, chama-o, sacode-o. Ele desperta, a face de cera, com sangue vivo a gotejar de vários ferimentos. Está agora de pé, sonâmbulo, um ar de loucura na face apalermada, com os olhos mortos.

É então que Beja aparece, fria, espectral. Caminha vagarosa para o menino, contempla-o calada, face a face. Um brilho tigrino chispa dos seus grandes olhos verdes, mais verdes ainda. E aí que a prostituta, em súbito frenesi, o abraça com fúria, beija-lhe a cabeça, as faces, os olhos, a boca ensanguentada. Seus beijos têm gula, absorvem a carne ferida. Seus braços o envolvem, diabólicos. Depois encara o bagaço de homem, olha-o nos olhos, bem de perto e, num grito bestial de histerismo, dá-lhe uma bofetada no rosto. Larga-o, recua com espanto. Seu penteador branco está manchado de sangue, tem sangue nos braços, nas faces, na boca satisfeita do cio de porca. Severina, chorando alto, empurra seu anjo para o corredor. Está lesa com a cena, chocada como se fosse atingida na cara por um coice de mula.

A bofetada resume todos os gestos de suprema provocação, é o derradeiro insulto à dignidade humana. Brutos e civilizados se confundem na reação à bofetada, que é outra bofetada ou um tiro. É a linha de divisa entre a civilização e a selvageria: vale, como insulto, a cusparada ou o coice.

Severina empurra o moço que, abobalhado, geme na tremura da dor. Empurra-o pela escada abaixo, evitando a renovação da brutalidade. O rapaz, sem pressa, escorrega pelos degraus, transpõe a porta que a escrava destranca. Não corre, não pode correr. Sai pela rua dormida e encontra boêmios bêbedos que deixavam a casa de Candinha. Topando o moço, nu, descabelado, em sangue, chamam-no, ele não responde. Tirita de dor, bate os dentes. Mandam-lhe que pare, mas ele caminha, despido, até chegar ao rancho de tropa onde o amigo dorme. Os boêmios voltam à casa da meretriz, contam o fato, vão ao rancho onde sabem do resto.

A tropa segue de madrugada. No outro dia os notívagos contam na rua, com indignação, o que viram. O boato se espalha e a Vila em peso se compadece do rapaz. O escândalo abala as famílias, revolta, unânime, todos os habitantes do lugar.

O ofendido deixara, no quarto do solar, sapatos, roupas, relógio a carteira cheia. A opinião geral é que Beja enlouquecera.

Beja, que dormira no divã um sono calmo depois do crime, acorda, sorri dentro do penteador ensanguentado. A escrava tem os olhos inchados de chorar. Beja, então, muito bem disposta, bate a campa:

— Severina, quero uma xícara de chá, com umas gotas de água-de-rosas.

Depois do chá, tirou o *pegnoir*, deitou-se na cama e dormiu até 8 horas.

Acordou cantando. Bateu a campa de prata. Severina atendeu. Não dormira e estava com os olhos papudos de choro.

A senhora a encara com ternura espantada:

— Que tem você, criatura?

— Nada não, Sinhá.

— Credo! Isto até dá agouro!

A negra enxugou as lágrimas na mão, lágrimas que ainda corriam sem que ela o quisesse.

Beja arrepiou as sobrancelhas, irritando-se:

— Não quero isto em minha casa!

E tentando se explicar:

— Olhe, mulher, deixe de ser tola, eu sei por que chora. Sei também que sou uma infeliz. Você tem razão. Lembre-se que eu lhe disse que sou calculada; aparecem nas minhas atitudes atos que não foram deliberados por mim. O de ontem foi doloroso, mas tive com ele o maior prazer de minha vida. Prazer igual ao de saber que Antônio morrera daquele modo. Severina, o que fiz ontem foi planejado, medido. Fui cruel, mas precisava daquilo para que os homens fiquem medrosos de mim. Sei que não regulo bem dos nervos. Sou uma pantera mas... não sou eu!

Parou de novo, de olhos duros, fixando o céu pelas janelas abertas.

— Ninguém sofreu ainda o que sofro. Todo este luxo, esta fortuna, este desperdício de minha vida não bastam para abafar em meu coração a dor que me domina. O rapaz foi infeliz, mas você também sabe que vivo atormentada por tantos homens. Não sabia como deles me livrar.

Silenciou um instante, de olhos perdidos no vácuo:

— Minha vida foi até hoje um vitorioso fracasso. Agora espero ser, pelo menos, temida, já que não consegui ser odiada, nem mandando matar.

A pobre escrava desabava de sofrimento, nem podia chorar. Sinhá não queria...

Serenou as palavras:

— Agora que vou fazer 40 anos, minha vida errada terminou. Foram 25 anos de ventura infeliz.

Com o rosto severo repetia com lentidão:

— Agora tudo terminou. Beja será honesta de hoje em diante. Não dará razão a qualquer malícia e evitará outras manchas.

E gemendo, mais do que falando:

— De hoje em diante nem um homem entrará nesta casa para comprar minha beleza. Paguei meus erros com o ferro em brasa do mais firme arrependimento. A Beja de ontem não é mais a de hoje. Graças a Deus recolho-me em tempo, ainda rica e bela, o que é visível, a uma vida modesta, vida de lar que nunca tive. Minhas filhas estão casadas e quero viver perto dos netos. Meus amigos bem intencionados continuarão a vir à minha casa, para espalharem a notícia de minha regeneração.

Estava abatida como se o mundo lhe pesasse sobre a cabeça.

Lá fora, na manhã lavada pela chuva da noite, cantavam avinhados nas árvores do pomar.

XVII
AS SANDÁLIAS DE S. PAULO

Correram mais dois anos pela vida em flor de D. Beja.

Inesperadamente ela vendeu o palácio a Marcelino Teixeira, dono da fazenda Limeira, a chácara do Jatobá e a fazenda Carapiá, entre os ribeirões Carapiá e do Inferno. Sua resolução de mudança tornou inconsoláveis os velhos amigos e o próprio Padre Aranha estava abalado com aquela imprevista notícia. Fortunato recebeu a novidade como uma topada, com espanto e dor. Guimarães não queria, não podia acreditar. Magalhães estava desolado, e também Dico, Maestro Avelino, Belegarde... Todo o arraial ficou estuporado e, afinal, Beja não tinha razões de queixa do povo, que a absolvera, unânime. É certo que todo o processo foi feito pelo bico-de-pena do Subdelegado, sendo que o escrivão Guimarães expurgara alguma inconveniência dos depoimentos que ficaram todos favoráveis à criminosa. Como fora o Brigada quem escrevera as declarações de Ramos, Guimarães passou tudo a limpo, de novo! Só não pudera tirar a declaração do assassino: Matei a mandado de D. Beja.

As famílias lastimavam se ver sem ela na Vila, onde predominava sua opinião política. Beja governava os homens e, por isso, as autoridades. A morte de Sampaio foi tolerada por todos como fato consumado. Beja tivera sempre razão, até nas infrações legais. Um crime de morte naquele tempo era grave demais. Os criminosos não se furtavam nunca à aversão popular, mesmo absolvidos. Ficavam marcados para sempre; o crime era um estigma que passava aos descendentes. As *Ordenações Filipinas*, coordenadas pelo absolutismo português, pesavam como chumbo sobre os que lhes feriam os ásperos artigos. Lembre-se o fazendeiro que matou o ladrão em sua casa. Penou 3 anos de cárcere duro, teve apelações demoradas, até que saísse livre para ser considerado, para sempre, homem perigoso. Beja fugiu a essa regra. Tivera prova de indisfarçável estima, não aguardando presa, como era de Lei, a solução dos juízes de fato. Só compareceu perante o Juiz na hora do julgamento. A acusação do Promotor foi uma peça de irritante frouxidão. Em poucos minutos, sem uma palavra mais grave, o acusador, em nome da Justiça, cumpriu mal seu dever. Representava o quê? A Justiça pública? Representava a opinião geral, quase unânime, para quem o primeiro quesito "se houve morte" recebeu negativa de todos os jurados. A defesa do leguleio patense saiu coisa ridícula para um tribunal: o elogio de Beja feito à pressa, para poupar vexames à ré, não demorou 10 minutos. Absolvida, via-se a satisfação do Juiz Dr. Costa Pinto ao pronunciar a sentença. Beja saiu do Tribunal, mesmo sem o alvará de soltura... Depois do júri todo o Fórum foi à casa da absolvida, a seu beija-mão. O Subdelegado discursou, quase pedindo desculpas pelo processo. Havia coisa mais séria: o Dr. João Carneiro Furtado de Mendonça, Promotor, fora amante da ré: Joana, filha de Beja, era sua filha. Num de seus habituais rompimentos, Beja separou-se dele, embora com dignidade, não falando mal do amante, como era comum na Província, de pouca educação. Ficaram de relações cortadas.

Durante o ano seguinte ao júri, isto é, por todo 1838, ela recebia parabéns de seus conhecidos e até de gente que jamais vira. De Paracatu, sucessivas mensagens do Padre Melo e de todas as pessoas poderosas de lá, davam-lhe certeza de que agira bem.

Nesses episódios de mandonismo colonial era pouco comum ser absolvido o mandante poderoso, com bases políticas. Mas se o era, coisa fatal acontecia: o mandatário ganhava duras penas. Pois nem isto aconteceu. Antônio Ramos, que matara a soldo de Beja, foi também absolvido.

Em Araxá, as próprias rivais da mundana lastimavam sua retirada. Josefa Pereira e Siá-Boa não cessavam de se mostrar pesarosas com a mudança, mesmo porque Beja sempre as respeitara, tinha uma compostura de senhora quando se referia às desbocadas concorrentes. Candinha da Serra já havia morrido; afogara-se em barriga-d'água, resultado de perpétuas borracheiras. Nos seus últimos tempos recebia todas as semanas cestos cheios de frutas escolhidas do Jatobá, presente de Beja. Morta, ganhou missa mandada rezar pela companheira de desgraça. Esse fato comoveu a todos.

A velha-guarda de Beja não cessara as visitas, embora abalada pela resolução da mudança. João Gomes, comprador de gado, humilde e caladão, parecia sofrer até às lágrimas:

— Estou escalhombado com a mudança de D. Beja. Tão atenciosa, tão boa...

Uma noite conversavam na casa que fora de Beja, pois já estava vendida. Fortunato agora parecia não ter mais 75 anos, mas 85. O homem de mocidade incrível, eterna, o homem sempre moço, desabara de uma vez, certo da viagem da amiga. Suspirava, gemendo:

— Vamos ficar quase órfãos, Beja...
— Nunca fui mãe para vocês; fui apenas amiga, mas leal!

Matos se lastimava também:

— Minhas serenatas acabaram. Nunca mais cantarei modinhas.

Beja procurava se manter de pé:

— Nem o Umbuzeiro?...

Ele balançava a cabeça, em negativa:

— Nada mais. Vou afrouxar as cordas do violão, metê-lo num saco, pendurar num torno.

Guima andava quase mudo:

— Parece incrível ficarmos sem ela!...

Dico verberava a senhora, em sua presença:

— D. Beja é ingrata... Nós nos matamos por ela, vivemos por sua honra e vai deixar, sem coração.

— Não, não é isto. Às vezes a gente fica pesada às próprias pessoas a quem ama...

Estava emocionada:

— Severina, sirva genebra e Porto Rocha Leão!

E tentando sorrir:

— Vamos beber para disfarçar... vamos subir ao nosso mirante, para vermos mais longe...

O solar que era uma festa rumorosa, mas onde havia respeito mútuo passou a ser o Muro das Lamentações da rapaziada íntima de Beja. Da rapaziada e dos velhos, Fortunato à frente, o estimado *sábio dos untos*.

Ninguém compreendia a ideia da senhora, deixando a melhor casa de Araxá, sua chácara magnífica, a fazenda...

Chico Sacristão, acólito do Padre, chegou ao palácio quando vários amigos estavam lá:

— D. Beja, soube de uma novidade muito triste...

As lágrimas corriam-lhe, abundantes. Sua cara de choro era gaiata e compungida a um só tempo.

— Vai não, D. Beja. A senhora é mãe dos pobres. Padre Aranha fala todo dia que a senhora é quem dá esmola na Vila. Não tem pobre que não receba, todo sábado, seu auxílio. Com a senhora em Araxá pobre não sofre. A senhora visita os doentes, dá dinheiro, manda muitas frutas. Eu sempre digo: se não fosse D. Beja minha mulher tinha morrido com mal-de-monte no ano passado. Pois não faltou nada para ela. Seu Fortunato aqui (e apontava) não me deixa mentir.

E para os mais da sala:

— Ela ia todo santo dia ver a pobre. Remédio não faltou, mezinha cara, só. Não faltou isto (fez sinal de comer), não faltou dinheiro. Por que tanto conforto? Porque ela mandou de um tudo para nós.

Limpava com as costas da mão os olhos fundos.

— O Vigário fala que na Vila tem gente rica, mas quem dá tudo que a matriz precisa é D. Beja. Deu até paramento novo para as missas. Quando Maria minha filha morreu, ela é que fez o enterro. Até vela mandou para as virgens levarem na mão. E não alegou nada a ninguém.

Fez dolorosa pausa e:

— A senhora saindo daqui, pobre vai ver o que é falta. Eu fiz promessa pra senhora desistir da viagem. D. Beja mudar? Deus tal não permita...

Beja sentia a garganta apertando:

— É preciso, Chico... Você diz essas coisas por ser bondoso. Eu não valho nada, para ninguém.

O sacristão indagava:

— E D. Beja vai para onde?
— Para Bagagem, Chico.
Ele arrepiou-se:
— Virgem! Pra lugar daquele, lugar triste, de gente ladrona...
E de olhos muito abertos, com a mão tapando a boca:
— D. Beja vai pra Bagagem! Lugar que é mesmo que casa da sogra de *Quarentinha*!
Ela sorria, sem graça:
— Qual, Chico, quem manda é Deus.
Quando o amigo saiu, Fortunato voltou-se para Beja:
— Viu? É todo mundo... Ninguém quer deixar você ir. Todos estão pedindo.
Guima, como a monologar:
— Essa é a opinião do povo. Ninguém sabia das caridades que ela faz, só o Chico é quem contou...
Dico protestou, espalmando as mãos:
— Isto não! Todos sabem que D. Beja é a maior, a mais caridosa de Araxá!
Guima estava de acordo:
— Ora, isto toda gente sabe, o que eu não sabia era o caso da morte da filha do Chico.
Beja punha-se de fora:
— Não fiz nada; era minha obrigação.
Fortunato colaborava no elogio:
— No último curro Beja mandou cinco bois bravos. Era para a festa de S. Sebastião. Depois da festa deu os bois para os pobres. Comeram carne de cinco novilhos do Carapiá. No Natal do ano passado, ela distribuiu 32 vestidos para as moças pobres da Vila. Quem se lembrou das moças pobres de Araxá?
E desafiando, já vermelho:
— Quem foi?...
No outro dia, Padre Aranha foi ao solar:
— Beja, eu estou alegre em parte; mas ando desolado...
— Por que Padre Aranha?
— Porque sua saída é um desfalque seríssimo para minha paróquia. Eu sou como índio — não gemo. Logo porém que senti estar próximo sua mudança vivo com o coração pesaroso, suspiro à toa.
— Beba um absinto, de que o senhor gosta, por saber a erva-doce...
Estava apreensivo:
— Estamos num lugarejo difícil. Meu rebanho é arredio; o jansenismo vai se infiltrando por todos os lares. Os citas comiam os próprios pais, depois de velhos; comem aqui a reputação dos que lhes fizeram favores, salvaram da fome. São ingratos. A ingratidão era o pior pecado para Jesus. O injusto é um errado mas o ingrato é repelente. Mas a você todos estimam.

Calou-se contemplando Beja: via com enlevo seus olhos cheios de sonhos, no casto rosto moreno-claro das virgens galileias.

Padre Aranha estava ficando velho. Tinha cabelos brancos nas têmporas, rugas profundas no rosto. Beja encarou-o, fechando de leve as pálpebras:
— O senhor sabe porque me retiro. Desejo uma vida que apague a outra, a que passou, vida de pecados que hoje são inquietantes remorsos. Posso emendar minha existência tormentosa.
E com firmeza:
— Passei 25 anos na loucura da vida errada, não por vício, mas porque o destino me empurrou na correnteza.
O Vigário tirou da bandeja outro cálice de absinto, já misturado. Beja olhava para o nada, como se sonhasse:
— Vinte e cinco anos de devassidão!
E depois de outro silêncio:
— Não obstante ser quem era, criei minhas filhas na Santa Religião, mandei ensiná-las a ler, eu que sou analfabeta. Elas vivem como senhoras de respeito, em seus lares. Infelizmente meu genro Joaquim Ribeiro da Silva está metido em politiquices, pois seu sobrinho Coronel Fortunato José da Silva Botelho é o chefe do Partido Liberal em Araxá. Seu outro sobrinho, Major Francisco Inácio Botelho é quem intriga tudo. Falava horrores da Regência e está indignado com a proclamação da maioridade do Imperador D. Pedro II... Soube que ele ridiculariza o menino de 14 anos que é agora nosso Imperador. Fortunato José quer ser Barão de Araxá, Francisco Inácio aspira ser Barão da Bagagem. Sonhos que não serão nada!
O Padre, com calor:
— Sei, sei de tudo. Ontem discuti com seu genro. Ele ataca o Senador mineiro Bernardo Pereira de Vasconcelos, o glorioso Ministro que obtete a maioridade de D. Pedro. Esquece que Bernardo é o maior estadista do Brasil, de todos os tempos, nome que enche de orgulho a Província de Minas. Seu genro não suporta o nobre rapaz Imperador D. Pedro II.
E com ar de repugnância:
— Vai lucrar muito com isso... Política... meio de vida... nojo... Foi o próprio Senador Bernardo Pereira de Vasconcelos quem disse muito bem, parafraseando Disraeli: *A política não tem entranhas*. Para mim política é semente de arenga...
Ficara eloquente:
— Eles, os Botelho, combatem, sem meios termos, a Mariano Joaquim da Ávila, Chefe Conservador em Araxá. Fazem desta Vila uma casa de Orates. Estão apoiados, não há dúvida, por gente boa: Alves Branco, Lopes Gama, o Visconde de Magé, os irmãos Antônio Carlos e Francisco Ribeiro de Andrada... além do maior nosso Teófilo Otoni. Mas aqui fazem política de campanário, baralham, confundem, intrigam.

Beja abrandou a eloquência do Padre:

— Meu genro é político, a despeito de meus conselhos. Que se avenha com sua oposição inescrupulosa. Desejo-lhe boa sorte e paz, com a minha filha.

O Padre não gostava da atuação de Joaquim:

— Fazem confusão incrível. Isto aqui já foi tolerável. Hoje só nesta casa há sossego e repouso. O resto está doido furioso.

Ela torcia o assunto:

— Agora estou só. Vou viver para minha alma, desde que vivi 25 anos só para meu corpo.

— Muito bem, S. Francisco chamava o corpo "irmão burro". É preciso contrariar o nosso irmão burro!

E, conselheiro:

— Você é rica. Não tem apreensões. Não acho bom é ir para Bagagem, lugar de aventureiros e arruaças. Mas você viverá lá como vive agora aqui: na sua torre alta, longe dos ruídos da rua desbragada.

E em outro tom:

— Quando pretende viajar?

— Vou no começo de dezembro. Passarei o Natal, Ano Bom e meu aniversário em outras terras. Eu já mandei fazer lá um sobrado igual a este, ou melhor, para Joaninha. É na Rua da Cobiça. Comprei também uma casa térrea, modesta, para viver retirada.

O absinto acarminara o rosto do Padre que nesses transes, já estava às voltas com seu lenço de Alcobaça. O lenço desaparecia nos bolsos da batina, era procurado como agulha, tornava a aparecer. Agora enxugava o suor da testa de seu dono.

— Conhece Bagagem?

— Não conheço. Foi tudo informação de meu genro Clementino.

O silêncio gelado baixou sobre os dois. Daí a instantes, Beja, como se gemesse:

— Aqui me acusam de vários crimes; não tive parte a não ser em um: a morte de Antônio, pelas óbvias razões. Exato que mandei espancar o moço de Nossa Senhora da Conceição do Rio das Mortes. E dei-lhe uma bofetada! Não devia ter feito isto, pois o mocinho a todos, e de uma vez para sempre, que eu não receberia mais era um ingênuo apaixonado, e tive o gesto brutal para que contasse a todos, e de uma vez para sempre, que não receberia homem algum para amor.

Chegaram Matos, Dico, Guima, Fortunato. Ela interrompeu o relatório que fazia de sua vida. Fortunato, ao sentar-se, contou um fato horripilante passado em Confusão.

— Imaginem que uma fazendeira tornou-se amante de certo escravo ajumentado, ficando louca por ele. Tirou o negro para serviços caseiros, o que facilitaria as intimidades. A coisa vinha de meses, o escravo engordava com as gemadas de Sinhá, com as babas-de-moça que lhe davam... Sem se esperar (porque um dia cai a casa), o senhor encontra a esposa e o negro no leito do casal. O senhor mandou surrar o Angola até que a pele de suas costas caiu em parte, lavada em sangue. Caiu aos pedaços. O senhor estava furioso com o flagrante e completou a surra com cinco dúzias de bolos em cada mão! Como estamos em tempo de capina, mandou o preto para o eito, de tamina marcada, sob pena de mais bacalhau se, à tarde, não a tivesse terminado. O escravo chegou à roça, ainda desesperado de dor e, vendo uma árvore tombada no chão, chegou-se-lhe a um galho que lhe dava pela cintura, desabotoou a barguilha da calça, puxou seu facão de mato bem afiado e... Depois de mutilado, em sangue, abotoou a calça e, indiferente vencedor, falou na sua língua lá dele para os malungos abismados, que presenciaram o fato:

— Agora sim; nêgo num apanha mais mode esta porcaria! Muito sangue lhe escorria pelas pernas, encharcando o chão da roça. E o mais incrível é que ele trabalhou até a tarde, acabando a tamina determinada pelo senhor! O povo está horrorizado com o caso, talvez único no mundo! Uns acreditaram, outros não.

Fortunato então deu o nome do fazendeiro:

— É o major Abílio Mafra. Mora na fazenda das Cabeceiras. O negro tem o nome de Sebastião Angola. Isto se deu há duas semanas; depois saberemos de tudo melhor.

O Padre Aranha, que achava a notícia dolorosa demais para ser verdade, acabou acreditando.

— É uma raça heroica a ponto de não poder ser julgada por nós. Sabem do caso do enforcado de Barbacena? Pois é mais inacreditável que esse do Fortunato: Em Barbacena, ia ser enforcado um negro boçal, que assassinara o senhor. Na véspera da execução, o carrasco, vendo o condenado muito triste e abatido, procurou consolá-lo.

— Anime-se, homem! Isto não vale nada. É só um momento: É como quem bebe óleo de rícino. E depois, na hora do trabalho, você pode exigir o que quiser, vinho, doce...

— Di vera? Eu posso pidi doce, doce di leite?

— De leite, de cidra, de laranja, o que quiser!

— Tabão, tabão, antes isso!

No outro dia, ao subir as escadas da forca com o Padre e o carrasco, o negro parecia agitado, a olhar o povo e para os soldados.

Afinal não se conteve e voltando-se para o carrasco, perguntou como uma pessoa que reclama o que lhe devem:

— Uê, Nhonhô, e o doce?!

Ainda houve tempo de se trazer um pedaço de marmelada, em que o paciente cravou os dentes com visível satisfação. Logo depois um empurrão e o cadáver ficou imóvel, suspenso da forca.

A família Sampaio estava ainda indignada com Beja e contra o júri que a absolveu, por unanimidade. Todos os homens da família evitavam ir à Vila e seu comércio passara todo para S. Pedro de Alcântara. A viúva de Antônio queria voltar para Conceição das Alagoas, onde residia a mãe, órfã que era de pai. Não dera o braço a torcer quanto à assassina, a quem se referia, apontando o filho mais velho:
— Este ainda vingará o pai, com o sangue! Sangue pede sangue!
Mas o jovem não tinha o gênio azougado dos Sampaios; puxara a mãe, e pouco trabalhador, nem cultivava ideias de vindita. Se por um lado a viúva acusava a Beja, por outro não perdoava o marido pelo abandono em que a deixava, pela outra. Tinha expressões desprimorosas, revelando falhas de educação, ao se referir ao morto e à viva:
— Em minha terra cachorro é que procura linguiça, mas aqui é linguiça que procura cachorro.
E, no fundo, era injusta, como todas as mulheres feridas no orgulho. Beja não procurara Antônio. Não o quisera por esposo, logo que nasceu Teresa. Desiludido de Julinha, voltou a seu primeiro amor. Padre Aranha ao saber de sua volta ao solar, sentenciara:
— Amor novo é flor. Antônio jamais deixou de sentir o perfume da rosa que cheirara ainda menino. A vida é assim mesmo...
E fora a amante quem se aborrecera dele pela segunda vez, desfazendo a mancebia, o que determinou o gesto brutal de Antônio mandando espancar a ex-amante. Afastou-se, não se matando com medo da velhice, como Aspásia, mas fugia ao mundo, ainda admirável de vida e beleza, como Laís.
Agora, Beja se afastava, ainda fresca. Aos 40 anos era tão formosa como aos 20. Mulher dominadora, não se deixara vencer nem pelas circunstâncias nem pela idade. Só a Padre Aranha e Fortunato expusera seu pensamento ao vender seus teres. Mas falar com Fortunato era falar com o mundo inteiro...
— Não saio corrida. Vou porque quero. Estou cansada de ser feliz...
Havia orgulho e vaidade nessa expressão, mas Beja sempre fora feliz através de suas sucessivas desgraças. Resumia bem sua inquieta existência:
— Tenho o que não aspirei, tive tudo que desejei. O que quis, e que não esperei alcançar, mesmo em sonho...
Sua serenidade fazia da figura singular dessa mulher um caso raro no mundo.
Rica, ainda formosa, sem complexos. Sem complexos — menos um: seu ódio à gente de cor, em qualquer graduação. Tolerando o negro puro, não

admitia os mestiços. Severina... Essa, conquistara seu coração, pela lealdade impoluta; havia de prová-lo um dia.

Quando foi entregar o Carapiá, o gado e o resto — chorou ao deixar a fazenda. Não chorou por fingimento. Chorava só quando precisava chorar. Suas lágrimas nunca foram fingidas, como os sorrisos: estes eram falsos como os de todos os negociantes.

Começou a encaixotar, primeiro os móveis e baixelas da chácara do Jatobá. Tinha os olhos úmidos ao colocar, ajudada pelas escravas, seus objetos nas malas, a roupa fina, os *bibelots*. Suspirava sentida, como se perdesse pessoa querida, morta sem se esperar. Desceu os quadros evocadores, as paredes foram ficando triviais, brancas, humildes.

Uma semana depois, tudo o que havia de seu na chácara estava encaixotado. As portas, sem as cortinas de veludo, ficaram feias e vulgares. Severina notou essa transformação.

— É isto, Severina. Os enfeites é que dão encanto às coisas. Nós também somos assim: quem não se enfeita, por si se enjeita. Um pau bem-vestido faz figura.

A escrava deu com os olhos na gaiola:

— E o passarinho, Sinhá?

Ela olhou-o; estava se esquecendo dele.

— Ah, o bicudo vai; vamos levá-lo para o palácio.

Depois parou, pensativa. Resolveu o contrário e vagarosamente abriu-lhe a portinhola:

— Vai, passarinho, vai para o azul, vai pousar nas árvores de Deus.

Abriu as mãos do lado contrário da gaiola, procurando levá-lo para a porta e para a liberdade. Ele beliscava-lhe a mão, através da grade, brincando.

Beja então meteu a mão dentro da gaiola. O bicudo pulou-lhe no dedo estendido. Ela tirou-o para fora. Fugiu...

Severina, penalizada:

— Ah, Sinhá, coitadinho!

O pássaro pousou na jaqueira vizinha. Depois, para mais longe, na caneleira. Agitou-se, afinal, tentando as asas emperradas. Beja e escrava o olharam até longe, até desaparecer para os lados do ribeirão do Choro.

Severina pendurou a gaiola no prego do portal da varanda. Seus olhos deixavam correr água.

— Olha a gaiola como ficou triste, Severina.

Ela olhava, calada, sentida com o que Sinhá fizera.

— Só a liberdade é a vida; nós não temos direito de prender os pássaros do céu.

Voltaram para o solar, ao anoitecer.

Sobre a Serra da Alpecarta um incêndio acabava de queimar o dia. Apareciam no alto os primeiros corrutuns, voando em círculos velozes. O sereno

começava a cair, invisível mas sentido na pele. A noite descia, em silêncio. Beja cobriu a cabeça com um lenço de seda:
— Vamos embora, o sereno da noite faz mal.
E caminharam, caladas, para o palácio.

Ao chegarem, Flaviana entregou uma carta para Sinhá.
Era o Padre Aranha avisando que às 8 horas ia levar a sua casa um Deputado Geral que seguia para a Vila do Príncipe, vindo da Corte.
— Severina, arranje as coisas para recebermos visitas. Tudo de prata. Traga na hora uma salva com confeitos-seixos e Lacryma Christi.
E deitou-se no divã para repousar.
Às 8 horas bateram palmas.
O salão estava iluminado pelas oito arandelas, além da lâmpada central de acetileno, velada pelo abajur verde-musgo.
Apresentando o parlamentar, Beja estendeu-lhe com graça reverente a mão perfumada.
O Deputado era carrancudo, só falando por palavras medidas.
— Já tenho passado por aqui, sem oportunidade de cumprimentá-la.
— Foi pena, minha casa está sempre aberta para pessoas de sua dignidade.
O parlamentar a observava, admirado de seu perfil de medalha antiga.
— Venho da Corte, vou para a Vila do Príncipe visitar os eleitores.
Ela, dengosa, sem afetação:
— E a Corte, Senhor Deputado?
— Aquilo é sempre um inferno agradável, D. Beja. Só mesmo o dever... O clima ali é desfavorável aos mineiros... Mesmo aos que morrem lá.
Ela, diplomata:
— Mas os liberais acham qualquer clima propício, quando defendem a Província de Minas Gerais...
O Deputado espantou-se:
— Como sabe a senhora que sou liberal?
— Porque em Minas toda pessoa inteligente é liberal.
O homem não caía em si do imprevisto da conversa.
— Muito bem, na resposta me orgulha e envaidece. Por que pensa tão certo, senhora?
— Porque Minas Gerais é desde Felipe dos Santos a pioneira da Liberdade. A Inconfidência foi a maior prova... Quem obrigou D. Pedro I a abdicar foram os bravos liberais montanheses.
O Deputado estava pasmo, de olhos muito abertos.
Ela, segura:
— Foi a segunda viagem do Imperador a Minas que abateu no Soberano a ideia da tirania dos Braganças. O Brasil estava de acordo com ele mas os mineiros não estavam...
— Que tirania, senhora?

— Ele queria a reeleição do Ministro Maia e veio cabalar as eleições de seu valido. A coincidência de sua chegada, desde S. João del-Rei, com as exéquias de Líbero Badaró, foi pretexto para que o Imperador fosse recebido com sinos em dobres de finados. O Ministro Maia foi batido nas eleições, Pedro I voltou convencido de que, à força, em Minas Gerais — não é possível!

Beja tinha razão. Em face do descontentamento de Minas, a mais populosa Província, com os desmandos do Imperador, Pedro I visitou-a, trazendo seu candidato Conselheiro José Antônio da Silva Maia, Ministro do Império. Veio a cavalo, trazendo a Imperatriz. Queria pacificar a Província; recebido com frieza em Ouro Preto e por todos os lugares por onde passava ouvia sinos a finados, em exéquias de Líbero Badaró, seu adversário, espingardeado em S. Paulo. Beija-mão, discursos. Gabriel Francisco Junqueira, depois Barão de Alfenas, ganhou de Maia a eleição para Deputado Geral. Ao chegar à Corte, regozijo dos portugueses, reação de brasileiros. Noite das garrafadas. Revolução nas ruas. Tudo isso resultou em abdicação. O representante mineiro não era um maria vai com as outras no Parlamento.

— O que acha a senhora da abdicação de Pedro I?

— Não sou política mas acho que foi um mal. D. Pedro I foi o maior homem de nosso tempo, no Brasil.

— Por que pensa assim, D. Beja?

Ela, firme:

— Porque ele foi que nos deu a Independência. Teve coragem. Se cedesse à pressão dos portugueses, no Rio de Janeiro, ainda seríamos Colônia.

A visita pareceu não gostar da frase.

Severina, de avental branco e boina de rendas serviu o Lacryma Christi em cálices altos, de prata lavrada. O Padre sorria, percebendo o espanto do companheiro que fora ali para ver a mulher bonita e encontrava uma senhora inteligente.

Admirava-a, com o cálice na mão, abobado:

— E que me diz da Regência?

— A Regência sob Feijó teve orientação nacionalista mas a pressão sobre os *Farrapos* fê-la vulgar. Bento Gonçalves desmoralizou a Regência com a República de Piratini.

O viajante gaguejava:

— A senhora sabe coisas, D. Beja...

— Não sei nada, vivo no sertão, sou uma tola...

— Não diga isto, é mineira de verdade — é liberal. E leem jornais aqui?

— *A Abelha do Itacolomi*, de Ouro Preto, o *Universal*, da Corte, o *Eco do Serro*...

— D. Beja, diga-me uma coisa: que pensa da maioridade de D. Pedro II?

— Acho que a razão estava com o grande tribuno do povo, Bernardo Pereira de Vasconcelos; a declaração da maioridade salvou o país da anarquia. Bernardo patrício nosso...

— E qual dos liberais mineiros lhe parece maior?
— Todos são ilustres pois comungam a mesma ideia. O maior é, sem dúvida, Teófilo Otoni.
O Deputado pulou da poltrona, apertando a mão de Beja, demoradamente. Ele era Teófilo Otoni...
Estava pasmo com a senhora e, voltando-se para o Vigário:
— Padre Aranha, não deixe esta preciosidade sair de Araxá!
O Padre sorria, impotente para decidir, sorria orgulhoso de sua amiga. Otoni, acalmando-se, indagou:
— A senhora vai para Bagagem com certeza pelo fascínio dos diamantes...
Ela, rápida, sem pensar:
— É verdade, senhor Deputado, vou para Bagagem por causa de diamantes. Tenho dois, lá: uma filha e uma neta.
Quando saíram, pelas 10 horas, Otoni ia tão surpreendido que mal podia falar. Logo que se viu na sala do Vigário, balançou a cabeça, comovido:
— Por isso é que Beja domina todos os homens. Não é pela beleza invulgar, nem por seu luxo asiático: é pela inteligência! Sua fama é bem merecida, Padre Aranha.
As árvores começaram a balançar os ramos. Ventos desembestados do planalto vergavam-lhes as copas altas, levantavam o pó das estradas.
A noite esfriou, de repente.
Já deitado, Otoni monologou, ainda surpreso:
— Compara a filha e a neta a dois diamantes! Cada vez mais me convenço de que Minas é a terra das maravilhas.

Na outra noite, Padre Aranha apareceu no solar. Achou a sala cheia de amigos, velhos e novos amigos de Beja, no plantão obrigatório. Referiu-se logo à visita de Teófilo Otoni:
— Ele ficou maravilhado!
Fortunato engalanou-se em arco pela notícia e, para os outros:
— Ouviram? Ouviram bem? Depois dizem que o velho aqui está com miolo mole...
Todos bebiam genebra. Bebiam desde o escurecer e alguns misturavam a Foking com o Cognac Leproux. Fortunato desde que chegou preferiu beber a boa Paracatuína com Amer-Picon:
— É uma delícia! E não necessita *parede*...
Depois, já remoçado no vermelho oleoso do rosto:
— Estou muito contente! Imaginem o grande liberal Teófilo Otoni elogiando a nossa Beja! Que honra!... Já falavam alto e ao mesmo tempo. O Padre prosseguia com frequentes toques de seu cálice nos lábios pálidos. É mesmo honrosa a opinião do Otoni...
Fortunato, descosendo os assuntos, estava perguntador:
— E que notícias trouxe ele do velho Serro Frio?

— Vem da Corte, vai para o Serro. Ele me contou porém uma coisa estranha: apareceu há pouco no lugarejo das velhas Minas do Fanado de Araçuaí um pássaro tão grande que, voando, ocultava por momento, o sol. Desceu a um terreiro para pegar um cabrito, que levou sem dificuldade. O povo está amedrontado. Pelas notícias que o Deputado teve, essa ave é muito maior que uma águia. Talvez seja enorme águia desgarrada no voo imenso, dos Andes.

Fortunato, cético:

— Águia nada. É sinal dos tempos. Aparecerão sinais no mar, na terra e no ar...

Guimarães não entendeu:

— Sinais por que, Fortunato?

— O sol escurecerá, a lua não dará o seu resplendor e as estrelas cairão do céu, e as potências do céu serão abaladas. É o que vem na Bíblia.

O boticário não respeitava o Padre, citando a Bíblia e, para desfazer de Guima:

— Você não entende essas coisas... Mas todas as predições de S. Mateus e do Apocalipse estão se realizando. Não ouviram falar no terremoto de Lisboa, em 1755? As bestas do Apocalipse vêm por aí...

Matos ouvia sorrindo, para ridicularizar o boticário:

— Quem não entende dessas coisas é você...

— Ora bolas, discutir com você e com o Guima é discutir com dois surdos-mudos. Lembre-se da intervenção do Espírito Santo, quando morreu Jesus Cristo. Lembre-se da Legião Fulminante de seres sobrenaturais, vista por todo um exército quando o Imperador Marco Aurélio lutava contra os marcomanos. As legiões romanas morriam de sede quando uma chuva torrencial socorreu o exército cristão, quase vencido pelos gentios. A legião celeste salvou os que iam ser derrotados.

Um riso debochado de Matos encheu de escândalo todo o salão:

— Ora, Fortunato falando em coisas que são para o Padre Aranha dizer! Ah, isto é cômico, é de matar de rir!

— Você é ignorante chapado; estou falando sobre sinais maravilhosos! Sinais bíblicos dos tempos, sinais do fim do mundo! Há pouco em Caratinga nasceu uma criança de dez quilos, já com os dentes todos. Em Nossa Senhora do Patrocínio do Salitre vi um bezerro com duas cabeças e cinco pernas!

— E o menino está vivo?

— E forte. O bezerro também cresce bem-disposto. E há mais: na Ponta do Morro uma senhora teve quatro filhos, todos sadios.

O Padre não ria. Estivera ouvindo:

— Fortunato, você fala umas tantas bobagens. Mas outras coisas estão certas.

Fortunato estava fúnebre:

— Ora bobagens!... Não se lembra do negro que, na Procissão do Encontro, em Farinha Podre, avançou para a imagem de Nossa Senhora, com uma foice levantada?

O Padre confirmou.

— Foi exato esse imenso sacrilégio!

Matos pilheriava:

— Bem se diz que negro não acompanha procissão: vai, perseguindo os santos...

Fortunato fazia seu tipo ficar importante — para ficar importante.

Guima bolia com ele:

— E *Quarentinha*, Fortunato?

Nervoso, dando com as mãos para os lados:

— Sei lá de *Quarentinha*! Estamos falando em coisas sérias e vem você com molecagens!

Fortunato naquela hora falava no liberal Otoni, interpretava a Bíblia, estava alto demais para descer à canalha, a bandidos bêbedos de sangue.

Guima insistia:

— Fortunato, me desculpe mas eu soube que você ontem não atendeu uma doente tarde da noite com medo do *Quarentinha*...

— Não atendi porque não quis e não tenho satisfação a lhe dar!

Beja agitou a campa de prata e Severina apareceu:

— Traga absinto para todos.

A escrava sorriu, maldosa, adivinhando tempestade. Matos para aperrear o Padre recomendou:

— E traga água mineral para o Padre Aranha...

Riram da pilhéria, inclusive o Padre que sorvia devagar seu Lacryma Christi e estava pronto a ir ao absinto. Quando a escrava preparava os cálices grandes, facetados, de cristal da Boêmia, o Padre já estava expansivo:

— Fortunato, você como boticário velho não vê incompatibilidade entre a Paracatuína com Amer-Picon e absinto?

— Não! Não há incompatibilidade porque minha saúde é o corretivo heroico.

Beja nessa altura se lembrou de uma surpresa para as visitas: saiu para buscá-la, em pessoa. Quando ela saiu da sala Guima falou baixo:

— Vocês já ouviram dizer que a sepultura de Antônio Sampaio abateu mais de meio metro e à meia-noite sai de lá o fogo verde, rasteiro?...

Fortunato embezerrou:

— Fogo por quê?

— Não sei... estão alarmados com isto.

O boticário abafou o boato:

— Qual fogo, qual nada! Ele morreu e está bem morto. Morreu porque precisou! Não venha você espalhar mentiras. Eu sou pela verdade!

Guima se enfezou:
— Que é a verdade?
Padre Aranha entrou na frente:
— Você pergunta como Pôncio Pilatos a Jesus: Que é a verdade?
Mas Fortunato feriu fundo o Guima:
— Verdade é uma coisa que você desconhece. Se você me perguntasse: que é a mentira? Eu responderia: é tudo que você fala!...
Beja entrava no salão trazendo uma salva de suspiros que ela mesmo fizera.
— Que discussão é esta, rapazes?
Fortunato ainda excitava:
— Não é nada, estava dando uma lição de moral ao Guimarães!
Guimarães ria-se, desmanchado. O velho raivava:
— Bem dizia minha avó: Negro não fala — bodeja...
Guimarães era moreno mas não era mestiço. Ria-se da raiva do boticário, que ainda resmungava com a boca cheia de suspiros:
— Boateiro...
O Padre ria, Matos ria, Beja começou a rir, sem saber por quê. Por fim o próprio Fortunato também riu, desabafado, embora confirmando:
— Não venha com gracinhas. Eu sou um cão de fila de... certa pessoa e não admito besteiras. Você é muito burro.
O Padre provava o absinto e indagou de Matos:
— Matos, e o violão?
— Está em casa. Vai ser aposentado ou quebrado, depois da serenata que vamos fazer na véspera da viagem de D. Beja.
Ela sorria, triste:
— E eu aceito. Quero levar saudades de todos... saudades para o resto de minha vida.
Todos cessaram a alegria com a lembrança daquela viagem. Silenciaram, como se combinassem aquele recolhimento. Beja percebeu e ficou, de súbito, abatida. Estavam na sua sala, agora mudos, sentindo a mesma desagradável sensação prévia do vácuo, prestes a se fazer no coração de todos.
Beja, para vencer aquele pesadíssimo silêncio, ergueu-se para pôr a funcionar a caixinha de música. O *Minueto em ré menor* de Mozart começou, soluçando. No último acorde, sentindo-se mal, travou a caixa. Aquela música fora maléfica ao sentimento dos presentes. Fortunato então conseguiu balbuciar, olhando, fixo, o chão:
— Pare mesmo com essa música. Numa ferida recente, ainda sangrando, não se derrama um cáustico. Bebe-se veneno adoçado mas ninguém sorve uma taça de fel por vontade própria.
A reunião ia ficando tão desagradável que Padre Aranha puxou do relógio:
— Vou indo.

Todos foram também descendo a escadaria, lentos e calados, sentindo uma sombra cair sobre os corações doridos. Desapareceram na noite escura.

Beja deixou-se rente a uma sacada, espiando a escuridão. Respirou fundo, sentindo o cheiro das esponjas. Começou, lenta, a apagar as luzes. E chegando a seu quarto, num desalento:

— Isso é vida, meu Deus? Se isto é vida a morte deve ser mais leve.

Beja amanheceu aborrecida, de lábios pálidos. Na alegria, mostrava na boca um colar de pérolas legítimas. Nas horas tristes usava, se era preciso sorrir, em lugar das pérolas, joias de pouco valor.

Chegara o dia do começo da embalagem das roupas, encaixotamento da baixela, embalagem da mobília. Ela e os escravos iniciaram a penosa tarefa. Desarrumar o que arranjara, com tanto amor.

As canastras iam engolindo montões de roupas finas; colchas trabalhadas, cobertas de seda, cobertores de lã inglesa. Os objetos de mais valor foram guardados em malas de couro. Os cristais envoltos em algodão em rama foram acomodados em caixotes. Desceram os quadros das paredes.

Aí Beja não aguentou mais. Ficara esgotada, aceitando Matos e Guimarães para ajudarem, à noite, nos arranjos. Foram eles que acondicionaram as coisas finas. Dois carpinteiros engradaram em uma semana a preciosa mobília. Tudo afinal ficou pronto para a viagem. Beja dormia, como ao sair de Paracatu, em uma cama no chão.

Continuou, entretanto, a receber os amigos costumeiros, na sala de jantar, em cadeiras de pau em torno de velha mesa de pinho. A esses amigos declarou certa noite:

— Estou tão arrependida... Se eu soubesse ser tão doloroso acabar com esta casa... deixar os amigos de tantos anos!

Até as duas caixas de música estavam embaladas. Comia em pratos e talheres de ferro sem as iniciais A. J. (Ana Jacinta) de suas pesadas peças de prata portuguesa. Bebia café em tigela de louça ordinária, empréstimo de Fortunato. Destorciam-se os parafusos das arandelas e só a lâmpada de acetileno iluminava a casa inteira.

Ainda tinha que esperar uma semana pelo genro Clementino. O trem de cozinha foi substituído por tralha emprestada do Padre, Matos e Guimarães. A alegria murchava aos poucos no solar, como uma rosa na jarra.

Fortunato, sentindo a amargura dos serões desconfortáveis, para alegrar a amiga pediu a Matos:

— Por que não traz o violão para umas valsas? Beja aprecia suas valsas.

Ela assanhou-se quase desesperada:

— Não, não traga violão nenhum! Vocês querem agravar minha tristeza, puxar lágrimas? Basta o que tenho sofrido.

O velho lembrou-se daquela noite do *Minueto em ré menor*.

— Ah, perdoe, estou com a cabeça leve, nem me lembrava. Deus me livre, não tragam instrumento nenhum!

Fortunato vivia agora com a caixa de rapé na mão. Matos criticava-o, para alegrar os presentes:

— Rapé de rico é *simonte*, de garimpeiro é *torrado*, de forro é caco e de escravo, *sabugo queimado*. O seu, que é?

— É o diabo que o carregue.

Não parava, nervoso, a coçar as costas com dificuldade. Guima observou:

— Você coça tanto que parece ter tapuica no espinhaço.

Ele nem respondeu, afastando-se para o salão, fúnebre, vazio. Como se demorasse, Beja mandou Severina saber se ele saíra. A negra voltou:

— Seu Fortunato está chorando, encostado na parede da sala. Pobre velho!

Beja buscou-o, fingindo-se alegre. Estava acabrunhado:

— Beja, você não me verá mais. Vou também viajar... para a terra da verdade. Vivo doente, estou acabado. A viuvez me abateu muito; o desconforto em que vivo é desolador. Estou sozinho neste mundo e a única pessoa que se interessa por mim é você. A mana morreu no parto. Pouco trabalho já. Não digo, para não me chamarem covarde. Minha afeição por você é tão grande que resume toda a família que perdi. Você agora se retira, o velho vai ficar esquecido... Todos sabem que não tenho mais parentes, que morreram primeiro. Possuo aqui duas casas, a Botica. Você é minha herdeira, de tudo. Sou pobre mas o que deixo pode lhe dar um pouco de recordação do velho, de saudade de quem ficou atrasado, dos parentes que se foram. É pouco o que deixo para minha Beja, mas é de coração que...

Beja não aguentou mais. Debruçou-se na mesa de pinho, soluçando alto. Todos os presentes choravam. Fortunato, engasgado, não podia falar. Sua cara demonstrava angústia perto do desespero. Afinal Beja pôde exclamar, vencida:

— Pelo amor de Deus, Fortunato, não me faça sofrer com palavras tão horríveis. Você viverá muito tempo ainda, você é bom e Deus lhe conservará a vida, para nosso consolo.

Ele, de olhos vidrados, balançava a cabeça, negativamente. A custo pôde sussurrar:

— Padre Aranha é meu testamenteiro. Cumprirá minha última vontade. Minha vida acabou.

A cena estava pesada demais para aqueles corações feridos. Beja tinha os olhos vermelhos, dentro de olheiras escuras. Assoava-se sem cessar. Matos e Guima nada diziam, também abafados. Severina por deliberação própria serviu genebra a todos. A senhora ordenou:

— Deixe a garrafa aí. Bebam à vontade.

Entrava, sem se esperar, Padre Aranha.

— Que é isto? Que houve?

Beja, delicada:

— Não houve nada, Padre Aranha.
O Vigário compreendeu. Sentou-se na pequena cadeira, olhando pensativo a casa desarrumada.
— Severina! — chamou. — Eu também quero genebra.
A botija estava na mesa, na bandeja de folha. Severina serviu. E o Padre, medindo a situação, abriu caminho, devagar:
— Vocês sentem, eu mais ainda. A lágrima defende os olhos, o gemido ampara a dor, o grito acalma o desespero. Descamos à terra. Aqui é o chão. Nossa vida não é para caminhos floridos mas a estrada da vida é cheia de pedras. Devemos receber a vida como a vida vem. Quem viver na crença de Deus cantará aleluias. Deixem as lágrimas para o último recurso, quando não houver mais armas para o combate. Como a faca de ponta é, muitas vezes, o último recurso do vencido e do humilhado, a lágrima deve ficar para reserva da derradeira investida. Vamos embora que D. Beja precisa repousar. A vida continua. Estou me lembrando do verso sertanejo de Matos sobre o umbuzeiro:

Em setembro enfloridesce...

Nossas almas ainda vão florescer na alegria. O Comandante é Deus.

Clementino chegou à tarde. Não se embaraçou, promovendo o resto: carros, tropa.
Três dias depois a carruagem carregada saiu, pela madrugadinha. Quando a fila de 10 carros-de-bois se moveu, no rumo da Bagagem, e a tropa de 11 bestas arrancou, Beja estava aniquilada. Clementino se mostrava otimista, gracejando:
— Que tristeza é esta, pessoal? Bagagem é fim de mundo?
Chegando-se a Moisés que amilhava a cavalhada de Beja, Clementino quis saber:
— Gosta de viajar, Moisés?
O escravo que sentia deixar a Vila, quase gemeu:
— Ah, Nhô Clementino, tô cansado de viage. Cunheço esse oco de mundo tudo, cunheço inté Pracatu!
— Negro viajado! Moisés, você é um fenômeno.

À noite chegou ao solar toda a velha guarda. Vinham murchos, com caras de Sexta-Feira da Paixão. Beja não sabia mais falar, andar, pensar.
— Vocês assentem por aí, nas pedras desta ruína. Vieram genebra, Porto, licores, para serem bebidos em copos ordinários. Clementino é o único de moral levantada. Fala na confusão daquela casa de abelhas, as próprias visitas é

que se servem das garrafas. O Padre, procurando desfazer o constrangimento geral, abre fogo:

— E a velha Bagagem milionária, como vai, Clementino?

— Caminha como mendiga esfarrapada com os dedos cheios de brilhantes.

O álcool foi desatando as línguas amarradas. O genro olha com piedade o escombro em movimento que é Fortunato:

— Aqui o nosso Fortunato, sempre na vanguarda!

Ele nem sorriu para responder. Apenas roncou, entre gengivas. Clementino, para desanuviar as caras, expansivo, faz uma pergunta em moda nas Minas de 1840:

— Fortunato, que personagem histórica você queria ter sido?

O velho abobado, sem verve, num esforço:

— O escravo Nicolau, o paradigma da lealdade.

A resposta muito comoveu a D. Beja e ao Padre Aranha. O bagagense volta-se para Matos:

— E você, meu velho?

— Eu quisera ter sido o *Chalaça*...

— E o senhor, Padre Aranha?

— Eu desejava ter sido Múcio Scévola, que assou um braço na fogueira porque errou o golpe de punhal destinado a Porcena.

O marido de Joaninha divertia-se:

— E você, ó Dico?

O ex-seminarista e escrevente respondeu com sangue:

— Eu devia ter nascido Robespierre, o Incorruptível!

— E a senhora, Comadre minha sogra?

— Nem sei, Clementino... Eu devia ter nascido Maria Antonieta, que teve alegria para viver e coragem para morrer.

— Guima, e você?

— Eu desejava ser o desgraçado mesmo que sou...

Clementino encara Luís Primo, o taberneiro admirador cem por cento de D. Beja, de quem era escravo incondicional:

— E Luís Primo? Que desejava ter sido?

— Deus!

Padre Aranha protestou, todos...

Aranha interroga-o:

— Por que deseja ser Deus, com este sacrilégio todo?

— Porque se eu fosse Deus arrasava Araxá com chuva de fogo depois que D. Beja tivesse saído pra Bagagem!

O Padre reprova:

— Brinque com fogo... Olhe lá, castigo sério para tanto orgulho.

A conversa já enfastiava e Matos quer saber:

— A que horas a senhora parte, D. Beja?

Ouve-se uma sumida voz humilde:
— Às cinco, se Deus quiser.
— Pois nós combinamos vir, reunidos, despedir da senhora.
Beja não pôde agradecer, dispensá-los do incômodo. Levantam-se, bem combinados. Fortunato:
— O Matos escreveu uma triste modinha só pra cantar de madrugada, despedindo de você. A ideia foi minha. Vamos fazer uma serenata, a última, para sempre a última. Queremos despedir...
— Oh...
É o que ela consegue dizer. O velho chora.
O Padre desce as escadas, no silêncio do grupo, e ao chegar à rua suspira fundo:
— *Vae soli! Vae victis...*
Ao se afastar, voltando-se para a nobre casa, ergue o braço que abrange, no gesto, o edifício inteiro:
— *Campus ubi Troia fuit...*
E para que os outros entendessem:
— Lugar onde esplendeu a cidade de Troia...
À uma hora da manhã, do solar, ouvem violões chorando, no Largo da Matriz. Depois, uma flauta. A divina rabeca, o admirável instrumento que pertencera ao Maestro Rosa começa a gemer baixinho. E uma voz (era a de Matos) plange em surdina o *Último soluço*, modinha apreciada por Beja. Ela ouve, escuta de coração opresso. Depois de uma pausa, desperta as ruas dormidas a composição especial, letra e música de Matos. É a *Despedida*. A dolência musical, as palavras alambicadas, vão ferindo o coração da retirante:

> *Nunca mais te verei sob a ramagem*
> *Do velho tamboril, perto da fonte.*
> *Quando for te beijar a leve aragem,*
> *Teu vulto já sumiu-se no horizonte*[20]

O pobre amigo da viajante refere-se a seus passeios ao Barreiro, onde Beja descansava à sombra do velho tamboril[21], perto da fonte que já era chamada Fonte D. Beja.
As lágrimas correm-lhe pela face. O refrão da modinha suspira lá fora:

> *Teu vulto já sumiu-se no horizonte...*

---

20. Verso da referida modinha, ainda conservada na tradição de Araxá.
21. Secou, em 1938.

Beja manda Severina e Moisés levarem aos boêmios uma bandeja de suspiros e uma botija de genebra. Recomeça agora o pranto dos violões.

Guima então canta *Adeus, para sempre adeus*, verso que foi mais tarde título de um poema de Gonçalves Dias, nesse tempo ainda mocinho. Esta modinha foi a fonte de lágrimas de quase todas as moças do século XIX, em Minas. A voz rouca de Matos foi bulir, magoando, na alma de Beja. Aí, ela não pôde mais resistir.

Caiu de bruços nas almofadas, chorando convulsamente, cheia de sincera paixão.

Ouve a última serenata do Arraial antigo de S. Domingos, a derradeira daquele grupo camarada.

Severina, ao voltar, diz à senhora:

— Sinhá, o Padre e seu Fortunato estão na serenata.

Ela ainda pôde dizer:

— Coitados.

O Padre não vacilava em acompanhar os outros, na despedida que faziam à grande protetora. Fortunato, com 75 anos, ainda valente, estava calado, no meio das músicas. Bebera ainda mais que seu costume.

Beja repete, abafada:

— Coitados...

Embora ela marcasse "5 horas" para os amigos, deu ordens para partirem às 3, em ponto.

Ao entardecer percorreu o pomar, abraçou-se com as laranjeiras que plantara por suas mãos; apertou no peito a esponjeira, o cinamomo. Beijou as rosas abertas e em botões; bateu as mãos, jogou beijos com as pontas dos dedos para todas as outras plantas.

Três horas. Já montada, Severina se lembrou do cachorro:

— E o Tigre, Sinhá?

Era verdade, esqueciam o cão fiel da guarda do palácio. Fora esse o cachorro que ferira a perna de Antônio Sampaio, rasgando-lhe a calça, na noite da desfeita preparada pela amante.

Clementino apeia, traz o bicho amarrado no cabo do cabresto. Beja parte tão cedo, para evitar a presença dos companheiros. Não tem coragem para se despedir. Fortunato fora encarregado de entregar as coisas emprestadas de última hora e Padre Aranha na sua última visita recebeu um conto de réis para os pobres de Araxá.

Clementino, comanda:

— Tudo pronto?

Beja, sem responder, soltou as rédeas do cavalo que o genro lhe reservara. Marisco, fraco nos seus 29 anos, não aguentava mais o estirão. Seguia, à destra.

Toda a comitiva se movimenta. Um vento gelado, vento de chuva no planalto batia, aos repelões, no rosto dos viajantes.

Passam o ribeirão Santa Rita, começando a subir o morro. Fraldearam a cerca externa do Jatobá, que dorme sob neblina fluida, lá embaixo, à esquerda. O vento vai desfazendo a névoa e já se veem a casa, as árvores. Na rampa, bem perto ao Pau da Forca, afrouxou a barrigueira do arreio de Beja, o genro apeia, para apertar o laço. Nesse ínterim Beja olha para baixo.

A Vila humilde dorme.

O genro nota-lhe a tristeza opressiva e, batendo as mãos para limpá-las, tira os sapatos da sogra, brincando:

— Bata aqui, olhando a Vila, as sandálias de S. Paulo e S. Barnabé, ao deixarem Antioquia...

Ela toma dos sapatinhos, batendo-lhes a poeira, para ser feliz S. Paulo batia as alpercatas, para não levar a poeira da cidade donde o expulsaram os judeus. Beja bate-as, consoante o uso do tempo, para ter sorte.

A vila foi desaparecendo. Beja olhou para trás... ainda via, bem longe, o Morro Alto do Barreiro... Lembrou-se de sua fonte, da árvore preferida.

Clementino, que seguia na frente, expansivo, começou a cantar alto a toada de Matos, de que muito gostara:

> Em agosto umbuzeiro é pau,
> Em setembro ele refóia.
> Em outubro enfloridesce,
> Vem a chuva e a terra moia...

Beja vencia o abatimento, mordendo os lábios. O ar frio da madrugada secava-lhe as lágrimas. Fulguravam, apenas, doridos, seus grandes olhos verdes.

XVIII
ESTRELA VÉSPER

Beja chegou à Vila da Bagagem, ao anoitecer.

Ficou em casa de sua filha Joaninha, até que chegassem as tropas com a mudança, e os carros. A casa de Clementino era na Rua da Cobiça: lembrava o palácio de Araxá nos seus dois pavimentos; muito bem construída, era a melhor da rua sinuosa.

A viagem de quatro dias, em que vencera 24 léguas, não a abatera, embora chegasse enfadada. Para seu tempo, mulher de 40 anos era matrona, tinha pouco direito ao amor e usava vestidos de golas altas e mangas compridas. Só se lhe viam os pés, em razão das saias arrastarem. Beja, entretanto, por sua natureza privilegiada e vida ao ar livre, quando as outras viviam em clausura, esplendia em mocidade. Não tinha uma só ruga e sua pele estava lisa e corada. Atribuía sua juventude às linfas do Barreiro e principalmente às da que todos agora chamavam *Fonte da Beja*. Tinham razão e o futuro exame dessas águas, feito pelo Barão von Eschwege, comparou-a à melhores da Europa, como Carlsbad e Vidago.

Ao chegar a S. Domingos, Beja, inteligente e dominadora, notou logo em si e até nos animais o efeito milagroso daquelas águas. Seus diários passeios às fontes passaram no começo a ser vistos como exibição de sua beleza e a farras. Como ia às vezes sem Severina, falaram dela até com o próprio escravo Moisés, embora provasse por toda a vida não receber negros nem mestiços. Ela foi a verdadeira descobridora dos efeitos fisiológicos das águas minerais de Araxá. Mesmo antes de ir para Paracatu (o Ouvidor tinha jurisdição sobre Águas Minerais e ela muito aprendeu de seus efeitos), já era frequentadora das fontes sulfurosas e daquela em que depois se descobriu ser radioativa a Fonte da Jumenta.

A VIDA EM FLOR DE DONA BEJA

Foi a primeira propagandista do paraíso do Barreiro, pelo que de extraordinário faz em doentes de todas as idades.

Chegada a mudança, Beja foi para sua própria casa. Era um prédio térreo e modesto, com 4 janelas de frente e porta de entrada, entre elas. Quando a comprou já estava usada e tinha pintura cor-de-rosa, em oca. A mobília de Beja não coube nesse prédio, ficando o que sobrou em dois salões da casa de Joaninha.

Depois de composta, a casa ficou um pouco atravancada de móveis já vistos em dois palácios. Os escravos foram instalados nos fundos e a cozinha pequena recebeu a tralha de Araxá e Paracatu.

A casa fora construída em extenso terreno, onde Beja mandou fazer grande horta[22]. A frente corria o Rio Bagagem, que passava a 20 metros da residência de Beja. O rio, aí, tem 15 metros de largura e corre rápido. Esse rio atravessava o arraial pelo meio, de modo que para se ir da casa da senhora à da filha, era preciso passar numa ponte bem em baixo, a Ponte do Zé Gonçalves. Beja

---

22. No lugar onde foi horta de Beja, em 1954 dois rapazinhos, garimpando, *pegaram* um diamante, vendido mesmo em *Estrela do Sul* por 6 milhões de cruzeiros.

para diminuir caminho, mandou construir uma outra, de aroeira, mesmo em frente a sua casa, de onde chegava, andando menos, à casa da Rua da Cobiça. Essa ponte lá serviu por muitos anos como fora feita, sendo destruída por enchente; em seu lugar a Prefeitura fez outra, de cimento, que ainda tem o nome de *Ponte da Beja*.

No dia seguinte ao de sua instalação na nova casa, Beja mandou chamar Joaninha.

— Minha filha, venha cá.

Beja, com o pente de ouro que usara em Paracatu, alisou os cabelos já soltos, os magníficos cabelos castanhos dourados. Com calma os penteava, devagar. Estava de pé e os cabelos chegavam-lhe muito abaixo da cintura. Na luz da manhã a coma, tão basta, brilhava, como se estivesse úmida. A senhora repassava o pente; os cabelos macios deixavam escorregar os dentes de ouro por eles abaixo.

Depôs então o pente na mesa e tomando de uma tesoura grande aparou, mesmo ao rumo da nuca, a cabeleira que fizera o delírio de tantos homens doidos de amor. Por eles correram mãos trêmulas, foram depostos beijos de fogo. A tesoura com um ruído seco aparou-os em breves mastigados de aço. Joaninha chorava, com os cabelos nas mãos.

— Por que fez isto, mãe?!

Beja suspirou:

— Não quero mais nada; deixo o mundo...[23]

E sorria desiludida. A filha abateu-se, debruçada na mesa, a chorar. A neta de Beja, a pequena Aidée, então apanhou a cabeleira, atou-a com uma fitinha verde, guardando-a por muitos anos. Esses cabelos eram da mesma cor dos de Inês de Castro, a que depois de morta foi Rainha.

Beja enrolou a cabeça num lenço branco. Ninguém, daquela hora em diante, a viu mais sem um lenço branco enrolado na cabeça, que fora o orgulho de dois municípios.

A casa do Largo da Matriz, onde morava agora, não tinha o conforto daquelas em que residira durante 25 anos. De vidraças sempre descidas, escondia, na sua modéstia de pau-a-pique, a que fora por um quarto de século a mulher mais bela, vitoriosa e rica do Sertão do Novo Sul. Seu nome era popular entre políticos, viajantes e homens abastados da garimpagem e da civilização do ouro. Fora mais longe — em S. Paulo seu nome era falado como o de uma Princesa Oriental. Não só pela beleza, mas também pelo espírito, pela finura de seus modos. Aquela boca jamais deixou sair um palavrão, nunca se fez menos digna de uma senhora de seu tempo.

Pelas razões só por ela conhecidas, recolhia-se à vida honesta, como os pecadores de outras eras buscavam os claustros para se purificarem de vidas

---

23. Palavras textuais.

escandalosas. Beja que fora amante das sedas francesas, das porcelanas da China e de baixelas de ouro e prata, na casa decente mas destituída do esplendor de ontem, se fazia agora respeitar, não pela riqueza e poder, como em Paracatu e Araxá, mas pelas virtudes de uma vida sem fausto.

Bem cedo, ao ouvir o sino dando sinal para missa da Matriz da Bagagem, cobria a cabeça, sobre o lenço, com um véu preto e ia sozinha assistir ao ofício do Padre José do Ó, Vigário do Arraial.

Padre José era negro e de natural irritadiço; vivia sempre em luta com os paroquianos que olvidavam os deveres cristãos. O povo temia-o, por ser franco em excesso, na sociedade acanhada do seu arraial de pés no chão. Mas era virtuoso e tinha vida exemplar.

O Vigário não morava em Bagagem e sim a dois quilômetros, no Arraial de Joaquim Antônio, onde possuía opulenta chácara. A quilômetros de Bagagem tinha ainda a fazenda dos Cabritos. Logo terminados seus trabalhos de Vigário voltava para a chácara, de onde vinha cedo a cavalo para a missa obrigatória. Contavam com foros de verdade que um domingo, depois da missa das 8, ao voltar para Joaquim Antônio, enquanto se ultimava o almoço, Padre José foi ao pomar colher frutas. Já com um cesto cheio delas, viu um mamão maduro num pé muito alto. Os mamoeiros da variedade cresciam muito; os troncos eram finos e os mamões pequenos e, quando maduros, avermelhados e doces como mel. O Padre, para apanhar a fruta, com um bambu, cutucou-o e ele caiu-lhe na cabeça, esborrachando-se. O Padre, assustado, olhou para o mamoeiro, em raivosa exclamação:

— Ah, maldito, logo na coroa?!

À tarde o mamoeiro estava de folhas murchas, morreu... Esse fato foi comentadíssimo em Bagagem e arredores, aumentando mais a fama de santo em que tinham o *Padre Preto*.

Quando Beja estava em Paracatu, o coadjutor do Padre Melo Franco era o Padre recém-ordenado Saturnino dos Santos Barbosa, paracatuense nato. Em sua terra era fazendeiro e coadjutor. Em 1840 Beja o encontrou na Bagagem como fazendeiro. Era também Padre da Igreja de Santa Cruz, na colina chamada Bagaginha. Essa igreja era linda e branca, assentada no alto do morro, em adro de pedras, circulado por gradil de aroeira. Vista de longe, estava no ponto mais elevado de Bagagem.

Padre Saturnino tinha lavras de diamante, era abastado, não deixando porém de oficiar em sua igreja, aos domingos. Como fazendeiro, fabricava cachaça. Sendo rico e branco, ridicularizava o Padre José do Ó, por ser pobre e preto. Quando ouvia o sinal da missa do colega na Matriz, Padre Saturnino ficava, por pilhéria, espantado, falando para os presentes:

— É a hora da missa-negra...

Padre José danava-se, pois se sentia diminuído com as graçolas do colega. O *Padre Preto* se afeiçoou a D. Beja desde sua chegada, pois seu porte

distinto impunha respeito. Não era como os vigários de Paracatu e Araxá, alegres, políticos, amigos da boa mesa e do vinho. Mais atrasado e com a humilhação da cor, se tornara pouco sociável. Amigo de Clementino e de D. Joana, recebeu-a com alegria, confiado em sua amizade de mulher rica. Depois da missa das 7, que era infalível, Beja voltava para seu lar, também no Largo da Matriz quando, ao passar por uma casa térrea, velha e acaçapada, ouviu falas altas, gritos de crianças. Parou em frente à porta aberta e viu um homem já envelhecido, de face severa e barbas grisalhas, sentado diante de uma larga mesa sem forro. Era o mestre Chico Clementino, feroz professor de Ler, Escrever e Contar. Em face dele, em toscos bancos, estavam sentados meninos, em número talvez de 40. O que estava de pé respondia, cantando, o que o mestre perguntava:
— Uma pataca?
O menino respondia alto, cantando:
— Trezentos e vinte réis!
— Duas patacas?
— Seiscentos e quarenta réis!
— Três patacas?
— Novecentos e sessenta réis!
— Quatro patacas?
— Mil duzentos e oitenta réis!
— Cinco patacas?
— Mil e seiscentos réis!
— Seis patacas?
— "Mil novecentos e trinta réis!"
O mestre gritou:
— Toma!
O menino deixou seu lugar e o homem pegando a palmatória suspensa da parede lhe aplicou, brutalmente, 3 bolos em cada mão aberta. E berrou, irado:
— Adiante!
O menino seguinte respondeu, com horror:
— Mil novecentos e vinte réis!
Estava certo: este corrigia o primeiro. O que acertara foi buscar a palmatória e, por sua vez, deu um bolo em cada mão do que errara!
O mestre prosseguiu:
— Sete patacas?
— Dois mil duzentos e quarenta réis!
— Oito patacas?
— Dois mil quinhentos e sessenta réis!
— Nove patacas?
— Dois mil oitocentos e oitenta réis!
— Dez patacas?

— Três mil e duzentos réis!
O professor bateu a régua na mesa, aprovando. O arguido sentou-se. Ao lado do mestre, de joelhos sobre bagos de milho espalhados no chão, estava um rapazinho amarelo, com a tabuada aberta bem perto dos olhos.

Beja não conhecia, por ver, uma escola de meninos em 1840. Saiu escandalizada, a murmurar consigo:
— Como é triste aprender a ler...

Na manhã de domingo, ao sair da Matriz, depois da missa das 10 horas, viu os que se retiraram primeiro voltar correndo para a igreja, gritando. De outros pontos do Largo corria gente para as casas; fechavam-se portas com estrondo. Um corre-corre louco se fez por todos os lugares onde havia povo. Vinham galopando, aos gritos pela Rua do Rosário, aos uivos, uns 10 homens agitando chapéus de couro. O barulho dos cascos dos cavalos assustava e a malta já entrava no Largo da Matriz. Beja, tremendo, perguntou ao Padre:
— Padre José, que será isto?!
O Padre chegou-se a ela respondendo, também com medo:
— É o índio Afonso! É gente de S. João do Rio das Pedras que aparece às vezes, para arruaças, tiroteios. São o Índio Afonso, seu filho João, Joaquim Bruno e seus companheiros de esbórnia. Bebem demais em S. João do Rio das Pedras, vêm beber ainda na Bagagem. São bandidos, assassinos, de quem a polícia foge, às léguas!

O bolo de jagunços passou de galope, dando tiros de polveira e seguiu em disparada pela Rua do Chico Veloso abaixo. Ouvia-se a zoeira entrando no Largo de S. Vicente, continuou pela Rua do Rabelo até o bairro do Córrego da Onça.

Beja rezava, apertando o rosário na mão. Esperou um pouco e saiu com o Padre José, que ia almoçar em sua casa.

Os melhores móveis de Beja estavam trancados em casa da filha. Só se utilizava do que era mais necessário, do insubstituível. Ainda usava os talheres de prata, louça de porcelana e garrafeiras de vinho. Sua mesa, naquela manhã, estava coberta por uma grande toalha creme, da Ilha da Madeira, e nos guardanapos de linho pesado se viam, em bordado lilás, as iniciais A. J.

Abolira o suntuário, esforçava-se por se mostrar modesta. Pois o Padre José, ao chegar à sua sala de jantar, quase gritou; ficara estupefato de tanto luxo, ele que não vira as cortinas de Damasco, os tapetes orientais, o copo de ouro maciço!...

Beja parecia acanhada. A pobreza do Vigário era proverbial, mas em sua casa não havia mais esplendor e sim o resto do conforto das duas Vilas onde vivera.

Já na mesa, a senhora observou:
— Padre José, que coisa horrível o arraial invadido por criminosos!

— É o que a senhora vê. Esse Índio Afonso é homem fora da lei. Os soldados daqui têm verdadeiro horror do Índio Afonso. Ainda há um grupo mais perigoso: o do Aureliano Machado, do Tronco. Ainda ontem matou a filha do Manoel Luzia. Invadem, impunes, o arraial...

Severina servia a canja.

— D. Beja, esta Bagagem está cheia de malfeitores. Ninguém pode viver sem boa arma. De repente, chega um ladrão... Com a saída de diamantes grossos temos muita gente nas lavras. Imagine a senhora que só de escravos, temos 2.963. Essas grupiaras todas estão apinhadas de garimpeiros.

Beja sabia, por alto:

— Nunca supus que o movimento de aventureiros fosse tão grande aqui.

O Padre esclarecia e se queixava:

— Bagagem antes do último surto diamantino foi mais habitável.

Beja interrompeu-o:

— Padre José, desculpe, o senhor toma um copo de vinho?

Ele fez cara de dúvida:

— Vá lá D. Beja! O bom vinho só faz mal a quem não o bebe...

Severina derramou em seu copo de cristal verde o vinho de Borgonha, sem perfume. Beja brincou:

— É o vinho predileto de Napoleão... Ele bebia o Borgonha perfumado.

— Oh, oh!

Bebeu sem elogiar.

— Como lhe dizia, Bagagem já foi habitável. Com afluxo de gente, de gente em multidões, a vida se tornou precária. Veja a senhora se têm explicação os preços de gêneros alimentícios!

O belo copo ia se esvaziando, sem etiqueta.

— Uma vaca muito gorda, de vinte arrobas, para corte, já está por onze mil-réis! Não têm escrúpulo de vender um quilo de carne por cobre e meio! A farinha de mandioca está para a hora da morte: custa um vintém, o litro!

Voltava ao vinho, que Severina de novo supria.

— Uma rapadura, D. Beja, por dois cobres. Uma garrafa de cachaça custa meia pataca. Um carro de lenha, duas patacas!

O vinho fazia sua missão.

— Uma receita médica, imagine a senhora, custa cinco patacas. E há quem cobre mais! Onde vamos parar, minha senhora? Não sei onde vamos parar! Marchamos para a falência. Não sou nenhum Jonas, mas para ser profeta basta viver aqui. Na minha opinião, caminhamos para o abismo!

Servia-se agora de um bife suculento, com o copo sempre vazio. Severina...

— D. João VI não deu solução a esta vergonheira, D. Pedro I, pior! A Regência foi o fracasso que se viu. A esperança era D. Pedro II. Ele está aí... Nada, por enquanto!

Beja defendeu, sem interesse:

— D. Pedro II está novo no poder... Não foi sagrado e nem coroado ainda... é menino.

Ele, bravo:

— Não importa! É o Imperador! Os Ministros, que fazem os Ministros?!

Beja encolhia os ombros. Aquela conversa era fastidiosa. Em Araxá, na claridade de seu salão, discutira com Teófilo Otoni... Em Paracatu com o Padre Melo Franco. Agora, ouvir um sacerdote de Cassandra, a falar no preço da rapadura...

— Vamos tomar café na sala, Padre José.

Beja mandara chamar o velho garimpeiro Bastião para saber da verdade sobre umas lavras que desejava adquirir. O homem chegou, ali pelas 2 da tarde. Clementino é quem o recomendara.

Bastião abrira dezenas de catas pelo Bagagem, abaixo e arriba. Passava pelo conhecedor mais honesto do assunto, embora arranhas-se quase uns 70 janeiros. Sujeito seco e espevitado, não deixava morrer a esperança dos desiludidos e vivia a renovar a ambição de muitos, com projetos de grandes pedras. Esse homem não desanimava! Perdera boa fortuna nas grupiaras e, pobre, o sonho renascia-lhe a cada hora. Os garimpeiros são os fanáticos de perpétuas esperanças. Os sebastianistas do sonho doido. Ao falar em seu nome, Clementino esclarecia:

— Ele já não é neném. Vamos ver se o tição dele ainda pega fogo...

Beja recebeu-o animada:

— Mandei chamar o senhor para conversarmos sobre garimpo.

— Minha dona, já estou velho pr'essas coisas. A idade vai vergando a coragem da gente. Essa coisa de diamantes vira muito a ideia da gente. Eu às vezes até caço o juízo e não acho o juízo...

Ria, franco e desdentado.

— Já pegou muitas pedras, Bastião?

Ele sorriu, cheio de ingênuo mistério. Naquela carcassa, resfriada nas carnes, subiam labaredas de otimismo, vivia na expectativa de, a qualquer hora, pegar diamantes grossos.

Beja olhava-o, desconfiada.

— Bastião, você parece muito seguro da sua esperança.

Ele, cruzando as compridas pernas:

— Dona, o que Deus dá ninguém tira...

Aquela esperança imortal, viva e contagiante, era mesmo eterna, fora dádiva de Deus. Na sua idade, quando o sonho esmaece nos corações, crescia para ele; os maus resultados de uma lavra renasciam-lhe a *certeza* de outro sonho que não mentiria, na abertura de outra cata! Seus olhos brilhavam na expectativa de novas auroras, isto é, de pedras magníficas. Seu sorriso era o de uma criança mas, falando, suas palavras lembravam chuva de pedra num telhado de zinco.

Beja conseguia expor o que tinha em mente:

— Pois eu estou querendo comprar umas terras. São aquelas do Tobias Nunes, ligadas à chácara do Padre José.

Bastião aprumou-se:

— Ah, é um Joaquim Antônio! Dizem que são garantidas. Não garimpei lá. Já quis; Tobias tem ciúme de sua terra...

Bastião delirava, lembrando terras boas para desmonte:

— Agora, conheço um chão que é só de formas especiais. É a três léguas daqui, na Ponte dos Mota, rio abaixo. O dono é Cazuza da Serra: matou um negro, está com medo do processo, quer vender.

Foi-se embalando:

— Fui lá. As formações são de respeito. Muita forragem azul, palha de arroz, ferragem-cor-de-cobre, pretinha lisa e preta brilhante e palha de arroz cor de chifre...

Beja abriu um papel com seixos:

— Olhe, Bastião, o Tobias Nunes trouxe isto: é de suas terras.

O velho tomou, rápido, o embrulho:

— Ah, aqui tem formação de grupiara e de cata d'água: marumbé amarelo é de grupiara e canjica bosta-de-barata é d'água.

Entregando o embrulho:

— São regulares.

O velho advogava as terras de Cazuza da Serra:

— O rio ali da virada. A marcação de Cazuza desce até dois quilômetros. Vai dar diamantes como o diabo! Já soltou muita pedra, lá.

Era aquele o homem que Beja procurava. Tratou-o com atenção, deu-lhe vinho doce a beber. Conversava, familiar, com ele, já contagiada de sua doença de ambição irreprimível. Bastião bebendo vinho, ria-se, educado:

— D. Beja, eu conheci a senhora. Vi a senhora em Paracatu. Um dia eu voltava do Porto Buriti, quando a senhora passou a cavalo, com o Padre Melo. Em Araxá, vi a senhora no caminho do Jatobá...

Beja, pensativa:

— Não me recordo.

Quando saiu, Beja o levou até à porta. Esperava-o no outro dia, para verem o que fariam. Beja ficou na porta, olhando o arraial. O casario se amontoava no vale fundo, cercado de serras escuras. Mais afastada, dominava o vale a Serrinha, dura, espetada para cima, toda de pedra de moinho. Em frente, a poucos passos, escachoeirava o Rio Bagagem, jogando para baixo as claras águas geladas. Evocou, sem querer, na saudade teimosa, o planalto araxano onde a vista alcançava horizontes longínquos. Ouvia o canto arrependido das perdizes no campo bafejado por brisas frescas e o marulho dos tamboris do Barreiro, vergando as copas velhas ao passar dos ventos. Escutou bem claro a voz do *sofrer* na varanda do Jatobá e sentiu, penetrante, o aroma das esponjas abertas.

— Ah, que saudade de minha esponjeira sempre florida, que Fortunato chamava cochia!

Trancou a porta por dentro, indo encontrar Severina chorando.

— Que é isto, mulher?

— Nada... Sinhá.

Era também decerto a saudade que lhe roçava passando as asas morosas. Pela primeira vez na Bagagem deu corda à caixa de música. O *Minueto em ré menor*, suavíssimo, passava. Começavam-lhe a aparecer sombras mudas diante dos olhos. Pessoas, figuras que o tempo não conseguiu apagar.

Quando a música cessou Beja alheou-se de olhos abertos, estática, olhando as distâncias.

— Por que será que meu coração dói tanto, Severina?

Desejava nessa hora que a morte chegasse, doce como um sono.

Clementino levou-lhe algumas formações de grupiara que lhe mandaram oferecer. Ela nem abriu o embrulho.

À tarde chegou Bastião. Enquanto ele bebia o café, Beja lhe reparou os cabelos apenas grisalhos, caindo sobre as orelhas e empastados de suor.

— Está cansado, Bastião?

Ele encarou-a com os olhos alegres, em que havia um brilho torvo.

— A vida é dura, patroa!

— Você vive aqui há muitos anos?

— Há doze. Antes de vir para cá estive bem na vida. Fui negociante de recursos, em Patafufo. Tinha dinheiro, tinha crédito. Criei os filhos na fartura. Depois perdi a mulher, descabeceei. Vendi o negócio, as terras: fui para Ouro Preto, emprestar dinheiro. Lá foi preciso encontrar u'a mulher. Ela era moça, eu já cansado. Tudo que era meu foi rolando por águas abaixo. Ouvi falar na Bagagem, nos diamantes...

Aí, seus olhos fulguraram, vivos:

— Aqui fui perdendo o resto que possuía...

— Perdendo como, Sebastião? Não *tirou* nada?

Ele ficou olhando o chão, e, logo agitado:

— Tirei, patroa. Tiro sempre... Mas o que pegava afundava na cata. Maria me ajudava, comprei grupiara, tinha meia-praça. Quando possuía guardado quase um litro de boas pedras, um dia Maria desapareceu, levando tudo!

A senhora teve pena do espoliado.

— E que fez você, não deu parte?

— Ah, patroa, arrependimento anda é atrás...

Aí, Bastião abatera a cabeça para o peito. Mas foi um momento. Logo desperto, sorriu, como glorioso:

— Andei atarantado mas agora estou fixe! Ando atrás de pedra grossa, ela vem!...

Bastião sorria, em êxtase, na beatitude de um ser cheio de graça.

Beja encarava-o, admirada. Pensava: Como pode a esperança erguer esse bagaço de homem, velho, pobre e doente?

O velho rememorava:

— Fui ferrão, hoje sou boi... Qualquer dia dou uns tiros pro ar: estou rico para três vidas, por toda vida!

A senhora sentiu o poder de atração do garimpo, a força da ilusão renovada a cada dia, nos seus viciados. Beja mandou buscar o embrulho que o genro lhe entregara. Só então o abriu, e quase grita ao avistar um diamante vermelho:

— Olhe aqui, Sebastião, que beleza!

O velho tomou a pedra, jogou-a sereno de uma palma para outra das mãos e sorridente:

— É sericórdia, D. Beja. É pedra à toa... Não vale nada. É só boa formação de diamante, isto é: está sempre perto dele. Tem sericória lisa e lapidada--luminosa.

E entregando a pedra:

— Aqui na Cachoeira do Lúcio tem muita.

A senhora acalmou-se do susto de ver, sem esperar, um diamante rubi... E então mostrou o punhado de coisas no papel aberto. O velho atento olhou, separando com o dedo as pedrinhas:

— Estas aqui são pururucas. Onde tem pururuca não tem diamantes. A sericória que a senhora me mostrou não é do mesmo lugar desta aqui; onde tem sericória, não tem pururuca.

Combinaram então ir, juntos, na quinta-feira, ver as terras de Tobias Nunes e Cazuza da Serra.

— Eu levo a sonda.

— Sonda para que, Sebastião?

— Para medir a altura do cascalho. A senhora vai ver como se faz.

Ali estava o homem que o garimpo matava, dando vida. Com uma chibanca de remexer terras, cascalhos, ribeirões, seria capaz de romper a noite, sem sentir sono, frio ou fome. Estava curado na decepção e via sempre riquezas lhe chegando, nas lavagens do barro.

Na quinta-feira, quando ia sair, chegou-lhe à porta um velho de óculos de aros de níquel e que o arraial temia e respeitava. O negociante ambulante queria se avistar com Beja, com quem não tinha conhecimento.

A senhora recebeu-o, sentindo mal-estar diante dos seus olhos cínicos. O visitante olhava com descaramento a recém-chegada à Bagagem. Era fa-lastrão de voz desagradável. Chamava-se Manoel Caldeira e seu negócio era comprar negros. Comprava peças desde moço; tinha fregueses em S. Paulo, Rio, Espírito Santo e Pernambuco. Ele mesmo se apresentava:

— Negocio em negros, dona. Envio 3 ou 4 partidas, em comboios especialmente para S. Paulo. S. Paulo paga melhor. Minha mercadoria compreende tudo e tem vários preços. Não gosto de negociar escravos velhos porque não aguentam bem as marchas. Dão pouco dinheiro. Ora, a senhora imagina que da Bagagem a S. Paulo os lotes de pretos gastam 28 dias. Eu tenho que ambientar a canalha, vigiá-la, está claro, porque negro é fujão por natureza. Chegando às praças e vendendo um preto por duzentos mil-réis é prejuízo enorme! O preço corrente de escravo, ainda em condições de trabalho braçal, ainda moço, é, em média, novecentos mil-réis. Compro negros e empresto dinheiro, sob garantia de cativos. Quem toma dinheiro, empenhando uma peça, é porque não paga. Está mal de sorte. Quase sempre perde a peça e eu a revendo com algum lucro.

Beja estava estarrecida; ouvia, calada.

— Mando anualmente, para os mercados de compra, a média de cobres por 200 pretos. Vou juntando essa gente, que fica alugada aos garimpeiros, até que deem um lote que sirva para tocar. Enquanto não reúno um bom número, alugo cada rês a 2 cobres, dia. Para essa tralha viajar, só acorrentada. Mando soldar as golinhas de ferro no pescoço de cada um; ligo as golinhas com corrente, em turmas de 20. Mas a praça de S. Paulo é muito exigente. Preto marcado com F na testa só dá, a estourar, cento e vinte mil-réis. Negro fujão, quilombola entregue por Capitão-do-Mato, é mercadoria de pouco valor. Dá muito prejuízo. Eu até falo: não gosto de comprar macamau! Nem na bacia das almas.

Respirou, para trapacear:

— Tenho agora um lote e sabendo que a senhora veio garimpar, quero lhe oferecer algumas peças que podem ser examinadas. Tenho de todas as idades, de vários preços. Tenho agora até umas ladinas em boas condições. A senhora pode escolher. Aqui tem avaliadores de bem, gente que conhece escravaria. Tenho até duas negras bicadas para parir, coisa especial, que podem ser vistas em minha fazendola. Seu genro, seu Clementino, conhece onde é. Tenho outras, já parideiras, boas para zurra. Tenho moleques, molecotas sadias, de bons dentes. A senhora imagine, vendi uma, ontem, por seiscentos mil-réis, mas a danada tinha os dentes quebrados e o comprador, por isso, não quis ficar com ela, por ser defeituosa. Quis devolver, depois de fechado o negócio. O jeito foi perder cem mil-réis, pois o comprador, verificando o defeito, só animou a chegar quinhentos mil-réis. Troco também peças por ferramenta de cata, burros, cavalos, armas de fogo, fumo, quando a fumada é boa.

Beja sentia-se tímida e arrepiada:

— Agora eu não preciso. Se precisar...

O sujeito parecia bom negociante, insistindo, indelicado:

— Tenho também diamantes; a senhora não precisa?

— Não obrigada.

— A senhora talvez não conheça os diamantes da Bagagem. São cor-de-prata, muito luminosos, ou cor-de-sal, azulados, sem urubus... Botados n'água, desaparecem porque confundem com ela: são especiais, de primeira água.

Beja, curiosa:
— São diamantes vermelhos?

O homem saltou da cadeira, exaltado:
— Os melhores são os daqui! Quem me dera uma pedra grossa, cor de sangue. São os mais procurados! No ano passado comprei um, de um negro, que o engoliu no garimpo da Ponte dos Mota. Era redondo como um pingo d'água. Tão vermelho que doía. Comprei por vinte mil-réis e vendi por 29 contos! Negocião!

Para ser bom informante enxurrilhava:
— Diamantes vermelhos só do Bagagem! Os que soltam no Abaeté são bonitos mas pequeninos e raros. Neste rio, há dois anos, um escravo carreiro teve na mão um diamante-rubi do tamanho de um ovo de galinha!

— Tão grande as-sim?!

— É o que digo. Foi no tempo da moagem de cana, aí para junho, julho. Esse escravo, de nome Antônio Mina, era da fazenda do Areião do Meio, esqueci-me de que senhor. O canavial era separado da fazenda pelo rio Abaeté e como em junho e julho o rio está no casco, dá vau, o negro foi carrear cana para o engenho. Voltou no cabeçalho do carro, vigiando com o ferrão a junta de coice. O carro já tinha atravessado a razeira e quando ia subir uma cava do lado da fazenda, que estava à vista da Casa Grande, um boi do coice, o do lado esquerdo, espantou, torceu o carro para a direita e a roda desse lado raspou na piçarra do começo da cava. Pois, dona, quando a roda cortou um tampo do barranco, apareceu, pregado no corte, um diamante-rubi do tamanho de um ovo de galinha! Antônio Mina pulou no chão, agarrou o diamante e, veloz, botou-o dentro da camisa, apertada na calça pelo cordão. Nisso o boi que espantara e que era do coice, caiu de joelhos, ainda na água rasa da saída do rio, mesmo na entrada da cava. O fazendeiro, que via o carro descer a rampa do outro lado, para atravessar o rio, foi ver se a travessia foi boa. Chegou na hora em que o boi caíra. O carreiro já estava com o diamante escondido. Nisto o senhor grita: Negro safado, que estroio é esse? E desceu a cava, fera, para acudir o boi. Antônio Mina quando viu seu amo, já cortava a brocha que sufocava o bicho. Quando ele aprumou o corpo, a camisa curta fugiu do cinturão e o diamante caiu na razeira da água. O negro marcou o lugar, fincando a vara no lameiro. Chegou o dono do carro, danado, esgoelando. Quando o boi levantou, com a brocha cortada pelo carreiro, foi difícil embondar uma correia nos dois canzis, no lugar do arrocho. Pois bem, o carro saiu e o senhor foi gritando: Olhe a vara de ferrão, negro ruim! O negro então arrancou a vara, pondo sentido no lugar em que caiu a pedra. Nem dormiu.

No outro dia foi lá, procurar a joia. Até hoje! Não achou mais nada. A pedra, sendo muito pesada, vai logo para o fundo da lama. O serviço apertou, o negro não teve mais folga. Veio a cabeça d'água de outubro, o rio encheu... Pois esse diamante vermelho ainda me tira o sono... Um dia vou lá, compro aquilo tudo só pra ficar milionário umas duzentas vezes...

Beja ficou encantada com o que ouvira:

— E o negro, o carreiro?

— Ah, o negro carreiro morreu no tempo da chuva. Começou a tossir, cuspir sangue...

E com ar sentido:

— Muita friagem, coitadinho...

Aquela piedade fingida, "coitadinho"... se referia de certo à perda da grande pedra; ao escravo, não.

De repente, Manoel Caldeira voltou aos escravos à venda:

— A senhora sabe, tenho escravos caros, os da Costa da Mina, e os escravos baratos, da Angola, de Benguela e da Ilha de S. Lourenço. Os da Costa da Mina estão muito valorizados, os outros, assim-assim... Mas os da Angola, Benguela e da Ilha de S. Lourenço são os que me ajudam mais nos negócios, porque eles engolem os diamantes nos garimpos e me vendem, depois. Tenho ganhado algum dinheiro com eles, D. Beja![24]

O homem falava por dez:

— Tenho também aqui uma liteira para lhe ofertar. Vendo barato, é boa e de bons paus; vendo com os burros e sem os burros. É a única de Bagagem. A senhora que é rica, talvez... Não deve é perder a ocasião!

— Não, eu não quero, seu Manoel.

À noite Joaninha e suas filhas, Aidée e Amaziles, acompanhadas de Clementino, foram à casa da mãe. Ela contou a visita de Manoel Caldeira e o genro confirmou tudo que ele dissera. De fato se dera o caso do diamante vermelho, era verdade a compra das pedras engolidas pelos escravos. O genro ainda explicou:

— E com isto Manoel Caldeira já tem mais de mil contos! É o homem mais rico da Bagagem. Mas é mau. Num desses lotes de pretos que ele levou para o Rio, pariu um negro no caminho, ao chegar ao pouso. Pariu mesmo na corrente, na feira. Pois na madrugada seguinte Manoel Caldeira jogou o menino no Rio Paraibuna e a escrava caminhou na fila, até à Corte, onde foi vendida!

---

24. Manoel Caldeira, depois de muito rico, foi para o Rio, onde comprou muitas casas onde é hoje a Praia do Russel. O trecho entre o Hotel Glória e os fundos do Palácio do Catete pertenceu ao traficante. O Almirante Alexandrino de Alencar, que morava naquela praia, conhecia o fato, pois me perguntou certa vez (eu era estudante e ali residia) quem foi o mineiro Manoel Caldeira, primeiro proprietário daquele quarteirão. Não soube então responder, mas Manoel Caldeira era português.

Joaninha também confirmava:

— Foi mesmo, mãe! Os tangerinos dos escravos contaram aqui. Todo mundo ficou horrorizado. Ele mesmo confessou, rindo, esse pecado que Deus não deve perdoar!

Beja estava aborrecida com o safardana:

— Nojo, medo, antipatia, foi o que ele me inspirou. Senti o estômago embrulhar com a conversa desse monstro.

Clementino ria-se:

— É verdade o que a comadre fala. Eu também sinto o estômago ruim quando ouço essas coisas. Conversar com Manoel é o mesmo que tomar chá de mostarda: a gente tem vontade de vomitar até a carta do A. B. C...

Joaninha, engulhando:

— Ele contou que compra os diamantes que os negros engolem?

Beja fez uma cara de horror. Clementino comentou sereno:

— Esse Manoel é mais sujo do que joelho de negro falso... Um tipo desses é muito respeitado aqui: chamam-no Major Caldeira...

E o genro saiu do assento para dar uma notícia:

— Comadre, a senhora esses dias viu a correria do Índio Afonso e comparsas pelas ruas do arraial. Ontem se deu um fato muito curioso: O Índio Afonso, que se chama João Afonso e tem um filho também João, o Joãozinho Brabo, é inimigo, com toda sua grande e perigosa família, dos Machado, do Arraial do Tronco. Desses Machado o pior é Aureliano, que anda sempre com os irmãos Cesário e Joaquim, além de capangas, todos bem armados. Ontem quando Aureliano com os seus atravessavam o rio Bagagem, lá embaixo, parou com os companheiros, para dar água aos cavalos. O rio aí tem mato de ambos os lados e é mais largo e espraiado que aqui. Enquanto os animais bebiam. Cesário falou para Aureliano:

— Estou sentindo *cheiro de índio,* mano!

Nisso saiu da tocaia o Índio Afonso com seu pessoal, tudo parentalha de S. João do Rio das Pedras. Numa fúria, voaram para os Machado, pra matar. Os Machados disparam os cavalos, porque eram pouca gente, e o índio e sua tropa berraram fogo em todos. Não acertaram em ninguém. Hoje Aureliano está bebendo na venda do Ludovico, a contar o encontro. Qualquer dia os dois partidos se estraçalham... Vai correr sangue para tingir o rio...

Nas noites de sábado e domingo havia ensaios da banda de música do Mestre Gonzaga, maestro afamado. Era compositor de valsas muito admiradas, valsas cuja melodia até hoje acalanta os velhos bagagenses, cujos pais o conheceram. As principais figuras de seu conjunto eram João Batista Leite, Zé de Souza, Luís Baracho e Luizinho, seu filho, pistonista de renome. Os velhos ainda se recordam do baixo tocado por Baracho, primeiro elemento da banda.

Logo ao anoitecer, os instrumentos vibravam na sala de frente do maestro. Exercitavam até 10 horas, o que fazia o desespero de Chico Clementino, o

Mestre de Ler, Escrever e Contar. O perverso espancador de meninos xingava injúrias ao ouvir o início dos acordes do conjunto musical, que ele apelidara a Furiosa do Gonzaga Doido. Não tinha razão. Os dobrados *Encontro militar* e *Ovosco* são vibrantes e as marchas *Saudosa* e *20 de maio* ainda se executam como peças escolhidas na velha Bagagem.

Mestre Chico e Maestro Gonzaga se odiavam com furor e viviam se diminuindo e achatando, por todas as formas. Mestre Chico temia o barulho que o "não deixava estudar", segundo sua alegação. O Maestro zangava-se por essa implicância.

Gonzaga punha malagueta na conversa sobre o Mestre:

— *Estudar*, o quê? Se lê, não entende: é burro. Dizem que fala cinco línguas, mas não fala a dele, que é a *africana*...

Mestre Chico era pardavasco e sádico; raro era o dia em que sua palmatória não trabalhava nas mãos dos meninos débeis e as varas de marmeleiro não assoviavam naqueles corpos infelizes. Perguntavam-lhe:

— Por que não gosta de Gonzaga?

— Porque não sabe música!

Mas Gonzaga se defendia bem:

— Ele não gosta de mim porque não gosta de coisas harmoniosas. Mestre Chico só gosta de música de pancadaria.

Os assombrados alunos do mulato davam razão ao Maestro.

Beja gostava de ouvir os ensaios, de sua tranquila clausura do Largo da Matriz. Nos domingos a ralé dos garimpos se deslocava para as tabernas do arraial. Homens de chapéus de couro, forros afetados, escravos a mando. As portas das vendas e raras árvores das ruas ficavam cheias de cavalos amarrados. Bebiam todo o dia, trocando ideias sobre garimpagem, dando notícias de boas formas, novas bocas de serviço.

Nesses dias duas pessoas andavam gritando por todas as ruas e largos. Eram João Brilo, tipo popular, eterno ébrio, tão resistente que bebia sem cessar e ninguém o viu deitado, caído. Aparecera, na Bagagem. Vivia na casa das marafonas, como serviçal de todas para recados e pequenas compras. Por lá comia, pernoitava sempre parlante gritador metido a valente. Apanhava sempre dos mais brutos nas ruas, dizendo embora que surrara aqueles de quem apanhara.

A outra infeliz era Sá Nica. Fora cotada na zona do meretrício, o Barro Branco. Aos 15 anos era perdida, aos 20 era cachaceira, aos 30 era velha, cachaceira e perdida. Diziam, já está avinhada, pois qualquer dose fazia-lhe perder a compostura, se é que a tinha. Descalça, esgadanhada, suja, mal vestida, dera para gritar, insultar pessoas pelos nomes, chamar senhoras de palavras indecentes. Tudo gritado, berrado. Ninguém sabe onde comia ou se comia. Rufiões com tempo de aposentadoria nas tabernas davam-lhe de beber, mandando-a xingar determinadas pessoas. Sá Nica babava nome, honra e cara de qualquer bagagense. E era às claras, esgoelando nomes de amantes de senhoras honestas, de donzelas que ela mal conhecia. Escandalizava as famílias. A tarde já estava rouca, bebericando sempre um pouco, exausta mas invencível heroína da calúnia, mestra do mexerico berrado nos largos. Cambaleava e não caía, enxovalhada, bêbada, mas de voz ainda clara para gritar:

— Militriz! Pichorra de padre! Biata prenha!...

Poucos se importavam já com ela. Era a pessoa mais corajosa da Bagagem: lá quem caluniasse pagava com a vida; ela oferecia a vida, ninguém queria mesmo sem pagar.

Quando lhe dava na telha entrava na Matriz, aos domingos. Ia certa à pia de água benta, com que fazia o sinal da cruz. Com aquele gesto piedoso podia publicar coisas contra o Padre; estava imunizada contra os próprios soldados, de quem não tinha medo.

Beja saiu cedo com Severina, o fiel Moisés e Bastião.

Iam ver as grupiaras que o velho tanto elogiava, perto da Ponte dos Mota. Passariam pelas terras vizinhas da chácara do Padre José do Ó, que Beja desejava adquirir. Há 6 meses em Bagagem, só saíra quatro vezes para o sobrado da filha. Montava agora um cavalo comprado, sem as clinas trançadas com fitas verdes...

Marchando ao lado de Bastião, ele ia-lhe mostrando terrenos próprios à mineração, ora de ouro, ora de diamantes. Árvores torcidas de terreno seco passavam, com folhagens mofinas, escassas. Tinham os troncos tortos como se sofressem reumatismo deformante.

O velho apontava uma ou outra:

— Isto é candeia, o pau que mais resiste o chão. Conheço cercas de candeia fincadas há mais de século e ainda parecem verdes.

— Ah, pensava Beja, estas árvores não têm a compostura solene das árvores araxanas, que sobem doidas pelo azul, direitas, sem curvas. As perobas, os jequitibás... Lá é a zona de criação de gado, as terras são fartas de vegetação rica. Aqui é o cascalho áspero onde dormem os diamantes sonos de mil anos...

Chegando a Joaquim Antônio, pararam num chão duro, onde vicejavam por esmola de seivas precárias, canelas-de-ema. Bastião desceu, feriu a terra com o alvião, apanhou umas pedras:

— A formação de cima não é má: tem cascalho amarelo, que é sinal ruim, na superfície.

Cavou mais, furioso, com força dos trinta anos. Apanhou umas coisas, esfarelando terra com as mãos:

— Mais embaixo tem cascalho carbonizado. Forma boa.

E, magistral:

— Este terreno tem diamantes mas são pequenos. Quando tem cascalho amarelo por cima, a dois palmos, ou não tem diamantes ou é pouco e pequeno. Agora, mais fundo, olhe aqui o cascalho carbonizado: é sinal de diamante, porém pequeno. Se tivesse só carbonizado, estava tudo bem. Mas o amarelo só é sinal de pouca pedra, ou nenhuma.

Beja compreendeu que o homem sabia onde abrir cata. Em 12 anos de trabalho, era doutor no assunto.

Chegados à Ponte dos Mota, do lado esquerdo, estava o terreno à venda. Bastião deixou a senhora na sombra mormacenta de uns cipós e saiu para buscar a sonda. Demorou-se mais de hora. Ao chegar, trazia um escravo carregando enorme vergalhão de aço.

Beja, ao ver o tão falado aparelho, ferro tão comprido, indagou-se: — para que servirá aquilo, Deus do céu!

Bastião, em certo ponto, a uns metros da barranca, foi furando com alavanca, um buraco. O negro jogava água no lugar. Quando já perfurara uns 3 palmos, com buraco cheio de água, levantou a grande sonda, fincou-a no orifício abraçando-se com ela, como se subisse num coqueiro. O negro ajudava a empurrá-la para baixo.

O ferro entrava com dificuldade. Bastião mandou o negro largar e com o ferro subindo e descendo, procurava *ouvir e sentir com as mãos alguma coisa.*

— Cascalho a dois metros, dona.

Empurrava mais:

— A dois metros e meio!

O negro molhava aquela planta férrea, com baldes d'água.

— Três metros! Não varou!

Arrancou a sonda, repetia a operação mais longe. Depois de 5 ou 6 perfurações em pontos mais ou menos longe da margem do rio, estava habilitado a opinar sobre a grupiara:

— O cascalho *corre para cima,* de 1, 2 e 3 metros: aqui tem diamantes. Se o cascalho descesse, *corresse para baixo* em 1, 2 e 3 metros, não dava nada. Este cascalho é ótimo.

Beja não entendeu a explicação, que era exata, mas ficou satisfeita. Bastião e os escravos entraram no rio, raspando os carumbés no fundo. Tiraram uns seixos, jogaram o resto fora. Depois de várias carumbezadas, saíram com umas pedrinhas nas mãos:

D. Beja, o ponto é bom. Olhe aqui canjica amarela, que é forma assim--assim. Mas esta é boa: canjica de tabaco!

Beja estava cansada, com a cabeça vazia. Ao chegar em casa deitou-se, com o corpo moído.

Comprou as terras — as de perto da chácara do Padre e as do Cazuza. Um ano depois de sua chegada, ia tentar os garimpos. Suas desilusões, trabalhos e a mudança rápida de vida abateram-na bastante. Mas a palavra mágica de Bastião dera-lhe coragem, ambição e uma verde esperança de encher as mãos de diamantes grossos.

Comprou as terras e a tralha para garimparem. Bastião ficou sendo seu administrador. Começou a abrir as catas com quinze camaradas sendo alguns escravos alugados. A última instrução do velho foi:

— O garimpeiro que achar pedra de mais de 1 quilate ganha 20% do apanhado, isto é do que for apurado na vendagem.

Beja era agora garimpeira e a mulher sofredora dos últimos tempos aparecia, então, renascida na esperança eterna das lavras. Seus sonhos, diferentes dos antigos, brotavam em flores, como as roseiras que depois da primeira chuva ficam arreadas de botões.

Ciente da compra das grupiaras, Joaninha foi ver a mãe.

— Mãe, não é por mal, mas tenho cisma com garimpo. No pouco tempo que vivo aqui e na fazenda, vivo e ouço muita coisa sobre diamante. Diamante engana muito. Conheço gente pobre mas feliz. Tira uma pedra grossa, tudo desanda. Morre alguém, há desastres...

— Qual, filha, não acredito em azar.

— Pois o João Maria era casado com mulher nova, bonita. Vivia bem e já tinha dois filhos, casal. Pegou um diamante grosso e a mulher deu pra ruim. Ficou que só a senhora vendo. Ficou, com perdão da palavra, como uma cachorra. João Maria comprou arma muito fina pra matar gente. Os tais... Ele ia vivendo bem: os 600 contos da pedra sumiram, com a cabeça quente dele e ainda levaram o que já tinha... Mudou e dizem que está empregado, ganhando pouco, em Nossa Senhora da Conceição do Presídio do Cuieté. É hoje vaqueiro, no meio dos bugres!

— Ora filha, essas coisas acontecem mesmo sem diamantes. Você não conhece o Manoel Caldeira? Está milionário e vive em paz...

— Em paz? Mas o Manoel Caldeira ficou rico comprando pedras furtadas, vendendo negro; a senhora não sabe o que ele fez com o menino da desgraçada que deu à luz na viagem?

— Sei.

Joaninha indignou-se:

— Ele está feliz, por enquanto. Deus não esquece, mãe! Aqui garimpou um rapaz bonito, forte, chamado Cerqueira. Todo mundo gostava dele. Era popular, andava bem-vestido, moço educado e simpático. Pois esse rapaz tirou uma pedra grossa, e vendeu por mil contos. Foi para a Corte, andou por lá uns tempos e voltou com uma sujeita. O moço vivia nas tabernas, começou a deixar o cabelo a crescer, a barba ficou deste tamanho. Brigava com a moça, fazia até escândalo. Um dia na bodega do João Turco o Cerqueira bebia cerveja e convidou um rapazinho que lá estava para beber também. O rapazinho era doente, magro, coitado! Estava amarelinho. Não quis, agradeceu. Pois Cerqueira disse: Você bebe por bem ou por mal! Isto é cerveja Guinness, que você nunca viu! Chegou com o copo cheio para o doente beber. Levou o copo à boca do pobre. Cerqueira, que estava tonto, parecia furioso. O amarelinho então puxou uma faquinha deste tamanho (meio palmo) e furou Cerqueira na barriga. Viveu só uns 20 minutos, morrendo no balcão do João Turco.

Beja sorria, sem superstição. Joaninha arrematava:
— Conheço outros casos...
— Está certo, mas não vai acontecer nada comigo.
A filha, humilde, aconselhava:
— A senhora não precisa disso. Clementino até falou: É bobagem da Comadre... A Comadre é rica...
— Olhe, Joaninha, não é por mim que trabalho, é por vocês, é pelos netos, por Aidée, minha afilhada e que é meu dodói...

Pela meia-noite, no silêncio da casa onde todos dormiam, Severina que ressonava no quarto contíguo ao de Beja, soltou um grito agudo:
— Sinhá! Um homme, aqui! Uui!...
Saiu, aos pulos, de camisola, para o quarto da senhora. Tinha a face cheia de horror.
— Que foi, Severina?
Tremia, de olhos esbugalhados:
— Um homem no meu quarto, balançando o catre! Alto e magro!
Chorava, aturdida. Beja acordou Flaviana e Moisés; correu-se a casa: tudo fechado e quieto.
— Você está é assombrada, criatura. É pesadelo.
— Não é não, Sinhá! Eu estava dormindo quando senti o catre balançar. Acordei com o catre ainda sacudindo e vi um homem magro nos pés da cama, com a cara toda cheia de sangue, agarrado na guarda do catre. Tinha sangue na camisa toda, no peito e na roupa clara. O alcoviteiro estava espevitado. Juro que vi!
Logo que amanheceu, Beja mandou chamar o boticário João Leite, charlatão afamado na Bagagem.
Recebeu-o, atenciosa. E enquanto ele, carrancudo, acomodava o chapéu e a parteira sobre a mesa:
— Mandei chamar o senhor, seu João Leite...
Ele, brusco e intempestivo, interrompeu:
— Me chamo "Doutor João"...
Beja prosseguiu, indiferente à vaidade:
— Mandei chamar o senhor, seu João...
O charlatão levantou-se, de estalo, enrubescido:
— Ou me trata como devo ou voumbora!
A senhora, também ofendida:
— Mandei chamar para ver minha escrava Severina!
O idiota sentou-se de novo, acalmado.

— Ela está nervosa e vendo coisas. Uma vez em Araxá, ontem aqui. A noite passada ela gritou, com visões.

A escrava adiantou, ainda assombrada:

— Vi um homem no meu quarto. Ensanguentado!

Ele ouvia tudo, impassível. Depois com ares de sábio enciclopédico:

— Sei. Sei.

Não examinou, como Fortunato. Acomodou-se bem na cadeira, brincando com a cadeia de ouro do relógio trespassada no colete:

— Ela está amofinada. Tem humores muito frios. Suspensões na atrabílis. Tem tumefação da passarinha e dos bofes. Pode ficar hética porque a consunção é resultante da correição parca de serosidade.

Beja abria a boca:

— Que quer dizer isto, doutor?

Ele fechou um pouco os olhos, encarando longe:

— Quer dizer que só eu posso curá-la! Mande procurar as drogas no meu estabelecimento.

O estabelecimento a que se referia era uma esterqueira etiquetada de Botica.

Ao sair avisou, grifando muito:

— Vosmecê é nova aqui. Pois tome cuidado com o charlatão Felix Dumont... Muito cuidado!

Felix Dumont, ascendente do futuro aviador Santos Dumont, era também boticário na Bagagem. João Leite odiava-o. Descendo os quatro degraus da escadinha da porta da rua, o doutor João dava a última bicada no colega:

— Há pouco, para curar um hético, ele mandou esmoer um urubu ainda vivo num pilão. O caldo desse bicho foi seu remédio mais moderno para a horrorosa doença-de-alfaiate.

Já andava uns dez metros quando se voltou para Beja, num frenesi:

— Tinha aqui um doente de cirro. Esse indivíduo garantiu curá-lo, como? Dava-lhe em jejum uma lagartixa para engolir inteira e tapou o oco do cirro no pescoço com massa de polpa de embaúba!

Beja não ouviu bem:

— O que está dizendo? Não escutei bem.

— O tal Felix, o boticário!

Foi voltando, apressado:

— Usa-se, é fato, colocar na ferida uma pomba-rolinha crua, sem as tripas. É tratamento de boa usança, mas fazer o cirroso engolir lagartixa mal ferida, ainda bolindo, completamente crua, é demais!

Retirou-se, pisando duro.

No dia seguinte, bem cedo, João Leite chegou à casa de Beja, sem ser chamado:

— Vim visitar a doente... Como passou ela, diga!

A senhora mal dormira, porque Severina chorava toda a noite, com estremeções nervosas e calafrios. O boticário aí examinou a escrava, com minúcia. Sua minúcia era tomar o pulso e abaixar a pálpebra inferior, chegando perto os olhos vidrados.

Ficou depois pensativo e inquiriu:
— Esta peça tem costume de dar ataques?
Beja, pronta:
— Nunca deu ataques.
— Hum! É nervosa, quer dizer — histérica?
— É de bom gênio, muito calma.
O velho estava de má cara:
— É amusuada?
— Que quer dizer isto?
Ficava irritado:
— Se é amusuada, calada, embezerrada.
Beja, sem interesse:
— Não, é alegre, boa pessoa.
— Hum! Como começou esta doença?
Beja contou de novo como fora. Deitara normal e à meia-noite acordou gritando.

João Leite então com os olhos feios e sobrancelhas hirsutas, em voz baixa, repassada de terrível mistério, falou como se confessasse um crime:
— D. Beja, eu já era cadete quando morreu meu tio e padrinho, que me criara.

Seus olhos refletiam aterradora emoção:
— Eu morava em Confusão com meu padrinho, e aprendi a arte de boticário com ele. Meu padrinho estava velho e doente. Éramos ele, eu e o Japi, os únicos moradores da casa, pois uma cozinheira fazia os serviços do dia e pernoitava fora. Japi não abandonava o velho e ficava na Botica o dia todo, deitado, enquanto ele trabalhava. Quando o padrinho viajava, o cão ia com ele; quando saía à rua, também. Uma noite, depois da ceia, o velho morreu de repente, mesmo na mesa, onde conversava com dois amigos. Enterraram meu padrinho no cemitério do alto, cercado de arame. Eu fiquei na Botica e dormia sozinho na nossa casa.

Pigarreou catarros pegajosos:
— Dois dias depois dei por falta de Japi. Foi quando soube que ele acompanhara o dono, vira-o enterrar e ficara deitado no cemitério ao lado da cova rasa. Fui buscar o cachorro mas à noite ele voltou para o lado da cova do falecido. Deixei ficar, porque o cemitério era longe e eu tinha trabalho demais para manter a Botica, sem o dono. Pelas onze e meia da noite em que o cachorro voltou para o cemitério ouvi arranhar a porta da rua. É ele, pensei: está com fome e voltou. Levantei-me e abri a porta. Japi saltou para

dentro. Quando eu voltava da porta, ao passar pela sala de jantar, com a lamparina que eu levava, vi uma sombra na cabeceira da mesa. Tive grande susto, que pouco faltou para me derrubar no assoalho. Olhei então melhor e vi meu padrinho sentado, com os cotovelos na mesa e as mãos segurando a cabeça, que ainda estava com o lenço com que foi sepultado. O cachorrinho fazia-lhe festas, abanando a cauda, muito alegre. Não pude mais, abri a porta, fugi para a rua e fiquei tremendo, de longe, disposto a ficar na rua até amanhecer. Espiava nossa casa, iluminada pela minguante. Pois não demorou e o cachorrinho saiu pela porta que deixei aberta. Seguiu satisfeito, trotando, como a acompanhar alguém... Seguiu para o cemitério! Só depois de 15 dias ele desenganou, voltando para casa.

Fez um silêncio cheio de medo.

— De modo que para mim a doença dessa cria é coisa do outro mundo! Ela não está doente está enfeitiçada por almas penadas, coisa errante no espaço. É para ser tratada por padre ou por quem tenha força própria. E por padre, se for virtuoso! Aqui não é possível, porque os nossos, Deus me livre. Em todo caso vou mandar outros calmantes, em que entrem mulungu e maracujá. Esperemos para ver o efeito de meu *Récipe*.

Saiu desapontado. Severina que tudo ouvira ficara cheia de horror. Beja desanimara com o charlatão, mandando na mesma hora chamar Felix Dumont.

— Que coisa esquisita! Essa gente crê mesmo em aparições. Em Araxá, Fortunato contara também episódios em que foi parte, quando Severina vira a *coisa*. Moisés! Vai chamar Felix Dumont.

Felix, o inimigo pessoal de João Leite, era também seu rival na ciência. Eram ambos boticários. Felix tinha melhor tipo: homem espigado, possuía cabelos louros e olhos claros, contrastando com a gordura balofa do inimigo. Só andava de preto.

Chegou ao meio-dia, quando também eram levadas novas remessas de drogas do colega, caso que ele ignorou. Ao contrário do outro, achou o caso grave.

Beja não revelou que João Leite lá estivera, por duas vezes. Felix falava melhor, aprofundava as indagações sobre os pródromos da moléstia. Estava até cordial, coisa difícil entre gente de sua laia. Chegara a homenagear D. Beja com um sorriso, seu primeiro sorriso, em 20 anos perto de um doente! Animou a escrava. Falou da honra de terem a senhora como nova moradora do arraial. Beja agradou-se de seus modos.

De repente deu com os olhos numa grosa de garrafas na mesa do quarto, a um canto. Arregalou os bugalhos, chegou-se à coisa, negaceando como onça a pegar cabrito. Agarrou uma botelha, levou-a aos olhos e, fora de si:

— Que significa isto, ó senhora...? Que indecência é esta?! O quadrupedante João Leite esteve aqui?! Tiveram co-ra-gem de chamar a esta casa um mentecapto que vive mastigando Pastilhas de Richelieu?! Confiar num homem que é tão ajuizado que nega os miasmas, que prega o contágio das doenças, oh, para dizer tudo: num tipo que fala que a hética é curável, que acredita em contágio!

Seus lábios tremiam e os olhos tomaram a cor do aço. Ficara instantaneamente de olheiras.

— Eu não me meço com semelhante sevandija. Descobri a cura das câmaras héticas, das esquinências e do mal-marinheiro. Inventei a cura desse mal. Aqui encontrei o petimetre sem arte, um sacripanta que se diz sedentário, chupado pelo mal da chaga-do-bofe, vezeiro em charlatanarias. Me hostiliza, fala de mim; quem fala? Um monturo...

Fitando a senhora bem nos olhos, agressivo, pegou do chapéu:

— Pois eu não ponho as mãos onde ele botou os cascos!

O boticário, trêmulo, estava cego de cólera:

— Esse sujeito tratou a esposa do sacristão com pedra de cabeça de sapo! Pedra de cabeça de sapo ferventada em leite de cachorra e mijo de vaca!! Eis o perfil da zebra. Não acudisse eu com minha ciência de 30 anos de prática, o honrado cidadão estava viúvo! Tratam com ele? Aguentem os resultados...

E num repelão, ainda na porta, enterrando o chapéu na cabeça:

— Passem muito bem! Quem é bom não se mistura...

Já na rua, voltou-se para D. Beja, que o encarava de pé, fria e em silêncio:

— Vá a sebo!...

João e Felix se desentenderam, babando ódio e gosmas. A *invidia medicorum* separara-os; aqueles dois tratantes estavam conturbados pela atrabile, de que tanto falavam.

Beja mandou Flaviana fazer um chá de raiz de alface, que Severina ingeriu, amanhecendo inteiramente boa.

Bastião trabalhava nas duas frentes de serviço: na chácara e no Cazuza. Chegava às vezes, afobado, cheirando a terra, com algumas novidades para a patroa. Tirava do bolso o lenço em que trazia a esperança:

— A coisa vai, dona. Olhe aqui: as melhores formas do mundo — fundo lascado e fundo de bateia. Estamos tão perto dos diamantes que é só levar a mão, tirar... Estas formas são gêmeas de diamantes graúdos!

Beja via aquilo, sem compreender. O velho remoçava, ao falar em diamantes:

— Nessa grupiara Rogerinho tirou uma pedra de 22 quilates. Formosura!

Babava ao dizê-lo; sentia-se alcançado por sucessivas ondas de leite e mel. Seu riso era de uma criança cheia de saúde. Contagiava.

— Deixei pra lhe dar a melhor notícia possível: No poção do pequizeiro, onde a patroa descansou, vai pra 30 anos, mais ou menos, foi perdido um diamante do tamanho de uma jabuticatuba! O velho Francisco, pai do Rogerinho e do Zeca, muito gostava de caçar paca. Um domingo chamou os filhos e dois paqueiros de cabeceira, *Lambisco* e *Rojão* e foi pra restinga, perto da

Ponte dos Mota, hoje de sua posse. Os meninos ficaram na razeira debaixo do poço, com uns ramos para não deixar a caça descer a corredeira e escapulir no mato grosso, logo ali. Soltou a trela na restinga e não demorou a ouvir o latido de *Lambisco* levantando a bicha. Na razeira os meninos, dentro d'água, esperavam a leitoa cair no veio, porque no poção era fácil matar, pois paca afunda e vem de instante a instante respirar na flor d'água. A caça caiu no rio, lá em cima, e Francisco gritou:

— Lá vai! Lá vai!...

Os meninos começaram a bater os ramos n'água para assustá-la. Nisto Rogerinho viu na razeira uma pedra linda, cor-de-rosa. Apanhou-a, enfiou-a no bolsinho da calça, redobrando as batidas de ramos, porque a paca estrondara no poção. O velho gritava, doido:

— Cerca, ce-er-ca! A bicha vai! Cerr-ca a pa-aaca!...

Nesse instante a caça medrosa dos cachorros apontou mesmo onde estavam os meninos, teimando em passar. Rogerinho então subiu no barranco para melhor espantar a teimosa, jogando umas coivaras na correnteza, quando ela passou, relampeando, pra baixo, quase roçando nas pernas do Zeca! Rogerinho pulou n'água, pra cortar a frente, quando o bolsinho raso soltou a pedra que caiu no remanso!

Suspirou com desalento apaixonado:

— A paca fugiu e o diamante cor-de-rosa se perdeu!

Beja, cética:

— Não se acha mais...

Ele pulou, elétrico:

— Não se acha?! Está lá! O diamante é muito pesado e vai ao fundo, furando lama, terra mole. Está aninhadozinho é na piçarra do fundo... As enchentes passam por cima e ele dorme no leito, não vai na correnteza... Se fizermos uma virada, ele está nas mãos da patroa.

Clementino entrou com a esposa e as filhas. Estendeu uma carta para a sogra. Era de Guimarães. Joaninha leu-a. Contava que estivera em Paracatu a serviço e todos lá perguntavam por ela. A mulher de Seu Juca mandava contar-lhe que ele morrera, ao chegar de uma esbórnia, já de manhã. Foi entrando em casa quando teve um vômito enorme de sangue. Só gritou: Me acode! Sentou-se e outros vômitos chegaram, sujando-lhe a camisa, o paletó branco. A esposa acudiu com água. Ele pareceu melhorar e disse que morria com ódio de Severina, que o intrigara com D. Beja. Meia hora depois voltaram os vômitos. O pobre apagou-se, segurando a vela benta.

Joaninha, que lera a missiva, parou espantada. Beja estava leve, os braços caídos e os olhos verdes muito maiores. Passados muitos minutos, amedrontada, suspirou para a filha:

— Joaninha, eu agora compreendo o caso de Severina, coitada.

Fez nova pausa e depois:

— Quem vai tratar dela agora é o Padre José. Bem o João boticário disse.
— Por que a senhora fala assim, mãe?
— Por nada, filha. Por nada...
Quando se deitou, tarde da noite, perguntou à escrava:
— Severina, como era a cara, a camisa e a roupa do homem que lhe apareceu?
— A cara era magra, os cabelos sem pentear, tinha sangue na boca na camisa e no paletó claro.
— Você não conheceu?
— E o medo, Sinhá?
— Não parecia ninguém de Paracatu?
Severina procurava se lembrar:
— De Paracatu... de Paracatu... Não lembro, Sinhá.
— Não parecia Seu Juca?...
— Ah, é mesmo! Parecia Seu Juca! Era igual, meio encombucado pra diante, magrinho...
— Vamos rezar, Severina.

Lá longe, no Barro Branco e em outros subúrbios do arraial, disparavam tiros, amiúde. Ouviam-se gritos, vaias, berros. Passavam cavaleiros a galope, acordando o Largo adormecido.

Da cama, quando o silêncio imperava, Beja ouvia os murmúrios da água encachoeirada do Bagagem.

Fez-se a virada, que ficou conhecida por Virada da Beja.

No álveo do rio estaquearam toros de aroeira e candeia, em cerca, fechando as águas. Jogou-se muita terra contra o tapume, paus, ramos com folhas, pedregulhos, reforçando a paliçada. Antes, cavaram no barranco uma vala funda e larga, por onde o rio ia se derramar, na várzea. Nesse varjão abriram regos de 2 metros de fundo paralelos ao leito do rio, e que iam acompanhando o curso até 2 quilômetros para baixo. Bem tapada a represa, as águas empolaram buscando o novo leito, que era afundado pelo pessoal de Bastião. Esse trabalho durou três meses, findos os quais à água se despencou pelo talhão abaixo, deixando o leito do rio seco até 2 quilômetros, onde o cavado natural do rio de novo recebia as águas.

Posto a seco o *talweg*, a garimpagem era fácil e, no trabalho da virada e da arranca do cascalho, empregavam-se 15 homens.

A lavagem desse rebotalho era no barranco. No primeiro dia da lavagem, Bastião apurou 5 diamantes de mais de 6 quilates e mão cheia de chibius puros. Foi preciso vigiar a cata, contra gatunos da noite. O trabalho era duro. Bastião emagrecia, na vigilância da arranca e lavagem, supervisionando o garimpo. Não arredava pé.

Quando Beja recebeu as primeiras 12 pedras boas, exultou e foi ver o serviço. Dormiu no rancho de paus-a-pique e sapé, observou como era feita a arranca e tudo. Estava otimista, cheia de vida. Evitava falar nas Vilas onde fora rainha, onde deixara afetos incendiários. Procurava esquecer, como se procura deslembrar um sonho tão lindo que não pode ser realidade na vida.

A população flutuante dos garimpos era temível malta de vagabundos, mariolas e beberrões. Nunca foi um aglomerado fixo; variava dia a dia, com infiltração de elementos indesejáveis que iam ver, mais que trabalhar, o áspero trato do cascalho. Aos domingos, essa choldra invadia os comércios, para femeagem e para bagunçadas de esbórnias em tascas.

A zona do meretrício da Bagagem formigava de rufiões e brigadores contumazes, gente de incendiária conduta que um pouco de ouro trazido do Rolinho ou de Nossa Senhora da Abadia de Água Suja e uns poucos avoões davam cócegas para falar alto, apadrinhados com chumbeiras, foices e zagais. Havia sempre atritos com a polícia local, veterana de cachaçadas, de parceria com faiscadores.

Corria sangue, aos sábados e domingos, e o grave João Leite, o curandeiro mais popular, ia medicando com emplastros e outras frioleiras, sempre a falar mal do colega Felix Dumont, perpetuamente emproado em seu sobrenome francês. Apanhavam de meia soldados e garimpeiros nesses choques de sangue.

Como o destacamento se rendesse às vezes, as praças já cevadas no copo dos traficantes eram substituídas por outras de igual propensão à beberrice. Os forros viviam às turras com *pedestres* vestidos de farrapos. Em 1852 a situação dos garimpeiros não era boa. Algumas escaramuças, em antros de fêmeas no Barro Branco, provocaram odiosidade entre civis e militares, ódio aceso pelo insubordinamento do cabo Sousa, graduado, eminente beberrão. Os homens das lavras começaram a ser caçados pelos *pedestres*. Em vista disso chegavam reunidos, em troços armados e, à noite havia um, dois mortos. Começou a morrer gente, a população alarmou-se; pediram providências, a quem? Ao Governo...

A história conhece essas arruaças como *Sedição da Bagagem*. Fogo do ouro e do diamante, chama de cachaça e, no meio soldados sem disciplina e faiscadores e facinorosos no seu bem-bom. Tudo acabou com algumas prisões e murros da oposição na tribuna do Parlamento Provincial.

Passaram-se muitos anos na monotonia do cotidiano cheio de enfadonhas surpresas. Beja há 13 anos estava na Bagagem, adaptara-se à obscuridade e à virtude, que ela não conhecia mais até chegar ao triste arraial diamantino. Joaninha se multiplicara em filhos: além de Aidée e Amaziles, tivera outros: Mercês, Ester, Edmundo, João e Artur, que nascera e morrera louco. Clementino, seu esposo, deixara crescer a barba. Joaninha ficara chocha, além de ser franzina e simpática. Tantos filhos abateram-lhe ainda mais aquela natureza frágil.

Naquele ano de 1853 a força dos garimpos era grande. Trabalhavam nas lavras diamantinas da Bagagem 4.600 escravos, além dos forros, meias-praças e cavouqueiros por dia.

Um certo Casimiro, homem de posse, mercador em casa assobradada do Largo da Matriz, matinha em terras próprias marginais do rio, catas em que laboravam seus poucos escravos.

Naquele dia, depois da canjiquinha dos cativos, que não tomavam café, saíram para o garimpo de Joaquim Antônio os escravos Antônio e Joana, peças da senzala de Casimiro. O sol estava a uma braça de fora quando os pretos chegaram à grupiara, com os carumbés e peneiras na cabeça e alviões no ombro. O casal de negros da Costa da Mina, que eram honestos, trabalhava sem vigia, pois mereciam confiança do senhor. Ainda moços, recém-casados na senzala, não tinham filhos. Foram compra de Ouro Preto, logo que as lavras da Bagagem começaram a soltar pedras grossas.

A cata era na barranca do rio, no lugar chamado João Bernardes e os negros iam trabalhar ali pela primeira vez. Enquanto Antônio apanhava cascalho virgem e o levava no carumbé para o monte, que era a 100 metros do lugar da *arranca*, Joana ia separando as pedras brutas maiores que, escorregando da pirâmide, faziam roda. Joana limpava a roda, atirando fora os cascalhões imprestáveis, só deixando os médios e os finos para a peneiragem. A mulher ia sessar depois o restante que ficasse amontoado. O monte já estava alto, formando a pirâmide; os escravos trabalhavam devagar, e em silêncio.

Ao chegarem ao serviço fizeram fogo ali perto, para acender os cachimbos de barro. Quando Joana separava a cascalhama bruta para facilitar a peneiragem, caiu uma pedra, rolou do alto da pirâmide do cascalho que Antônio amontoava. Joana pegou-a, bateu-a preguiçosa, na palma da mão, para limpá-la da terra. Olhou-a depois contra o sol.

Como estavam começando a lavra, nas primeiras carumbezadas que o escravo carregou, foi que a pedra veio.

Era um diamante do tamanho de um limão-galego, dos grandes. Muito serena, a mulher esperou o marido que trazia o carumbé cheio de cascalho. Quando ele despejou a carga no monte ela, indiferente, pôs o diamante na palma aberta da mão:

— Olhe aqui, que eu achei...

Antônio tomou a gema, mirou-a contra a luz, lavou-a na água da gamela e foi se sentar na laje, ao lado da esposa.

O diamante estava diante deles, no chão!

O escravo apenas sussurrou, impassível:

— É; pedrinha bonita.

Joana já pitava, calada. Antônio pegando de um tição acendeu, também, seu cachimbo e ficaram mudos, felizes, bebendo fumo.

Não eram ainda 8 horas da manhã. Esses pretos que podiam, sem nenhuma suspeita, furtar a pedra, caso comum em todos os garimpos mesmo bem vigiados, estavam ali, tranquilos, saboreando as fumaças, diante do *Estrela do Sul*, o maior diamante do Novo Mundo...

Estavam a seus pés a liberdade, a riqueza, a vida! Eram garimpeiros experientes, sabiam bem que aquela maravilha tinha o peso bruto de 254 quilates e 5 miligramas, perfeita em transparência e com propriedade de mudar de cor, de rósea à branca, de acordo com a luz. Essa propriedade era raríssima e iria assombrar o Universo. Era oval e tinha 6 piões, coisa que ninguém virá ainda no mundo!

Embrulharam-no em folha de inhame-bravo da beira do rio, para não se resfriar, e continuaram cachimbando, mudos, com a pedra a seus pés. Joana tinha no rosto uma equimose de um soco de Sinhá. Que mal havia em roubar a estrela, fugir para o mundo serem livres? Só eles eram sabedores do que acontecera naquela manhã. O que tinham achado era irmão dos 5 paragons mais célebres do mundo, conhecidos até então: o *Grão-Mogol*, o *Orlow*, o *Grão-Duque de Toscano*, o *Regente*, o *Koh-i-Noor* (a *Montanha de Luz*), e finalmente o sexto seria a assombrosa pedra que Antônio e Joana apanharam em João Bernardes...[25]

Quando acabaram de fumar os cachimbos, o escravo, pobre, mesquinho, quase nu, se levantou, com a humildade dos santos.

— Vamos...

E foram entregar aquela cordilheira de luz a seu senhor...

Casimiro, ao vê-los chegar tão cedo, obscuros, servis, gritou de longe:

---

25. O *Grão-Mogol*, pertencente ao Imperador do Mongol, pesa 279 quilates (57 gramas 195 miligramas), sendo do tamanho de um ovo de galinha, cortado pelo meio. Pertencia na época ao tesouro do Czar da Rússia. O *Orlow*, com 193 quilates (39 gramas e 565 miligramas) era um dos olhos do ídolo do templo de Brama, em Sheriryham e foi roubado por um granadeiro francês da guarnição das possessões da França na Índia. Acabou comprado pela Imperatriz Catarina da Rússia, por 2.250.000 francos. O *Grão Duque de Toscano*, que ornava a Coroa da Áustria, pesa 139 quilates e meio (28 gramas e 597 miligramas): é amarelo. Pertencia a Carlos O Temerário, Duque de Borgonha, que o perdeu na batalha de Morat, sendo morto pelos suíços; seu cadáver foi devorado pelos lobos. O *Regente* pertencia aos Soberanos da França. Foi encontrado perto de Golconda, na Índia. Pesa 136 quilates (27 gramas e 880 centigramas). Em 1717 o Duque de Orleans, Regente na menoridade de Luís XV, comprou-o por 3.375.000 francos. O *Estrela do Sul* foi achado em 1853, em Minas Gerais, no Município de Bagagem. Bagagem era arraial, sendo Cachoeira a sede municipal. O diamante pesava, quando bruto, 254 quilates e 5 miligramas, sendo reduzido por lapidação a 125 quilates, ou 25 gramas e 625 miligramas. Era o 5.º em tamanho no mundo e o 1.º das Américas. Sua diferença de peso para os quatro maiores é pequena, mas nenhum possuía seu oriente, transparência e luminosidade. Foi comprado por fim pelo Rajá de Baroda, por 2.850.000 francos. O *Koh-i-Noor* (*Montanha de Luz*), pertence à Coroa Inglesa e pesa 123 quilates (25 gramas e 215 miligramas). Pesou na primeira lapidação 186 quilates, mas foi pessimamente trabalhado e a gema não tinha brilho. Relapidado, ficou menor que o Estrela do Sul.

— Que é que houve, pestes? Que aconteceu, desgraçados?! Vai vendo que adoeceram! Vocês só mesmo na tala!

Eles nada disseram. Aproximaram-se dele, humilhados, sem emoção, e Antônio lhe entregou a gema esplendorosa, enrolada numa folha de inhame. Ao vê-lo, Casimiro puxou a reiúna polveira e disparou dois tiros para o ar. Gritou como louco, alarmando tudo! Ajuntou gente. Casimiro delirava, abraçando os seus e os que chegavam. Padre José do Ó correu para a casa do amigo. Muitos curiosos e compradores apressados foram enchendo o sobrado do homem.

Padre José ao ver a pedra quase cai, exclamando:

— Mas é a *Estrela do Sul*!

Como um terremoto, o boato abalou todo o arraial. Corria gente para ver o achado. João Leite, sabendo da notícia, entristeceu-se:

— Não creio. Deve ser búzio... Parece que o boateiro está quebrado e faz encenação. Deve até em minha Botica... Esse Casimiro não presta para nada!

Mas o fato era verdadeiro. Casimiro possuía mesmo a preciosíssima pedra!

A conselho do Padre, Casimiro deu 5 mil-réis a cada um dos escravos. Padre José ainda achou pouco, abrindo-se com ele:

— Casimiro, você deve forrar esses escravos.

— O que está dizendo? Forrar as peças?! E por quê?!

— Porque foram honestos. Podiam roubar a pedra, deram-lhe esta imensa riqueza digna do mais abastado rei!

A muito custo, com repetidos conselhos, Casimiro deu-lhes a alforria, não sem dizer:

— Forro estas pestes, Deus sabe com que prejuízo!

A saída do *Estrela do Sul* atraiu para o rio Bagagem inumeráveis multidões de aventureiros. Das mais longínquas Províncias, gente ávida de riqueza fácil procurava as plagas do Oeste mineiro, onde se escondera por milênios a gema. A pedra de Casimiro perturbou até a vida econômica do arraial, pois a rápida ascensão do preço dos gêneros de necessidade imediata alarmou os habitantes fixos. Abriram-se novas lojas, bodegas, casas de prostituição, muitas casas de prostituição. O movimento comercial crescia. Sendo o Destacamento de comum relaxado, os crimes aumentavam a olhos vistos. Roubos, assaltos, sangue correndo... Chegavam diariamente meretrizes e a própria aldeia ficou rumorosa e cheia de perigos. Os escravos alugados passaram a custar 250 réis por dia, uma besta de sela passou a valer 80 mil-réis; coisa jamais acreditada na época. Em decorrência desse afluxo de gente apareciam mais diamantes e a rivalidade entre capangueiros muitas vezes acabava em repetidos homicídios.

Por todo o país e no estrangeiro os nomes de Bagagem e *Estrela do Sul* se ouviam como os das minas do Transvaal, ao soltarem grandes pedras preciosas.

Esse achado miraculoso espantou o mundo e choviam ofertas mirabolantes pelo carbonado. Apareceram no arraial compradores de todas as nações, num cerco incômodo e agressivo a seu possuidor. Afinal foi entabulado negócio com um judeu mais furão que pisou nas Minas Gerais. E o diamante foi vendido, diante do assombro de todos, por dois mil contos de réis!

Movimentaram-se os ex-proprietários do terreno onde os escravos acharam a pedra, levantaram questões de nulidade de venda da terra ao já atordoado Casimiro. Nulidade de venda, quando o chão foi comprado por Casimiro, com todos os sacramentos legais... Perto de 200 advogados de todo o país se ofereceram para a demanda. Queriam pelo menos participação no lucro da venda. Fuçaram até velhíssimos alfarrábios procurando ilegalidade em carta de sesmaria... O primitivo dono das terras, que as vendera livres e desembaraçadas, suscitou questões; num assomo de loucura ameaçou tomar a pedra com gente armada. Jagunços guardavam dia e noite o sobrado do garimpeiro, reforçando a Polícia Provincial. Surgiram partidos, discussões a respeito; houve duas mortes em bate-bocas relativos ao caso. Bagagem vivia alarmada, ninguém mais trabalhava; a *Estrela do Sul* desvairava a população em febre alta. Foi então que se soube que a pedra fora vendida por dois mil contos de réis. Mesmo depois da venda queriam conhecer os escravos, agora alforriados, que pareciam sem nenhuma comoção, já curtidos no vergalho e nos trancos da servidão. O novo milionário não tinha sossego, perdera a paz, sempre procurado por levas novas de antigos conhecidos. Desejavam, pelo menos, apertar a mão de quem tivera tanta sorte. Sorte, porque o diamante saíra no bambúrrio! Não deu trabalho, não derramou sangue, para ser arrancado, nem porejou suor nos escravos bem-aventurados.

Pois esse diamante fenomenal foi a desgraça de Casimiro. Seus filhos lhe deram grande desgosto. Uns deram para cachaceiros, arruaceiros contumazes, outros para sedutores de moças pobres. Uma filha casada desencaminhou-se. Seus negócios se embrulharam de tal modo que pareciam realizações de gente doida. Algum tempo depois o imprevisto milionário ficou na mais inconformada miséria, perdendo as terras diamantinas, o sobrado e o resto dos escravos. Perdeu também o crédito e, velho, não podendo mais trabalhar, vivia de dádivas de gêneros que sua esposa pedia, pelas casas. Morreu sem que sua família lhe pudesse fazer o enterro.

Sua desgraça alcançou a todos de seu sangue. Em 1870 uma tia de Casimiro, Aninha, pedia esmola pelas ruas de *Estrela do Sul*, para não morrer de fome.

Quanto ao diamante, que mudou o nome da velha Bagagem, foi revendido ao Rajá de Baroda, do Principado de Guicowar, na Índia Inglesa. Sua avaliação, em Amsterdam, foi de 35 mil contos.

Beja prosseguia nos seus desmontes, apenas notando que Bastião ficara um pouco leve da cabeça com o choque e a atoarda daquela pega sem precedentes no Novo Mundo. A Virada de Beja recebia visitas incômodas, inconvenientes ao trabalho dos cavadores. Esperava-se a todo momento um fato costumeiro nessas ocasiões: o aparecimento de irmão-gêmeo ou filho do *Estrela do Sul*... O próprio Bastião estava convicto da arraigada crença de que pedra grossa não vive só:

— Se for irmão, está perto; se for filho, está agarrado. Agora se for marido está é gira, por ter mulher tão linda... Mas deve estar ali mesmo por Joaquim Antônio!

A Virada da Beja era vista com inveja e admiração. Trabalho limpo, de proporções vastas, era serviço admirável a mudança do leito do rio. Depois do *Estrela do Sul* Beja passou à grande expectativa de novo achado. Agora *Estrela do Sul* abrangia tudo, lugar e município, menos o nome do rio, que batizava a antiga comuna. O rio continuava a ser Bagagem, o município e o arraial passaram para o nome que pusera na joia o Padre José do Ó. Quando o governo mudou o nome de Bagagem, *Estrela do Sul* já era oficial na boca de todo o Brasil.

Completa a Virada da Beja, Bastião vivia em suspense, sonhando a qualquer hora arrancar da terra ou do cascalho a parelha da pedra de Casimiro. Esquecia-se de comer, bebia a gostosa água do rio com os olhos derramados na peneira que emborcava sobre areia molhada, onde se catavam os diamantes.

A população adventícia de *Estrela do Sul* tornou cada vez mais irritante a vida do arraial. A ambição provocara delírios em todos os garimpeiros; o dinheiro corria tanto que prostitutas ébrias como Curujinha, Emiliana, Paquinha e Mariquinha, as mais cotadas da região, arrastavam vestidos de seda e borzeguins de atacadores altos. Coisas que nunca viram. Apareceram centros de compradores para a Virada da Beja. Começavam a soltar diamantes debaixo das unhas de Sebastião.

Clementino agravava em tique o sestro de puxar da garganta um catarro inexistente. Esse tique o acompanhou até à morte.

Beja sentia viva, latejante, a confiança de bamburrar carocas. Estava contagiada da grave doença de ambição diamantina. As terras de grupiara valorizavam tanto que palmos de chão de divisas de catas faziam correr sangue.

Por simples questões de limites, Francisco Dâmaso foi assassinado de tocaia, por um filho de Venâncio, na fazenda Crá-Crá. O marido de Amaziles, filha de Joaninha e neta de Beja, casada aos 13 anos, não se dava bem com o filho do Índio Afonso. Tiveram um atrito por somenos e o Índio Afonso jurou o rapaz:

— Se for a S. João do Rio das Pedras — não tira mais remela dos olhos.

O neto afim de Beja era também destemido e, bem armado, não tinha cisma do valentão:

— De frente, não me pegam!

Uma tarde Joãozinho Afonso soube na *Estrela do Sul* que o recém-casado ia viajar. Foi cedo para a tocaia, armado de bacamarte e esperou, paciente, a passagem do inimigo.

Quando de fato o moço passava na estrada da fazenda de Clementino, Boa Vista, o índio, ao vê-lo, acertou a mira bem no peito do viajante. Um estrondo e o moço caiu, em sangue. Amaziles ficara viúva aos 14 anos. A morte do jovem abateu como era natural a família de Beja. Fizeram inquérito, dos inquéritos de garimpo. Não havia testemunhas de vista... Não havendo essas testemunhas, na Bagagem qualquer processo era aleatório. Ainda mais processo do filho do Índio Afonso!...

Ficou impune e Clementino, que era homem preparado, escreveu várias cartas ao Chefe de Polícia e ao Governador. Nunca tiveram respostas, não teriam respostas... Essas cartas pareciam com suas futuras irmãs, as cartas a autoridades de uma coisa que se chamaria República. Fala-se muito, hoje, da austeridade monárquica. Pedro II imperava sob normas de homens tão apaixonados quanto os de hoje. Um fato ou outro é citado agora como pureza da justiça do Império. O Império estava sob um caráter austero mas a desorganização judiciária era pouco melhor: o emperramento administrativo era até mais injusto. D. Pedro II ignorava quase tudo que acontecia no Brasil. O que determinava, como agora, a incrível desordem no país, era e é a indisciplina originária da miscigenação das raças, do que resultou um povo incontrolável.

Clementino não teve resposta, seu genro morreu e o criminoso ficou impune. Beja penalizou-se muito com o luto dos seus. Estava cada vez mais silenciosa e há muito não se lhe viam os dentes brancos, num riso sadio.

Gente de Araxá que a visitava não reconhecia na sua pessoa entristecida a mocinha sorridente do baile do Ouvidor ou a moça desenvolta das festas do Jatobá. Nem a altiva cavaleira de cabelos soltos ao vento, galopando no cavalo branco pelo caminho do Barreiro...

Os acidentes da caminhada feriram os pés da peregrina de Formiga Grande, chegada ao anoitecer, ao rancho de tropas da aldeia de S. Domingos.

Enquanto os jornais e revistas de todo o mundo civilizado davam notícias sobre o *Estrela do Sul* e a região do Bagagem, Bastião ia arrancando chibius, avoões, pedras medíocres. Seus olhos que a idade vidrava tinham uma fixidez dura, observada em certos doidos. Essa fixidez alucinante mostrava que seu rosto emagrecera, ficara fouveiro e encovado. Também ele era escravo da terra, vivia curvado em arco sobre as *formas*, palpitando o encontro do procurado irmão da pedra de dois mil contos. A ambição desvairava-o. Vivia tão fascinado por pedras que uma vez pisou uma coral-cabeça-de-cachorro, bicho venenoso... Não foi picado, nem deu importância ao fato. Tropeçar, cair, ferir-se, não era nada para quem enxergava, diante de si, com um brilho fosco, a estrela de aço de um diamante do tamanho de um limão-galego.

Na botica de João Leite palestravam, à tarde, algumas pessoas gradas de *Estrela do Sul*. Eram, além do boticário, Manoel Caldeira, o cometa Magalhães, o botequineiro Antunes, Padre José do Ó e alguns barrigas-de-piaba e respeitáveis bocas-largas. Padre José queixava-se na sua meia-língua:

— Bagagem cresce, é verdade, mas cresce como rabo de cavalo, para baixo. Chega todos os dias gente nova, mas é gente sem Deus! Olhem as Igrejas — vazias! O Deus aqui é o diamante...

Caldeira aprovava, cínico:

— É coberta quente que amadurece banana, Padre José. Quem tem diamante tem tudo e Deus pra ser bom há de ser igual a diamante de bom quilate.

— Você fala palavras vãs. Deus até perdoa essas heresias. Você está no mundo da lua, só vê pedras preciosas.

— E sem elas, como a vida está, como viver, Padre José?

O boticário apoiava:

— A vida está encarecendo tanto que vai ficar pelo preço da morte. Isto não tem cabimento!

Padre José explicava bem:

— Tudo isso é por falta de braços para a lavoura. Quem planta, na Bagagem? Todos estão de olhos arregalados nas peneiras e na areia molhada onde elas emborcam...

O cometa Magalhães dava seu parecer de homem viajado:

— Por onde andei não vi preços iguais ao deste lugar! Pago, na pensão, quatro patacas por dia! Em Monte Carmelo uma boa hospedaria custa duas patacas por dia e dista apenas quatro léguas da Bagagem. Aluguei um cavalo, com um camarada, para ir ao Arraial do Brejo Alegre por sete patacas! Sete patacas para uma viagem de dez léguas!

E o povo xaropa que vai ficar pior!

Manoel Caldeira também se atemorizava de tal descalabro:

— Olhe, aqui uma casa já está se alugando a nove patacas por mês! Ontem vi vender um peixe dourado por três vinténs! Uma peça de morim está por duas patacas! Já vendem seda a três patacas o côvado!...

João Leite que ouvia calado estourou, não podendo mais:

— Vejam que horror: uma libra de unguento diaquilão está custando, na Corte, cinco patacas! Uma libra de unguento Santa Tecla está por seis patacas a libra. Ferrugem, duas patacas, a onça!

Padre José também se entristecia:

— É caro, em verdade. É de morte!

Ele cresceu, o boticário, ganhando coragem!

— Não é só isto! Que será de uma botica moderna sem o grés de Bolonha! O Físico terá os braços cruzados! Pois o emplastro de Bolonha, senhores meus, está pelo absurdo de sete patacas à libra!

E com desalento:

— Não sei como curar almorreiras e câmaras de sangue!
Limpou a garganta, preocupado, e escarrou na rua:
— E o basilicão? Como curar panarício, sem basilicão?! Nem queiram saber o preço do basilicão. E eu compro tudo a dinheiro! Desconto as faturas.
Apanhou um maço de papéis agarrado por mão automática, suspensa de um prego. Começou a folhear:
— Vejam etc., etc.; et-ce-te-ra, olhem: O ano passado comprei o bálsamo de Gorjun a duas patacas o litro; agora me custou três patacas e meia! Pó de corar a três patacas — cinco onças. Vejam os senhores: bugias simples de Pinderit, para uretra, à pataca — uma! E o sebo de Holanda?...
Continuava a ler as faturas:
— Vesicatório de Albespyre duas e meia patacas! Vejam só: grânulos dosimétricos por trituração de Gustavo Chanteaud, quatro patacas o milheiro!
Continuou a ler a lista de compras:
— Xarope de repolho-roxo a duas patacas o litro! Purgativo de rosas pálidas, a pataca o litro!
E, num desafogo:
— Ah, polpas de alho, sebo para supositório, boleto de isca de couro para estancar sangue, tudo está que brada aos céus!
De repente, parou num papel, batendo-lhe a mão, com raiva:
— Pois vejam: a massa para cura radical do gálico está a seis patacas a libra! Não se pode mais dizer como Ricord: "Quando se tem gálico o que melhor faz é ter saúde." Saúde, como? Com a massa a seis patacas à libra?
Pigarreou de novo sua gosma pulmonal:
— Há mais, há mais: como curar a polca se o espírito de vinho está pelo preço de muito ouro?
Padre José, com sua natural ignorância médica:
— Que é "polca", Mestre Dr. João?
O boticário virou-se para o Padre, compadecido de tamanho atraso:
— Sr. Padre José, polca, como lhe chamam na Corte, a ciência chama defluxo-podre, febrento. É o que os italianos chamam *influenza*; na Espanha *trancaso*; na França *gripe*; na América Central *colorada*; *bohu* nas Ilhas Sandwich; *dengue* nas Antilhas; *febre epidêmica* na Índia; *girafa* na Alemanha e, na Bahia, onde está matando muito, dão o nome de *patuleia*. Aqui se chama também defluxo-podre. Apareceu em 1733 em Edimburgo, e corre mundo, de vez em quando.
Tossiu de novo, afetando grave preparo:
— Começa com temperatura de 37 ½, sobe a 38 ½ em poucas horas.
— E qual o remédio, seu João?
Ele emburrou a cabeça, erguendo-a depois, frio como diante de um esquife:

— O *Dr. João* tem remédio... espírito de vinho, rum de Jamaica, um pouco de jaborandi, jejum de água, nada de quinina, banhos-proibidos, quarto fechado; evitar correntes de ar e uns emplastros de pez de Bolonha nas costas e no peito.

João Leite dominava a conversa e agora falava com severa crítica:

— Chega a tal despautério a loucura dos físicos que estão atribuindo a polca a certos miasmas... mi-asmas, ora veja! O chagado-dos-bofes (era Felix) para me diminuir e infamar diz por aí que eu acredito em miasmas. Só mesmo um tipo de sua laia como esse gringo pode dizer semelhante despautério! Falam até em germes! Esses ingênuos esquecem que a polca é a alteração dos humores!...

Penalizava-o a ignorância do mundo:

— Veja o reverendo o que é não ter miolo: um tal Rind, doido ou coisa que o valha, está experimentando fazer injeções com aparelho que ele deu o nome de *seringa*, debaixo da pele das criaturas! Injeta um centímetro de remédio na pele de um desgraçado...

E violento, indignado:

— Não preferiu experimentar essa barbaridade em condenados à morte. É em qualquer vivente... Outro maluco seu parceiro, um tal Pravaz, já fabricou a dita seringa, de metal, com agulha furada, para essa loucura! E dizer que desde 1845 os governos deixam soltos esses malucos. É triste pensar que num tempo tão adiantado ainda usa doidos varridos pelo mundo de Nosso Senhor. O que vale é que estou velho e não verei a generalização dessas doideiras que farão a decadência da arte de curar enfermos!

Padre José concordava, de coração:

— O papa talvez reprove semelhante atentado à moral. Esses violentos morais são dignos da Santa Inquisição! Se estivessem em Portugal no glorioso tempo de Pombal... O Marquês de Pombal que foi mau para os jesuítas, faria desses físicos indecorosos o que fez com os miseráveis Távoras.

Magalhães desejou sair e pediu, humilde, um remédio ao boticário:

— Fiz certas misturas, ontem. Bebi um pouco, amanheci assim. Bateu na região do fígado, que ressoou como caixa de guerra.

— Espere aí, vou receitar.

Garatujou coisas cabalísticas numa lauda sem pautas. No belo papel, encorporado e fosco, apareceram aquelas estranhas linhas geométricas lembrando diagramas que evocavam, a um tempo, roteiros de tesouros enterrados por piratas e inscrições egípcias. Começava pela palavra *Récipe*. O resto era quebra-cabeça digno de escribas etiquetadores de sarcófagos de múmias.

Magalhães tentou ler, não pôde.

— Que negócio é este Dr. Mestre João?...

O velhinho, muito emproado, esclareceu com ar superior:

— É a receita!

— Isto não é receita nem aqui nem na casa do diabo!

João Leite apanhou o papel, prestes a estourar nas suas crises de má--criação, mas inesperadamente riu feio, riso sacudido de gente convencida apanhada em flagrante de pecado mortal:

— Pois isto é receita, Magalhães. Antes de escrevê-la eu e Deus sabíamos o que era. Depois de escrita — só Deus pode saber...

Riu alto, achando graça nos rabiscos que enchiam a lauda.

— Mas o Quincas aí é meu decifrador de charadas.

Referia-se a seu prático de manipulações.

— Toma aqui, seu Quincas, avie isto. Espere, Magalhães, que vosmecê levará já a garrafada.

Quincas procurou decifrar o hieróglifo. Magalhães indagou:

— Entendeu, rapaz?

— Entendi. É isto: Raiz de calumba — 0,50; Ruibarbo — 0,15; Bicarbonato de sódio — 0,30; Pó de coral — 0,20; Pó de olhos de caranguejo — 0,40.

Faça 1 papel; tome 2 por dia.

O boticário estava orgulhoso de sua fórmula e de seu prático:

— São meus pós estomáquicos... Esses pós são um porrete para flatulências.

Limpou a garganta sanfonando uma tosse asmática:

— Não engula alimentos de bichos que comem excremento, porcos e patos, porque sua carne é danosa e acumula nas tripas gás mefítico, produzindo flatos histéricos. Essas carnes enviscam os humores e fazem febres inflamatórias e até cólera-morbo. Não beba vinhos novos, porque a fermentação não está acabada e desprende-se deles o ar fixo que pode gerar a hipocondria e o *miserere*. Evite a adstrição de ventre, que é maléfica aos humores e estupidifica a alma. Não bula com a cólera — deixe que ela escorra sem encalhe.

Lá fora um tapete de chuva começava uma tarde dos conhecidos aguaceiros da Bagagem.

Um velho freguês discreto achou brecha para falar ao especialista:

— Sô Mestre Dr. João, preciso fazer uma queixa. A mulher está perrengue e...

Fez minucioso relatório da doença da esposa, ali, à vista de todos. João Leite, supinamente vaidoso, indagava:

— É mulher sadia?

— Esteve doente há pouco... Salvou-se nos paus de canto da cerca.

— Que foi que teve?

— Ventre virado...

— É nervosa?

— Minha patroa é uma palma de paciência.

— Quantos filhos já teve?

— Dezesseis barrigas, todas sem destranque.

Diante do riso admirativo dos presentes, explicou melhor:

— Dezesseis filhos e um intramuros!

Manoel Caldeira riu, escandalizado:

— Você, tão velho?...

— Velho não, velho é estrada...
E ferindo a pedra da binga:
— Sou muito pobre. Tenho tantos filhos porque debaixo das cobertas não há miséria...
O boticário tomou do bloco e paciente como notário fazendo um testamento, escreveu enormíssima prescrição.
Eram antigos os esforços da Inglaterra para dificultar e mesmo suprimir os cruzeiros que traziam escravos da África. O Brasil concordara com sugestões a respeito, mas nossos estadistas eram escravocratas. Estavam convictos de que o tráfego de escravos era benéfico ao país, onde o elemento nacional não se submetia aos duros trabalhos afetos quase só a cativos imigrados, à força, de várias regiões africanas. No norte, os engenhos de cana-de-açúcar; no sul a mineração e a lavoura do café, cuja exportação era já em 1833 de 578.335 mil sacas, exigiam o braço escravo para se desenvolverem.
Sucessivas comissões mistas de brasileiros e ingleses no Rio e na Serra Leoa discutiam, sem resultado prático, a maneira de extinguir o comércio infame. O Brasil se apegava a questiúnculas de direito adquirido e a outras frioleiras mais ou menos capciosas. Os ingleses compreendendo o porquê de tantas indecisões invadiam os mares territoriais do Império; os próprios rios e, muitas vezes, até a terra para esmagar a escravidão. Agiam como piratas: o Brasil reclamava... Nessa humilhante condição de país sem exército e sem marinha, vendo seu território violado propositadamente, foi que o Ministro da Justiça Eusébio de Queiroz promoveu a aprovação da Lei de 24 de novembro de 1850, que proibiu o comércio de negros. Essa Lei foi o modo indireto de afastar a pirataria inglesa, que não nos respeitava a inviolabilidade territorial. Estando o tráfego negreiro impedido pela força dos canhões da Inglaterra e a Lei de Eusébio de Queiroz, ficava extinta a exportação da "mercadoria" africana.
Restava o problema interno dos escravos, propriedade dos senhores. Isto era problema para ser resolvido em uma geração, porque a humanitária Lei Rio Branco, do ventre livre, não permitia o nascimento de escravos no Brasil.
Para nobreza de alguns brasileiros corajosos iniciou-se a Campanha da Abolição, que terminaria vitoriosa em 1888. Com a importação proibida, os mesmos se valorizavam ao quíntuplo em nossas Províncias.
Em Bagagem a escravaria passou a valer ouro; faltavam negros e ao aparecer o *Estrela do Sul*, os garimpos enxameavam de aventureiros à procura de braços. Procuravam comprar escravos em 1854, como diamantes, na boca das minas. Manoel Caldeira perdera a remessa dos comboios de pretos, porque a Lei proibia seu comércio interprovincial. Foi golpe de morte nas boldrocas de peças desse insensível salafrário. Agora só os diamantes engolidos na *arranca* e na sessagem lhe atulhavam os bolsos.
Nos domingos não era raro Caldeira percorrer as ruas tumultuosas de *Estrela do Sul*, atomatado em sua tosca liteira, com burros carregando a traquitana e um escravo à frente, tangendo uma campa, a gritar: *Caminho! Caminho!* Ninguém sabia como aparecera ali aquele requinte de elegância tão

pesado que vergava o lombo das mulas. A babilônia incômoda e sacolejante assombrava as ruas. Opulento, dentro dela, apreensivo de desastre, seguia o energúmeno comprador de diamantes engolidos...

Na Corte, Eusébio de Queiroz, Nabuco de Araújo, José Maria da Silva Paranhos — Visconde do Rio Branco, João Alfredo, Antônio Prado, Miguel Calmon, Visconde de Abrantes, Luís Gama, Antônio Paulino Limpo de Abreu — Visconde de Abaeté, Antônio Luís Pereira da Cunha — Marquês de Inhambupe e Teófilo Otoni desafiavam os defensores da escravidão.

Os futuros gigantes que aluiriam os alicerces do cativeiro no Brasil eram ainda meninos... Joaquim Nabuco tinha apenas 1 ano; Ferreira de Araújo, 2 anos; Lopes Trovão, 2; Patrocínio, 4; Rui, 1; Castro Alves, 3... Zé Mariano e João Klapp eram também infantes. Ainda adolescentes, tomariam lugar nas barricadas contra a selvageria do cativeiro. Esses mesmos jovens heróis não tardariam a gritar por Justiça; clamar pelos direitos ao Homem e do Cidadão, em favor dos cativos, como na Revolução Francesa outros fizeram para o povo. Os nossos abolicionistas valiam, ainda moços, pelos velhos Conselheiros da Casa dos Bragança que fechavam os ouvidos às reivindicações da liberdade e incensavam o majestoso adolescente eunuco D. Pedro II. Os liberais não davam quartel aos escravagistas. Para os sonhadores da abolição total, discutir com eles era atirar pérolas a porcos. Para eles, Espártaco, chefe de rebelião, valia mais que os ministros acomodatícios e o zumbi Ganga Zuma, o valente dos Palmares, tinha mais caráter que um Governador da Coroa. Na tremenda pugna, lutavam corpo a corpo, às claras, e venceriam com insolência. Deus estava com eles.

Em 1857 correu notícia de que novo diamante *soltara* no Bagagem. O alvoroço foi grande, pararam serviços nas lavras para ver a pedra. Manoel Caldeira que ficara muito inquieto com a novidade perguntou ao Padre Salustiano:

— Sabe que pegaram hoje um diamante colossal no Bagagem?

— Soube. Pesa 177 quilates. *Soltou* perto da Ponte do Ratis.

— Aqui mesmo perto...

— E dizem que é igual ao *Estrela do Sul*! Ou mais puro. É difícil acreditar mas é o que dizem.

Toda a zona garimpeira, do Desemboque, Água Suja e Douradinho, correu à Vila Velha do Bagagem; era só no que falavam. Esse diamante não se comparava ao *Estrela do Sul* mas era magnífico. Puseram-lhe o nome de *Dresde* e foi vendido para judeus de Holanda.

A pega dessa pedra resultou do afluxo de gente ávida da gema irmã do *Estrela do Sul* que enchia grupiaras, rios, ribeirões, cascalheiras. No começo da guerra do Paraguai a rapaziada que caiu no mato para fugir ao recrutamento do Exército, aos Batalhões dos Voluntários derramou-se pelas faisqueiras com medo da farda. Com esses fujões se verificou um renascimento maior nas zonas diamantinas, em especial no Serro, Diamantina, Água Suja, Bagagem, Cocais...

A VIDA EM FLOR DE DONA BEJA

Subiu de novo a febre da ambição que pouco baixara. Não havia lavoura, pois a escravaria, os desocupados, os criminosos foragidos, os clérigos, os aventureiros todos foram para as minerações de diamantes, mais importantes agora que as do ouro. Onde aparecessem cascalhos diamantíferos apareciam alviões, sondas, peneiras, carumbés. Foi um delírio; desapareceu o sossego dos lares, pois o diamante chamava, atraía, avassalava todas as mentes. A lavoura mineral matava a criação florescente do gado. Os gêneros alimentícios não tinham mais preço. Desfaziam-se noivados, adiavam-se casamentos, famílias ficavam sem chefes, com a fuga para as grupiaras a céu aberto ou para a furna das catas. Houve uma pausa na vida normal da Capitania: todos aspiravam tentar a sorte, enriquecer milagrosamente. Foi a era do bambúrrio, a procura do azar; viviam na expectativa fulminante do achado que provocaria a riqueza.

Tudo ia muito bem até que um fato imprevisto esmoreceu essa arrancada, curou o delírio, apagou-o de súbito. Foi a descoberta das minas sul-africanas do Cabo da Boa Esperança, que supriam com largueza a procura dos diamantes no mundo. A extração africana, muito barata, foi tão grande que a nossa, cara, decaiu em vertical desoladora. Começaram a se esvaziar as terras. O desânimo botava água fria no fogo do entusiasmo geral.

Na mineração das Minas Gerais começara a decadência.

O Padre Salustiano explicava, como mestre:

— É sabido que a África do Sul fornece quase todos os diamantes ao comércio mundial, mas está provado que os brasileiros são mais puros e têm mais brilho que os diamantes do Cabo.

Chegavam outras pessoas, ávidas de novidades. Todos ouviam o Padre, embevecidos, pois qualquer palestra sobre pedras preciosas era ouvida com todo interesse. O Padre continuava:

— Ninguém sabe quando começou a comércio diamantino na civilização oriental. Tem-se notícias da exploração dessa pedra há cinco mil anos nas minas de Randapali, sendo o mais ativo em Golconda, no Reino de Visam. O comércio de diamantes passou do oriente para o ocidente depois das guerras de Alexandre Magno. Mas no Brasil só se começou a exploração diamantina em 1728, com Bernardo da Fonseca Lobo, em Ivituruí, o *serro frio*. Em Panna, Bundolkland e Sambalpur, na Índia, estão as aluviões mais ricas em diamantes. Foi Luís Berquem, em 1476, o inventor da lapidação em rosa, que dá às pedras até 58 facetas. Os diamantes mais puros do mundo são os do Bagagem, considerados diamantes "da velha rocha" pelos conhecedores de Amsterdam. São em menor número mas, lapidados, têm cores mais suaves, que variam do azul esbatido ao amarelo topázio, não sendo raro o rubi, pedra de maravilhoso efeito.

E baixando os olhos, com visível tristeza:

— Acontece que as descobertas de grandes depósitos diamantinos em África estão retirando do comércio universal nossa preciosa mercadoria. Ninguém sabe onde vai parar a baixa. Como tudo que começa em exagero acaba em penúria, temo que a era milagrosa do diamante vai entrar em completa decadência. Deus permita que eu me engane. Deus é que conhece seu mundo.

De vez em quando chegavam à *Estrela do Sul* circos mambembes, de miseráveis artistas. Seus palhaços no entanto faziam furor na arraia miúda bagagense. Ficou na lembrança de todos uma companhia cujos briguelos fizeram delirar meninos e anciãos. O circo de cavalinhos enchia as medidas da população do tempo. As risadas do populacho se ouviam de longe na hora dos palhaços. Comentou-se por muitos anos a pirataria de um bobo na pantomima, quando enganara ao Rei para que o mocinho lhe roubasse a filha, linda, de cabelos louros. Quando chegou ao Castelo o noivo imposto, espadaúdo vanguardeiro das guerras de El-Rei e que a noiva odiava, o bobo preparava-lhe a fuga para desposar o menestrel seu apaixonado. De fato, a noiva fugira e o Rei, furioso, queria degolar os guardas negligentes da filha, mas o bobo, por manhas, salvou a todos, expulsando o noivo oficial com uma bexiga de boi cheia de ar. Palmas, assovios, pateada ao Rei vilão. O bobo fora premiado pelos guardas a quem salvara e ficara nobre, rico e famoso. Aparece em lugar do Rei, que assim parecia ser também bobo.

Falavam muito dos trapezistas do circo, na pantomina, nos cães amestrados e principalmente no palhaço Amendoim.

O Padre José do Ó estava preocupado naquele dia. Foi em 1865. Caminhou para a Botica do Mestre João Leite, onde a todos assustou:

— Vocês talvez não saibam que a terra tremeu na Vila da Campanha da Princesa.

Clementino, irônico, parecia não acreditar:

— Tremeu, como?

— Chegou notícia hoje. Foi na hora do jantar. Quase toda a vila estava na mesa das refeições quando tremendo abalo sacudiu as casas. Caíram lampiões dos tornos, copos dos armários, vasos de flores tombaram de cima das mesas. Vieram abaixo algumas paredes mais fracas e muitas telhas se soltaram dos beirais. A população assustada saiu para as ruas e os sinos da Matriz bateram 2 ou 3 badaladas, sem ser por mãos humanas. Ao escurecer caiu uma chuva de saraivas tão grande que descascaram a cal das paredes externas. A Matriz se encheu de gente e o Vigário custou a acalmar o povo. No fim da chuva, novo tremor da terra. Ninguém dormiu, temendo um terremoto. Com a graça de Deus nada mais aconteceu. Pensei, sem querer, em Lisboa Ocidental de 1755, mesmo porque não temos um Pombal no Brasil. *Enterrar os mortos e cuidar dos vivos...*

Uns acreditaram, outros não[26].

Quando Padre José se retirou, Mestre João sorriu cheio de malvadez:

---

26. Fato, lugar e data absolutamente exatos.

— Se fosse um ignorante que contasse essa bobagem, seria burro; como é Padre José, eu, pelo menos, acho que ele bebeu...

Em vista do renome do circo, Clementino resolveu levar os filhos à grande função e convidou com interesse a sogra para ir também. Ela negou-se, não queria ver mais nada que lhe despertasse alegria. O assassínio do esposo de Amaziles ferira fundo a Joaninha e Beja. Foi em vão que o bondoso Clementino insistiu para levar pelo menos a sogra:

— Até Padre José foi... Padre José quase morreu de rir quando o bobo venceu o Rei com uma surra de bexiga de boi... Vamos, Comadre.

Ela balançava a cabeça; não iria.

Súbito, pediu silêncio com a mão, como fazia S. Paulo. É que o sino grande da Matriz tocava o *Ângelus*. Depois da oração que todos fizeram, a saudade despertou em Beja palavras que há muito dormiam em sua garganta:

— Se eu ainda fosse a outra e estivesse em Araxá, o assassino de meu neto não andava mais bebendo pelas vendas, Compadre!

— O perdão vence tudo, minha sogra. No tempo em que vivemos, fazer favor, mesmo a quem precisa, é crime sujeito à forca. Mas agora, que estou esfriando o sangue, penso sempre na bondade de Nosso Senhor Todo Poderoso. Fiz muito favor ao assassino... matei-lhe a fome na Boa-Vista...

Beja parecia revoltada, inconformada:

— Bondade... santidade... Anás, que era Sumo Sacerdote, foi o primeiro a pedir a condenação de Jesus como demente perigoso...

E com os olhos luminosos:

— Como demente perigoso!... Não há justiça no mundo, Clementino.

Recomeçou a chorar. Beja estava com o coração conturbado. Clementino falara daquele modo, para sossegar a família. Homem de espírito enérgico, abatera-se também à dor de todos, embora a disfarçasse. Não conseguira nem processar o assassino...

Joãozinho Afonso não se esquivava de aparecer em *Estrela do Sul*, sempre acompanhado de jagunços, parentes e outros monstros. O Índio Afonso não reconhecia autoridade nos pobres soldados pagos a 4 cobres por dia. Andavam famintos e enfraquecidos, não só por doenças mas também pelos remédios de João Leite e Felix Dumont.

Beja temia receber cartas de Araxá e Paracatu. Não ouvia mais ler jornais, os fogosos jornais dos campeões do liberalismo, e suas palestras se limitavam agora às visitas do Padre José e do visionário Bastião. A Virada, que rendera muito, pois já guardava centenas de diamantes, nenhum como desejava o administrador e ela própria, entrava em decadência.

Pelas místicas relações de Beja com o Padre José, o ilustre Padre Saturnino dos Santos Barbosa evitava se encontrar com ela. O antigo coadjutor de Paracatu prosperava em sua fazenda e na garimpagem. Estava, ao contrário do outro, com saúde de ferro e cores rubicundas. Ria-se alto, sonoro e escancaradamente, ao ouvir falar no colega. Chegando à Vila, era certo perguntar, provocador que era:

— O chochinho já celebrou a missa-negra? Já repararam como o Padre José parece maxixe de ponta de rama, trem mofino e sem suco?

Continuava a rir bem-humorado:

— Com aquela cara marcada de bexiga-doida parece que vive conversando com as múmias... Que Padre feio!

Sem se avisar e de surpresa, apareceu um dia na porta de D. Beja um viajante com 2 escravos. Era o Padre Aranha.

— Vim a serviço da paróquia...

Beja, sem cor, tremia envergonhada, só a custo exclamando:

— Padre Aranha!

Ficaram mudos, frente a frente. A súbita alegria de Beja permitiu ver seus dentes brancos. Avivaram-se aqueles esplêndidos, grandes olhos verdes. Fez questão de hospedar o amigo. Severina estava tonta de júbilo, pois envelhecia na vida monótona do desterro para onde também viera. Padre Aranha parece que não foi à *Estrela do Sul* para negócio algum de sua freguesia. É possível que a falta de Beja é que o atraísse para ali.

Da janela Beja mostrava-lhe os arredores.

— Olhe, Padre Aranha, a poucos metros daqui está o Rio Bagagem... aquela é a ponte que fiz para encurtar caminho para o sobrado da Joaninha. Lá em frente é a Matriz; fronteiro, o cemitério. Aquela Igreja lá longe é a do Rosário de Nossa Senhora Mãe dos Homens e a que se vê, lá no alto da Bagaginha, é a Capela de Santa Cruz.

Parou, como acanhada, para dizer depois:

— Aqui é a clausura da pecadora, meu Padre.

Ambos calaram enorme, desapontada decepção. Estavam velhos!

O Padre, para disfarçar o choro, chegou à janela lateral, que abria para largo terreno fechado de arame de farpas.

— Aqui estou plantando árvores... não tenho o que fazer...

Árvores já crescidas, de folhagem feia, estavam bem fincadas no chão mas esquecidas do vento. Padre Aranha lembrou-se do Jatobá, onde Beja plantara tantas árvores desconhecidas na região — caneleiras, amendoeiras, além de sagus e chá...

Beja pareceu adivinhar:

— O terreno aqui não ajuda; o cascalho...

Severina chamou para o jantar.

Andava agora sem as roupas retumbantes de S. Domingos, quando até suas escravas se vestiam pelos modelos de Candinha da Serra e Josefa Pereira...

O Padre deu falta da cabeleira luminosa da moça do palácio, em que ela sempre punha uma rosa-vermelha, à maneira andaluza.

Não quis indagar, porém achou a amiga diferente: faltava-lhe alguma coisa. Lembrou-se então de uma frase de Fortunato sobre os cabelos de Beja, frase que não conseguiu esquecer e parecia um milagre na boca do boticário apaixonado: Eu não sei por que tranças do destino me embaracei naquelas tranças... A conversa de Beja contava sua vida espartana, onde só às vezes bebia um copo de Borgonha. O Padre sentiu que ela entristecia, falando de sua segregação social e, para mudar de assunto:

— E você, Severina?

Beja é quem respondeu:

— Andou doente... nervosa. Viu um homem no quarto, homem ensanguentado, ficou meio maluca por uns dias. Viu um sujeito de Paracatu...

Contou o caso. Padre Aranha se lembrou:

— É verdade, o Guimarães me falou dele. Não é o Seu Juca? Morte horrível, coitadinho... Disse-lhe o Guima que antes de morrer, mesmo na hora, falou em Beja, que Beja antipatizou com ele por inzonas de Severina.

O caso da aparição na própria noite de sua morte, conforme a senhora contara, impressionou o Vigário. Beja, cética, arrematava:

— Os espíritos que vão, não voltam.

Padre Aranha esclarecia, muito sereno:

— Voltam, podem voltar. Quando Deus permite, os espíritos podem voltar.

A escrava que estava certa disto, ouvia-o, espavorida. O Vigário suspirou, desiludido até aos ossos, percebendo que fora indiscreto:

— Araxá depois de cidade, ficou pior, Beja.

Queria se referir é à mudança da amiga.

— Apareceram por lá muitas pessoas novas, até espíritas, novas seitas... Já estou cansado...

Suspirou, arrazado:

— Derrubaram o Pau da Forca, nas terras do Antônio Pereira.

E encarando Beja nos olhos:

— Nossos amigos que restam de seu tempo não podem ver o palácio, já se arruinando, o Jatobá que hoje é pasto... As ervas de passarinho mataram quase todas as árvores... Ah, Beja, aconteceu tanta coisa triste com sua saída!

Sua voz ficara rouca. Descorado, magro, de cabelos brancos... Parou, de olhos no chão. Padre Aranha estava quase chorando.

— Muito triste foi a morte de Fortunato! Depois que você veio, começou a andar pelas ruas, falando sozinho. Chorava à toa. Quase não trabalhava, ficou intratável e pessimista. Começou a inchar as pernas, dizendo-se doente. De fato, pouco saía então. Só falava, sempre chorando, na "minha Beja". Uma noite mandou me chamar no seu quarto da Botica. Pouco se entendia da sua voz e aquilo me surpreendeu, pois acreditava que ele agravasse a doença para alegar sua retirada. Vi que a coisa era séria. Fez-me recomendações sobre o testamento, pois tudo deixou para você. Como não achasse bom seu estado, mandei chamar o Guima, com quem estava muito ligado. Quando ele chegou, percebi que Fortunato estava morrendo. Dei-lhe a extrema-unção. Foi tudo muito rápido. Morreu como um passarinho.

Beja nada pôde falar; escondeu os olhos no lenço e chorou amargamente. Depois murmurou, derrotada:

— Coitado do Fortunato! Não me esqueci dele, foi como se perdesse um parente. Eu que bebia das 2.432 horas anuais de sol de Araxá, apenas suporto hoje os 125 dias de chuva desta horrorosa Bagagem! Sou como um pássaro molhado que não pode voar. Tento em vão as asas. Até que as penas sequem tenho de ficar no chão. Sofri tanto na minha vida que hoje estou trespassada de dores, vou ficando insensível aos novos sofrimentos. A morte de Fortunato foi dos piores golpes de minha vida. Tão bom, tão generoso, e já se foi...

Todos estavam calados. Parece que a saudade pesava como chumbo naqueles corações.

— Severina, traga dois cálices de Lacryma Christi!

O Padre nem protestou, embora jantasse há pouco. Tomando o cálice, elevou-o até diante dos olhos, namorou a beleza do líquido, que depois cheirou repetidas vezes. Bebiam mudos, algemados na mesma recordação, feridos e sangrando a mesma saudade.

Já no terceiro cálice Padre Aranha retomou o fio da conversa há muito interrompida, começou a remexer cinzas frias:

— Cortaram seu cinamomo... sua esponjeira. Sempre me recordava do que lhe ouvi dizer nos nossos serões: Não pise no que cai da mesa, não corte as grandes árvores do caminho!

Piscava um pouco, sinal de que o vinho lhe dava calor:

— Matos e Guima não tendo mais a genebra Foking e Porto Rocha Leão e o absinto finíssimo, danavam a beber cachaça. A cachaça é a faca cega com que a vida nos mata; demora mas mata. Há dias Matos me confessou:

— Depois que *ela* se foi, meu umbuzeiro murchou, morreu. No começo eu mandava vir cachaça, quando queria; agora cachaça tomou conta de mim e é quem me manda onde eu não quero ir... Mas até hoje o principal assunto é Beja; invés dos *cheveux d'ange* passamos a comer rapadura nos balcões das vendas... Eu sei que a vida é uma coisa séria!

Bebeu menos delicado, enchendo ele mesmo outra vez o cálice:

— Estão derrubando as palmeiras todas de S. Domingos. Nosso Pindorama se acaba. Eu, seguia sempre S. João. S. João foi revolucionário e demagogo, veio para mudar a face do mundo, preparar os caminhos para Jesus. Procurava segui-lo. Hoje... hoje...

Sorriu com sarcasmo:

— Prego meu Evangelho a todas as criaturas: se não acreditarem é o mesmo para mim. Vi que não posso corrigir os corações do mundo, quanto mais a vida. Basta minha íntima certeza de haver presenciado, com os próprios olhos, a viagem dos Anjos pela terra.

Aqueles Anjos talvez fossem um Anjo, como quem agora falava...

— Também eu vi a Manoa, capital do Eldorado, como a viu João Martinez!

Já era tarde, 10 horas.

— O Reverendo está cansado... precisa dormir.

— Não, para mim é repouso conversar com a senhora.

Viu então sobre a cristaleira mal posta na sala pequena a caixa de música de Paracatu:

— Ainda me vêm às oiças a *Ária de Boêmia* e o *Minueto em ré menor*... Tudo que é bom passa depressa: a dor somente é que tem o privilégio de ser demorada. Em Araxá alguns idiotas gozaram nossa tristeza com sua saída. Felício, o asqueroso preto rico, a quem fora proibido entrar na casa de Beja, vingava-se de Fortunato, quando o via:

— Então, Fortunato, cadê seu gringuilin?...

E Padre Aranha, com expressão:

— Já reparou que desgraça dos outros faz, às vezes, um pouco de nossa própria felicidade?

O Padre procurava prová-lo:

— Negro quando não é besta é doido. Felício é doido e besta.

Beja encarou-o com os grandes olhos verdes de Araxá, quando era a Infanta do solar. O Padre pensou, nada dizendo porém: Sua vida é mais trivial do que a morte, mas seus olhos também são mais espantosos que a morte.

Ela se ergueu, resoluta como outrora:

— São horas de dormir, meu Padre. Vou lhe mostrar o quartinho cuja cama eu mesma estendi.

Depois das boas-noites, o velho Vigário se retirou para o quarto, onde reconheceu as roupas luxuosas de Araxá. Apagando a luz resmungou cheio de dor:

— *Ça va finir*...

Na manhã seguinte, no café, o Padre repisou umas tantas coisas dolorosas ao coração de Beja:

— Não gosto de falar muito em certos casos. Mas você veja. O Matos atrapalhado com alguns negócios se valeu muitas vezes do Fortunato. Pois quando nosso amigo estava mal e precisou que o baiano passasse uma noite em sua casa, não foi; alegou serviço, coisas fúteis de coração mal formado. O velho ofendeu-se e no outro dia se queixou com amargor:

— O Matos esqueceu depressa. Foge de mim. É ingrato como um doente curado...

Beja suspirou sem querer:

— Que tristeza a gente ser obrigada a viver quando já está infeliz!...

O Padre prosseguia:

— Foi nessa hora que Fortunato me revelou com voz amargurada: Essa saudade de Beja vai ficando tão velha que está com os cabelos brancos. Nem por isso deixa de ferir meu coração desconsolado, como no tempo em que eu era moço. Por ser velha é que lhe respeito a voz, quando ela me manda chorar.

Beja pediu que mudassem de assunto. Não podia mais se comover.

Durante aquele dia ela indagou até das pequenas coisas de S. Domingos. Soube que Julinha, viúva de Antônio, casara-se em sua terra. Tivera tristes notícias de seus pobres de Lava-Pés. Morreram muitos conhecidos. As filhas do Juiz não se casaram. D. Ceci estava debaixo da terra. Reconheceu que Padre Aranha se queixava das mesmas doenças, agravadas com a pouca esperança de se curar.

— Ainda não perdi a esperança de, mesmo velho, em aula de morrer, fazer uma estação na lagoa santa de Congonhas das Minas de Sabará...

Às 4 da tarde ainda revolvia os escombros da vida de ambos, como quem ouve música, evocando, sofrendo.

— Ainda sou feliz gozando sua companhia e este vinho, que nunca mais beberei! Chegarei perto de Deus com as mãos vazias, não para esperar julgamento, mas para receber justiça. A misericórdia de Deus é infinita. Alguns teólogos acreditam que até Judas se salvou... Chegarei aos pés do Senhor de mãos vazias mas limpas, com a batina remendada, pobre como Jó.

A tarde começava a cair. Inesperadamente o sino grande da Matriz começou, lento a anunciar as Ave-Marias. Ambos se levantaram. A tarde vinha escura do céu cor-de-chumbo. Começavam a escurecer os serros tristes e desolados.

Todos de pé se concentravam, rezando. Terminada a prece, a escrava começou a acender os lampiões. O Padre e Beja, na sala de visitas, baixa, pintada sem gosto, quase pobre, olhavam-se desapontados. Padre Aranha, que fora buscar o sol da presença de sua amiga, parecia sorver toda a suave tristeza que lhe ensombrava o corpo ainda belo.

Debruçou-se numa das janelas, em silêncio, olhando a rua. Sem querer, olhou para cima.

No céu monótono, sem nuvens mas feio e vulgar, esplendia trêmula e branca, a estrela Vésper. O Padre apontou-a para Beja ver:

— É a estrela Vésper, a estrela da tarde...

Era a estrela que surge quando o dia esmaece... vai anoitecer.

Beja fitou-a, calada, embebendo nela seu olhar maravilhoso. O Padre Aranha então, também mudo pensou: É a estrela Vésper, a estrela do crepúsculo. E ali estava a seu lado, uma estrela da terra que também resplandecia no triste ocaso da vida. Em virtudes — amanhecia, porém, na carne e na mente Beja crepusculava, linda, no inferno da beleza em declínio e que um dia será pó. E ambos silenciosos, de olhos no céu, ficaram a contemplar a estrela que fulgia, longe, no espaço.

XIX
A MULHER DOS SETE DEMÔNIOS

Uma tarde, foi em 1870, Beja mandou chamar Joaninha:

— Minha filha, tenho escrito meu testamento. O que eu possuía já foi distribuído por vocês. Este testamento, note bem, é apenas um codicilo. Dei alguma coisa aos afilhados. Tenho aqui este xale e o broche de brilhantes para prendê-lo. Você leve isto para Nossa Senhora Mãe dos Homens e também este castiçal de ouro para a Igreja do Rosário.

A filha olhava-a, ouvia-a com os olhos molhados.

Beja abriu uma caixa de madeira forrada de veludo escarlate:

— Você fique com minhas tranças...[27] Mais uma vez recomendo que desejo ser enterrada num barerê, ou em caixão sem tampa.

Chamava-se barerê, em *Estrela do Sul*, o caixão em que sepultavam os pobres. A princesa de Paracatu, a orgulhosa senhora de Araxá, que dormia em cama de linhos belgas; que usava largas colchas de seda oriental, tudo perfumado com Saquinhos de Chipre, queria ser enterrada no barerê de pau ordinário, forrado de algodãozinho barato. Esse algodãozinho custava 3 patacas, a peça!

Beja continuava:

— Vendi as terras diamantinas porque sua administração é penosa e vocês não acham mais um Bastião para as dirigir. Esse negócio foi bom, pois me deu ilusões. A ilusão é necessária, mesmo que seja comprada.

Bastião morrera e a Virada da Beja, que provocara tantas ironias de *double sens*, não lhe pertencia mais, embora ainda explorada. A mineração dera-lhe lucro mas decaíra, ao morrer o fiel Bastião. Manoel Caldeira mudara-se para o Rio, onde comprara muitos prédios na Praia do Russel. O Padre José estava velho, sendo ainda o Vigário Geral da Vila. Seu genro Clementino, sempre muito limpo, também envelhecera com saúde. Seu rosto rosado fazia saliente a alvura das barbas bem cuidadas. Mas seu gênio brincalhão era o mesmo... Quando Beja terminara a conversa com a filha, ele chegou. Severina abriu-lhe a porta. Clementino chegava molhado:

— Chuva para matar sapo, hein Severina? Eu sou de açúcar, água me derrete.

Os dentes brancos da escrava riam.

Entre mulher e sogra, continuou a brincar com a negra:

— Olhe, Severina, eu nasci para Capitão-do-Mato. Você podia fugir, aquilombar, para eu receber o prêmio de sua cabeça...

E para todos os presentes: 1 O Capitão-do-Mato Simão Martins apareceu com uma cabeça num saco, ao Juiz Ordinário de Vila Rica, Dr. Manoel Manso da Costa Reis, reclamando pagamento "a que tinha direito", de 6 oitavas de ouro, por seu trabalho. E que cortara a cabeça do quilombola Manoel Ganguela, morto em resistência. Cumpria o bando do Governador de Minas,

---

27. Morta Joaninha (Joana de Deus de S. José Borges), os cabelos de Beja ficaram para sua filha Mercedes. Mais tarde, Amaziles, irmã de Mercedes, queimou as tranças da avó.

Capitão-General Luís Diogo Lobo da Silva, que ordenou a "montaria" de escravos aquilombados. O Senado da Câmara pagou as 6 oitavas...
E expansivo, ao tomar sua Genebra:
— O sapo é antipático às aranhas, na Magia Negra. Eu não gosto é de negras...
Severina ria-se, satisfeita. Clementino sempre gostou de conversar com escravos. Ainda para a preta:
— Você não tem visto assombrações, ultimamente. Bom doutor é Mestre João Leite!...
Ela arrepiou-se:
— Credo!
Joaninha entrou na conversa para contar, sempre delicada:
— Imagine que a escrava de D. Maria Gomes teve uma pontada nas costas e a dona mandou chamar seu Leite. Ele pegou a pena de pato, fez uma receita, enrolou o papel como uma pílula e deu à doente para beber! Depois falou no seu modo grosseiro:
— Seu caso é gravíssimo. Só eu resolvo essa embrulhada. Tome isto, e amanhã mando a mezinha.
Isto foi no sábado e até hoje, segunda-feira, ainda não mandou a garrafada. Mas a doente sarou. É possível, isto?
Clementino respondeu que sim:
— O médico de Caracala, Serenus Sammoniacus, foi o primeiro a falar na virtude maravilhosa da palavra *abracadabra*. Escrevia este nome, fazia também um pílula e mandava o Imperador engolir, quando ele sentia o efeito de suas comezainas e beberrices. João Leite é discípulo de seu colega romano...
Beja sorria, discreta. Clementino, para brincar com ela:
— Esse João Leite parece até o Bastião da comadre Beja. Quando ela estava impaciente por diamantes grossos, vinha ele: Patroa, agora sai! A forma agora é *fundo lascado*, está agarrada do diamante. E para consolar a comadre que em vão esperava, gastando a semana toda, mostrava um avoão... A comadre sofria desapontada e o embrulhão dava a pílula com a receita, esquecendo de mandar o principal, o remédio, que era o diamante.
Beja torceu o fio da palestra:
— Clementino, você esteve em Araxá?
— Estive.
Limpou a garganta como o velho tigre experimenta o urro, ao anoitecer:
— Ali só se fala em abolição e República. Os partidos vivem batendo as cristas, com a mesma sanha de 42... Parece que não há mais sossego. Querem acabar com o cativeiro e arrancar o Imperador do trono.
Beja, que era liberal sensata, olhou-o calma:
— E que tem isto?
— Tem é que a senhora fica sem a Severina.

— Ora, Clementino, nem Severina me largava, nem Moisés. Se Flaviana fosse viva não me largava também. Alforriei Damiana, porque deixara uma filha casada em Paracatu. O senhor bom não faz mal a escravo. Só aos perversos a abolição infelicitará. Você vai ver: se abolirem a escravidão, meus cativos ficam comigo. Joaninha viu agora mesmo a cópia de meu testamento, do que não distribuí por vocês. Deixo a Severina para minha neta e afilhada Aidée, "a pupila dos meus olhos"[28]. Não lhe dou carta de alforria porque Severina já é da família e se sair para o mundo irá sofrer.

A escrava humilde escutava em silêncio.

Beja prosseguia:

— Quanto ao Imperador, é bom, ninguém nega, mas tem defeitos demais. Não manda, não impera. Os Ministros, todos eles políticos extremados, só fazem alguma coisa para seus próprios partidos. Se liberal, demite todos os funcionários contrários, persegue. Se é conservador, demite todos os funcionários contrários, persegue... Ninguém trabalha pelo Brasil e sim para seus partidos. Assim, nunca seremos nada.

Clementino objetava:

— E a guerra do Paraguai?

— Ah, o Brasil aí andou como devia. Mas esteja certo de que não venceu, pelos belos olhos do Imperador: nossos generais é que foram homens. Ninguém pode negar o patriotismo dos brasileiros. Caxias, Osório, Mena Barreto, Cabrita, Polidoro, Visconde de Inhaúma, Porto Alegre, Deodoro, Floriano, Gumercindo Saraiva, Custódio de Melo e outros cumpriram o dever. Até subalternos como Marcílio Dias, Greenhalgh, Camerino e muitos outros souberam morrer. Ninguém contesta, mas o feio foi levar o Brasil, com os aliados, 5 anos para vencer um país pequenino!

Clementino:

— Armado até os dentes!

— Armado até aos dentes mas pequeno, de gente bárbara.

— Todos são bárbaros na guerra.

Beja reprovava certa opinião geral do tempo:

— Mas Lopes foi um bravo que não se rendeu. Que levasse um tiro do Chico Diabo, se é que isso se deu, estava certo, porém ser ferido à lança, no ventre, por um Brigadeiro... e Brigadeiro do valor de José Antônio Correia da Câmara...

Clementino exaltou-se:

— Isto ninguém prova!

Beja, sem atender:

— ... foi deprimente. Afinal vencemos, apesar de viver o Imperador ocupado com certas coisas que não são de sua conta... Quem venceu a guerra foram os Voluntários da Pátria e se houvesse mais ordem não precisavam marchar

---

28. Textual, no codicilo.

à força, amarrados. Também o Exército era comandado por um homem da fibra de Osório! Osório, plebeu, sentando praça na Cavalaria como Alferes da Guarda Nacional, terminou comandando o Grande Exército, desde sua terra, o Rio Grande do Sul, até a batalha de 24 de maio. Não era conhecido da política... Subiu, palmo a palmo, pela honrada valentia. Em Avaí foi ferido no rosto por bala. É que estava à frente do Exército, peleava com os soldados, eis sua nobreza. Caxias procurou escurecer o nome do bravo cabo de guerra, isto é claro...

Sorriu triste, com uns restos de maldade:

— O mais doloroso, meu genro, foi entregarem nosso Exército, já vitorioso, ao selvagem estrangeiro Conde d'Eu! Homem que renegou a pátria para se casar com filha de Imperador; andou atropelando nossos soldados pelas Cordilheiras, com o fito exclusivo de se apoderar das carretas onde estavam os tesouros de Lopes!... Cruel, sanguinário, incompetente, matou de fome seus camaradas e cavalhada, a procurar as joias de madame Lynch... É estarrecedor!

Clementino verificava alteração fisionômica em sua sogra e procurou acalmá-la:

— Comadre, deixe lá os grandes...

— Mas eu sou liberal e sinto aqui (bateu no peito) nosso Brasil!

Joaninha quis então sair. Foi até à janela. Chovia, como no dilúvio. As chuvas grandes davam enormes prejuízos.

Beja acalmara-se, embora entristecida:

— Esta Bagagem com chuva é o lugar mais triste do mundo!

O genro foi também espiar o Largo:

— Temos enchente. A cheia vai chegar à sua casa, minha sogra!

Era certa a previsão. Nas grandes cheias do rio, a casa de Beja distante dele 15 metros, era invadida pelas águas, que passavam por baixo do prédio, elevado a 6 palmos do chão.

Clementino comentava:

— Esse mundo todo está debaixo d'água. Os ribeirões do Cará, Onça, Bagaginha, Córrego Grande, estão todos fora das caixas. As fazendas do Crá--Crá, Mutuns, Santa Ré, Inhames, Peneiras, Água Emendada, Santa Bárbara, Cafundó, Diogos, Piemonte, Matos tudo debaixo d'água. A nossa Bela Vista, nem se fala: parece que vai derreter. Na fazenda dos Cabritos, do Padre José, a água ontem invadiu a cozinha.

— Perto lá de casa caiu a cozinha de D. Ana Moreira. Ela teve de ir pra casa da filha.

Clementino, de pé diante da janela, apreciava a subida da corrente do Bagagem. Os telhados despejavam no chão de pedregulho com ruído ensurdecedor. Trovejava, aos relâmpagos. As 9 horas da manhã parecia escurecer. Joaninha buscou uma palma benta a que botou fogo, andando com ela a enfumaçar a casa da mãe. Severina acendeu uma vela benta aos pés de Nossa Senhora do Rosário, em seu quarto.

As águas quase alcançavam a Ponte da Beja[29], descendo com barulho rouco. Desciam, sujas, espumosas, em cachões violentos. A Vila deserta estava encharcada. Lugar num vale, as tempestades eram medonhas e os trovões assustavam.

Clementino previa desabamento:

— As viradas, aterros e lavras levam o diabo, hoje! O Ribeirão do Rolinho vai com ouro e tudo levado pela cabeça d'água...

Só à tarde a chuva amainou, sem parar. Clementino agourava ainda:

— Não fica muro de pé nesta Vila Velha! Hoje é o dia das goteiras...

Moisés, espantado, da porta da cozinha, olhava o tempo. O velho provocou-o:

— Hoje você não reza pro Santo Antônio das portas do Barro Branco...

Ele sorriu, compreendendo. O Santo Antônio a que se referia Clementino era uma garrafa pendurada à porta das tascas, sinal de que ali se vendia cachaça. O povo chamava a essa garrafa Santo Antônio.

Beja insistia por notícias de Araxá; Clementino dava-as:

— Araxá está crescendo, tem boas casas. O Largo da Matriz já está se enchendo de prédios. As ruas estão melhorando. Estão fazendo casas até no Lava-Pés.

Lava-pés era onde Beja fizera a chácara do Jatobá.

— E o Jatobá, Clementino?

— Tristeza! As suas árvores morreram quase todas, cheias de ervas de passarinho. Já secaram muitas, cortaram as jaqueiras... Suas laranjeiras "campistas", "de abril" e seletas dão agora só num galho ou outro. Estão velhas.

Beja disfarçou um gemido:

— Estão velhas...

O genro prosseguia:

— Seu cafezal dos fundos acabou. A plantação de chá, também. As parreiras secaram. A chácara toda é hoje pasto plantado. Tiraram até as achas de aroeira da cerca. Hoje é tudo de arame farpado.

Beja silenciou algum tempo, evocando.

— E a casa?

— O palácio? Está lá. De quatro janelas do andar térreo fizeram quatro portas. É uma bodega. De modo que, embaixo, o palácio tem agora sete portas em vez de três de seu tempo.

Beja olhava os longes:

— Sim... Uma era a da escadaria, outra do quarto de hóspedes incômodos e a terceira — entrada para as tulhas de gêneros.

O informante cortava, aos pedaços, o coração da sogra:

---

29. A Ponte da Beja, feita de aroeira, foi levada pela enchente em 1932, que também derrubou a casa de Beja. A ponte foi reconstruída, em cimento e ainda conserva o nome de sua primitiva construtora. A casa não. Até hoje seu lugar ficou vago, fechado de arame.

— Derrubaram o pomar todo, deixaram o jardim morrer. No fundo, perto da escada, só está vivo o pé de laranja amarga. A senhora acredita que seu jasmineiro ainda vive, ao lado da escada dos fundos?

Beja não respondeu. Sentiu o aroma das flores, estrelas brancas de seu jasmineiro, perfume que embalsamava todo o solar nos dias de mocidade e esplendor... Aspirou fundo o perfume penetrante da esponjeira, há tanto morta, cortada. Ouviu o canto de seus pássaros, do sofrer da chácara e do bicudo negro do solar... O odor das rosas Rothschild e Príncipe Negro acordava uma saudade dolorosa no coração da velha que estava sonhando os dias da mocidade em flor. Ouviu de novo, na distância morta, as serenatas apaixonadas e a rabeca do Maestro Rosa, coisas há tantos anos emudecidas. Ouviu os risos dos amigos, o tinir das taças finas, a voz pastosa de Fortunato. Evocou, ouviu Matos cantando na noite branca, ao som dos violões graves:

>   *Em agosto o umbuzeiro é pau,*
>   *Em setembro ele refóia.*
>   *Em outubro enfloridece...*

Com esforço, engasgada:

— E... Matos?

— Matos... também morreu. Guimarães está velho, vive... O Padre Aranha não se esquece da senhora; veio aqui, falou para não morrer sem vê-la. Dizem que está caducando. Fala sempre "no tempo de Beja", nos "olhos de Beja", e na "graça de Beja"...

A velha levou os dedos aos olhos. Corriam deles devagar gotas ardentes de água.

Clementino percebeu:

— Vamos embora, Joaninha. A chuva está só peneirando. Não passa mais.

Limpava a garganta, com seu tique habitual, penalizado da sogra. Quando abriram a porta uma rajada de vento frio embarafustou pela casa. Clementino, segurando o chapéu reagiu, bravo, espantado:

— Eh mundo velho sem porteira!

Padre Saturnino fora eleito Deputado Geral. Padre José do Ó, cada vez mais nervoso, exultou com a eleição, pois ia ficar livre, por uns tempos, de seu desafeto. Falou a um amigo:

— Ele sempre gostou de me diminuir, por minha cor. Esquece que também é pardavasco. Ele é soberbo, é político, é grande. Mas não morre? Grande é Deus! Eu sou humilde. Deus apareceu a Moisés entre as sarças espinhosas porque eram ásperas e grosseiras e os judeus, que adoravam as árvores, não olhavam para as sarças.

Estava desiludido:

— Eu já quis até deixar isto tudo — ir embora. Nosso patrício mineiro, o Barão de Araxá, Dr. Domiciano Leite Ribeiro, quando foi nomeado Governador da Província de S. Paulo, o ano atrasado, me chamou para lá. Não quis ir, apesar da insistência do amigo. Mas acho que fiz mal. Agora temos aqui um Deputado Geral. Olhe, quer saber de uma coisa? Esse Padre Saturnino é um sujeito francês — com isto digo tudo!

Olhou o céu, para verificar se viria mais chuva:

— Com ele aqui eu vivo como criminoso na serra, sem sossego e desconfiado.

Na Botica de Felix Dumont alguns bagagenses falavam sobre atos do Governo.

Felix não estava satisfeito:

— Os sais estão pela hora da morte! O Sal Amargo está a nove mil e duzentos réis por pipa de 50 quilos! O Óleo de Gabian a pataca o litro! O unguento populeão a duas patacas a libra! Há quem possa com semelhante arrocho?

Ele próprio respondia:

— Vejam o que fez o Governo: uma Carta Régia estabelece o *subsídio literário* de dois cobres por barril de aguardente fabricada nos engenhos e uma pataca por cabeça de gado vendido e levado ao matadouro, para quê? Para estipendiar as primeiras Aulas Públicas na Província! Que quer dizer isto?! Já não temos Escolas de Ler, Escrever e Contar? O resultado é que ninguém aguenta esta frojoca! Quem pode mais comprar raspas de chifres de veado, ou chifres para raspar? E pés de gato, e fuligem, e guano para emplastros, e farelos para clisteres, e pílulas dos quatro humores, e tutano de boi para untos, e Pedras de Cevar para extrair limalhas de ferro nos olhos? A própria enxúndia se vende com muito ouro. Como receitar clisteres de tabaco se o preço é exorbitante? A própria zabumba sobe de preço como jamais se viu. Até os Pós de Mismaque contra percevejos, ninguém mais pode usar!...

E de olhos esbugalhados:

— Há quem possa manter Botica, com semelhante Governo? É evidente que não.

Ficava muito irritado, vendendo-se caro:

— Estou aqui porque quero. Não sou um João Leite qualquer, jejuno curioso, nem tão pouco praticante *como certo*. Não sou leguelhé lavador de garrafas: *sei* escolher os vaus! Iniciei a serugia neste sertão. Quando aqui cheguei o Padre Modesto estava à morte, já ungido, com paixão ilíaca. Resolvi o caso, ganhei justa fama, para escarmento do curioso que o tratava e infelizmente ainda vive entre nós. Sou o único no Brasil a curar o *mal feio*; descobri a causa dessa doença que atormenta a humanidade desde o tempo de Cristo!

Padre José, pasmo ante aquela celebridade, ousou indagar:

— Mestre Dr. Felix curou o Padre Modesto, de que modo?

— Com talo descascado de folha de bananeira, carrapateira e caldo de pimenta.

Interrompeu o autoelogio, para atender a uma queixa e, ao voltar, encontrou o rábula Morais alarmado mas satisfeito com o imposto da aguardente:

— Quero ver agora a cara do Padre Saturnino Dantas Barbosa, com sua cachaça da Bagaginha... com sua procuradíssima, afamadíssima pinga!...

Morais era adversário do novo Deputado.

O comerciante Anastácio, que tinha inimigos políticos, lembrou-se de um deles:

— Pois eu quero ver é a cara do Olímpio Rocha, com seus alambiques azinhavrados... O grande pulha vai se ver pronto com a enormidade desse imposto!

Olímpio Rocha era político em *Estrela do Sul*. Mulato atrevido, respondão, só viajava com capangas bem armados, pois tinha sido *jurado* por muita gente. Também fabricava cachaça de fama e, por despeito, desvalorizava a que vinha, em quartolas, de Paracatu, muito melhor que a sua. Seus eleitores o acompanhavam por medo. Rocha não respeitava nem senhoras casadas. Infelicitara várias jovens; mantinha famílias caladas à custa de ameaças, que era capaz de realizar.

Certa vez, dois rapazes voltavam da roça, com enxadas às costas. Ao passarem por uma bocaina ouviram gritos de mulher: Me acóóde! Pararam e reconheceram a voz de Olímpio Rocha zangando com a mocinha a quem a pulso violentava. Os rapazes estiveram escutando, e um deles convidou o outro:

— Vamos dar uma lição nesse cachorro?

O companheiro pensou um pouco, vacilando. E depois, corajoso:

— Vamos!

Avançaram para o lugar onde estava Olímpio. Foram logo agredindo o miserável a enxadadas. Um golpe na perna o fez manco para sempre. Outro no rosto deixou cicatriz feia. Visível até de longe. Ele se defendeu a tiros, disparou duas vezes a reiúna, que só tinha duas cargas; errou, e arremeteu contra os moços que arrancaram a mocinha de suas unhas. Deram no bruto uma sova de cabo de enxada, surra de criar bicho. Ficou como morto ao lado do caminho. Mas escapou.

Tempos depois um desses rapazes amanheceu morto na roça. O outro sumiu, amedrontado. Rocha ficou defeituoso mas deixou de andar só. Levava consigo três escravos armados.

Clementino encontrou-se na rua com o Padre José do Ó. Tirou o chapéu.

— Padre José, vossa bênção.

— Olá, Clementino! Deus o abençoe. Como vai D. Beja?

Clementino espalmou a mão no ar, abalançou-a:

— Assim, assim. Está com medo de morrer, parece.

O Padre, atento:

— Mas está forte! A piedade de D. Beja me comove. Imagine o senhor que ela deu para a Matriz vários castiçais de prata e um de ouro, toalhas de renda da Ilha da Madeira, além de cinco barras de ouro!

— É. D. Beja é muito bondosa...

O Padre ia além:

— Deu a Nossa Senhora Mãe dos Homens um rico xale e broche de brilhantes valiosíssimos.

Clementino pensou consigo, julgando-se no íntimo espoliado: Quem sabe minha sogra está caducando?...

Padre José, olhando o amigo nos olhos:

— Dizem que ela recebeu herança de umas casas no Araxá...

— Recebeu mesmo, mas faz tempo. Um boticário de lá, o Fortunato...

— E essas casas, Clementino?...

— Essas casas, a herança toda, ela entregou ao Padre Aranha para os pobres de lá. Minha sogra vive muito só, Padre José. O senhor precisa aparecer por lá, falar com ela. Mas vá sempre quando lá estiver minha esposa, pois a velha está com a cabeça fraca...

Despediram-se. Ao chegar em casa, Clementino falou à esposa:

— Joaninha, o Padre José me disse que sua mãe deu cinco barras de ouro para a Matriz. Deu brilhantes...

— Deu mesmo.

— Pois você fiscalize sua mãe, porque vi um brilho muito vivo nos olhos do Padre José...

À tarde o Vigário foi visitar D. Beja.

Ao entrar indagou o que significava aquele molho de cabelos amarelados suspensos de um portal.

— Sempre o vi, não sabendo o que é.

— Isto é a clina de meu cavalo Marisco. Morreu com 38 anos, coisa rara. Já estava forro. Ganhei-o em Paracatu em 1816. Perdi-o em 1850. Era lindo, o senhor o conheceu. Tinha a clina prateada, comprida. A mecha aí, me lembra de minha mocidade. O tempo tira as cores de tudo; a clina do Marisco perdeu o brilho, amarelou. O tempo é muito perverso...

Lembrou-se de sua cabeleira impressionante, de um castanho de ouro velho. Esses cabelos voavam nas galopadas, formaram tranças grossas, luzidias ao natural. Eram bandos macios. Muitos dedos trêmulos de emoção os afagaram na febre do amor. Na ponte do Barreiro saíam da água fria pesados e úmidos. O sol delicioso do planalto secava-os à sombra da árvore de Beja e dava-lhes realce, ficavam cor de pinhão maduro. Cortara-os. Agora... Despertou com a voz do Padre:

— E sua saúde, D. Beja?...

— Velho não tem saúde, vai vivendo. Cada vez menos.

Ele, sem graça:

— A senhora ainda está forte! É de bom sangue.

— Minha mãe morreu moça, meu avô... estava velho.

Viu-se de novo se debatendo, de camisola, com bandidos, abraçando-se ao avô ensanguentado. Ficaram-lhe manchas de sangue na roupa, nas mãos... Quando soltou o pobre velho, ferido de morte, ele já se apagara!

— ... estava velho.
— E seu pai?
— Não conheci meu pai. Só uma vez minha mãe me disse que era de olhos claros, belo e forte.
— Mas a senhora tem olhos verdes.
— Minha filha Teresa tem olhos verdes; Joaninha, azulado-cinzentos.

Ela pensava, só para si: Sampaio teve olhos escuros, o Dr. João Carneiro, cor de aço novo.

— E os diamantes, D. Beja, desistiu?...

Ela sorriu bondosa:

— Na minha idade...

O Padre generalizava a palestra:

— D. Joaninha é minha auxiliar preciosa. Na presidência da Irmandade do Sagrado Coração de Jesus tem sido exemplar. É uma santinha!

— Minha filha é muito boa. Deus a abençoe.

De súbito o Padre tocou em assunto perigoso:

— Tem saudade de Paracatu, D. Beja?

— A gente acaba tendo saudade de tudo, Padre José.

E como se falasse sozinha:

— Paracatu...

— E de Araxá?

— Não tenho saudade de Araxá, porque vivo com Araxá dentro do coração. Ali resplandeceu minha vida em flor, a única vida de Beja, porque o resto é cinza, não é mais vida. Vivo, moça, em minha chácara, nos meus pecados, galopo para o Barreiro, ouço música em meu solar...

Imponderado, ele perguntou:

— E dos amigos de lá?

— Dos bons amigos de lá, tenho saudade dos que não vivem mais. Espero encontrá-los ainda, um dia...

Depois de conversas sem interesse o Padre feriu o verdadeiro motivo de sua visita: esmola para procissão de Nossa Senhora Mãe dos Homens. Beja deu-a.

— É com prazer que ajudo esta procissão; desejo acompanhá-la.

Padre José saiu lampeiro, pois seus 60 anos não lhe pesavam nada. Antes de se despedir entregou à amiga um livro encadernado em couro:

— Mande ler que talvez tenha alguma coisa que preste.

Severina segurava o livro, enquanto a senhora se balançava de leve na velha cadeira, ainda no salão de Araxá.

— Casimiro José Marques de Abreu, *Primaveras* — Lisboa, 1867.

A escrava abriu a esmo, lendo alto:

— A Juriti.

— Juriti? Leia.

A VIDA EM FLOR DE DONA BEJA

Na minha terra, no bulir do mato,
A juriti suspira;
E como o arrulho dos gentis amores,
São os meus cantos de secretas dores
No chorar da lira.

De tarde a pomba vem gemer sentida
À beira do caminho;
Talvez perdida na floresta ingente
A triste geme nessa voz plangente
Saudades do seu ninho.

Sou como a pomba e como as vozes dela
É triste o meu cantar;
Flor dos trópicos — cá na Europa fria
Eu definho, chorando noite e dia
Saudades do meu lar.

A juriti suspira sobre as folhas secas
Seu canto de saudade;
Hino de angústia, férvido lamento,
Um poema de amor e sentimento,
Um grito d'orfandade!

Depois... o caçador chega cantando,
A pomba faz o tiro...
A bala acerta e ela cai de bruços,
E a voz lhe morre nos gentis soluços,
No final suspiro.

E como o caçador, a morte em breve
Levar-me-á consigo;
E descuidado no sorrir da vida,
Irei sozinho, a voz desfalecida,
Dormir no meu jazigo.

E, morta, a pomba nunca mais suspira
A beira do caminho;
E como a juriti — longe dos lares —
Nunca mais chorarei nos meus cantares
Saudades do meu ninho!

Beja ficou entristecida, de olhos cerrados. Balançava, de leve, a velha cadeira macia. Via a varanda tosca da fazenda do avô, onde vicejavam craveiros brancos em esbeiçados potes de barro. Via nos peitoris pinhas de cristais amarelos, roxos, verdes, trazidos da lavoura pelo avô. Via a sapucaeira ramalhuda, onde abriam flores lilases marchetadas de branco e os micos pulando nos galhos, gulosos de amêndoas. Ouvia o murmúrio do ribeirão de águas azuis correndo entre pedras cheias de limo verde; ouvia arapongas ao longe, nas árvores altas do mato virgem, de onde brotava a água do rego. E no chão semeado de folhas mortas de laranjeiras, juritis descasaladas gemendo, a espaços.

Pareceu adormecer, sob a saudade distante, ouvindo perto do monjolo da fazenda, o riu-riu tremido dos sapos na água do pântano. Ao lado do brejo, os mangues verdoengos ostentavam folhas velhas rubras, sanguíneas, gritantes dentro da monotonia estúpida do verde.

Sentia-se desconsolada e o chuá-taan do monjolo da fazenda em que nascera espantava-lhe o torpor. Só pelas lembranças do que vivera valia a pena sofrer, percebendo a carne esfriar. Foi por isso que ela murmurou:

— Severina, só pelo que se viveu, quando a vida era boa, é que a vida hoje é suportável.

Amigos políticos do Padre Saturnino Dantas Barbosa, eleito Deputado Geral, fizeram-lhe manifestação de bons correligionários. Ele estava eufórico, bem-estar de quem bamburra diamante grosso. Recebeu os amigos com liberalidade, em sua fazenda da Bagaginha. O Dr. Montandon o saudou com belas palavras. O Deputado agradeceu e no salão de visitas, indispensável nas casas mineiras, a roda era seleta. Serviu-se cerveja Pale-Ale, bebida pouco usada, pois vinha da Inglaterra. Os visitantes excediam-se na cerveja branca e o Padre também. Falavam sobre Minas e sua preponderância política na Monarquia do Brasil. O Padre, já alegre:

— Povo cabeçudo mas nobre, o de Minas! Vejam como recebeu Pedro I, a toques de finados. Vejam a revolução liberal de 42... Vejam Minas na guerra do Paraguai: nosso Batalhão 17.º foi quase todo que fez a Retirada da Laguna. Somos pouco marciais mas cumprimos o dever com vigor. Não somos orgulhosos de nossa força social — somos desconfiados para sermos leais. Nossa Província vale o mundo. Nossas riquezas minerais, por exemplo. Aqui mesmo saiu o maior diamante do Novo Mundo, o quinto do Universo — o *Estrela do Sul*.

Bebeu com sede um bom copo de cerveja, limpando os lábios em lenço fino.

— E não são apenas os diamantes que fazem nossa riqueza.

O Deputado eleito interrompeu a preleção para receber o abraço de outro amigo que chegava. Depois, ante a silenciosa atenção de todos, voltou ao assunto:

— As pedras preciosas tiveram, desde os povos primitivos, uma atração diabólica pela estética e pela ambição de homens e mulheres. Plínio, o antigo, se refere à sua variedade. No tempo de Aristóteles, Teofrastes deu-lhes sexo. Santo Tomás de Aquino falou sobre elas. Cordan verificou que sofrem, envelhecem e morrem... Todas as nações sofrem o influxo de seu fascínio. De muitas delas se utilizaram os alquimistas antigos na sua química. No século XIV os boticários as trituravam para feitura de filtros com virtudes maravilhosas. Buscavam safiras em Cananor e Calecut, nos Reinos de Bisnagar, em Ceilão, sendo as mais afamadas colhidas em Pegu. As granadas vinham das terras firmes de Cambaia, do Balagate e das terras de Bramá. Os jacintos eram encontrados em Belas, povoação portuguesa. E os carbúnculos? Vinham de Ceilão. Da Pérsia vinham as turquesas. As esmeraldas provinham de Bisnagar e do Peru. O jaspe, de Portugal e da Índia. Os berilos eram de Nizamoxa. Da Macedônia saíam as opalas. Vinham de Ceilão e Balagate as crisólitas. Os diamantes nasciam na África.

Bebeu outro copo de sua preciosa cerveja.

— De todo o planeta choviam pedras raras sobre a ambição dos homens e a vaidade das mulheres. Foram parte portentosa do comércio dos conquistadores espanhóis e alucinaram os ousados navegantes portugueses do século XV. Em cada tragédia, como em cada vitória dos povos antigos, brilha uma pedra, oriunda de um ponto qualquer desta terra de Deus. Vive nos fastos de todos os países o alvoroço que provocaram as pedrarias de Golconda, Cipango e Ofir, onde Salomão enchia as caravelas de gemas dignas de tão grande Rei. Nenhum país da terra podia reunir todas essas pedras. Pela composição química de cada uma é justo que sejam distribuídas pelas cinco partes do mundo, pois suas cristalizações obedecem a determinados climas. Só poderão se encontrar, juntas, em um só país, por singularidade quase miraculosa.

Bebeu mais um copo de sua cerveja esfriada em água com sal:

— Pois Minas é um cofre em que se guardam todas essas preciosidades só encontráveis em vários países de cansadas distâncias! Muitos cientistas viajaram por aqui e verificaram essas raríssimas possibilidades mineralógicas de nosso território. De 1816 a 1817 Augusto de Sant-Hilaire viajou por Minas, deixando-o escrito em seu livro *Voyage dans les Provinces de Rio de Janeiro et Minas Gerais*. Pois aí se declara que nossa Província, em mineralogia, não tem parelha no universo. De 1811 a 1821 o geólogo Barão Guilherme von Eschwege esteve em Minas, e resumiu o resultado de suas pesquisas: "Minas Gerais é o mais rico país do globo!"

Todos ouviam o Padre, entendendo e não entendendo o que dizia:

Depois Castelneau, Lund, Gorceix confirmaram a conclusão de Eschwege. Nós temos em Minas toda essa joalheria maravilhosa! O que no Velho Mundo, Ásia e África se encontra em exemplares especiais, possuímos, reunido, tudo isso que o comércio do mundo maneja! De turmalinas possuímos os mais belos espécimes. Cor de água, verdes, amarelas, roxas, cor-de-carne, azuis, rubras, verdes-cré, roseas-pálidas. Não são encontradas por acaso, ao léu da sorte, pelas minerações. Tiram-se aos quilos, em blocos, em pinhas, a mancheias no norte da Província. Temos berilos brancos, verdes, azuis, cor-de-Champanhe; foi encontrado um, pesando 2 quilos e meio; outro, que foi para a Alemanha pesava 903 gramas. Possuímos ametistas finíssimas, puras, de grandes tamanhos, cor-de-violeta. Dormem lindas opalas leitosas nos sertões de nosso Norte. De águas marinhas temos múltiplas variedades, em cambiantes sutis, claras, negras, róseas, cremes, alaranjadas, verdes, opacas, azuis, escarlates... Achou-se uma, verde, com o peso de 7 quilos! Em Arassuaí desenterrou-se outra com 111 quilos! Há crisoberilos amarelos e transparentes. E ágatas leitosas, calcedônias e granadas escarlates. Brancos, azuis, escuros, lindos distênios. Há também jaspe negro chamado *feijão preto*, de um lustre aristocrático. De crisólitas, minas. Não é só. Temos sericórias para camafeus e rutilos, pingos-d'água, cassiteritas, andaluzitas, moldanitas, quartzos róseos e pórfiros, jacintos roxos, cor de brasa... Sobre cristais... Eles são grande empecilho à lavoura, entopem nossas montanhas, qualquer colina os guarda. Em Bolívia, Município de Lençóis do Rio Verde, foi adquirido pelo judeu Block um pinhão de cristal puríssimo com peso de 2 arrobas. Há maiores, perfeitos, vistosos. A mineração de qualquer pedra é dificultada pelo acúmulo dos cristais de rocha que cegam as ferramentas e desanimam os exploradores. Existem minas riquíssimas por todo o território, que se chamou, por isso, das Minas Gerais. Toda essa riqueza de sonho está em nossa gleba, dorme sob nossos pés, vive ao alcance de nossas mãos. Dentro da terra nossos rubis, chamados granadas, sofrem com o correr dos anos as transformações cristalográficas comuns à sua natureza caprichosa. Quando nova, é transparente, cor-de-água. A terra, a umidade e o calor cósmico através dos séculos vão amadurecendo a pedra, raseam-na, põem-na alaranjada. Por fim, ela se cora, purpuriza-se, acereja-se e ei-la rubra, para maravilha de nossos olhos. Evolveu, e personalizou-se. É agora escarlate, sangue-de-boi.

    Todos embebidos na palestra que sugeria ambição, pareciam sob o domínio do sobrenatural.

— Na região do Jequitinhonha, no extremo Norte mineiro, perto do ribeirão Gravatá, existe incalculável riqueza de turmalinas negras, que só Gerais possui em todo o orbe terráqueo, e mais cimofânios, trifânios, granadas almandinas, estaurótidas. Foi à margem do ribeirão das Americanas, afluente do Mucuri, em Minas Novas do Fanado de Araçuaí que um pobre boiadeiro, ao arrancar uma raiz, quase à flor da terra, encontrou uma água-marinha verde-esmeralda de dezesseis libras. Para agrado de súdito humilde a seu Rei, mandou-a de presente a D. João V, que a deu, como sinal de fausto, ao Imperador Napoleão. O grande corso assombrou a Europa com o mimo do Rei de Portugal e mandou fazer da pedra brasileira um copo inteiriço, pelo qual bebia o generoso vinho de Champanhe.

    Ao partirem da fazenda, os amigos estavam orgulhosos daquela amizade e do acerto de seus votos dados ao Deputado Geral.

Beja mandou chamar Clementino e a filha. Não se sentia bem. Passara a noite sem dormir e há 4 dias arrastava os pés inchados. O genro e Joaninha foram logo. Em vista do que ouvira, Clementino chamou Moisés:

— Vá chamar o Dr. Eulálio!

O Doutor custou muito a chegar, pois discutia política na Botica de Felix Dumont. Padre José, sem saber da doença de Beja, visitava-a na hora da chegada dos filhos. Como o Doutor demorasse, Clementino pilheriou irreverente:

— Tomara que o doutor venha em boa forma. Há dias ele chegou bêbedo na casa de Felismino Santana, que estava acamado e mal. Todos sabem como bebe e joga o Dr. Eulálio. Chegou calado, procurando não conversar para não se sentir o cheiro da bicha. Apanhou o braço do doente para ver o pulso e começou a contar: Um... ás! dois... duque; três... terno! dez... de ouros: ganhei!...

O Padre, muito sério:

— Não é possível.

Clementino delirava ao contar suas coisas:

— Não é possível? Pois outro dia ele foi chamado para uma parturiente, nas primeiras dores. Foi arrancado da mesa de jogo, no meio da partida. Como o caso fosse urgente e o marido é que fora buscá-lo, combinaram suspender a partida até que ele voltasse. Emborcaram as cartas na mesa e ele foi. Ao entrar no quarto, bebido como estava, com a bengala apalpou a barriga da parturiente por todos os lados, encostou o castão da bengala no pulso da mulher e, sem lhe pôr a mão, deliberou: tudo bem; pulso normal, menino em ótima posição. O que falta é mãe pra fazer força!

Padre José aí riu, riu alto, escandaloso, para depois dizer:

— Não brinque com essas coisas, Clementino...

Mas Clementino deliciava-se ao contar esses fatos, públicos e rasos em *Estrela do Sul*. Contava até mais:

— O doutor foi chamado uma vez para ver um rapaz que gritava de dor. Na casa, a família não sabia que fazer. O doutor chegou e disse logo: coisa séria, precisa ser operado já! Mandou buscar as ferragens em sua casa e desinfetou a lanceta de cabo de osso em água de creolina. Tudo pronto, zás! Furou o tumor. Mas o diabo é que não era tumor, era hérnia estrangulada e uma fedentina enorme se espalhou pelo quarto. No outro dia o doente morreu...

Esse fato corria em *Estrela do Sul* como verídico e ficou conhecido em muitos lugares da Província.

Padre José mudando o assunto de maledicência:

— Caso horroroso foi o do Coronel Jorge Assunção, não é, Clementino? Será verdadeiro?

Clementino estava pasmo com o que se dera:

— Caso assim é advertência a muita gente precipitada. Isso me impressionou tanto que passei noites sem dormir pensando nele.

O Padre queria saber de tudo, direito:

— Você sabe, com certeza, como tudo aconteceu?

Clementino, circunspecto, a alisar as bonitas barbas:
— Sei, porque vi tudo. Passei na fazenda, vi o negro, morto naquela hora. Vi bem o buraco da bala. Vi depois o Coronel, já doente. Foi assim: O Coronel tinha um escravo chamado Estêvão. Seu dono era rico porém miserável. Na sua fazenda sumiu um vidro com 24 oitavas de ouro em pó. O velho Coronel procurou por todos os lugares e sua família também não encontrou o frasco. O fazendeiro gozava uma saúde de moço. Coronel era do papo-vermelho, estouvado e de opiniões próprias, irredutíveis. Botou a culpa do furto em seu escravo Estêvão, que pajeara desde pequeno o único filho do fazendeiro. O preto estava com 60 anos e era afamado em eitos e desmontes de terra nas garimpagens. Certo de que o escravo roubara, o senhor pegou-o e deu-lhe uma sova de matar. Acabada a surra o fazendeiro perguntou: Você foi quem furtou o ouro? O negro ensanguentado, mas digno, foi claro: Não, Sinhô! Nunca furtei. O senhor, cego de ódio, puxou da reiúna e deu um tiro de bala no meio certo da testa do cativo. Ele caiu e ninguém teve coragem de chegar perto do defunto, porque o assassino estava furioso. O escravo ficou no chão, empapado de sangue e os porcos da fazenda deram com ele e comeram-lhe toda a cara, até o pescoço, de modo que ninguém podia dizer que aquilo que estava ali, no chão, fora um dia o infeliz Estêvão. Enterrou-se o resto e ninguém falou mais no assunto. Como o sucedido fosse muito comentado, dias depois um negociante daqui, o Carlos Leão, mandou contar ao Coronel que um homem apareceu no seu estabelecimento, vendendo um vidro com 25 oitavas de ouro. O Coronel mandou prender o tal homem, que confessou o furto. Chegara à fazenda do Coronel para pedir um favor e, não estando ninguém para atendê-lo, viu sobre a mesa de um quarto que dava para a varanda, pela janela aberta, um vidro com ouro. Pôs o vidro no bolso e veio vender aqui. Esse gatuno foi processado, conseguindo fugir da cadeia. Desapareceu. Estava assim, mais do que provado, que Estêvão morreu inocente.
Clementino puxou seu catarro de sestro e prosseguiu:
— No dia em que fez um ano que Estêvão morreu, o Coronel começou a sentir uma coceira no meio da testa. Não havia vermelhão nem calor no lugar, nada. Pois a comichão passou a doer, a doer só num ponto pequeno, bem no meio da testa. Veio aqui e falou com o Felix, que lhe deu uns untos. Nada. A coisa aumentava. Voltou, para falar com João Leite. O boticário deu pomadas, águas, o diabo. Mas o negócio, lá nele, continuava: apareceu uma queimadura que doía do homem gritar! A queimadura foi-se abrindo em ferida, sem sangue ou pus. Em poucos dias uma chaga estava aberta, redonda, igual a um buraco feito por bala de garrucha, dada de longe. O Coronel mandou chamar o Dr. Eládio Guaritá, que não deu certo. Chamou o Dr. Montandon, que é doutor de verdade. Também não acertou. O buraco ficou sem aumentar nem diminuir, um ano inteiro, mas sempre doendo, e muito. Depois começou a abrir para os lados, comeu a testa, as pálpebras, as orelhas, o nariz, a boca; foi comendo tudo até o pescoço. O desgraçado ficou assim, na

carne viva, sem sangue. Os olhos boliam dentro da ferida nunca vista na cara de ninguém. Quando fez 2 anos que o mal começou, não achando mais jeito na cama e estando quase morto, deitou no chão! E no chão morreu. Ninguém sabia que aquela coisa nojenta fosse o Coronel Jorge Assunção.

Clementino finalizava com um comentário amargo:

— Esse caso me arrepia até de falar. Meu Padre Mestre do Caraça contava coisas iguais, que ele vira. Deus é quem conhece o seu mundo!

Padre José também tinha horror ao acontecido:

— Fiz o enterro do Coronel e não lhe vi o rosto que estava enrolado em panos. Joguei água benta por cima daquilo e fui para casa, rezar.

Bateram na porta e Clementino foi ver quem era.

— É o Dr. Eulálio.

Joaninha levou-o para o cômodo de Beja. Depois pediu papel e tinta, escreveu a receita na mesa de jantar. Ao sair, Clementino, como pessoa da família, perguntou pelo estado da sogra:

— Não é caso grave. Ela está idosa mas é resistente. Voltarei para vê-la.

E saiu, com o bengalão debaixo do braço. Clementino, que o levara até a porta, ao voltar perguntou à esposa:

— Ele pegou mesmo no pulso de sua mãe ou cutucou o braço com a bengala?...

Noite de luar sobre cerros faiscantes de cascalho de cristal e mica. Às 10 horas todas as casas dormiam. Só no Barro Branco estavam abertas as casas de prostitutas, com o barulho costumeiro de bordéis em noitadas de bebedeira. No centro da Vila, só o marulho das águas do Bagagem.

Debruçada na janela do salão de visitas, Joaninha suspirava.

— Que beleza de luar! Como o luar está branco!

O marido, muito observador, comentou sereno:

— Já reparou que o luar não é branco? É branco, mas ligeiramente cor-de-rosa.

A esposa extasiada olhava a noite clara, sem responder.

Ouviu-se então no Largo deserto e na noite branca uma voz cantando. Violões suaves acompanhavam, afinados.

> *O doce rumorejo da floresta*
> *Em noites de verão...*

Beja acordou, ouvindo muito atenta. Relembrou aquela modinha muito em voga. Um mal-estar apoderou-se dela, agitando-a. A voz agora era outra:

> *Inês! Nas terras distantes,*
> *Aonde vives talvez.*

A voz ora se ouvia clara, ora se afastava, levada pelo vento.

> *Às vezes estremecias...*
> *Era de febre? Talvez!...*
> *Eu pegava-te as mãos frias*
> *Pra aquentá-las em meus beijos...*
> *Oh! palidez! Oh! desejos!*
> *Oh! longos cílios de Inês!*

Os violões acalentavam a voz na plenitude da paixão:

> *Ou talvez que neste instante,*
> *Lembrando-te inda saudosa,*
> *Suspiras, moça formosa!...*
> *Talvez te lembres... Inês!*[30]

Brotavam nas suas lágrimas as serenatas de Araxá, onde a poesia de Castro Alves com música tão bela tantas vezes a embalou em sonhos no solar perdido. Sofreu saudade tão pungente que apareceram aquelas lágrimas. Seu mundo, distante, levantou-se diante dela, vivo, palpável de modo tão evidente que acreditava ouvir a voz de Matos, de Guima, dos namorados anônimos, de amigos mortos ou esquecidos. Chamou Severina:

— Tire uma garrafa de genebra no armário e leve para os seresteiros, que eu mando.

A escrava voltou com os agradecimentos. Os boêmios vieram então cantar na Ponte da Beja, ponte já conhecida por este nome, desde seu início. À meia-noite, por despedida, cantaram Ainda uma vez adeus. A voz era de Joãozinho, filho de Gonzaga, a voz mais admirada de *Estrela do Sul*. Quando os últimos suspiros do adeus morreram com a voz rouca dos violões, Beja relembrou, cheia de paixão, a derradeira serenata de Paracatu, quando se despediam dela para sempre, os amigos de lá.

Chorou o resto da noite e a emoção fizera-lhe mal. Amanheceu pior e mandou chamar a filha.

— Piorou, mãe?

Nunca saberia por quê. Não saberia que foi por erguer do pó do tempo o corpo branco da jovem de cabelos castanhos e olhos verdes muito grandes, que dobravam a vontade de todos os homens, mesmo dos proibidos. Sua dor inconsolável era saber na carne fria de agora, no coração que penava, a mulher mais requestada de Minas, a que pela beleza, graça e desenvoltura levou muitos à ruína, soluços e viuvez.

---

30. Da poesia A uma estrangeira, de Castro Alves. Teve imensa repercussão em Minas e dela fizeram linda modinha romântica do fim do século, Sua música, muito suave, é evocativa e embaladora. Os velhos mineiros ainda a sabem de cor, especialmente nas fazendas, de costumes conservadores.

Sentia pouco ar, mandava abrir as janelas. Quando cansada, amadorrava sentindo o cheiro penetrante das esponjas, de flores de cinamomo e do jasmineiro, plantados por suas mãos...

À noite ela estava abatida, sentia-se fraca. Joaninha, carinhosa:

— Mãe, quer beber uma sangria de vinho? Uma limonada de vinho?...

— Quero, minha filha; uma sangria de vinho eu tomo, se for no meu copo de ouro.

Severina destrancou a arca, trazendo o copo. Mas Beja resolvera:

— Vou tomar o vinho, puro. Não quero mais a sangria. Severina, traga o vinho de Champanhe!

Joaninha protestou:

— Isso pode fazer mal, a senhora não acha?...

Como resposta, Beja estendeu à escrava a chave da cristaleira, onde trancava seus vinhos, vinhos que restaram de sua vida tumultuosa em Paracatu e Araxá. Ela pôs-se a acarinhar a garrafa que guardara por tantos anos. A rolha saltou e o vinho louro correu com espuma breve, no copo de ouro. Ela ergueu o copo, de olhos cerrados. Joaninha e Severina assistiam, com susto. Ergueu o copo e viveu naquele instante suas noites de delírio, quando, vestida de seda negra, com uma rosa-vermelha nos cabelos, sorria entre as flores de seu salão, agradecendo os amigos em torno da grande mesa do palácio os brindes pelo seu aniversário. Depois, de maneira nobre, levou aos lábios descorados o rico e cintilante copo de ouro, bebendo o vinho, de uma só vez. Acomodou-se no travesseiro, sossegada. Era aquele, pensava ela, o último vinho da Vida!

Joaninha tremia:

— Está melhor, mãe?

Ela disse *sim*, com a cabeça. Mandaram chamar Clementino. Joaninha revelou ao marido, na sala de fora:

— Severina diz que mãe conversa sozinha. Ela acha-a esquisita. Às vezes sorri ou ri sem razão.

— Não acho a comadre boa. Já falei ao Dr. Eulálio, mas ele diz que é nervoso meu. Vamos ver o que ele fala, amanhã. Conforme, vou chamar o Dr. Montandon[31]. O Dr. Eduardo Montandon enxerga, é de toda confiança. Além de estudioso, vive para o trabalho e a família. É ótimo caráter e não engana a ninguém. O mais importante é não ser viciado, como o resto daqui. Vamos ver, até amanhã.

Joaninha foi para junto da mãe, voltando depois.

— Dormiu. Não sei por que você tem tanta fé com o Dr. Eduardo. Cismo com doutor que não para em lugar nenhum.

Clementino, complacente:

---

31. Dr. Eduardo Montandon, de ilustre família mineira. Foi Deputado Geral, bom médico, sendo nomeado pelo Imperador para Governador de Goiás. Chegando à capital goiana não logrou tomar posse, pois foi proclamada a República.

— É defeito, mas é feitio dele. Não esquenta lugar. Dois meses num, dez noutro lugar, vive girando mais do que turbina. Mas é doutor especial. Depois, tem a vida limpa: é caridoso e não se ocupa com a vida alheia. Eu não estou achando o caso bom; sou ignorante no assunto, posso estar enganado.

No dia seguinte chegou cedo o Dr. Eulálio, que examinou melhor o caso. Pediu urina da doente e uma taça. Vazou na taça um pouco da urina, levantando-a até os olhos, depois de cheirá-la.

— Bastante carregada. Rins pouco permeáveis.

Joaninha, que assistia ao cerimonial do doutor, indagou, ingênua:

— Por que o senhor sabe de tudo isso, vendo só a urina?

Ele, paternal:

— Porque a urina normal é de aspecto, cor e densidade da Champanhe. São líquidos, na aparência, perfeitamente iguais. Esta urina está mais escura, visivelmente mais densa. A comparação visual sugere resultados em sua diferença. Aqui o resultado é que a urina está visivelmente mais concentrada[32]. Daí se conclui uma nefrite, que pode ser ligeira ou não.

Joaninha batia a cabeça, aprovando. Mas Clementino derramou o caldo:

— Doutor, nós estamos com receio do caso e queríamos pedir ao senhor licença para chamar o Dr. Montandon em conferência com sua senhoria.

— O quê?! Chamar outro colega! Quem pensa o senhor que eu sou?!

— Doutor...

Ele não permitia apartes:

— Sou tão médico quanto ele, ou mais! Não admito que venha o senhor me diminuir, retirando-me a confiança! O Senhor não me desprestigiará!... Se quer me esfregar na cara outro médico, com o fim preconcebido de me ofender, engana-se! Não admito conferência com qualquer charlatão, seu Clementino.

Este cresceu:

— Charlatão, alto lá! O senhor pode ser médico distinto, mas chamar o Dr. Montandon de charlatão, não admito! Não o ofendo mas, conferência, qualquer médico é obrigado a aceitar. Ainda mais o senhor que tem tido várias, com João Leite e Felix Dumont...

O doutor tresvairava, empalidecia, tremia:

— Ainda mais conferência promovida por um irresponsável!

Clementino banalizou-se:

— Irresponsável é o senhor que não se respeita, na batota e nas cachaçadas!...

— Não lhe devo satisfação, nem nada!

Estava possesso:

— Vosmecê tem é inveja do Dr. Montandon.

— Não, seu... não sei o quê! Não confunda a *invidia medicorum* com repugnância, nojo que tenho por esse colega das Arábias!

Joaninha queria jogar água benta entre os dois:

— Doutor, acalme-se; cale a boca, me atenda, Clementino...

---

32. Essa prova e comparação eram também feitas nas lições memoráveis do Professor Torres Homem.

Mas o doutor embrabecera:

— Vir um *quidam* qualquer, a fazer críticas no trabalho de um profissional do meu porte!

Clementino não se dava por menos:

— O que o senhor é, é um atrevido sem compostura!...

— Não tenho medo de mequetrefe nenhum!

— Mequetrefe é Vossa Senhoria, doutor sem linha... cachaceiro sem lei nem roque!

Fez peito para se atracar com o doutor. Joaninha abraçou o marido, segurando-o. O doutor saiu estabanado, com gestos incoerentes, erguendo alto a bengala. Já na rua se voltou, vermelho de ódio:

— Nos encontraremos!

Clementino gritava da porta, para ser ouvido:

— Quando quiser, safardana, doutor de borra! Pinguço babão, curador de maculo!

Joaninha pedia, de mãos postas:

— Clementino, mãe está ouvindo, não fale assim, pelo amor de Deus!

Ele caía em si, ainda agitado, sem querer sentar. A esposa trouxe um copo d'água açucarada. Não quis beber. Debruçou-se na janela e ainda viu o doutor entrar na Botica do Felix Dumont. Ainda rosnava palavras fortes contra o médico. Tremia nas mãos e tinha os olhos injetados.

Severina, espantada:

— Nhô Clementino, Sinhá está chamando.

Ninguém chamara. Fora um modo de acalmá-lo.

Beja estava serena. Passava por leve modorra e despertou com o berreiro dos valentões. Ao ver o genro fez menção de falar:

— Compadre, vou lhe pedir um favor.

Parou, para medir a boa vontade do genro.

— Todos que a senhora precisar ou quiser.

Eu quero que você mande ao Barreiro do Araxá buscar um garrafão da água da *Fonte de Beja*...

Aquele pedido emocionou o genro:

— Pois não, Comadre, mando hoje mesmo, agora mesmo. A senhora está atendida.

Ela sorria amável, para ser agradecida.

— Severina, você não acha que mãe está delirando?

— Está, Nhá Joaninha, reparo isso.

Beja apresentava agora as pernas, as mãos, o rosto muito inchados. Abria mal os olhos, os maravilhosos olhos verdes de Beja. Pouco saía da cama, estava inapetente. Passou aquele dia sonolenta, com breves interregnos de lucidez.

À noite repousava, quando ouviu fogos e a banda de música de Gonzaga tocando seu dobrado "Encontro Militar".

— Que é isto, filha?

— É levantamento do mastro da Igreja do Rosário. Tem leilão.

Beja ficou rindo, com o terço de ouro entre os dedos. Respirava ofegante; estava intranquila.

Na sala de visitas o genro, Padre José, D. Maria Alves, vizinha de Joaninha, e outros amigos da doente. O Dr. Eulálio não voltara mais. As visitas falavam em voz baixa, abafando os passos quando andavam. A doente adormecera de novo, ao lado de uma vela sob o abajur de seda verde-musgo, já muito queimado pelo calor e pelo tempo. Joaninha retirou-se para a sala, onde trocavam ideias sobre a doença da mãe. Todos os seus filhos estavam presentes. Aidée chorava sempre.

O Dr. Eulálio contara na Botica o incidente com Clementino, exagerando que chegara a tocar a mão no rosto do genro de Beja. Uma visita mal-educada contou o boato na sala onde estava o bom velho. Ele sorria acalmado, sempre respeitável, afagando a grande barba branca:

— Se isto fosse possível, ele não contaria a proeza... Nós ambos procedemos mal, ele foi desrazoável. Eu devia me lembrar de certas coisas... Lastimo isso, não devia ter acontecido... na casa de uma doente... minha Comadre. Mas tudo passou.

Todos ouviam calados. O desfeiteado, sereno, ainda se desdobrava, sempre afagando a barba:

— Minhas barbas não valem nada mas valem por todos os documentos que ele possa firmar... Chegar, tocar, roçar as mãos no rosto de um homem velho, de um cidadão digno... Seria uma tristeza sem remédio para mim... seria para ele seu último dia... Minhas barbas são honradas, são parentas das barbas de D. João de Castro, o Vice-Rei da Índia que escreveu aos vereadores de Goa pedindo certa quantia para reconstruir a fortaleza de Dio, arrasada pelos turcos, mandando como garantia uns fios de sua barba...

Todos reconheciam a gravidade com que ele falava, palavras firmes de homem de bem:

— Minhas barbas são da raça das barbas de D. João de Castro — valem por documentos legalizados na forma da Justiça.

Beja chamou Severina, parecendo alegre:

— Mande o Fortunato entrar... quero falar com ele.

— Não tem Fotunato nenhum aqui, Sinhá.

— Ele está aí com o Matos e o Padre Aranha!

A escrava pôs-se a chorar. Beja mesmo chamou:

— Entre, Fortunato, entre com Padre Aranha e Matos!

E para a escrava:

— Sirva vinhos, em cálices coloridos, na bandeja de prata... Málaga para Matos e Fortunato, Lacryma Christi para Padre Aranha.

E, de súbito, mais alto:

— Os cavalos estão prontos? Vamos!

Olhando para cima, com os olhos fechados pelo edema:

— Que sol dourado, meu Deus! Que sol maravilhoso... Olhe como estão floridos os ipês!

Severina foi à porta da sala, batendo a mão para Joaninha. Ficaram mudas, perto da doente.

— Enxugue meus cabelos, Severina! Como a água está fria... Vamos lavar os olhos na água milagrosa.

Olhava escrava e filha bem de frente:

— Traga meu vestido verde... borzeguins verdes... Veja a coifa para os vaga-lumes nos cabelos... O Ouvidor vai dançar comigo... Vamos dançar os "Lanceiros".

Joaninha chorava, sem barulho:

— Sossegue, mãe. Veja se a senhora dorme.

— Severina, escute o que eles dizem: — Como dança os "Lanceiros"! Beja parece caída de outro mundo... Ouça o que dizem quando passo pelo salão de festas: — Andaluza... vamos dançar este minueto, Princesa?... Ouça o que eles dizem quando eu passo: — Maria Antonieta, Cleópatra, Sereia dos cabelos verdes... Veja como estão as janelas: são moças, senhoras que desejam ver Beja passar no cavalo branco para o Barreiro... Severina... quero agora o xale andaluz, bordado de prata, com franjas de ouro. Traga o leque de plumas brancas.

— Mãe, sossegue, mãe. Procure dormir.

— Atenção, atenção senhores, Beja vai dançar a pavana com o senhor Comandante do Regimento do Imperador!

Joaninha chamou à parte o marido:

— Convém chamar o Dr. Montandon, mãe está pior.

— Já o procurei. Foi a Monte Carmelo, volta hoje; são quatro léguas.

Clementino entrou nas pontas dos pés, foi vê-la. Sua sogra delirava, com um pouco de febre:

— Sei amar com delírio, odiar com sangue, Fortunato! Sirva mais vinho espumante, Severina: em taças altas de prata... Quero beber em minha copa de ouro...

Clementino saiu abafando os passos, a balançar a cabeça para os lados. Na sala Padre José discorria:

— Quando iam arriar a bandeira, ele se abraçou com ela: mataram-no a machete, ele enrolado no pavilhão Imperial! Isso dignifica um povo!

Falava sobre a morte de Greenhalgh, na batalha do Riachuelo.

E se exaltava:

— Quando já na mesa de operações quiseram lhe dar clorofórmio, ele respondeu: "Deem-me um charuto aceso e cortem. Digam a meu pai que sempre honrei seu nome!" Assim morreu Camerino!

O velho não quis se meter na conversa e mandou Moisés saber se o doutor já chegara. Beja arquejava:

— Você não beberá pela taça de prata: encherei a boca e, num beijo, lhe darei vinho pela taça de minha carne!

Ergueu a cabeça, voluntariosa, como se esperasse orgulhoso beijo.

— Amo sentir os ventos doidos nos meus cabelos, gosto das cachoeiras, das cavalgadas ruidosas, do barulho dos salões, dos elogios, da água da Vida, de todos os beijos da paixão!

Moisés voltou dizendo que o doutor ainda não chegara. Joaninha vazou num copo uma colher das grandes de Água dos Carmelitas. Beja bebeu, graciosa, como se sorvesse na taça de cristal da Boêmia o Champanhe Cliquot.

— Vou partir a taça para que ninguém mais beba por ela... Severina, eles diziam ao me ver passar pelas salas iluminadas: — Madame Pompadour... Semíramis... Rainha de Sabá... Pensam que eu sou a Infanta, eu sou é Sheherazade, a Sultana... Amo os vinhos finos, os beijos, os punhais...

Padre José quis ver D. Beja; Joaninha escandalizou-se:

— Desculpe, meu Padre, ela está dormindo.

O Padre despediu-se, prometendo voltar mais tarde. Joaninha segredou a Severina:

— Estou horrorizada... mãe é tão boa... agora falando tolices...

A escrava nada respondia. Sabia que Beja se transportava à sua vida anterior; ela já ouvira de Sinhá as mesmas palavras... Em outros dias, em outras horas, no tempo da Vida.

O Dr. Montandon foi positivo:

— É caso perdido. Nefrose. Anúria há 24 horas. Coração descontrolado pela barragem hídrica. A arteriosclerose aumentou a pressão...

Clementino alisava, com porte digno, as longas barbas que o Dr. Eulálio dizia haver densonrado com um soco.

— Então...

— Agora é todos se conformarem: está nas mãos de Deus.

Clementino, severo:

— Está em boas mãos!

No outro dia Beja amanheceu lúcida, porém travada por edemas generalizados. Ofegava, inquieta:

— Minha filha, quero ser enterrada com o hábito da irmandade, não esqueça.

A filha chorava, oprimida.

— Mãe, sossegue.

Como chovesse muito, o doutor esperou oportunidade para sair. Clementino estava ciente de tudo.

— É isto mesmo, doutor. Assim é a vida...

Montandon picava seu fumo indispensável:

— É isto mesmo. A molécula de oxigênio e a molécula de ácido carbônico, desintegradas, vão se reunir de novo em outros corpos: árvores, flor, ferro, estrela, mulher. Toda civilização da terra iluminada em dias longínquos também terminará, pois a matéria se transforma e o próprio sol terá de desaparecer. Quanto à terra, perdendo o vapor d'água atmosférico que a envolve, será resfriada pelos ventos gelados do espaço. O sol será pálido e morno. Uma claridade, com insignificante calor de fecundação, apenas nos chegará, como um luar. A terra se irá esfriando, resfriando. O sol infecundo, sem calor, não germinará mais as sementes, a clorofila ficará fraca. As fontes vitais da terra ficarão exaustas. Isto há de ser em época ainda muito distante, muito distante, mas sabemos que virá... Na natureza nada se cria, tudo se transforma. É a evolução de tudo, o retorno da vida às suas fontes primárias...

E, como sonâmbulo:

— Os elementos que se congregaram em criatura da perfeição de Beja foram uma harmonia de genes especiais que se encontram, nos séculos, uma ou outra vez. Surgem, como fenômenos de repugnância ou de beleza. Eu que a conheci no esplendor, nem penso numa variação recessiva: nasceu dela, por acidente, na antese da gênese. Agora vai voltar imensidão, em células dispersas.

A chuva cessara. Montandon saiu. Clementino, que ouvira sua lição quase jejuno do assunto, foi feliz em dizer:

— O outro é que bebe, este é que parece tonto... Acho que eu estou é sobrando no mundo.

Amanheceu chovendo. A doente não dormira, sufocada por falta de ar.

— Abram as janelas!

Severina abanava-a com o leque, apesar do frio que a todos arrepiava na casa. É que ventos gélidos sopravam das várzeas inundadas para a Vila.

Mal se lhe viam agora os olhos, os grandes olhos verdes.

Padre José do Ó rezava, de livro aberto e em silêncio, na sala de jantar. Passara também a noite sem dormir. Dois negros — o Padre e Severina — é que ajudavam a velar a agonia da orgulhosa inimiga dos pretos. Pela madrugada, aos arquejos, sem falar direito, pediu à filha mais uma vez para ser enterrada com o hábito da Irmandade de Nossa Senhora Mãe dos Homens, de cuja Igreja era protetora.

Ao clarear do dia chegou o portador que seu genro mandara buscar a água do Barreiro, água que ela pedira.

— Comadre, olhe aqui a água da Fonte da Beja, do Barreiro, que a senhora pediu.

Na inquietação, inchada como estava, ela ergueu o rosto para o esposo de Joaninha. Clementino apresentou-lhe o garrafão da água da fonte em que ela se banhara desde mocinha, a sua água.

— Quer beber um pouco?

Sim, com a cabeça e um sorriso difícil.

Severina trouxe um copo de cristal. Ela recusou, também com a cabeça. Cansada, em recosto nos travesseiros muito altos, pois não podia se deitar, mas conseguiu entredizer:

— A-que-le!

Severina compreendeu. Trouxe o velho copo de prata que ela sempre levava, nas cavalgadas para o Barreiro. Clementino derramou um pouco da água, muito fria pela viagem de 24 léguas à chuva.

Ela segurou-o com a mão papuda, olhou fixamente o líquido ergueu com esforço o copo, revirou-o, e bebeu por si mesma a sua água. Virou de borco o corpo de prata, como se quisesse dizer, como ouvira, sobre o Rei de Tule que emborcara a taça, para nunca mais beberem por ela. Gostava de partir as taças nas grandes noites brilhantes dos festins de seu palácio de Araxá. Virou para baixo o copo de prata, encarou a todos e sorriu, feliz, um sorriso bom como seus sorrisos antigos.

Era o último copo que empunhava, era aquela a derradeira água que bebia. Todos os seus caprichos foram cumpridos na vida, até aquele, pois dissera um dia a Fortunato que, ao morrer, desejava beber pela última vez, não uma taça de vinho espumante, mas um copo da água da Fonte de Beja...

A casa do Largo da Matriz começou a se encher de gente. Senhoras da Irmandade de Nossa Senhora Mãe dos Homens e do Sagrado Coração de Jesus, de que Joaninha era presidente, rezavam baixo, em grupo, na sala de jantar. Severina levou uma xícara de café, Beja não aceitou.

O Dr. Montandon apareceu, pelas 8 horas. Não conseguiu mais apalpar o pulso. O edema impedia. Auscultou-a mal-mal, sem poder ouvir o coração. Toda ela se afogava na inchação balofa. A cor rosada desaparecia na palidez amarelada de oca.

Montandon saiu sem nada dizer, para a sala de fora. Clementino interrogou-o, com os olhos.

— Vai se apagando, não demorará muito.

Foi à janela, olhou o Largo, sentou-se:

— Coitada de Beja! Otimistas, céticos, sábios, ignorantes e eu próprio, sempre a vimos de um só modo, em três sílabas: *esplendor*!

Não aceitou café, saiu sem se despedir.

Joaninha chegou com o remédio em uma colher de prata. Bebe, mãe, o doutor mandou.

Com a cabeça, não quis.

— E um caldo?

Também não queria. Um esgar da boca rejeitava. As netas não entravam em seu quarto, pois pedira com insistência esse favor a filha:

— Não quero que me vejam nos últimos momentos!

Agora olhava, fixa, a escrava fiel, a velha companheira Severina, ali a seu lado, com a mão sobre seus joelhos velados pela colcha de seda branca. Encarava aquela que sabia de tudo, de seus amores... de suas estroinices... Estaria naquele instante se lembrando? Talvez.

Às 11 horas uma nesga de nuvem deixou filtrar a luz do sol. Pela janela escancarada Beja o contemplou demoradamente, sobre as árvores de seu quintal. Recordaria o sol louro do planalto, o sol de ouro novo de Araxá? Era possível.

Joaninha pusera-lhe no colo seu velho crucifixo de prata. Beja encarava as pessoas, como espantada. Movia os lábios como se conversasse consigo mesma, ou com alguém; sorrindo. Para quem? Não se saberia.

Joaninha, desolada:

— Está delirando. Coitada.

Ouvia-se um carro de bois cantando, ao passar pela rua vizinha.

Severina chorava, de olhos postos na amiga:
— Sinhá, é Severina!... Sinhá sente dor?

Beja tentou sorrir, aflita e sem posição. Na sala de jantar uma beata quis saber do Padre:
— O Vigário pode dizer se a alma dela se salvará? Teve vida ruim...

Padre José respondeu, abrupto:
— Deus é quem sabe! E por que não? Não salvou Maria, a de Magdala, de quem, na voz de S. Lucas, Jesus expulsou Sete Demônios? Não é Santa, pelo arrependimento? O fim da vida de D. Beja pode apagar o pecado de que vinha cheia, vida que foi tumultuada por mais de Sete Demônios.

Clementino, às voltas com sua barba, andava atropelado pelo tique da garganta, em constante puxar de catarro que não havia.

A doente estava deformada, ficara enorme. Todas as suas graciosas formas se perdiam na inchação, o que ela devia reconhecer, pois estava a observar amiúde as mãos abertas, bem perto dos olhos.

Aquela noite foi tormentosa para todos. No silêncio da casa cheia de visitas, a respiração da senhora se ouvia, puxada, estertorosa. Seu médico, à boca da noite, foi vê-la, pela derradeira vez. Repetiu sua descrença em milagres, até de melhora:
— Nada mais a fazer...

Ouvia-se o barulho de uma chuva intermitente e a Vila estava cheia de rumores de enxurradas. Passavam água-sós piando grosso, no céu feio.

Pelas 11 horas do outro dia, ela não se acomodava mais sentada nem deitada. Inquieta, gemia, amparada pelos travesseiros. As 12 horas, diante do espanto de todos, de novo pediu para sentar, amparada pelos almofadões onde se liam suas iniciais A. J., em roxo. Em seguida empalideceu mais, o pescoço bambeou, deixando a cabeça cair para o peito. Escorria-lhe dos cantos da boca uma baba espumosa, de leve rosada. Respirava roncando na garganta, na aflição dos últimos esforços para se apegar à vida. Abriu, por fim, aqueles olhos que propiciaram amores violentos, felicidade e lágrimas.

O ambiente geral era de consternação.

Quem sempre desejou desaparecer num dia de sol, ou morrer vestida de gala para um baile, ou ainda rolar cachoeira espumejante — perdia a consciência das coisas num meio-dia de chuva, agonizando devagar. Severina acendeu a vela e segurava, apertando-a, nas mãos frias de sua Sinhá.

A vida lhe fora longa mas o final foi breve. Seus olhos fulguraram por instantes e a boca aberta, mostrando todos os dentes, não permitia entrada de ar que os pulmões pediam. Uma convulsão ligeira, e o corpo, desgovernado, inteiriçou-se na cama.

Beja morrera. Joaninha, então, com os dedos trêmulos, abaixou suavemente as pálpebras de seus famosos, de seus grandes olhos verdes.

ELUCIDÁRIO DE NOMES PRIMITIVOS DE LUGARES, RIOS, MONTANHAS, EXPRESSÕES E TERMOS DO PASSADO, AQUI REFERIDOS

QUEM ESCREVEU ESTE ROMANCE...

Capitão-Mor das Batalhas dos Exércitos — além de posto militar, efetivo, esse título competia, com honra, aos Governadores de Capitania, mesmo que fossem Capitães-Generais.
Diamantina do Bagagem — hoje cidade de Estrela do Sul.
Joam — arcaico de João.

O GARIMPO DO DESEMBOQUE

Alviões de pau — alviões de pau, em vista de não haver ferro.
Andaia — morubixaba, Capitão Grande, chefe indígena.
Anhanguera — Diabo Velho, Feiticeiro. Apelido indígena de Bartolomeu Bueno da Silva.
Arraial da Ventania — hoje cidade de Araguari.
Arraial de Nossa Senhora da Conceição do Serro Frio — hoje cidade do Serro.
Arraial das Abelhas — hoje Desemboque.
Araxás — índios que habitavam o território do hoje Município de Araxá.
Bacamarte — arma de fogo, de boca de sino. Carregava-se pela boca.
Barbeiros-sangradores — barbeiros, com habilidade de sangrar, sarjar e colocar bichas.
Betas — veio de ouro, em piçarra ou pedra.
Bexiga-doida — varíola.
Caiapós — índios goianos.
Canhão rouqueiro — canhão que atirava pedras.
Capangueiros — compradores de ouro e diamantes, nos próprios garimpos.
Capitão-de-Campo — correspondia a Coronel.
Catarro-podre — gripe pulmonar, com bronquite.
Catas — buraco de onde se tirava terra para lavrar o ouro.
Cavalos peninsulares — originários ou descendentes dos que vieram de Portugal e Espanha, com os donatários das Capitanias.
Clavinote — espingarda curta, de grande espoleta.
Colubrinas — espadas curvas, ondeadas. Confusão hoje cidade de São Gotardo.
Coxia — fila de soldados com varas, em frente aos quais passava quem ia ser castigado, apanhando de todos. Daí a expressão: Correr a coxia.
Curiboca — mestiço de branco e negro.
Datas — porção de terreno demarcado, onde se tirava ouro.
Desemboque — ex-Arraial das Abelhas. Hoje Vila do Desemboque, no Município de Sacramento.
Desvio — furto. Descaminho de ouro.
Diligências — carruagens puxadas por cavalos, para longas distâncias.
Dragões das Minas — soldados do Exército Reinol, servindo nas Minas Gerais. Venciam a etapa de 4 cobres e meio por dia: 180 réis.
Embaú — hoje cidade de Cruzeiro, São Paulo.
Entrantes — os que entravam pelo sertão desconhecido.
Farinha Podre — hoje cidade de Uberaba.
Feridas de choro — leishmaniose.
Festa da Fartura — festa das colheitas indígenas (dos Araxás).
Fiéis-guias — pessoas conhecedoras do sertão, recomendadas pelas autoridades para seguir nas bandeiras.
Físicos de ervas — licenciados ou charlatães clínicos.
Físicos de lancetas — licenciados ou charlatão clínico e operador.
Físico (simplesmente) — licenciado ou charlatão clínico e operador.
Fregas — meretrizes baratas.
Gálico — sífilis.
Geral Grande — hoje Triângulo Mineiro.

A VIDA EM FLOR DE DONA BEJA

Geralistas — homens habitantes ou devassadores dos gerais.
Guaiás — nome arcaico de Goiás.
Imperial Casa de Nossa Senhora Mãe dos Homens — hoje Seminário do Caraça. Célebre colégio.
Imposto sobre extração — o quinto, a 5ª parte do apurado.
Inúbia — buzina de combate.
Itajubá — pedra amarela. Às vezes — ouro; os índios desconheciam metais.
Língua (masculino) — intérprete.
Mar Dulce — nome dado ao Amazonas por Pinzon, seu descobridor.
Mateiros — homens desbravadores do mato.
Matulagem — matula, súcia de homens.
Matuleiro — dirige empregados, chefe de súcias excursionistas.
Mestre-de-Campo — correspondia a General.
Nossa Senhora da Abadia da Água Suja — hoje Água Suja.
Nossa Senhora do Patrocínio do Salitre — hoje cidade do Patrocínio.
Ouro branco — ouro ainda em formação.
Ouro em pó — folheta.
Ouro grosso — ouro em grãos.
Ouro leve — pepita.
Ouro preto — ouro misturado à prata.
Ouro podre — ouro quebradiço.
Pajelança — prática feiticeira aprendida dos pajés, chefes médicos das tribos.
Paus de arremesso — bordunas, de pau-ferro ou perobinha.
Peões — assalariados a pé; viajantes a pé.
Pepitas — ouro em escamas, folhas ou bolas.
Polca — gripe.
Preador — pegador.
Provaram a terra com a língua — para saber se havia metais.
Porto da Espinha — no Rio Grande, o primeiro a ser utilizado no roteiro de Anhanguera.
Quilombolas — escravos fugidos, cativos fugidos e aldeados.
Reiúna — 38, 44, 320 — arma curta e grosseira de chumbo, desses calibres.
Rio das Abelhas — hoje Rio das Velhas, no Triângulo Mineiro.
Sabarabuçu — hoje cidade de Sabará.
S. Bento de Tamanduá — hoje cidade de Itapecerica.
S. Domingos — hoje cidade de Araxá.
S. José do Tijuco — hoje cidade de Ituiutaba.
S. João do Rio das Pedras — hoje cidade do Cascalho Rico.
S. Pedro de Alcântara — hoje cidade de Ibiá.
S. Pedro de Uberabinha — hoje cidade de Uberlândia.
Sertão de Farinha Podre — hoje Triângulo Mineiro.
Serra Resplandescente — Itaberababoçu, na língua dos Tapuios. Serra das Esmeraldas — no Norte mineiro.
Sertão Grande — hoje Triângulo Mineiro.
Sertão do Novo Sul — hoje Triângulo Mineiro.
Sertão dos Goitacás — hoje Estado de Minas Gerais.
Sertão do Sul — hoje Triângulo Mineiro.
Sondas de pau — sonda de pau-ferro, pois não havia ferro.
Tabuleiro — planície alta; 1.º arraial no Rio das Abelhas.
Tepuitinga — escravo branco, índio.
Tangapema — maça grosseira para esmigalhar.
Terra do degredo — o Brasil. (Antes fosse pra soldado / Antes fosse pro Brasil. Antônio Nobre, Só)...
Terra Goitacá — hoje Estado de Minas Gerais.
Trabuco — espingarda antiga, de carregar pela boca.
Traficantes — negociantes irregulares, piratas de garimpos.
Uatipis — grandes buzinas feitas de chifres de boi.
Úlceras de Moçambique — úlcera tropical, única e profunda, endêmica em Moçambique. Trazida pelos escravos.
Veios das pedras — veios de ouro no interior das pedras.
Vila de Nossa Senhora da Saúde de Poços de Caldas — hoje cidade do Poços de Caldas.
Vila de Piratininga — hoje S. Paulo, Capital do Estado de S. Paulo.
Vila de S. João del-Rei da Vila Boa de Goiás — primitiva capital da Capitania de Goiás, hoje cidade de Goiás, também ex-capital.
Xenhenhem — amor homossexual.

Xpiçá — amarrilho de cordão, no tornozelo esquerdo. Sinal de virgindade.
Zarabatanas — setas de sopro, ervadas com uirari. Dos índios do Orinoco, Rio Negro e Amazonas. Os Araxás não as ervavam.
Zora — Festa da Puberdade, para prova de valor pessoal, entre os Araxás.

DIABO NO CORPO

Apotestado (arcaico) — rico e poderoso.
Arraial do Rio das Abelhas — o mesmo que Arraial das Abelhas.
Bandos — decretos do Rei: alvarás, vivos, cartas régias; documentos oficiais lidos por bandos de autoridades da Justiça, a toque de tambores, pelas ruas.
Boca-larga — intrigante, falador, mexeriqueiro.
Contrabando grosso — valioso, de grande proporção. Muito referido no Regimento das Minas.
Derrama — execução a ferro e a fogo e de uma só vez, dos quintos atrasados. Determinou a Inconfidência Mineira.
Descobertos — zonas auríferas de terras descobertas por alguém; faisqueira.
Destacamento do Regimento de Pedestres — regimento de dragões de baixa laia, criminosos e foragidos da Justiça.
Emboadas — aves sapateiras. Nome dado, pelos paulistas, aos portugueses.
Emborrachamento — saída dos cabelos das espigas.
Estar na pedra — preso, na enxovia que era toda de pedra.
Fa**cinorosos** — facínoras.
Fernambuc — hoje Estado de Pernambuco.
Geral — sertão livre, deserto, sem divisas.
Julgado de Nossa Senhora do Desterro das Cabeceiras do Rio das Velhas do Desemboque — hoje Vila do Desemboque.
Lisbonina — moeda de ouro, de cunho português. Com ela se pagavam as despesas da Colônia.
Meganha — soldado raso.
Provisões publicadas a toque de caixa — provisões régias lidas nas ruas a toque de caixa-de-guerra.

Parada da Laje — hoje cidade de Uberaba.
Pataca — 320 réis. Moeda de cobre.
Professores volantes — que ensinavam em lugares diferentes, preparando alunos de Ler, Escrever e Contar.
Regulamento das Minas — regras draconianas para vigiar a extração de ouro e diamante.
Rolão — rapé ordinário, feito em casa.
Sauim — sagui, macaquinho.
Serra de Jaguamimbaba — hoje Serra Mantiqueira.
Sesmaria do Barreiro — hoje Estância Hidromineral do Barreiro de Araxá, a 9 quilômetros da cidade de Araxá.
Tataurana ou Taturana — lagarta-de-fogo.
Vila de Nossa Senhora da Conceição do Rio das Mortes — hoje cidade de S. João del Rei.
Vila de Nossa Senhora do Carmo — hoje cidade de Mariana. Cidade-Monumento.
Vila Rica de Nossa Senhora do Pilar de Ouro Preto — hoje cidade de Ouro Preto. Cidade-Monumento.
Vila Risonha de Santo Antônio da Manga de S. Romão — hoje cidade de S. Romão.
Voluntários Reais — tropas de linha, portuguesas. Ajudaram na derrota de Artigas, em Taquarembó.

OS PEREGRINOS

Araxano — pertencente à região povoada pelos Araxás.
Balandrau — opa de irmandade, para enterrar.
Bem — apelo carinhoso: meu bem.
Câmaras de sangue — disenteria hemorrágica.
Chuvas grandes — o inverno mineiro: de outubro à enchente de S. José, a 19 de março.
Embernar — ser atacado por bernes: larva da mosca da família dos Oestridos.
Festa do Espírito Santo — os fazendeiros ainda reservam, todos os anos, um bezerro para ser vendido em leilão, em louvor do Espírito Santo.
Formiga Grande — hoje cidade de Formiga.
Jereba — sela rústica, de cabeça chata.

Nossa Senhora do Carmo de Pains — hoje cidade de Pains.
Óleo vermelho — grande árvore, de variedade vermelha. (*Myrospermum erythroxylum*, Freire Alemão).
Planalto araxano — altiplano na Serra do Espinhaço.
Pó — rapé.
Sinapismo de casca de laranja — ainda usado entre o povo humilde.
Suadores — almofadas de capim que forram por dentro as cangalhas.
Torrado — rapé.
Vila de Borda do Campo — hoje cidade de Barbacena.
Vila de Nossa Senhora da Piedade de Pitangui — hoje cidade de Pitangui.
Vila do Príncipe — hoje cidade do Serro.

TENGO TENGO

Arraial da Laje — hoje cidade de Uberaba.
Arraial do Rio das Mortes — hoje cidade de S. João del Rei.
Bate-couros — feiticeiros músicos, invocadores de espírito, pela música; batedores de caxambus.
Bate-pau — soldado de emergência, capanga a soldo.
Bois ilhéus — gado colonial, provindo das ilhas de S. Vicente.
Cachaça com pólvora — também no Paraguai sargentos ministravam tal mistura, antes do combate.
Cana doce — cana-de-açúcar. A primeira, vinda da ilha de S. Vicente, foi a caninha.
Candobôro (bantu) — galo.
Capim-santo — erva-cidreira. *Melissa oficinalis*, Lin.
Capitania de S. Vicente — hoje Estado de S. Paulo. Separada das Minas de Ouro em 1720.
Capitão-do-Mato — encarregados oficiais de prender negros fugidos. Ganhavam por trabalho e tinham um Regulamento.
Caxambu — instrumento de percussão.
Caxiri — aguardente de mandioca fermentada.

Desmonte — remoção de terra, de lugares mais altos.
Entradas — penetração no território ainda desconhecido.
Entrar a terra — meter-se pelo sertão, violar a floresta.
Escravidão vermelha — escravidão dos índios.
Fôlego vivo — filhos ainda pequenos de escravos.
Golinha (ou golilha) — coleira de ferro para prender escravos.
Gomacachachas — cabaça com sementes usada para música de dança africana.
Grupiara — lugar na margem dos cursos d'água, onde se garimpava.
Guaiá — chocalho; instrumento africano.
Guariengue — corrente.
Jogos da grima — jogos de ataque e defesa com porretes. Ainda se veem no norte de Minas.
Libatas — casas africanas, de palha.
Língua-de-cobra — facas compridas, muito afiadas.
Loco-Tenente — lugar-tenente.
Macamaus — quilombolas, mocambeiros.
Maganjambe — Deus, no linguajar africano.
Malhada — onça-pintada.
Marimba — instrumento africano, de som lamentoso.
Muxilama — (depreciativo) soldadesca, muito soldado.
Minas de Ouro — nome do Estado de Minas quando ligado à Capitania de S. Vicente.
Morro Alto — píncaro dentro do quilombo do Ambrósio. Servia para sentinelas.
Moxilas — soldados.
Oitava de ouro — gramas. 3 gramas e 59 centigramas
Óleo branco — árvore de variedade branca.
Ordem régia — decreto com assinatura real.
Padre Branco — o Padre prisioneiro do Tengo-Tengo. Ainda está anônimo.
Pé-de-exército — efetivo em homens.
Pedreiras — arma de fogo como o cano em boca de sino.
Piratininga — primeiro arraial de Anchieta, hoje capital de S. Paulo.

Práticos — charlatães-curadores.
Prego — carta, ordem-de-prego; ordem reservada para ser cumprida de qualquer modo.
Próprios — enviados, portadores.
Peça — escravo.
Solarengo — que vivia em fazendas alheias; parasita; empregado de gente rica. Adulador da Corte.
Surdo — instrumento com boca de pele, para ser vibrado e abafado com a mão aberta.
Sofia — foice.
Senado da Câmara — hoje Câmara Municipal.
Tengo-Tengo — Quilombo do Ambrósio, no Oeste mineiro.
Urucune (bundo) — lenha.
Undaro (bundo) fogo.
Vila de S. José do Rio das Mortes — hoje cidade de Tiradentes.
Vila Real de Nossa Senhora da Conceição de Sabará — hoje cidade de Sabará.
Voluntários de guerra — soldados recrutados às pressas, bate-paus.

URUBU-DO-BREJO

Afrouxante — purgativo.
Ajuda de farelos — clister de sementes de trigo, arroz e milho, depois de moídas.
Águas-perigosas — brejos, águas sem vau.
Arenga — 1 intriga.
Arraial de Santo Antônio da Campanha do Rio Verde Campanha. — hoje cidade de Bálsamo de Gurjun — empregado contra eczema e reumatismo.
Comércio — povoado, lugar de negócios de porta aberta.
Corte — Capital do Reino e Império. Hoje Rio de Janeiro.
Couro de jacaré (na cachaça) — beberagem para reumatismo.
Dor artética — reumatismo.
Enchente das goiabas — infalível, para terminar as águas. É a 19 de março.
Espelho para verificar morte — que se punha diante da boca para saber se ainda havia respiração. A expiração embaça o vidro.
Espírito de Mindererus — acetato de amônio. Estimulante.

Farte coisa! (exclamação) — ora veja! que coisa estranha! Fazer o sinal da cruz — era obrigatório ao escravo que ia ser surrado.
Gota — artritismo.
Inzoneira — intrigante.
Lisboa Ocidental — Lisboa; assim se firmavam documentos sobre a Colônia, da Capital do Reino.
Marroque — broa de milho.
Moscas de Milão — escudetes de efeito vesicante.
Olho grande — mau-olhado, azar.
Picumã — hemostático, usado em ferimentos ou hemorragias.
Rabeca — violino.
Rua das Piteiras — do Arraial de S. Domingos. Depois Rua Itaci. Hoje Rua Padre Anchieta.
Serugia — forma arcaica de cirurgia.
Teia de aranha — absorvente mecânico. Em compressas, nas hemorragias rebeldes.
Trem — coisa ordinária, sem valor. É corrente ainda hoje: Trem à toa.
Urubu-do-brejo — árvore de grandes, perfumadas flores alvas.
Vírus sifítico — o spirilo da sífilis, *Treponema palidum*, que seria isolado mais tarde por Schaudinn.

O BAILE DO OUVIDOR

Arandela — manga de vidro, aberta por cima. Firmada nas paredes e portais, protegia do vento velas acesas.
Arraial de Santo Antônio do Curvelo — hoje cidade de Curvelo.
Baba-de-moça — doce de calda, com ovos e coco.
Baio sebruno — cavalo baio escuro, de pernas, clinas e focinho pretos.
Favorita — bala doce fabricada na Corte.
La Valière — grande gravata de *plastron* fofo. Homenagem à Mme. La Valière, amante de Luís XIV.
Papo-de-freira — pudim de leite, coco e caldo de laranja.
Pastilhas de Cachundé — afrodisíaco de fama no século XIX.

Pastilhas Divinas — afrodisíaco em moda, porque remédio tem moda.
Pavana — velha dança espanhola, para salão. Pernas doces fracas.
Serra do Espinhaço — sistema que cruza a Serra das Vertentes e divide o Rio S. Francisco do Rio Grande e atravessa todo o Estado de Minas.
Sol de Coimbra — a Universidade de Coimbra.
Vila de Paracatu do Príncipe — hoje cidade de Paracatu.
Vila de Santa Luzia do Rio das Velhas — hoje cidade do mesmo nome.

SANGUE NA TERRA

Arraial de S. Luís e Santa Ana — hoje cidade de Paracatu.
Arraial dos Carijós — hoje cidade de Lafaiete.
Beber fumo — fumar cigarro ou cachimbo, tomar rapé ou mascar fumo.
Cocada-de-capoeira — cabeçada no estômago: terrível golpe de capoeiragem.
Grandola — grande, poderoso.
Julgado de S. Domingos do Araxá — criado em 1811.
Meia Pataca — hoje cidade de Cataguazes.
Melma — receio, medo.
Polveira — garrucha de carregar pela boca.
Rua da Raia — ex-Rua Pequichá, hoje Rua Belo Horizonte.
Rua Pequichá — nome antigo da Rua da Raia. Passou a Rua da Raia porque ali era pista de corrida de cavalos.

O PALÁCIO DO PARACATU

Adaga de gancho — espadim recurvo, sinal de autoridade.
Africanas — argolões de ouro para as orelhas.
Áfricas — estúrdias, leviandades, proezas.
A generala — toque militar de "reunir 1 com urgência, perigo à vista". Alarma. (Mandou Cunha Matos, a uma hora da madrugada, tocar a generala, rebate militar de conhecimento obrigatório de todo soldado. Americano do Brasil — Cunha Matos em Goiás, 1924).
Aguazil — oficial inferior de Justiça.
Alabamba — alcoviteiro.
Almirantada — conjunto de almirantes de um país.
Amor em graça — de graça, de coração, sem recompensa.
Arraial do Mártir S. Manoel do Rio do Pomba — hoje cidade do Pomba
Bandarra — mulher namoradeira, leviana e elegante.
Belga — lampião a querosene.
Boa-hora — parto.
Briquitando — lutando, trabalhando.
Buchuda — grávida, de estômago proeminente.
Buscar hospício — procurar abrigo, acolhimento. (1 Vê cá a costa do mar, onde te deu / Melinde hospício e caro. Camões — Os Lusíadas. 2 O hospício que o cru Diomedes dava. Idem).
Chapins — sapatinhos.
Chorar na barriga da mãe — ser feliz, ter sorte.
Carats — quilates.
Cabacinho — afamado vinho do Porto. Carta de ingenuidade carta de alforria.
Catuanguande — xingamento africano, como nome de mãe.
Corta-jaca — adulador.
Correios de roubo — portadores de ouro desencaminhado.
Cravo — piano primitivo.
Cruzado — 400 réis.
Curriola — fruta cheirosa, verdoenga quando madura.
Dia do Ano do Nascimento de Nosso Senhor Jesus Cristo — processo criminal.
Diamante vermelho, ou rubi — diamante só encontrado, em Minas, no Rio Bagagem, grande; pequeno — no Rio Abaeté.
Enrolar a língua — suicídio comum de escravos. O negro voltava em desespero a língua para a garganta sufocando-se.
Esguiões — tecidos finos, de seda ou linho.
Estrume de boi — queimava-se nas ruas e casas, quando seco, para evitar epidemias.
Fil das unhas — filho das unhas. Depreciativo.
Fogos do ar — foguetes, foguetões de vara.

Gado curraleiro — sem raça, pé-duro.
Gado do Guiné — escravo africano.
Gengibirra — aluá de cascas de ananás.
Gitana — apelido pelo qual se chamava, ela própria, D. Carlota Joaquina, a futura Rainha.
Grossinhos — pepitas.
Henriques — Milícia Real de pretos, com o nome de Henrique Dias, o bravo Capitão da Restauração Pernambucana.
Increso — encravo, falta de sorte, atrapalhação.
Lacryma Christi — afamado, o melhor e mais caro vinho do Porto.
Lavoura de ouro — garimpagem.
Maçãs rainetas — brancas.
Mais-ruim — tuberculose pulmonar.
Manga papo-roxo — variedade antiga em Minas.
Manso — marido ou amante ciente de que é traído.
Memória — aliança de noiva, casada ou viúva.
Minas do Paracatu — hoje cidade de Paracatu.
Nervosa (Deu uma) — neurastenia, irritação.
Obreia — hóstia pequena, adesiva e de várias cores, para fechar cartas ou documentos.
Obreiada — fechada com obreia, carta fechada assim.
Oficiais camareiros — vereadores municipais.
Pastilhas do Serralho — Benjoim — 80,0; Bálsamo de Tolu — 20,0; Sândalo citrino — 20,20; Carvão de lenha leve — 500,00; Nitro — 40,0; Mucilagem de goma de alcatila — q. s. Reduza a massa, em cones. Acender para perfumar a casa.
Peça da terra — escravo nacional, crioulos.
Pedreiro — boi antigo, de grandes chifres.
Pemba — giz de cor, para macumbagem.
Pó de diamante — coisa de grande importância para aniquilar e matar, segundo os escravos, que o usavam como veneno contra os senhores.
Polvilho de Lenclos — para empoamento de cabeleiras, inventado por Ninon de Lencles, francesa de grande prol e formosura.
Porto Souza Ferreira — vinho de muita fama.
Posses — trechos de terreno nos garimpos que, aposseados, davam garantia de propriedade.
Preceito — bons modos, educação.
Prez de cavaleiro — orgulho, honra.
Puxar capricho — provocar ciúme, render ciúme.
Rês — escravo.
Ribeira do Paracatu — hoje cidade de Paracatu.
S. A. R. — Sua Alteza Real.
Saquinhos de Chipre — em que estavam costurados pau-rosa, cedro e sândalo, para perfumar roupa branca.
Sesmarias — 3.000 braças, 6.600 metros.
Sofrer — pássaro malhado de amarelo e preto, de canto suave. (E os ninhos do sofrer que entre os silvedos / Da imbaimba nos ramos me apontavam. Castro Alves — Espumas Flutuantes, ed. 1874).
Tapuiúna — escravo negro, na língua do índio.
Ufeca (bantu) — o que já morreu; osso de defunto, terra de cemitério.
Ugango — deus protetor, africano.
Undaro (bantu) — fogo.
Uvas passadas — passas.
Vaga-lumes nos cabelos — uso de antanho, muito requintado. Moças usavam-nos como enfeite, nos bailes noturnos, dentro de saquinhos de rendas finas, disfarçados nos cabelos, ou soltos, contidos por uma coifa que envolvia a cabeça. (Os pirilampos, que trazeis nas coifas, / Morenas filhas do país do Sul. Castro Alves — Espumas Flutuantes, 1874).
Vila Real do Príncipe — hoje cidade do Serro.
Virg! (excl.) — virgem!

O REGRESSO

Bafagem — névoa ligeira sobre as águas.
Casa de Purga — cômodo nos engenhos, onde se purificava o açúcar.
Cascabulho — cascavel velho.
Comboieiro — negociante de escravos, que os conduzia em lotes ligados a corrente, para oferecer em garimpos e fazendas.
Farturiente — que provoca fartura, fecundo.
Formiguejar — formigar, provocar dor-

mência.
Freio de escravos — aparelho de pau, amarrado na boca. Peça chata dentro da boca e que impedia engolir.
Gerais — Minas Gerais.
Marufo — cachaça ordinária. Palavra bunda.
Mulher-dama — prostituta.
Negro de perna grossa — valia pouco, por ser preguiçoso.
Ouro quintado — fundido, com cunho real.
Patacão — 2 vinténs, 1 cobre.
Pau-de-cabeleira — protetor de namorados ou amantes; alcoviteiro.
Porto Macedo — vinho especial do Porto.
Provar cana — experimentar-lhe a maturidade.
Rio Guaicuí — hoje Rio das Velhas, no centro de Minas.
Rio Preto — corre próximo à cidade de Paracatu.
Surucucu de olho apagado — variedade de cobra, das mais venenosas do Brasil.
Vila de Nossa Senhora do Baependi — hoje cidade de Baependi.

AS ÁGUAS DE HEBE

Água fraca — cachaça aguada.
Barreiro — terras salitradas para onde afluem animais e pássaros, atraídos pelo salitre ou por sal-gema.
Beiço-de-moça — doce delicado de ovos, coco e caldo de laranja.
Carniceiras — presas dos animais carnívoros.
Cauim — bebida muito alcoólica, fermentada, de mandioca ou milho.
Chega — aperto, sova.
Criada como um papagaio — cuidado com carinho.
Iguaçaba (ou igaçaba) — grande pote indígena de barro.
Lagazona — mulher feia, alta e corpulenta.
Maninas — estéreis.
Olhos-de-sogra — pudim com ameixas-pretas.
Pará — angu com sal, alimento de escravos.
Piaga — sacerdote feiticeiro indígena.
Picum — grande quantidade.
Porto da Estrela — no fundo da Baía da Guanabara. (Ergue o corpo, os ares rompe, / Procura o Porto da Estrela, / Sobe a serra... Gonzaga Marília de Dirceu, ed. 1845).

PINDORAMA

Água-de-cheiro — água-de-Colônia.
Abofelar — afobar, esquentar, perder a calma.
Arraial do Pini — hoje cidade de Pium-i.
Banhas soltas — obesidade.
Beradeira — ribeirinha, moradora à beira do córrego.
Broncocelos — papos.
Candeia — madeira que, enterrada, não apodrece.
Casco — cabeça (Uma pitada vá banir-te do casco esta litania. Marquês de Sapucaí Carta ao Visconde de Uberaba).
Chamego — aperreio amoroso, amolação.
Cobre (um) — 40 réis.
Congonhas das Minas de Sabará — hoje cidades de Lagoa Santa e Nova Lima.
Corpinho — *soutien*. Porta seios.
Corpo de bode de seca — magrinho.
Defluxo podre — gripe pulmonar.
Desobrigas de doentes — exames gerais, como as confissões na roça.
Dizimeiro — fiscal do dízimo devido às autoridades eclesiásticas. Cobrador do dízimo.
Espírito de vinho — álcool.
Espírito Santo de Pouso Alto — hoje cidade de Pouso Alto.
Espravão — encontrão, desastre, esbarro.
Está de pé frio para alguém — desiludido, descrente.
Fabriqueiro de Matriz — encarregado dos paramentos e finanças da igreja.
Febres gástricas podres — paratifo.
Físicos de plantas — galênicos, clínicos gerais.
Flato melancólico — histeria depressiva.
Fogo de Santo Antônio — erisipela.
Fogo pagão — tiro.
Formigueiros — úlceras eczematosas.
Gamelas de lavar — gamelão do tamanho de banheiras modernas, cavadas em toros de madeira.
Hética — tuberculose, no período final.

Hóstia — cápsula com medicamento.
Jasmim-de-cachorro — excremento de cachorro, em chá; usado nas bronquites catarrais.
Labacé — confusão, mixórdia.
Languidez — esgotamento, estafa, anemia.
Libra — (peso); 344 gramas.
Liceu — casa de prostituição.
Massa do Reino — farinha de trigo.
Morro Alto — na Serra dos Araxás. Altitude, 1.210 metros.
Mula-pomba — ruça, com focinho, pálpebras e orelhas avermelhados por irritação do couro.
Negro de pé redondo — ordinário.
Nossa Senhora da Piedade do Patafufo — hoje cidade de Pará de Minas.
Ouro cunhado — fundido; com o cunho Real.
Ouro de aluvião — em pó, palhetas e pepitas.
Pau-de-Binga — V. Pau-do-Choro.
Pau-do-Choro — jequitibá-rosa, tricentenário ou mais velho, ainda vivo, entre a cidade de Araxá e Estância do Barreiro.
Peça da Índia — escravo.
Pentear cabelo de cuia — estar à toa.
Pílulas coelhosas — excremento de coelho, envolto em pó de licopódio. Purgativo.
Política — etiqueta, modo de agir em sociedade; polidez.
Pororoca — síncope, vertigem.
Preceito — obediência, bons modos.
Puxado — asma.
Princesa — coisa rica, bonita.
Queixas — doenças, consulta.
Quijila — espécie de morféis, com dores e pústulas.
Ribeirão do Inferno — no hoje Município de Araxá.
Récipe — palavra com que os médicos antigos iniciavam as receitas. Quer dizer: Tome.
Redingote — roupa dos dias solenes.
Rela-moela — descompostura.
Rua do Cascalho — hoje Rua do Itacuru.
Sair nas estacas — com os braços nos ombros de duas pessoas; bêbedo.
Sangria de vinho — vinho, açúcar e água.
Sangue solto — hemorragia.
Seda Sebastopol — de grande uso na época; fabrico da França.
Urubu — defeito, mancha escura, mesmo pequena, nos diamantes.
Vila Nova da Rainha do Caeté — hoje cidade de Caeté.
Vila Rica de Ouro Preto — hoje cidade de Ouro Preto. Não existe mais o Horto Botânico.
Xarope de Mure — xarope de caracóis.
Xarope de repolho-roxo — usado nas moléstias do peito, pelo óleo sulfurado que contém.

O RIO LETES

Alegre — hoje cidade de João Pinheiro.
Caracense — aluno do Colégio do Caraça. Do Caraça.
Chibiu — diamante pequenino.
Cobra mandada — o povo acredita em Minas na cobra mandada, por feiticeiro, para picar determinada pessoa.
Dodói — queridinho, preferido.
Enquijilado — mofino, mirrado, seco.
Espírito Santo do Indaiá — hoje Quartel Geral.
"Morte natural" — morte na forca (... seja conduzido pelas ruas ao lugar da forca e nela morra morte natural, para sempre... Sentença da Alçada Real, condenando a Tiradentes. Era fórmula comum da Alçada).
Nossa Senhora da Conceição das Alagoas — hoje cidade de Conceição das Alagoas.
Paragem de Santo Antônio da Laje — hoje cidade de Uberaba.
Raiz — charlatão.
Trovoadas — o inverno, no Nordeste do Brasil.
Vila de Nossa Senhora do Bom Sucesso — hoje cidade de Bom Sucesso.

O MONSTRO DE OLHOS VERDES

Alcoviteiro — lamparina de cabeceira, de óleo ou azeite, para ficar acesa a noite toda.
Azan — hora de uma das preces muçulmanas.
Braia — coragem, valentia.
Caaba — a sepultura do Profeta, em Meca.
Cabroeira de papo-vermelho — gente brava,

valente.
Desborocada — nervosa, agitada, grosseira.
Empiriquitado — pernóstico, afetado, barulhento.
Farofar — picar e misturar.
Fila (Cão de) — cão de guarda, de raça crioula, quase extinta.
Frunchos — furúnculos.
Minas de Vila Nova do Príncipe — hoje cidade do Serro.
Martelo (de cachaça) — medida; copo de 30 gramas.
Mata-calada — faca de ponta muito grande e de lâmina fina.
Óleo de Chantre — óleo de rícino de Estêvão Chantre, que dava luz clara e sem fumaça.
Olíbano — incenso.
Panquinho — dengo.
Quixó — mundéu de pegar bicho. Cercado de prender animais.
Rasgado — música solta, com todas as cordas.
Rua Ibiguitaba (cidade subterrânea) — hoje Rua da Consolação, que vai dar no Cemitério Municipal.
Santa do altar de S. Miguel — moça virgem só de nome.
Ser jurado — marcado, prometido de morte.
Tão frio que os cavalos devem estar rindo — em Minas se diz: Cavalo — gosta de frio de arreganhar os dentes; boi gosta de chuva até amolecer os chifres.
Tesoureiro — Chácara do Tesoureiro, onde se cultivava chá, em Ouro Preto.
Vila Rica de Albuquerque — hoje cidade de Ouro Preto.

O RABO DE TATU

Alcoolato vulnerário — mistura de álcool e suco de erva (alecrim, alfazema, etc.), empregada em contusões e feridas.
Arraial do Tronco — hoje Vila de Grupiara.
Baba-de-boi — árvore de frutas cremes, em cachos.
Bexiga de porco — vendia-se nas boticas, para uso local d'água fria. Semelhante às bolsas de hoje, para gelo.
Bofes de vitela — base da Pasta Peitoral. Emoliente.
Brigada — sargento.
Caco — rapé grosseiro de fumo ordinário, moído em telha.
Caneta de pedra infernal — bastão de nitrato de prata, cáustico violento.
Ceroto de Galeno — mistura de óleo e de cera, para hemorragias.
Cria — escrava adolescente.
Crija — prostituta ordinária.
Cubança — provocação, insulto baixo.
Cumumbebe — meretriz.
Devo-que-pagarei — documento de dívida, começado com essas palavras; não levava selo.
Encerado inglês — tafetá com cola de peixe, para emplastros.
Falência — fraqueza.
Feito em forma de barro — muito feio e grosseiro.
Fricha — meretriz.
Gesso em pó — aplicado nas hemorragias de feridas recentes.
Inxerido — saliente, metidiço.
Lei do apulso — violência.
Lheguelhé — sujeito desclassificado, sem classe.
Macacos do chão — escravos negros.
Mezinha (corrução de medicina) — clister; por extensão, qualquer medicamento.
Otuso — surpreso ao máximo.
Pedra salgada — enxovia. Jogavam sal nas lajes para esfriá-las.
Pé-de-rabo — bunda.
Picumã — hemostático local, de muita fama. Com ela se entupiam as feridas hemorrágicas.
Rabo-de-tatu — chicote de muitas tranças, imitando o rabo do tatu.
Raparigas — prostitutas.
Terras do Deus me livre — terras longínquas.
Vágado — síncope, desmaio.
Ventre de pau — peritonite

A IRA DE NÊMESIS

Água dos Carmelitas — calmante, então muito em voga.

Arraial de Nossa Senhora da Abadia de Água Suja — hoje Água Suja, garimpo afamado.
Bufete — tapa, bofetão.
Canjiquinha — milho moído grosso. Usada em papas.
Carumbé — gamela de pau para carregar cascalho.
Chaula — pá de terra.
Chumbeira — garrucha de carregar pela boca.
Crioulo — filho de escravos e já nascido no Brasil.
Dama — prostituta.
Dança das Almeias — dança pagã. A que Salomé dançou diante de Herodes.
De-repente — garrucha, arma de fogo.
Diamantina do Tijuco — hoje cidade de Diamantina.
Espécies aromáticas — mistura para banho de luxo, de folhas secas de salva, tomilho, serpão, hisopo, hortelã, oregão absinto e alecrim. Tudo em um saquinho fervido em 10 litros d'água, por meia hora. A infusão perfumava a água do banho.
Ginger Ale — cerveja branca, inglesa, rara na época.
Guaxima — mato.
Lua — cara.
Marinheiros — portugueses.
Meia-praça — de meia, com alimento, na garimpagem.
Mina dos olhos — órbita, lugar dos olhos.
Mulher da pá virada — leviana, adoidada.
Mundurunga — feitiço.
Nhá-sim — sim, Sinhá.
Ouro desencaminhado — furtado das lavras, vendido por escravos.
Papo de olhos — olhada feia, raivosa.
Penitência — cachaça.
Pinta — mancha de ouro em pedra ou piçarra.
Rebeca — matalotagem.
Rodaque — paletó de homem.
Tijuco — hoje cidade de Diamantina.
Vergalho de boi — chicote feito com esse nervo.
Zungu — casa de tolerância.

A BOFETADA

Atomatado — esborrachado, escarrapachado.
Boi-careta — boi com um pedaço de couro tapando a cara. Caminha de focinho baixo e procurando olhar para os lados.
Cadete — rapazinho.
Caqueado — chamego, rabicho.
Embrejada — infiltrada, atolada, agarrada.
Fardunço — intriga, mexerico.
Fô-fô — discussão, bate-boca.
Lugar cansado — sem vida, parado.
Por três vidas — por três gerações, calculando a vida em 70 anos. Várias concessões de terras foram feitas por D. João V, por três vidas.

AS SANDÁLIAS DE S. PAULO

A destra — à mão; cavalo desarreado mas pronto a ser montado. De reserva.
Confeitos-seixos — amêndoas açucaradas.
Corrutuns — aves noturnas, muito rápidas e ariscas. Voam em círculos.
Esculhambado — acabado, abatido.
Mal de monte — erisipela.
O Angola (Como o Mina, o Benguela, o Moçambique, o Costa) — oriundo dessas regiões.
Parede — tira-cheiro, salgado para disfarçar sabor e cheiro de cachaça.
Ponta do Morro — hoje cidade de Tiradentes.
Tamina — trabalho marcado, para ser feito em prazo certo.
Tapuíca — sarna rebelde, incurável para o povo.
Terra da Verdade — o cemitério, por ext. — a morte, o além.

ESTRELA VÉSPER

Abaeté (Rio) — afluente do S. Francisco. Nasce na Serra da Mata da Corda, no Oeste.
Adstrição de ventre — prisão de ventre.
Almorreimas — hemorroidas.
Arraial de Brejo Alegre — hoje Vila de Santa Rita de Patos.
Arranca — arrancamento do cascalho.
Aula — na iminência, perto, em caso de.
Barriga-de-piaba — intrigante, maldizente.
Bicada — prestes, amojando.

Boleto de isca-de-couro — bolos de fios de couro, comprimidos sobre o lugar hemorrágico.
Búzio — logro, tomar uma coisa por outra; engano.
Bugias simples de pinderite — velas cilíndricas para uretra.
Cadete — rapazinho.
Câmaras héticas — disenterias mesentéricas.
Canjica-bosta-de-barata — forma acreditada, para água.
Caroca — diamante grande.
Chaga de bofe — tuberculose pulmonar.
Chiboca — chibanca, cavadeira.
Cochia — esponjeira. Pequena flor de cheiro ativo.
Cólera — bile.
Coral-cabeça-de-cachorro — ofídio de cintas vermelhas e cinzentas: cobra venenosíssima.
Côvado — 66 centímetros; 12 polegadas.
Diamante rubi — grená, raro e caro.
Doença-de-alfaiate — tuberculose pulmonar.
Dou uns tiros pro ar — costume, sinal de quem acaba de apanhar diamante grosso.
Emplastro de guano — para lepra e moléstias da pele.
Escudete-de-santa-teresa — para amadurecer abscesso.
Escudetes — emplastros.
Esquinência — amigdalite.
Estrela — diamante grande.
Estroio — embaraço, discussão, coisa mal feita.
F. na testa — marca, a fogo, de escravo "fujão".
Ferragem azul — ótima forma na garimpagem diamantina.
Ferragem cor de cobre — boa forma, esteira do diamante.
Ferrugem de chaminé — internamente, como estimulante. Para uso externo em colírios. Também se usava nas afecções nervosas.
Golinha — golilha, coleira de ferro chumbada no pescoço.
Grânulos de Chanteaud — antiácido, com bicarbonato de sódio.
Grés-de-rolonha — em emplastros, para reumatismo.
Cringuilim — periquito minúsculo, muito belo.
Ivituruí (Serro Frio) — hoje cidade do Serro.
Jurar — prometer matar, na certa.
Ladinas — negras moças para serviço doméstico.
Lavoura mineral — garimpos de ouro ou diamante.
Maculo — dilatação do ânus, com arreia. Mal trazido de Angola e Moçambique, pelos negros. Curava-se metendo no ânus um limão azedo descascado e polvilhado de pólvora e pimenta. Curador de maculo é depreciativo.
Mal marinheiro — escorbuto.
Marcação — demarcação de terreno.
Marumbé amarelo — forma regular, para o seco.
Massa — mercúrio e banha para fricções, na sífilis.
Meia-pataca — 160 réis.
Miserere — volvo.
Na bacia das almas — por preço vil.
No casco — vazio, na estiagem.
Nossa Senhora da Conceição do Presídio do Cuieté — hoje Barra do Cuieté.
Palha de arroz cor-de-chifre — boa forma.
Palha de arroz boa — forma comum, porém segura.
Parteira — guarda-chuva.
Pastilhas de Richelieu — célebre afrodisíaco. Era feito de raízes de fiseng, planta dos chins. Dizem que o Cardeal Richelieu as usava.
Pedestres — soldados com ou sem farda, do Regimento de Pedestres, que faziam polícia.
Pega — achado de pedra valiosa.
Polpa de alho — usado em sinapismos.
Polpa de embaúba — preconizada na cura do cirro (câncer).
Pó-de-coral (Isis nobilis, coral vermelho) — usado como absorvente antiácido.
Pomada de Abespeyre — em fricções, como resolutivo. Era empregada por ordem do Governo, nos hospitais da França.
Ponto — lugar onde há diamante.
Porto Buriti — Porto do Rio Paracatu, muito movimentado.
Pretinha lisa e preta brilhante — formas apreciadas, mormente no Tijuco.

Purgativo de rosas-pálidas (Rosa centifolia) — Rosas-pálidas — 8,0; Sene — 4,0; Sulfato de magnésia — 15,0; Água quente — q. s.
Pururuca — saibro, forma de pouco valor.
Roda — pedras caídas da pirâmide de cascalho a ser lavado, formando uma roda em torno.
Sebo de Holanda — pequenas velas para serem derretidas sobre inflamações ou tumores.
Sessar — peneirar.
Tapete de chuva — chuvisco.
Unguento-de-santa-tecla — Azeite, banha, manteiga, cera, litargírio, sebo e pez. Maturativo.
Unguento diaquilão — para adenites. Azeite — 500; Enxúndia — 500,0; Óxido de chumbo em pó — 500,0; Água — 500,0.
Vento-virado — oclusão de gases intestinais.
Vila da Campanha da Princesa — hoje cidade de Campanha.
Vila Velha da Bagagem — onde teve início o povoado da Bagagem, hoje cidade de Estrela do Sul.

A MULHER DOS SETE DEMÔNIOS

Água-só — ave noturna, de voo rápido. Aparece no inverno. Pia agudo o seu nome: água-só.
Avoão — diamante menor de 90 pontos.
Bererê — caixão dos pobres, emprestado só para levar corpos ao cemitério. Pertencia às Irmandades e durava anos.
Cabeça-d'água — primeira enchente, repentina, do inverno.
Carrapateiro — azeite de mamona.
Clisteres de tabaco — usados nas hérnias estranguladas, tétano, epilepsia, retenção de urina. 2,0 de tabaco em decocção em 250,0 de água.
Enxúndia — banha.
Farelos para clisteres — cascas de trigo, milho, arroz e cevada em clisteres, nas enterites febris.
Flor-de-babado (Echites longifolia) — purgativo violento.
Frojeca — confusão, anarquia.
Fuligem — mesmo que picumã. Hemostático.
Fundo lascado — forma que denuncia diamante próximo.
Guano — excremento de aves marinhas em grandes depósitos, no Chile, Peru, Colômbia, África. Dele se faziam emplastros emolientes.
Lanceiros — quadrilha inglesa, em moda no século XIX.
Laranjas-campista e de-abril — excelentes variedades hoje quase desaparecidas.
Lençóis do Rio Verde — hoje cidade de Espinosa.
Limonada-de-vinho — vinho-do-porto — 120,0; Xarope tartárico — 60,0; Água — 310,0. Estimulante.
Mal-feio — lepra.
Minas Novas do Fanado de Araçuaí — hoje cidade de Araçuaí.
Montaria — caçada.
Óleo de Gabian — petróleo, usado nas diarréias e moléstias cutâneas.
Paixão ilíaca — nós nas tripas, volvo, oclusão intestinal.
Papo-vermelho — bravo. Homem do papo-vermelho, valente.
Pé-de-gato (Gnafalium dioicum) — planta suíça, para poções peitorais.
Pedra de Cevar — ímã.
Pracatu — pronúncia popular de Paracatu.
Praticante — enfermeiro.
Sedentário — estudioso.
Sujeito francês — falso.
Terra-bolar — argila da Ilha de Lemnos. Adstringente.
Tutano de boi — para untos, pomadas e escudetes.
Zabumba (Datura *arborea*, Lin) — Trombeteira; narcótico usado asma.